시크릿 플레이스

THE SECRET PLACE

TANA FRENCH

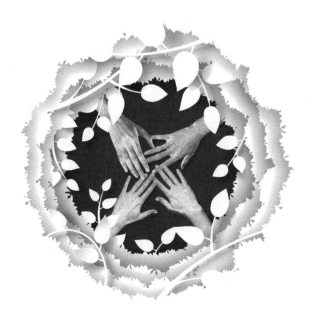

시크릿 플레이스

타나 프렌치 장편소설 | 고정아 옮김

엘릭시르

다행히도 전혀 이렇지 않았던
데이나, 엘레나, 메리앤, 꾸인 자오에게

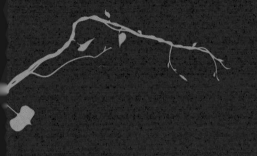

프롤로그

라디오에서 자꾸 나오는 노래가 있는데 홀리는 늘 그 일부만 듣는다. "기억해줘, 오, 기억해줘. 지난날 우리가……." 맑고 호소력 있는 여자 목소리, 몸이 통통 튀고 심장박동이 빨라지는 속도감 있고 가벼운 리듬. 하지만 금세 사라진다. 홀리는 친구들에게 '이게 무슨 노래야?' 하고 물어보고 싶지만 그만큼 길게 듣지 못한다. 항상 친구들과 중요한 이야기를 하거나 버스를 잡으러 뛰어가는 짧은 막간에 나오기 때문이다. 상황이 끝나면 노래는 이미 사라져 침묵만 남거나 리애나 또는 니키 미나즈의 노래가 울리고 있다.

이번에는 노래가 차에서 나온다. 일광욕을 하려고 지붕을 내린 자동차에서. 막바지에 이른 여름이 갑자기 폭발하는 날씨다. 노래는 산울타리를 넘어 공원 놀이터로 흘러 들어온다. 친구들은 새 학기 용품 쇼핑을 나왔다가 아이스크림을 사 먹고 있다. 홀리는 그네에 앉아서 고개를 젖히고 속눈썹 위를 지나가는 햇빛을 실눈으로 보다가 노래를 제대로 들으려고 몸을 일으키고 말한다. "저 노래, 뭔지……." 하필 그때 줄리아가 머리에 아이스크림을 흘리고 "아, 시발!" 하며 뺑뺑이에 뛰어오른다. 줄리아는 베카(리베카)에게 화장지를 받고 설리나에게 물병을 빌려 끈적이는 머리카락을 닦으면서, 겨냥도 잘 못하는 놈이랑 오럴 섹스를 한 것 같다고 투덜거린다. 그러면서 베카를 당황시키려고 그런다고 홀리에게 사악한 곁눈질로 말한다. 그즈음 자동차는 이미 떠나고 없다.

홀리는 아이스크림을 다 먹고 머리카락이 땅에 닿을락 말락 할 때까지 그네에 누워서 친구들을 거꾸로, 그리고 옆으로 본다. 줄리아는 뺑뺑이에 누워서 발로 뺑뺑이를 천천히 돌린다. 나른하게 규칙적으로 끽끽거리는 소리가 편안하다. 그 옆에 엎드려 있는 설리나는 같이 뺑뺑이를 돌리지 않고 한가롭게 쇼핑백 안을 들여다본다. 베카는 정글짐에 앉아 아이스크림을 핥으며 얼마나 오래 먹을 수 있을까 생각한다. 산울타리를 넘어오는 자동차 소음과 남자들 고함 소리는 강한 햇빛과 적당한 거리 덕에 쾌적한 배경음이 된다.

"십이 일 남았어." 베카가 말하고 친구들이 기뻐하는지 본다. 줄리아가 아이스크림을 술잔처럼 든다. 설리나가 수학 공책으로 아이스크림에 건배한다.

홀리는 마음 한구석이 그네 옆 커다란 종이 가방에 가 있다. 그 종이 가방은 잠시 잊고 있을 때에도 홀리를 기쁘게 한다. 그 안에 얼굴과 두 손을 넣고 새것의 깨끗한 감촉을 느끼고 냄새를 맡고 싶다. 모서리가 살아 있고 반짝이는 바인더 노트, 찔리면 피가 날 것처럼 끝이 날카롭고 예쁜 연필 세트, 눈금이 선명한 각도기와 자 세트, 거기다. 올해는 다른 것도 있다. 노랗고 보송보송한 수건들이 리본으로 묶여 있고, 노란색과 하얀색의 넓은 줄무늬가 박힌 이불 커버가 비닐 가방에 깔끔하게 들어 있다.

짹짹짹 찌르르. 작지만 목청 큰 새가 더위 속에서 노래한다. 하얀 공기가 사물들을 바깥부터 안쪽까지 태운다. 설리나는 하늘을 보며 고개를 천천히 까딱이고 미소만 짓는다.

"세탁망!" 줄리아가 갑자기 뜨거운 하늘에 대고 말한다.

"응?" 설리나가 그림 붓을 부채처럼 펼쳐 들고 묻는다.

"기숙생 물품 목록에 '내부 세탁용 세탁망 두 개'라고 적혀 있잖아. 그걸 어디서 구해? 그걸로 뭘 해? 세탁망이란 건 본 적도 없는데."

"네 빨래가 세탁기 안에서 흩어지지 않게 해주는 거야." 베카가 말한다. 베카와 설리나는 처음부터, 그러니까 열두 살 때부터 기숙사 생활을 했다. "그게 있어야 남들의 더러운 속옷이랑 안 섞여."

"내 건 엄마가 지난주에 샀어." 홀리가 일어나 앉으며 말한다. "어디서 샀는지 물어볼게." 그 말을 하자 집에 있는 건조기에서 흘러나오던 따뜻한 빨래 냄새가 나는 것 같다. 엄마와 함께 시트를 개려고 흔들어 펼치는 동안 배경에 비발디가 흐르던 일도. 갑자기 기숙사 생활에 대한 생각이 몸속에 진공을 만들어 모든 걸 빨아들이기라도 한 것처럼 가슴이 쪼그라든다. 엄마와 아빠를 소리쳐 부르고 싶고 엄마 아빠에게 몸을 던지고 싶고 영원히 집에서 살겠다고 조르고 싶다.

"홀리, 잘될 거야." 설리나가 뺑뺑이를 돌려 옆으로 지나가면서 미소를 짓고 말한다.

"그래, 알아." 홀리가 말한다. 베카가 정글짐의 바를 붙잡고 갑자기 걱정스러운 얼굴로 홀리를 바라본다.

그 느낌은 곧 사라진다. 하지만 찌꺼기는 남아서 공기를 탁하게 하고 홀리의 가슴 안쪽도 꺼끌거리게 한다. 아직 생각을 바꿀 시간은 있다. 늦기 전에 해야 돼. 어서 집에 가서 고개를 파묻어야 해. 쨱쨱 찌르르. 작지만 목청 큰 새가 보이지 않는 곳에서 놀린다.

"창가 침대는 내 자리야." 설리나가 말한다.

"안 돼." 줄리아가 말한다. "나하고 홀리는 방이 어떻게 생겼는지도 모르는데 미리 찜하는 건 반칙이야. 기숙사에 가보고 정해."

그들이 더위로 흐물거리는 나무 그늘로 들어설 때 설리나가 줄리아를 보고 웃는다. "창문이 어떻게 생겼는지는 알잖아. 찜을 하건 말건."

"난 가서 정할 거야. 태클 사양."

베카는 아직도 찌푸린 얼굴로 홀리를 보며 멍하니 아이스크림 콘을 핥는다. "나는 줄리아하고 제일 먼 자리로 할 거야." 홀리가 말한다. 3학년은 4인실이다. 그들 네 명이 한 방에서 지낼 것이다. "코 고는 소리가 물에 빠진 버펄로 같거든."

"무슨 소리야. 잠잘 때 나는 얌전한 요정 공주야."

"아냐, 가끔은 그래." 베카가 말하고 자신의 대담함에 얼굴을 붉힌다. "지난번에 너네 집에서 잘 때 코 고는 소리에 방이 다 울렸어." 그러자 줄리아가 가운뎃손가락을 들어 보이고 설리나는 웃는다. 홀리는 설리나에게 싱긋 웃고 얼른 새로운 일주일이 시작되기를 기다린다.

쨱쨱 찌르르. 새가 다시 노래한다. 이번에는 잠기운으로 나른하다. 그리고 사그라든다.

I

그 아이는 나를 찾아왔다. 사람들은 이런 일을 할 때 대체로 거리를 둔다. 아리송한 말을 웅얼거리는 제보 전화. "1995년에 내가 봤어요." 이름은 함구. 물어보면 '딸깍' 끊는다. 또는 프린터로 출력해 무연고 도시에서 보낸, 종이와 봉투 모두 깨끗한 편지. 그들을 만나려면 추적을 해야 한다. 하지만 이 아이는 나를 보러 직접 왔다.

나는 아이를 알아보지 못했고, 우리 과 사무실에 가려고 바삐 계단을 오르고 있었다. 여름날 같은 오월 아침, 밝은 햇빛이 방문객 대기실 창문으로 흘러들어서 회칠한 벽 위에 난 갈라진 자국을 훤히 드러냈다. 머릿속에 노래가 하나 흘러서 조용히 따라 흥얼거렸다.

물론 나는 아이를 보았다. 아이는 모퉁이에 놓인 낡은 가죽 소파에 팔짱을 끼고 앉아서 엇갈린 발목을 흔들고 있었다. 긴 백금발 포니테일. 말쑥한 교복, 녹색과 감청색의 킬트 치마, 감청색 블레이저.

어느 직원의 아이가 아빠와 함께 치과에 가려고 기다리나 보다 생각했다. 총경이라든가, 어쨌든 나보다는 수입이 많은 사람의 아이. 블레이저에 박힌 교표뿐 아니라 우아하게 늘어뜨린 자세, 귀찮은 서류 작업을 하면서도 온 경찰서가 자기 것인 양 턱을 삐딱하게 치켜든 모습이 그랬다. 서장의 딸일지도 모르니 가벼운 묵례를 하며 앞을 지나쳐 우리 과 사무실 문으로 손을 뻗었다.

아이가 나를 알아보았는지 어쨌는지는 모른다. 못 알아봤을 것이다. 벌써 육 년 전 일이라 그때 그 애는 꼬맹이였고 나는 붉은 머리만 빼면 딱히 두드러질 게 없다. 충분히 잊었을 수 있다. 아니면 알아보았지만 모종의 이유로 조용히 있었던 건지도 모른다.

대기실 직원이 아이 대신 말했다. "모런 형사님께 손님이 왔습니다." 펜으로 소파를 가리켰다. "홀리 매키 양입니다."

돌아서자 햇빛이 내 얼굴에서 미끄러졌다. 홀리가 있었다. 나는 그 눈을 알아보았어야 했다. 크고 파란 눈, 눈꺼풀의 섬세한 곡선. 고양이 같은 곁눈질, 옛 그림 속 보석으로 장식한 창백한 소녀 같은, 비밀을 간직한 듯한 모습. "어, 홀리. 안녕, 오랜만이네." 내가 손을 내밀고 말했다.

홀리의 눈은 잠시 깜박임 없이 나를 빨아들이기만 하고 아무것도 내보이지 않았다. 그러더니 잠시 후 홀리가 일어섰다. 악수할 때는 아직도 꼬마 때처럼 손을 너무 빨리 뺐다. "안녕하세요, 스티븐 아저씨." 홀리가 말했다.

목소리가 좋았다. 맑고 차분했고, 만화영화 같은 짱알거림도 없었다. 억양은 고급스럽지만 역겹지 않았다. 아빠가 허락하지 않았을 테지. 집에서도 그런 말투를 썼다면 블레이저를 벗고 공립학교로 옮기게 했을 것이다.

"무슨 일로 나를 찾아왔니?"

낮은 목소리. "아저씨한테 드릴 게 있어요."

나는 어리둥절했다. "응?" 오전 9시 10분, 교복 차림. 홀리는 수업을 땡땡이쳤고 그 학교는 그런 걸 대충 봐주는 곳이 아니다. 그러니까 몇 년 전 일에 감사하러 온 건 아니었다.

"여기서는 말고요."

홀리는 눈빛으로 대기실 직원에게 '조용한 곳'이 필요하다고 말했다. 십 대 소녀 앞에서는 조심해야 한다. 형사의 딸이라면 두 배로 조심해야 한다. 홀리 매키가 원하지 않는 사람이 끼어들면 그날은 거기서 끝이다.

내가 말했다. "이야기할 만한 곳을 찾아보자."

나는 미제사건수사과 소속이다. 우리가 목격자를 찾아내도 사람들은 중요하지 않게 여긴다. 그건 진짜 살인 수사, 그러니까 총을 쏘고 수갑을 채우는 제대로 된 수사가 아니기 때문이다. 토네이도처럼 인생을 강타하고 지나가는 게 아니란 뜻이다. 그와 반대로 낡고 말랑말랑한 것, 모서리가 닳은 것이다. 우리는 대충 분위기를 맞춘다. 우리 과의 제1조사실은 좋은 치과의 대기실 같다. 폭신한 소파, 베니션블라인드, 유리 테이블과 모서리가 접힌 잡지책들, 싸구려 차와 커피. 원한다면 구석에 놓인 비디오카메라나, 블라인드 바깥쪽의 일방투명경 같은 건 무시해도 되고 실제로도 사람들은 무시한다. 힘들지 않을 겁니다, 선생님, 잠시만 시간을 내주시면 곧 귀가하실 수 있습니다.

나는 홀리를 그리 데려갔다. 다른 아이라면 몸을 움찔거리고 주변을 둘러봤지만 홀리에게는 이곳이 낯설지 않다. 홀리는 여기 사는 아이처럼 익숙하게 복도를 걸어갔다.

걸어가면서 나는 아이를 살펴보았다. 홀리는 성장이라는 멋진 일을 수행하고 있었다. 키는 평균 또는 살짝 아래. 몸매는 날씬하지만 자연스러운 게, 굶어서 만든 몸이 아니었다. 점점 여성미가 생기는 것 같았다. 눈길을 끄는 미인은 아니지만 못난 곳도 없다. 점도 교정기도 없고, 얼굴에 특별히 대칭이 맞지 않는 부분도 없었다. 눈이 예뻐서 다른 금발 소녀들보다 아름다웠고 한 번 더 쳐다보게 했다.

남자 친구한테 맞았나? 아니면 성추행이나 강간? 성범죄수사과에는 아는 사람이 없어서 나한테 온 건가?

'아저씨한테 드릴 거.' 증거인가?

조사실에 들어가자 홀리는 손목을 돌려서 문을 닫고 방 안을 둘러보았다.

나는 카메라 스위치를 누르고 말했다. "앉아."

홀리는 가만히 서서 녹색 소파의 벗겨진 부분을 만졌다. "전의 방들보다 이 방이 더 좋네요."

"요즘 어떻게 지내니?"

여전히 방을 둘러볼 뿐 내게 눈길을 주지 않는다. "잘 지내요."

"차나 커피 줄까?"

고개를 젓는다.

나는 기다렸다. 홀리가 말했다. "아저씨도 나이 들었네요. 전에는 학생 같았는데."

"너는 인형을 안고 조사를 받는 꼬맹이 같았지. 클래라였나?" 그러자 홀리가 나를 보았다. "우리 둘 다 여기서 나이가 들었네."

홀리가 처음으로 웃었다. 입꼬리가 살짝 올라가는 미소, 예전 모습과 똑같았다. 그 시절 그 미소는 어딘가 안쓰러웠고 매번 깊은 인상을 남겼다. 이번에도 그랬다.

"다시 만나서 반가워요."

그때 홀리는 아홉 살인가 열 살이었고 살인 사건의 증인이었다. 담당 사건은 아니었지만 내가 아이의 이야기를 들었다. 나는 홀리의 진술을 받고 재판에 나가서 증언하도록 도와주었다. 아이는 재판에 나가기 싫어했지만 어쨌든 나갔다. 형사인 아버지가 시켰을 것이다, 아마도. 홀리가 아홉 살이었을 때도 나는 그 아이를 잘 안다는 착각은 하지 않았다.

"나도 반갑다." 내가 말했다.

빠른 호흡으로 어깨를 올리더니 이어 고개를 끄덕였다. 마치 자신에게 하듯, 이제 됐다는 듯이. 홀리는 책가방을 바닥에 떨구고 라펠 밑에 엄지를 넣어서 나에게 교표를 가리켜 보였다. "지금은 킬다에 다녀요." 그리고 나를 바라보았다.

고개만 까딱이니 건방진 느낌이 들었다. 세인트킬다 칼리지. 나 같은 사람은 들어볼 일이 없는 학교. 살인 사건이 아니었다면 전혀 몰랐을 학교다.

여자 중고등 통합학교, 사립, 푸르른 교외에 위치. 수녀들이 운영. 일 년 전에 수녀 두 명이 아침 일찍 산책을 하다가 교정 뒤편의 작은 숲에 한 소년이 누워 있는 것을 보았다. 처음에는 술에 취해 자는 줄 알았다. 수녀들은 소년을 꾸짖고 어떤 여학생을 망치려고 여기 왔는지 추궁하려고 했다. 수녀의 천둥 같은 호통. "학생!" 하지만 소년은 움직이지 않았다.

크리스토퍼 하퍼, 16세, 길 하나를 사이에 두고 두 개의 높은 담장으로 가로막힌 남학교의 학생. 전날 밤에 누가 그의 머리를 박살 냈다.

고층 건물을 몇 채나 지을 만큼의 인력, 주택 대출을 갚을 만큼의 야근, 댐도 지을 만큼 많은 서류. 의심스러운 수위 겸 잡역부는 탈락. 피살자와 싸운 학교 친구도 탈락. 일대에서 공포의 대상이었던 외국인들도 탈락.

그러고 나니 아무것도 없었다. 용의자도 없고 크리스토퍼가 세인트킬다 교정에 들어온 이유도 오리무중이었다. 그런 뒤 야근이 줄고 인력도 줄고 모든 게 사라졌다. 미성년자가 희생된 사건이라 아무도 대놓고 말은 안 했지만 사건은 그걸로 종결되었다. 서류는 모두 지하실의 '살인' 구역에 들어갔다. 조만간 언론이 경찰을 괴롭히면 '마지막 기회'라는 이름을 달고 우리 앞에 나타날 것이다.

홀리는 라펠을 다시 반듯하게 당기고 말했다. "크리스토퍼 하퍼 일 아시죠?"

"그래. 그때도 세인트킬다 학생이었니?" 내가 말했다.

"네, 1학년 때부터 거기 다녔고 지금은 4학년이에요."

홀리는 거기 멈춰서 내가 또 힘들여 탐색하게 했다. 질문 하나만 잘못 하면 홀리는 떠날 것이고, 나는 늙고 이해할 줄 모르는 또 한 명의 쓸모없는 어른으로 버려질 것이다. 나는 조심스럽게 말을 골랐다.

"기숙생이니?"

"3학년부터요. 하지만 월요일부터 금요일까지만이고 주말에는 집에 가요."

나는 그날이 무슨 요일이었는지 기억나지 않았다. "그날 밤에도 거기 있었니?"

"크리스가 죽은 날 밤 말이죠."

짜증이 파랗게 번득인다. 그 아버지의 딸. 모호함을 참지 못한다. 어쨌든 타인의 모호함은.

"그래, 크리스가 죽은 날 거기 있었니?" 내가 물었다.

"'거기'엔 당연히 없었죠. 하지만 학교에는 있었어요."

"네가 보거나 들은 게 있니?"

다시 한번 짜증의 불꽃, 이번에는 더 뜨겁게 튀어오른다. "그 질문은 이미 받았어요. 살인수사과 형사님들한테서요. 우리 모두 천 번은 질문받았어요."

"하지만 그 뒤로 뭐가 생각났을 수도 있잖아. 아니면 이제 비밀을 털어놓기로 마음먹었을 수도 있고."

"저는 바보가 아니에요. 이런 일이 어떻게 돌아가는지 안다고요. 잊으셨어요?" 홀리는 방을 나갈 듯이 발끝으로 섰다.

작전 변경. "크리스랑 아는 사이였니?"

홀리는 조용해졌다. "그냥 오다가다 아는 사이였어요. 두 학교가 여러 가지 일을 같이 하다 보니 서로 알게 되거든요. 친하거나 그런 건 아니었지만 우리 친구들이랑 여러 번 같이 어울렸어요."

"어떤 아이였니?"

어깨 으쓱. "남자애였어요."

"그 애를 좋아했니?"

다시 어깨 으쓱. "그냥 어쩌다 보는 애였어요."

나는 홀리의 아빠 프랭크 매키를 약간 안다. 비밀스러운 사람. 정면으로 다가가면 피하고 옆으로 다가가면 고개를 숙이고 돌진한다. 내가 말했다. "나한테 뭘 알려주러 왔다고 했잖아. 수수께끼 놀이 할 생각은 없어. 무슨 말을 해야 할지 모르겠으면 가서 다시 생각해 봐. 알면 지금 말하고."

홀리는 내 말을 인정하고 다시 미소를 지을 듯하다가 고개만 끄덕였다.

"학교에 게시판이 있어요." 홀리가 말했다. "맨 위층 미술실 맞은 편에요. 게시판 이름은 '시크릿 플레이스'예요. 비밀이 있으면, 그러니까 부모님이 밉다거나 좋아하는 남자애가 있다거나 하면 그 내용을 카드에 적어서 붙여요."

누가 그런 일을 하겠느냐고 물어봐야 소용없다. 십 대 여학생을 이해하기란 쉽지 않다. 나는 누이들이 있다. 그냥 그러려니 하는 법을 배웠다.

"어제저녁에 친구들이랑 미술실에 있었어요. 과제가 있었거든요. 그러다가 거기에 제 휴대폰을 두고 왔는데 소등 시간이 지나서야 알게 돼서 찾으러 가지는 못했어요. 그래서 다음 날 아침에 일어나자마자 갔죠. 아침 식사 전에요."

지나치게 능숙하다. 잠시 멈추는 일도, 눈을 깜박이는 일도, 말을 더듬는 일도 없다. 다른 여학생이었다면 헛소리라고 했을 것이다. 하지만 홀리는 경험이 있고 아빠가 있었다. 내가 아는 바에 따르면 그는 홀리가 집에 늦을 때마다 진술을 받았을 것이다.

"그러다 게시판을 봤어요. 미술실에 가다가요." 홀리가 말하고 허리를 굽혀서 가방을 열었다.

나를 찾아온 이유는 거기 있었다. 홀리의 손이 녹색 종이 파일 위에서 망설였다. 내 눈길을 피하듯 잠시 고개를 숙이자 포니테일로 묶은 머리카락이 앞으로 쏟아져 얼굴을 가렸다. 나는 계속 홀리의 담력을 주시했는데 결국 아이스크림 같은 차가움과 매끈함을 끝까지 유지하지는 못했다.

잠시 후 홀리가 허리를 펴고 무표정한 얼굴로 다시 나를 바라보았다. 그리고 녹색 종이 파일을 든 손을 내밀더니 내가 잡자마자 탁 놓았다. 그 동작이 너무 빨라서 파일을 떨어뜨릴 뻔했다.

"이게 게시판에 붙어 있었어요."

파일에는 "홀리 매키, 4L, 사회"라고 적혀 있었다. 안에는 클리어 파일 낱장이 있고 구석에 압정과 카드 한 장이 들어 있었다.

카드 속 얼굴은 홀리의 얼굴보다 더 빨리 알아볼 수 있었다. 모든 신문의 1면과 텔레비전 화면, 모든 부서의 게시판을 몇 주 동안이나 차지하고 있던 얼굴이니까.

그것과 다른 사진이기는 했다. 노란 단풍을 배경으로 뒤를 돌아보며 환하게 웃는 잘생긴 소년. 반짝이는 갈색 머리를 보이밴드 스타일로 내려 빗었고 숱 많은 눈썹은 바깥쪽이 처져서 강아지 같은 느낌을 주었다. 깨끗한 피부, 장밋빛 뺨, 광대뼈 위에 있는 약간의 주근깨. 죽지 않았다면 강인한 형태로 자랐을 턱. 눈과 코에 주름을 일으킨 밝은 미소. 조금은 건방지고 약간 사랑스럽고 풋풋한 모습. '젊다'는 말에서 떠오르는 모든 싱그러움이 거기 있었다. 여름의 낭만, 꼬마 동생의 영웅, 총알받이.

얼굴 아래, 소년이 입은 청색 티셔츠 위에는 책에서 오린 글자들을 붙여서 만든 문장이 있었다. 인질범의 몸값 요구 편지처럼 글자가 띄엄띄엄 배치되어 있었는데, 글자 자체는 여백 없이 바짝 아주 깔끔하게 오렸다.

난 누가 그 애를 죽였는지 알아.

홀리가 말없이 나를 바라본다.

나는 클리어 파일을 뒤집어보았다. 그냥 하얀 카드, 아무 데서나 사서 사진을 출력할 수 있는 카드다. 글도 없고 아무것도 없다.

"여기 손을 댔니?"

눈이 천장으로 향한다. "그럴 리가요. 미술실에 가서 그걸 가져왔어요." 클리어 파일을 가리킨다. "조각칼도요. 조각칼로 압정을 뽑아서 카드하고 같이 클리어 파일 안에 떨구어 넣었어요."

"잘했다. 그리고?"

"옷 속에 감추고 기숙사에 돌아와서 종이 파일에 끼워 넣었죠. 그런 뒤 아프다고 하고 다시 기숙사에 가서 누웠어요. 그리고 보건 선생님이 다녀가신 다음에 몰래 나와서 여기 왔고요."

"왜?"

홀리는 눈썹을 치켜올리고 나를 보았다. "여기 분들이 알고 싶어하실 것 같아서요. 관심 없으면 버리세요. 저는 다시 몰래 학교로 돌아갈 수 있어요."

"관심 있어. 네가 이걸 발견한 건 당연히 기쁘지. 내가 궁금한 건 왜 선생님이나 아빠한테 가져가지 않았느냐는 거야."

시선이 벽시계를 향해 올라가다가 비디오카메라에서 잠깐 멈춘다. "그 말을 들으니 생각나네요. 쉬는 시간에 보건 선생님이 다시올 텐데 제가 없는 걸 보면 난리 날 거예요. 아저씨가 학교에 전화해서 우리 아빠인 척하고 제가 급한 일로 집에 왔다고 말씀해주실래요? 할아버지가 위독하시다고요. 제가 상담실에 불려가 상담을 당하는 게 싫어서 아무 말도 없이 그냥 나왔다고요."

그 말은 나에게 통했다. "내가 학교에 전화할게. 하지만 네 아빠라고는 안 해." 홀리에게서 답답한 한숨이 터져 나왔다. "그냥 나한테 전할 게 있어서 왔고 그건 잘한 일이라고만 할게. 그러면 문제없겠지?"

"뭐, 그러세요. 그러면 어쨌든 일의 내용에 대해 제가 밝힐 순 없다고 말씀해주세요. 그래야 학교에서 들볶지 않을 테니까요."

"좋아." 크리스 하퍼는 여전히 나를 보며 웃고 있다. 어깨 곡선에 든 에너지로 더블린 절반에 불을 밝힐 수 있을 것 같다. 나는 그를 다시 종이 파일에 넣고 커버를 닫았다. "다른 사람한테도 이야기했니? 친한 친구라거나? 탓하려는 게 아니라 그냥 알고 싶어서."

그림자가 홀리의 광대뼈 위로 미끄러져서 입 모양을 더 성숙하고 복잡하게 만든다. 목소리 아래 무언가 깔린다. "아뇨. 아무한테도 말하지 않았어요."

"좋아. 학교에 전화를 하고 네 진술을 들을게. 부모님 한 분을 입회시킬까?"

홀리는 정색했다. "아뇨. 입회인이 필요한가요? 그냥 하면 안 돼요?"

"네가 몇 살이지?"

홀리는 거짓말을 할까 하다가 그러지 않기로 했다. "열여섯요."

"성인의 입회가 필요해. 네가 위압감을 느끼지 않도록."

"저는 아저씨한테 위압감을 느끼지 않아요."

그건 맞다. "알아. 그래도. 잠깐 여기 있어. 원한다면 차 한잔하고 있어. 금방 돌아올게."

홀리는 소파에 주저앉더니 온몸을 꼬았다. 다리도 꼬고 팔짱도 끼었다. 그리고 포니테일 머리카락 끝을 당겨서 씹기 시작했다. 건물은 평소처럼 지글지글 끓었지만 홀리는 추운 것 같았다. 내가 나가는 모습을 보지도 않았다.

2층 아래 있는 성범죄수사과에는 사회복지사가 대기한다. 나는 그녀를 데리고 와서 진술을 받았다. 그후 복도에서 사회복지사에게 홀리를 세인트킬다 칼리지까지 태워다줄 수 있느냐고 물었는데 그 말에 홀리가 나를 노려보았다. 내가 말했다. "이렇게 하면 네가 경찰서에 왔고 남자 친구를 시켜서 전화한 게 아니라는 걸 확실히 보여줄 수 있잖아. 문제를 방지하는 거야." 홀리의 표정을 보면 속지 않았다는 걸 알 수 있었다.

홀리는 이제 어떻게 되느냐고, 카드를 어떻게 할 거냐고 묻지 않았다. 그 정도는 알았다. 그냥 "안녕히 계세요" 하고만 말했다.

"와줘서 고맙다. 잘했어."

홀리는 대답하지 않았다. 그저 미소 비슷한 것을 짓고 손만 살짝 흔들었다. 냉소가 섞인 듯도 하고 아닌 듯도 했다.

나는 홀리가 꼿꼿한 자세로 복도를 걸어가는 모습을 지켜보았다. 사회복지사가 홀리에게 대화를 시도할 때 나는 홀리가 내 질문에 답하지 않았다는 것을 깨달았다. 아이는 롤러스케이트를 타듯 매끈하게 질문을 빠져나갔다.

"홀리."

홀리는 어깨에 멘 가방끈을 당기며 돌아보았다. 경계하는 표정.

"내가 아까 물어본 건데, 왜 이걸 나한테 가져왔지?"

홀리는 나를 바라보았다. 불안한 표정, 사람을 따라 움직이는 그림 속 시선 같은.

"오래전 그때, 일 년 동안 모두가 긴장 속에 살았어요." 홀리가 말했다. "한마디만 잘못하면 제가 신경쇠약에 걸리고 거품을 물며 실려 가기라도 할 것처럼요. 아빠도 그랬어요. 신경 쓰지 않는 척했지만 저는 아빠가 계속 걱정하는 걸 알았어요. 사방이 한숨과 한탄이었어요." 순수한 분노의 삐걱거림, 불가사리 모양으로 굳는 손. "그때 저를 겁쟁이로 보지 않은 사람은 아저씨뿐이었어요. 아저씨는 그냥 '짜증 나지만 중요한 일이야. 세상에는 더 고약한 일들도 있지만 다들 그러고도 살아. 어서 이 일을 해치우자' 하는 식이었죠."

어린 증인에게는 감수성을 보여주는 일이 아주 중요하다. 우리는 그러려고 워크숍 따위를 하고 운이 좋으면 파워포인트 발표도 한다. 나는 어린 시절을 기억한다. 사람들은 잊는다. 약간의 감수성은 좋다. 조금 많은 것도 괜찮다. 하지만 조금 더 많아지면 치명타를 꿈꾸게 된다.

내가 말했다. "증언하는 건 피곤한 일이야. 하지만 너는 웬만한 사람보다 잘했어."

이번에 보인 미소에는 냉소가 없다. 다른 건 많지만, 냉소는 아니다. "학교 사람들한테 제가 겁쟁이가 아니라고 알려주실 수 있나요?" 홀리가 사회복지사에게 말했고, 사회복지사는 당황한 걸 감추기 위해 각별히 섬세한 표정을 지었다. "절대로 아니라고요." 그리고 아이는 떠났다.

나에 대한 한 가지 사실. 나는 계획이 있었다.

내가 홀리와 사회복지사를 보내고 가장 먼저 한 일은 경찰 네트워크에 들어가 하퍼 사건을 조회한 것이다.

책임 형사: 앤트워네트 콘웨이

여자가 살인수사과 형사로 일하는 건 신기한 일도 아니고 이러쿵저러쿵할 일도 아니다. 하지만 얼굴이 낯익은 경찰들은 대체로 구식이다. 젊은 경찰들도 그렇다. 평등은 서류에만 존재해서 손톱으로도 지워진다. 콘웨이가 살인수사과에 들어간 것은 성 상납을 해서라는 소문도 있고 소수자 우대를 통해서라는 말도 있다. 그녀는 약간 다르다. 아일랜드인의 허여멀건한 감자 같은 얼굴이 아니다. 다소 어두운 피부, 선이 굵은 코와 광대뼈, 검푸른 윤기가 흐르는 머리카락. 콘웨이가 휠체어만 탔더라면 지금쯤 경찰서장이 되었을 거라는 말도 있었다.

나는 콘웨이가 유명해지기 전부터 그녀를 알았다. 어쨌든 보기는 했다. 경찰학교에서 그녀는 나보다 이 년 후배였다. 큰 키, 뒤로 단단히 묶은 머리. 달리기 선수 같은 체형, 긴 팔다리, 길쭉한 근육, 언제나 높이 든 턱과 뒤로 젖힌 어깨. 콘웨이가 처음 왔을 땐 남자들이 주변에 와글거렸다. 적응을 돕기 위해서라고, 친절을 베푸는 거라고, 그녀와 다르게 생긴 여자들이 같은 대접을 받지 않은 것은 그저 우연이라고 했다. 그녀가 남자들에게 뭐라고 했는지는 몰라도 일주일이 지나자 남자들은 더이상 그녀에게 껄떡대지 않았다. 대신 그녀를 괴롭혔다.

경찰학교 이 년 후배. 나보다 일 년 뒤에 형사가 되고, 내가 미제 사건수사과에 갈 때 살인수사과에 들어갔다.

미제사건수사과는 좋다. 나 같은 노동계급 출신 더블린 남자에게 는 아주 좋다. 우리 집안에서 고등학교를 마친 뒤 상급학교에 진학 한 것은 내가 처음이었다. 나는 스물여섯에 형사가 되었고 스물여 덟에 일반형사부를 나와 범죄수사부에 배치되었는데 그때 홀리의 아빠가 나를 추천했다. 그리고 서른 살 생일 무렵에 미제사건수사 과에 들어갔고, 이번에는 추천이 없었기를 바랐지만 놀랍게도 추천 이 있었다. 지금 나는 서른두 살이다. 더 올라가야 할 때다.

미제사건수사과는 좋다. 살인수사과는 더 좋다.

내가 원했다고 해도 홀리의 아빠는 나를 살인수사과에 추천할 수 없었다. 살인수사과 과장이 그를 싫어한다. 나도 좋아하지 않는다.

홀리가 증언을 한 사건에 대해 말하자면 범인을 체포한 것은 나 다. 내가 미란다원칙을 고지하고 수갑을 채우고 체포 보고서에 내 이름을 서명했다. 하지만 나는 굴러온 돌이니, 원래대로라면 내 손 에 들어온 가치 있는 것은 모두 넘겨주고 얌전하게 수사본부에 돌아 가서 증언 사항이 없다는 진술서를 작성해야 했다. 하지만 범인을 체포한 건 나였고 내 성취였다.

나에 대한 또 한 가지 사실. 나는 기회가 오면 그걸 알아본다.

그 사건과 프랭크 매키의 추천 덕분에 나는 일반형사부에서 나오 게 되었다. 그 일로 미제사건수사과에 올 수 있었다. 하지만 같은 이 유로 살인수사과에는 갈 수 없었다.

나는 수갑 채우는 소리와 함께 문이 닫히는 소리를 들었다. '당신 은 원하지 않는 진술을 거부할 권리가 있습니다.' 그리고 그걸로 내가 당분간 살인수사과의 열외 명단에 올라갈 것을 알았다. 하지만 체포 성과를 넘겼다면 나의 커리어는 지지부진해지고, 수십 년간 증언 사항이 없다는 다른 사람들의 진술만 타이핑하게 되었을 것이다. '당신이 한 모든 발언은 기록되어 증거로 사용될 수 있습니다.' 철컥.

기회를 보면 그것을 잡는다. 나는 시간이 지나면 그 문이 다시 열릴 거라 믿었다.

칠 년이 지났고 진실이 떠오르기 시작했다.

살인수사과는 서러브레드 품종 말들의 공간이다. 그들은 눈부시다. 단련된 근육 같은 매끈한 물결. 숨 막히는 매혹. 살인수사과는 팔에 찍히는 불도장이다. 엘리트 군부대처럼, 검투사처럼 평생의 자부심이 된다. '우리 중 가장 뛰어난 자들.'

나는 살인수사과를 원한다.

카드와 홀리의 진술을 앤트워네트 콘웨이에게 넘겨주고 끝낼 수도 있었다. 아니, 홀리가 그 카드를 꺼낸 순간 콘웨이에게 전화를 해서 홀리와 카드를 모두 넘겨주었다면 더 좋았을 것이다.

하지만 그럴 수 없었다. 이것은 나의 유일한 기회였다.

하퍼 사건의 두 번째 책임자 토머스 코스텔로는 살인수사과의 오랜 사역마였다. 이백 년 동안 일하고 두 달 전에 은퇴했다. 살인수사과에 기회가 생기면 나는 안다. 앤트워네트 콘웨이는 아직 새 파트너를 정하지 않고 단독 비행중이다.

나는 미제사건수사과 과장에게 갔다. 그는 내가 무엇을 노리는지 알지만 그게 우리에게 가져다줄 성과, 즉 유명 사건에 참여하는 것을 좋아했다. 그것이 내년 예산에 끼칠 영향도 좋아했다. 나를 좋아하지만 내가 없으면 안 되는 건 아니었다. 내가 살인수사과에 가서 콘웨이에게 직접 '즐거운 수요일' 카드를 건네는 것도 상관하지 않았다. 서둘러 돌아올 필요 없어, 과장이 말했다. 살인수사과가 이 일에 나를 원하면 쓸 수 있다.

콘웨이는 나를 원하지 않겠지만 어쨌든 쓰게 될 것이다.

콘웨이는 면담중이었다. 나는 살인수사과의 빈 책상에 앉아서 그곳 사람들과 잡담을 했다. 많이 하지는 않았다. 살인수사과는 바쁘다. 거기 가면 심장박동이 올라간다. 전화가 울리고, 컴퓨터가 돌아가고, 사람들이 들어오고 나간다. 서두르지는 않지만 빠르게. 하지만 몇 명은 내게 농담을 걸 시간이 있었다. 콘웨이랑 같이하려고? 뭐가 있는 줄은 알아서. 일주일 동안 아무도 안 괴롭혔거든. 하지만 남자하고 재미 보는 줄은 몰랐네. 궂은일을 맡아줘서 고마워. 해본 적은 있어? 거기 맞는 복장은 있어?

모두 나보다 몇 살 많았고 나보다 깔끔한 옷차림이었다. 나는 미소만 짓고 말은 별로 하지 않았다.

"콘웨이가 붉은 머리한테 갈 줄은 몰랐는걸."

"그래도 나는 머리카락이 있어요. 대머리는 아무도 좋아하지 않죠."

"우리 집의 멋진 여자는 좋아하는데."

"어젯밤에는 다른 말을 하던데요."

대충 이런 이야기들.

앤트워네트 콘웨이가 종이 한 뭉치를 들고 들어오더니 팔꿈치로 문을 닫고 자기 책상으로 갔다.

여전히 당당한 걸음걸이. 키는 나하고 같은 183센티미터인데, 일부러 키운 것이다. 그중 5센티미터는 다른 사람의 발가락을 으스러뜨릴 듯한 통굽이다. 값나가는 검은 바지 정장은 날렵하고 통이 좁다. 그 긴 다리를 감출 생각이 전혀 없다. 그리고 탱탱한 엉덩이. 그녀가 살인수사과 사무실을 걸어가기만 해도 '이걸 어떻게 해보고 싶어?' 하고 대여섯 번은 말하는 것 같다.

"그놈이 인정했어, 콘웨이?"

"아니."

"쯧쯧, 감을 잃었군."

"그 사람은 용의자가 아니야, 멍청아."

"그런다고 그만둬? 급소를 탁 차면 자백이 나올 거야."

평범한 대화가 아니다. 공중에 가시가, 칼날이 있다. 나는 그게 그녀 때문인지, 그날만 그런 건지, 살인수사과의 문제인지 알 수 없었다. 살인수사과는 다르다. 빠르고 강하다. 외줄이 더 좁고 더 높이 매달려 있다. 한 발짝만 잘못 디뎌도 끝장이다.

콘웨이는 의자에 앉아서 컴퓨터 화면에 무언가를 불러온다.

"남자 친구 왔어, 콘웨이."

그녀는 무시했다.

"남자 친구한테 키스 안 해줘?"

"무슨 헛소리야?"

농담한 사람이 엄지로 나를 가리켰다.

"받으시지요."

콘웨이는 나를 보았다. 눈동자가 검고 차가운 눈, 일 밀리미터도 움직이지 않는 강한 입. 화장기 없는 맨얼굴.

"네?"

"미제사건수사과 스티븐 모런입니다." 나는 증거 봉투를 콘웨이의 책상에 내려놓았다. 경찰학교에서 그녀에게 껄떡거리지 않은 게 다행이었다. "오늘 나한테 이게 왔어요."

콘웨이의 얼굴은 카드를 보고도 변하지 않았다. 그녀는 천천히 카드의 양면을 살펴보고 거기 적힌 문장을 읽었다. "그 애군요." 그녀가 홀리의 이름을 보고 말했다.

"홀리를 알아요?"

"작년에 수사할 때 몇 번 조사했어요. 아무것도 안 나왔죠. 앙큼한 계집애. 그 학교 애들이 다 그렇지만 홀리는 최악 중 하나였어요. 아주 애를 먹였어요."

"홀리가 무언가 알고 있는 것 같았나요?"

날카로운 시선으로 진술서를 든다. "이건 어떻게 받은 거죠?"

"홀리 매키는 2007년에 내가 수사한 사건의 증인이었어요. 그때 친해졌는데 내 생각보다 더 친해졌던 모양이에요."

콘웨이가 한쪽 눈썹을 올렸다. 그 사건을 안다는 뜻. 그렇다면 나에 대해서도 들었을 것이다. "좋아요. 고마워요." 그녀가 말했다. 어느 쪽의 뉘앙스도 없는 목소리.

콘웨이는 의자를 반대쪽으로 돌려서 전화기 버튼을 눌렀다. 그리고 수화기를 턱 밑에 끼우고 의자에 기대서 카드를 다시 읽었다.

거칠어, 우리 대장이라면 콘웨이를 그렇게 평했을 것이다. '앤트워네트라는 친구 말이야…….' 턱을 내리고 곁눈질을 하면서 '약간 거칠어'라고 했을 것이다. 성격을 말하는 게 아니다. 그것만 말하는 건 아니다. 출신 등을 뜻하는 것이다. 억양과 눈빛이 말해주었다. 더블린, 도심. 아마도 내가 자란 동네와 가까웠겠지만 그러면서도 멀었을 곳. 빌딩 숲. IRA*를 동경하는 그래피티와 오줌 웅덩이. 약쟁이들. 평생 어떤 시험에도 붙을 일 없지만 실업수당과 관련한 복잡한 셈법에는 통달한 사람들. 콘웨이의 직업 선택에 찬성하지 않았을 사람들.

거친 것을 좋아하는 사람들이 있다. 쿨하다고, 야생적 느낌이라고, 전염성이 있다고, 비속어를 다 꿰고 있을 거라고. 하지만 막상 그 강둑 위에서 자라면 거친 것은 그렇게 섹시해 보이지 않는다. 자기 가족 전체가 홍수 진 물 위로 머리를 간신히 내밀고 개헤엄을 치고 있을 때는. 나는 벨벳처럼 매끄러운 것이 좋다.

나는 콘웨이와 친해질 필요는 없다고 속으로 되새겼다. 그저 살인 수사과 과장의 레이더에 걸릴 만큼 능력을 발휘하고 계속 움직여야 한다고.

"소피, 나 앤트워네트예요." 콘웨이는 자신이 좋아하는 사람하고 이야기할 때는 입이 부드러워져서 '무엇이든 말씀만 하세요' 하는 듯이 입꼬리가 올라갔다. 더 젊어 보였고, 용기가 난다면 술집에서 다가가서 말을 걸고 싶은 사람이 되었다. "응, 좋아요. 소피는요? ……지금 사진을 한 장 보낼 거예요. ……아니, 하퍼 사건요. 지문도 떠야 되지만 사진도 좀 봐줘요. 카메라 기종이랑 인화지 종류, 그 밖에 알아낼 수 있는 건 전부 확인해줘요." 콘웨이는 파일을 더 바짝 기울였다. "사진에 글도 붙어 있어요. 책에서 오린 글자를 이어 붙여서 만들었어요. 인질범 편지처럼요. 어떤 책에서 오린 건지도 알 수 있

* 북아일랜드와 아일랜드의 통일을 추구하는 게릴라 군사 조직.

나요? ……알아요. 기적을 만들어줘요. 안녕."

콘웨이는 전화를 끊고 주머니에서 휴대폰을 꺼내 카드의 사진을 찍었다. 앞면, 뒷면, 가까이서, 멀리서, 미세한 디테일까지. 그리고 구석에 있는 프린터로 가서 사진을 출력한 뒤 책상으로 돌아와 나를 보았다.

빤히 바라보는 시선을 나도 맞받았다.

"안 갔어요?"

"콘웨이 씨하고 같이 이 일을 하고 싶어요."

약간의 웃음. "그러시겠죠." 콘웨이는 의자에 다시 앉아 책상 서랍에서 봉투를 발견했다.

"당신은 홀리 매키하고 그 친구들한테서 아무것도 얻어내지 못했다고 직접 말했어요. 그런데 그 애가 나를 좋아하는지 신뢰하는지 어쨌든 이걸 내게 가져왔어요. 홀리하고 나하고 이야기가 잘되면 홀리 친구들도 나한테 이야기를 할지 몰라요."

콘웨이는 내 말을 곱씹으면서 의자를 양옆으로 흔들었다.

"당신이 손해 볼 게 뭔가요?"

아마 억양 때문이었던 것 같다. 경찰은 대부분 시골 또는 소도시 출신이다. 아무도 알아주지 않는데 자기 혼자 우주의 중심인 줄 아는 재수 없는 더블린 출신은 사랑받지 못한다. 어쩌면 콘웨이가 나에 대해 무슨 이야기를 듣고 나에게 호감을 가졌을 수도 있다. 어느 쪽이건.

그녀는 봉투에 이름을 쓰고 카드를 안에 넣으며 말했다. "학교에 가서 게시판을 보고 사람들을 만나봐야겠어요. 원한다면 같이 가도 돼요. 당신이 도움이 되면 다음 일을 의논해볼 수도 있겠죠. 도움이 안 되면 미제과로 꺼지시고요."

나는 겉으로 좋은 내색을 하면 안 된다는 걸 알 만큼은 분별력이 있었다. "그러죠."

"내가 그쪽 대장님한테 오늘 안 돌아온다고 전화해야 하나요?"

"우리 대장은 이미 알아요. 문제없어요."

"좋아요." 콘웨이가 말하고 의자를 뒤로 물렀다. "바로 출발하죠. 운전은 내가 할게요."

우리가 문을 나서자 누가 등 뒤에서 휘파람을 불었다. 웃음소리도 들렸다. 콘웨이는 돌아보지 않았다.

2

구월의 첫 일요일 오후, 기숙생들이 세인트킬다에 돌아온다.* 파랗고 깨끗한 하늘은 한구석에서 V 자 대형을 이루며 날아가는 새들만 빼면 아직도 여름 하늘이다. 학생들은 나른하게 비어 있던 여름 냄새와 새로 칠한 페인트 냄새가 나는 복도에서 느낌표를 세 개씩 찍으며 소리를 지르고 펄쩍펄쩍 뛰면서 서로를 껴안는다. 볕에 탄 피부와 휴가 이야기를 가지고 돌아온 그들은 머리 모양도 달라졌고, 절친들에게도 낯설고 거리감이 느껴질 만큼 가슴이 커졌다. 잠시 후 매케나 교장의 환영사가 끝나고 찻주전자와 비스킷이 치워진다. 부모님들은 포옹도 하고 숙제가 어쩌고 천식 흡입기가 어쩌고 하는 민망한 당부까지 마쳤다. 1학년생 몇몇은 울었다. 깜박 잊은 것들을

---

* 아일랜드는 9월부터 6월 말경까지 학기를 운영한다.

얼른 가져오고 나서 마지막 자동차 소리가 희미하게 바깥 세계로 떠난다. 남은 것은 기숙생, 사감, 그리고 재수 없이 그날 당직인 교직원 두 명, 그리고 학교뿐이다.

새로운 것이 너무 많다. 홀리는 최선을 다해 주변과 보조를 맞추고 무표정을 유지하며 이 모든 것이 조만간 진짜처럼 느껴지기를 바란다. 기숙사의 낯설고 경사진 복도로 트렁크를 끌고 가는 동안 바퀴 소리가 천장 구석구석에 울리고 마침내 홀리의 새 방에 울린다. 홀리는 자신의 고리에 노란 수건들을 걸고 침대 위에 노란색과 흰색 줄무늬 이불을 폈다. 이불은 아직도 주름 자국이 선명하고 비닐 포장에서 갓 꺼낸 냄새가 난다. 홀리와 줄리아가 창가 쪽 자리다. 설리나와 베카는 결국 두 사람에게 선택권을 주었다. 새로운 각도로 보니 창밖의 교정 풍경도 달라 보인다. 탐험을 기다리는 은밀한 구석이 가득한 비밀의 교정 같다.

구내식당조차 새로운 장소 같다. 홀리는 점심시간에 구내식당이 어떤지 잘 안다. 수다와 법석이 천장까지 끓어오르는 곳. 아이들은 다른 테이블에 앉은 친구들에게 소리를 지르고, 한 손으로 밥을 먹으면서 한 손으로는 문자메시지를 보낸다. 저녁 시간이 되면 소란은 줄어들고 기숙생들이 텅 빈 식당의 포마이카 테이블에 삼삼오오 앉아서 미트볼과 샐러드를 먹으며 소곤소곤 이야기한다. 불빛은 점심시간보다 침침하고 냄새는 어쩐지 더 강하게 느껴진다. 미트볼과 식초 냄새는 맛있음과 역겨움의 중간 어디쯤이다.

모두가 소곤소곤 이야기하는 건 아니다. 조앤 헤퍼넌과 제마 하딩과 올라 버지스와 앨리슨 멀둔은 두 테이블 건너에 있지만 조앤은 어디서건 모두가 자기 말을 한 마디도 빼놓지 않고 듣고 싶어 한다고 생각한다. 그게 사실이 아니더라도 사람들은 대체로 지적할 용기가 없다. "《엘르》에 나왔어. 진짜 쩐다니까. 솔직히, 지적질하려는 게 아니라 너한테는 박피제가 필요해, 올라."

"으으." 줄리아가 인상을 쓰고 조앤 쪽의 귀를 문지른다. "설마 아침 식사 때도 저렇게 시끄러운 건 아니겠지? 나는 아침이 힘들단 말이야."

"박피제가 뭐야?" 베카가 묻는다.

"피부 용품." 설리나가 말한다. 조앤과 친구들은 얼굴과 머리, 그리고 셀룰라이트에 대해 잡지에서 권하는 모든 방법을 다 해본다.

"무슨 정원 용품 같은걸."

"대량 살상 무기 같아." 줄리아가 말한다. "쟤들은 명령을 수행하는 로봇 박피 부대야. 우리는 박피할 것이다."

줄리아는 달렉* 같은 목소리로 일부러 크게 말하지만, 조앤과 친구들이 돌아본 순간에는 이미 조앤 무리는 안중에도 없다는 듯 포크로 미트볼을 찍어 들고 설리나에게 여기에 눈알이 든 걸까 하고 묻는다. 조앤은 무표정하고 차가운 눈으로 줄리아를 훑은 뒤 파파라치를 의식하듯 머리카락을 휙 튕기고 음식으로 돌아간다.

"우리는 박피할 것이다." 줄리아가 달렉 목소리로 말한 뒤 다시 자기 목소리로 돌아간다. "그래, 홀리, 그거 물어보려고 했는데 너네 엄마가 세탁망 샀어?" 그들은 모두 웃음을 참는다.

조앤이 끼어든다. "잠깐, 너 나한테 뭐라고 했니?"

"내 가방에 있어." 홀리가 줄리아에게 말한다. "이따가 가방 풀

---

* 영국 드라마 〈닥터 후〉에 나오는 외계 로봇 종족.

때……. 누구, 나 말하는 거야?"

"아무나. 무슨 문제 있어?"

줄리아와 홀리와 설리나는 무표정하다. 베카는 웃음이 터져 나와서 공포와 스릴의 미트볼을 뿜을까 봐 감자를 입에 쑤셔 넣는다.

"미트볼 별로야?" 줄리아가 묻는다. 그리고 잠시 후 하하 웃는다.

조앤도 하하 웃고 나머지 달렉들도 따라 웃지만 조앤은 여전히 차가운 눈으로 말한다. "너네 웃긴다."

줄리아가 코를 찡그린다. "고마워. 나는 즐거움을 주는 걸 좋아해."

"좋네. 계속 그렇게 해." 조앤이 말하고 식사로 돌아간다.

"우리는 박피할……."

이번에는 조앤이 거의 들을 뻔하지만 설리나가 재빨리 끼어든다. "나한테 세탁망 여분 있어. 너네가 필요하다면." 웃음을 참느라 얼굴 전체가 일그러졌지만 조앤을 등진 자세인데다 평온하며 침착하고 웃음기는 없는 목소리다. 조앤의 레이저 눈길이 그들과 식당을 훑으며 감히 그런 시도를 한 자를 탐색한다.

음식을 너무 빨리 욱여넣은 탓에 베카에게서 거대한 트림이 폭발한다. 베카는 얼굴이 빨개지지만 나머지 셋에게는 간절하던 핑계가 생긴다. 그들은 서로를 붙잡고 얼굴을 테이블에 대다시피 한 채 폭소한다. "너네 진짜 꼴불견이다." 조앤이 말하고 고개를 돌리며 입술을 오만하게 뒤튼다. 훈련이 잘된 조앤의 친구들도 얼른 똑같이 고개를 돌리며 입술을 뒤튼다. 그러자 웃음 발작은 더 걷잡을 수 없어진다. 줄리아는 미트볼이 코에 들어가서 얼굴이 빨개지고 그걸 빼내려고 종이 냅킨에 코를 팽팽 푼다. 다른 아이들은 의자에서 떨어질 지경이 된다.

마침내 웃음이 가라앉자 담력도 가라앉는다. 그들은 조앤 무리와 충돌하지 않는다. 그게 현명하다.

"왜 그랬어?" 홀리가 줄리아에게 나직이 묻는다.

"뭐? 조앤이 피부 용품 어쩌고를 계속 떠들게 놔뒀으면 내 고막이 찢어졌을 거야. 어쨌든 성공했잖아." 달렉들은 식판 위에 몸을 웅크리고 의심스러운 눈길을 던지며 보란 듯이 목소리를 낮춘다.

"하지만 조앤이 기분 상할걸." 베카가 눈이 동그래져서 속삭인다.

줄리아가 어깨를 으쓱한다. "그래서 어쩔 건데? 걔가 날 처형하기라도 해? 나더러 걔 시녀가 되라는 말이야?"

"열 내지 마." 설리나가 말한다. "조앤이랑 싸우고 싶으면 시간은 많아. 꼭 오늘 싸울 필요는 없어."

"왜 그래? 우리가 걔랑 친했던 것도 아니고."

"그렇다고 원수도 아니잖아. 그리고 이제 너는 조앤이랑 같이 살아야 돼."

"맞아." 줄리아가 과일 샐러드를 먹으려고 식판을 돌리면서 말한다. "난 새 학년을 즐겁게 보낼 거야."

높은 담장 하나와 가로수 가득한 도로, 이어 높은 담장 또 하나를 지난 곳에 세인트컬름 칼리지가 있고 그곳의 기숙생들도 돌아왔다. 크리스토퍼 하퍼는 침대에 붉은색 이불을 펴고 옷장의 자기 구역에 옷을 넣었다. 그가 새롭게 굵어진 목소리로 음란하게 개사한 교가를 부르자 룸메이트들이 합류해서 동작까지 더한다. 크리스토퍼는 침대 위 벽에 포스터를 두 장 붙이고 협탁에는 새로 가져온 가족사진을 놓았다. 기대를 가득 담은 비닐 가방은 낡은 수건으로 감싸서 여행 가방 안쪽에 쑤셔 넣고 그 가방은 옷장 위에 올려서 멀찌감치 뒤로 밀어놓았다. 그런 뒤 거울을 보며 앞머리의 맵시를 확인하고 핀 캐럴, 해리 베일리와 함께 저녁을 먹으러 달려간다. 세 사람은 온 복도가 떠나가라 소리 지르며 요란하게 웃는다. 여름방학 동안 누가 힘이 세졌나 알아보려고 레슬링도 한다. 크리스토퍼 하퍼는 새 학년의 시작에 기대가 부푼다. 그에게는 계획이 있다.

크리스토퍼 하퍼의 생은 팔 개월 이 주가 남았다.

"이제 뭐 해?" 과일 샐러드를 다 먹고 식판을 반납대에 놓자 줄리아가 묻는다. 주방 안쪽 수수께끼의 공간에서 설거지 소리와 함께 폴란드어 같은 외국어로 다투는 소리가 난다.

"자습 시간 전까지 하고 싶은 거 아무거나 해도 돼." 셀리나가 말한다. "쇼핑몰도 가고 컬름 애들이 럭비 경기를 하면 그걸 보러 가기도 하는데 다음 주말 전까진 학교 밖으로 못 나가. 그래서 휴게실이나……."

셀리나는 이미 베카와 함께 바깥문으로 가고 있다. 홀리와 줄리아가 그 뒤를 따라간다.

밖은 아직 밝다. 교정은 초록빛으로 겹겹이 감싸여 있다. 지금까지 그곳은 홀리와 줄리아가 들어갈 수 없던 구역이었다. 딱히 출입 금지 구역은 아니지만 통학생들이 갈 수 있는 시간은 점심시간뿐인데, 그땐 그럴 만한 시간이 없다. 이제 그 앞에 있던 뿌연 유리판이 떨어져 나간 느낌이다. 모든 색깔이 선명하고, 홀리는 새소리도 하나하나 구별되어 들린다. 가지들 틈의 우글쭈글한 그림자도 깊고 서늘해 보인다. "가자." 설리나가 말하고 자기가 주인이라도 되는 것처럼 뒤쪽 잔디밭을 달려간다. 베카는 이미 뒤를 따라가고 있다. 줄리아와 홀리도 둘을 따라잡으려고 초록빛과 새소리 속으로 몸을 던진다.

꼬불꼬불한 철문을 지나 작은 숲으로 가니 교정은 홀리가 전혀 몰랐던 오솔길들의 바다다. 큰길에서 모퉁이 하나만 돌면 나오는 낯선 길들. 아른거리는 햇빛, 파닥임, 머리 위의 어지러운 가지들, 시야 끝에 걸리는 보라색 꽃들. 베카와 설리나가 오솔길을 벗어날 때 총총 땋은 베카의 검은 머리와 늘어뜨린 설리나의 금발이 똑같이 흔들린다. 요정 정원사가 동그랗게 깎아놓은 듯한 덤불을 지나 작은 언덕을 올라가니 어룽어룽한 그림자가 사라지고 깨끗한 햇빛이 내리쬔다. 홀리는 잠시 두 손으로 눈을 가린다.

빈터는 작다. 큰 사이프러스나무들에 둘러싸인 작고 동그란 풀밭일 뿐이다. 하지만 공기는 전혀 다르다. 고요하고 서늘하고 여기저기 작은 소용돌이가 인다. 소리들—산비둘기의 나른한 울음소리, 곤충들이 어디선가 바삐 일하는 소리—은 그 안으로 떨어졌다가 잔물결 하나 없이 사라진다.

설리나가 숨을 가볍게 내쉬며 말한다. "우리는 여기 와."

"우리한테 한 번도 보여준 적 없잖아." 홀리가 말한다. 설리나와 베카는 서로를 보고 어깨를 으쓱한다. 홀리는 잠시 배신감 비슷한 것을 느낀다. 설리나와 베카가 이 년 동안 기숙사 생활을 하긴 했지만 둘이서만 따로 누리는 게 있을 줄은 몰랐다. 하지만 이제 홀리도 그 세계의 일원이다.

"가끔 조용한 장소가 미칠 듯이 필요할 때가 있어. 그러면 우리는 여기 와." 베카가 말한다. 그리고 가녀린 다리를 거미처럼 얽고 풀밭에 주저앉아 홀리와 줄리아를 불안하게 바라본다. 그러더니 두 손을 붙이고 오므려서 앞으로 내민다. 이 빈터를 환영 선물로 주지만 마음에 들지는 모르겠다고 말하는 것 같다.

"좋다." 홀리가 말하고, 깎은 풀 냄새와 그늘 속의 향기로운 흙냄새, 야생의 냄새를 맡는다. 밤이면 동물들이 말없이 이곳을 지나가기라도 하는 것처럼. "다른 사람들은 안 와?"

"다른 애들도 자기네 공간이 있어. 우리는 거기 안 가." 셀리나가 말한다.

줄리아가 고개를 젖히고 새들이 파란 하늘에서 V 자 대형에 들락날락하는 모습을 본다. "마음에 들어. 아주 많이." 줄리아가 말하고 베카 옆의 풀밭에 앉는다. 베카는 싱긋 웃고 안도의 한숨을 쉬며 두 손을 푼다.

그들은 자리에 누워서 떨어지는 햇빛이 시야에서 사라질 때까지 기지개를 펴고 몸을 움직인다. 풀이 동물 털가죽처럼 촘촘하고 반들거려서 눕기 아주 좋다. "아, 교장 선생님 말씀." 줄리아가 말한다. "따님들은 이미 인생에서 한 발짝 앞서 있습니다. 부모님들이 모두 지성과 교양을 갖추었고 건강한 생활을 영위하고 있으며 모든 면에서 훌륭하시니까요. 저희가 부모님의 노력을 이어받을 수 있게 되어 기쁘기 한량없습니다. 우욱, 토할 것 같아."

"해마다 똑같아. 한 마디 한 마디가 다." 베카가 말한다.

"1학년 때 우리 아빠는 연설을 듣고 나를 집에 도로 데려가려고 했잖아. 엘리트주의라고." 셀리나가 말한다. 셀리나의 아버지는 킬케니의 어느 공동체에 살고 손으로 짠 판초를 입는다. 세인트킬다를 선택한 건 설리나의 엄마다.

"우리 아빠도 그렇게 생각하는 것 같았어." 홀리가 말한다. "눈에다 보였어. 연설이 끝났을 때 아빠가 손 들고 뭔가 말하려고 해서 쭐 았는데 엄마가 아빠 발을 탁 밟았어."

"엘리트주의 맞아." 줄리아가 말한다. "그래서 뭐? 엘리트주의가 나쁜 건 아냐. 세상에는 평범한 것보다 더 좋은 것들이 있어. 아닌 척한다고 우리가 열린 사람이 되는 건 아냐. 그냥 재수 없는 사람이지. 내가 역겨운 건 서로 아양 떠는 모습이었어. 우리가 무슨 부모가 만든 물건인 것처럼. 교장은 부모들 머리를 토닥이면서 참 잘했다고 칭찬하고, 부모들은 꼬리를 흔들면서 교장의 손을 핥고 바닥에 오줌을 질질 쌌어. 교장이 어떻게 알겠어? 우리 부모님이 평생 책 한 권도 안 읽고 매끼 초코바 튀김만 준다고 해도 말이야."

"교장은 상관 안 해." 베카가 말한다. "그저 부모들한테 큰돈을 들여 우리를 치워버리는 게 좋은 일이라고 달래주는 거야."

잠시 침묵이 흐른다. 베카의 부모님은 주로 두바이에서 지내고 오늘 개학식에 오지 않았다. 가정부가 베카를 데려왔다.

"좋다. 너희가 여기 있는 거." 설리나가 말한다.

"아직은 현실감이 없어." 홀리가 말한다. 완전한 진실은 아니지만 그렇게밖에 말할 수 없다. 가끔은 텔레비전의 긴 잡음 사이에서 잠깐씩 번쩍하고 현실감이 느껴지지만, 그 번쩍임이 너무 생생해 머리에서 다른 모든 현실을 몰아내는 바람에 여기 이외의 다른 곳은 가본 적이 없다는 느낌이 든다. 그런 뒤 그 느낌은 사라진다.

"나한테는 현실감 있어." 베카가 말하고 하늘을 보며 웃는다. 목소리에서 상처는 사라졌다.

"그렇게 될 거야. 시간이 좀 걸려." 설리나가 말한다.

그들은 거기 누워서 몸이 빈터 깊이 가라앉고 리듬이 주변과 섞이는 것을 느낀다. 어디선가 찌링 찌링 찌링 새소리가 들리고 무성한 사이프러스나무 이파리들 틈으로 햇살이 느리게 미끄러지면서 깜박거린다. 홀리는 자기도 모르게 매일 학교 버스에서 하던 것처럼 그날 하루를 훑으며 재미난 이야깃거리를 찾는다. 아빠한테 할 이야기는 약간 대담한 것이어야 하고, 엄마한테 할 이야기는 깊은 인상을 주거나 아니면, (홀리가 요즘 자주 그러듯 엄마에게 화가 나 있으면) 충격을 줄 이야기다. 엄마가 '세상에 홀리, 도대체 누가 그런 말을……' 하고 말하면 홀리는 하늘을 보며 눈을 굴린다. 그러다 이제 그럴 필요가 없다는 것을 깨닫는다. 하루하루의 그림은 이제 아빠의 미소와 엄마의 치켜올린 눈썹으로 정리되지 않을 것이다. 오늘부터는.

대신 다른 사람들에 의해 정리될 것이다. 홀리는 그들을 보면서 오늘 하루가 자신이 이십 년 후, 오십 년 후에 기억할 그림 속으로 들어가는 것을 느낀다. 줄리아가 달렉을 흉내 낸 날, 설리나와 베카가 자신과 줄리아를 사이프러스나무 빈터에 데리고 온 날.

"이제 들어가야 돼." 베카가 움직이지는 않으면서 말한다.

"아직은 아냐. 하고 싶은 거 아무거나 해도 된다며." 줄리아가 말한다.

"대개는 그런데 신입은 기숙사에서 특별히 감시해. 도망갈까 봐."

그들은 고요한 공기의 동그라미 속으로 부드럽게 웃는다. 그 번쩍이는 느낌이 다시 홀리를 때린다. 하늘 높은 곳을 날아가는 기러기 울음소리, 서늘한 풀잎들 속에 얽힌 자신의 손가락, 역광 속에 파닥이는 설리나의 속눈썹, 이런 것은 영원하고 다른 것은 모두 지평선 너머로 떨어지는 백일몽이다. 이 순간은 영원히 지속된다.

잠시 후 설리나가 말한다. "근데 베카 말이 맞아. 이제 들어가야 돼. 선생님들이 찾으러 오면⋯⋯."

선생님이 빈터로 찾아온다면. 그 생각이 척추에서 꿈틀거리자 그들은 풀밭에서 일어나 몸에 붙은 풀을 턴다. 베카는 설리나의 머리에서 풀잎 조각들을 떼고 손빗질을 해준다. "어쨌든 난 아직 짐도 덜 풀었어." 줄리아가 말한다.

"나도." 홀리가 말한다. 홀리는 기숙사를, 차갑고 고상 떠는 수녀들의 목소리가 울려 퍼질 높은 천장을 생각한다. 노란 줄무늬 침대 옆에 새로운 사람이 어정거리면서 자신의 순간을 기다리는 것 같다. 새로운 자신, 새로운 모두. 변화가 피부를 뚫고 들어와서 원자들 틈의 광대한 공간에서 소용돌이 치는 느낌이다. 갑자기 줄리아가 저녁 식사 때 조앤에게 한 일이 이해된다. 줄리아도 이 물결에 발이 휩쓸렸다. 그래서 발길질을 하며 자신도 발언권이 있다고 증명한 것이다. 물결이 머리까지 올라와 자신을 쓸어 가기 전에.

"원하면 언제든지 집에 올 수 있어." 아빠가 팔천 번쯤 말했다. "밤에도 괜찮아. 전화 한 통만 하면 한 시간 안에 갈 거야. 알겠어?"

"응, 알아, 고마워요." 홀리도 팔천 번쯤 말했다. "마음이 바뀌면 엄마랑 아빠한테 전화하고 바로 집으로 갈게." 아직까지 홀리는 그게 불가능할 수도 있다는 생각은 들지 않았다.

3

콘웨이는 자기 차들을 좋아했다. 잘 알기도 했다. 공용 차량 주차장에서 그녀는 멋진 빈티지 블랙 MG로 갔다. 은퇴한 형사가 죽으면서 자신의 자랑이자 기쁨인 이 차를 경찰에 기증했다. 콘웨이가 차를 잘 몰랐다면 차량팀 운영자는 그녀에게 이 차를 주지 않았을 것이다. (변속기 상태가 안 좋아요. 죄송합니다. 여기 멋진 폭스바겐 골프가 있습니다…….) 하지만 콘웨이가 손을 흔들자 열쇠를 건넸다.

콘웨이는 MG를 애마처럼 다루었다. 우리는 부유층 구역인 남쪽으로 향했다. 콘웨이는 구불구불한 이면도로를 빠른 속도로 달리면서 누가 앞에서 꾸물거리면 경적을 울렸다.

"분명히 할 게 있어요." 콘웨이가 말했다. "이건 내 수사예요. 여자한테 지시받는 거 싫어요?"

"아뇨."

"말은 다 그렇게 하죠."

"정말입니다."

"좋아요." 콘웨이는 거친 외관에 창문이 지저분한 카페 앞에서 브레이크를 강하게 밟았다. "커피 좀 사다 줘요. 블랙으로, 설탕 없이."

내 자아는 그렇게 약하지 않다. 매일같이 훈련해야 유지되는 것이 아니다. 나는 차에서 내려서 커피 두 잔을 사고 우울한 종업원에게서 미소도 받아냈다. "여기 있습니다." 조수석에 앉으면서 내가 말했다.

콘웨이는 커피를 길게 들이켰다. "개똥 같은 맛이네."

"당신이 선택한 카페예요. 그래도 콩나물로 만들지는 않았어요."

그녀는 미소를 지을 듯하다가 말했다. "아뇨, 콩나물로 만들었어요. 버려요. 둘 다. 차에서 이 냄새 나는 거 싫어요."

쓰레기통은 길 건너편에 있었다. 나가서 요리조리 길을 건너고, 버려요, 다시 요리조리 길을 건너서 차로 돌아온다. 왜 콘웨이가 아직도 싱글인지 이해가 되려고 한다. 그녀는 내 다리가 다 들어오기도 전에 페달을 밟았다.

"그러니까 당신도 사건은 알죠? 기본은?" 그녀가 말했다. 약간 누그러들었지만 많이는 아니다.

"알아요." 떠돌이 개는 기본을 안다.

"알다시피 우리는 아무도 못 잡았어요. 이유를 들었나요?"

들은 건 많았다. 내가 말했다. "그렇게 되는 사건들이 있죠."

"우리는 벽에 부딪혔어요. 어떤 상황인지 알 거예요. 현장을 확보하고, 증인도 닥치는 대로 확보하고, 희생자의 생활도 다 파악했어요. 그러면 어디서 무언가 나와야죠. 그런데 아무것도 안 나왔어요." 콘웨이는 가려는 차선에 자전거만 한 구멍이 난 것을 보고 핸들을 돌렸다. "기본적으로 크리스 하퍼를 죽이고 싶어 할 사람이 아무도 없었어요. 그 친구는 누구에게 들어도 좋은 아이였어요. 물론 주변 사람들은 흔히 그렇게 말하지만 이번에는 진짜 같았어요. 열여섯 살, 세인트컬름 4학년, 기숙생. 집이 가깝지만 아버지가 '컬름의 혜택을 충분히 누리려면' 기숙사 생활을 해야 한다고 했어요. 그런 학교는 다 인맥용이죠. 컬름에서 좋은 인맥을 만들면 연봉 십만 유로 이하는 안 받게 될 것이다." 콘웨이의 뒤틀린 입 모양이 그에 대한 견해를 알려주었다.

내가 물었다. "애들이 한곳에 갇혀 지내면 나쁜 일들이 생길 수 있어요. 왕따 같은 거. 그런 건 레이더에 안 잡혔나요?"

운하를 지나 라스마인스 지역. "전혀요. 크리스는 학교에서 인기가 많았어요. 친구는 많고 적은 없었어요. 이따금 싸움은 했지만 그 나이대 남학생은 누구나 그래요. 큰 싸움은, 사건과 연결될 만한 싸움은 없었어요. 여자 친구도, 어쨌든 공식적으로는 없었어요. 전 여친은 세 명 있었는데……. 요즘은 일찍 시작하니까요, 뭐. 진정한 사랑 같은 게 아니라 극장에서 키스 몇 번 하고 헤어지는 그런 거 있잖아요. 헤어진 지 다 일 년이 넘었고 우리가 파악한 대로라면 악감정은 없었어요. 교사들하고도 잘 지냈고요. 교사들은 크리스가 가끔 날뛰기는 했지만 심성이 나빠서가 아니라 에너지가 많아서라고 했어요. 두뇌는 평균 정도, 천재도 아니고 바보도 아니었어요. 성적도 중간 정도였고요. 부모님과는 자주 보지는 않아도 잘 지냈어요. 나이 차이가 많은 여동생과도 사이가 좋았고요. 우리는 식구 전체를 강력하게 조사했어요. 거기 뭐가 있는 것 같아서가 아니라 그 사람들밖에 조사할 게 없어서요. 어디에도 단서가 없었죠."

"나쁜 습관은?"

콘웨이는 고개를 저었다. "그런 것도 없었어요. 친구들 말로는 가끔 파티에서 대마를 하고 술을 마시면 흥분할 때가 있었다는데 죽었을 때 체내에 알코올은 없었어요. 약물도 없었고 물건들에도 이렇다 할 게 없었어요. 도박을 한 흔적도 없어요. 부모님 집 컴퓨터에서 포르노 사이트 두 곳에 접속한 이력이 나왔지만 특별한 건 아니죠. 우리가 파악한 바로는 그게 크리스가 저지른 최고의 악행이에요. 대마 조금이랑 인터넷 포르노 조금."

콘웨이의 옆모습은 차분했다. 눈썹은 운전에 집중하느라 약간 내려와 있다. 그 모습을 보면 수사가 허탕으로 돌아간 일에 별문제를 못 느끼는 것만 같다. 어쩌다 보니 그렇게 되었고 심각하게 생각할 것 없다고.

"동기도 없고 단서도 없고 목격자도 없어요. 계속 쳇바퀴였어요. 같은 사람들을 자꾸자꾸 조사하고 계속 똑같은 대답만 들었죠. 사건이 이것만 있는 것도 아니고 이 사건으로 벽에 머리를 찧으면서 몇 달을 더 보낼 수가 없었어요. 그래서 결국 포기했죠. 구석에 밀어놓고 이런 일이 있기를 기다린 거예요."

"어떻게 사건 책임자가 된 거죠?"

콘웨이가 페달을 콱 밟았다. "여자가 어떻게 이런 큰 사건을 맡았느냐는 거죠? 가정 사건에 머물지 않고?"

"아니, 내 말은, 당신은 신참이었잖아요."

"그래서요? 성과를 내지 못한 게 그거 때문이라는 건가요?"

문제를 못 느끼는 게 아니다. 경찰서 남자들의 집적거림을 피하려고 아닌 척하고 있지만 문제를 못 느끼는 것과는 거리가 멀고 멀다.

"아니, 아니에요. 내 말은……."

"닥쳐요. 여기서 내려줄까요? 버스 타고 미제사건수사과로 돌아가세요."

운전중이 아니었다면 콘웨이는 손가락으로 내 얼굴을 찔렀을 것이다.

"아니, 내 말은, 청소년이 희생되고 유명 상류층 학교가 배경이면 사건이 크게 다루어지는 법이잖아요. 그런데 어떻게 연장자인 코스텔로 이름이 맨 위에 올라가지 않았느냐는 거예요."

"나한테 그럴 자격이 있었으니까요. 그분도 내가 존나 훌륭한 형사라는 걸 알았으니까요. 알겠어요?"

속도계 바늘이 계속 올라가서 제한속도를 넘는다. "알겠어요."

약간의 침묵. 콘웨이는 페달을 늦추었지만 많이 늦추지는 않았다. 테리뉴어 로드가 나왔고 공간이 주어지자 MG는 능력을 발휘하기 시작했다. 침묵이 한참 흐른 뒤에 내가 말했다. "차 좋네요."

"운전해봤어요?"

"아뇨."

고개를 뒤로 까딱, 그럴 줄 알았다는 듯이. "세인트킬다 같은 곳은 여기로 들어가야 돼요." 콘웨이의 손이 머리 위에 있다. "그래야 존중받아요."

그 말은 앤트워네트 콘웨이에 대해 무언가 말해주었다. 나라면 낡은 폴로를 골랐을 것이다. 주행거리도 지나치게 길고 겹겹이 바른 페인트로도 찌그러진 부분들을 제대로 가리지 못하는 차. 낮은 자세로 들어가면 사람들은 방심한다.

"세인트킬다 같은 곳요?"

콘웨이의 입술이 팽팽해졌다. "사람들이 내게서 오염을 제거하고 내 억양을 없애려고 할 것 같았다니까요. 아니면 나한테 청소부 옷을 던져주고 배달원들이 드나드는 문을 가리키거나. 거기 학비가 얼마인지 알아요? 연간 팔천 유로가 기본인데, 기숙사비나 방과 후 활동비를 제외한 금액이에요. 합창단, 피아노, 연극 같은 거요. 학교에서 그런 거 한 적 있어요?"

"운동장에서 축구를 했죠."

콘웨이는 그 대답을 마음에 들어 했다. "한 계집애가 있었는데 내가 조사를 하려고 부르니까 뭐라고 했는지 아세요? '지금은 안 되는데요. 5시에 클라리넷 레슨이 있어요.'" 입꼬리가 다시 올라간다. 여학생에게 무슨 말을 했건 콘웨이는 그것이 즐거운가 보다. "그 애 조사하는 데 한 시간이 걸렸어요. 어휴."

"그 학교는 재수 없고 좋은 학교인가요? 아니면 그냥 재수 없는 학교인가요?" 내가 물었다.

"나는 로또에 당첨돼도 아이를 거기 보내지 않을 거예요. 하지만……." 한쪽 어깨만 으쓱. "학급당 학생 수가 적고, 과학 경진 대회에서 상도 많이 받고, 하나같이 건치고, 임신하는 학생도 없고, 그 귀족 소녀들은 모두 대학에 가요. 자기 아이가 재수탱이가 돼도 상관없다면 좋은 거 같아요."

"홀리의 아빠는 경찰이에요. 더블린 리버티* 출신이고요."

---

* 더블린 시내 중심부의 노동자 거주 지역.

"나도 알아요. 내가 그런 걸 몰랐을 것 같아요?"

"아이가 재수탱이가 된다면 그분은 자기 아이를 거기 보내지 않을 거예요."

콘웨이는 빨간불에 차를 앞으로 살짝 전진시켰다. 그리고 파란불이 되자 액셀러레이터를 세게 밟으며 말했다. "그 애가 당신을 좋아해요?"

나는 웃을 뻔했다. "그냥 어린애였어요. 우리가 만났을 때는 아홉 살이었고, 재판이 시작되었을 때 열 살이 됐죠. 그 뒤로 오늘 처음 보는 거예요."

콘웨이는 나를 힐끔 보았는데 여기서는 당신이 어린애라는 듯한 눈빛이었다. "놀라셨겠어요. 그 애가 거짓말을 잘하나요?"

나는 생각해보았다. "나한테는 거짓말을 하지 않았어요. 어쨌든 들키지는 않았어요. 착한 아이였어요."

"그 애는 거짓말쟁이예요." 콘웨이가 말했다.

"뭐라고 거짓말을 했나요?"

"몰라요. 나한테도 들키지는 않았어요. 어쩌면 나한테는 안 했는지도 몰라요. 하지만 그 나이대 여학생은 다 거짓말쟁이예요."

나는 '다음번 함정 질문은 용의자한테 하세요' 하고 말할까 싶었지만 그냥 이렇게 말했다. "나한테만 거짓말을 안 하면 상관 없어요."

콘웨이가 기어를 바꾸자 MG가 기쁘게 반응했다. 그녀가 말했다. "당신 친구 홀리가 크리스 하퍼에 대해 뭐라고 말했나요?"

"별로 없어요. 옆 학교 남학생이고 오다가다 아는 사이였다고."

"맞아요. 그게 사실이라고 생각하죠?"

"그건 아직 모르겠어요."

"알아내면 나한테 말해줘요. 우리가 홀리와 그 친구들에게 특별한 관심을 기울인 이유가 있어요. 홀리 친구 집단은 네 명이에요. 어쨌든 작년엔 네 명이었어요. 홀리 매키, 설리나 윈, 줄리아 하트, 리베카 오마라 그렇게요." 나는 좋은 말이 나오기를 바랐다. "같은 학년인 조앤 헤퍼넌이라는 여학생 말에 따르면 크리스가 설리나 윈하고 사귀었대요."

"크리스가 세인트킬다에 간 게 그 때문일까요? 설리나를 몰래 만나러?"

"맞아요. 우리가 언론에 알리지 않은 내용이 있어요. 그러니까 조사할 때 말하지 말아요. 크리스 주머니에 콘돔이 있었어요. 다른 건전혀 없었고요. 지갑도 휴대폰도 없었죠. 그런 건 다 기숙사 방에 있었어요. 있는 건 콘돔뿐이었어요." 콘웨이는 목을 잡아 빼고 핸들을 돌려서 폭스바겐 캠핑카를 제치고 트럭을 아슬아슬하게 피했다. 트럭 기사가 화를 냈다. "어쩌라고? 나랑 한판 해볼 생각이야? ……그리고 꽃이 있었어요. 그것도 알리지 않았어요. 히아신스, 몽글몽글한 파란색 꽃요. 향기가 아주 강하고 상태가 좋은 꽃. 그게 네 송이 있었어요. 세인트킬다 교정의 화단에서 꺾은 거였죠. 화단은 현장에서 멀지 않으니까 살인범이 갖다 놓은 걸 수도 있지만……." 어깨를 으쓱. "자정 너머 콘돔과 꽃을 가지고 여자 친구 학교에 들어온 남학생? 크리스에게는 확실히 기대하는 바가 있었어요."

"학교가 1차 현장은 맞나요? 죽고 나서 옮겨진 건 아니고?"

"1차 현장 맞아요. 흉기에 두개골이 깨져서 피가 엄청나게 흘렀어요. 감식반은 피가 흐른 모양을 보고 크리스가 흉기에 맞고 계속 그

자리에 있었다고 결론 내렸어요. 시신을 다른 데서 옮겨 온 것도 아니고 크리스가 도움을 찾아 기어가지도 않았어요. 상처에 손도 안 댔어요. 손에 피가 없었거든요. 그냥 퍽 맞고…….” 콘웨이는 손가락을 튕겼다. “쓰러졌어요.”

내가 말했다. “설리나 윈은 그날 밤 그 친구랑 만날 약속이 없었다고 했겠네요.”

“맞아요. 세 친구가 다 똑같이 말했어요. 설리나는 크리스랑 사귄 적 없고 그냥 오다가다 알던 사이라고요. 내가 그런 의심을 한다는 걸 경악스러워했죠.” 콘웨이의 목소리에 메마른 날이 선다. 수긍하지 못한 기색.

“크리스 하퍼의 친구들은 뭐라고 했습니까?”

흥, 콧방귀. “대부분은 ‘어, 몰라요’가 전부였어요. 열여섯 살 남자애보다는 차라리 동물원의 침팬지가 더 말이 통할 거예요. 핀 캐럴이라고, 그나마 제대로 된 문장을 구사할 줄 아는 학생이 한 명 있었어요. 하지만 그 친구도 우리한테 해줄 이야기는 없었어요. 남학생들은 여학생들처럼 밤을 새우면서 속을 털어놓고 그러진 않으니까요. 친구들 말로 크리스가 설리나를 좋아한 건 맞지만 설리나 말고 다른 여학생도 여러 명 좋아했고 또 크리스를 좋아하는 여학생도 많았대요. 친구들이 아는 한 크리스와 설리나도 그 수준이었어요.”

“그걸 방증하는 건 없었나요? 통신 목록이나 페이스북에 남긴 글 같은?”

콘웨이는 고개를 저었다. “둘 사이에는 통화도 문자도 없었고 페이스북에도 아무것도 없었어요. 학생들은 전부 페이스북을 했는데 기숙생은 대부분 휴일에나 했어요. 두 학교 다 SNS 접속을 차단하고 있고 휴대폰도 금지거든요. 어린 여학생이 학교를 땡땡이치고 인터넷으로 만난 변태하고 달아나지 못하게요. 어린 남학생이 그러는 건 더 나쁘죠. 소송이 벌어지면 어떻겠어요?"

"그러면 증거는 조앤 헤퍼넌한테만 있는 거네요."

"조앤도 증거는 없었어요. 그 애는 이렇게 말했어요. '그때 제가 보니까 크리스가 셀리나를 보고 셀리나도 크리스를 봤어요. 그리고 얼마 후에 크리스가 셀리나에게 무슨 말을 하더라고요. 그러니까 걔네는 틀림없이 섹스를 했을 거예요.' 조앤의 친구들도 다 똑같이 말했지만 그럴 수밖에 없었어요. 조앤 헤퍼넌이 여간내기가 아니거든요. 조앤 그룹은 학교의 인기 그룹이고 조앤은 그룹의 여왕벌이에요. 친구들은 조앤을 무서워해요. 조앤의 허락 없이 눈이라도 한번 깜박였다가는 그룹에서 쫓겨나서 괴롭힘당하다가 학교를 떠나게 될 거예요. 그래서 지시받은 대로 말해요."

"홀리와 친구들은 인기 그룹인가요?"

콘웨이는 다시 한번 빨간불에 마주치자 깜박이와 박자를 맞춰 두 손가락으로 핸들을 두드리다가 마침내 말했다. "그 애들은 좀 이상한 그룹이었어요. 못된 애들도 아니고 조앤 무리도 아니에요. 하지만 조앤이 그 애들을 괴롭혔을 것 같지는 않아요. 조앤은 기회가 생겼을 때 셀리나에게 엿을 먹이고 좋아죽으려고 했지만, 홀리 무리를 직접 맞닥뜨리고 그러지는 않았을 거예요. 최고까지는 아니지만 홀리 그룹도 서열이 꽤 높으니까요."

내 얼굴에 무언가, 미소 비슷한 것이 인다.

"뭐요?"

"애들이 무슨 LA 동부 출신이라도 되는 것처럼 말하네요. 머리에

면도칼을 꽂고 다니는."

"비슷해요, 꽤." 콘웨이가 말하고 큰길을 벗어나 차를 샛길로 돌렸다.

큰길에서 멀어지자 집들이 커졌다. 큰 차들, 반짝이는 새 차들. 요즘 별로 보기 힘든 차들. 전기 문이 사방에 있었다. 어느 집 정원에는 광택 콘크리트로 만든 조각상이 있었는데 1.5미터짜리 머그컵 손잡이 같은 모양이었다.

내가 말했다. "그래서 당신은 설리나를 의심했나요? 아니면 그 애가 크리스랑 사귀는 걸 질투한 사람? 둘 중 어느 쪽이건."

콘웨이는 속도를 늦추었지만 주거지역인 것을 감안하면 많이 늦추지는 않았다. 그리고 생각.

"내가 설리나를 의심했다고 할 수는 없어요. 당신도 만나겠지만 그 애는 제대로 답변을 하지 못할 거예요. 조앤은 질투가 엄청났어요. 설리나가 조앤보다 두 배는 예쁘거든요. 그렇다고 내가 설리나를 의심했다고는 할 수 없고 그 애를 믿었다고도 할 수 없어요. 내 말은, 그냥 무언가 있었다는 거예요. 무언가가."

그랬을 것이다. 그것이 콘웨이가 나와 동행한 이유다. 시야 가장자리에 무언가 걸렸지만 똑바로 보면 사라졌다. 코스텔로도 확실히 파악하지 못했다. 콘웨이는 새로운 시각이 필요했고 내가 줄 수 있다고 여겼을지 모른다.

내가 물었다. "십 대 소녀가 그 일을 할 수 있었을까요? 그러니까 육체적으로?"

"그럼요. 문제없어요. 이것도 알려지지 않은 건데, 흉기는 교정 관리팀이 헛간에 보관하던 괭이였어요. 그게 한 방에 크리스 하퍼의 두개골을 깨고 뇌까지 파고들었죠. 감식반은 자루가 길고 날이 예리해서 그렇게 큰 힘이 필요하지 않았을 수 있다고 했어요. 스윙만 제대로 하면 어린 학생도 쉽게 할 수 있었을 거예요.”

내가 무언가 물으려고 하는데 콘웨이가 차를 빙글 돌렸다. 방향지시등도 없이 너무 갑작스러워서 나는 차가 정문을 들어서는 순간도 놓칠 뻔했다. 검은색의 높은 철문, 석조 수위실, 철제 아치에 금으로 새긴 ‘세인트킬다 칼리지’라는 이름. 정문 안에 들어오자 콘웨이는 브레이크를 밟아서 내가 교정을 잘 보게 했다.

주차장 진입로는 완만하게 비탈진 깔끔한 풀밭을 반원형으로 두른 하얀 자갈길이었다. 풀밭은 끝이 없어 보였고 언덕 꼭대기에 학교가 있었다.

한때 누군가의 유서 깊은 저택이었던 것 같다. 말구종들이 마차의 말들을 끌고 가고 개미허리 귀부인들이 팔짱을 끼고 풀밭을 돌아다니던 곳. 이백 년이 넘었다고 했나? 길쭉한 건물, 연한 회색 돌, 높은 창문이 상하로는 세 개씩 있고 좌우로는 열두 개도 넘는다. 꼭대기에 꼬불꼬불한 장식을 얹은 기둥이 가득한 주랑 현관, 지붕 위의 난간, 꽃병처럼 섬세한 기둥들. 완벽했다. 모든 것이 균형 잡혀 있었다. 태양이 토스트에 얹은 버터처럼 그 위로 천천히 녹아내렸다.

아마도 나는 그곳을 싫어해야 했을 것이다. 내가 다닌 공립학교는 허름한 조립식 건축재로 지었다. 겨울에 난방을 해도 코트를 입어야 했고 곰팡이 핀 곳은 대형 지도로 가렸으며 아이들은 친구들에게 화장실의 죽은 쥐를 만지게 하는 놀이를 했다. 이 학교를 보면 주랑 현관에 나쁜 짓을 하고 싶어져야 했는지도 모른다.

그곳은 아름다웠다. 나는 아름다운 것이 좋다. 옛날부터 그랬다.

내가 가지지 못했다고 미워하지 않았다. 오히려 더 좋아했다. 그것을 가지려고 더 노력하고 더 꽉 움켜잡는다. 내 것으로 만들 수 있을 때까지.

"저걸 봐요." 콘웨이가 운전석 등받이에 기대며 말했다. 눈이 가늘어진다. "내가 경찰인 게 유일하게 후회스러울 때예요. 이런 똥더미를 보고도 불을 못 지르니까요."

나를 보며 반응을 기다린다. 시험.

나는 시험을 쉽게 통과할 수도 있었다. 부잣집 응석받이들과 내 공영주택 생활에 대해 고약한 말을 떠들 수도 있었다. 대개의 경우 그렇게 했을 것이다. 당연하다. 나는 오랫동안 살인수사과를 원했다. 거기 가려고, 그걸 손에 넣으려고 노력했다.

콘웨이는 내가 친밀해지고픈 사람이 아니었다.

내가 말했다. "아름다운데요."

콘웨이는 고개를 젖히고 입을 뒤튼다. 미소가 미소가 아닐 때는 무엇을 표현하는 걸까? 실망?

"여기 사람들은 당신을 좋아할 거예요." 콘웨이가 말했다. "가서 당신에게 소개할 재수 없는 사람을 찾아봅시다." 콘웨이가 액셀러레이터를 세게 밟자 자동차가 주차장 진입로를 내달렸다. 바퀴에서 자갈이 튀었다.

주차장은 굽이를 돌아 오른쪽에 있었고 진녹색의 큰 나무들이 병풍을 두르고 있었다. 내가 나무를 잘 모르기는 하지만 사이프러스나무 같았다. 주차장에 반짝이는 벤츠는 없지만 고물차도 없었다. 교사들은 괜찮은 차를 몰 형편이 되었다. 콘웨이는 '관계자 전용' 칸에 차를 댔다.

우리가 정문으로 들어오는 모습을 창문으로 내다보지 않았다면 이제 세인트킬다의 누구도 MG를 보지 못할 것이다. 콘웨이가 직접 그 방식을 선택했다. 남들의 시선을 의식해서가 아니라 자신이 원해서였다. 나는 그녀에 대한 생각을 다시 한번 수정했다.

콘웨이는 차에서 내려서 어깨에 가방을 멨다. 전혀 여성스럽지 않은 납작한 검은색 가죽 가방. 살인수사과의 웬만한 남자들 가방보다 더 무뚝뚝한 모양새다. "먼저 현장을 보여드릴게요. 이곳을 전체적으로 소개도 하고요. 가요."

병풍을 이룬 나무들의 서늘한 그늘을 지나갈 때 위에서 한숨 같은 소리가 난다. 콘웨이가 얼른 위를 올려다보았지만 빽빽한 가지를 뚫고 지나가는 바람 소리일 뿐이었다. 다시 햇빛 속으로 나오자 왼쪽은 학교 뒤편이었다. 오른쪽에는 비탈진 넓은 풀밭이 또 하나 있고, 낮은 산울타리가 주변을 두르고 있었다.

본관 양쪽 끝에 분관 두 개가 뒤쪽을 향해 날개처럼 뻗어 있었다. 나중에 지었겠지만 어울리게 지었다. 똑같은 회색 석조 건물, 똑같이 검소한 장식. 장식보다는 선을 중시한.

콘웨이가 말했다. "교실, 강당, 각종 사무실은 다 본관에 있어요. 저기는……" 가까운 쪽의 분관. "저기는 수녀들이 사는 수녀동이에요. 출입문도 따로 있고 학교하고 연결되는 문도 없어요. 밤이면 문을 잠그지만 수녀들은 모두 열쇠가 있고 또 각방을 써요. 누구든 몰래 나와서 크리스 하퍼를 공격했을 수 있어요. 지금 남은 수녀는 열두 명뿐인데 대부분 나이가 백 살쯤 되고 쉰 살 아래는 한 명도 없고요. 하지만 아까 말했듯이 큰 힘이 필요한 일은 아니었어요."

"가능한 동기라면?"

콘웨이는 눈을 찌푸리고 창문을 올려다보았다. 햇빛이 창문에 반사돼서 우리 눈에 들어왔다. "수녀들은 제정신이 아니에요. 어쩌면 어떤 수녀가 크리스가 여학생의 스웨터 안에 손을 넣은 걸 보고 순수한 영혼을 타락시키는 사탄의 졸개라고 생각했는지도 모르죠."

콘웨이는 잔디밭을 대각선으로 가로질러서 건물 반대편으로 갔다. "잔디밭 출입 금지"라는 팻말은 없지만 그리로 가면 안 될 것 같았다. 이런 곳에서 우리 같은 사람들이 그러면 교정 관리인이 튀어나와서 쫓아내고, 우리를 물어뜯는 개를 때릴 것만 같았다.

"저쪽 편에 있는 분관은 학생 기숙사예요. 밤이면 수녀의 아랫도리처럼 단단하게 잠기고 학생들은 열쇠가 없어요. 1층 창문엔 창살이 쳐져 있고요. 문은 뒤쪽에 있고 밤이면 경보 장치가 켜져요. 1층에 학교하고 연결되는 문이 있는데 그게 흥미로운 지점이에요. 학교 창문들에는 창살도 없고 경보 장치도 없어요."

내가 말했다. "연결문은 안 잠그나요?"

"물론 잠그죠. 낮에도 밤에도. 하지만 학생이 숙제를 기숙사에 두고 왔다거나 숙제를 하려고 도서관에 책을 빌리러 가야 한다거나 하면 열쇠를 빌릴 수 있어요. 열쇠는 교무 직원, 보건교사, 사감한테 하나씩 있어요. 농담이 아니에요, 정말 '사감'이 있어요. 그런데 크리스 하퍼 사건이 있기 넉 달 전인 작년 일월에 보건교사의 열쇠가 없어졌어요."

"그런데도 자물쇠를 교체하지 않았나요?"

콘웨이는 눈을 굴렸다. 그러자 얼굴뿐 아니라 몸 전체가 살짝 낯설어졌다. 꼿꼿한 허리와 어깨의 움직임, 빠르게 변하는 표정도.

"교체했어야 할 거 같죠? 그런데 안 그랬어요. 보건교사는 선반 위에 열쇠를 두었는데 그 바로 밑에 쓰레기통이 있었어요. 그래서 열쇠가 쓰레기통에 떨어졌다가 쓰레기에 섞였고, 그대로 버렸다고 생각했어요. 열쇠를 새로 하나 맞추고 분실 사건은 잊어버렸죠. 랄랄라, 모든 게 아무 문제 없었는데 우리가 와서 질문을 한 거예요. 솔직히 여기서 학생과 교직원 중 누가 더 순진한지 모르겠어요. 기숙생에게 열쇠가 있었다면요? 밤에 연결문을 열고 본관으로 가면 창문을 통해 밖에 나갈 수 있어요. 그러면 밤새 밖에서 모종의 일을 하다가 아침 식사 시간에 맞춰 돌아올 수 있고요."

"보안 인력은 없나요?"

"야경꾼이 한 명 있어요. 여기 사람들이 그렇게 불러요. 그게 더 고급스러운 느낌을 주나 봐요. 그 사람은 우리가 아까 지나친 수위실에서 경비를 서다가 두 시간에 한 번씩 교정을 순찰해요. 하지만 피하는 게 어렵지는 않았을 거예요. 교정 크기를 한번 보세요. 이쪽이에요."

산울타리 중간의 곡선 가득한 단철문은 콘웨이가 열자 길고 부드러운 소리로 끼익거렸다. 문 안쪽에는 테니스 코트와 운동장이 있고 또 잔디가 있었는데, 잔디는 덜 다듬은 것처럼 보이게 다듬어져 있었다. 거칠지는 않지만 거친 느낌이 나도록. 또 수백 년 수령의 자작나무, 참나무, 단풍버즘나무 들이 섞여 있었으며, 노란색과 연보라색에 덮인 화단들 사이로는 자갈길이 꼬불꼬불 이어졌다. 풀과 나뭇잎은 모두 봄날의 초록빛이었다. 너무 연해서 손이 그냥 통과해버릴 것 같다.

콘웨이가 내 얼굴 앞에서 손가락을 튕겼다. "집중해요."

"기숙사의 방은 어떤 형태인가요? 다인실? 1인실?"

"1, 2학년은 6인실을 써요. 3, 4학년은 4인실이고 5, 6학년은 2인실이에요. 그래서 몰래 나가려면 신경 써야 할 룸메이트가 최소 한 명은 있어요. 하지만 중요한 건, 3학년 이상은 룸메이트를 선택할 수 있어요. 그러니까 같은 방을 쓰는 룸메이트는 이미 같은 편일 가능성이 높아요."

테니스 코트 옆면을 지났다. 네트가 늘어져 있고 구석에 공 두 개가 굴러가 있다. 나는 아직도 학교 창문들이 내 등 뒤를 바라보는 것 같았다. "기숙생은 모두 몇 명인가요?"

"예순 명 정도요. 하지만 후보군은 좁혔어요. 보건교사 말에 따르면 어느 화요일 오전에 어떤 학생이 열쇠를 빌렸다가 바로 돌려줬어요. 그리고 금요일 점심때 다른 학생이 열쇠를 빌렸고 그런 다음에 열쇠가 없어졌어요. 보건교사는 보건실을 비울 때면 항상 문을 잠근대요. 학생들이 거기서 베닐린 같은 약물을 훔치지 않도록 각별히 조심한다고 장담했어요. 그러니까 누가 열쇠를 훔쳤다면 화요일에서 금요일 사이에 보건실에 갔던 사람이에요."

콘웨이는 나뭇가지 하나를 밀치고 교정 더 안쪽으로 이어지는 오솔길에 올라섰다. 벌들이 사과꽃에서 바쁘게 일하고 하늘에는 새들이 있다. 소란스러운 까치가 아니라 작고 귀여운 새가 즐겁게 재재거린다.

"보건교사 일지를 보면 거기 해당하는 학생은 네 명이에요. 에멀라인 록블래니라는 1학년 기숙생, 그 애는 우리를 보고 오줌을 쌀 정도로 벌벌 떨었어요. 그 친구가 뭘 감출 수 있을 것 같지는 않아요. 카트리오나 모건, 5학년 통학생. 통학생이지만 배제할 수 없는 게 열쇠를 기숙생에게 주었을 수도 있으니까요. 하지만 끼리끼리 분위기가 강해서 통학생과 기숙생이 친한 경우가 드물어요." 일 년이 지났는데도 학생들 이름이 술술 나왔다. 크리스 하퍼 사건이 마음에 남아 있던 게 분명했다. "앨리슨 멀둔, 3학년 기숙생. 조앤 무리 중 한 명. 그리고 리베카 오마라."

"홀리네 그룹이 또 나오네요."

"그래요. 내가 홀리가 당신한테 솔직히 말했을 거라고 보지 않는 이유를 알겠죠?"

"그 아이들이 보건교사에게 간 이유는 뭔가요? 학교 밖으로 나갔나요?"

"확실한 이유가 있었던 건 에멀라인뿐이에요. 하키인지 폴로인지를 하다가 발목이 삐어서 붕대를 감아야 했거든요. 나머지 셋은 두통이나 생리통이나 어지럼증 같은 구실을 댔어요. 진짜였을 수도 있고 그냥 수업을 빠지고 싶었던 걸 수도 있어요……." 콘웨이의 한쪽 눈썹이 올라갔다. "아이들은 진통제를 먹고 열쇠가 있는 선반 옆의 침대에서 쉬었어요."

"모두 열쇠에는 손을 안 댔다고 했겠네요."

"다들 하늘에 맹세했죠. 아까 말했듯이 나는 에멀라인은 믿었어요. 나머지는……." 눈썹이 다시 올라갔다. 나뭇잎 사이로 내려온 햇빛이 뺨에 전사의 분장 같은 문양을 그렸다. "교장은 자기 학교 학생 중에는 그런 일을 할 사람이 절대 없고 열쇠는 쓰레기통에 들어간 게 분명하다고 장담했지만 그러면서도 연결문 자물쇠를 바꿨어요. 뭐, 안 바꾸는 것보다는 낫죠." 콘웨이는 걸음을 멈추고 앞을 가리켰다. "저거 보여요?"

낮고 길쭉한 건물이 나무들 뒤편 오른쪽에 있고 그 앞에 작은 마당이 있었다. 예쁜 건물이었다. 오래되긴 했지만 빛바랜 벽돌이 모두 깨끗이 닦여 있었다.

"예전에는 마구간이었어요. 귀족 부부의 말들이 있었죠. 지금은 교정 관리팀이 헛간으로 써요. 관리인은 모두 세 명이에요. 저기에 괭이가 있었어요."

마당에 인기척은 없었다. 사람들이 모두 어디에 있을까, 아까부터 약간 의문이었다. 학교에 최소한 몇백 명은 있을 텐데 아직 한 명도 보이지 않았다. 멀리서 '팅팅팅' 하고 금속 부딪치는 소리가 들렸는데 그게 전부였다.

"헛간은 잠가두나요?"

"아뇨. 안에 제초제나 살충제 같은 걸 보관하는 찬장이 있는데 그것만 잠가요. 하지만 헛간은? 그냥 들어가서 아무거나 집어 갈 수 있어요. 이 멍청한 인간들은 거기 있는 모든 게 무기가 될 수 있다는 생각은 하지 않았어요. 삽, 괭이, 정원 가위, 전동 톱 같은 것들요. 그걸로 여기 학생 절반은 죽일 수 있어요. 아니면 훔쳐서 돈을 받고 팔든가." 콘웨이는 고개를 돌려 각다귀떼를 피한 뒤 다시 걸었다. "내가 교장한테 그렇게 말하니까 뭐라고 했는지 알아요? '그런 생각을 하는 유형의 학생은 우리 학교에 오지 않습니다, 형사님.' 내가 교장실 카펫에 침이라도 뱉은 것 같은 표정이었죠. 천치 아닌가요? 여기서 학생이 흉기로 살해됐는데 프라푸치노와 첼로 레슨이 중요하고 여기서는 누구도 나쁜 생각을 하지 않는다니요. 내가 왜 순진하다고 말하는지 알겠죠?"

"그건 순진한 게 아니라 신중한 거예요. 이런 곳은 모든 게 상명하복이에요. 교장이 문제없다고 하면 아무도 그렇지 않다고 말할 수 없고…… 그건 좋지 않죠."

고개를 돌려 나를 정면으로 바라보는 콘웨이의 얼굴에 호기심과 무언가 새롭다는 느낌이 인다. 나도 나와 눈높이가 같고 보폭도 같은 여자와 나란히 걷는 일이 기분 좋았다. 수월하기도 했다. 우리가 서로를 좋아했으면 좋겠다는 생각이 머리를 스쳤다.

콘웨이가 말했다. "수사에 안 좋다는 건가요? 아니면 그냥 안 좋다는 건가요?

"둘 다요. 하지만 아까 말할 때는 그냥 안 좋다는 뜻이었어요. 그런 건 위험해요."

나는 오버하지 말라고 핀잔을 들을 줄 알았다. 하지만 콘웨이는 고개를 끄덕이고 말했다. "어떤 건 그랬어요."

오솔길 굽이를 돌자 울창한 나무들을 벗어나 어룽거리는 햇빛이 나온다. 콘웨이가 말했다. "저기 저곳요. 저기서 꽃을 꺾었어요."

그 파란색은 우리가 이전에 본 것은 파란색이 아니라는 듯 파란색에 대한 느낌 자체를 바꿔놓는 색깔이었다. 수천 송이 히아신스가 거대한 바구니에서 쏟아진 것처럼 나무들 아래 완만한 비탈을 흘러내렸다. 향기는 가히 환각적이었다.

콘웨이가 말했다. "나는 정복 경찰 두 명에게 저 꽃밭을 조사시켰어요. 꽃줄기를 일일이 살펴서 꺾인 줄기를 찾으라고 했죠. 그 일에 두 시간이 걸렸어요. 그 사람들은 아직도 나한테 치를 떨겠지만 상관없어요. 어쨌든 줄기를 찾았으니까요. 바로 저기 가장자리 근처에 있는 네 송이였어요. 감식반이 그걸 크리스의 몸에 있던 꽃의 꺾인 모양과 맞춰봤죠. 정확히 맞지는 않았지만 꽤 들어맞았어요."

꽃밭을 보니 나도 느낌이 확 들었다. 이 세상에 나쁜 일은 하나도 일어날 것 같지 않은 이곳에서 바로 작년에 이 꽃들이 피었고 크리스 하퍼가 무언가를 찾아 여기에 왔다. 그도 이 냄새를 맡았을 것이다. 주변 어둠 속에서 가장 또렷했을 냄새. 다른 것이 다 흐려졌을 때 마지막으로 남아 있던 것.

"크리스가 발견된 장소는 어디인가요?"

콘웨이가 가리켜 보였다. "저기요."

오솔길에서 십 미터 정도 떨어진 곳이었다. 깔끔한 풀밭과 잘 다듬은 덤불을 지나 비탈진 곳에 사이프러스인 듯한 키 큰 나무들이 빽빽하고 컴컴한 숲을 이루었고 그 가운데 빈터가 있었다. 빈터의 풀들은 멋대로 길게 자랐고 이삭들이 안개처럼 공중에 떠 있었다.

콘웨이는 나를 데리고 꽃밭을 둘러서 비탈을 올라갔다. 비탈길을 오르니 허벅지가 당겼다. 빈터의 공기는 서늘하고 깊었다.

"그날 밤이 많이 어두웠나요?"

"아뇨. 쿠퍼 말로는…… 법의학자 쿠퍼 알죠? 그 사람 말로는 크리스가 죽은 건 새벽 1시쯤이었대요. 앞뒤로 한두 시간 오차는 있을 수 있고요. 그날 밤은 날씨가 맑았어요. 반달이 떴고 달은 1시 직후에 가장 밝았을 거예요. 가시거리는 한밤중치고는 아주 좋았어요."

내 머릿속에 그림이 떠올랐다. 크리스가 파란 꽃을 가득 따고 허리를 펴다가 달빛 쏟아지는 빈터에 뭔가 어른거리는 걸 보고 눈에 힘을 준다. 자신이 만나러 온 여학생인가, 아니면……? 그리고 그와 나란히, 살그머니 드나드는 상대편. 그림자가 드리운 화단에 누군가 가만히 서서 크리스가 사이프러스나무 빈터에서 고개를 이리저리 돌리는 모습을 지켜본다. 그가 기다리는 것을 지켜보고, 지켜보는 일을 멈추기를 기다린다.

그러는 동안 콘웨이는 나를 기다리며 지켜보았다. 콘웨이를 보면 홀리가 생각났다. 둘 다 이런 연결을 싫어하겠지만 곁눈질이 시험 같기도 하고 함정 같기도 했다. 조심해야 한다. 잘하면 앞으로 한 발짝 갈 수 있지만 잘못하면 탈락이다.

"괭이에 맞은 각도는 어떤가요?"

질문은 적절했다. 콘웨이는 내 팔을 잡고 나를 빈터 가운데 쪽으로 이 미터가량 데리고 갔다. 손힘이 강했다. '당신을 체포합니다' 하는 경찰의 손도 아니고, '네가 좋아' 하는 소녀의 손도 아니고 그냥 강했다. 자동차도 고칠 수 있고 때려야 할 사람에게 주먹도 날릴 수 있는 손. 콘웨이는 내가 나무를 등지고 발밑의 꽃과 길을 바라보게 했다.

"이쯤에 있었어요."

붕붕거리는 소리가 났다. 뒤영벌인지 먼 곳의 잔디깎기 기계인지 알 수 없었다. 웽웽거리고 통통 튀는 소리였다. 풀 이삭들이 정강이에서 물결쳤다.

"범인은 크리스 등 뒤로 왔거나 크리스가 고개를 돌리게 했어요. 이쯤에 서서."

내 등 뒤에 바짝. 나는 고개를 뒤로 돌렸다. 콘웨이가 두 손으로 가상의 괭이를 잡고 왼쪽 어깨 위로 들었다가 팔을 쭉 뻗어서 찍어 내렸다. 지저귀는 봄 소리 저편에서 휙휙 쿵쿵 하는 소리가 공기를 흔들었다. 콘웨이의 손에 아무것도 없는데도 나는 몸이 움찔했다.

콘웨이가 입꼬리를 살짝 올리고 빈손을 펼쳐 보였다.

"그리고 크리스가 쓰러졌고요." 내가 말했다.

"여기를 맞았어요." 콘웨이는 내 뒤통수 윗부분, 중앙에서 약간 왼쪽에 손날을 댔다. "크리스 키는 당신보다 5센티미터 정도 작아요. 178센티미터 정도요. 살인범이 꼭 키가 클 필요는 없었을 거예요. 150센티미터는 넘지만 180센티미터는 안 될 거라는 게, 쿠퍼가 상처의 각도를 보고 내린 판단이에요. 오른손잡이였던 것 같고요."

콘웨이가 부스럭부스럭 풀을 밟으며 물러났다.

"풀은 그때도 이런 상태였나요?"

다시 한번 적절한 질문이었다. "아뇨. 그 뒤로 돌보지 않아 자라난 거예요. 사건을 기념하는 건지 교정 관리인들이 여기 오기 꺼림칙한 건지는 모르겠어요. 아무도 여기를 보러 오지는 않으니까 학교 이미지를 망치지는 않을 거예요. 하지만 그때는 풀이 다른 곳처럼 짧게 깎여 있었어요. 가벼운 신발을 신었다면 발소리를 내지 않고 다닐 수 있었을 거예요."

그리고 신발 자국도 남지 않는다. 어쨌든 감식반이 포착할 만한 자국은. 오솔길들은 자갈길이라서 거기에도 신발 자국은 없다.

"괭이는 어디다 버렸던가요?"

"원래 있던 헛간에 돌려놓았어요. 우리가 그걸 찾은 건 쿠퍼가 말한 흉기 정보하고 일치했기 때문이에요. 감식반은 잠깐만 보고도 맞는다고 했어요. 범인은 날을 닦으려고 두어 번 저기 땅을 내리찍었어요." 어느 사이프러스나무 밑. "풀에도 문질렀고요. 영리한 행동이었어요. 천으로 닦는 것보다 영리하죠. 그러면 천을 처리해야 하니까요. 그래도 날에는 피가 많이 남아 있었어요."

"지문은?"

콘웨이는 고개를 저었다. "교정 관리인들 것뿐이에요. 다른 사람

상피조직도 없어서 DNA도 찾을 수 없었어요. 여자는 장갑을 끼었던 것 같아요."

"여자라고요……." 내가 말했다.

콘웨이가 말했다. "내 생각이에요. 여자는 많고 남자는 적어요. 가설 하나는 어떤 변태가 여학생 기숙사를 보면서, 아니면 여학생들 테니스 라켓을 만지면서 자위를 하려고 여기 들어왔다는 거였어요. 크리스는 누군가를 만나러 왔다가 그 남자를 봤고요. 하지만 증거하고 맞지 않아요. 한 손으로 자기 그걸 잡고 한 손으로 괭이를 잡을 수 있겠어요? 하지만 많은 사람이 그 가설을 좋아했어요. 돈 많은 집안의 귀여운 따님, 이렇게 아름다운 학교에 다니는 여학생이 범인이라고 생각하는 것보다 나으니까요."

다시 한번 곁눈질. 시험. 수평으로 드는 햇빛에 콘웨이의 눈은 늑대처럼 연갈색이 되었다.

내가 말했다. "외부인은 아니었겠죠. 카드를 보면요. 외부인이라면 이렇게 비밀스러울 이유가 없어요. 그냥 당신한테 전화해서 아는 걸 말하면 되니까요. 자작극이 아니라면 그 학생은 학교 내부의 누군가에 대해 무언가 알고 있는 거예요. 그리고 겁을 먹은 거죠."

콘웨이가 말했다. "그리고 우리는 첫 수사 때 학생을 놓쳤고요."

목소리가 냉혹했다. 콘웨이는 남들에게만 가혹한 게 아니었다.

"아닐 수도 있죠." 내가 말했다. "여기 학생들은 어려요. 무언가 보거나 들었어도 의미를 파악 못 했을 수 있어요. 특히 섹스나 관계와 관련된 일이라면요. 이 아이들 세대는 기본적 사실은 다 알아요. 포르노 사이트들을 볼 테고, 어쩌면 체위에 대해서는 당신하고 내 지식을 합한 것보다 더 많이 알지도 몰라요. 하지만 현실로 오면 다르죠. 무언가 보고 그게 중요하다는 걸 알아도 이유를 모를 수 있어요. 이제 나이가 한 살 더 들었으니 생각이 전보다 깊어졌을 거예요. 마음속에서 무언가가 살아나고 갑자기 모든 게 이해되는 거죠."

콘웨이는 내 말에 대해 생각해보고 말했다. "그럴지도 몰라요." 하지만 냉혹함은 그대로였다. 그렇게 쉽게 떨쳐지지 않았다. "상관없어요. 학생이 자기한테 정보가 있다는 걸 몰라도 찾아내주는 게 우리가 할 일이에요. 그 학생은 바로 저기 있었어요." 고개를 뒤로 까딱여 학교를 가리켰다. "우리는 저기서 조사를 했지만 그냥 풀어줬어요. 여전히 유쾌하지 않은 일이죠."

대화는 끝난 것 같았다. 콘웨이가 더는 말하지 않아서 길을 향해 돌아섰지만 그녀는 움직이지 않았다. 두 손을 주머니에 넣은 채 다리를 벌리고 서서 나무들을 보고 있었다. 나무가 적이라도 되는 양 턱을 내밀고.

콘웨이가 나에게 고개도 돌리지 않고 말했다. "내가 책임 수사관이 된 건 우리가 이걸 쉽다고 생각해서였어요. 첫날 현장 처리 직원들은 시신도 가져가지 않았고 우리는 헛간에서 엑스터시 오백 그램을 발견했어요. 독극물 찬장 뒤편에서요. 교정 관리인 한 명이 구해다가 학생들에게 판 거예요. 그리고 세인트컬럼은 그전에 크리스마스 댄스파티에서 엑스터시를 가진 학생 두 명을 적발했고요. 우리는 공급자를 못 잡았고 아이들은 실토하지 않았어요. 크리스는 엑스터시로 적발된 학생이 아니었지만 그래도…… 우리는 한 번에 두 가지 문제를 해결할 수 있다고, 운이 좋다고 생각했어요. 크리스가 교정 관리인에게 약을 사려고 몰래 왔다가 돈 문제로 다툼이 일고 그다음에 탕."

다시 한번 머리 위로 지나가는 긴 한숨. 이번에는 나뭇가지들 틈을 지나가는 것 같았다. 나무들이 귀를 기울이고 우리 일을 슬퍼하기라도 하는 듯했지만 이미 수천 번은 들은 이야기일 터였다.

"코스텔로는…… 좋은 분이었어요. 우리 팀 사람들은 그분을 헐뜯고 얼간이라고 욕했지만 좋은 사람이었어요. 코스텔로가 말했어요. '여기 자네 이름을 올려. 자네 경력을 위해.' 그분은 이 일이 자신의 마지막 수사가 될 걸 알았던 거예요. 자신에게는 큰 성과가 필요 없다는 걸. 그게 필요한 건 나였죠."

콘웨이는 이 넓고 환한 야외에서 우리가 실내에 있는 것처럼, 그것도 작은 방에 있는 것처럼 조용히 말했다. 주변을 감싼 고요와 푸름의 크기가 느껴졌다. 그것의 폭과 높이가. 나무들은 학교보다 더 높고 더 오래됐다.

"교정 관리인은 알리바이가 있었어요. 친구들을 만나서 포커를 치고 마리화나도 좀 했다고 했어요. 그중 두 명은 그 사람 집 소파에서 잤고요. 우리는 마약 소지로 그 사람을 체포했지만 살인은……." 콘웨이는 고개를 저었다. "그때 알았어야 했어요." 콘웨이는 설명하지 않았다. "그렇게 간단하지 않다는 걸 알았어야 했어요."

벌 한 마리가 그녀의 셔츠 위쪽에 부딪치더니 멍하니 거기 매달려 있었다. 콘웨이는 얼른 아래를 내려다보았고 몸 나머지 부분이 얼어붙었다. 벌이 맨 위 단추를 지나 피부 쪽으로 기어갔다. 콘웨이는 숨을 느리고 얕게 쉬었다. 그리고 주머니에서 손을 빼 들어 올렸다.

벌은 정신을 차리고 햇빛 속으로 날아갔다. 콘웨이는 벌이 있던 자리를 털었다. 그런 뒤 돌아서서 비탈을 내려갔고 히아신스를 지나 다시 오솔길에 들어섰다.

<u>4</u>

코트. 세인트킬다 칼리지와 세인트컬름 칼리지에서 걸어서 갈 만한 거리에 있는 쇼핑몰 중 가장 크고 좋은 곳이다. 거기서는 못마땅한 얼굴로 달려들 듯 내려다보는 어른들 없이 세상의 모든 순간을 누린다. 코트는 거대한 자석처럼 아이들을 끌어당기고 아이들은 모두 거기 간다. 수업 종료 후 저녁 식사 전까지의 짧고 반짝이는 자유 시간에 이곳에서는 어떤 일도 가능하다. 인생이 땅 위로 솟아올라서 완전히 새로운 것으로 반짝반짝 변할 수 있다. 어지러운 하얀 빛 속에 모두의 얼굴이 아른거린다. 모두의 입이 말을 쏟고 웃음은 소리의 구름을 뚫고 들리는 것 같다. 거기서는 우리가 설레며 기다리던 사람을 만날 수 있고 상상하던 어떤 것도 찾을 수 있다. 고개만 제대로 돌린다면, 누군가와 제대로 눈이 마주친다면, 사방에 달린 스피커에서 제대로 된 노래만 나온다면. 간이 매대에서 풍기는 갓

튀긴 도넛의 설탕 냄새는 손가락을 핥아 먹고 싶게 한다.

때는 시월 초다. 크리스 하퍼는 코트 중앙의 분수 테두리 위에서 오신 오도너번과 드잡이하고 있다. 입은 웃느라 벌어져 있고 컬름 학생들이 주변에서 환호한다. 그때 크리스 하퍼의 생은 일곱 달 남짓 남았다.

베카와 줄리아와 홀리는 분수 반대편 테두리에 앉아 있고 사탕과 초콜릿 봉지 네 개를 뜯어서 사이사이에 놓아두었다. 줄리아는 한편으로는 컬름 학생들을 곁눈질하면서 한편으로는 경쾌한 말투로 여름방학 때 니스에서 영국 여학생 한 명, 프랑스 남학생 두 명하고 나이를 속이고 고급 나이트클럽에 들어갔다는, 대체로 사실일 듯한 이야기를 한다. 홀리는 초코볼을 먹으며 듣는다. 한쪽 눈썹이 '그렇지' 하는 듯한 각도를 이룬다. 셀리나는 턱을 두 손에 괴고 분수의 검은 대리석 테두리에 엎드려 있어서 머리카락이 어깨를 지나 바닥에 닿을 지경이다. 베카는 셀리나의 머리카락이 바닥의 먼지와 껌에 닿을까 봐 걷어 올리고 싶어 한다.

베카는 코트를 싫어한다. 1학년 초에 기숙생들은 한 달 동안 외출을 못 하는데(한 달이 지나면 지쳐서 달아날 생각을 못 하기 때문이라고 베카는 생각한다), 그동안 아이들은 온통 코트 이야기뿐이었다. 코트, 코트, 코트. 코트에 가면 모든 게 환상적일 거야. 아이들은 반짝이는 눈과 손으로 코트를 반짝이는 성이나 스케이트장, 초콜릿 폭포처럼 그렸다. 카푸치노와 샘플 립글로스 냄새를 휘감고 도도하게 걸음을 늦추는 고학년 여학생들. 손가락에 걸린 화려한 쇼핑백들, 그리고 몸을 흔들게 하는 중독적인 음악이 있다. 고약한 교사와 숨 막히는 기숙사와 기분 나쁜 말들을 반짝반짝 잊게 만드는 마법의 장소. 그 모든 것을 사라지게 하는.

그때는 베카가 줄리아와 설리나와 홀리를 알기 전이었다. 그때 베카는 너무 괴로워서 아침에 눈을 뜰 때마다 놀랐고, 옆에 누가 있건 말건 엄마에게 전화를 걸어서 집에 가고 싶다고 엉엉 울었다. 엄마는 한숨을 쉬며 친구들을 사귀어서 같이 남자나 연예인, 옷 이야기 같은 걸 하면 금세 학교가 재미있어질 거라고 했고, 베카는 자기 기분이 더 나빠졌다는 데 놀라면서 전화를 끊었다. 그때 코트는 끔찍한 세상에서 기대할 유일한 희망 같았다.

그런 뒤 마침내 코트에 갔더니 그냥 한심한 쇼핑몰일 뿐이었다. 다른 1학년들은 침을 줄줄 흘렸지만 베카는 창문 없는 1990년대식 회색 콘크리트 건물을 올려다보며 여기 바닥에 누워서 꼼짝 않고 있으면 사람들이 미친 줄 알고 집에 보내주지 않을까 하는 생각을 했다.

그때 옆에 있던 금발 여학생이, 이름이 서리나라던가 뭐라던가, 당시 베카는 너무 우울해서 듣고도 금방 잊었다. 그 애가 설리나였다. 설리나가 생각에 잠겨서 코트 꼭대기를 한참 바라보다가 말했다. "창문이 하나 있기는 해. 창문을 찾으면 그리로 더블린 시내 절반은 볼 수 있을 거야."

그 말이 맞았다. 더블린이 그들 아래 펼쳐졌다. 그들이 기대했던 마법의 세계였다. 이야기책처럼 산뜻하고 포근한 세계. 빨랫줄에 나부끼는 빨래들, 마당에서 스윙볼을 하며 노는 아이들, 붉고 노란 화단이 있는 푸른 공원이 하나 있었다. 꼬불꼬불한 단철 가로등 아래 멈춰 서서 대화를 하는 노부부 옆에서 귀가 뾰족 선 개들의 목줄이 엉켰다. 창문은 주차장 요금소와 초대형 쓰레기통 사이에 있었고, 주차 요금을 내는 어른들이 베카와 설리나에게 계속 의심스러운 눈길을 던지더니 마침내 경비원이 나타나서 왜 그러는지 딱히 이유를 모르겠다는 얼굴로 둘을 코트에서 쫓아냈지만, 가기를 백번 잘했다.

하지만 이 년이 지난 지금도 베카는 여전히 코트를 싫어한다. 뻥뚫린 곳에서 모두에게 노출되는 게 싫고 사람들 시선이 벌레처럼 몰려와서 물어뜯는 것도, 여학생들이 자신의 상반신을 훑고 남학생들이 온몸을 훑는 것도 싫다. 코트에서 가만히 있는 사람은 아무도 없다. 모두 몸을 꼬고, 고개를 까딱이고, 관찰자를 관찰하고, 멋진 포즈를 시도한다. 조용히 있지도 않는다. 이야기를 계속하지 않으면 찐따처럼 보이지만 제대로 된 대화는 불가능하다. 모두 다른 생각을 하고 있기 때문이다. 코트에 오고 십오 분이 지나면 온몸이 지글거려서 베카는 누가 자기 몸에 손을 대기라도 하면 전기 충격을 받고 죽을 것만 같다.

1학년 때는 그래도 코트에 갈 때 모두 평범한 옷을 입었다. 올해는 다들 무슨 오스카상 시상식에라도 가는 것처럼 입는다. 코트는 끝내주는 몸매와 걸음걸이와 자신감을 사람들에게 선보이고 가치를 평가받으러 가는 곳이다. 너의 가치는 "제로"라는 말을 들을 수는 없다. 머리카락은 파리가 미끄러질 정도로 매끈하게 펴거나 몽실몽실한 곱슬머리로 만들고, 몸에는 가짜 태닝 로션을 바르고, 얼굴에는 파운데이션을 들이붓고, 눈에는 스모키 아이섀도를 떡칠하고, 그런 뒤 부드럽게 착 달라붙는 청바지를 입고 어그부츠나 컨버스 슈즈를 신어야 한다. 안 그러면 다른 아이들 틈에서 눈에 확 띄고 찐따가 되기 때문이다. 설리나, 줄리아, 홀리는 그렇게 심하지는 않지만, 그래도 베카가 문 앞에서 움찔거리며 기다리는 동안 블러셔를

네 번 다시 바르고 거울 앞에 스무 가지 각도로 서본다. 베카는 코트에 갈 때 화장을 하지 않는다. 화장 자체를 싫어하기도 하고, 도넛 가게 앞 담장에 앉아 있으려고 준비에 삼십 분을 허비하는 일은 아무리 생각해도 어이가 없기 때문이다.

하지만 친구들이 가니까 베카도 간다. 아이들이 왜 거길 좋아하는지 베카는 전혀 이해가 되지 않는다. 친구들은 거기 가면 항상 재미있는 것처럼 행동한다. 목소리도 커지고 서로를 밀치며 아무것도 아닌 일에 폭소를 한다. 베카는 그들이 정말 즐거울 때의 모습을 아는데 그때와는 다르다. 그런 뒤 기숙사로 돌아올 때 친구들 얼굴은 나이 들고 피곤해 보인다. 너무 강하게 눌러서 걷어낼 수 없는 표정의 찌꺼기가 묻어 있다.

오늘 베카는 평소보다 더 긴장해서 이 분에 한 번씩 휴대폰으로 시간을 확인하고 대리석이 배기는 듯 자세를 바꾼다. 줄리아가 이미 두 번이나 말했다. "좀 가만히 있어." 베카는 "미안해" 하고 대꾸하지만 잠시 후 다시 꼼지락거린다.

분수 테두리에 이 미터 정도 거리를 두고 달렉들이 앉아 있기 때문이다. 베카는 달렉들의 모든 것을 싫어한다. 한 명 한 명 개별적으로도 싫다. 올라가 입을 벌리는 모습, 제마가 걸을 때 엉덩이를 씰룩거리는 모습, 앨리슨의 겁먹은 아기 같은 표정, 조앤의 존재 자체. 집단으로도 싫다. 분수 맞은편에 있던 컬름 남학생 세 명이 곁에 와서 앉자 달렉들이 평소보다도 더 짜증스럽게 굴어서 오늘은 더 싫었다. 남학생들이 한 마디 한 마디 할 때마다 네 명이 모두 꺅꺅거리며 분수에서 떨어질 것처럼, 그러니까 남학생들이 붙잡아주지 않으면 안 될 것처럼 굴었다. 앨리슨은 금발 남학생을 보려고 머리를 계속 한쪽으로 굴리면서 이 사이로 혀를 내민다. 뇌가 손상된 아이 같다.

"그래서 장미셸이 나하고 조디를 가리키면서 이렇게 말했어." 줄리아가 말하고 있다. "'애는 캔디 징크스고, 이 둘이 〈아일랜드 아이돌〉 우승자예요!' 약간 영리한 말이었어. 나이트클럽 문지기들이 세상에 없는 프로그램의 진짜 우승자를 알 수는 없으니까. 하지만 아주 영리하지는 않았어. 그러면 어떤 좆같은 일이 벌어질지 난 알았거든." 줄리아는 욕을 시험한다. 아직도 어색하다. "너무도 놀랍게도 문지기들이 '그러면 노래를 해봐' 하는 거야."

"저런." 베카가 말한다. 베카는 달렉 무리를 무시하고 줄리아에게 집중하려고 한다. 줄리아의 이야기는 언제나 재미있지만 항상 뻥튀기가 심하고, 베카는 어디까지가 진실인지 늘 헷갈린다.

줄리아의 눈썹이 올라간다. "아, 고마워."

베카가 움찔한다. "아니, 나는 그냥……."

"걱정 마, 베카. 나도 내가 노래 못하는 거 알아. 그게 포인트야." 베카는 얼굴이 빨개지고 얼굴을 감추려고 초코볼을 다시 한 줌 집어 든다. "그러니까 우리는 완전히 좆된 거지. 나하고 조디가 도대체 무슨 노래를 불러? 걔도 나도 레이디 가가를 좋아하지만 거기서 뭘 어떻게 해? 캔디 징크스의 첫 번째 싱글이 〈배드 로맨스〉라고 말해?"

설리나가 웃는다. 컬름 남학생들이 건너다본다.

"하지만 다행히 플로리안이 장미셸보다 똑똑했어. 그래서 '농담하세요? 얘네는 이미 계약돼 있어요. 노래를 한 소절이라도 부르면 고소당해요' 하고……."

훌리는 웃지 않는다. 이야기를 전혀 듣지 않는 것 같다. 고개를 옆으로 기울인 채 다른 데 귀를 기울이고 있다.

"홀리? 괜찮아?" 설리나가 묻는다.

홀리가 고개를 뒤로 까딱여서 달렉 무리를 가리킨다.

줄리아는 이야기를 그친다. 그들은 과자를 먹는 데 정신이 팔린 것처럼 굴면서 귀를 쫑긋 기울인다.

"맞아." 조앤이 말하고 올라의 다리를 툭 찬다.

올라는 키득거리고 턱을 어깨 사이에 묻는다.

"봐. 너한테 완전히 꽂혔어. 불쌍할 정도야."

"아냐."

"헐, 그 애가 다라한테 말해서 다라가 나한테 말했다니까."

"앤드루 무어가 날 좋아할 리가. 다라가 헛소리하는 거야."

"뭐라고?" 조앤의 목소리가 순식간에 냉랭해지고 베카는 냉기에 다시 한번 몸을 움찔한다. 자신이 조앤을 겁내는 게 싫지만 어쩔 수 없다. "다라가 날 바보로 안다는 거야? 나는 그렇게 생각하지 않는데?"

"조앤 말이 맞아." 제마가 나른하게 말한다. 제마는 어떤 남학생 무릎을 베고 누워 있는데 등을 확 젖혀서 가슴이 남학생을 향해 솟아오르도록 하고 있다. 남학생은 제마의 가슴을 보지 않는 척하려고 쩔쩔맨다. "너만 보면 앤드루 눈에서 하트가 뿅뿅 튀어나와."

올라는 아랫입술을 살짝 물고 기분 좋은 듯 몸을 꼼지락거린다.

"용기가 없어서 너한테 말을 못 거는 거야." 조앤이 다시 다정한 목소리로 말한다. "다라가 그랬어. 어떻게 해야 할지 모르고 있다고." 그리고 자기 옆에 있는 키 큰 갈색 머리 남학생에게 묻는다. "내 말이 맞지?"

남학생이 "맞아" 하고 말하고 자신이 잘했기를 바란다. 조앤은 잘했다는 미소를 보낸다.

"앤드루는 자기가 너한테 딸린다고 생각해." 제마가 말한다. "하지만 될 수도 있지 않니?"

"너도 걔 좋아하지?"

올라가 고양이 울음 같은 소리를 낸다.

"맙소사, 당연히 너도 좋아하지! 앤드루 무어인데!"

"그 애는 덩치 큰 아기 같아!"

"나도 그 애가 좋아."

"나도." 그리고 조앤이 앨리슨을 쿡 찌른다. "너도 그렇지, 앨리슨?"

앨리슨은 눈을 깜박인다. "어, 응?"

"봐. 아, 너무 부럽다."

베카도 앤드루 무어가 누구인지 안다. 분수 건너편에 있는 컬름 남학생 무리의 중심인물이다. 금발, 럭비 선수의 어깨, 목소리도 크고 강하다. 앤드루 무어의 아버지는 지난달에 있던 그의 열여섯 살 생일 파티에 DJ로 픽시 겔도프*를 불렀다.

올라가 간신히 말한다. "나도 약간 좋아해. 그러니까……."

"당연히 좋아하지."

"모두가 좋아해."

"복 터졌다, 얘."

올라는 입이 귀에 걸린다. "그러니까 네가……? 아, 세상에. 그러니까 내 말은, 네가 다라에게 말해서 앤드루에게 전해달라고 해줄

---

* 영국의 여자 가수.

수 있니?"

조앤이 안타깝다는 듯 고개를 젓는다. "그렇게 해서는 안 돼. 그 애는 계속 용기를 못 내서 너한테 못 올 거야. 네가 직접 그 애한테 말을 해야 돼."

그 말에 올라는 두 손으로 얼굴을 가리고 미친 듯이 몸을 비틀며 키득거린다. "말도 안 돼, 난 못 해! 나는 그냥……. 말도 안 돼!"

조앤과 제마는 아주 진지하다. 앨리슨은 어리둥절한 얼굴이지만 남학생들은 입을 꽉 다물고 키득거린다. 그들을 등지고 앉아 있는 홀리는 눈을 크게 뜨고 '어떻게 저럴 수 있지?' 하고 말하는 듯 얼굴을 찌푸린다.

"개똥 같은 소리." 줄리아가 초코볼에 대고 조앤이 못 듣게 조그만 목소리로 말한다. "저런 것들이 친구라고……."

베카는 잠시 후에 말뜻을 이해한다. "쟤네가 거짓말한다는 거야?" 조앤은 별로 싫어하지 않는 사람에게도 고약하게 굴 수 있는 아이다. 뜬금없이 이유 없이 고약한 말을 하고 상대방이 놀라는 걸 즐거워한다. 하지만 지금은 다르다. 올라는 조앤의 친구다.

"너 쟤네 몰라? 당연히 거짓말이지. 앤드루 무어가 저 애를 좋아할 것 같아?" 줄리아는 고갯짓으로 올라를 가리킨다. 올라는 새빨개진 얼굴로 잇몸을 다 드러내고 정신없이 웃고 있어서 솔직히 그렇게 보기 좋은 모습은 아니다.

"너무한데. 그러면 안 돼." 베카가 말하고, 스키틀스 초코볼 봉지를 움켜쥔다. 심장이 쿵쿵 뛴다.

"한번 봐."

"남자애들한테 잘 보이려고 저러는 거야. 자랑하려고." 홀리가 말하고 고갯짓으로 남학생 세 명을 가리킨다.

"남자애들이 저걸 좋아해? 여학생들이 자기 친구한테 저러는 걸?"

홀리가 어깨를 으쓱한다. "잘못됐다고 생각하면 뭐라고 하겠지."

"지금이 완벽한 기회야." 조앤이 말하고 키 큰 남학생에게 따로 흡족한 웃음을 보인다. "가서 말해. '그래, 나도 너 좋아' 하고. 그렇게만 하면 돼."

"못 해, 어우, 정말 못 해⋯⋯."

"왜 못 해? 지금 21세기 아냐? 걸 파워 몰라? 이제는 남자가 데이트 신청하기를 기다릴 필요가 없어. 그냥 해. 걔가 얼마나 좋아하겠어?"

"그러면 걔가 널 코트 뒤로 데리고 갈 거야." 제마가 분수 테두리에서 몸을 나른하게 움직이며 말한다. "그리고 널 끌어안고 키스도 하고⋯⋯." 올라는 몸을 배배 꼬고 콧바람 소리까지 내면서 키득거린다.

줄리아가 말한다. "난 올라가 진짜로 할 거라는 데 오 유로 걸겠어. 너희는?"

셀리나가 앤드루 무어를 건너다보며 조용히 말한다. "그러면 앤드루가 아주 못되게 굴 텐데."

"걘 재수탱이 맞어." 줄리아도 동의한다. 그런 뒤 극장에라도 온 것처럼 입 안에 멘토스 사탕을 몇 알 던져 넣고 흥미롭게 지켜본다.

"가자. 난 보고 싶지 않어. 너무 심해." 베카가 말한다.

"그래도 난 보고 싶어."

"어서." 조앤이 낭랑하게 말하며 발가락으로 올라의 다리를 다시 찌른다. "앤드루가 널 아무리 좋아해도 영원히 기다리지는 않어. 네가 얼른 안 가면 금방 다른 애를 찾을 거야."

"내가 오 유로 가져야겠어." 홀리가 말하고 몸을 돌린다. "야! 올라!" 올라가 허리를 펴고 건너다본다. 새빨간 얼굴에는 바보 같은 웃음이 가득하다. "네 친구들이 장난치는 거야. 앤드루 무어가 누굴 좋아하면 용기가 없어서 말을 못 하겠니? 정말 그럴 것 같아?"

"미안한데 네 생각 안 물어봤거든." 조앤이 말하고, 허리를 세우며 홀리를 노려본다.

"나도 미안한데 네가 코트 한복판에서 소리를 꽥꽥 지르고 있거든. 그렇게 들으라고 소리를 질렀으니 내 의견도 말할 수 있는 거 아냐? 내 의견은 그 남자는 이 세상에 올라라는 애가 있는지도 모른다는 거야."

"내 의견을 말하자면 너처럼 못생긴 하층민은 공립학교나 다녀야 한다는 거야. 그래야 정상적인 사람들이 네 의견 따위 들어줄 필요가 없으니까."

"우아, 여자들 싸움이다." 제마가 무릎을 베고 있는 남학생이 말한다.

"오예, 얼른 시작해." 키 큰 남학생이 말한다.

"홀리 아빠는 경찰이야." 줄리아가 남학생들에게 말한다. "조앤 엄마를 매춘으로 체포했어. 그 일로 쟤가 아직도 원한을 품고 있어."

남학생들이 웃음을 터뜨린다. 조앤은 몸을 곧추세우고서 더 심한 말로 반격하려 들고, 베카는 이미 몸을 움찔거린다. 갑자기 분수 건너편이 시끄러워진다. 앤드루와 친구 셋이 다른 친구 한 명의 손목과 발목을 잡고 그 친구를 물 위로 흔든다. 당사자는 소리를 지르며 버둥거린다. 남학생들은 여학생들이 자기들을 보는지 눈을 힐끔거린다.

"어머나 세상에!" 조앤이 올라를 어찌나 세게 찔렀는지 올라는 분수에 빠질 뻔한다. "봤어? 앤드루가 너를 똑바로 봤어!"

올라가 홀리를 바라본다. 홀리는 어깨를 으쓱한다. "그러든가 말든가."

올라는 생각이 멈춘 눈빛이다. 머리가 혼란스러워서 올라의 기준으로도 생각이라는 걸 할 수가 없다.

"나를 왜 봐? 나는 그냥 쇼를 기다리고 있을 뿐인데." 줄리아가 말한다.

셜리나가 조용히 말한다. "홀리 말이 맞아, 올라. 앤드루가 널 좋아한다면 직접 말할 거야."

제마가 남학생 무릎에서 흥미롭게 바라보며 말한다. "아니, 그냥 너네가 질투하는 거야."

"당연하지. 앤드루 무어는 쟤네라면 간접 접촉도 안 할 테니까." 조앤이 거칠게 말한다. "너 누구 말을 믿을 거야? 우리야, 쟤네야?"

올라는 입을 벌리고 있다. 올라의 눈길이 잠시 베카와 마주치는데 눈빛이 멍청하고 절박하다. 베카는 무슨 말을 해야 하는지 안다. '그러지 마. 앤드루는 이 많은 사람 앞에서 너를 개망신시킬 거야…….'

"네가 우리보다 쟤네를 더 믿는다면 앞으로는 쟤네하고 친구해." 조앤이 올라의 얼굴을 얼릴 듯이 차가운 목소리로 말한다.

올라는 정신이 번쩍 든다. 올라조차 꼬리 내릴 때를 안다. "아냐! 나 쟤네 안 믿어. 너네를 믿어." 그리고 조앤에게 처량한 미소를 짓는다. 배를 뒤집은 개처럼. "정말이야."

조앤은 잠시 싸늘한 시선을 유지하고 올라는 불안해서 어쩔 줄 모른다. 마침내 조앤이 용서를 담은 우아한 미소로 답한다. "나도 알아. 네가 바보는 아니니까. 그러니까 가." 그리고 발로 올라의 다리를 밀어서 일으킨다.

올라는 조앤에게 마지막으로 고통스러운 눈길을 던진다. 조앤과 제마와 앨리슨은 고개를 끄덕여 부추길 뿐이다. 올라는 분수 건너편으로 간다. 살얼음판을 걷듯 조심스럽게.

조앤은 고개를 옆으로 기울여 키 큰 남학생을 올려다보며 웃는다. 남학생도 웃는다. 남학생의 손이 조앤의 옆구리를 쓰다듬는 가운데 둘은 올라가 앤드루 무어에게 다가가는 것을 함께 바라본다.

베카는 올라의 모습을 보지 않으려고 차갑고 끈끈한 대리석에 누워서 4층 높이에 있는 코트의 돔 천장을 바라본다. 발코니를 바삐 오가는 사람들의 뒤집힌 모습이 작고 불안해 보인다. 당장에라도 두 팔을 벌리고 떨어져서 돔 천장에 머리를 쾅 박을 것 같다. 분수 건너편에서는 맹수의 포효 같은 폭소와 조롱이 울린다. "앤드루 득점!" "해봐, 앤드루, 못생긴 애들이 오럴은 잘해주거든." "불쌍하니까 함 해줘! 불쌍하잖아!" 그리고 가까운 곳에서는 조앤과 제마와 앨리슨이 기절할 듯 깍깍거리는 웃음.

"오 유로 도로 가져갈게." 줄리아가 말한다.

베카는 주차 요금소가 숨어 있는 꼭대기 층을 본다. 그 옆으로 햇빛이 가늘게 들어온다. 베카는 거기서 신입생 두 명이 창밖을 내다보기를 바란다. 그들 아래 펼쳐진 넓은 세상이 더러운 난장판을 씻어주기를. 그들은 쫓겨나지 않기를, 그리고 떠날 때 쓰레기통에 불붙은 종이를 던져서 코트를 불태워버리기를 바란다.

5

학교 현관은 무거운 나무 문이었다. 어둡고 낡았다. 콘웨이가 문을 연 뒤 잠시 썰렁한 고요가 흘렀다. 짙은 색 나무 계단에는 아무도 없고 바둑판 무늬의 낡은 타일에는 햇빛이 드리워져 있다.

그러더니 종이 울렸다. 사방에서 문이 열리면서 요란한 발소리와 함께 감청색과 녹색이 섞인 교복을 입은 여학생들이 와자하게 떠들며 몰려나왔다. "이런 젠장." 콘웨이는 내가 들을 수 있도록 목소리를 높였다. "타이밍 죽이네. 갑시다."

그녀는 여학생들의 몸과 책들의 물결을 헤치고 계단을 올라갔다. 허리가 복싱 선수처럼 꼿꼿했다. 내부 감사와 치아 신경 치료 일정이 겹친 것 같은 상황이라는 표정이었다.

나는 콘웨이를 따라 계단을 올라갔다. 여학생들이 머리카락과 웃음을 날리며 쏟아졌다. 두껍고 반들거리며 높은 공기가 햇빛에 가로세로로 꿰뚫려 있었다. 햇빛이 난간을 물처럼 휘감고 색채를 뽑아 공중에 풀어내면서 나를 붙들고 올라간다. 나는 전과 다른 느낌, 변하는 느낌이 들었다. 방법만 알아내면 오늘이 나의 날이 될 것 같았다. 위험하지만 높은 탑에 있는 마법사가 나를 위해 특별히 위험을 만든 것처럼, 공중에서 달콤하고 교묘하고 갑작스러운 행운이 내게 쏟아져 내려오는 것처럼.

나는 이런 곳이 처음이지만 이곳은 나를 과거로 데리고 갔다. 온몸의 뼈에 느낌이 전해졌다. 아일락 도서관에서 책에 빠져 살았고, 그렇게만 하면 이런 곳에 올 수 있을 거라고 생각했던 어린 시절 이후 생각하지 않던 단어들이 떠올랐다. 우미함, 신령함, 화평함. 껑충한 키의 어설픈 몽상꾼이었던 나는 남들 눈에 안 뜨이도록 먼 곳에 가서 대담한 일을 하는 듯한 스릴에 잠겼다.

"교장부터 만날 거예요." 계단 꼭대기에 이르러 다시 나란히 섰을 때 콘웨이가 말했다. "이름은 매케나, 불쾌한 여자예요. 나하고 코스텔로가 현장에 왔을 때 교장이 우리한테 가장 먼저 부탁한 게 뭐였는지 알아요? 언론에 학교 이름이 나가지 않게 해달라는 거였어요. 믿어져요? 사람이 죽건 말건, 살인범을 찾는 수사를 하건 말건, 교장이 걱정한 건 이 일로 학교 이미지가 나빠지는 것뿐이었어요."

우리를 피해 가는 여학생들의 높고 숨찬 목소리, "지나갈게요!" 그중 두어 명은 고개를 돌려서 우리 둘 다인지 우리 중 한 명인지를 보지만 대부분은 상관하지 않고 바쁘게 지나갔다. 사물함이 덜컹덜컹 열린다. 복도도 아름다웠다. 높은 천장과 석회 몰딩, 차분한 녹색 벽에 걸린 그림들.

"여기예요." 콘웨이가 고갯짓으로 문을 가리키며 말했다. "험악한 표정을 지어요." 그리고 문을 열었다.

금발 곱슬머리 여자가 서류 캐비닛에서 돌아서서 미소로 인사를 했지만 콘웨이는 "안녕하세요" 하고 계속 걸어가 안쪽 문을 열고 들어갔다. 그리고 방 안에 들어가자 문을 닫았다.

방은 조용하다. 두꺼운 카펫. 시간과 돈을 많이 들여서 구식 서재처럼 꾸며놓았다. 상판에 녹색 가죽을 간 고풍스러운 책상, 육중한 액자에 든 투박한 용모의 수녀 초상화. 중요한 사람이나 앉을 법한 값비싼 의자와 반짝이는 노트북만이 누군가의 집무실임을 알려주었다.

책상에 앉아 있던 여자가 펜을 내려놓고 일어서서 말했다. "콘웨이 형사님, 오실 거라 예상했습니다."

"역시 예리하시군요." 콘웨이가 관자놀이를 두드리며 말했다. 그리고 벽 앞에 놓인 장식 없는 의자 두 개를 가져다 책상 앞에 놓고 앉았다. "돌아와서 기쁘네요."

여자는 반응하지 않았다. "이분은……?"

"스티븐 모런 형사입니다." 내가 말했다.

"아, 아까 교무 직원에게 연락하신 분이군요." 여자가 말했다.

"네, 그렇습니다."

"알려주셔서 감사합니다. 저는 교장 에일린 매케나입니다." 교장은 손을 내밀지 않았고 나도 내밀지 않았다.

"때로는 사건을 새로운 시각으로 볼 사람이 필요해서요. 스페셜리스트죠." 콘웨이가 말했다. 억양이 거칠어졌다.

교장은 눈썹을 치켜올렸지만 우리가 더 말하지 않자 더는 묻지 않았다. 그리고 자리에 다시 앉아 녹색 가죽 위에서 두 손을 잡았다.

나는 교장이 먼저 앉기를 기다렸다가 앉았다. "저한테 하실 말씀은 뭔가요?"

에일린 매케나는 큰 여자다. 뚱뚱한 게 아니라 그냥 크다. 조직의 수장으로 오랜 세월을 보내고 오십 대가 된 여자들 중에 그런 경우가 종종 있다. 늘 전면에 서고 자부심과 강인함으로 어떤 파도도 헤쳐나갈 준비가 되어 있으며 그러면서도 물에 젖지 않는다. 나는 쉬는 시간 복도에 있는 그녀의 모습이 상상되었다. 여학생들은 교장이 오는지 알기도 전에 그 앞에서 달아난다. 강인한 턱, 인상적인 눈썹. 철사 같은 머리카락과 강철 같은 안경. 나는 여자들 복장은 잘 모르지만 품질은 안다. 녹색이 감도는 트위드 재킷은 고급품이고 진주도 싸구려가 아니다.

콘웨이가 말했다. "학교는 어떤가요?"

의자에 기대어 다리를 벌리고 팔꿈치를 내밀어 교장실 공간을 가능한 한 많이 차지한다. 까칠하게, 아주 까칠하게. 작년의 인연이, 아니면 두 사람의 역학이 작동한다.

"잘 돌아가고 있습니다. 고맙습니다."

"정말인가요? 전에는 이제 온 학교가……." 곤두박질치는 손동작, 긴 휘파람. "이렇게 될 거라고 말씀하신 기억이 있는데요. 우리 같은 평민이 여기 계속 있으면 학교의 유서 깊은 전통 등등이 박살 날 거라고요. 저는 죄책감을 느꼈죠. 다시 훌륭해졌다니 기쁘네요."

교장은 콘웨이를 무시하고 나에게 말했다. "익히 짐작하셨겠지만 딸의 학교에서 살인 사건이 일어났다는 사실에 학부모님들은 당황했습니다. 거기다 범인도 아직 안 잡혔으니."

콘웨이에게 엷은 미소. 그러나 무반응.

"아이러니하게도 경찰의 교내 상주도, 또 계속된 조사도 상황이 통제되고 있다는 느낌을 주었을 수는 있지만, 사실은 그 때문에 정상으로 돌아가기가 어려웠습니다. 언론의 취재 경쟁이 문제를 악화시켰고요. 경찰은 바빠서 그런 걸 막아주지 못했죠. 스물세 명의 학생이 부모님 뜻에 따라 학교를 떠났습니다. 사실 학부모 대부분이 학생을 전학시키겠다고 했지만 저는 전학은 따님들에게 최선의 길이 아니라고 설득해냈습니다."

그랬을 것 같았다. 아일랜드판 마거릿 대처처럼 힘을 다해 세상을 제자리에 돌려놓고 논란의 여지를 남기지 않을 목소리다. 이유를 알고 싶으면 내 쪽에서 빨리 사과부터 해야 될 것 같았다. 학부모가 저 목소리에 맞서기는 쉽지 않을 것이다.

"몇 달 동안 모든 게 불확실했어요. 하지만 세인트킬다는 백 년이 넘는 역사 속에 많은 부침을 이겨냈고 이 일도 이겨냈습니다."

"잘하셨네요." 콘웨이가 말했다. "그러는 동안 저희에게 알릴 만한 일은 없었나요?"

"무슨 일이 있었으면 바로 연락드렸을 겁니다. 그리고 보니 저도 같은 질문을 드리고 싶네요."

"네? 왜요?"

"이렇게 찾아오신 연유가 오늘 아침에 홀리 매키가 형사님을 만나려고 허락 없이 외출한 것과 관련 있는 것 같아서요."

나에게 하는 말이었기에 내가 답했다. "자세히 말씀드리기는 어렵습니다."

"그러시겠죠. 저는 이미 형사님들이 학생들과 면담하는 걸 허락했습니다. 그리고 형사님들이 수사에 긴요할지 모르는 일을 모조리 알아야 하는 것과 마찬가지로 저 역시 저에게 긴요할지 모르는 일을 모조리 알아야 할 권리, 나아가 의무가 있습니다."

딱 적절한 수준의 협박. "이해합니다. 관련 있는 일이 생기면 반드시 말씀드리겠습니다."

안경에서 빛이 반사된다. "대단히 죄송하지만 관련이 있는지 없는지 판단은 제가 합니다. 학교와 여학생들에 대해 아무것도 모르는 형사님들이 그런 결정을 내리실 수는 없으니까요."

이번에는 이중의 시험을 받는 분위기다. 매케나 교장은 내가 밀면 밀쳐질지 알아보려고 하고 콘웨이는 상황을 나에게 맡기고 역시 같은 것을 지켜본다.

내가 말했다. "완벽한 대답은 아니지만 저희가 할 수 있는 최선입니다."

매케나 교장은 나를 조금 더 바라보았다. 그리고 더 강하게 밀어도 소용없다고 판단했다. 그래서 대신 미소를 보냈다. "그러면 두 분의 최선에 의지해야겠네요."

콘웨이는 의자에서 몸을 움직여 편한 자세를 찾았다. "먼저 시크릿 플레이스에 대해서 말씀을 좀 해주시죠."

밖에서 다시 종소리가 울렸다. 작은 비명들, 달려가는 발소리, 교실 문 닫히는 소리. 그리고 침묵.

매케나의 눈에 경계심이 연기처럼 피어올랐지만 얼굴은 변하지 않았다. "시크릿 플레이스는 게시판이에요." 매케나가 서두르지 않고 신중하게 표현을 고르며 말했다. "십이월경에 설치했어요. 학생들이 익명으로 카드를 게시해서 그림이나 짧은 글로 메시지를 전달하죠. 창의적인 카드가 아주 많아요. 학생들이 다른 데서는 표현하기 힘든 감정을 전달할 수 있게 해줍니다."

콘웨이가 말했다. "싫어하는 사람을 헐뜯고도 비난을 피하고, 온갖 소문을 퍼뜨리고도 추적을 피하는 공간이겠네요. 제가 둔해서 이해를 못 하는 건지도 모르고 이곳의 어린 숙녀들은 그런 뻔한 일을 하지 않을 수도 있지만, 제가 볼 때는 전혀 좋은 아이디어가 아닌 것 같은데요." 피라냐 같은 미소. "기분 나쁘게 듣지 않으셨으면 좋겠습니다."

매케나 교장이 말했다. "둘 중 차악이라고 생각했습니다. 지난가을에 몇몇 여학생이 같은 기능이 있는 웹사이트를 만들었어요. 그랬더니 형사님이 말씀하시는 그런 일이 실제로 난무했어요. 우리 학생 중에 몇 년 전에 아버지가 자살한 학생이 있습니다. 우리가 그 사이트를 알게 된 건 학생의 어머니 때문이었어요. 누가 그 학생의 사진을 거기에 올리고 '내 딸이 이렇게 생겼으면 나 같아도 자살한다'라고 썼더군요."

콘웨이의 눈이 나를 본다. '머리의 면도칼이 아직도 멋있게 느껴지나요?'

그 눈빛이 맞았다. 나는 이야기에 필요 이상으로 놀랐다. 손톱 밑에 나무 가시가 박히는 것 같은 충격이었다. 크리스 하퍼 같은 외부인이 한 일이 아니었다. 학교 담장 안에서 자라난 일이었다.

매케나 교장이 말했다. "어머니와 학생은 당연히 크게 화가 났어요."

"그래요? 사이트를 내리면 되잖아요." 콘웨이가 말했다.

"그러면 이십사 시간 후에 새 사이트가 생기고 계속 그런 일이 반복되죠. 학생들에겐 감정의 배출구가 필요해요, 형사님. 사건이 있고 일이 주 뒤에 어땠는지 기억하시나요?" 콘웨이가 살짝 콧방귀를 뀐다. '사건'이라니. "몇몇 학생이 크리스토퍼 하퍼의 유령을 봤다고 했잖아요."

"학교 화장실에서요." 콘웨이가 고개를 돌려 내게 말했다. "당연하죠. 남학생이 투명 인간이 되면 가장 먼저 가보고 싶어 하는 곳이잖아요. 열 명 정도가 목이 터져라 비명을 지르면서 서로를 붙들고 덜덜 떨었어요. 나는 아이들 따귀를 때리다시피 해서 간신히 이야기를 들었고요. 아이들은 나더러 총을 가지고 가서 유령을 쏘라고 했어요. 그런 뒤 아이들이 진정하는 데 시간이 얼마나 걸렸나요? 몇 시간 정도?"

"그 뒤로 우리는 크리스토퍼 하퍼에 대한 이야기를 금지시켰어요." 매케나 교장은 여전히 나에게 말했다. "하지만 유령 이야기는 아마 몇 달 동안 며칠에 한 번씩은 떠돌았을 거예요. 대신 우리는 여학생들이 집단 상담을 받게 하고 특히 슬픔을 다스리는 법을 익히게 했어요. 그리고 강당 바깥의 작은 테이블에 크리스토퍼 하퍼의 사진을 올려놓았죠. 거기서 기도도 하고 꽃이나 카드를 올려놓는 등 적절하고 통제된 방식으로 슬픔을 표현할 수 있도록요."

"학생들 대부분은 크리스를 만난 적이 없어요." 콘웨이가 내게 말했다. "표현할 슬픔이 없었어요. 그냥 광기를 부릴 핑계가 필요했던 거예요. 토닥이거나 달래기보다는 뺨을 후려치는 게 더 나았어요."

"그랬을지도 모르죠." 매케나 교장이 말했다. "어쨌든 유령은 다시 나타나지 않았어요."

매케나는 미소를 지었다. 흡족한 미소. 모든 게 깔끔하게 회복되었다.

교장은 어리석지 않았다. 나는 콘웨이의 말을 듣고 금발 염색 머리를 한 다소 얼뜬 속물을 예상했다. 독한 다이어트로 몸매를 유지하고 얼굴에는 업무용 미소를 장착한 채 감언이설과 남편의 인맥으로 학교를 운영하는 사람. 하지만 이 여자는 얼뜨기가 아니었다.

"그리고 같은 방식을 사용해서 게시판도 만들었어요." 교장이 말했다. "충동을 통제된 배출구를 통해 발산하게 했어요. 이번에도 결과는 만족스러웠습니다."

매케나는 의자에 앉은 뒤로 한 번도 움직이지 않았다. 꼿꼿한 허리, 책상 위에 겹쳐놓은 손. 그리고 큰 덩치.

"통제된 배출구라. 어떻게요?" 콘웨이가 말했다. 그리고 책상에서 펜―검은색과 금색으로 된 몽블랑 만년필―을 하나 튕겨 올려서 장난을 치기 시작했다.

"게시판은 당연히 관리됩니다. 부적절한 게시물이 있는지 1교시 전, 쉬는 시간, 점심시간, 수업 종료 후에 규칙적으로 점검합니다."

"부적절한 게시물이 있었나요?"

"물론이죠. 자주는 아니지만 가끔 있습니다."

"예를 들면?"

"대개는 '나는 아무개가 싫다'의 변주예요. 대상은 학생도 있고 교사도 있어요. 사람 이름을 쓰거나 누군지 알아보게 하면 안 된다는 규칙이 있지만 당연히 규칙은 깨지죠. 대부분은 어떤 남학생이 좋다거나, 영원한 우정을 약속한다거나 하는 내용이라 별문제 안 되지만 가끔은 잔인한 방식도 있어요. 그리고 상처가 아니라 도움을 주려는 의도도 한 번 있었어요. 몇 달 전에 누가 멍든 사진이 붙고 '아무개가 아버지에게 맞았다'라고 적혀 있었어요. 우리는 그 카드를 곧바로 제거했지만 해당 학생과 만나 상담을 했습니다. 물론 신중하게요."

"물론 그러셨겠죠." 콘웨이가 말하고, 공중에서 펜을 빙그르 돌렸다가 다시 탁 잡았다. "신중하게요."

내가 물었다. "아날로그 게시판을 두는 이유가 뭔가요? 공식 웹사이트를 만들어서 교사들이 관리하면 되지 않나요? 남에게 상처를 주는 게시물은 아예 게시되지 않고 더 안전할 텐데요?"

매케나 교장은 나를 꼼꼼히 살펴보며(좋은 코트를 입었지만 산지 이 년 됐고 머리도 단정하지만 최상의 상태에서 한두 주 지났다), 내가 어떤 종류의 스페셜리스트인지 생각하는 듯했다. 그리고 두손을 풀었다가 다시 잡았다. 나를 경계하는 것까지는 아니지만 신중한 태도였다.

"우리도 그걸 고려해봤어요. 몇몇 교사는 그쪽을 선호했고요. 형사님이 언급한 바로 그 이유로요. 내가 반대했습니다. 이유 중 하나는 기숙생들이 배제된다는 거였어요. 기숙생들은 인터넷 사용에 제한을 받습니다. 하지만 더 큰 이유는 어린 여학생들은 여러 세계를 쉽게 미끄러져 다닌다는 거예요. 아이들은 현실감을 잃습니다. 저는 학생들이 필요 이상으로 인터넷을 사용하는 게 좋지 않다고 생각해요. 거기 깊은 비밀을 쌓아놓는 것은 더 말할 것도 없고요. 학생들은 최대한 현실 세계에 뿌리를 내리고 있어야 한다고 생각합니다."

콘웨이의 눈썹이 올라갔다. '이런 현실 세계에?' 하는 듯이.

교장은 반응하지 않았다. 다시 흡족한 미소. "그리고 제 생각이 옳았습니다. 웹사이트가 더는 생기지 않았어요. 학생들은 실제로 현실 세계의 번거로움을 좋아합니다. 아무도 없는 시간을 기다려서 카드를 붙이는 일, 눈에 띄지 않고 3층까지 갈 구실을 찾는 일 같은 거요. 여학생들은 비밀 누설도 좋아하고 비밀스러운 행동도 좋아합니다. 게시판은 완벽한 균형을 제공하죠."

내가 물었다. "누가 카드를 붙이는지 추적한 적은 있나요? 예를 들면 '난 마약을 해' 같은 카드가 붙으면 게시자가 누구인지 알아내고 싶을 테니까요. 그런 일은 어떻게 하죠? 게시판 앞에 CCTV 같은 게 있나요?"

"CCTV라고요?" 외국어를 하듯 느린 말투. 진짜건 거짓이건 흥미로운 기색. "여긴 감옥이 아니라 학교예요, 형사님. 그리고 우리 학교 학생들은 헤로인 의존자가 되는 일이 드물어요."

"학생 수는 얼마나 되나요?"

"250명 가까이 돼요. 1학년부터 6학년까지 학년당 학급이 두 개고 학급당 20명 정도죠."

"게시판이 운영된 게 오 개월 정도예요. 통계적으로 그 정도 시간이면 학생 250명 중 몇 명은 선생님이 관심을 가질 일을 겪었을 텐데요. 학대, 섭식 장애, 우울증 같은." 그런 말은 내 입에 낯설었다. 맞는 말이었지만 그 방에서 내 말은 카펫에 떨어지는 침처럼 싸늘한 반향을 일으켰다. "그리고 방금 말씀처럼 여학생들은 비밀을 밝히고 싶어 해요. '프랑스어 개짜증' 이상으로 심각한 게 없었다는 말씀인가요?"

매케나 교장은 손을 내려다보며 눈빛을 감추고 생각했다.

"게시자를 알아야 할 때면 찾아낼 방법이 있더군요." 그녀가 말했다. "어떤 카드에 연필로 누군가의 복부를 그린 그림이 있었습니다. 곳곳이 칼이나 가위로 잘려 있고 '내게서 모든 걸 잘라내고 싶다'라고 적혀 있었죠. 우리는 당연히 누구인지 알아야 했습니다. 미술 교사가 그림 스타일을 토대로 몇 명을 추렸고 다른 교사들이 필체로 몇 명을 추렸습니다. 결국 그날이 가기 전에 게시자를 알아냈죠."

"그 학생이 자해하고 있었나요?" 콘웨이가 물었다.

교장은 다시 눈길을 내렸다. 그렇다는 뜻. "상황은 해결되었습니다."

우리의 카드에는 그림도 없고 손글씨도 없다. 자해한 여학생은 발견되기를 원했지만 우리 여학생은 그러지 않았거나 적어도 쉽게 발견되기를 원하지 않았다.

매케나 교장이 이번에는 우리 둘 모두에게 말했다. "이걸 보면 게시판이 부정적인 역할이 아니라 긍정적인 역할을 하는 게 분명하다고 생각합니다. '아무개가 싫다'라는 내용도 도움이 됩니다. 어떤 학생에게 가해 쪽이건 피해 쪽이건 학교 폭력의 기미가 있는지 알려주니까요. 우리는 게시판을 통해서 학생들의 사적인 세계를 들여다보죠. 두 분 형사님이 어린 여학생들에 대해 약간이라도 아신다면 이게 얼마나 귀중한지 이해하실 겁니다."

"만능 게시판 같네요." 콘웨이가 말하고 다시 펜을 던져 올렸다가 잡았다. "어제 방과 후에 이 멋진 게시판을 점검하셨나요?"

"매일 방과 후에 점검합니다. 말씀드렸듯이."

"어제는 누가 점검하셨나요?"

"교사들에게 물어보세요. 그분들이 순번을 정하니까요."

"네, 그러죠. 학생들은 점검 시간을 아나요?"

"게시판이 관리되고 있다는 건 알 겁니다. 교사들이 살펴보는 모습을 보니까요. 우리는 그 사실을 감추진 않지만 정확한 일정을 알린 적은 없습니다. 그게 궁금하신 거라면요."

그러니까 우리가 찾는 여학생은 우리가 후보군을 좁힐 수 있다는 걸 몰랐을 것이다. 복도에 가득한 밝은 얼굴의 물결 속에 숨어들 수 있다고 생각했을 것이다.

콘웨이가 말했다. "방과 후에 본관에 남은 학생이 있었나요?"

다시 침묵. 그런 뒤 "아실지도 모르지만 전환 학년인 4학년*은 할 일이 많습니다. 그룹 과제, 실험 등등. 4학년 숙제를 하려면 학교의 자원을 써야 할 때가 많습니다. 미술실이나 컴퓨터 같은 것들요."

콘웨이가 말했다. "그러니까 어제저녁에 학교에 4학년 학생들이 있었다는 거군요. 누가, 언제 있었나요?"

교장의 엄중한 눈길에 경찰도 엄중한 눈길로 답한다. 교장이 말했다. "그런 뜻은 아니에요. 어제 본관에 누가 있었는지 저는 모릅니다. 사감인 아널드 선생님이 본관으로 가는 연결문의 열쇠를 갖고 있고 방과 후에 본관 사용을 허락받은 학생을 모두 확인하죠. 제 말은 어느 날이건 저녁에도 4학년 학생 몇 명이 본관에 있을 확률이 매우 높다는 겁니다. 어떻게든 수상한 꼬투리를 잡으셔야 하는 건 이해하지만 콘웨이 형사님, 어린 학생이 사회 과제를 하는 일에 수상한 건 없을 겁니다."

"그걸 알아내려고 저희가 온 거죠." 콘웨이가 말했다. 그리고 두 팔을 위로 들고 등을 젖히며 크게 기지개를 켰다. "지금은 이 정도로

---

* 아일랜드의 중등교육은 기본 6년제다. 우리나라의 중학교에 해당하는 1~3학년을 마치면 중등 자격 시험을 거쳐 4학년이 되는데 이때 많은 학교가 1년 동안 체험 학습, 생활 기술, 사회성 함양 등에 중점을 둔 교육을 실행한다. 이것을 '전환 학년'이라고 한다. 학교마다 프로그램이 다르고 전환 학년제를 실시하지 않는 학교도 있다.

됐습니다. 어제 방과 후에 게시판에 접근할 수 있었던 학생들 명단이 필요해요. 빨리 알려주시면 좋겠습니다. 그전에 멋진 게시판을 한번 봐야겠습니다."

콘웨이는 펜을 책상 위에 툭 던졌다. 손목이 물수제비 뜨듯 날렵하게 움직였다. 펜은 녹색 가죽 위를 데굴데굴 굴러가서 교장의 깍지 낀 손 바로 앞에서 멈추었다. 교장은 움직이지 않았다.

학교는 다시 조용했다. 수백 개의 낮은 소리로 이루어진 고요였다. 어디선가 학생들이 무반주 합창곡을 부르는 소리가 들렸다. 높고 아름다운 화음이 두어 소절마다 교사의 지적에 끊겼다 이어졌다를 반복했다. "축제의 달이 와서 아이들은 즐겁게 뛰어노네, 파라라 라라……."

콘웨이는 우리가 가야 할 곳을 알았다. 본관 맨 위층, 닫힌 교실 문들을 지나 ("키가 크다고 으스댄다면……. 그때 우리가 가지 않았다면…….") 복도 끝이다. 열린 창문으로 따뜻한 바람과 푸르른 냄새가 쏟아져 들어온다.

"여기요." 콘웨이가 말하고 약간 움푹하게 파인 벽 앞에 섰다.

게시판은 가로 이 미터, 세로 일 미터 정도 되는 크기였는데 움푹한 벽 안쪽에서 우리에게 소리를 지르며 튀어나오는 것 같았다. 망가진 정신, 누군가의 미친 정신이 온갖 색깔의 핀볼을 고속으로 쏘아 보내는 것처럼. 게시판은 빼곡했다. 사진, 펜화, 그림이 겹겹으로 붙어서 공간을 다투었다. 매직으로 까맣게 칠한 얼굴들. 손으로 쓰거나 프린트하거나 오려 붙인 말들로 가득하다.

콘웨이가 무슨 소리를 낸다. 코로 나오는 짧은 숨소리는 웃음일 수도 있고 나처럼 충격을 받은 것일 수도 있다.

게시판 위에는 검은색의 큰 글씨가 판타지 소설의 제목 같은 장식체로 박혀 있다. "시크릿 플레이스".

아래에는 작고 장식 없는 서체로, "여러분의 공간 시크릿 플레이스입니다. 세인트킬다의 학생은 다른 사람을 존중합니다. 다른 사람의 카드를 훼손하거나 제거하지 마십시오. 특정 이름을 언급한 카드, 불쾌하고 음란한 내용의 카드는 제거됩니다. 카드로 인해 걱정이 생기면 담임선생님과 상담하십시오."

눈을 잠시 감았다 뜨니 그제야 혼돈 속에서 개별 카드들이 하나둘 눈에 들어왔다. 검정 래브라도 개, "우리 오빠 개가 죽었으면 좋겠어. 그래야 내가 고양이를 키울 수 있으니까", 검지손가락, "소등 후에 코 좀 후비지 마. 다 들려!!!", 셀로판테이프로 붙인 아이스크림 포장지, "이때 내가 널 사랑한다는 걸 알았어…… 너도 알까 봐 겁나", 오려내서 겹겹이 붙인 수학 방정식, "친구가 베껴 쓰라고 했어. 나는 절대 이해 못 할 거라고", 색연필로 그린 귀여운 아기 얼굴, "내 사촌동생. 다들 얘 오빠를 나무랐지만 아기한테 '식빵' 욕을 가르쳐준 건 사실 나야".

콘웨이가 말했다. "그 카드는 플로리다하고 골웨이가 반반씩 있는 카드 위에 핀으로 고정되어 있었어요. 카드에는 '나는 모두에게 여기가 최고라고 말해. 정말 멋지니까…… 여기가 나한테 최고인 건 여기선 멋진 척할 필요가 없어서야'라고 적혀 있었어요. 저도 골웨이를 좋아해서 근처에 가면 이따금 들르죠. 그래서 크리스의 사진을 알아봤어요."

나는 그 말을 이해하는 데 약간 시간이 걸렸다. 홀리가 한 말을 그대로 옳은 것이다. 콘웨이는 내 놀란 얼굴에 냉소를 보냈다. "내가 멍청한 줄 알았나요?"

"기억력이 그 정도인 줄 몰랐어요."

"이제 알겠네요." 콘웨이는 몸을 젖히고 게시판을 살펴보았다.

붉게 칠한 입술을 벌리고 이를 드러낸 그림, "우리 엄마는 내가 뚱 뚱하다고 미워해", 어둠이 내리는 푸른 하늘, 부드러운 초록 언덕, 창문의 노란 불빛, "집에 가고 싶어 집에 가고 싶어 집에 가고 싶어", 아래층에서는 똑같은 무반주 합창곡의 선율이 이어진다.

"저기요." 콘웨이가 말하고, 갈매기의 기름 얼룩을 닦는 남자의 사진("날더러 변호사가 되라고 하지만 나는 이 일을 할 거예요")을 살짝 밀었다. 반은 플로리다, 반은 골웨이. 게시판 아래쪽의 왼편이 었다.

콘웨이가 허리를 굽히고 말했다. "핀 구멍이 있어요. 홀리가 전부 다 꾸며낸 건 아닌 것 같네요."

설령 꾸며냈다 해도 홀리는 핀 구멍을 잊지 않았을 것이다. "그런 것 같네요."

지문 채취를 위해 가져가봐야 소용없다. 그건 아무것도 증명하지 못한다. 콘웨이가 다시 한번 홀리의 말을 인용했다. "'어제 미술실에 있을 때는 골웨이를 못 봤어요. 마지막으로 본 게 언제였는지 모르 겠지만 지난주였던 것 같아요.'"

"담당 교사들이 게시판을 점검했다면 방과 후에 본관에 누가 있 었는지 대상을 좁힐 수 있어요. 하지만 또 어쩌면……."

"어쩌면 이렇게 어지러운 게시판에서 카드 한 장은 몇 날 며칠 동 안 별다른 주목을 받지 못했을 수도 있어요. 그러면 후보를 좁힐 수가 없죠." 콘웨이는 갈매기 사진을 제자리에 돌려놓고 뒤로 물러나서 게시판 전체를 보았다. "매케나는 통제된 배출구 어쩌고 하지만 내가 볼 때 이건 혼돈 덩어리 같네요."

그 말에는 반박하기 어려웠다. 내가 말했다. "전체를 살펴봐야 할 것 같아요."

콘웨이는 생각하는 표정이었다. 지루한 일은 내게 맡기고 중요한 일은 자신이 할까. 어쨌든 그녀가 책임자였다.

콘웨이가 말했다. "가장 빠른 길은 하나하나 떼어내면서 보는 거예요. 그래야 놓치는 게 없어요."

"그러면 제자리에 돌려놓을 수 없을 텐데요. 우리가 이걸 조사했다는 걸 아이들이 알아도 괜찮나요?"

"젠장." 콘웨이가 말했다. "처음부터 계속 이랬어요. 조심하고 살살 하라는 헛소리. 제자리에 두죠. 당신은 그쪽에서 시작해요. 나는 이쪽을 살필 테니."

삼십 분이 걸렸다. 이 토네이도 속에서 집중하지 않으면 망하기 십상이라 대화는 하지 않았지만 그래도 잘 협력했다. 알 수 있다. 리듬이 맞는다. 상대의 존재가 짜증을 일으키지 않는다. 월권을 행사하거나 멍청한 소리를 하면 곧장 미제사건수사과로 돌아간다는 사실을 잘 알고 있는 나는 처음부터 힘을 보태고 일을 잘 진행시킬 각오가 되어 있었다. 하지만 그럴 필요조차 없었다. 일은 쉬웠다. 계단에서 느꼈던 고양감이 다시 한번 밀려든다. '나의 날, 나의 행운이야, 가능하면 잡아.'

게시판 탐색을 마쳤을 때 좋은 느낌은 사라지고 없었다. 나는 입 안이 썼고 배 속은 상해서 거품이 이는 사과주처럼 뒤틀렸다. 악성 게시물이 가득해서는 아니었다. 그렇지 않았다. 콘웨이도 매케나도 각자의 방식으로 옳았고 우리의 학창 시절은 오래전이었다. 상점에서 좀도둑질을 한 학생(마스카라 통, "내가 이걸 훔쳤어 + 하나도 안 미안해!!")이나 다른 사람에게 화가 난 학생(설사약 사진, "이걸 네 허브티에 넣고 싶어")보다 심한 것은 없었다. 다정한 것도 많았다. 너덜너덜한 곰 인형을 끌어안은 꼬마 사진("내 곰이 그립지만 이 미소를 보니 행복해"), 색실을 여섯 개 꼬아서 매듭을 묶고 밀랍으로 그 끝을 카드에 붙인 뒤 위에 엄지로 지문을 찍은 장식("영원한 우정"). 놀라울 만큼 창의적인 것들도 있었다. 예술에 가까웠고 미술관의 작품들보다 나았다. 눈발 날리는 창틀 모양으로 오린 카드는 레이스처럼 섬세했다. 작업에 몇 시간이 걸렸을 것이다. 창틀 안쪽에서 비명을 지르는 소녀의 얼굴이 살짝 보이는데 가득한 눈발 때문에 알아보기 힘들었다. 가장자리에는 작은 글씨들이 투각되어 있다. "너희가 내 전부를 보는 줄 알아?"

무언가 상한 사과주 느낌을 풍긴다는 사실, 마셔도 좋을 투명한 황금빛 공기, 깨끗한 얼굴들, 행복한 수다의 물결, 나는 그 모든 것이 좋았다. 아주 좋았다. 하지만 모든 것이 이것을 꽁꽁 감추고 있었다. 비뚤어진 한 가지 사례만이 아니고 일부만도 아닌 모든 것이.

어쩌면 대부분이 헛소리일지 모른다는 생각 또는 희망이 들었다. 지루한 여학생들의 장난이라고. 하지만 그것도 똑같이 나쁘다고 여겼다가 다시 그렇지 않다고 생각을 바꿨다.

"이것들 중 사실이 얼마나 될까요?"

콘웨이는 나를 보았다. 우리는 가장자리부터 안쪽으로 이동하며 게시판을 살펴보았다. 그녀가 향수를 뿌렸다면 내게 냄새가 풍겼을 것이다. 하지만 내게는 무향 비누 냄새밖에 닿지 않았다. "일부. 대부분일지도. 왜요?"

"여학생들은 다 거짓말쟁이라고 했잖아요."

"그 말은 맞아요. 하지만 아이들이 거짓말을 하는 건 곤경을 모면하거나 주목을 받거나 실제보다 멋있어 보이기 위해서예요. 익명의 공간에서 그럴 확률은 높지 않죠."

"어쨌든 일부는 헛소리일 거예요."

"그럼요." 콘웨이는 〈트와일라잇〉 남자 주인공 사진에 손톱을 튕겼다. 거기 달린 글은 이랬다. "여름방학 때 이 사람을 만나서 키스를 했는데 정말 좋았어, 내년 여름에 또 만날 거야."

내가 말했다. "그 카드의 확률은 얼마나 될까요?"

"여기 이 카드를 붙인 학생은 친구들하고 이 앞을 지나갈 때마다 힌트를 뿌렸을 거예요. 그래서 모두가 그 아이라고 믿지만 당사자는 헛소리를 대놓고 하지 않아도 되니까 이 일로 질문받을 일도 없죠. 하지만 다른 건⋯⋯." 콘웨이가 게시판 반대편으로 눈길을 돌리며 말했다. "누군가 분란을 일으키고 싶다면 이걸 충분히 이용할 수 있겠어요."

무반주 합창곡이 조합되어서 말끔하고 완벽하게 흘러갔다. "봄은 즐거움을 두르고 겨울의 슬픔을 비웃는다네, 파라라라라⋯⋯."

"점검을 하는데도요?"

"점검을 해도요. 교사들은 원하는 걸 다 볼 수 있지만 무엇을 봐야 할지 몰라요. 학생들은 영악해요. 분란을 일으키고 싶다면 어른이 눈치채지 못할 방법을 찾아낼 거예요. 친구에게 들은 비밀을 여기 붙이거나 싫어하는 사람에 대한 거짓말을 지어내서 붙이거나 그런 거요." 콘웨이는 빨간 입술을 두드렸다. "누군가 협탁에 놓은 엄마 사진을 찍어다가 그 친구 엄마가 딸이 돼지라서 싫어한다고 하는 거예요. 다른 학생들이 모두 사진을 알아보고 그 말이 진실이라고 생각하면 보너스 점수가 있겠죠."

"멋지네요." 내가 말했다.

"말했잖아요."

"가만히 앉아 생각만 하면서 젊음의 기쁨을 거부하지 말자, 파라 라라라……."

내가 말했다. "우리 카드 말예요. 그게 의미가 있을 확률은 얼마나 될까요?"

나는 처음부터 궁금했지만 그 말을 하고 싶지는 않았다. 이 모든 일이 두어 시간 만에 끝나고 누군가 정학을 당하고 나는 위로 속에 미제사건수사과로 돌아가는 일은 원하지 않았다.

"오십 대 오십 정도요." 콘웨이가 말했다. "누군가 분란을 일으키고자 한다면 제대로 하고 있어요. 아무튼 우리는 그걸 성경 말씀처럼 다뤄야 돼요. 그쪽 거의 끝났죠? 종이 또 울리면 금세 학생들이 쏟아져 나올 거예요."

"네, 다 했어요." 내가 말했다. 나는 움직이고 싶었다. 한곳에 오래 서 있어서 발이 아팠다.

우리는 카드를 두 장 챙겼다. 여학생이 손을 물에 담근 창백하고 흐릿한 사진, "난 네가 한 일을 알아." 그리고 사이프러스나무 아래 맨땅을 찍은 사진. 볼펜으로 한 장소에 X 자를 꾹 눌러 표시했고 글은 없다.

콘웨이는 가방에서 증거 봉투를 꺼내서 카드들을 넣고 말했다.

"이제 어제 게시판 점검 담당자를 만날 거예요. 그런 뒤에 여기 있었던 학생들의 명단을 뽑고 이야기를 할 거예요. 명단을 빨리 받아야 돼요."

좁은 공간을 한참 들여다보다 돌아서자 복도 길이가 일 킬로미터도 넘는 것 같았다. 등 뒤의 게시판이 교실들의 웅웅거림과 "파라라라라" 하는 트릴을 뚫고 지글지글 끓는 소리가 들리는 것 같았다.

<u>6</u>

코트 뒤쪽에는 들판 비슷한 것이 있다. 사람들은 "필드"라고 부르는데 그곳의 상황 때문에 조롱이 가미된 작명이다. 원래는 코트가 확장 공사를 하려고 한 부지였다. 애버크롬비 앤드 피치가 들어올 예정이었다. 하지만 경기 불황이 닥치자 그 넓은 땅에는 철망 울타리와 키 큰 잡초만 생겨났다. 불도저들이 공사를 시작했던 곳에는 아직도 단단한 맨땅이 상처처럼 드러나 있다. 버려진 큐블록 더미 두 곳은 사람들이 하도 오르내려서 어지럽게 허물어졌고 정체를 알 수 없는 기계 한 대는 녹이 슬었다. 철망 울타리 한쪽은 기둥에서 느슨하게 떨어졌다. 그걸 접으면 뚱뚱하지 않은 사람은 필드에 들어갈 수 있고 뚱뚱한 사람은 여기 잘 오지 않는다.

필드는 코트의 그림자다. 코트에서 일어날 수 없는 모든 일이 벌어진다. 컬름 남학생과 킬다 여학생은 코트 옆면을 돌아서 이곳에

온다. 너무 순진해서 휘파람을 불다시피 하면서 온다. 쇼핑몰 같은 곳엔 천박해 보이는 펑크족이 대부분이지만(뒤쪽 울타리 근처에는 영하의 날씨나 폭우에도 상관없이 항상 록 밴드 '데스 캡 포 큐티'의 노래를 아이팟 스피커로 틀어놓는 무리가 있다), 가끔 다른 사람들도 있다. 그들은 상점 직원을 속여 보드카를 사 오거나 아빠 담배를 훔쳐 오거나 마리화나나 엄마의 알약을 가지고 온다. 잡초가 워낙 무성해서 그 안에 앉거나 누워 있으면 울타리 바깥에서는 잘 보이지 않는데 거기 가면 대부분 눕거나 앉는다.

밤에는 다른 일들이 일어난다. 오후에 가면 때로 다 쓴 콘돔 여남은 개나 흩어진 주사기가 나온다. 한번은 맨땅 부분에 핏자국이 길게 이어지고 칼이 떨어져 있는 경우도 있었다. 그들은 아무 말도 하지 않고 칼은 다음 날 사라진다.

시월 말, 쌀쌀하고 습기 찬 날이 이어지다가 어느 날 오후 갑자기 태양이 금빛으로 미소를 짓자 사람들은 필드를 떠올렸다. 컬름 4학년 한 무리가 누군가의 형에게 부탁해서 사과주 2리터와 담배 두 갑을 사 왔다. 이야기가 퍼졌고 어느새 스무 명가량이 그곳에 모여 별꽃 덤불에 눕거나 큐블록 위에 앉아 있다. 민들레 씨앗이 떠돌고 뾰족한 금방망이가 노랗게 꽃을 피운다. 쏟아지는 햇빛이 차가운 바람을 누그러뜨린다.

코트의 화장품 코너가 신상품을 홍보해서 여학생들이 모조리 화장을 했다. 얼굴은 뻣뻣하고 무겁지만(여학생들은 무언가 갈라지거나 떨어질까 봐 미소도 제대로 짓지 못한다), 새로워진 기분은 그걸 감수할 만하다. 그들은 사과주나 담배 연기가 몸에 들어가기 전부터 이미 우쭐우쭐 걷고, 새롭고 신중하고 도도한 걸음은 그들에게 오만하고 신비롭고 강력한 느낌을 준다. 그 옆에서 남학생들은 민숭민숭하고 어려 보인다. 그들은 그것을 메꾸려고 더 시끄럽게 떠들고 서로를 게이라고 부른다. 몇 명은 코트 뒷벽에 누가 스프레이로 그린 그림—혀를 내밀고 웃는 얼굴—에 돌을 던지고, 누군가 명중을 시키면 함성을 지르며 공중에 주먹질을 한다. 다른 남학생 두 명은 녹슨 기계 위에서 서로를 밀치락달치락한다. 여학생들은 자신들이 그들을 보지 않는다는 것을 알리려고 휴대폰으로 서로의 달라진 얼굴을 사진 찍는다. 달렉들은 큐블록 위에서 입술과 가슴을 내민다. 줄리아와 홀리와 셀리나와 베카는 잡초들 틈에 앉아 있다.

크리스 하퍼가 그들 뒤쪽에 있다. 파란 하늘을 배경으로 파란 티셔츠를 입고서 다른 큐블록 더미에서 두 팔을 뻗고 균형을 잡는 한편, 찌푸린 눈으로 에일린 러셀을 내려다보면서 에일린이 한 말에 웃는다. 홀리 무리와는 이삼 미터 거리다. 홀리와 셀리나는 서로를 끌어안고 극적인 키스를 준비하며 새 립스틱을 바른 입술을 오므린다. 베카가 무거운 속눈썹과 진한 입술을 동그랗게 하고 놀란 척하는 표정으로 카메라를 바라보자 줄리아가 오버하며 사진을 찍지만("오예, 세엑쉬한데, 더 해봐") 그들은 크리스가 거기 있는 걸 잘 모른다. 누군가를 느끼긴 한다. 그의 푸른 활력과 힘을. 그 뜨거운 기운이 필드 전체에서 맥동하는 것을. 하지만 눈을 감고 그 사람이 누구인지 말해보라고 하면 아무도 크리스의 이름을 말하지 못할 것이다. 그의 생은 여섯 달 삼 주 하고 하루가 남았다.

제임스 길렌이 사과주를 들고 줄리아 옆에 슥 앉아서 말한다. "그러지 마. 왜 그래?"

제임스 길렌에게는 어둡고 매끈한 매력이 있지만 입꼬리의 곡선은 상대를 방어 모드에 들어가게 한다. 그는 언제나 흥미롭다는 표정인데 대상이 자신인지 아닌지는 알 길이 없다. 제임스는 여학생들에게 인기가 많다. 캐럴라인 오다우드는 그를 좋아한 나머지 '링스 익사이트' 바디스프레이를 사서 매일 아침 머리 한쪽에 뿌린다. 그렇게 하면 원할 때마다 그의 냄새를 맡을 수 있기 때문이다. 수학 시간에 입을 벌린 채 자기 머리카락을 킁킁거리는 캐럴라인을 보면 아이큐가 20 정도 되어 보인다.

"너도 안녕, 근데 뭐가?" 줄리아가 말한다.

제임스가 줄리아의 휴대폰을 탁 친다. "네가 예쁘다는 걸 알려고 사진을 찍어볼 필요는 없어."

"그 말은 맞지만 나는 너도 필요 없어."

제임스는 못 들은 척하고 말한다. "내가 원하는 사진은 말이야." 그리고 줄리아의 가슴을 향해 웃음을 날린다.

그가 기대하는 건 줄리아가 얼굴을 붉히고 후드 점퍼 지퍼를 더 올리거나 소리를 지르고 화를 내는 것이다. 어느 쪽이든 그의 승리가 될 것이다. 베카가 대신 얼굴을 붉히지만 제임스를 만족하게 할 생각이 없는 줄리아는 말한다. "안타깝지만 넌 이걸 다루지 못해."

"그렇게 크지도 않은걸."

"네 손도 그래. 그리고 남자가 손이 작다는 게 무슨 뜻인지 알지?"

홀리와 설리나가 키득거린다. "헐, 존나 뻔뻔하네." 제임스가 눈썹을 치켜올리고 말한다.

"소심한 것보단 낫지." 줄리아가 말하고 휴대폰을 주머니에 넣은 뒤 다음 일을 준비한다.

"너네 너무한다." 조앤이 큐블록 위에서 코를 귀엽게 찡그리고 말하더니 이어 제임스에게 말한다. "저런 말을 입 밖에 내다니."

하지만 행운은 조앤의 편이 아니다. 제임스는 조앤이 아니라 줄리아를 보고 있다. 어쨌든 오늘은 그렇다. 그는 조앤에게 별 의미 없는 미소를 던지고 바로 고개를 돌려 줄리아에게 말한다. "그럼 사과주는 어때?" 그리고 술병을 내민다.

줄리아는 짜릿한 승리감을 느끼고 제임스의 어깨 너머로 조앤에게 한없이 다정한 미소를 날린다. 그리고 "좋아" 하고 술병을 받아 든다.

줄리아는 제임스 길렌을 좋아하지 않지만 여기서 그건 중요하지 않다. 코트에서라면 마주치는 모든 눈길이 팡파르와 폭죽을 동반하는 사랑이 될 수 있다. 달콤한 음악과 화려한 조명 속에서 모든 책과 영화와 노래가 떠드는 크나큰 신비가 될 수 있다. 내가 기댈 단 하나의 어깨가 될 수 있다. 두 손이 단단하게 얽히고 부드러운 입술이 내 머리에 닿고, 사방의 스피커에서는 '우리 노래'가 쏟아져 나온다. 그것은 내 손끝에서 스르르 열려서 일생의 비밀을 보여주고 또 내 모든 비밀을 담을 단 하나의 심장이 될 수 있다.

하지만 여기 필드에서 그것은 사랑이 되지 않는다. 온 세상이 떠드는 신비가 되지 않고 온 세상이 쑥덕거리는 신비가 된다. 노래들은 그걸 우리에게 퍼부으려고 애쓰지만 사실은 그저 적절한 말을 공중에 던져놓고 우리가 더러운 뉘앙스에 정신이 혼미해져서 더이상 질문을 하지 않기를 바랄 뿐이다. 노래는 그것이 앞으로 어떻게 될지 말하지 못한다. 원래 어떤지도 말하지 못한다. 그것은 노래에 없고 여기 필드에 있다. 모두의 숨결에서 나오는 사과향과 담배 냄새에, 금방망이 풀 냄새와 민들레 부러진 줄기에 흐르는 끈끈한 진액 냄새에, 땅속에서 올라와 요추를 두드리는 펑크족들의 음악에 있다. 소문에 따르면 리앤 네일러가 4학년을 마치고 사라진 것은 필드에서 임신을 해서이고 아이 아버지가 누구인지도 모른다.

그래서 줄리아가 제임스 길렌을 좋아하지 않는 것은 핀트가 어긋난다. 이곳에서 중요한 것은 단단하고 매끈한 그의 입술 곡선, 턱에 난 약간의 수염 자국, 그들의 손이 술병에 닿을 때 줄리아의 손목 정맥에서 튀어오르는 야릇한 느낌이다. 줄리아는 제임스의 눈을 맞받으며 병에서 흘러내리는 몇 방울을 혀로 핥고, 그의 눈이 커지자 웃는다.

"우리는?" 홀리가 묻는다. 줄리아는 고개도 돌리지 않고 술병을 건넨다. 홀리는 눈을 굴리고 술을 한 모금 길게 들이켠 뒤 설리나에게 전달한다.

"담배 줄까?" 제임스가 줄리아에게 묻는다.

"좋지."

"헐." 제임스가 주머니를 뒤져보지도 않고서 말한다. "담배를 저기 두고 왔네. 나 바보 아냐?" 그리고 일어나서 줄리아에게 손을 내민다.

"그러면…….." 줄리아는 아주 살짝 망설이고 말한다. "같이 가서 찾을까?" 그리고 제임스의 손을 잡고 일어서서는 베카에게서 사과주를 받아 들고 윙크를 한 뒤 제임스와 함께 출렁이는 긴 잡초들 속으로 들어간다.

햇빛이 그들을 맞이하더니 그들 뒤로 다시 눈을 감는다. 두 사람은 빛 속으로 사라진다. 상실감과 공황 사이의 어떤 것이 베카를 사로잡는다. 늦기 전에 두 사람의 등 뒤에 대고 돌아오라고 소리 지르고 싶다.

"제임스 길렌이라니 세상에." 홀리가 짓궂고 흥미진진한 목소리로 말한다.

"줄리아가 걔랑 사귀면 우리하고는 안 놀아줄 거야." 베카가 말한다. "메리언 마허처럼. 걔는 이제 친구들하고 대화도 안 해. 그 누구라나 하는 남자애하고 문자하느라."

"그런 일 없어. 제임스 길렌하고? 장난해?" 홀리가 말한다.

"하지만 혹시…… 그러면?"

홀리는 어깨를 한쪽만 으쓱한다. 설명하기 복잡하다. "걱정 마. 키스만 하고 말 테니까."

베카가 말한다. "나는 그런 일 안 할 거야. 정말로 좋아하는 애가 아니라면."

침묵이 흐른다. 필드 한구석에서 비명과 폭소가 일더니 5학년 여학생이 벌떡 일어나서 자신의 선글라스를 머리 위로 들고 흔드는 남학생을 쫓아간다. 누가 담벼락에 낙서한 얼굴에 돌을 명중시키자 환호가 인다.

"가끔은 그런 생각이 들어." 홀리가 불쑥 말한다. "지금이 오십 년 전 같으면 좋겠다고. 결혼하기 전에는 남자랑 안 자고 키스 같은 건 아주 큰 사건이 되던 시절 말이야."

설리나는 재킷을 베고 누워 사진을 넘겨보면서 말한다. "그때는 남자랑 자면, 아니, 언젠가 그럴 수 있다는 식으로 행동만 해도 막달레나 수용소*에 끌려가기도 했어."

"그때가 완벽했다는 게 아냐. 그래도 모두가 자신이 해야 할 일을 알았잖아. 고민할 필요 없이."

"결혼할 때까지 아무하고도 안 자기로 결심하면 되잖아." 베카가
말한다. 베카는 사과주를 좋아하지만 이번에 마신 것은 혀에 상한
맛을 남긴다. "그러면 알게 될 거고 고민할 필요가 없어져."

"내 생각도 그래." 설리나가 말한다. "우리는 선택할 자유가 있어.
사귀고 싶으면 사귀고, 사귀기 싫으면 안 사귀고."

"그래, 맞아." 홀리가 말하지만 납득한 것 같지는 않다.
"그렇게 생각하지 않는 것 같은데."

"맞아. 하지만 안 그러면 무감각녀 취급을 받잖아."

베카가 말한다. "나는 무감각녀가 아냐."

"나도 알아. 네가 그렇다는 거 아냐." 홀리가 금방망이 이파리의
튀어나온 부분을 하나씩 떼어낸다. "그냥…… 안 할 이유가 없잖아.
안 하는 게 골치 아프면 안 할 이유가 없어. 옛날 사람들은 그게 잘
못이라고 생각해서 안 했어. 나는 그게 잘못이라고 생각하지 않지
만……."

금방망이 이파리가 갈가리 찢어진다. 홀리는 그것을 다시 반으로
찢어서 풀숲으로 던지고 말한다. "그냥 해본 소리야. 재수 없는 제
임스 길렌, 술이나 주고 가지. 자기네가 마실 것도 아니면서."

설리나와 베카는 반응하지 않는다. 침묵이 깊어진다. "한번 해
봐." 에일린 러셀의 지나치게 들뜬 목소리가 등 뒤에서 울린다. "어
디 한번 해봐." 하지만 목소리는 침묵의 표면을 스치고 지나 햇빛 속
으로 사라진다. 베카는 아직도 링스 어쩌고의 냄새가 나는 것 같다.

---

* 18세기에서 20세기까지 가톨릭교회에서 운영한 매춘부 수용소.

"안녕." 뒤에서 누가 부른다. 베카가 돌아본다.

여드름 가득한 어린아이가 잡초를 헤치고 베카 옆에 와 있다. 머리 손질이 좀 필요한 것 같고 나이는 열한 살 정도로 보이는데, 베카도 둘 다 해당되기는 하지만 아이는 정말로 2학년 같은데다 어쩌면 1학년일 수도 있다. 이 아이라면 괜찮다고 베카는 생각한다. 아이가 키스를 원하지는 않을 테고 둘이서 함께 낙서에 돌을 던져도 좋을 것이다.

"안녕." 아이가 다시 말한다. 아직 변성기도 오지 않았다.

"안녕." 베카가 말한다.

"너네 아빠가 도둑이었어?" 아이가 묻는다.

베카가 말한다. "뭐?"

아이가 빠르게 말한다. "그러면 누가 별을 훔쳐다 네 눈에 넣은 거야?"

그리고 기대를 담은 눈길로 베카를 본다. 베카도 아이를 본다. 무슨 말을 해야 할지 알 수 없다. 아이는 그걸 긍정적 신호로 보고 달려와 잡초들 틈에서 베카의 손을 찾는다.

베카가 손을 치우고 말한다. "그걸로 성공한 적 있어?"

아이가 상처받은 표정으로 말한다. "우리 형은 성공해."

베카는 깨닫는다. 아이는 여기 여학생 중에 자신과 키스할 만큼 절박한 사람은 베카뿐이라고 여긴 것이다. 자신과 걸맞은 유일한 여학생이라고.

베카는 벌떡 일어나서 물구나무서기를 하거나 누구하고 경주를 해서 둘 다 진이 빠지게 만들고 싶다. 자신의 몸에서 중요한 것이 겉모습이 아니라 움직임이던 시절로 돌아가고 싶다. 베카는 몸이 날

래다. 어릴 때부터 그랬다. 땅 짚고 옆돌기, 공중 뒤돌기도 할 수 있고, 나무든 뭐든 잘 오른다. 하지만 지금 중요한 건 베카에게 가슴이 없다는 것이다. 앞으로 뻗은 두 다리는 선을 몇 개 그어 만든 것처럼 힘없고 의미도 없어 보인다.

여드름 소년이 갑자기 고개를 들이민다. 베카는 소년이 키스를 시도한다는 사실을 반 박자 늦게 깨닫는다. 베카는 재빨리 고개를 돌리고 소년은 베카의 머리카락에 입을 박는다. "싫어." 베카가 말한다.

소년이 기죽은 표정으로 물러앉아서 묻는다. "왜?"

"왜냐하면."

"미안해." 아이가 말한다. 얼굴이 새빨갛다.

"네 형이 너한테 장난친 것 같아." 홀리가 진지하게 말한다. "그런 작업 멘트는 아무한테도 통하지 않아. 네 잘못이 아니야."

"응." 아이가 풀죽어서 말한다. 아이가 그 자리에 계속 있는 것은 실패하고 친구들에게 돌아가는 일이 괴로워서다. 베카는 벌레처럼 몸을 말고 잡초를 뽑아서 자기 몸 전부를 덮고 싶다. 화장 때문에 누가 자신을 아래로 끌어당기고 얼굴에 '하하하하하' 하고 써놓은 느낌이다.

"여기." 셀리나가 아이에게 휴대폰을 내밀며 말한다. "이걸로 우리 사진을 찍어주고 친구들한테 돌아가. 네가 우리 부탁을 들어주려고 여기 온 것처럼 보일 테니까."

아이가 순수한 감사의 빛을 내뿜으며 말한다. "그래, 좋아."

"베카, 이리 와." 셀리나가 팔을 내민다.

잠시 후 베카가 힘없이 걸어온다. 셀리나가 한 팔로 베카를 끌어안는다. 홀리는 셀리나의 다른 어깨에 기댄다. 겹겹의 옷을 뚫고 서로의 온기가 느껴진다. 친구의 연대. 홀리의 몸은 그것을 산소처럼 빨아들인다.

"치즈." 여드름 소년이 무릎으로 앉아서 말한다. 한결 밝아진 목소리다.

"잠깐." 베카가 말하고 손등으로 입술을 강하게 문지른 뒤 '피어스 폭스 슈퍼매트 롱래스팅 립스틱'으로 얼굴에 전사의 문양을 만든다. "그래, 치즈." 베카가 환하게 웃고 아이는 찰칵 소리와 함께 휴대폰 카메라 버튼을 누른다.

뒤에서 크리스 하퍼가 소리친다. "자, 간다!" 그리고 에일린 러셀의 비명을 배경음악 삼아 큐블록 위에서 허리를 쭉 펴고 점프해서 공중 뒤돌기를 한다. 착지는 불안하고 크리스는 금방망이 위를 미끄러지다가 녹색과 금색이 섞인 풀밭에 쓰러진다. 그리고 거기 큰대자로 누워 숨을 헐떡이면서 거짓말처럼 파란 하늘을 향해 웃음을 터뜨린다.

7

이번에는 쉬는 시간의 소란이 달랐다. 벽 앞에 모여 선 아이들, 바짝 붙은 반짝이는 머리들. 속사포 같은 속삭임이 백 겹으로 울렸다. 그러다 우리가 오는 걸 보자 웅얼거림이 멈추고 학생들은 사라졌다. 소식이 돈 것이다.

우리는 교사 휴게실에서 이른 점심을 먹는 교사들을 만났다. 교사 휴게실은 좋았다. 에스프레소 기계와 마티스 그림, 즐거운 분위기를 유지하려는 작은 정성들이 엿보였다. 전날 게시판 담당자였던 체육교사는 수업 종료 직후 게시판을 바로 꼼꼼하게 점검했다고 장담했다. 새 카드가 두 장 있었는데 하나는 검은 래브라도 개고, 다른 하나는 가슴 확대 수술을 하려고 돈을 모은다는 카드였다고, 그냥 예사로운 수준이었다고 말했다. 게시판을 처음 설치했을 때는 카드가 하루에 수십 장씩 붙었지만 지금은 그런 열기는 없었다. 그 두 장 말고 새 카드가 또 있었으면 자신이 놓쳤을 리 없다고 했다.

휴게실을 나서는 등 뒤로 따라붙는 경계의 눈길. 경계의 눈길과 맛있는 비프스튜 냄새, 그리고 우리가 멀리 가기도 전에 솟구치는 속삭임과 "쉿!" 하는 소리들.

"그러면 후보를 줄일 수 있어요." 콘웨이가 못 들은 척 말했다.

"그 교사가 붙였을 수도 있어요." 내가 말했다.

콘웨이는 다시 교장실로 가려고 계단을 두 칸씩 올라갔다. "체육 교사요? 바보가 아니라면 그럴 리 없어요. 왜 굳이 위험을 자초하나요? 자기 담당이 아닌 날 카드를 붙이고 자기하고 관계없는 다른 교사가 발견하게 하겠죠. 그 사람은 아웃이거나 어쨌든 아웃에 가까워요."

매케나의 곱슬머리 비서는 우리에게 줄 명단을 준비해놓았다. 깨끗하게 타이핑해서 프린트한 자료는 미소와 함께 제공되었다.

올라 버지스, 제마 하딩, 조앤 헤퍼넌, 앨리슨 멀둔—야간자습 1교시에 미술실 사용을 허락받음(6:00~7:15p.m.)
줄리아 하트, 홀리 매키, 리베카 오마라, 설리나 윈—야간자습 2교시에 미술실 사용을 허락받음(7:45~9:00p.m.)

"하." 콘웨이가 내게서 명단을 다시 받아 들고 비서의 책상에 한쪽 허벅지로 기대어 또 한 번 읽었다. "누가 생각했을까? 여덟 명을 한 명씩 다 조사해야 돼요. 지금 이 학생들 전부를 교실에서 데리고 나와서 계속 감독해주시기 바랍니다." 가능성은 희박하지만 그들이 말을 맞추거나 증거를 조작할 여지를 주면 안 된다. "미술실을 쓸 테니 선생님 한 분을 그리 보내주세요. 프랑스어 선생님 이름이 어떻게 되더라? 아, 홀리한."

미술실은 비어 있었고 홀리한은 대체 교사를 찾으면 바로 올 것이다. 매케나가 경찰의 뜻에 따르라고 명령을 내렸다.

우리는 홀리한이 필요 없었다. 하지만 미성년 피의자를 조사하려면 성인의 입회가 필요하다. 미성년 증인을 조사할 때는 우리가 결정한다. 추가 조치를 거를 수 있으면 웬만하면 거른다. 아이들은 엄마나 교사 앞에서 못하는 말을 경찰에게는 하기도 한다.

입회 성인을 부를 때는 이유가 있다. 내가 홀리의 진술을 들을 때 사회복지사를 부른 것은 내가 십 대 여학생과 단둘이 있고 또 홀리의 아버지를 알기 때문이었다. 콘웨이가 홀리한을 부른 데도 이유가 있었다.

미술실을 원한 것도 이유가 있었다. "저기." 문 앞에서 콘웨이가 복도 맞은편의 시크릿 플레이스를 턱짓으로 가리키며 말했다. "우리의 여학생은 저 앞을 지나갈 때 게시판에 눈길을 줄 거예요."

"자제력이 강하면 안 그럴 수도 있어요." 내가 말했다.

"그러면 애초에 카드를 안 붙였겠죠."

"일 년을 기다리는 자제력이 있었어요."

"하지만 이제 흔들리고 있어요." 콘웨이는 미술실 문을 열었다.

미술실은 청소가 되어 있었고 칠판도 녹색의 긴 테이블도 깨끗했다. 반짝이는 싱크대, 도자기 녹로 두 대가 있고, 이젤과 나무 액자들이 한쪽 구석에 쌓여 있었다. 물감 냄새, 찰흙 냄새. 뒤쪽에는 잔디밭과 교정이 내다보이는 큰 창문들이 있었다. 콘웨이는 공작용 종이 롤과 붓을 보면서 미술 수업을 떠올리는 것 같았다.

콘웨이는 의자 세 개를 빼내서 둥글게 배치했다. 그리고 서랍에서 파스텔을 한 줌 꺼낸 뒤 바닥에 흩뿌리며 테이블 사이로 지나다녔다. 의자들은 엉덩이로 밀었다. 공기는 햇빛으로 밝고 뜨겁고 고요해졌다.

나는 문 앞에 서서 지켜보았다. 내가 물어보기라도 한 것처럼 콘웨이가 말했다. "지난번에는 완전히 망쳤어요. 교장실에서 조사를 했거든요. 매케나가 입회했고요. 우리 셋이 가석방 위원처럼 매케나 책상 앞에 앉아서 학생을 한 명씩 불렀어요."

콘웨이는 마지막으로 테이블들 사이를 보고 칠판으로 돌아섰다가 노란 분필을 발견하고 의미 없는 글을 끄적거렸다.

"코스텔로의 생각이었어요. 격식을 갖추자고, 교장 선생님에게 불려가는 것처럼 만들되 더 고약하게 하자고 했어요. 신에 대한 두려움을 불어넣자고요. 타당해 보였어요. 아직 어린 소녀들이고 지시를 받는 데 익숙하니까 높은 권위를 보여주면 흔들릴 거라고요."

콘웨이는 분필을 교탁 위에 던지고 끄적거린 글을 지워서 글자 몇 개와 지운 자국만 남겼다. 분필 가루가 주변의 햇빛 속에서 소용돌이를 일으켰다. "그때도 나는 잘못이라는 걸 알았어요. 내가 그렇게 뻣뻣하게 거기 앉아 있던 거요. 기회가 훨훨 날아가고 있다는 걸 알았어요. 하지만 모든 일이 너무 빠르게 흘러가서 다른 방법을 생각할 수가 없었어요. 그러다 다 놓쳤죠. 그리고 코스텔로는…… 내가 책임을 맡은 사건이었지만 코스텔로에게 안 된다고 할 수가 없었어요."

콘웨이는 종이 롤을 살짝 뜯어서 구긴 뒤 아무렇게나 던졌다. "여기는 아이들 영역이에요. 편안하고 격식 없죠. 방어 자세가 필요 없어요. 그리고 홀리한도 거기 어울려요. 홀리한의 수업 때는 학생들이 선생님을 괴롭히려고 프랑스어로 '고환'이 뭐냐고 묻거나 아니면 교실에 교사가 없는 것처럼 행동하거든요. 홀리한은 누구에게도 신의 공포를 안겨주지 않을 사람이에요."

콘웨이가 창문을 쿵 하고 밀어 열자 매끈하게 깎은 서늘한 풀밭이 보였다.

"다시 망치더라도 이번에는 내 방식으로 망치겠어요." 콘웨이가 말했다.

거기 힘을 보탤 장기가 내게 있었다. 내가 말했다. "아이들이 긴장을 풀기 바란다면 내가 조사를 진행하게 해줘요."

콘웨이는 나를 빤히 바라보았다. 나는 눈을 깜박이지 않았다.

콘웨이는 창턱에 엉덩이를 댔다. 입 안쪽을 깨물고 나를 머리끝에서 발끝까지 훑어보았다. 그녀 등 뒤에 있는 운동장에서 다급한 호출 소리와 축구공 소리가 희미하게 들렸다.

"좋아요, 당신이 진행해요." 그녀가 말했다. "하지만 내가 입을 열면 그땐 입을 다물어야 해요. 내가 당신한테 창문을 닫으라고 하면 당신은 아웃이고 거기서부터는 내가 한다는 뜻이에요. 그러면 내가 시킬 때까지 아무 말도 하지 말아요. 알겠어요?"

수긍, 이제 콘웨이의 통제하에. "알았어요." 내가 말했다. 목덜미에 부드러운 황금빛 공기가 느껴졌고 이게 끝일까 하는 생각이 들었다. 메아리가 가득하고 오래된 목재로 반짝이는 방. 여기서 내가 다시 열린 문과 싸울 기회를 잡을 수 있을까. 나는 이 방을 기억하고 싶고 누군가에게 경례하고 싶었다.

"나는 어제저녁 아이들의 행적을 알고 싶어요. 그런 뒤에 아이들에게 카드를 불쑥 보여주고 반응을 살피고 싶어요. 아이들이 자기가 아니라고 한다면 누구라고 생각하느냐고 묻고 싶어요. 그렇게 할 수 있어요?"

"할 수 있을 것 같아요."

"오." 콘웨이가 믿을 수 없다는 듯 고개를 저으며 말했다. "어쨌든 너무 아이들 비위를 맞추려고 하지 말아요."

"카드를 보여주면 수업이 끝나기 전에 학교 전체에 퍼질 거예요."

"그 생각을 안 했겠어요? 난 그러길 바라요."

"걱정 안 돼요?"

"살인범이 놀라서 카드 게시자를 해코지할까 봐요?"

"네."

콘웨이는 한 손가락으로 창문 블라인드 가장자리를 톡톡 두드리다가 블라인드 널들을 우르르 흔들고 말했다. "무슨 일이든 일어나게 하고 싶어요. 이렇게 하면 일이 일어날 거예요." 콘웨이는 창턱에서 몸을 뗐다. 그리고 테이블 사이 빈 공간에 놓은 의자 세 개로 가서 그중 하나를 본래 테이블로 돌려놓았다. "카드를 게시한 학생이 걱정돼요? 그러면 누구보다 먼저 그 학생을 찾아요."

똑똑 노크 소리가 나더니 홀리한으로 여겨지는 사람이 걱정하는 토끼 같은 얼굴을 문 옆으로 내밀고 혀 짧은 소리로 말했다. "형사님들, 저를 부르셨다고요?"

조앤 헤퍼넌 무리가 시크릿 플레이스 앞에 먼저 다녀갔다. 그래서 우리는 그들부터 시작했다. 올라 버지스가 먼저였다. "그러면 조앤의 명품 팬티가 뒤틀릴 거예요." 홀리한이 올라를 데리러 가자 콘웨이가 말했다. "일등으로 불리지 않아서요. 짜증이 나면 틈이 생길 거예요. 그리고 올라는 머리가 별로 좋지 않아요. 올라를 방심하게 만들고 그 애에게 기대야 돼요. 뭔가 안다면 털어놓을 거예요. 뭐죠?"

그녀는 내가 웃음을 참는 걸 포착했다. "이번에는 좀 여유롭게 갈 줄 알았는데요. 밀어붙이는 분위기가 아니라."

"닥쳐요." 콘웨이가 말했지만 말에 미소의 끄트머리가 담겨 있었다. "그래요, 나는 독한 년이에요. 기뻐하세요. 내가 나긋나긋한 사람이라면 당신은 퇴출이에요."

"불평하는 거 아니에요."

"안 하는 게 좋아요." 콘웨이가 말했다. "당신의 여유 기법이 필요한 1970년대의 사건이 분명 있을 거니까 앉아요. 당신이 진행을 할 거니까 앉아요. 나는 올라가 들어올 때 게시판에서 자기 카드를 찾는지 보겠어요."

나는 테이블들 사이에 놓인 의자에 편하게 앉았다. 콘웨이는 문 앞으로 갔다.

복도에 빠른 발소리가 울리더니 올라가 몸을 꼼지락거리고 웃음을 참으려 애쓰면서 문 앞에 나타났다. 키가 작고, 목도 허리도 없고, 반면에 코는 아주 큰, 예쁘지는 않지만 외모에 많은 노력을 기울이는 학생이었다. 정성껏 편 금발, 인위적으로 태운 피부. 눈썹에도 무언가 한 것 같았다.

콘웨이가 올라의 등 뒤에서 고개를 저어 올라가 시크릿 플레이스에 눈길을 주지 않았음을 알렸다. "고맙습니다. 이쪽에 앉으세요." 콘웨이가 홀리한에게 말하고 올라를 교실 뒤쪽 구석에 데려가 앉혔다. 홀리한은 숨 막히는 짧은 소리 이상의 반응을 보이지 못했다.

"올라." 내가 말했다. "나는 스티븐 모런 형사야." 그러자 올라가 짧은 웃음을 터뜨렸다. 내가 희극의 천재인 모양이다. "앉으렴." 나는 맞은편 의자를 가리켰다.

콘웨이는 내 어깨 근처의 테이블에 기대서 있었다. 아주 가깝지는 않았다. 올라는 의자로 오는 길에 그녀에게 아무 생각 없는 시선을 던졌다. 강한 인상을 주는 유형이지만 이 아이는 콘웨이를 잘 알아보지도 못했다.

올라가 의자에 앉아서 치마로 무릎을 덮었다. "또 크리스 하퍼 때문인가요? 맙소사, 혹시 범인을 찾았나요? 누가……?"

코맹맹이 소리, 언제라도 비명을 지르거나 아양을 떨 준비를 갖춘 높은 톤. 요즘은 이런 말투가 많다. 미국인 흉내를 내는 삼류 배우 같은.

"왜? 크리스 하퍼에 대해 우리한테 해주고 싶은 말 있니?"

올라는 의자에서 펄쩍 뛰다시피 했다. "네? 아뇨, 그런 거 없어요."

"새로운 소식이 있다면 지금이 기회거든. 너도 알지?"

"네, 알아요. 제가 아는 게 있으면 말씀드릴 거예요. 하지만 하늘에 맹세코 아는 게 없어요."

통제하지 못하는 틱 동작 같은 미소는 희망과 공포로 젖어 있다.

증인이 증언을 하게 하려면 원하는 걸 알아내야 한다. 그런 뒤 주어야 한다, 듬뿍. 나는 그걸 잘한다.

올라는 사람들이 자기를 좋아하고 자기에게 관심을 기울이고 자기를 조금 더 좋아하기를 원했다.

바보같이 들리겠지만 나는 기운이 빠지는 느낌이었다. 고약한 토사물처럼 쏟아져 내리는 것 같았다. 이 장소는 내게 기대감을 안겨주었다. 높은 천장이 그랬고 햇빛 냄새와 히아신스 냄새가 담긴 어지러운 공기가 그랬다. 특별한 것, 희귀한 것에 대한 기대감이 생겼다. 이전까지 본 적 없는 아른거리는 어떤 것에 대한 기대감이.

이 여학생은 내가 어린 시절에 함께 지내며 거리를 두었던 여학생 수백 명과 똑같이 별 볼 일 없다. 다른 점은 억지스러운 말투와 치아에 들어간 많은 돈뿐이다. 특별할 것은 전혀 없었다.

나는 콘웨이를 돌아보고 싶지 않았다. 그녀가 내 머릿속을 정확히 알고 비웃고 있다는 느낌을 떨칠 수 없었다.

나는 올라에게 온 얼굴에 주름이 지는 크고 따뜻한 미소를 지어 보이면서 허리를 숙였다. "걱정할 거 없어. 그저 그러길 바라본 거니까. 희박한 가능성이라도 잡아보려고."

나는 미소를 거두지 않았고 올라는 결국 미소로 응답했다. "네." 딱할 만큼 고마워하는 모습. 누군가, 아마 조앤이 세상이 엿 같을 때마다 올라를 샌드백 삼았을 것이다.

"몇 가지 질문이 있어. 기본적 질문이고 별거 아냐. 대답해줄 수 있니? 우리를 도와주겠니?"

"네."

올라는 계속 미소를 지었다. 콘웨이는 테이블에 걸터앉아서 수첩을 꺼냈다.

"그래, 고마워." 내가 말했다. "어제저녁 얘기를 해보자. 자습 1교시 때 여기 미술실에 있었지?"

홀리한이 보내는 경계의 시선. "허락받았어요."

어제저녁에 대한 올라의 걱정은 교사들의 태클뿐이었다.

"알아. 허락은 어떻게 받지?"

"아널드 선생님께 말해요. 사감 선생님요."

"누가 그분한테 말했니? 그리고 언제?"

멍한 표정. "저는 아니었어요."

"여기 오자는 건 누구 아이디어였니?"

다시 한번 멍한 표정. "그것도 저는 아니에요." 나는 그 말을 믿었다. 올라가 아이디어를 내는 일은 드물 것 같았다.

"그래, 괜찮아." 내가 다시 미소를 지었다. "하나씩 이야기해보자. 네 친구 한 명이 아널드 선생님에게서 연결문 열쇠를 받았고……."

"그건 저예요. 자습 1교시 직전에요. 그리고 여기 왔어요. 저하고 조앤, 제마, 앨리슨이요."

"그런 다음에?"

"그냥 과제를 했어요. 미술에 다른 과목을 결합하는 거였어요. 저희는 미술과 컴퓨터를 결합해서 작업하고 있어요. 저기 저거요."

올라가 가리킨 구석에 높이가 1.5미터 정도 되는 여자의 초상화가 기대 세워져 있었다. 어디선가 본 라파엘전파 화가의 작품이지만 누군지는 정확히 생각나지 않았다. 그림은 작고 네모난 모양의 반짝이는 색종이 조각을 붙여서 만드는 것으로 겨우 절반 정도 완성되어 있었다. 나머지 반쪽은 텅 빈 네모 칸들과 거기 붙일 색상을 적은 코드 번호뿐이었다. 그런 변화가 여자의 몽롱한 시선을 뒤틀어서 여자는 외사시처럼 보였고 또 불안하고 위험해 보였다.

올라가 말했다. "미디어와 인터넷 때문에 사람들이 자기를 전과 다르게 본다는 걸 표현하는 거예요. 그 비슷한 거요. 제 아이디어는 아니에요. 그림을 컴퓨터에 넣어서 작은 칸들로 나누고 지금은 잡지에서 사진을 오려서 네모 칸에 붙이고 있어요. 시간이 엄청 걸려요. 그래서 자습 시간에 추가 작업을 했어요. 하지만 자습 1교시가 끝난 다음에 기숙사로 돌아갔고 제가 아널드 선생님께 열쇠를 돌려드렸어요."

"너희가 이 방에 있을 때 밖에 나간 친구는 없었니?"

올라는 생각하느라 입을 벌리고 숨을 쉬다가 잠시 후에 말했다. "제가 화장실에 갔어요. 조앤도 그랬고 제마도 복도로 나갔어요. 누구랑 조용히 통화를 하고 싶어서요." 키득거림. 남자. "그리고 앨리슨도 전화 때문에 나갔어요. 앨리슨 전화는 엄마한테서 온 거였지만요."

그러니까 모두가 나갔다. "네가 말한 순서대로 나갔니?"

멍한 얼굴. "네?"

이런. "제일 먼저 나간 게 누구였는지 기억해?"

생각, 생각, 입으로 숨쉬기. "아마 제마? 그런 다음에 저, 그다음에 앨리슨, 그다음에 조앤인 것 같은데 확실하지는 않아요."

콘웨이가 움직였다. 내가 입을 다물었는데도 그녀는 아무 말 없이 그냥 주머니에서 카드에 붙어 있던 사진을 꺼내 내게 건넸다. 그리고 다시 의자에 발을 얹고 테이블에 앉아서 수첩을 들었다.

나는 사진을 앞뒤로 뒤집었다. "너는 이 방에 올 때 시크릿 플레이스 앞을 지나왔어. 그리고 화장실에 다녀오는 길에 다시 지나갔고 기숙사로 돌아가는 길에 다시 지나갔지. 그렇지?"

올라가 고개를 끄덕였다. "네." 사진에는 눈길도 제대로 주지 않는다. 연관성을 파악하지 못한다.

"그렇게 왔다 갔다 할 때 게시판을 살펴본 적 있니?"

"네. 화장실에서 돌아올 때요. 새로 붙은 게 있나 하고요. 손은 안 댔어요."

"새로 붙은 게 있었니?"

"아뇨, 없었어요."

체육 교사에 따르면 래브라도 개와 가슴 수술 카드가 있었다. 올라가 그것들을 못 봤다면 다른 것도 놓쳤을 수 있다.

"너는 어때? 너도 게시판에 카드를 붙인 적 있니?"

올라가 부끄러운 듯 몸을 꼼지락거렸다. "아마도요."

나는 미소를 지었다. "게시판이 익명이라는 거 알아. 내용은 묻지 않을게. 이거만 말해줘. 네가 마지막으로 카드를 붙인 게 언제였니?"

"한 달 전쯤?"

"그러면 이건 네가 붙인 게 아니구나."

나는 올라가 미처 알아차리기도 전에 올라의 손에 사진을 쥐여주었다.

그리고 올라의 카드가 아니기를 빌었다.

나는 콘웨이에게 능력을 보여주어야 했다. 오 분간의 조사로 쉽게 답이 나오면 성과라 볼 수 없고 나는 도로 미제사건수사과로 가야 한다. 내게는 싸움이 필요했다.

그리고 형사들 마음속의 비밀스러운 한구석은 옛 방식을 생각한다. 맹수를 때려눕히며 피를 몸속으로 받는 일. 표범을 창으로 찌르며 더 용감하고 빨라지는 일. 세인트킬다의 모든 윤기, 오래된 참나무 문들을 여기 사람처럼 수월하게 지나가는 일. 나는 그것을 원했다. 깨진 내 주먹에서 적의 피와 함께 그것을 핥고 싶었다.

이 멍청한 아이, 그리고 아이에게서 풍기는 바디스프레이와 값싼 수다의 냄새는 내가 생각한 것이 아니었다. 아이와 싸우는 것은 뚱뚱한 햄스터를 때려잡는 느낌일 것이다.

올라는 사진을 가만히 들여다보다가 소리를 질렀다. 삑삑 소리 나는 장난감을 누른 것처럼 높고 단조로운 비명.

"올라, 네가 이걸 시크릿 플레이스에 붙였니?" 나는 올라가 흥분하기 전에 엄격하게 말했다.

"아뇨! 맙소사. 하늘에 맹세코 저는 아니에요! 저는 크리스한테 일어난 일에 대해 아무것도 몰라요. 하늘에 맹세해요."

나는 그 말을 믿었다. 사진이 자신을 공격이라도 할 듯 앞으로 쭉 뻗은 팔, 나와 콘웨이와 홀리한을 번갈아 보며 도움을 찾는 휘둥그런 눈. 우리가 찾는 여학생이 아니었다. 그저 형사들의 수호신이 내가 쉬운 여학생으로 시작하게 만든 것뿐이었다.

"그러면 네 친구 중 한 명이 붙인 거네. 누구지?"

"몰라요! 저는 이 일에 대해 아무것도 몰라요. 정말이에요."

"친구들하고 크리스 사건에 대해 이야기한 적 있니?"

"없어요. 저기, 우리는 모두 교정 관리인의 소행이라고 생각해요. 그 아저씨는 맨날 우리를 보고 웃는데 완전 소름 끼쳐요. 그리고 그 아저씨가 마약 소지죄로 체포된 거 맞죠? 하지만 우리는 아무것도 몰라요. 어쨌든 저는 몰라요. 그리고 다른 애들이 알아도 나한테는 아무 말 안 했어요. 걔네한테 물으세요."

"그렇게 할 거야." 내가 말했다. 친절하게. 미소를 곁들여. "걱정 마. 너한테 문제가 생기는 일은 없어."

올라는 차츰 진정하고 사진을 바라보았다. 그게 자기 손에 있다는 게 이제 마음에 드는 것 같았다. 나는 사진을 돌려받고 싶었지만 올라가 좀더 가지고 즐기게 했다.

그리고 되새겼다. 우리 마음에 들지 않는 사람은 특별한 선물이다. 그들은 우리가 좋아하는 사람만큼 우리를 쉽게 속이지 못한다.

올라의 머리 위에 불이 반짝 들어왔다. "우리하고는 관계없을 거예요. 우리가 나간 뒤에 줄리아 하트네가 이 방을 썼어요. 걔네가 했을 거예요."

"그 아이들이 크리스 사건에 대해 뭔가 안다고 생각하니?"

"그렇지는 않아요. 어쩌면 그럴지도 모르지만 글쎄요? 걔네가 그냥 지어낸 걸 수도 있어요."

"왜 그런 일을 해?"

"걔네는 진짜 이상하거든요."

"그래? 얘기 좀 해줘봐." 내가 두 손을 깍지 끼고 허리를 숙였다. 은밀하게, 뒷소문을 들을 자세를 잡고.

"예전에는 괜찮았어요. 아주 옛날이지만요. 지금 우리는 그냥 '그러든지 말든지' 해요." 올라는 두 손을 공중에 팔락였다.

"어떻게 이상한데?"

어려운 질문. 내가 계산법이라도 물은 듯 회로가 나간 표정. "그냥 이상해요."

나는 기다렸다.

"자기들이 되게 특별하다고 생각하는 것 같아요." 무언가 올라의 얼굴을 빠르게 지나가면서 얼굴이 생기를 띠었다. "원하는 건 뭐든지 할 수 있다고 생각하는 것 같아요."

나는 흥미로운 표정으로 계속 기다렸다.

"예를 들어서 밸런타인 댄스파티 때 걔네가 얼마나 웃겼냐면 진짜 미친 애들 같았어요. 리베카는 청바지를 입고 설리나는 뭐라고 불러야 할지도 모르는 걸 입었어요. 연극이라도 하는 것처럼요!" 높은 키득거림이 다시 내 귀를 찔렀다. "모두가 쟤네 뭐야? 그랬어요. 남자애들도 있었잖아요. 컬름 남학생이 다 왔으니까. 모두 걔네를 봤죠. 하지만 줄리아랑 걔네는 무슨 상관이냐는 식으로 행동했어요." 입이 딱 벌어진다. "그때 우리는 걔네가 괴짜라는 걸 알았어요."

나는 올라에게 다시 한번 주름 가득한 미소를 보냈다. "그게 이월이었니?"

"작년 이월요." 크리스 사건 이전. "그런데 그 뒤로도 계속 심해졌어요. 올해 리베카는 밸런타인 댄스파티에 아예 안 왔어요. 걔네는 화장도 안 해요. 물론 교칙상 화장이 안 되기는 하지만……" 올라는 홀리한을 힐끔 봤다. "코트에 놀러갈 때도 화장을 안 해요. 코트는 쇼핑몰이에요. 몇 주 전에도 그랬어요. 아이들이 거기 많이 갔는데 줄리아가 학교로 돌아가겠다는 거예요. 남자애 한 명이 왜 그러냐니까 배가 아프다고 했어요. 이유는……"

올라는 나를 힐끔 보더니 아랫입술을 안으로 당기고 고개를 어깨에 파묻을 듯 몸을 움츠렸다.

콘웨이가 말했다. "생리중이었구나."

올라는 빨개진 얼굴로 콧김을 뿜으며 격렬하게 키득거렸다. 우리는 기다렸고 올라는 진정했다.

"줄리아는 대놓고 말했어요. 남자애들이 '뭐야? TMI잖아!'라고 했고 줄리아는 손을 흔들고 떠났어요. 아시겠어요? 걔네는 하고 싶은 말은 다 해도 된다는 것 같아요. 당연하지만 모두 남자 친구가 없고 그게 뭐 대수냐는 식이에요." 올라는 제 속도를 찾았다. 얼굴이 밝아지고 입꼬리가 올라갔다. "설리나 머리 보셨어요? 맙소사. 언제 잘랐는지 아세요? 크리스가 죽은 직후였어요. 사람이 그렇게까지 뻐길 수 있는 건가요?"

나는 다시 머리가 어지러워졌다. "잠깐. 설리나의 머리가 뻐기는 거라고? 뭘?"

올라의 턱이 목으로 사라졌다. 그리고 교활하고 조심스러운 낯선 표정이 되었다. "크리스하고 사귀었다는 거요. 가족이라도 죽은 것 같았다니까요. 우리 다 '쟤 뭐야?' 했어요."

"설리나가 크리스랑 사귀었다고 생각하는 이유가 뭐지?"

더 교활하고 신중한 얼굴. "그냥 알아요."

"키스하는 걸 봤어? 손을 잡거나?"

"아뇨. 그렇게 티를 내지는 않았어요."

"왜?"

무언가 번쩍했다. 공포. 올라가 실수했다. 아니면 실수했다고 생각했다. "몰라요. 제 말은 그냥, 걔네가 남들이 아는 걸 상관하지 않았다면 그걸 비밀로 하지 않았을 거라는 거예요. 그게 다예요."

"하지만 걔네가 사귀는 걸 비밀로 했다면 너는 어떻게 둘이 사귀었다고 생각하는 거니?"

다시 회로가 나간 얼굴. "네?"

대화가 답답해지고 있었다. 나는 천천히 다시 물었다. "왜 크리스가 설리나하고 사귀었다고 생각하니?"

멍한 눈길. 어깨만 들썩. 올라는 더이상 위험을 감수하고 싶지 않았다.

"그리고 왜 감추었다고 생각하니?"

멍한 눈길. 어깨 들썩.

"너는 어때? 너는 남자 친구 있니?" 콘웨이가 물었다.

올라는 아랫입술을 빨아들이고 힘없이 키득거렸다.

"있어?"

꼼지락. "있기는 한데 약간 복잡해요."

"누구?"

키득키득.

"내가 물었잖아."

"컬름 학생이고 이름은 그레이엄 퀸이에요. 아직 정확히 사귀는 건 아니에요. 아, 그 애한테 제가 이렇게 말하더라고 하지 마세요! 남자 친구가 아닌 건 아니지만……."

"그래, 됐어. 고마워." 콘웨이의 말은 올라도 이해할 만큼 명확했고 올라는 입을 다물었다.

내가 말했다. "크리스 하퍼가 어떤 애였는지 나한테 딱 한 마디로 설명하라면 뭐라고 하겠니?"

멍한 눈길. 나는 점점 더 그 눈길이 싫어졌다. "예를 들면 어떤 거요?"

"아무거나. 네가 가장 중요하다고 생각하는 거."

"어, 멋있는 애였다는 거?"

키득키득.

나는 올라에게서 사진을 돌려받았다. "고맙다. 도움이 될 거야."

나는 잠시 가만히 있었다. 콘웨이는 아무 말 없었다. 테이블에 앉아서 글을 쓰는지 낙서를 하는지 곁눈질로는 알 수 없는 일을 하고 있었다. 나는 그녀에게 도와달라는 눈길을 보내지 않을 것이다.

홀리한이 목을 가다듬었다. 질문과 침묵을 동시에 회피하는 전략이었다. 나는 그녀를 잊고 있었다.

콘웨이가 수첩을 덮었다.

내가 말했다. "고마워, 올라. 너하고 다시 이야기해야 할지도 몰라. 그전에 혹시 우리한테 도움이 될 것 같은 게 생각나면 이게 내 명함이니까 언제라도 전화해."

올라는 내가 자신에게 밴에 타라는 말이라도 한 것 같은 표정으로 명함을 보았다. 콘웨이가 말했다. "고마워. 다시 볼 거야." 그리고 벌떡 일어난 홀리한에게. "이제 제마 하딩요."

나는 올라에게 다시 미소를 보이고 올라와 홀리한을 문밖으로 내보냈다.

콘웨이가 말했다. "찐으로 맙소사죠?"

내가 말했다. "맙소사 곱하기 헐인데요?"

우리는 서로를 바라볼 뻔했고 웃을 뻔했다.

콘웨이가 말했다. "우리가 찾는 여학생이 아니에요."

"그래요."

나는 기다렸다. 콘웨이에게 만족감을 주기 싫어서 묻지 않았지만 궁금했다.

콘웨이가 말했다. "진행 괜찮았어요."

나는 혹 숨을 내쉴 뻔했지만 늦지 않게 억눌렀다. 다음 승부를 위해 사진을 주머니에 넣었다. "내게 제마에 대해 알려줄 게 있나요?"

콘웨이가 웃었다. "자기가 엄청 섹시한 줄 알아요. 코스텔로에게 가슴골을 보여주려고 자꾸 몸을 숙였어요." 웃음기가 사라졌다. "하지만 멍청하지는 않아요. 전혀요."

제마는 올라를 길게 늘인 모습 같았다. 키가 크고 날씬했다. 깡마른 몸매가 되려고 노력하지만 타고난 체형이 그렇지 않았다. 예쁘고, 그것도 매우 예쁘지만 턱은 서른 살이 되기 전에 남자처럼 선이 굵어질 것 같았다. 정성껏 편 금발, 인위적으로 태운 피부, 가늘게 정리한 눈썹. 시크릿 플레이스에 눈길을 주지 않았지만 콘웨이의 말에 따르면 멍청하지 않았다.

제마는 패션쇼 무대를 걷듯 의자로 걸어오더니 앉아서 다리를 천천히 꼬았고 목을 뒤로 젖혔다.

콘웨이에게 들었는데도 교복을 입은 열여섯 살 여학생이다 보니 나는 그 말을 파악하는 데 약간 시간이 걸렸다. 제마는 내가 자기를 좋아하기를 원했다. 나를 좋아해서가 아니었다. 그런 생각은 눈곱만큼도 없었다. 그냥 내가 거기 있었기 때문이다.

내 옛날 학교에도 이런 아이가 많았지만 나는 그들과 어울리지 않았다.

콘웨이의 눈길이 뜨거운 핀처럼 내 재킷 등판을 지지고 들어와서 견갑골에 박혔다.

나는 다시 되새겼다. 특별하지 않다면 내가 다룰 수 있다고.

나는 제마에게 나른하게 감상하는 듯한 느린 미소를 보냈다. "네가 제마지? 나는 스티븐 모런 형사야. 만나서 정말 반갑다."

제마는 말을 받아들였다. 입꼬리에 작은 미소가 걸렸다. 아주 미세했지만 분명히 있었다.

"너한테 물어볼 기본적인 질문이 몇 가지 있어."

"네, 아무거나 물어보세요."

'아무거나'. 살짝 지나치게 강조했다. 미소가 커졌다. 쉬웠다.

제마는 올라와 똑같은 이야기를 했고 똑같이 삼류 배우 같은 미국 말투를 썼다. 느리고 심드렁한 말투는 자신처럼 새끈한 사람은 학교에 어울리지 않는다는 것 같았다. 한쪽 발을 흔들거리며 내가 자신을 살펴보는지 살펴본다. 어젯밤 이야기로 제마의 흥분 수치가 올라갔다 해도 겉으로 드러나지는 않았다.

콘웨이가 말했다. "이 방에 있다가 전화를 했지?"

"네, 제가 남자 친구한테 전화를 걸었어요." 제마는 남자 친구라는 대목에서 말을 흐렸다. 그리고 홀리한을 슬쩍 건너다보며 반응을 살폈다. 자습 시간에 전화는 허용되지 않으니까.

콘웨이가 물었다. "남자 친구 이름이 뭐니?"

"필 맥도웰. 컬름 학생이에요."

당연히 컬름 학생이었다. 콘웨이는 물러났다.

내가 말했다. "필하고 이야기하려고 밖으로 나갔구나."

"네, 복도로요. 이야기할 게 좀 있었어요. 사적인 이야기요." 입술을 오므린 삐딱한 미소. 내가 비밀에 참여하는 것처럼, 아니면 그럴 수 있는 것처럼.

나도 웃음을 보냈다. "밖에 있을 때 시크릿 플레이스를 보았니?"

"아뇨."

"안 봤어? 넌 거기 관심 없니?"

제마는 어깨를 으쓱했다. "멍청한 얘기가 대부분이에요. 아니, 전부 다 그렇다고 할 수 있어요. '사람들이 나한테 못되게 굴지만 나는 너무 독특해!' 하는 이야긴데 절대 그렇지 않거든요? 어쨌든 재미있는 게 올라오면 애들이 얘기해요. 그래서 굳이 볼 필요가 없어요."

"네가 카드를 올린 적은 없니?"

다시 한번 어깨 으쓱. "처음 게시판이 설치됐을 때 몇 번요. 그냥 장난으로요. 기억도 잘 안 나요. 몇 개는 친구들이랑 지어내기도 했어요." 홀리한이 우려의 눈길을 보내자 제마는 자기 손목을 탁 때렸다. "나쁜 학생." 흥미로웠다.

내가 "이건 어떠니?" 하고 제마에게 사진을 건넸다.

제마의 발이 흔들거림을 멈추었다. 눈썹이 위로 올라갔다.

잠시 후 느리게. "아, 세상에나."

진짜다. 숨이 가빠지고 눈빛이 어두워진 것을 보면 알 수 있었다. 눈빛이 정교하게 가공한 섹시함을 가르고 나왔다. 진실했다. 제마도 우리가 찾는 여학생이 아니었다. 두 명이 아웃이었다.

내가 말했다. "네가 붙였니?"

제마는 고개를 젓고 카드를 계속 살펴보며 의미를 이해하려 했다.

"아니야? 장난으로 한 것도?"

"저는 멍청하지 않아요. 우리 아빠는 변호사예요. 이런 걸로 장난치면 안 된다는 건 알아요."

"누가 붙였을지 짐작 가는 건?"

도리도리.

"한번 생각해봐."

"몰라요. 정말 솔직히 말씀드리는 거예요. 조앤이나 올라나 앨리슨이 붙였다고 생각하지는 않지만 걔네가 아니라고 장담도 못 하겠어요. 어쨌든 걔네가 그랬어도 나한테 말은 안 했어요."

지금까지 두 명 다 여기서 빠져나가기 위해 친구들을 곤경에 빠뜨릴 준비가 되어 있었다.

"하지만 어제저녁 여기 다른 애들도 있었어요. 우리 다음 시간에요."

"홀리 매키하고 친구들이지?"

"네, 걔네요."

"그 애들은 어떤 애들이니?"

제마는 경계심 어린 눈빛을 하고 사진을 내밀었다. "몰라요. 우리는 걔네하고 별로 안 친해요."

"왜?"

어깨 으쓱.

나는 제마에게 윤기 나는 미소를 던졌다. "내가 맞혀볼까? 너네 그룹은 학교 친구들 사이에서 인기가 많을 것 같아. 홀리 그룹이 너네 스타일하고 충돌했니?"

"그냥 우리랑 스타일이 달라요." 팔짱을 낀다. 제마는 미끼를 물지 않았다.

무언가 있었다. 올라는 셀리나가 댄스파티에 남들과 다른 차림으로 온 걸 문제 삼았지만 제마는 그렇게 어리석지 않았다. 두 집단 사이에 다른 무언가가 있었다.

콘웨이가 추궁하고 싶으면 자신이 직접 할 수 있었다. 그건 내 역할이 아니다. 나는 착한 아저씨 역할, 아이들이 쉽게 말할 수 있는 상대 역할을 해야 했다. 내가 역할을 저버리면 콘웨이가 나를 데리고 있을 이유가 없다.

콘웨이는 아무 말 없었다.

"좋아, 크리스 하퍼 이야기를 해보자." 내가 말했다. "걔한테 일어난 일에 대해서 아는 거 있니?"

어깨 으쓱. "사이코가 한 짓이죠. 이름은 모르지만 교정 관리인, 경찰에 체포됐던 아저씨 있잖아요. 아니면 그냥 어쩌다 마주친 사람이던가. 제가 어떻게 알겠어요?"

아직도 팔짱을 풀지 않고 있다. 나는 허리를 굽히고 심야 술집에서나 볼 법한 미소를 지었다. "제마, 크리스 하퍼에 대해 나한테 한마디만 한다면 뭐라고 말해주겠니? 중요한 걸로."

제마는 생각했다. 위에 얹은 긴 다리를 쭉 뻗어서 손으로 정강이를 쓰다듬었다. 우리 관계는 회복되었다. 나는 제마가 나를 포착하도록 계속 관찰했다. 의자를 뒤로 물리고 싶었다. 콘웨이가 거기 존재한다는 사실만으로도 감사했다. 제마는 아주 위험했고 자신도 그걸 알았다.

제마가 말했다. "크리스는 절대로 살인을 당할 것 같지 않은 아이였어요."

"그래? 어째서?"

"모두가 그 애를 좋아했거든요. 우리 학교 학생 전부 다요. 아니라는 애들도 있었지만 그냥 특별해 보이고 싶거나 어쨌든 크리스하고 친해질 가능성이 없어서였어요. 컬름 학생들도 전부 크리스하고 친구가 되고 싶어 했어요. 제가 어쩌다 마주친 사람의 소행일 거라고 말한 게 그래서예요. 누구도 일부러 크리스를 노리지는 않았을 거예요."

"너도 크리스를 좋아했니?"

어깨 으쓱. "말씀드렸듯이 모두가 그랬어요. 별일 아니에요. 저는 여러 남자애를 좋아해요." 작고 비밀스럽고 친밀한 미소.

나도 똑같은 미소를 지었다. "걔랑 사귄 적은 있어?"

"아뇨." 빠르고 단호하게.

"왜? 네가 좋아했는데……." '네가'를 강조한다. '너는 원하는 남자는 얻을 수 있잖아'라는 뜻.

"이유는 없어요. 크리스하고 엮일 일이 없었어요. 그게 다예요."

제마는 다시 문을 닫았다. 거기도 무언가 있었다.

콘웨이는 추궁하지 않았고 나도 그랬다. 앞으로의 일을 생각한다면 이게 내 카드다. 콘웨이는 홀리한에게 앨리슨 멀둔을 불러오라고 했다. 나는 제마에게 거의 윙크 같은 미소를 보냈고 제마는 문을 나서다가 고개를 돌려서 내가 계속 보고 있는지 확인했다.

나는 숨을 내쉬고 입을 닦아서 미소를 지웠다. "제마도 우리 여학생이 아니에요." 내가 말했다.

콘웨이가 말했다. "자꾸 크리스에 대해 한마디만 해보라는 이유가 뭐예요?"

콘웨이는 나보다 일 년 먼저 그 아이를 알았다. 나는 이제 몇 시간 됐을 뿐이다. 내가 얻을 수 있는 것은 무엇이건 좋았다.

내가 크리스를 알아야 할 이유는 없다. 내 사건도 내 희생자도 아니다. 내가 여기 있는 건 그저 눈을 깜박이고 때맞춰 미소를 날리고 여학생들에게서 이야기를 끌어내기 위해서다.

내가 말했다. "남자 친구에 대해 자꾸 묻는 건 뭔가요?"

콘웨이가 테이블에서 내려와 나를 쏘아보았다. "나를 신문하는 거예요?"

"그냥 물어보는 거예요."

"내가 물었잖아요. 화장실에 다녀온 사람한테 손을 씻었냐고 물어보는 거랑 같은 거예요. 알겠어요?"

미소에 가깝던 표정은 사라지고 없었다. 내가 말했다. "크리스에 대한 사람들의 생각을 알고 싶어요. 크리스를 싫어한 사람한테는 그렇게 멋진 친구가 죽었으니 정의를 구현해야 한다고 말해봐야 소용없으니까요."

콘웨이는 계속 나를 노려보았다. 나는 침착함을 유지하며 남은 여학생 여섯 명과 콘웨이가 나 없이 얼마나 갈 수 있을까 생각했다. 콘웨이의 생각도 나와 같기를 빌었다.

그녀는 다시 테이블로 돌아갔다.

"앨리슨." 콘웨이가 말했다. "앨리슨은 모든 걸 지독하게 두려워해요. 나도 포함해서요. 당신이 실수만 안 하면 나는 입 다물고 있을게요. 실수하지 마세요."

앨리슨은 제마를 쪼그라뜨린 것 같았다. 작고 앙상한 체구에 어깨도 곱송그리고 있었다. 불안한 손은 교복 치마를 비틀었다. 정성껏 편 금발, 인위적으로 태운 피부, 가늘게 정리한 눈썹. 시크릿 플레이스에는 눈길을 주지 않았다.

이 아이는 어쨌든 콘웨이를 알아보았다. 앨리슨이 들어올 때 콘웨이가 재빨리 비켰지만 그래도 몸을 옆으로 기울여서 그녀를 피했다. "앨리슨." 내가 관심을 끌려고 얼른 부드럽게 말했다. "나는 스티븐 모런이야. 와줘서 고마워. 앉으렴." 그리고 이번에는 안심시키는 미소.

미소에는 답이 없었다. 앨리슨은 의자에 엉덩이를 살짝 걸치고 앉아 나를 빤히 바라보았다. 작고 위축된 이목구비가 흰쥐 같았다. 나는 손을 내밀고 혀를 차고 싶었다.

하지만 대신 이렇게 말했다. "기본적인 질문을 몇 개 할 거야. 몇 분 안 걸려. 어제저녁 이야기를 해주겠니? 자습 1교시부터."

"우리는 이 방에 있었어요. 하지만 아무것도 안 했어요. 뭘 훔치고 깨뜨리고 그런 일은요. 맹세해요."

위축된 목소리는 칭얼거림에 가까웠다. 콘웨이가 맞았다. 앨리슨은 겁먹었다. 자신이 일을 그르칠까 봐. 자신이 하는 말과 행동과 생각이 모두 잘못되었을까 봐. 그래서 내가 자신은 아무 문제 없다고 달래주기를 바랐다. 나는 학교에서도 증인들에게서도 그런 모습을 많이 보았고, 그러면 머리를 토닥이고 적절한 말을 해주었다.

내가 부드럽게 말했다. "그건 알아. 뭐가 잘못됐다는 게 아냐. 잘못한 사람 아무도 없어." 미소. "그냥 뭘 좀 확인하고 싶어서 그래. 내가 너한테 부탁하는 건 어제저녁 일을 자세히 설명해달라는 것뿐이야. 그렇게 할 수 있니?"

끄덕. "네."

"좋아. 이건 네가 답을 다 아는 시험 같은 거야. 틀리는 일은 없어. 어때?"

작은 응답의 미소. 긴장을 푸는 작은 걸음.

사진을 보여주려면 나는 앨리슨의 긴장을 풀어줘야 했다. 그 방식으로 올라와 제마에게서 대답을 얻어냈다. 부드러운 접근과 빠른 퇴각.

앨리슨은 내게 똑같은 이야기를 했지만 아주 단편적으로 말했고 그것도 내가 살살 달래서 조심조심 빼내야 했다. 이야기를 하자 앨리슨은 더 긴장했다. 그럴 만한 이유가 있는지 없는지 알 수 없었다.

앨리슨은 누가 언제 미술실을 나갔는지에 대해서 올라와 같은 이야기를 했고(제마, 올라, 앨리슨, 조앤), 올라보다 훨씬 확실하게 말했다. "관찰력이 좋구나." 내가 칭찬했다. "우리는 그런 거 좋아해. 여기 오면서 딱 너 같은 사람을 만나기를 빌었는데."

또 한 번의 희미한 미소. 또 한 걸음 진척.

"그럼 진짜 중요한 질문. 어제 여기 오고 가고 할 때 시크릿 플레이스를 봤니?"

"네…… 나갔다가 돌아오는 길에 봤어요." 홀리한에게 빠른 눈길. "하지만 금방 들어와서 바로 과제를 했어요."

"그래, 좋아. 그런 말을 듣고 싶었어. 거기 새로 올라온 카드들을 봤니?"

"네, 귀여운 개 사진이 있는 카드가 있었어요. 그리고 누가……." 불안한 웃음, 회피. "아시잖아요."

나는 기다렸다. 앨리슨은 움찔거렸다.

"그러니까 여자…… 가슴요. 상의는 입었어요!" 높고 힘겨운 키득거림. "그리고 '열여덟 살이 되면 이런 가슴이 되려고 돈을 모으고 있어'라고 적혀 있었어요."

다시 예리한 관찰력이 보였고 그건 공포와 어울렸다. 먹이 동물은 모든 위험 요소를 관찰한다. "그게 다였어? 다른 건 없었어?"

앨리슨은 고개를 끄덕였다. "네, 그게 다였어요."

그게 진실이라면 우리가 이미 하고 있는 생각과 들어맞았다. 올라와 제마는 아웃이라는. "잘했어. 좋아. 그러면 네가 거기 카드를 붙인 적은 있니?" 내가 말했다.

파닥이는 눈빛.

"그게 무슨 문제라는 건 아니야. 게시판이 원래 그러라고 있는 거 잖아. 아무도 사용하지 않으면 무슨 소용이야?"

다시 한번 움찔거리는 미소. "두 번 정도요. 그냥…… 어떤 일로 괴로운데 말하기 힘들었을 때 가끔…… 하지만 오래전이에요. 아주 조심해야 했어요. 누가 나라는 걸 알아내고 화를 낼까 봐 겁이 났어요. 그러니까 자기한테 말하지 않고 거기 붙였다고요. 그래서 카드를 다 내렸어요."

'누가'. 앨리슨은 자기 그룹의 누군가를 두려워했다.

앨리슨은 가능한 만큼은 긴장이 풀려 있었지만 그렇게 대단한 수준은 아니었다. 나는 편하게 말했다. "이건 네가 붙인 거니?"

사진. 앨리슨은 헉 소리를 냈다. 한 손으로 입을 가렸다. 입에서 높고 가는 소리가 새어 나왔다.

공포, 하지만 내용은 읽을 수 없었다. 들켰다는 공포인지, 살인범이 가까이 있다는 공포인지, 누군가 살인범을 알고 있다는 공포인지, 그저 놀라움에 따르는 반사작용인지. '모든 걸 지독하게 두려워한다.' 콘웨이는 말했다. 공포 때문에 앨리슨은 비 내리는 자동차 앞 유리창처럼 흐릿해졌다.

"네가 붙였니?"

"아뇨! 아니, 아니에요……. 저는 안 했어요. 맹세코……."

"앨리슨." 나는 부드럽고 리드미컬하게 말했다. 그리고 사진을 회수하느라 앞으로 몸을 내민 자세로 계속 말했다. "앨리슨, 날 봐. 네가 그랬다고 무슨 문제라는 건 아냐. 이걸 붙인 건 잘한 일이고 우리는 그 사람에게 감사하고 있어. 그저 그 사람하고 이야기를 할 필요가 있어서 그래."

"저는 아니에요. 절대. 제가 안 했어요. 제발……."

그 이상은 얻을 수 없었다. 밀어붙여봐야 소득도 없고 오히려 다음번 기회까지 날릴 것이다.

콘웨이는 여전히 구석에서 투명 인간처럼 나를 관찰하고 측정하고 있었다.

"앨리슨." 내가 말했다. "난 네 말 믿어. 그래도 물어봐야 했어. 기본 절차라서. 됐지?"

앨리슨이 겨우 나와 눈을 마주쳤다. 내가 말했다. "그러니까 너는 아니구나. 누가 붙였을지 짐작 가는 건 없니? 크리스에게 일어난 일에 의심을 보였던 사람 있었어?"

도리도리.

"네 친구들 중 한 명이었을 가능성도 있을까?"

"없을 것 같아요. 몰라요. 직접 물어보세요."

앨리슨은 다시 공포 속으로 물러나고 있었다. "내가 궁금했던 건 그게 다야. 잘해줬어." 내가 말했다. "그런데 너도 홀리 매키랑 그 친구들 알지?"

"네."

"그 애들은 어떤 애들이니?"

"걔네는 이상한 애들이에요. 진짜 이상해요."

앨리슨은 두 팔로 허리를 감쌌다. 놀랍게도 홀리 무리를 두려워하고 있었다.

"그렇다고 들었어. 하지만 어떻게 이상한지는 아무도 설명을 못

하더라고. 너라면 할 수 있을 것 같아."

나에게 꽂힌 앨리슨의 눈이 갈등한다.

"앨리슨." 내가 다정하게 말했다. 나는 강한 마음, 보호자 같은 마음으로 앨리슨이 무얼 바라는지 생각하려고 했다. 눈도 깜박이지 않았다. "아는 대로 다 말해줘. 네가 말했다는 건 걔네도 모르고 아무도 모를 거야. 약속할게."

앨리슨은 몸을 숙이고 홀리한이 듣지 못하도록 조그만 목소리로 속삭여 말했다. "걔네는 마녀예요."

전혀 생각지도 못한 이야기였다.

콘웨이가 '이게 무슨 개소리야?' 하고 생각하는 소리가 들리는 것 같았다.

나는 고개를 끄덕이고 말했다. "아, 그래. 어떻게 알게 됐니?"

힐끔 보니 홀리한은 의자에서 몸을 반쯤 일으키고 있었다. 들리지 않을 거리. 가까이 오지는 않을 것이다. 시도해도 콘웨이가 막을 것이다.

앨리슨은 자신이 내뱉은 말에 놀라서 호흡이 가빠졌다. "전에는 걔네도 대충 멀쩡했어요. 그랬는데 이상해졌어요. 모두가 그렇게 생각해요."

"그래? 언제부터?"

"작년 초? 그러니까 일 년 반 전?" 크리스 사건 이전. 올라도 무언가를 눈치챈 밸런타인 댄스파티보다도 전이다. "학교 애들은 별의별 소리를 다 했어요……."

"예를 들면?"

"뭐 레즈비언이라는 둥, 학대받고 컸다는 둥 하는 거요. 하지만 우리는 걔네가 마녀라고 생각했어요."

공포가 담긴 시선. 내가 물었다. "왜 그렇지?"

"몰라요. 그냥 그렇다고 생각했어요." 앨리슨은 무언가 감추었고 그래서 더 움츠러들었다. "괜히 말씀드린 것 같아요."

목소리는 속삭임이 되었다. 콘웨이는 앨리슨의 말을 못 들을까 봐 메모를 멈췄다. 나는 반 박자 늦게 이유를 깨달았다. 앨리슨은 자신이 저주받을 거라고 생각한 것이다.

"앨리슨, 너는 지금 진실을 말하고 있잖아. 그게 옳은 길이야. 우리가 진실을 알아야 너도 보호해줄 수 있어."

앨리슨은 수긍한 것 같지 않았다.

콘웨이가 자세를 움직이는 게 느껴졌다. 약속한 대로 입은 다물고 있었지만 눈치를 주는 것이다.

"두 가지 정도만 더 질문할게. 너 사귀는 사람 있니?"

앨리슨의 얼굴에 홍조가 파도처럼 솟더니 잘 들리지 않는 불분명한 소리로 웅얼거렸다.

"뭐라고?"

앨리슨은 고개를 저었다. 그리고 기죽은 듯 웅크린 자세로 무릎을 바라보았다. 남자 친구가 없는 것을 내가 비웃을 거라고 생각한 듯했다.

나는 미소를 지었다. "아직 너랑 맞는 남자를 못 만났구나. 서두르지 않는 건 잘하는 일이야. 너한테는 아직 시간이 많아."

다시 불분명한 웅얼거림.

내가 말했다. 콘웨이가 못 들어도 상관없었다. 그녀에게 필요한 대답을 들었으니 이제 내 대답이 필요했다. "네가 우리한테 크리스에 대해 한마디만 해준다면 뭐라고 말하고 싶니?"

"네? ……저는 그 애를 잘 몰랐어요. 다른 애들한테 물어보시면 안 돼요?"

"물론 다른 애들한테도 물어볼 거야. 하지만 네가 관찰력이 뛰어나잖아. 네가 가장 뚜렷하게 기억하는 게 뭔지 알고 싶어."

이번에는 자동적으로 미소가 나왔다. 아무것도 감추지 않는 반사작용. 앨리슨이 말했다. "크리스는 눈에 띄는 애였어요. 저뿐 아니라 모든 사람의 눈에."

"왜?"

"왜냐하면…… 잘생겼으니까요. 그리고 못하는 게 없었어요. 럭비, 농구 다 잘하고 말도 잘하고 유머 감각도 좋았어요. 한번은 그 애가 노래하는 것도 들었는데 진짜 잘하더라고요. 그래서 모두가 오디션 프로에 나가라고 했어요…… 하지만 그뿐이 아니었어요. 그 애는…… 뭔가 좀 달랐어요. 뭔가 더 있었어요. 오십 명 속에 섞여 있어도 크리스는 단박에 눈에 들어와요."

목소리에 담긴 아련함, 아래를 향한 눈꺼풀. 제마의 말이 맞았다. 모두가 크리스를 좋아했다.

"크리스에게 어떤 일이 일어난 것 같니?"

그러자 앨리슨은 움츠러들었다. "몰라요."

"모르는 거 알아. 괜찮아. 그냥 추측해보라는 얘기야. 너는 관찰력이 좋은 아이니까."

희미한 미소. "모두 교정 관리인의 소행이라고 했어요."

앨리슨 자신의 생각이 아니라는 뜻, 아니면 회피. "너도 그렇게 생각해?"

어깨를 들썩이며 내 눈길을 피한다. "네."

나는 침묵을 깨지 않았다. 앨리슨도 마찬가지였다. 더이상은 얻을 게 없었다.

카드, 이야기, 미소. 앨리슨은 불이라도 피하듯 급히 미술실을 나갔다. 홀리한이 따라 나갔다.

콘웨이가 말했다. "저 친구는 아직 잘 피하고 있네요."

내가 아니라 문을 바라보는 시선. 나는 콘웨이의 속을 읽을 수 없었다. 그 말이 '당신은 조졌어요'라는 뜻인지 뭔지도 알 수 없었다.

내가 말했다. "더이상 밀어붙여봐야 소득이 없었을 거예요. 어쨌든 좋은 관계의 단초는 쌓았어요. 다시 이야기하게 되면 좀더 진척시킬 수 있을지 몰라요."

콘웨이가 나에게 곁눈질을 보내며 말했다. "다시 이야기하게 된다면."

냉소적 기미, 내 하나 마나 한 말이 즐겁다는 듯이. 내가 말했다. "그렇게 된다면요."

콘웨이는 수첩을 넘기고 말했다. "조앤 헤퍼넌. 싸가지 여왕이죠. 재미있을 거예요."

조앤은 다른 세 명을 평균 낸 아이 같았다. 지금까지 들은 이야기 때문에 무언가 대단한 게 있을 줄 알았지만 중간 키에 몸매도 외모도 중간 정도였다. 정성껏 편 금발, 인위적으로 태운 피부, 가늘게 정리한 눈썹. 시크릿 플레이스에는 눈길을 주지 않았다.

하지만 서 있는 자세—삐딱한 골반, 당긴 턱, 치켜든 눈썹—는 '한번 해보시죠'라는 메시지와 '여기 대장은 나예요'라는 메시지를 전했다.

조앤은 자신이 중요한 사람이라는 인상을 주려고 했다. 아니, 그 사실을 인정받기를 원했다.

"조앤." 내가 일어나서 조앤을 맞으며 말했다. "나는 스티븐 모런이야. 와줘서 고맙다."

내 말투를 듣고 조앤은 위잉 하고 분류 시스템을 가동하더니 나를 제일 하단에 던졌다. 경멸스러운 눈꺼풀 깜박임.

"제가 달리 어떻게 하겠어요? 전 지난 삼십 분 동안 할 일이 있었어요. 대화도 금지당한 채 지루하게 기다리는 일보다 훨씬 생산적인 일을 할 수 있었어요."

"그건 정말 미안하다. 기다리게 할 생각은 없었어. 다른 아이들 조사가 생각보다 오래 걸려서……." 나는 조앤이 앉을 의자의 위치를 조정했다. "앉아."

조앤은 의자로 가며 콘웨이에게 입꼬리를 비튼다. '당신 또 왔군요'라는 듯.

"기본적인 질문 몇 가지가 있어." 함께 앉은 뒤 내가 말했다. "많은 사람에게 똑같은 질문을 할 거지만 네 생각을 듣는 게 중요해. 그게 결과를 좌우할 수 있어."

예의 바르게 모아 쥔 손. 우리에게 시혜를 베푸는 우주의 공주라도 되는 것처럼.

조앤은 나를 살폈다. 약간 크게 뜬 표정 없는 파란 눈. 깜박임이 별로 없다.

그리고 마침내 고개를 끄덕여서 우아하게 허락했다.

"고맙다." 내가 말했다. 미천한 하인의 밝은 미소. 콘웨이가 구토를 참는 듯 움찔하는 모습이 눈가에 걸렸다. "괜찮다면 어제저녁 이야기부터 해보자. 자습 1교시에 무슨 일이 있었는지 처음부터 찬찬히 설명해줄 수 있니?"

조앤은 다시 똑같은 이야기를 했다. 느리고 명확하게, 평민들을 위한 쉬운 말로. 그러다 수첩에 메모를 하는 콘웨이에게. "제 이야기를 적고 계신가요? 천천히 말해야 하나요?"

콘웨이는 웃어 보였다. "필요하면 바로 말할 테니 걱정 마."

내가 말했다. "고맙다, 조앤. 아주 사려 깊구나. 그런데 어제 이 방에 있을 때 시크릿 플레이스를 보았니?"

"화장실에 갈 때 슬쩍 봤어요. 볼만한 게 있나 해서요."

"있었니?"

조앤은 어깨를 으쓱했다. "다 똑같이 지루한 것들뿐이었어요."

래브라도도 가슴 수술도 없다. 내가 말했다. "그중에 네 카드는 없니?"

훌리한을 힐끔 본다. "없어요."

"정말이야?"

"어, 네."

"네 친구 한 명이 너희가 초기에 몇 개를 지어내서 붙였다고 해서 물어본 거야."

조앤의 눈이 싸늘해졌다. "누가 그런 말을 해요?"

나는 겸허하게 두 손을 펼쳤다. "그건 알려줄 수 없어. 미안하구나."

조앤은 입 안쪽을 깨물고 얼굴을 삐딱하게 기울였다. 친구들은 대가를 치를 것이다. "나 혼자만 그랬다고 했다면 그건 거짓말이에요.

모두가 그랬으니까요. 하지만 다시 다 내렸어요. 그게 무슨 대단한 일인가요? 그냥 재미로 한 건데요."

콘웨이 말이 맞았다. 게시판에는 비밀도 있고 거짓말도 있었다. 매케나 교장은 자신의 용도로 게시판을 설치했고 여학생들은 그걸 자신들의 용도로 사용했다.

내가 "이건 어떠니?" 하고 말하고 사진을 건넸다.

조앤은 입을 딱 벌리더니 의자에 앉은 채 몸을 뒤로 물리며 비명을 질렀다. "맙소사!" 손이 입으로 갔다.

가짜다.

아무 의미도 없다. 어떤 사람들은 그렇다. 모든 게 거짓말처럼 나온다. 대단한 거짓말쟁이여서가 아니라 진실을 말하는 능력이 없어서다. 그들에게서는 진짜 속임수와 가짜 속임수를 구별할 수 없게 된다.

우리는 조앤이 진정하기를 기다렸다. 조앤이 소리를 지르면서 우리의 반응을 살피는 모습도 포착했다.

내가 말했다. "네가 시크릿 플레이스에 붙인 거니?"

"네? 아니에요. 지금 제가 놀라는 거 못 보셨나요?"

손이 가슴을 누르고 있었다. 숨도 헐떡였다. 콘웨이와 나는 조앤을 흥미롭게 바라보았다.

홀리한이 불안한 자세로 의자에서 절반쯤 일어나 있었다.

콘웨이는 고개를 돌리지 않고 말했다. "앉으세요. 조앤은 문제없어요."

조앤이 콘웨이를 노려보았다. 그리고 가쁜 호흡을 중단했다.

내가 말했다. "장난으로 한 것도 아냐? 그게 잘못은 아니야. 네가 진짜 비밀을 지키겠다고 선서를 한 것도 아니잖아. 우리는 알아야 돼."

"아니라고 말씀드렸잖아요."

거기서 물러나면, 한 명만 빼고 모두 지워서 자물쇠를 열려는 나의 시도는 안녕이었다.

조앤은 나에게 경멸의 시선을 보냈다. 나를 콘웨이와 같은 쓰레기통에 던져 넣기 일보 직전이었다.

"맞아, 그냥 확인해본 거야." 내가 말하고 사진을 다시 받아서 눈앞에서 치웠다. "그러면 네 친구들 중 누구였다고 생각하니?"

조앤의 눈에서 무언가 번쩍거렸다. 진정한 어떤 것. 분노, 격분. 그러더니 사라졌다.

"잘못 생각하셨어요." 한 손가락 흔들기. 작은 미소. "걔네가 이걸 붙였을 리 없어요."

백 퍼센트의 확신. '걔들은 감히 그럴 수 없어요'라는 뜻이다.

"그러면 누가 붙인 거지?"

"그건 제가 알 바 아니죠."

"물론 그렇지. 하지만 너는 학교에서 벌어지는 모든 일을 파악하고 있잖아. 다른 누구보다 네 생각은 들어볼 가치가 있어."

조앤은 만족스러운 미소로 평가를 받아들인다. 나는 조앤을 되찾았다. "어제저녁에 학교에 있던 사람이 붙인 거라면 우리 다음 시간에 여기 온 애들이 한 일이에요. 줄리아와 홀리와 설리나, 그리고 또누구더라? 하여튼 한 명 더 있어요."

"그래? 그 애들은 크리스 사건에 대해 아는 게 있다고 생각해?"

어깨 으쓱. "아마도요."

"그래?" 내가 말하고 진지하게 고개를 끄덕였다. "그렇게 생각하는 특별한 이유는?"

"증거는 없어요. 그건 경찰이 찾아야죠. 전 그냥 제 생각을 말하는 것뿐이에요."

내가 말했다. "네 의견을 한 가지만 더 듣고 싶어. 어떤 생각이든 도움이 될 거야. 너는 누가 크리스를 죽였다고 생각하니?"

조앤이 말했다. "교정 관리인 윌리 아닌가요? 그러니까 정확한 이름은 아닌데 모두 그렇게 불러요. 소문에 따르면 그 아저씨가 어떤 학생한테 엑스터시를 주겠다고 하고 대신……." 홀리한을 힐끔. 홀리한은 이런 일도 교육이지만 좋은 방식은 아니라고 생각하는 표정이었다. "그 사람이 변태인지 그냥 마약상인지는 몰라요. 하지만 으…… 경찰도 그 사람이라는 걸 알지만 증거가 없어서 못 잡은 거라고 생각했는데요."

앨리슨과 같았다. 정말 그렇게 생각하는 것일 수도 있고 영리한 연막일 수도 있다. "그러면 홀리하고 그 친구들한테 증거가 있을 수도 있을까? 그렇다면 어떻게?"

조앤은 포니테일 머리에서 머리카락을 한 올 빼내서 끝이 갈라졌는지 살폈다. "형사님은 아마 걔네가 천사 같다고, 마약 같은 건 절대 안 할 거라고 생각하실 거예요. 리베카를 봐요. 순진무구 자체잖아요."

"리베카는 아직 안 만났어. 그 애들이 마약을 하니?"

다시 한번 홀리한에게 눈길. 어깨 으쓱. "마약을 했다는 게 아니에요. 그리고 교정 관리인하고 이상한 짓을 했다는 것도 아니에요." 조앤의 입꼬리가 올라갔다. "하지만 걔네는 괴짜라서 무슨 짓을 할지 몰라요."

조앤은 이 게임을 하루 종일도 하면서 방귀를 뀌듯 힌트를 떨구고 악취를 피해 우아하게 떠날 것 같았다. "크리스에 대해 나한테 한마디만 해준다면 뭐라고 말하겠니? 네가 가장 중요하다고 생각하는 거."

조앤은 생각하며 윗입술을 불쾌하게 당겼다.

그리고 늦지 않게 말했다. "크리스에 대해서는 나쁜 이야기를 하기가 힘들어요."

속눈썹 아래로 나를 보는 시선.

나는 몸을 앞으로 숙였다. 심각하고 진지한 태도로 역시 눈썹을 내리고, 세상을 구할 비밀을 지닌 고귀한 소녀에게 집중했다. 그리고 가장 묵직한 목소리로 말했다. "조앤, 네가 죽은 사람을 험담하는 스타일이 아닌 건 알아. 하지만 따뜻한 마음보다 진실이 더 필요할 때가 있고 지금이 그럴 때야."

나만의 사운드트랙이 돌아가는 것 같았다. 등 뒤에서 콘웨이가 웃음을 참는 것이 느껴졌다.

조앤은 숨을 깊이 들이켰다. 용기를 끌어모으기 위해, 정의의 제단에 개인의 미덕을 희생하기 위해 마음을 다졌다. 속임수가 피어났다. 모든 게 속임수 같고 크리스 하퍼도 내가 만든 인물 같았다.

"크리스는……." 조앤이 말했다. 그리고 한숨. 약간의 슬픔, 약간의 안타까움. "불쌍한 크리스. 정말 사랑스러운 아이였는데 취향이 형편없었어요."

내가 말했다. "설리나 원 말하는 거니?"

"이름을 말할 생각은 없었지만 이미 알고 계시니……."

"크리스하고 설리나가 커플 같은 행동을 하는 건 아무도 못 봤어. 키스를 한다거나 손을 잡는다든가 심지어 둘이 따로 어딜 간다든가. 그런데 왜 둘이 사귀었다고 생각하는 거니?"

눈꺼풀 파닥임. "말하고 싶지 않네요."

"조앤, 네가 뒷담화를 싫어하는 마음은 이해하고 또 훌륭하다고 생각해. 하지만 나는 네가 보거나 들은 걸 알아야 해, 전부."

조앤은 내가 애쓰는 모습을 보며 즐거운 듯했다. 자신이 알고 있는 것이 그만한 가치가 있다는 사실이. 그래서 잠시 생각하는 척하면서 혀로 치아를 훑고 말했다. 말하건대 조앤의 행동은 외모에 아무런 영향도 주지 않았다. "알겠어요. 크리스는 여자에게 사랑받는 걸 좋아했어요. 무슨 말인지 아시죠? 그러니까 주변의 모든 여자가 자기한테 빠지기를 원했어요. 그러던 개가 느닷없이 어느 날부터 설리나 원만 바라봤어요. 남을 헐뜯고 싶지는 않지만 솔직하게 말씀드릴게요. 저는 솔직한 걸 좋아하니까요. 설리나는 특별한 게 하나도 없는 애예요. 특별한 것처럼 행동하지만 사람들은 대부분…… 그런 거 별로 안 좋아하잖아요." 조앤은 의미심장한 미소를 짓고 두 손으로 '뚱뚱하다'는 표현을 했다. "저는 그게 영화 같은 데나 나오는, 누구를 망신 주려는 내기 같은 건 줄 알았어요. 그게 아니라면 크리스가 너무 딱한 일이니까요."

"하지만 그게 어떻게 둘이 사귄 게 되지? 크리스가 설리나를 좋아해도 설리나가 싫어했을 수도 있잖아?"

"아뇨. 설리나가 크리스의 호감을 산 건 말도 안 되는 행운이었어요. 거기다 크리스는 진도가 안 나가면 시간을 낭비하는 스타일도 아니었고요. 제 말뜻을 아신다면요."

"둘이서 왜 그걸 비밀로 했을까?"

"아마 크리스는 설리나랑 사귀는 걸 알리고 싶지 않았을 거예요. 저는 그건 나무랄 수 없다고 봐요."

내가 말했다. "너희 그룹이 설리나 그룹하고 사이가 안 좋은 이유가 그거니? 설리나하고 크리스가 사귀어서?"

악수였다. 조앤의 눈이 다시 번득였고 눈빛이 어찌나 차갑고 격렬한지 나는 몸을 뒤로 기댈 뻔했다. "네? 저는 크리스 하퍼가 하마를 좋아했어도 상관없었어요. 걔네가 사귀는 게 웃기기는 했지만 그것만 빼면 제가 상관할 일이 아니었죠."

나는 얼른 내 자리로 돌아가서 겸허한 자세로 빠르게 고개를 끄덕였다. 더이상 모험은 하지 않으리라. "그래, 그렇겠지. 그러면 양쪽이 사이가 나쁜 이유는 뭐니?"

"모두 사이좋게 지내야 한다는 법 같은 건 없으니까요. 사실 저는 친구를 까다롭게 고르는 편이고 하마나 괴짜는 별로거든요."

이런 싸가지는 나의 옛 학교에도 있었고 어느 학교에나 다 있다. 세상 곳곳에 널리고 널렸다. 그것 때문에 비위 상할 이유는 없었다. "이해해." 나는 미친놈처럼 싱글거리며 말했다.

콘웨이가 말했다. "너는 남자 친구 있니?"

조앤은 뜸을 들였다. 잠시 '이게 무슨 소리지?' 하는 표정을 짓더니 천천히 콘웨이를 바라보았다.

콘웨이는 미소를 지었지만 친절한 미소는 아니었다.

"죄송하지만 그건 제 사생활인데요."

콘웨이가 말했다. "난 네가 수사에 도움이 되는 일이라면 아무것도 감추지 않을 거라고 생각했어."

"그 말은 맞아요. 하지만 제 사생활이 수사하고 무슨 관계가 있는지 모르겠네요. 설명해주실래요?"

"아니, 그럴 필요는 없어." 콘웨이가 말했다. "컬름 학생들한테 물어보면 되니까."

나는 두 배로 걱정스러운 눈길을 보내며 말했다. "조앤이 그런 수고를 끼치지는 않을 겁니다. 특히 자신이 가진 정보가 우리에게 아주 소중할 수 있다는 걸 아니까요."

조앤은 내 말을 생각해보더니 다시 고귀한 표정이 되어서 나에게 우아하게 말했다. "제 남친은 앤드루 무어예요. 앤드루 아버지 성함은 빌 무어고 두 분도 들어보셨을 거예요." 부동산 개발업자. 한순간 파산했다가 다음 순간 억만장자가 되어 뉴스에 나오는 그런 사람 중 한 명. 나는 아주 깊은 인상을 받은 표정을 지었다.

조앤이 손목시계를 보았다. "제 연애 생활에 대해 더 궁금하세요? 아니면 끝난 건가요?"

"잘 가렴." 콘웨이가 말하고 홀리한에게 고개를 돌렸다. "이제 리베카 오마라요."

나는 조앤을 문 앞까지 바래다주고 문을 열어주었다. 홀리한이 조앤을 따라 복도를 바삐 걸어갔다. 조앤은 돌아보지 않았다.

콘웨이가 말했다. "또 한 명이 잘 피하고 있어요."

그 목소리에는 아무것도 없었다. 이번에도 '그것밖에 못 해요?'라는 뜻인지 어쩐지는 알 수가 없었다.

나는 문을 닫고 말했다. "말할까 말까 감추고 있는 게 있어요. 카드 게시자일 가능성이 있어요."

"그렇긴 하지만 그냥 뭐가 있는 것처럼 보이고 싶은 걸 수도 있어요. 크리스와 설리나가 사귀었다는 걸 잘 아는 것처럼 보이려고요. 사실은 아무것도 없을 수도 있죠."

"다시 불러서 강하게 추궁해볼까요?"

"아뇨. 지금은 아니에요." 내가 자리로 돌아와서 앉자 콘웨이가 거칠게 말했다. "조앤을 잘 다루었어요. 나보다 나아요."

"오랜 아부 연습이 도움이 되네요."

콘웨이가 얼굴을 찡그렸지만 금방 지나갔다. 그리고 조앤을 뒤로 미루고 다음으로 나아갔다. "리베카는 걔네 그룹에서 약한 고리에요. 낯을 엄청 가리고 이름만 물어도 얼굴이 빨개져서 쩔쩔맸어요. 목소리도 모기 소리만 하고요. 아주 조심해야 돼요."

다시 종소리. 정신없는 발소리와 목소리. 점심시간이 지났다. 나는 큼직한 햄버거를, 아니면 이곳 매점에서 파는 아무거라도 당장 먹고 싶었다. 유기농 필레 스테이크와 루콜라 샐러드를 팔지 않을까. 나는 콘웨이보다 먼저 그 말을 하지는 않을 생각이었는데 그녀도 그럴 생각이 없었다.

콘웨이가 말했다. "그리고 분위기가 파악될 때까지 이 그룹 아이들한테는 조심하세요. 애들은 좀 달라요."

8

    십일월 초의 어느 날 저녁, 공중에는 이제 때때로 쌀쌀한 기운과 토탄 연기가 피어오른다. 네 친구는 수업이 끝나고 저녁 식사 시간 전까지 주어진 즐거운 자유 시간에 사이프러스나무 빈터에 있다. 크리스 하퍼는 담장 너머 다른 학교에 있고 네 친구 중 그에 대해 털끝만큼이라도 생각하고 있는 사람은 아무도 없다. 그의 생은 여섯 달 일주일 하고 나흘 남았다.

    그들은 풀밭에 흩어져 누운 채로 무릎을 꼬아서 한쪽 발을 허공으로 들고 있다. 후드 점퍼, 목도리, 어그부츠 차림이지만 아직 겨울 코트에는 저항하고 있다. 낮인 동시에 밤인 시간이다. 하늘 한쪽이 분홍색과 주황색으로 타올랐고 한쪽에는 허약한 보름달이 어두운 청색으로 걸려 있다. 바람이 사이프러스나무 가지를 지나가면서 느리고 다정한 소리를 낸다. 마지막 수업인 체육 시간에는 배구를 했다. 이완된 근육이 기분 좋게 피로하다. 그들은 숙제 이야기를 한다.

설리나가 묻는다. "너네 〈사랑의 소네트〉 했어?"

줄리아가 끙 소리를 낸다. 그러더니 손목에 볼펜으로 점선을 그리고 그 밑에 "긴급 상황 시 이곳을 자르시오" 하고 쓴다.

"만약 너희한테, 음…… 적절한 낭만적 사랑의 경험이 없다면." 홀리가 스미드 선생님의 높고 가는 목소리를 흉내 낸다. "엄마에 대한 아이의 사랑, 아니면 어…… 신에 대한 사랑을 써도 될……"

줄리아가 손가락 두 개로 자기 목을 찌르는 시늉을 한다. "내 소네트는 보드카에 바치겠어."

"그러면 이그네이셔스 수녀님하고 상담해야 할걸." 줄리아가 진심인지 어쩐지 잘 모르고 베카가 말한다.

"우와."

"나는 뭘 써야 될지 모르겠어." 설리나가 말한다.

"제목 '목록'." 홀리가 말하고, 한쪽 발을 얼굴 앞으로 끌고 와서 부츠의 긁힌 부분을 살핀다. "'바람, 바다, 별, 달, 비, 줄 바꿔서 낮, 밤, 빵, 우유, 기차.' 소네트 운율에 맞춘 나의 즉흥시야."

줄리아가 말한다. "세계 최고로 지루한 소네트가 탄생했군. 옜다, F."

홀리와 설리나는 곁눈질을 주고받는다. 줄리아가 몇 주 전부터 심술 맞게 굴고 있다. 하지만 모두에게 똑같이 그래서 그들이 원인인 것 같지는 않다.

"스미드 선생님한테 내가 사랑하는 사람 이야기를 하고 싶지 않아, 으." 설리나가 슬쩍 비켜 간다.

"장소나 그런 걸 주제로 해봐." 홀리가 말하고 손가락에 침을 문혀서 부츠의 긁은 부분을 문지른다. 긁힌 자국이 희미해진다. "나는 우리 할머니 아파트에 대해 썼어. 할머니 아파트라고 하지도 않았어. 그냥 아파트라고만 했어."

"나 지금 내 주제 생각했어." 베카가 말한다. "어떤 여자애한테 말이 있어. 말이 밤에 그 애 창가에 오면 여자애가 밖에 나가서 말을 타고 달리는 거야." 베카가 눈에 초점을 풀자 달이 두 개가 되어 서로 겹쳐 보였다.

"그게 사랑이랑 무슨 상관이야?" 홀리가 묻는다.

"여자애가 말을 사랑해."

"변태 같아." 줄리아가 말하는데 휴대폰이 울린다. 줄리아는 주머니에서 휴대폰을 꺼내 얼굴 위로 들고 햇빛에 눈을 찌푸리고 본다.

방에서 교복을 벗어던지고 에이미 와인하우스의 노래를 부르며 길 건너 컬름으로 남학생들 럭비 경기를 보러 갈까 의논하던 한 시간 전에도, 구내식당 식탁에 앉아 뻑뻑한 케이크의 마지막 부스러기를 열심히 집어먹는 한 시간 후에도 그들은 자신들이 어떤 것을 스치고 지나갔는지 짐작하지 못했을 것이다. 다른 어떤 자신, 다른 어떤 생명, 다른 어떤 죽음이 미세한 시차를 두고 그들과 같은 트랙에서 맹렬하게 달리고 있는지. 교정 곳곳에는 서로에 대해, 커지는 친밀함에 대해 미숙한 사랑에 사로잡힌 여학생들이 삼삼오오 모여 있다. 트랙이 바뀌고 그들이 스스로의 힘으로 다른 풍경으로 옮겨 가는 강력한 방향 전환을 다른 사람들은 느끼지 못할 것이다. 홀리는 한참 뒤, 상황이 확정되고 모든 것의 원근이 파악될 즈음 마커스 와일리가 크리스 하퍼를 죽였다고 말할 수도 있다고 생각할 것이다.

"나는 그냥 예쁜 꽃들에 대해 쓸까 봐." 셀리나가 말한다. 그리고 머리카락 한 타래를 얼굴 앞으로 잡아당긴다. 머리카락은 마지막 햇빛에 금색을 띤 빛의 거미줄이 된다. 설리나는 머리카락 사이로 나무들을 본다. "아니면 새끼 고양이. 선생님이 뭐라 할까?"

"원디렉션에 대해 쓰는 애도 분명 있을 거야." 홀리가 말한다.

"아아." 줄리아가 갑자기 너무 큰 소리로 외친다. 짜증과 분노에 차서.

아이들이 팔꿈치로 몸을 일으킨다. "왜 그래?" 베카가 묻는다.

줄리아가 휴대폰을 도로 주머니에 넣은 뒤 두 손을 다시 머리 뒤에 깍지 끼고 하늘을 올려다본다. 숨 쉴 때 콧구멍이 너무 빨리 벌렁거린다. 목까지 새빨갛다. 줄리아는 원래 얼굴을 붉히는 아이가 아니다.

나머지 셋은 서로를 바라본다. 홀리는 설리나와 눈이 마주치자 줄리아 쪽을 턱짓한다. '너 봤어?' 설리나는 일 밀리미터쯤 살짝 고개를 젓는다.

"뭐가 문제야?" 홀리가 말한다.

"마커스 와일리가 엠생이라는 거야. 뭐 더 궁금해?"

"그건 이미 알고 있었어." 홀리가 말한다. 줄리아는 들은 척도 하지 않는다.

베카가 묻는다. "엠생이 뭐야?"

"모르는 게 좋아." 홀리가 말한다.

"줄리아." 설리나가 부드럽게 말한다. 그리고 줄리아 옆에 가려고 몸을 뒤집어 배를 대고 엎드린다. 머리는 밝고 헝클어졌다. 여기저기 풀잎과 사이프러스 잎도 엉켜 있다. 후드 점퍼 뒤쪽은 깔려 있던 탓에 주름이 가득하다. "걔가 뭐라고 그랬어?"

줄리아는 설리나에게서 고개를 돌리지만 그러면서도 말한다. "아무 말도 안 했어. 그냥 거시기 사진을 보냈어. 걔는 존나 엠생이거든. 우리 소네트 이야기나 더 하자."

"헐, 대박. 정말이야?" 홀리가 말한다. 설리나 눈이 휘둥그레진다.

"아니, 그냥 해본 소리야. 진짜야."

노을 빛이 다르게, 노출된 피부를 천천히 훑고 지나가는 손톱처럼 느껴진다.

"하지만 너랑 잘 아는 사이도 아니잖아." 베카가 어리둥절해서 말한다.

줄리아는 고개를 들고 바라본다. 무언가를 깨물 듯 이를 드러내지만 홀리가 웃음을 터뜨린다. 잠시 후 설리나도 웃고 마침내 줄리아마저 고개를 다시 풀밭에 떨어뜨리고 웃는다. "뭐야?" 베카는 궁금하지만 아이들은 모두 웃느라 정신이 없다. 설리나는 웃음을 참으려고 몸을 웅크린다. "네 말투!" 그리고 "네 표정!" 홀리가 숨을 헐떡인다. "너희 두 사람은 정식으로 소개받은 적도 없지 않니? 아이고머니나, 그 아이가 왜 자기 소중이를 네게 보여준다니?" 엉터리 영국 억양 때문에 베카도 얼굴이 빨개져서 함께 키득거린다. 줄리아가 하늘에 대고 야유한다. "우리가 같이 차도 마시고…… 오이 샌드위치도 먹었다니……." 그러자 홀리가 이어 말한다. "거시기는 오이 샌드위치 다음 순서거든."

"아, 우리 베카, 우리가 너 없이 어떻게 살까?" 웃음이 가라앉자 줄리아가 눈물을 훔치며 말한다.

"그렇게까지 재미있지 않았는데." 베카가 여전히 빨간 얼굴로 웃음을 머금고 부끄러운 상황인지 어떤지 몰라 하며 말한다.

"맞아. 하지만 그건 중요하지 않아." 줄리아가 말한다. 그리고 다시 팔꿈치로 몸을 일으켜 주머니에서 휴대폰을 찾는다.

"보여줘." 홀리가 일어나 앉아 줄리아에게 가면서 말한다.

"삭제중이야."

"보여주고 삭제해."

"이 변태."

"나도 보여줘." 설리나가 밝게 말한다. "네가 상처를 받았다면 우리도 같이 받고 싶어."

"게이 같은 소리 그만해." 줄리아가 말한다. "그냥 거시기 사진이야. 우정 쌓기 아이템이 아니라." 하지만 줄리아는 버튼을 이리저리 눌러 사진을 찾는다.

"베카, 안 봐?" 홀리가 말한다.

"으, 싫어." 베카는 우연히라도 보지 않으려고 고개를 돌린다.

"자, 여기." 줄리아가 말하고 '열기'를 누른다.

홀리와 설리나는 줄리아의 어깨 뒤에 몸을 바짝 댄다. 줄리아는 보는 척하지만 시선은 휴대폰을 벗어나 그림자 속에 있다. 설리나는 등골이 오싹한 느낌 속에 몸을 더 바짝 댄다.

인터넷에서 볼 때처럼 키득거림이나 비명이 나오지는 않는다. 인터넷상의 그것들은 바비 인형처럼 과장된 인공물이다. 실제 남자한테 그런 게 달려 있다고는 상상할 수 없다. 이것은 다르다. 그것들처럼 크지 않고 두툼한 중지처럼 그들을 향해 우뚝, 검고 끈끈한 털 뭉치를 뚫고 위협하듯 솟아 있다. 냄새도 나는 것 같다.

"고르고 고른 사진이 저거라면 나 같으면 굳이 광고 안 하겠는데." 잠시 후 홀리가 차분하게 말한다.

줄리아는 고개를 들지 않는다.

"답장해. 너무 작아서 뭔지 모르겠다고." 설리나가 말한다.

"그러면 확대 사진을 보내겠지. 사양하겠어." 하지만 줄리아의 입 꼬리가 비틀린다.

"이리 와봐, 베카." 홀리가 말한다. "걱정 안 해도 돼. 너한테 현미경이 없다면." 베카는 미소를 짓지만 동시에 고개를 숙이고 흔든다. 풀들이 베카의 다리를 찌른다.

"자자, 변태 아가씨들." 줄리아가 말한다. "이제 오늘 하루 일용할 미니 거시기를 다 봤지?" 그런 뒤 손을 휘둘러 '삭제'를 누르고 손가락을 까딱까딱 흔든다. "안녕."

삐 소리와 함께 사진은 사라진다. 줄리아는 휴대폰을 넣고 다시 눕는다. 잠시 후 홀리와 설리나는 원래 자리로 돌아가면서 할 말을 찾아보지만 실패한다. 하늘이 어두워지면서 달이 뚜렷해진다.

잠시 후 홀리가 말한다. "너네 클리오나가 어디 있는지 알아? 도서관에 있어. 스미드 선생님이 모를 만한 소네트를 찾아서 베끼려고."

"걸릴걸." 베카가 말한다.

"뻔한 수야. 그냥 소네트 쓰는 게 더 쉬울 텐데." 설리나가 말한다.

"맞아." 홀리가 말한다. "늘 그런 식이지. 클리오나는 숙제를 안 하려다가 숙제를 하는 것보다 더 수고하게 될 거야."

그들은 줄리아가 말할 공간을 남긴다. 줄리아가 응답하지 않자 공간이 더 커진다. 대화가 거기로 빨려 들어가 사라진다.

사진은 사라지지 않았다. 사진이 남긴 희미한 악취는 아직도 공중을 떠돌고 있다. 입으로 얕은 숨을 쉬는 베카는 그것 때문에 혀가 더러워진다.

줄리아가 더럼 탄 수채화 같은 하늘을 바라보며 말한다. "왜 남자애들은 내가 문란하다고 할까?"

얼굴이 다시 빨개져 있다. 셀리나가 부드럽게 말한다. "넌 문란하지 않아."

"당연히 아니지. 그런데 왜 남자애들은 나를 헤프게 보느냐는 거야."

"헤프길 바라는 거지." 홀리가 말한다.

"걔네는 여자애들 모두가 헤프길 바라. 하지만 너네한테는 거시기 사진을 보내지 않잖아."

베카가 몸을 꼼지락거리고 말한다. "그냥 어쩌다 생긴 일이잖아."

"내가 제임스 길렌하고 키스한 다음부터 그래."

"무슨 소리야. 키스하는 애들이 얼마나 많은데. 남자애들은 그런 거 신경 안 써. 네가 핀, 크리스 같은 애들하고 놀면서부터야. 네가 하는 농담이나 욕설 같은 게……."

베카의 말꼬리가 흐려진다. 줄리아가 말한다. "나 엿 먹이는 거니?"

하지만 홀리와 셀리나는 그 말이 이해된다는 듯 고개를 끄덕인다. "바로 그런 말." 셀리나가 말한다.

"그러면 걔들이 나한테 조앤 같은 개싸가지 내숭쟁이가 되라고 한다는 거야? 조앤은 브라이언 하인즈가 핼러윈 댄스파티 때 술을 좀 마셨다고 몸을 더듬는 것도 가만뒀어. 하지만 누가 더러운 농담을 하면 '세상에 어떻게 그런 말을!' 하면서 충격받은 척하지. 그러면 걔들이 나를 존경하겠네."

홀리가 말한다. "맞아, 대충."

"닥치라고 해. 나는 그렇게 못 해. 그렇게 안 생겨먹었어." 목소리가 거칠고 어른 같다.

엷은 구름이 달 앞을 흘러가자 달이 움직이는 것 같다. 아니면 그들 아래 온 세상이 기울어지는 것 같다.

셀리나가 말한다. "그러면 그러지 마."

"그리고 이딴 개짓거리를 계속 당하라고. 아주 좋네. 더 빛나는 아이디어 없어?"

"어쩌면 다른 이유가 있을지도 몰라." 베카가 말하고 자신의 어리석은 입을 원망한다. "어쩌면 내가 잘못 아는 걸 수도 있고, 걔가 J로 시작하는 다른 사람, 그러니까 조앤 같은 애한테 문자하려다가 실수로……"

줄리아가 말한다. "제임스 길렌이랑 키스할 때."

사이프러스나무 아래 줄리아의 목소리에 어둠이 응축된다.

"걔가 내 옷 속에 손을 넣으려고 했어. 물론 예상한 일이긴 해. 도대체 남자들은 어쩌면 그렇게 모두 가슴에 집착하는 거야? 어릴 때 모유가 부족했던 거야?"

줄리아는 친구들을 보지 않는다. 구름의 움직임이 빨라지고 달이 하늘을 질주한다.

"사실 제임스 길렌이 날 더듬는 건 별로야. 걔하고 키스하는 건 걔가 귀엽고 나도 연습이 필요해서라고. 그래서 '이거 네 거 같은데' 하고 그 더러운 손을 돌려주었어. 제임스는 어찌나 신사인지 나를 울타리 앞으로 밀더라고. 슬쩍 찌르거나 하는 게 아니라 정말로 밀었어. 그리고 손을 다시 넣으면서 아주 뻔한 말을 했어. 대충 '너도 좋잖아. 순수한 척하지 마. 너에 대해서는 모두가 알아' 이딴 식으로.
존나 멋진 왕자님이야."

공기는 싸늘함과 후끈함을 동시에 담은 열뜬 느낌이다.

그들은 오글거리는 수업 시간과 오글거리는 학부모 대화에서 여
남은 번 교육받았다. 언제 어른에게 말해야 할지를. 하지만 그런 생
각은 머리에 들어오지 않는다. 그들 앞에 펼쳐지고 있는 이 일은 그
런 세심한 가르침과 아무 상관이 없다. 온몸의 세포를 물들이는 뜨
거운 분노와 수치, 이제 자기 몸이 자신이 아니라 다른 사람들의 눈
과 손에 속한다는 섬뜩한 사실, 이것은 이전까지 없던 것이다.

"개자식. 더러운 새끼. 암에 걸려 죽어라." 홀리가 심장박동과 숨
소리가 거세지는 것을 느끼며 말한다.

설리나가 한쪽 발을 펴서 줄리아의 발을 건드린다. 이번에는 줄리
아가 발을 피한다.

베카가 말한다. "그래서 어떻게 했어?"

"급소를 찼어. 그건 확실하거든. 너희도 만약에 대비해서 알아둬.
그리고 학교에 돌아온 다음에 샤워를 해서 몸에 묻은 더러움을 살살
이 씻어냈어." 그들은 기억한다. 하지만 그것을 제임스 길렌이랑 연
결시키지 못했다. (줄리아는 한쪽 어깨를 들었다 내리며 말했었다.
'괜히 했어. 래브라도 개하고 키스하는 것 같았어.' 이제 돌아보니 말
의 의미가 명백하게 느껴진다.)

"너넨 몰라도 난 좀 천재잖아. 제임스 길렌은 자기가 그날 겨우 급
소나 까였다는 걸 컬름 친구들한테 알리고 싶지 않았던 것 같아. 그
래서 내가 웬만해선 만족을 못 하는 문란녀라고 했고 그래서 염병할
마커스 와일리가 나한테 자기 거시기 사진을 선물하듯 보낸 거야.

앞으로 이런 일은 계속 일어날 거야."

설리나가 달래지만 확신에 찬 목소리는 아니다. "다 잊을 거야. 몇 주일만 지나면."

"아냐, 안 잊어."

침묵과 그것을 지켜보는 달. 홀리는 제임스 길렌의 부끄러운 비밀을 찾아내고 퍼뜨려서 그가 모두의 비웃음 속에 결국 자살하게 만들까 하는 생각을 한다. 베카는 줄리아에게 줄 것을, 초콜릿이나 재미난 시 같은 걸 생각하려고 한다. 설리나는 꼬불꼬불 글씨가 가득한 황변된 책과 잔잔한 기도문, 풀 매듭, 머리카락 타는 냄새를 생각한다. 사그라드는 빛에 그들은 불투명해진다. 줄리아는 구름에서 동물 모양을 찾으면서 손톱을 풀잎 사이 땅속으로 깊이 박아 넣는다.

그들은 이 일을 방어할 무기가 없다. 공기는 멍들어 부풀어 오르고 흑백으로 맥동하며 금세라도 벌어질 것 같다.

줄리아가 문을 탕 닫듯 강력하게 확정적으로 말한다. "다시는 컬름 애들하고 안 엮일 거야. 절대로."

"그러면 아무 남자도 안 만난다는 거?" 홀리가 말한다. "우리한테는 컬름 애들밖에 없잖아."

"대학에 갈 때까지는 남자를 안 만날 거야. 상관없어. 더러운 놈들이 온 학교에 내 젖꼭지가 어땠는지 떠드는 것보다는 그게 나으니까." 그 말에 베카는 얼굴이 빨개진다.

그 말을 듣자 설리나는 마치 크리스털에 은구슬이 부딪쳐 나는 '땡' 소리로 공기가 떨리는 것 같다고 느낀다. 그리고 일어나 앉아서 말한다. "그러면 나도 그렇게 할 거야."

줄리아가 설리나를 노려본다. "이건 '연약한 내 마음이 상처를 입었으니 이제 남자는 영원히 끝이야' 같은 게 아니야. 난 진심이야."

설리나가 확고하게 말한다. "나도 그래."

밝은 대낮이라면 다를 것이다. 대낮이거나 실내의 조명 속에 있다면 이런 일은 일어나지 않을 것이다. 무력하고 숨 막힐 때 분노는 안으로 자란다. 피부의 얼룩은 더 깊이 새겨진다.

구름은 사라졌지만 달빛이 그들 주변을 돌면서 빠르게 움직인다. 베카가 말한다. "나도."

줄리아의 눈썹 움직임에 약간의 냉소가 담긴다. 베카는 별거 아닌 게 아니라고, 자신은 그게 더 커지기를 바란다고, 할 수만 있다면 세상에서 가장 중요한 걸 가져다 그들 앞에 놓고 불태워서 줄리아에게 진심을 보여주겠다고 말하고 싶지만 어떻게 말해야 할지 모른다. 하지만 줄리아가 베카에게 작은 미소와 윙크를 보낸다.

이제 모두 홀리를 바라본다. 홀리는 아빠 같은 재치가 있다. 대답을 강요해도 미소를 띤 채 살짝 비켜서고 속박당하지 않는다. 모든 것이 120퍼센트 확실해지기 전에는, 아니 그렇게 된 뒤에도.

다른 세 명이 컴컴한 나무를 배경으로 하얗게 타오르며 기다린다. 설리나 턱 밑의 부드러운 그림자, 베카가 풀밭에 손을 짚은 모양, 아래로 처지는 줄리아의 특이한 입 모양, 홀리가 백 살이 되어 세상 모든 것이 머릿속에서 사라져도 기억할 것들. 홀리의 손바닥에서 무언가 고동치면서 친구들을 향해 나아간다. 움직이는 어떤 것, 갈증 같지만 갈증은 아닌 몽글몽글한 통증이 목과 흉골에 걸려 있다. 무슨 일이 일어나고 있다.

"그래, 나도." 홀리가 말한다.

"아, 벌써 들린다." 줄리아가 말한다. "애들은 이제 우리보고 레즈비언 집단이라고 할 거야."

"그게 뭐?" 설리나가 말한다. "남들이 뭐라고 하건 신경 쓸 거 없어."

그들은 경건한 침묵으로 말을 수용한다. 그들의 정신은 그 길을 따라 질주한다. 그들의 눈앞에서 조앤은 코트에서 컬럼 남학생들의 관심을 받으려고 몸을 비틀고 키득거리고 조롱한다. 올라는 앤드루 무어 일행에게 짓밟힌 뒤에 젖은 베개에 얼굴을 묻고 통곡한다. 하지만 그들은 남학생들의 음침한 시선 속에서도 멀쩡한 옷을 입고 멀쩡한 자세로 멀쩡한 이야기를 한다. 그들은 생각한다. '다시는 안 돼, 절대, 절대, 절대로. 슈퍼히어로가 수갑을 부수듯이 깨버려야 해. 그 얼굴에 주먹을 날리고 폭발하는 걸 봐야 해.'

'내 몸, 내 정신, 내 옷차림, 내 걸음걸이, 내 말투, 모든 게 내 거야.'

그것의 힘이 그들 안에서 피어나려고 웅웅거리며 뼈를 덜덜 흔든다.

베카가 말한다. "우리는 아마존 여자들처럼 될 거야. 그 여자들은 남자한테 손도 안 댔고 남들이 뭐라건 신경 안 썼어. 남자가 손을 대려고 하면 바로……" 빗발치는 화살과 너울거리는 핏물.

"우와." 줄리아에겐 작은 미소가 돌아와 있다. 다른 사람들은 거의 보지 못하는 줄리아의 미소다. "진정해. 이게 영원한 건 아냐. 우리가 학교를 졸업하고 진짜 남자를 만날 수 있을 때까지만이야."

졸업은 몇 년이나 남은 상상 밖의 일이다. 현실이 될 수 없다. 이것은 영원하다.

설리나가 말한다. "우리 정식으로 맹세하자."

"뭐? 누가 그런 일을 해……" 줄리아가 말하지만 반사적인 반응일 뿐이다. 말은 그림자 속으로 사라지고 아무도 듣지 않는다.

설리나가 손바닥을 아래로 해서 풀밭과 밤벌레들의 숨은 길 위로 뻗고 말한다. "난 맹세해."

검은 하늘에 박쥐 울음. 사이프러스나무들이 몸을 기울이고 유심히 지켜보며 찬성을 표한다. 그 물결과 속삭임이 그들을 고양시킨다.

"그래, 좋아." 줄리아가 말한다. 생각보다 목소리가 강하게 나오고 그 사실에 줄리아도 놀란다. 심장이 어찌나 쿵쿵거리는지 공중으로 떠오를 것만 같다. "하자."

줄리아가 설리나의 손 위에 손을 포갠다. 가벼운 찰싹 소리가 빈 터에 울린다. "나도 맹세해."

베카는 줄리아의 손 위에 민들레처럼 작고 가녀린 손을 얹으며 사진을 보지 않은 것을 후회한다. "나도 맹세해."

그리고 홀리. "나도 맹세해."

네 손이 합쳐져서 달빛에 덮이고 손가락이 얽힌다. 모든 손이 다른 사람의 손을 감싸려고 한다. 작고 숨 가쁜 웃음.

사이프러스나무들이 만족스러운 한숨을 길게 내쉰다. 달은 가만히 서 있다.

<u>9</u>

리베카 오마라는 미술실 문 앞에 서서 한쪽 다리로 다른 쪽 발목을 휘감고 있다. 긴 흑갈색 포니테일은 부드럽게 헝클어졌고 스트레이트 기계로 편 모양이 아니다. 홀리보다 이삼 센티미터는 큰 것 같고 상당히 말랐다. 지독하게 마른 건 아니지만 식사량을 늘려도 좋을 것 같았다. 이목구비가 아직 정돈되지 않은 얼굴이라 당장은 예뻐 보이지 않았지만 곧 예뻐질 듯했다. 콘웨이를 휘둥그레 바라보는 갈색 눈에는 경계심이 담겨 있다. 시크릿 플레이스에 시선을 주지 않는다.

리베카에게 자신감과 자존감이 부족하다면 내가 채워줄 수 있다. 믿음직한 오빠가 중대한 모험길에 도움을 찾을 때 수줍은 여동생이 성패를 좌우하는 특별한 역할을 하는 것이다.

"리베카? 와줘서 고맙다. 앉으렴." 내가 말하며 가볍고 자연스러운 미소를 지었다.

리베카는 움직이지 않았다. 홀리한은 리베카를 비켜서 자기 자리로 가야 했다. "크리스 하퍼 때문이죠?"

이번에는 얼굴을 붉히지도 몸을 비틀지도 않았지만 목소리는 속삭임보다 조금 큰 수준이었다. 내가 말했다. "나는 스티븐 모런이야. 홀리가 내 이야기를 했을지도 몰라. 홀리가 몇 년 전에 내 일에 도움을 준 적이 있거든."

리베카는 처음으로 나를 제대로 보고 고개를 끄덕였다.

나는 손으로 의자를 가리켰고 리베카는 천천히 안으로 들어왔다. 깡마른 십 대 소녀의 어설픈 걸음, 들어 올린 발이 다시 내려오는 건 오로지 무거운 신발 때문인 것 같았다. 리베카는 앉아서 다리를 꼬고 치맛자락에 두 손을 묻었다.

가슴에서 물이 쭉 빠져나가는 듯한 느낌. 실망감이 든다. 홀리 때문에, '무언가 다르다'는 콘웨이의 말 때문에, 괴짜며 마녀며 하는 황당한 소리들 때문에 나는 이 아이들은 조앤 그룹의 아이들보다 뭔가 더 있을 거라 생각했다. 그런데 이 아이는 앨리슨처럼 너무 긴 치마를 입고 어쩔 줄 몰라 하는 불안덩어리였다.

나는 십 대처럼 척추를 무너뜨리고 무릎도 아무렇게나 놓았다. 그리고 리베카에게 다시 미소를 지었다. 이번에는 슬픈 미소를. "다시 도움이 필요해. 나는 유능한 형사지만 누군가 도와주지 않으면 아무것도 못 해. 네가 날 도와줄 수 있을 것 같아. 한번 해보겠니?"

리베카가 말했다. "크리스 일인가요?"

수줍음이 결연함을 방해할 정도는 아니다. 나는 인상을 썼다. "그래, 나는 아직도 일의 진상을 파악하려고 하고 있어. 왜? 너하고 크리스하고 무슨 연관이 있었니?"

리베카는 고개를 저었다. "그냥……." 치마로 감싼 두 손이 콘웨이를 가리킨다. 콘웨이는 펜 뚜껑으로 손톱을 찍으며 고개도 들지 않았다. "저분이 계셔서요. 저는……."

"우리는 같이 조사할 거야. 싫어?"

내가 온화하고 주름 가득한 미소를 보냈지만 무표정이 돌아왔다.

내가 말했다. "먼저 어제저녁 이야기를 해보자. 자습 1교시 때 어디 있었니?"

리베카는 잠시 뜸을 들이고 말했다. "4학년 휴게실에요. 그래야 했어요."

"그다음에는?"

"쉬었어요. 친구들이랑 밖에 나가서 잠깐 풀밭에 앉아 있었어요."

목소리는 여전히 모기 소리만 했지만 '친구들이랑'이라는 대목에서는 강해졌다.

내가 말했다. "친구들 누구? 홀리하고 줄리아하고 설리나?"

"네, 그리고 다른 애들도 있었어요. 대부분 밖에 나갔어요. 날이 따뜻해서요."

"그리고 자습 2교시 때는 여기 미술실에 있었지?"

"네, 홀리랑 줄리아랑 설리나랑요."

"자습 시간에 미술실을 쓰는 허가는 어떻게 받는 거니? 그러니까 누가 누구한테 언제…… 미안, 내가 좀……." 나는 어깨를 으쓱한 뒤 고개를 숙이고 수줍은 미소를 지었다. "이런 건 처음이라서 아직 방식을 잘 몰라."

여전히 무표정. 하지만 나는 어린 친구들을 잘 다룬다. 긴장을 풀어줄 것이다. 아이들이 말하게 할 것이다……. 사랑스러운 오빠가 나오고 있었다.

콘웨이는 눈을 찌푸린 채 엄지손톱을 햇빛에 대고 들여다보았지만 물론 다 듣고 있었다.

리베카가 말했다. "아널드 선생님한테 신청해요. 사감 선생님요. 줄리아가 그저께 저녁때 가서 허락을 받았어요. 우리는 자습 1교시를 신청했지만 그 시간에 이미 다른 애들이 있어서 선생님이 2교시로 하라고 했어요. 선생님들은 방과 후에 학교에 학생들이 많이 남아 있는 걸 싫어하니까요."

"그래서 자습 1교시와 2교시 사이에, 먼저 이 방을 쓴 아이들에게서 연결문 열쇠를 받았니?"

"아뇨. 우리끼리 열쇠를 주고받지는 못해요. 열쇠는 서명을 해서 받고 나중에 제시간에 반납하면서 다시 서명을 해야 돼요. 그래서 그 아이들이 먼저 사감 선생님한테 열쇠를 반납했고 그다음에 우리가 가서 받았어요."

"누가 가서 받았니?"

순간 리베카의 얼굴에 공포가 번쩍 지나갔다. 그럴 이유가 없었다. 내가 아는 한 그게 리베카에게 문제가 될 건 없었지만 어쨌든 그 순간 아이는 바뀌었다. 콘웨이의 말은 어쨌든 이 아이에 대해서는 옳았다. 거짓말쟁이라는 것, 적어도 겁을 먹었을 때, 친구들과 떨어져서 자신만 주목을 받을 때는 그렇다는 것.

하지만 겁을 먹었건 안 먹었건 멍청하지는 않았다. 아주 잠깐 사이에 그럴 필요가 없다는 것을 깨닫고 말했다. "저요."

나는 아무것도 눈치채지 못한 것처럼 고개를 끄덕였다. "그래, 열쇠를 받고 미술실에 왔어. 네 명이 함께 왔니?"

"네."

"뭘 했니?"

"이 과제를 했어요." 리베카는 치마에서 한 손을 빼서 창가의 테이블을 가리켰다. 물감 묻은 덮개 아래 부피가 큰 물체가 있었다. "셜리나는 캘리그래피를 했고 홀리는 분필을 갈아서 눈을 만들고 줄리아하고 저는 구리철사로 여러 가지를 만들었어요. 우리 과제 제목은 백 년 전의 학교예요. 미술과 역사를 합해서요. 복잡해요."

"그런 것 같네. 시간이 많이 필요했겠어." 내가 수긍하며 말했다. "누구 아이디어였니?"

나의 수긍은 리베카에게 아무런 효과가 없었다. "과제를 하려면 자습 시간을 써야 돼요. 지난주에도 그렇게 했어요."

누군가의 머리에 떠오른 생각일 수도 있었다. "그래? 어젯밤에 이 방을 또 쓰자고 한 건 누구 아이디어였니?"

"생각 안 나요. 모두가 그래야 한다고 생각하고 있었어요."

"그러면 너희 모두 9시까지 이 방에 계속 있었니? 중간에 나간 사람은 없었어?"

리베카는 손을 치마에서 빼내서 허벅지 밑에 넣었다. 나는 질문을 던졌고 리베카는 아직 긴장과 경계를 풀지 않았다. 경계심은 계속 커졌지만 산탄총처럼 전체를 엄호하는 성격이라 어디를 겨냥해야 할지 몰랐다. 아이가 연기에 능하다거나 내가 둔한 게 아니라면 리베카는 카드에 대해 몰랐다.

"아주 잠깐뿐이었어요."

"누가 어디로 나갔니?"

섬세하고 고운 눈썹이 아래로 내려갔다. 갈색 눈동자가 나와 콘웨이 사이를 왕복했다.

콘웨이는 볼펜으로 테이블의 낙서를 따라 그리고 있었다. 나는 기다렸다.

"왜요? 왜 그걸 아서야 하나요?" 리베카가 물었다.

나는 침묵으로 답했다. 리베카도 침묵으로 응수했다. 앙상한 팔꿈치와 무릎이 날카로워 보였고 이제 그렇게 연약해 보이지 않았다.

콘웨이가 리베카를 잘못 보았거나 일 년 사이에 아이가 크게 변한 것 같았다. 리베카는 자신감을 올려줄 사람을 찾지 않았고 나 아니라 누구라도 자신에게 네가 특별하다는 느낌을 안겨주기를 기대하지 않았다. 리베카는 앨리슨도 올라도 아니었다. 나는 헛짚고 있었다.

콘웨이가 고개를 들어 나를 보고 있었다.

나는 느슨한 태도를 버리고 허리를 폈다. 그리고 두 손을 깍지 껴서 무릎 사이에 넣고 몸을 앞으로 숙였다. 성인 대 성인으로.

"리베카." 내가 말했다. 다른 목소리로, 직접적이고 진지하게. "내가 너한테 모든 걸 다 말해줄 수는 없어. 그러면서도 너한테는 아는 걸 다 말해달라고 할 거야. 공평하지 않다는 거 알아. 하지만 홀리에게 무슨 말인가 들었다면 내가 널 바보나 어린애로 취급하지 않을 거라는 말도 들었기를 바란다. 내가 대답할 수 있는 질문에는 대답을 할 거야. 그래도 네가 나를 존중해줬으면 좋겠어. 그래주겠니?"

정곡을 쳤을 때 우리는 그 느낌을 안다. 리베카의 턱이 완강한 각도를 풀었다. 경계하던 척추도 약간 누그러들었다. "네, 좋아요." 잠시 후 리베카가 말했다.

콘웨이는 펜 장난을 멈추고 조용히 앉아서 쓸 준비를 했다.

"좋아. 그러면 누가 미술실을 나갔니?" 내가 말했다.

"줄리아는 기숙사에 갔다 왔어요. 까먹고 안 가져온 사진이 있어서요. 저는 화장실에 갔고 셀리나도 그랬던 것 같아요. 홀리는 분필을 가지러 갔어요. 하얀색이 떨어져서 홀리가 더 가져왔어요. 과학실에서 가져왔던 것 같아요."

"각각 몇 시였는지 기억해? 순서는?"

리베카가 말했다. "건물 밖으로 나간 사람은 없어요. 줄리아는 기숙사까지 갔지만 그래도 금세 돌아왔어요."

내가 부드럽게 말했다. "너희가 무슨 잘못을 했다는 게 아냐. 혹시 무엇을 보거나 들었는지 알아내려고 하는 것뿐이야."

"그런 건 없었어요. 특별히 보거나 들은 거요. 라디오를 틀어놓고 과제를 했고 그런 뒤 기숙사로 돌아갔어요. 그리고 모두 함께 나갔어요. 그걸 물으시는 거라면요."

마지막에 튀어 오르는 반항의 불꽃, 다시 올라가는 턱.

"그리고 네가 아널드 선생님한테 열쇠를 반납했고."

"네. 9시에요. 확인해보세요." 그럴 예정이지만 말하지 않았다.

나는 사진을 꺼냈다.

리베카의 눈은 자석처럼 거기 닿았다. 나는 사진이 나를 향하게 잡고서 손끝에 대고 팔락거렸다. 리베카는 가만히 앉아 목을 빼려고 했다.

내가 말했다. "어젯밤에 교실에 올 때 시크릿 플레이스 앞을 지났지. 화장실에 다녀올 때하고 기숙사로 돌아갈 때도. 그렇지?"

그러자 리베카의 눈길은 사진을 떠나 내게 돌아왔다. 경계하는 큰 눈, 맹렬한 추측. "네."

"그때 게시판을 한 번이라도 봤니?"

"아뇨."

나는 의심했다.

"우리는 바빴어요. 과제도 해야 했고 열쇠도 제때 반납해야 했으니까요. 아무도 시크릿 플레이스를 생각하지 않았어요. 왜요?" 손하나가 다리 밑에서 나와 사진을 향했다. 길고 가는 손가락. 리베카는 나중에 키가 클 것 같았다. "그거 혹시……?"

"저기 붙은 카드 중에 네가 붙인 게 있니?"

"아뇨."

즉각적 답변. 찰나의 망설임도 없다. 거짓말이 아니다.

"왜? 넌 비밀이 없니? 아니면 혼자만 간직하니?"

리베카가 말했다. "저는 친구들이 있어요. 비밀은 친구들한테 말해요. 전교생에게 말할 필요가 없어요. 익명이라도요."

리베카의 머리가 올라갔다. 목소리도 갑자기 낭랑해져서 햇빛을 뚫고 미술실 구석구석까지 울렸다. 자부심이 느껴졌다.

내가 말했다. "친구들도 너한테 비밀을 전부 말하는 거 같니?"

약간의 망설임. 입술이 벌어졌지만 아주 잠깐 아무 소리도 나오지 않았다. 그런 뒤 말했다. "저는 친구들 일은 다 알아요."

여전히, 기쁨 같은 느낌. 미소를 짓듯 살짝 올라간 입술.

그것 때문에 내 호흡이 바뀌는 것이 느껴졌다. 바로 거기, 신호 같은 섬광. 내가 찾던 다른 것. 더 뜨겁게 타오르며 낯선 색깔로 불꽃을 튀기는 것.

이 아이들은 다르다고 콘웨이는 말했다. 조앤의 무리와는 다르다고. 당연했다.

"비밀을 잘 지켜주나 보네. 누설하는 일은 없어?"

"없어요. 우리는 절대 그런 일 안 해요."

"그러면 이건 너희가 붙인 게 아니니?" 내가 말하며 사진을 리베카에게 건넸다.

리베카에게서 날숨과 함께 높은 신음 같은 것이 새어 나왔다. 입이 벌어져 있었다.

"어제저녁에 누가 시크릿 플레이스에 붙였어. 네가 붙인 거니?"

리베카 전체가 사진 속에 빨려 들어가 있었다. 그리고 몇 초가 지나서야 질문을 이해하고 대답했다. "아뇨."

거짓말이 아니었다. 그럴 만한 집중력이 남아 있지 않았다. 또 한 사람 아웃.

"누가 그랬는지 아니?"

리베카는 사진에서 빠져나와서 말했다. "우리는 아니에요."

"어떻게 알아?"

"우리는 누가 크리스를 죽였는지 모르거든요."

리베카는 내 손에 사진을 돌려주었다. 그걸로 끝이었다. 리베카는 허리를 세우고 고개를 들고 깜박임 없는 눈으로 내 눈을 바라보았다.

내가 말했다. "너한테 어떻게든 추측해보라고 하면 뭐라고 말하겠니?"

"뭘요? 누가 카드를 붙였냐는 것, 아니면…… 크리스 일?"

"둘 다."

리베카는 부모들을 좌절시키는 십 대의 무심한 태도로 어깨를 으쓱했다.

"네가 친구들 이야기하는 걸 들어보면 너한테는 친구들이 아주 중요해 보여. 맞니?"

"네, 중요해요."

"너희 넷 중 한 명이 카드를 붙였을 수도 있다는 이야기는 곧 퍼질 거야. 그건 사실이고 외면할 방법은 없어. 만약 내가 아끼는 친구가 있다면, 살인범이 내 친구가 이런 카드를 붙였을 거라고 생각하는 일은 어떻게 해서라도 막을 거야. 그러기 위해서 대답하기 싫은 질문에 대답을 해야 한다고 해도."

리베카는 내 말을 신중하게 생각해보았다.

그리고 턱짓으로 사진을 가리켰다. "누가 지어낸 것 같아요."

"네 친구들이 붙인 건 아니라는 거지? 그렇다면 조앤 헤퍼넌과 그 애 친구들이 그랬다는 거네. 이걸 붙였을 만한 시간에 학교에 있던 사람은 너희하고 그 애들뿐이니까."

"걔네가 했다는 건 형사님 말씀이에요. 저는 그런 말 안 했어요. 저는 아무것도 몰라요."

"그 애들이 지어낼 수도 있었을까?"

"어쩌면요."

"왜?"

어깨 으쓱. "심심했을지도 모르죠. 걔네는 무슨 일인가 일어나기를 원했어요. 그리고 이런 일이 생겼고요."

'걔네'라고 말할 때 콧구멍이 벌어진다. 리베카는 조앤 무리를 하찮게 보았다. 겉으로는 유순해 보여도 속은 그렇지 않았다.

"그리고 크리스 일은 누가 그런 것 같니?" 내가 물었다.

리베카는 망설임 없이 말했다. "컬름 학생들요. 아마 한 무리가 밤에 여기 왔을 거예요. 뭘 훔치거나 무슨 그림을 그리거나 하려고요. 몇 년 전에 거기 학생들이 밤에 들어와서 스프레이로 운동장 가득 그림을 그렸어요." 두 뺨이 살짝 붉어졌다. 그림의 내용은 말하지 않을 것 같았다. "그런 일을 하려고 들어왔는데 싸움이 났고, 그러다가……."

두 손을 벌리고 이미지를 하늘로 띄워 보낸다.

"크리스가 그런 일을 할 만한 애였니? 장난으로 학교를 빠져나와서 여기 들어오는?"

리베카의 머릿속에 어떤 그림이 펼쳐져서 모든 관심을 가져갔다. 리베카는 그림을 바라보며 말했다. "네, 그런 애였어요."

목소리에 무언가 드리워져 있었다. 긴 그림자. 리베카는 크리스 하퍼에게 모종의 감정이 있었다. 좋은 감정인지 나쁜 감정인지는 알 수 없었지만 강력한 것이었다.

"크리스에 대해 나에게 딱 한마디만 해줄 수 있다면 뭐라고 말하겠니?"

그러자 리베카는 예상을 뒤엎고 말했다. "착한 애였어요."

"착해? 어떻게?"

"한번은 우리가 쇼핑몰 앞에 있었는데 제 휴대폰이 이상해졌었어요. 사진이 다 없어진 것 같았어요. 다른 남학생들은 완전히 바보 같았어요. '무슨 사진이었어? 혹시……' 하면서 멍청한 소리만 했어요." 다시 붉어진 얼굴. "하지만 크리스는 '내가 한번 볼게' 하고 휴대폰을 가져가서 고쳐주려고 했어요. 멍청이들이 비웃건 말건 상관하지 않았고 휴대폰을 고쳐서 돌려주었어요."

작은 한숨. 리베카 머릿속의 그림이 접혀서 서랍으로 들어갔다.

리베카는 다시 우리를 바라보았다.

"크리스를 생각하면 그날 일이 떠올라요."

리베카 같은 여학생에게 그런 일은 큰 의미였을 수 있다. 리베카의 마음에 뿌리를 내리고 자라났을 수 있다.

콘웨이가 몸을 움직이고 말했다. "너 남자 친구 있니?"

"아뇨."

즉각적이었고 경멸의 기미까지 담겼다. '너 우주선 있니?' 같은 질문이라도 받은 것처럼.

"왜?"

"있어야 돼요?"

"많이들 있잖아."

리베카는 잘라 말했다. "전 없어요."

우리가 어떻게 생각하는지는 신경도 쓰지 않았다. 앨리슨이나 올라와는 달랐다. 정반대였다.

콘웨이가 말했다. "또 보자."

리베카는 내 명함을 주머니에 쑤셔 넣고 떠났다. 콘웨이가 말했다. "우리가 찾는 학생이 아니에요."

"맞아요."

하지만 콘웨이가 말을 하지 않아서 내가 말했다. "방법을 터득하는 데 시간이 좀 걸렸어요."

콘웨이가 고개를 끄덕였다. "하지만 당신 잘못은 아니에요. 내가 잘못 인도했어요."

콘웨이는 눈을 찌푸리고 다른 것에 집중했다.

내가 말했다. "마지막에는 제대로 한 것 같아요. 어쨌든 문제를 일으킨 건 없는 듯해요."

"아마도요." 콘웨이가 말했다. "이 망할 곳은 사방에서 다리를 걸어요. 어떻게 해도 헛발질을 하게 돼요."

줄리아 하트. 콘웨이는 리베카가 그렇게 떠난 뒤 줄리아에 대해 설명해주지 않았다. 하지만 줄리아가 들어오자마자 나는 그 아이가 무리의 대장이라는 것을 알았다. 작은 키, 포니테일로 단단히 묶은 검은 곱슬머리. 다른 아이들보다 체중이 살짝 더 나가고 몸매에 볼륨이 있었으며 걸음걸이가 그 볼륨을 드러냈다. 둥근 얼굴, 뭉툭한 코 탓에 예뻐 보이지는 않았지만, 고집이 가득한 턱이 작고 매끈했으며 눈만큼은 예뻤다. 속눈썹이 길고, 연갈색 눈동자가 당돌하고 똑똑했다. 시크릿 플레이스에 눈길을 주지 않았지만 이 아이는 어떤 경우건 그랬을 것이다.

"콘웨이 형사님." 줄리아가 말했다. 다른 여학생들보다 낮고 침착한 듣기 좋은 목소리. 또래보다 성숙하게 느껴졌다. "저희가 많이 보고 싶으셨나 봐요."

똑똑한 아이. 그런 방법은 우리한테 잘 통할 수 있다. 똑똑이들은 말하면 안 될 때 말을 하고 재치 있게 들리면 무슨 말이든 한다.

콘웨이는 의자를 가리켰다. 줄리아는 다리를 꼬고 앉아서 나를 위아래로 훑어보았다.

내가 말했다. "나는 스티븐 모런이야. 줄리아 하트 맞지?"

"네, 제가 뭘 도와드릴 수 있나요?"

똑똑이들은 똑똑해질 기회를 원한다. "내가 알아야 할 것 같은 걸 전부 말해줘."

"뭐에 대해서요?"

"아무거나 네가 원하는 거." 그리고 나는 서로 그리워하던 옛 스파링 파트너를 만난 듯 줄리아에게 빙긋 웃어 보였다.

줄리아도 내게 미소를 보냈다. "노래진 눈은 먹지 마세요. 유니콘하고는 등 짚고 뛰어넘기 하지 마세요."

십 초가 지났고 아직 조사가 아니라 대화였다. 소년이 돌아왔다. 콘웨이가 다시 테이블에 앉는 게 느껴졌고 안도감이 내 몸을 뚫고 지나갔다.

"그래, 기억해두마." 내가 말했다. "그리고 어제저녁 네가 뭘 했는지 얘기해주면 좋겠어. 자습 1교시부터 시작해서."

줄리아가 한숨을 쉬었다. "저는 흥미로운 대화를 할 수 있기를 바랐어요. 굳이 세상에서 가장 지루한 이야기를 꺼내야 할 이유가 있나요?"

"나한테 필요한 정보를 주면 너도 필요한 정보를 얻을 수 있을 거야 아마. 그때까지 탐색은 자제해줘."

입이 뒤틀리며 인정한다. "좋아요. 시작하죠. 지루한 이야기."

리베카와 똑같은 이야기. 미술 과제, 열쇠, 깜박한 사진, 화장실, 분필, 바빠서 게시판을 볼 겨를이 없었다까지 모든 게 똑같이 들어맞았다. 그게 사실이거나 그들이 연기를 잘하거나였다.

나는 사진을 꺼내서 뒷면이 보이게 손끝으로 뒤집었다. "너도 시크릿 플레이스에 뭘 붙인 적이 있니?"

줄리아는 코웃음을 쳤다. "아뇨. 제 취향이 아니에요."

"네 취향이 아니라고?"

줄리아의 눈이 사진에 꽂힌다. "진실로, 결단코 아니에요."

"그러면 이것도 네가 붙인 게 아니겠구나."

"제가 아무것도 붙인 적이 없으니까 이것도 아니라고 하겠죠?"

내가 사진을 내밀고 줄리아가 받아 들었다. 무표정한 얼굴은 아무것도 드러내지 않을 태세였다.

줄리아가 사진을 앞면으로 뒤집더니 조용해졌다. 온 방이 조용해졌다.

잠시 후 줄리아가 어깨를 으쓱하고 내게 사진을 던지듯이 돌려주었다.

"조앤 헤퍼넌 만나셨죠? 걔가 관심을 끌려고 하지 않을 짓이 뭐가 있는지 알아내시면 저한테 알려주세요. 아마 유튜브나 독일 셰퍼드하고 관련된 걸 거예요." 홀리한에게서 짧은 비명. 줄리아가 그녀를 보았다가 다시 내게 눈길을 돌렸다. 인스타그램식 지루함.

"줄리아, 장난은 잠시 접어주겠니?" 내가 말했다. "이걸 네가 붙인 건지 우리는 알아야 돼."

"진지한 일은 제가 바로 알죠. 절대로 제가 한 일이 아니에요."

줄리아는 아웃이 아니었다. 거의 아웃이지만 완전히 아웃은 아니었다. "조앤이 한 일일까?"

다시 한번 어깨 으쓱. "경찰이 부른 사람은 우리하고 조앤네 강아지들뿐이에요. 그리고 형사님이 어제저녁 일을 묻고 계시니 그때 학교에 있던 사람들하고 관련 있는 일이겠죠. 그리고 우리는 아니니까 걔네만 남는데 걔네 중 세 명은 조앤 허락 없이는 자기 엉덩이도 못 긁어요. 말버릇이 험해서 죄송합니다."

"네 친구들이 아니라는 걸 어떻게 그렇게 확신하지?"

"저는 걔들을 아니까요."

리베카의 목소리를 관통하는 듯한 메아리. 그 신호의 섬광이 다시 터졌고 빛은 눈이 아플 만큼 강했다. 무언가 다르고 또 흔치 않은 것이었다.

나는 고개를 저었다. "그렇게 속속들이 알지는 못해. 그런 일은 있을 수 없어."

줄리아는 나를 보며 한쪽 눈썹을 치켜올렸다. '질문하려고 부른 거 아니에요?'라는 표정.

콘웨이가 달아올랐지만 참고 기다리는 게 느껴졌다.

내가 말했다. "그리고 또, 너도 누가 크리스를 죽였을지 생각해봤지? 네가 볼 땐 누구일 것 같니?"

"컬름 아이들이죠. 크리스 친구들요. 우리 학교 담을 넘어와서, 물건을 훔치고 벽에다 '걸레년들'이라고 쓰는 걸 재미있는 장난이라고 생각할 만한 애들이에요. 어둠 속에서 막대기나 돌멩이나 그런 위험한 것들로 장난치는 게 멋진 일이라고 생각할 거고요. 그러다 누가 오버해서……."

줄리아는 두 손을 벌렸다. 리베카와 똑같은 제스처. 리베카와 단어 하나하나까지 똑같은 이야기. 말을 맞춘 게 분명했다.

내가 말했다. "우리도 컬름 학생들이 몇 년 전에 풀밭에 스프레이로 낙서하고 그랬다는 이야기 들었어. 그것도 크리스 무리였니?"

"몰라요. 누구였는지 안 잡혔어요. 제 생각으로는 아닐 거 같아요. 우리가 1학년 때 일이니까 크리스는 2학년이었을 거예요. 2학년한테 그럴 깡이 있었을 것 같지는 않아요."

"무슨 낙서였니?"

홀리한에게서 또 한 차례의 짧은 비명. 줄리아는 그녀에게 손가락을 흔들었다. "생물학적으로 말하면 거대한 음경과 고환이었어요. 컬름 애들이 상상력이 워낙 풍부해서 말이죠."

"크리스한테 왜 그런 일이 일어났다고 생각하니?"

"제 생각요? 저야 짐작만 할 뿐이죠. 수사는 전문가들에게 맡기고 싶어요." 줄리아는 턱을 내리고 눈을 깜박이며 내 반응을 관찰했다. 제마 같은 섹시함은 없고 조롱이 담겨 있다. "가도 되나요?"

"어서 수업으로 돌아가고 싶은가 보네. 모범생 타입이야?"

"제가 성실한 학생 같지 않은가 봐요?"

기분 상한 척 입술을 비죽 내밀고 아직도 반응을 기다린다.

"나한테 크리스에 대해서 한마디만 해줘. 중요했던 것."

줄리아는 표정을 떨군 뒤 눈길을 내리고 생각했다. 어른처럼 천천히, 우리가 기다리는 것은 신경 쓰지 않고.

그리고 마침내 말했다. "크리스의 아버지는 은행 간부예요. 걔네 집은 엄청 부자예요."

"그리고?"

"제가 크리스에 대해 아는 것 중에서는 그게 가장 중요한 것 같아요."

"그 애가 그걸 자랑했니? 좋은 물건을 갖고 다니면서 잘난 척하고 그랬니?"

천천히 고개를 젓고 혀를 찬다. "그러진 않았어요. 크리스는 걔네 친구들보다 잘난 척을 훨씬 덜 했어요. 하지만 그 애는 모든 걸 다 가졌어요. 항상. 가장 먼저. 크리스마스도 생일도 필요 없었어요. 원하는 건 언제나 가질 수 있었으니까요."

콘웨이가 움직이고 말했다. "크리스의 친구들을 꽤 잘 아는 것 같구나."

"그럴 수밖에요. 컬럼하고는 이 분 거리고 두 학교가 같이 하는 활동이 많아서 자주 보니까요."

"그중 누구하고 사귄 적은 없니?"

"아, 제발. 없어요."

"지금 남친은 있니?"

"없어요."

"왜?"

줄리아의 눈썹이 올라갔다. "제가 매력이 철철 넘쳐서랄까요? 우리 주변에 남자라고는 컬럼 학생들뿐인데 저는 단어가 아니라 문장으로 대화가 되는 상대를 기다리고 있거든요. 저는 까다로워요."

콘웨이가 말했다. "좋아. 가도 돼. 무엇이든 생각나면 우리한테 전화해."

나는 줄리아에게 명함을 주었다. 줄리아는 명함을 받았지만 일어나지 않았다.

줄리아가 말했다. "그럼 제가 뭐 하나 여쭤봐도 될까요? 제가 형사님 시키는 대로 아는 걸 다 말씀드렸으니까요."

"그래, 말해봐." 내가 말했다. "대답할 수 있을지 장담은 못 하겠지만 일단 무슨 질문인지 들어보자."

"카드가 올라온 거 어떻게 알게 되셨어요?"

"어떻게 알았을 것 같니?"

"아, 미리 주의 주셨죠." 줄리아가 말했다. "어쨌든 재미있었어요, 형사님들. 또 봐요."

줄리아는 일어서면서 자연스럽게 치마 허리를 말아서 치마가 무릎 위로 올라가게 했다. 그리고 홀리한을 기다리지 않고 나갔다.

홀리한이 뒤를 따라 나가자 내가 말했다. "카드에 충격을 받았어요."

"그럴 수도 있고 연기를 하는 걸 수도 있어요." 콘웨이가 말하고 계속 문을 바라보며 펜으로 수첩을 두드렸다. "그리고 저 애는 연기를 잘해요."

설리나 원.

황금빛과 꽃빛이 가득한 아이. 눈동자가 파랗고 크고 나른한 눈, 크림빛과 장밋빛이 섞인 얼굴, 도톰하고 부드러운 입술. 그리고 염색이 아닌 금발이 작은 고리 모양으로 곱슬거렸다. 뚱뚱한 것과 거리가 멀지만(조앤의 말은 완전히 헛소리였다) 부드럽고 둥근 곡선이 있어서 열여섯 살 이상으로 보였다. 설리나는 사랑스러웠지만 오래갈 수 없는 사랑스러움이었다. 올여름 어느 순간, 어쩌면 오늘 오후가 설리나의 인생에서 가장 사랑스러운 시간이라는 걸 알 수 있었다.

어린 여학생에게서 이런 걸 알아차리는 일은 즐겁지 않기 때문에 우리는 내심 피하고 싶어 한다. 하지만 성인 여자를 볼 때와 마찬가지로 중요하다. 그 느낌은 매일 변하고 우리는 그걸 알아차린다. 그리고 우리는 어떻게든 더러운 느낌을 벗겨내려고 한다.

이전의 나라면 상류층 여학교는 편안하고 안전하다고 생각했을 것이다. 버스가 다니지 않는 공영주택 단지하고는 비교할 수 없다고. 하지만 이제 공중에 아물거리는 '위험' 신호가 내 눈에 포착되었다. 나를 개인적으로 겨냥한 것은 아니고 공영주택 단지도 마찬가지였겠지만 그래도.

문 앞에 선 설리나는 어린아이처럼 문을 앞뒤로 흔들며 우리를 바라보았다.

홀리한이 뒤에서 중얼거리며 설리나를 안으로 들여보내려 했지만 설리나는 알아차리지 못했다. 설리나가 콘웨이에게 말했다. "형사님 기억나요."

"나도 너 기억해." 콘웨이가 말하고 자기 자리로 돌아갔다. 그리고 나에게 설리나가 시크릿 플레이스에 눈길을 주지 않았다고 눈빛으로 말했다. 7명 중 0명이었다. 카드를 게시한 우리의 여학생은 자제력이 있었다. "않으렴."

설리나가 들어와서 호기심 없는 태도로 순순히 앉았다. 그리고 내가 이젤 위에 얹힌 새 그림이라도 되듯 나를 살펴보았다.

"나는 형사 스티븐 모런이야. 넌 설리나 윈이지?"

설리나는 고개를 끄덕였다. 계속 그 눈길, 벌어진 입술. 질문도 없고 힐난도, 경계도 없다.

이 아이하고는 유대를 시도해봐야 소용없다. 그러건 말건 이메일로 질문지를 보낸 것과 똑같은 대답을 받을 것이다. 설리나는 내가 눈앞에 있다는 사실도 모르는 것 같았다.

둔하다고 생각했다. 둔하거나 아프거나 상처받거나 하는 상태. 조앤의 무리가 왜 이 아이들이 이상하다고 하는지 약간 알 것 같았다.

내가 말했다. "어제저녁 네가 무슨 일을 했는지 말해줄 수 있니?"

다른 세 명과 똑같은 이야기, 또는 단편들. 설리나는 누가 미술실 사용을 허락받았는지, 누가 미술실을 나갔다 돌아왔는지도 잘 몰랐다. 내가 화장실에 다녀왔느냐고 묻자 멍한 얼굴로 나를 보았다. 그랬던 것 같다고 했는데 실망시키지 않으려고 그렇게 대답한 것 같았다. 이러나저러나 중요하지 않으니 친절한 쪽을 택한 것이다.

그리고 그날 저녁 시크릿 플레이스를 한 번도 보지 않았다고 했다. 내가 물었다. "네가 거기 카드를 붙인 적은 있어?"

설리나는 고개를 저었다.

"없어? 한 번도?"

"저는 시크릿 플레이스라는 게 잘 이해가 안 가요. 거기 글들을 잘 읽지도 않아요."

"왜? 비밀을 안 좋아해? 아니면 비밀은 비밀로만 간직하는 편이니?"

설리나는 손가락을 한데 얽고 아기처럼 흥미로운 표정으로 손가락을 바라보았다. 부드러운 눈썹을 살짝 찌푸리고, "그냥 안 좋아해요. 마음에 안 들어요."

"그러면 이건 네가 붙인 게 아니겠구나." 그리고 사진을 설리나의 두 손에 탁 내려놓았다.

설리나의 손가락이 헐거워서 사진이 손가락 틈을 지나 바닥으로 떨어졌다. 설리나는 그 모습을 가만히 보았고 내가 사진을 주워서 다시 건넸다.

이번에는 아무 반응도 없었다. 설리나는 사진을 아주 오랫동안 들여다보았지만 다정하고 평화로운 얼굴에는 아무 움직임이 없었다. 나는 설리나가 사진의 의미를 알아차렸나 싶었다.

"크리스네요." 설리나가 마침내 말했다. 콘웨이가 움찔하는 게 느껴졌다. '엄청난 추리야' 하고 말하듯.

"어제 시크릿 플레이스에 붙었어. 네가 붙였니?"

설리나는 고개를 저었다.

"설리나, 붙인 사람이 너라고 해도 네가 힘들어질 일은 없어. 우리는 이걸 발견해서 기쁘거든. 하지만 자초지종을 알아야 돼."

다시 한번 고개를 젓는다.

설리나는 안개 같았다. 손을 넣으면 안으로 쑥 들어가지만 아무 데도 닿지 않는다. 비집을 틈새도 잡아당길 끄나풀도 없었다. 입구가 없었다.

내가 물었다. "그러면 누가 붙인 것 같니?"

"몰라요." 어리둥절한 표정. 그런 걸 묻다니 이상한 사람이라는 듯한.

"추측해야 한다면?"

설리나는 열심히 생각해보았다. 이번에도 나를 실망시키지 않으려고. "장난 아니었을까요?"

"네 친구 중에 이런 장난할 사람이 없을까?"

"줄리아, 홀리, 베카가요? 아뇨."

"조앤 헤퍼년 무리는? 그 애들이라면 가능할까?"

"몰라요. 저는 그 애들이 하는 행동을 잘 이해하지 못해요." 조앤 무리를 언급할 때 설리나의 이마가 살짝 찌푸려졌지만 곧 사라졌다.

"너는 누가 크리스를 죽였을 거라고 생각하니?"

설리나는 한참 동안 생각했다. 때로는 무슨 말인가 하려는 듯 입술이 달싹거렸지만 그러다가 말았다. 콘웨이가 답답한 듯 내 어깨 옆에 와 섰다.

마침내 설리나가 말했다. "아무도 모를 거 같아요."

목소리가 맑고 강해져 있었다. 처음으로 우리가 눈에 들어오는 듯한 표정이었다.

콘웨이가 말했다. "왜?"

"그런 게 있어요. 어떻게 된 일인지 아무도 모르는."

콘웨이가 말했다. "우리를 과소평가하지 마. 우리는 정확히 어떻게 된 일인지 알아낼 거니까."

셜리나가 그녀를 보고 부드럽게 말했다. "네." 그리고 사진을 나에게 돌려주었다.

내가 말했다. "크리스에 대해 나한테 한마디만 해준다면 무슨 말을 해주겠니?"

셜리나는 다시 멍한 표정이 되었다. 입술을 벌린 채 먼지 조각처럼 햇빛 속으로 흩어졌다. 나는 기다렸다.

아주 길게 느껴지는 시간이 지난 뒤에 셜리나가 말했다. "저는 가끔 크리스를 봐요."

말투가 슬펐다. 겁먹은 것도 아니고 우리에게 두려움이나 감탄을 안겨주려는 것도 아니고 그냥 슬펐다.

홀리한이 움찔거리고 콘웨이가 콧방귀를 삼킨다.

내가 말했다. "뭐? 어디서?"

"여기저기서요. 한번은 2층 계단 꼭대기 창턱에 앉아서 문자를 하고 있었어요. 럭비 경기 때 컬름 학교 운동장을 돌기도 하고요. 한번은 밤에 창밖을 보니까 크리스가 풀밭에서 공을 하늘로 던지고 있었어요. 항상 무슨 일인가 하고 있어요. 이제 할 수 없어진 일들을 전부, 최대한 빨리 해보고 싶은 것 같아요. 아니면 아직도 우리들하고 똑같이 지내고 싶어 하는 것 같기도 하고, 자기가 그렇게 된 걸 아직……."

.갑자기 숨이 막히면서 설리나의 가슴이 부푼다. "불쌍한 크리스." 설리나가 숨을 내쉬면서 조용히 말했다.

둔한 것도, 아픈 것도 아니었다. 나는 그런 생각을 했다는 사실조차 잊었다. 설리나는 공중에다 무언가를 하고 그것을 자기 페이스에 맞춘 뒤 자신의 진줏빛을 입혔다. 그리고 우리를 낯선 곳들로 데려갔다.

"그 애가 네 눈에 보이는 이유가 뭘까? 너희 둘이 친했니?"

고개를 드는 설리나의 얼굴에 섬광이 휙 지나갔다. 짧은 섬광이고 금세 사라졌다. 너무 빨라서 잡을 수 없었다. 몽롱한 안개 속에서 은처럼 날카롭게 빛나는 어떤 것.

"아니요." 설리나가 말했다.

그 순간 나는 두 가지를 직감했다. 어딘가, 우리가 파악하기 어려운 복잡한 실타래의 끝에서, 설리나가 사건의 중심에 있다는 것. 그리고 나는 나의 싸움을 하게 되리라는 것.

나는 어리둥절한 척했다. "너희 둘이 사귄 줄 알았는데."

"아니에요."

그게 다였다.

"그러면 왜 크리스가 네 눈앞에 나타나는 거니? 친하지 않았다면."

설리나가 말했다. "저도 아직 이해를 못 하겠어요."

콘웨이가 다시 움직였다. "그걸 알아내면 우리한테 알려주겠니?"

설리나의 눈이 콘웨이에게로 흘러가더니 "네" 하고 평화롭게 말했다.

콘웨이가 말했다. "너는 남자 친구 있니?"

설리나가 고개를 저었다.

"왜?"

"필요 없어요."

"왜?"

무반응. 콘웨이가 말했다. "머리는 왜 그런 거니?"

설리나는 어리둥절한 표정으로 머리에 손을 댔다. "아, 이거. 잘 랐어요."

"왜?"

설리나는 잠시 생각했다. "그래야 할 것 같았어요."

콘웨이가 다시 말했다. "왜?"

침묵. 설리나의 입이 다시 풀어졌다. 우리를 무시하는 게 아니었다. 그냥 우리를 붙들지 않은 것이다.

더이상은 없었다. 우리는 명함을 주고 설리나를 홀리한과 함께 밖으로 내보냈다. 설리나는 뒤를 돌아보지 않았다.

콘웨이가 말했다. "제쳐놓을 수 없는 또 한 명의 후보."

"그래요."

"크리스 하퍼의 유령이라." 콘웨이가 황당하다는 듯 고개를 저으며 말했다. "젠장. 그런데 매케나는 이 성소에서 불쾌한 일을 모두 제거했다고 자기 등을 토닥이고 있어요. 이 이야기를 해주면 매케나 얼굴이 어떨지 보고 싶네요."

그리고 마지막으로 홀리.

홀리는 태도를 바꾸었다. 콘웨이 때문인지 홀리한 때문인지는 알 수 없었다. 착한 여학생이 되어서 허리를 곧게 펴고 두 손을 단정하게 포개놓았다. 안에 들어올 때는 무릎을 굽혀 절을 하다시피 했다.

나는 약간 뒤늦게, 홀리가 나한테서 뭘 원하는지 모른다는 걸 깨달았다.

"홀리." 내가 말했다. "콘웨이 형사님 기억하지? 우리 둘 다 네가 카드를 가져온 걸 고맙게 생각하고 있어." 홀리가 근엄하게 고개를 끄덕인다. "그냥 질문 몇 개를 더 해야 해서."

"네, 좋아요." 홀리가 앉아서 발목을 엇갈렸다. 눈이 더 크고 파래진 것 같았다.

"너는 어제저녁에 무슨 일을 했니?"

다른 셋과 똑같은 이야기, 조금 더 매끄러울 뿐. 홀리에게는 부추김도, 발언 수정도 필요 없었다. 홀리는 연습이라도 한 것처럼 술술 이야기를 했다. 아마 정말로 연습을 했을 것이다.

내가 말했다. "너도 게시판에 비밀을 올린 적 있니?"

"아뇨."

"한 번도?"

빠른 불꽃, 내가 아는 참을성 없는 홀리. 그렇게 얌전히 앉아 있어도 드러나는 성격. "비밀은 비밀로 있어야 해요. 게시판은 완전한 익명이 불가능해요. 누군가 추적하기로 마음먹으면요. 저기 붙은 카드 절반은 누가 쓴 건지 다 알아요."

그 아버지에 그 딸. 항상 조심해야 한다. "그러면 이걸 누가 붙였을 것 같니?"

홀리가 말했다. "일단 우리하고 조앤의 그룹으로 좁히셨잖아요."

"그렇다고 치자. 그중에 누구인 것 같니?"

홀리는 생각했다. 아니면 생각하는 척했다. "음. 저나 제 친구들은 아니에요. 그랬으면 제가 말씀드렸겠죠."

"확실해?"

불꽃. "네. 확실해요. 됐어요?"

"좋아. 그럼 그 애들 중에는 누구 같니?"

"조앤은 아니에요. 걔라면 이 일로 난리 법석을 떨었을 테니까요. 아마 강당에서 기절을 했을 테고 형사님들이 걔를 만나려면 병원에 가야 했을 거예요. 그리고 올라는 너무 멍청해서 이런 일을 할 수 없어요. 그러면 제마하고 앨리슨만 남아요. 제가 둘 중에 선택해야 한다면……."

이야기가 길어지면서 홀리가 느슨해져갔다. 콘웨이는 고개를 숙인 채 조용히 물러나 있었다. 내가 말했다. "그래, 말해봐."

"아, 네. 제마는 자기하고 조앤이 우주를 다스린다고 생각해요. 걔가 뭘 알아도 경찰에는 말하지 않겠지만 만약 정말로 알았다면 바로 드러날 거예요. 제마 아빠가 변호사거든요. 그래서 저는 앨리슨 같아요. 걔는 겁이 정말 많아요. 무언가를 알아도 경찰을 찾아갈 용기가 없을 거예요."

홀리는 콘웨이를 힐끗 보고 자기 말을 메모하는 걸 확인하더니 말했다. "어쩌면 형사님들도 이미 그렇게 생각하셨을지 모르겠네요. 하지만 조앤네 애들 중 한 명이 누군가의 부탁을 받고 그 카드를 붙였을 수도 있어요."

"그 애들이 그런 일을 할까?"

"조앤은 안 해요. 제마도요. 올라는 할 거예요. 하지만 하기 전에 조앤한테 말하겠죠. 앨리슨은 할지 몰라요. 하지만 걔가 한다면……." 홀리가 덧붙였다. "경찰에는 말하지 않을 거예요."

"왜?"

"왜냐하면, 앨리슨이 카드를 붙이고 자기한테 얘기하지 않은 걸 조앤이 알게 되면 엄청 화를 낼 거니까요. 그러니까 말하지 않을 거예요."

나는 머리가 어질어질해졌다. 누가 누구에게 무엇을 할 수 있고 조건은 무엇이라는 정교한 장치. 십 대 소녀들을 이해하는 일은 나에게 가능했던 적이 없다.

콘웨이가 말했다. "그 애가 붙인 거라면 우리가 알아낼 거야."

홀리는 심각한 표정으로 고개를 끄덕였다. 용감한 형사들이 모든 것을 해결해줄 거라는 믿음.

내가 물었다. "크리스의 죽음에 대해서는? 누가 그 일을 저질렀을 것 같니?"

나는 '장난을 치다가 선을 넘어간 설'에 홀리의 양념이 곁들여질 것을 예상했다. 그런데 홀리는 말했다. "몰라요."

답답한 듯 꽉 다문 입이 사실임을 알려주었다. "컬름 학생들이 장난을 치다가 문제가 생긴 게 아니고?"

"그렇게 생각하는 사람들이 있기는 해요. 하지만 그랬다면 여러 명이 함께 있었을 텐데 서너 명 이상이 입을 꾹 다물고 단 한 번의 실수도 없이 말을 다 맞추는 게 가능할까요? 전 그렇게 생각하지 않아요." 홀리는 콘웨이에게 눈길을 돌리고 말했다. "경찰이 지금 우리한테 질문하듯이 남학생들에게 질문한다면 그런 일은 불가능해요."

나는 사진을 들고 말했다. "누군가는 지금까지 입을 꾹 다물었어."

다시 한번 짜증스러운 불꽃. "사람들은 여자들이 바보처럼 떠들다가 비밀을 누설한다고 생각하지만 헛소리예요. 여자는 비밀을 잘지켜요. 남자야말로 입을 못 다물어요."

"시크릿 플레이스에는 누설된 비밀이 가득한데."

"맞아요. 하지만 거기가 아니면 떠들지 않아요. 게시판의 목적이바로 그거, 속을 털어놓는 거니까요." 훌리한에게 다정한 시선. "게시판은 다양한 방식으로 중요한 역할을 한다고 생각해요."

"크리스에 대해서 한마디만 해준다면? 중요한 걸로."

훌리는 각오를 하듯 숨을 들이마시고 가슴을 부풀리더니 또렷하고 침착하게 말했다. "크리스는 못된 애였어요."

훌리한이 나무라는 소리를 냈지만 아무도 신경 쓰지 않았다.

내가 말했다. "좀더 자세히 듣고 싶은데."

"걔는 자기가 원하는 것만 신경 썼어요. 평소에는 별일 없었죠. 걔가 원한 게 세상 모든 사람이 자기를 좋아하는 거라서 사람들한테대체로 다정하게 굴었거든요. 하지만 가끔, 그러니까 별 볼 일 없는사람을 놀려서 여러 사람을 웃길 기회가 생겼다거나 자기가 원하는걸 얻지 못했을 때는?" 훌리는 고개를 저었다. "그럴 때는 다정하지않았어요."

"예를 들어본다면?"

훌리는 생각해보고 말했다. "좋아요." 여전히 침착했지만 목소리에 분노의 기미가 깃들어 있다. "언젠가 우리가 코트에 갔고 컬름 애들도 있었어요. 우리는 카페에서 줄을 섰고 크리스가 일레인이라는여자애 바로 뒤에 섰는데 일레인이 하나 남은 초콜릿 머핀을 샀어요. 그러니까 크리스가 '그거 내 거야'라고 했어요. 일레인이 '늦었어'

하니까 크리스가 모두가 다 들을 만큼 큰 소리로 '네 엉덩이를 보니 머핀 그만 먹어도 되겠는데' 했어요. 남자애들이 깔깔거렸고 일레인은 얼굴이 새빨개졌어요. 크리스는 일레인 엉덩이를 쿡 찌르고 말했어요. '여기 들어 있는 머핀으로 제과점을 차려도 되겠다. 내가 한 입 먹어도 돼?' 일레인은 그냥 돌아서서 밖으로 나갔어요. 남자애들이 뒤에 대고 '엉덩이가 흔들흔들, 출렁출렁!' 하고 소리쳤고 모두가 웃었어요."

콘웨이의 말을 생각해보면 크리스에 대해 부정적인 발언을 한 것은 홀리가 처음이었다. 내가 말했다. "훌륭하군."

"그죠? 일레인은 그 뒤로 몇 주 동안 컬름 애들이 있을 만한 곳은 가지 않았어요. 그리고 아마 지금도 다이어트중일 거예요. 사실 전혀 뚱뚱하지도 않은데 말이에요. 어쨌든 중요한 건 크리스가 한심한 짓을 했다는 거예요. 겨우 머핀 한 개잖아요. 럭비 월드컵 결승전 마지막 티켓도 아니라고요. 하지만 크리스 생각은 자기가 머핀을 원하니까 일레인이 무조건 양보해야 된다는 거였어요. 그런데 일레인이 양보를 안 하니까……." 홀리의 입술이 뒤틀린다. "괴롭힌 거예요. 그게 당연하다는 듯이."

"일레인 성이 뭐니?"

약간의 망설임, 하지만 어차피 금방 확인할 수 있다. "히니예요."

"크리스가 못되게 군 다른 사람은 없니?"

어깨 으쓱. "제가 메모를 하고 그러지는 않아서요. 대부분의 아이들은 아마 잘 몰랐을 거예요. 말씀드렸듯이 가끔이었고 또 어쨌든 그럴 때마다 아이들이 웃어서 장난처럼 보였거든요. 하지만 일레인은 느꼈죠. 그리고 크리스한테 당한 애가 또 있다면 걔도 분명히 느

202

졌을 거예요."

콘웨이가 말했다. "작년에는 크리스가 못됐다는 말 안 했잖아. 잘 모르지만 괜찮은 애 같았다고 했어."

홀리는 잠시 생각해보고 조심스럽게 말했다. "그때는 지금보다 어렸어요. 모두가 크리스는 좋은 애라고 해서 저도 그랬을 거라고 생각했죠. 나중에야 걔가 무슨 짓을 했는지 이해가 됐어요."

거짓말. 콘웨이가 기다리던 거짓말.

콘웨이가 내 손에 들린 사진을 가리켰다. "그러면 왜 이걸 우리한테 가져온 거지? 크리스가 못된 애였다면 살인범이 잡히건 말건 무슨 상관이야?"

착한 여학생 같은 눈길. "우리 아빠는 형사고 제가 옳은 일을 하기를 원해요. 크리스를 좋아했건 싫어했건."

다시 거짓말. 나는 홀리의 아빠를 안다. 선행을 위해 선행을 한다는 것은 그의 시야에 없다. 그는 평생토록 과제가 아닌 일은 하지 않았다.

'홀리한테서는 아무것도 안 나왔어요.' 콘웨이는 말했다. 작년에 홀리는 살인범이 잡히는 것을 원하지 않았다. 아니면 위험을 무릅쓸 만큼 신경 쓰지 않았다. 올해는 신경 썼다. 이유를 알아야 했다.

"홀리." 내가 말했다. 몸을 앞으로 바짝 숙이고 홀리의 눈을 똑바로 보았다. '나한테 말해.' "네가 갑자기 이 사건이 해결되기를 바라는 이유가 있을 거야. 그게 뭔지 들어야겠어. 아버지한테서 배웠겠지만 그런 건 무엇이건 우리에게 도움이 돼. 네가 그 방식은 이해하지 못한다 해도."

홀리는 움찔거리지 않고 바로 말했다. "무슨 말씀인지 모르겠어요. 이유는 없어요. 그냥 그게 옳은 일이라서 그런 거예요." 그리고 콘웨이에게. "가도 되나요?"

"너 남자 친구 있니?" 콘웨이가 물었다.

"아뇨."

"왜?"

평온한 표정. "너무 바빠요. 학교생활도 그렇고 다."

"착한 학생이구나. 가도 돼." 콘웨이가 말했다. 그리고 홀리한에게. "여덟 명 전부를 여기 불러주세요."

그들이 나가자 콘웨이가 말했다. "홀리가 크리스의 살인범을 안다면 당신이나 자기 아빠한테 가서 있는 그대로 말할까요?"

아니면 카드를 만들어서 나에게 가져올까? 내가 말했다. "안 그럴 거 같아요. 어렸을 때 재판에 증인으로 나갔는데 좋은 경험은 아니었죠. 그런 일을 더는 하고 싶지 않을지도 몰라요. 하지만 우리에게 뭔가 주고 싶다면 확실하게 주었을 거예요. 익명의 편지에 자세한 내용을 적어서 보낸다거나 해서. 카드 같은 이상한 힌트 말고요."

콘웨이는 펜을 손가락 사이에 넣고 흔들면서 생각하더니 고개를 끄덕였다. "맞아요. 어쨌든 내가 파악한 걸 말할게요. 당신의 홀리는 카드를 붙인 사람이 카드가 우리에게 전해지기를 바랐다고 생각하는 것 같아요. 그리고 카드의 목적은 누군가의 비밀을 밝히는 것만이 아니라고 생각해요. 홀리는 우리에게 무언가 말하고 싶었고 이건 그 애가 찾은 최선의 방법이었어요."

홀리는 나의 홀리가 아니었다. 내게는 그 사실이 점점 명백해졌지만 말하진 않았다.

내가 말했다. "홀리는 나를 찾아온 일로 마음이 불편할 수 있어요. 그 나이에 어른에게 무언가 이른다는 건 큰일이잖아요. 고자질쟁이보다 더러운 건 없어요. 그래서 카드를 붙인 사람이 그런 일을 원했다고 스스로를 설득하고 있어요."

"그럴 수도 있고 어쩌면 그걸 분명히 알고 있을 수도 있어요." 콘웨이는 펜을 치아 사이에 넣고 위아래를 톡톡 쳤다. "만약 그렇다면 우리가 그걸 꺼낼 수 있을 가능성이 얼마나 될까요?"

희망은 없어 보인다. 홀리가 우리에게 말하고 싶어 하지 않는다면, 그리고 우리가 모르는 어떤 순간을 기다리지 않는다면.

내가 말했다. "내가 꺼내볼게요."

콘웨이가 눈썹으로 '두고 보죠' 하는 표정을 지은 뒤 말했다. "당신에게 아이들을 한꺼번에 보여주고 싶어요. 이번에는 내가 진행할 테니 당신은 그냥 지켜보세요."

나는 창턱에 기댔다. 햇빛이 재킷을 뚫고 내 등에 온기를 더했다. 콘웨이가 두 손을 바지 주머니에 넣고 규칙적인 긴 걸음으로 미술실 앞쪽을 왔다 갔다 하는 동안 학생들이 들어왔다.

그들은 새처럼 앉았다. 홀리 무리는 창가에, 조앤 무리는 문 앞에. 눈길 교환은 없다.

구부정한 자세로 꼼지락꼼지락. 당황한 표정, 치켜든 눈썹으로 수근수근. 그들은 조사가 다 끝났다고 생각하고 우리를 마음에서 지워버린 참이었다. 어쨌든 그들 중 일부는.

콘웨이가 고개를 돌려 홀리한에게 말했다. "선생님은 밖에서 기다려주세요. 감사합니다."

홀리한은 입을 벌렸다가 다물더니 작은 동물 같은 소리를 내고 밖으로 나갔다. 학생들은 속삭임을 멈추었다. 홀리한이 나가면서 학교의 보호라는 가식이 사라졌다. 그들은 우리 수중에 있었다.

그들은 달라 보였다. 흐릿하다. 시크릿 플레이스, 그것이 깜박이는 것처럼. 나는 더이상 학생들을 구별할 수 없었다. 모두 똑같은 블레이저와 똑같은 교표, 똑같은 눈이었다. 나는 포위당한 동시에 열외된 느낌이었다.

콘웨이가 말했다. "오늘 너희 중 한 명이 우리한테 거짓말을 했어."

그들은 조용해졌다.

"적어도 한 명은." 콘웨이는 걸음을 멈추고 카드의 사진을 꺼내 들었다. "어제저녁 너희 중 한 명이 이 카드를 비밀 게시판에 붙였어. 그리고 우리 앞에서 '아뇨, 제가 한 일이 아니에요. 평생 처음 봤어요' 하고 말했어. 틀림없는 사실이야."

앨리슨이 틱 장애처럼 눈을 깜박였다. 조앤은 팔짱을 끼고 꼰 다리를 까딱거리며 제마에게 '맙소사, 이런 말을 듣고 있어야 하다니' 하는 눈길을 보냈다. 올라는 불안한 키득거림을 막으려고 입술을 빨아들였다.

홀리 무리는 조용했다. 서로를 보지는 않았지만 고개를 안쪽으로 기울인 모습은 우리의 말이 아니라 서로의 말을 듣는 것 같았다. 자석에라도 끌린 듯 가운데로 기운 어깨들, 누구 하나를 끌어내려면 슈퍼맨이 필요하다는 듯이.

'무언가 있다.'

콘웨이가 말했다. "너한테 말하는 거야. 카드를 붙인 너. 누가 크리스 하퍼를 죽였는지 안다고 말하는 너 말이야."

방 안에 이는 짧은 경련, 전율.

콘웨이는 손가락 사이에 사진을 끼운 채 다시 왔다 갔다 걷기 시작했다. "경찰에 거짓말하는 게 선생님한테 숙제를 버스에 두고 내렸다고 하는 거, 아니면 부모님한테 디스코 클럽에서 술을 마신 적 없다고 말하는 거랑 똑같다고 생각한다면 틀렸어. 그건 전혀 달라. 이건 졸업과 동시에 잊히는 시시한 장난이 아니야. 이건 진짜야."

모든 아이의 눈이 콘웨이를 따라간다. 굶주린 듯이 그녀에게 이끌려.

콘웨이는 그들에게 미스터리였다. 우리 같은 남자들과는 다른, 그들이 대처법을 익히고 있는 외부의 미스터리, 그들이 원하면서도 이유를 모르는 것. 콘웨이는 그들의 것이었다. 그녀는 여자고 성인이었다. 그녀는 일을 할 줄 알았다. 옷 입는 법도 알고, 섹스를 제대로 하거나 거절하는 법도 안다. 생활을 꾸려나가는 법도 알고 학교 바깥의 거친 세상을 헤치고 나가는 법도 안다. 그들이 발가락만 담그고 있는 물에 콘웨이는 들어가서 헤엄치고 있었다.

그들은 콘웨이에게 다가가고 싶어 하고 콘웨이의 소매를 만지고 싶어 했다. 그리고 그녀가 기준을 충족하는지 냉혹하게 판단하고 있었다. 자신들이 어느 날 그렇게 될 수 있을까 생각하며. 그들에게서 그녀로 이어지는 불안한 길을 내다보려고 하며.

"너한테 똑똑히 설명할게. 누가 크리스를 죽였는지 알고 있다면 너는 지금 아주 위험해. 어쩌면 살해될 수도 있어." 콘웨이가 사진을 공중에 튕겨 올렸다. "이 카드의 비밀이 지켜질 것 같아? 너희 중 누군가가 아직 사실을 퍼뜨리지 않았어도 오늘이 지나기 전에 학교 전체에 다 퍼질 거야. 이 소식을 살인범이 듣기까지 시간이 얼마나 걸릴까? 이런 문제가 닥치면 살인범은 어떤 일을 할까?"

콘웨이의 목소리는 좋았다. 평탄하고 힘 있었다. 어른 대 어른으로. 그녀는 오늘 나에게 통한 방법을 잘 관찰한 것 같았다. "너는 위험해. 오늘 밤도 내일도. 우리한테 네가 아는 걸 말해주기 전까지는 한시도 안전하지 않아. 네가 우리에게 털어놓으면 살인범은 너를 신경 쓸 필요가 없어져. 하지만 그러기 전에는……."

다시 한번 전율, 물결. 조앤의 무리는 은밀한 눈길을 교환한다. 줄리아는 눈을 내리깔고 손마디에서 무언가 긁고 있다.

콘웨이의 걸음이 빨라졌다. "이 카드를 장난으로 만든 거라 해도 똑같이 위험해. 살인범은 장난이라는 걸 모르고 위험을 방치할 수 없어. 그 사람 머릿속에 너는 위험인물이야."

콘웨이는 사진을 다시 들었다. "카드가 가짜라면 너는 이 문제를 어떻게 빠져나가야 경찰이나 학교의 처벌을 피할 수 있을지 걱정이 될 거야. 걱정 마. 물론 나하고 모런 형사는 경찰력을 낭비시키는 일이 어떤 결과를 안겨주는지 교훈을 줄 거야. 아마 구치소에 가겠지만 죽는 것보다 낫잖아."

조앤이 제마에게 몸을 기울이고 귓속말을 하면서 굳이 감추지도 않고 빙긋 웃었다.

콘웨이가 말을 멈추고 조앤을 보았다.

조앤은 여전히 웃고 있었다. 제마는 물고기 같은 표정으로 웃어야 할지 말아야 할지, 누가 더 무서운지 생각하고 있었다.

답은 콘웨이여야 했다.

콘웨이는 빠른 걸음으로 조앤의 자리로 가서 고개를 숙였다. 들이받을 듯한 기세였다.

"너니?"

조앤은 늘어진 입 모양에 경멸을 담아 콘웨이의 시선을 맞받는다. "네?"

"대답해."

다른 여학생들의 눈길이 모였다. 교실에서 문제가 생겼을 때 누가 피를 볼지 긴장하고 바라보는 투기장 관중 같은 눈길.

조앤의 눈썹이 올라간다. "무슨 말씀이신지 모르겠는데요."

"내가 지금 말을 전하는 사람은 한 명이야. 그 사람이 너라면 입 다물고 들어. 아니라도 입 다물어. 너한테 하는 말 아니니까."

콘웨이와 내가 자란 거친 세계에서 누가 우리를 업신여기면 그 사람이 우리 약점을 보고 거기 이를 박기 전에 먼저 얼굴에 강펀치를 날린다. 그가 물러서면 우리가 승자다. 바깥세상 사람들도 펀치에 물러나지만 그건 우리가 이겼다는 뜻이 아니다. 그들이 우리를 쓰레기, 짐승, 더러워서 피하는 놈으로 분류했다는 뜻이다.

콘웨이는 알 것이다. 안 그러면 여기까지 오지 못했다. 그런데 무언가가, 이 아이 혹은 이 학교 혹은 이 사건이 그녀를 흔들었다. 콘웨이는 일을 그르치고 있었다.

내 문제는 아니다. 나는 경찰학교에 합격한 날 맹세했다. 그런 종류의 난폭함은 이제는, 다시는, 그런 식으로는 내 문제가 아니라고. 나의 난폭함은 수갑을 채워 뒷좌석에 던져 넣었다. 이것은 내가 신경 쓸 문제가 아니다. 우리에게 공통점이 있는 것도 아니다. 콘웨이가 그르치고 싶어 하니 그렇게 하게 내버려둬야 한다.

조앤은 아직도 입을 벌린 조롱의 표정을 하고 있었다. 다른 아이들은 몸을 숙이고 사냥을 기다렸다. 등에 쏟아지는 햇빛이 뜨거운

다리미 같았다.

내가 창턱에서 움직였다. 콘웨이가 조앤을 다그치려고 숨을 들이쉬며 돌아서다가 나와 눈이 마주쳤다.

내가 턱을 살짝, 아주 살짝 기울여서 경고했다.

콘웨이는 눈이 가늘어졌다. 그리고 조앤에게 돌아섰다. 조금 천천히, 어깨의 긴장을 풀고.

미소. 멍청한 두 살짜리 아이에게 말하는 듯 차분하고 끈끈한 목소리.

"조앤. 모두 관심을 집중하지 않는 일이 너한테 힘들다는 걸 알아. 너는 지금 '모두 날 보란 말이야!' 하고 소리치고 싶을 거야. 하지만 너도 노력하면 조금 기다릴 수 있어. 일이 끝나면 네 친구들이 이게 중요했던 이유를 너한테 설명해줄 거야. 알겠니?"

조앤의 얼굴에는 독기가 가득했다. 나이가 마흔은 되어 보였다.

"그렇게 해줄 수 있겠니?"

조앤은 의자에 다시 기대앉아서 눈을 굴렸다. "그러죠, 뭐."

"그래, 착하구나."

투기장 관중의 눈길이 인정한다. 우리가 이겼다. 줄리아와 홀리가 모두 웃음을 띠고 있었다. 앨리슨은 공포와 환희의 표정을 동시에 지었다.

"이제 너." 콘웨이가 조앤을 던져버리고 다른 아이들에게 돌아서며 말했다. "네가 누군지는 아직 몰라도 나는 네가 그 사실을 즐겼다는 걸 알아. 하지만 너도 똑같은 문제가 있어. 너는 살인범을 가볍게 생각하고 있어. 어쩌면 살인범이 누구인지 몰라서 현실감을 못 느끼는 것일 수도 있고, 누구인지 알지만 그렇게 위험해 보이지는 않아서 그럴 수도 있어."

조앤은 못마땅한 듯 팔짱을 끼고 벽을 바라보았다. 나머지는 모두 콘웨이의 수중에 있었다. 그녀는 해냈다. 그들의 기준을 채웠다.

콘웨이가 햇살 속에 사진을 들어 올렸다. 크리스가 밝은 얼굴로 웃고 있다. "아마 크리스도 똑같았을 거야. 나는 살인범을 가볍게 생각한 사람을 많이 봤어. 대부분 부검을 하면서."

콘웨이의 목소리는 다시 침착하고 무거워졌다. 그녀가 말을 멈추었을 때 아무도 숨을 쉬지 않았다. 창문으로 들어온 바람이 블라인드를 흔들었다.

"나하고 모런 형사님은 이제 점심을 먹을 거고 그다음에는 기숙사를 한두 시간 조사할 거야." 그 말에 반응이 일었다. 책상 위에서 팔꿈치들이 움직이고 허리들이 꼿꼿이 섰다. "그리고 다른 데도 갈거야. 그러니까 내 말은 너는 앞으로 세 시간 정도는 안전하다는 거야. 살인범은 우리가 학교에 있는 동안은 너를 해치지 않을 거야. 하지만 우리가 떠나면……."

침묵. 올라의 입이 벌어져 있었다.

"우리한테 할 말이 있다면 오늘 아무 때나 찾아와. 누가 볼까 걱정이 되면 전화나 문자를 해도 돼. 우리 명함 다 있지?"

콘웨이의 눈이 아이들 얼굴을 훑으며 하나하나 도장을 찍는 것 같았다.

"내 말을 듣고 있는 너, 이게 네 기회니까 잡아. 그러지 않으면 아무도 널 돌봐주지 않아."

콘웨이는 사진을 재킷 주머니에 넣고 재킷 밑단을 당겨 옷의 라인을 살린 뒤 말했다. "다시 보자."

그리고 뒤도 돌아보지 않고 밖으로 나갔다. 나한테도 아무 말 없었지만 어쨌든 나는 따라 나갔다.

밖에 나오자 콘웨이는 문 쪽으로 귀를 기울였다. 문 안쪽에서는 두 줄기의 대화가 긴급하게 오갔다. 무슨 말인지 들리지는 않았다.

홀리한이 서 있다. 콘웨이가 말했다. "가서 애들을 감독하세요."

홀리한이 문을 닫으며 들어가자 콘웨이가 말했다. "내가 홀리 그룹에 대해 한 말 이해되죠? 걔네한테 뭔가 있어요."

나를 관찰하는 눈길. 내가 말했다. "네, 무슨 뜻인지 알겠더군요."

가볍게 고개를 끄덕이지만 콘웨이의 목이 안도로 느슨해지는 게 보였다. "그렇다면 그게 무엇인 것 같나요?"

"아직 확실하지는 않아요. 아이들을 좀더 봐야겠어요."

가벼운 웃음. "그렇겠죠." 콘웨이는 빠르고 활기찬 걸음으로 복도를 앞장서 갔다. "점심 먹읍시다."

10

코트 한가운데 있는 분수가 작동을 멈췄다. 그 자리에는 대형 크리스마스트리가 대신 서 있다. 층층이 솟은 트리는 유리와 금실, 은실을 휘감고 반짝거린다. 스피커에서는 어떤 여자가 아이 목소리로 "엄마가 산타클로스하고 키스했대요"라는 가사의 캐럴을 부른다. 계피, 솔, 비자 냄새에 공기를 깨물고 싶어지고 이 사이에서 무언가 부드럽게 바스라지는 게 느껴진다.

십이월 첫 주다. 4층 잭 윌스 상점에서 티셔츠를 사서 쇼핑백을 어깨에 둘러메고 나오며 친구들과 〈어쌔신 크리드 2〉 이야기를 하는 크리스 하퍼. 새하얀 조명 아래서 머리카락이 밤톨처럼 반들거린다. 그의 생은 다섯 달하고 이 주 정도 남았다.

셀리나와 홀리와 줄리아와 베카는 크리스마스 쇼핑을 하다가 이제 크리스마스트리를 둘러싼 분수가에 앉아 핫초코를 마시며 그날 산 물건들을 살펴본다. "아직 아빠 선물을 못 샀어." 홀리가 가방 안을 살펴보며 말한다.

"초콜릿 킬힐 구두가 아빠 선물 아니었어?" 줄리아가 막대사탕으로 핫초코를 저으며 말했다. 커피숍은 막대사탕을 '산타의 도우미'라고 불렀다.

"하하, 해시태그, 농담 같지만 아님. 그건 이모 거야. 우리 아빠는 대책이 없어."

"어우, 치약 묻은 똥 맛이야." 줄리아가 놀란 얼굴로 핫초코를 보며 말한다.

"나랑 바꿔. 나는 민트 좋아해." 베카가 자기 컵을 내밀고 말한다.

"네 건 뭔데?"

"진저브레드 어쩌고 모카."

"됐어. 적어도 나는 내 음료 이름은 알아."

"내 건 맛있어." 홀리가 말한다. "우리 아빠 진짜 소원은 내 몸에 GPS 칩을 심어서 나를 시시각각 추적하는 거야. 부모님들은 전부 제정신이 아니지만 우리 아빠는 진짜 심해."

"너네 아빠 직업 때문이야." 설리나가 말한다. "온갖 나쁜 일을 보시잖아. 그러니까 너한테도 그런 일이 일어날 수 있다는 생각을 하시는 거야."

홀리는 눈을 굴렸다. "아니, 우리 아빠는 대부분 사무실에서 일해. 나쁜 걸 봐봤자 문서들일 뿐이라고. 그냥 아빠가 이상한 거야. 얼마 전에 학교로 나를 데리러 왔을 때 뭐라고 했는지 알아? 학교 건물을 보더니 그러더라. '창문에 방범 경보 장치가 없구나. 나라면 침입하는 데 삼십 초도 안 걸리겠다.' 그리고 교장 선생님을 만나서 보안장치가 미비하다고, 창문마다 지문 스캐너 같은 걸 설치하라고 말해야겠다고 했어. 나는 '나 좀 살려줘' 했지."

설리나는 다시 듣는다. 수정 위에 은구슬 떨어지는 소리, 너무 또렷해서 끈적끈적한 음악과 소음의 구름을 깔끔하게 베어내고 들려온다. 소리가 설리나의 손에 떨어진다. 그들만을 위한 선물이다.

"나는 제발 그냥 집에 가자고 사정했어. '야경꾼이 있고 기숙사는 밤마다 방범 경보를 켜니까 내가 인신매매당할 일은 절대 없어. 그래도 교장 선생님을 찾아가겠다면 다시는 아빠하고 말 안 할 거야.' 그제야 아빠는 그냥 넘어가겠다고 했어. 내가 또 말했지. '아빠는 내가 집에 갈 때 맨날 왜 아빠를 안 부르고 버스를 타느냐고 묻는데 이게 그 이유야.'"

"마음이 바뀌었어." 줄리아가 인상을 쓰고 입을 닦으며 베카에게 말한다. "바꾸자. 네 게 이것보다 나쁠 수는 없을 것 같아."

"그냥 라이터나 사드려야겠어." 홀리가 말한다. "아빠가 담배 피우는 거 모르는 척하는 것도 하루 이틀이지."

설리나가 말한다. "내가 뭐 하나 생각하고 있는데."

"으, 네 말이 맞아. 아기들 약 같아." 베카가 줄리아에게 말한다.

"민트 맛 똥이야. 버려. 이거 나눠 먹자."

설리나가 말한다. "우리 밤에 나가자."

다른 아이들의 고개가 돌아간다.

"나가? 어디로?" 홀리가 묻는다. "복도로? 휴게실로? 아니면 밖으로?"

"밖으로지."

줄리아가 눈썹을 치켜들고 말한다. "왜?"

설리나가 생각해본다. 어려서 듣던 말이 떠오른다. 마음을 달래주는 말, 힘을 주는 말. '두려워할 것 없어, 괴물도 마녀도 큰 개도.' 그런데 이제 사방에서 울리는 소리, '너는 두려워해야 돼.' 그것이 절대적 의무인 것처럼. 뚱뚱해질까 두려워해야 돼. 가슴이 너무 크거나 작을까 두려워해야 돼. 혼자 걷는 일을, 특히 머릿속 생각조차 귀에 들릴 만큼 조용한 곳을 걷는 일을 두려워해야 돼. 옷을 잘못 입는 일을, 말을 잘못 하는 일을, 엉뚱하게 웃는 일을, 쿨하지 못한 일을 두려워해야 돼. 널 좋아하지 않는 남자들을 두려워해야 돼. 남자를 두려워해야 돼. 남자는 미친 동물이라 자기를 어쩌지 못해. 여자들을 두려워해야 돼. 모두 악랄해서 네가 짓밟기 전에 널 짓밟을 거야. 낯선 사람을 두려워해야 돼. 시험 망치는 일을 두려워해야 돼, 말썽에 휘말리는 걸 두려워해야 돼. 네 모든 것이 잘못될 온갖 가능성을 두려워하고 겁내고 조심해야 돼. 그래야 착한 아이지.

그런 한편 설리나의 정신 속 서늘하고 낯선 구석에서는 달이 보인다. 그들만 있는 오붓한 한밤중에 달이 빛나는 모습이 느껴진다.

설리나가 말한다. "우리는 이제 전과 달라. 그게 맹세의 핵심이었어. 그러니까 다른 행동을 해야 돼. 안 그러면……."

설리나는 눈앞에 떠오른 모습을 어떻게 설명할지 방법을 찾지 못한다. 빈터에서의 순간이 빠져나가고 흐릿해지는 것, 그들이 무뎌져서 천천히 일상으로 돌아가는 것.

"안 그러면 그냥 뭔가 안 하겠다는 것뿐이고 예전하고 다를 게 없잖아. 그러니까 뭔가 하는 게 있어야 돼."

베카가 말한다. "걸리면 퇴학당해."

"나도 알아." 설리나가 말한다. "그것도 핵심의 일부야. 우리는 너무 범생이야. 늘 너무 얌전하잖아…….”

“너나 그렇지.” 줄리아가 말하고 손에 묻은 ‘진저브레드 어쩌고 모
카’를 쪽 빨아 먹는다.

“너도 마찬가지야, 줄리아. 너도 범생이야. 남자 두어 명이랑 키
스하고 가끔 마리화나나 담배를 피우는 것, 그런 건 포함 안 돼. 모
두가 다 하니까. 다들 우리도 할 거라고 생각해, 어른들도. 안 하면
더 걱정할걸. 그걸 큰일로 여기는 건 코닐리어스 수녀님뿐인데 그
분은 제정신이 아니잖아.”

“그래서? 나는 은행을 털거나 헤로인을 하고 싶지는 않아. 이게
범생이의 길이라면 이렇게 살겠어.”

“우리는 늘 예상되는 행동만 해.” 셀리나가 말한다. “부모님이 시
키는 거나 다른 아이들도 다 하는 것만. 나는 예상되지 않는 일을 하
고 싶어.”

“원죄로군. 좋아, 나도 같이 할래.” 홀리가 마시멜로를 문 채로 말
한다.

“헐, 너도? 난 크리스마스에는 멀쩡한 친구를 원해.”

“공격받은 느낌일 때는 제 방어 수단을 써야 할까요?” 홀리가 가
슴에 손을 대고 말한다.

“방어하지 마세요.” 베카가 이그네이셔스 수녀의 단조로운 목소리
를 흉내 내서 말한다. “낙담도 하지 마세요. 숨을 깊게 들이마시고 멍청이
가 되세요.”

“너야 괜찮지.” 줄리아가 홀리에게 말한다. “네가 쫓겨나면 너네
아빠는 아마 너한테 상을 줄걸. 하지만 우리 부모님은 기절할 거야.
그럼 아웃이야. 그리고 누가 문제였는지 판단을 못 할 테니 그냥 너

희들 모두 다시는 못 만나게 할 거야."

베카는 실크 스카프를 접으면서 어머니가 절대 매지 않을 것을 예감한다. "우리 부모님도 기절하겠지만 난 상관 안 해."

줄리아가 콧방귀를 뀐다. "너네 엄마는 완전 기뻐할 거야. 네가 코카인 소굴로 섹스 파티 하러 간다고 하면……. 물론 너네 엄마가 그 말을 믿는다는 전제가 필요하지만, 그보다 기쁜 소식은 없을걸." 베카는 부모님이 기대했던 것과는 다르다. 그래서 부모님 얘기가 나오면 몸이 움츠러든다.

"그래, 하지만 나한테 귀찮게 새 학교를 찾아줘야겠지. 비행기 타고 집으로 가는 일부터 시작해서. 우리 부모님은 귀찮은 일을 싫어해." 베카는 스카프를 가방에 다시 넣는다. "어쨌든 두 분은 기겁할 거야. 하지만 그래도 상관 안 해. 나도 나가고 싶어."

"헐." 줄리아가 흥미로운 얼굴로 한 손을 짚고 몸을 뒤로 기대서 베카를 살펴보며 말한다. "갑자기 배짱녀가 됐네. 좋은 일이야, 베카." 그리고 컵을 든다. 베카는 민망한 얼굴로 어깨를 으쓱한다. "나도 원죄 완전 좋아해. 하지만 거기서 무슨 좋은 게 나오겠어? 날 겁쟁이라 해도 돼. 하지만 퇴학당하는 대가로 정확히 뭘 얻는 거야? 이미 내가 원하면 언제라도 앉을 수 있는 잔디에 앉아서 거시기에 감기 걸리는 거? 별로 재미있을 것 같지 않아."

설리나는 줄리아를 설득하기가 가장 어려울 걸 알았다. 설리나가 말한다. "걸리는 건 나도 겁나. 우리 아빠는 내가 퇴학당해도 상관 안 하겠지만 엄마는 이성을 잃을 거야. 하지만 나는 겁내는 게 지겨워졌어. 우리는 겁나는 일을 해야 돼."

"난 겁나는 게 아냐. 바보짓이 싫은 거지. 그냥 머리를 보라색으로 염색한다든지 그런 걸로 만족하면 안 돼? 아니면…….”

“독창성이 빛나네.” 홀리가 눈썹을 움직이며 말한다.

“그래, 시발. 아니면 홀리한 선생님하고 이야기할 때마다 몸을 씰룩거리는 거…….”

줄리아에게도 설득력이 없는 얘기다. 베카가 말한다. “그건 안 무서워. 난 무서운 걸 원해.”

“네가 겁쟁이일 때가 더 좋았어. 아니면 뭐지? 폐경 맞은 교장 선생님 얼굴을 〈강남 스타일〉 뮤직비디오에 합성해서 게시판에…….”

“그런 일은 이미 했어.” 설리나가 말한다. “이제는 다른 게 필요해. 보다시피 생각보다 힘들어.”

“나가서 뭘 하려는 건데?”

설리나가 어깨를 으쓱한다. “나도 아직 몰라. 특별한 게 없을 수도 있어. 그건 핵심이 아냐.”

“맞아. ‘죄송해요, 엄마, 아빠, 퇴학당했어요. 제가 나가서 뭘 했는지도 모르겠지만 머리를 보라색으로 염색하는 건 별로 독창적이지 않아서…….’”

“야.” 앤드루 무어가 말한다. 자기랑 똑같은 친구 두 명 사이에 서서 그들을 내려다보며 웃는다. 그들이 자기를 기다리기라도 한 것처럼, 자기를 부르기라도 한 것처럼. 베카는 자기들이 분수가에 앉아 있는 모습 때문이라는 걸 깨닫는다. 늘어진 자세와 앞으로 뻗은 다리, 손을 짚고 뒤로 기댄 모습. 초대나 마찬가지다.

앤드루 무어는 거기 답한 것이다. 앤드루 무어, 앤드루 무어. 럭비 선수 같은 어깨와 애버크롬비 옷, 모두가 말하는 새파란 눈. 황홀감이 먼저 찾아온다. 숨 막히게 밀려드는 짜릿한 감각이 혀에 쏟아지는 시럽과 거품 같다. '오, 하느님, 앤드루 무어가 저를?' 하는 생각이 등골에서 폭발한다. 저 빛나는 큼직한 두 손이 우리를 휘감을 수도 있다. 저 깎아놓은 입술에 타오를 듯한 키스. 우리는 딱 적절한 자세를 갖추고 가슴과 다리와 그 밖의 모든 걸 제공한다, 쿨하게, 캐주얼하게, 심장을 쿵쿵거리며. 앤드루 무어와 손을 잡고 끝없는 네온 길을 걸어간다. 코트의 왕과 여왕으로 모든 여학생의 시선과 질투를 받으며. "안녕." 그들은 황홀감 속에 인사하고, 분수가에 함께 앉을 때 몸을 떤다. 앤드루는 설리나 옆에, 친구들은 줄리아와 홀리 옆에 앉았다. 이 순간은 1학년 첫날부터 코트가 약속하던 순간, 트럼펫이 불고 깃발이 나부끼는 순간, 마침내 마법이 풀려서 그들이 잡기만 하면 되는 순간이다.

하지만 사라진다. 그들 중에 실제로 앤드루 무어를 좋아하는 사람은 없다.

"어때?" 그가 웃으며 말하고 몸을 뒤로 기대서 찬탄을 즐긴다.

홀리가 자기도 모르게 대답한다. "우리는 지금 대화중이거든. 잠깐 기다려줄래?"

앤드루가 웃는다. 농담일 게 분명했기 때문이다. 앤드루의 친구들도 웃는다. 줄리아가 말한다. "아냐, 정말이야."

친구들은 아직도 웃지만 앤드루는 자신이 낯선 경험을 하고 있음을 깨닫고 말한다. "헐, 지금 우리한테 꺼지라고 하는 거야?"

"오 분 뒤에 다시 와. 이야기가 마무리되지 않았어." 설리나가 말한다.

앤드루는 여전히 웃고 있지만 파란 눈동자에서 다정함은 사라졌다. 그가 말한다. "집단 생리중이야?"

"무슨 그런 말을?" 홀리가 말한다. "우리는 독창성에 대해 이야기하고 있었어. 너네는 관심 없잖아."

줄리아가 베카의 진저브레드 음료에 킁 콧김을 뿜는다.

"우리는 킬다 학생 절반은 레즈비언이라는 이야기를 하고 있었지." 앤드루가 말한다. "너네는 남자한테 관심 없지?"

"여기서 알아볼까?" 앤드루의 친구 한 명이 웃으며 말한다.

"난 이해가 안 돼." 줄리아가 말한다. "너네는 서로 대화 따위는 안 해? 그냥 오럴 섹스만 교환하려고 어울리는 거야?"

"야, 입 닥쳐." 다른 친구가 말한다.

"헐, 작업 멘트 끝내주는걸." 다른 누구도 아닌 베카가 말한다. "나 이제 네가 너무 좋은데."

줄리아와 홀리와 설리나가 베카를 보며 웃음을 터뜨린다. 멍한 한순간이 지나자 베카도 웃는다.

"네가 누굴 좋아하건 아무도 신경 안 써, 못생긴 년." 그 친구가 말한다.

"무례한데." 설리나가 키득거림을 뚫고 말하는데 심각한 척하려고 너무 애를 써서 다른 아이들은 더 심하게 웃는다.

"휘이, 바이 바이." 줄리아가 손을 흔들며 말한다.

"너네는 별종이야." 앤드루가 잘라 말한다. 자신감이 충만해서 상처는 받지 않지만 불만은 크다. "너네는 태도 교정을 받아야 돼. 가자, 얘들아."

앤드루와 친구들이 일어나서 떠난다. 여학생들은 남학생들이 흩어지는 모습을 바라본다. 그들의 엉덩이마저 불쾌감에 젖어 있다.

"맙소사, 쟤 얼굴 봤어?" 설리나가 입에 손을 대고 말한다.

"우리가 결국 쟤를 이해시켰어." 줄리아가 말한다. "물고기를 가르치는 게 더 빨랐겠지만." 그 말에 그들은 다시 한번 폭소에 사로잡힌다. 베카는 분수가에서 떨어지지 않으려고 크리스마스트리의 가지를 붙잡고 있다.

"저 걸음걸이 좀 봐." 홀리가 남학생들을 가리키며 간신히 말한다. "꼭 '우리 거시기는 너무 커서 애네들이 감당 못 해. 우리 가랑이도 너무 좁아' 하고 말하는 거 같아."

줄리아는 벌떡 일어나서 왔다 갔다 하기 시작하고 베카는 실제로 분수가에서 떨어진다. 그들이 너무 떠들썩하게 웃어서 경비원이 와서 노려본다. 홀리가 베카는 간질 환자고 베카를 내쫓는 건 장애인 차별이라고 말하자 경비원은 떠나지만, 믿기지는 않는 듯 여전히 찡그린 얼굴로 뒤를 돌아본다.

마침내 폭소가 잦아든다. 그들은 계속 웃는 얼굴로 서로를 바라보며 자신들의 대담함에 감탄한다.

"독창적이었어." 줄리아가 설리나에게 말한다. "인정해. 솔직히 약간 겁도 나고."

"바로 그거야." 설리나가 말한다. "이럴 수 있는 게 좋아? 아니면 앤드루 무어가 우리를 보는 것만으로도 오줌을 쌀 지경이 되는 옛날이 좋아?"

헬륨 마신 여자 목소리가 부르는 "내가 크리스마스에 원하는 건 앞니 두 개뿐"이라는 가사의 캐럴이 끝나가고 있다. 〈산타 베이비〉가 시작되기 전에 홀리의 귀에 다른 노래가 들린다. 멀리서 들려오고 아주 짧은 대목이다. 코트 바깥인 것 같다. "아직도 갈 길이 많이 남았어……." 그리고 노래는 사라졌다.

줄리아는 한숨을 쉬고 베카의 진저브레드 어쩌고를 향해 손을 내밀며 말한다. "내가 쓰레기 영화 속 어떤 여자처럼 침대 시트에 매달려 창밖으로 나갈 거라고 생각한다면 착각이야."

"그런 생각 안 해." 설리나가 말한다. "홀리 아빠가 말했잖아. 정면 창문에 경보 장치가 없다고."

베카가 그 일을 한다. 다른 아이들은 열쇠가 없어진 걸 보건교사가 눈치챌 경우에 대비해서 홀리나 설리나가 할 거라고 생각하고 있었다. 홀리는 거짓말을 잘하고 설리나는 누구의 의심도 사지 않으니까. 반면 줄리아는 교사들이 항상 가장 먼저 떠올리는 학생 중 한 명이다. 줄리아와 무관한 일임에도 말이다. 베카가 "내가 하고 싶어" 하고 말했을 때 그들은 놀란다. 그리고 베카를 설득하려고 한다. 설리나는 부드럽게, 홀리는 섬세하게, 줄리아는 퉁명스럽게. 별로 좋은 생각이 아니고 그런 일은 전문가에게 맡겨야 한다고. 하지만 베카는 고집을 꺾지 않고 자신이 설리나보다도 의심받을 확률이 낮다는 점을 지적한다. 자신이 한 가장 나쁜 일은 숙제를 빌려준 것 정도였고 모두가 자신이 순진하고 고분고분한 애라고 생각하니 처음으로 그걸 이용할 수 있다고. 결국 나머지 세 명은 베카가 굽히지 않을 것을 깨닫는다.

소등 이후 친구들은 베카에게 코치한다. "보건실에 한참 있을 만큼만 아파야 돼." 줄리아가 말한다. "너무 아파하면 선생님이 기숙사로 보낼 수도 있어. 그러니까 선생님이 적당히 지켜보고 싶어 할 만큼만 아파야 돼."

"너무 지켜보게 하면 안 돼." 설리나가 말한다. "선생님이 가까이 있는 건 너도 싫을 테니까."

"그래." 줄리아가 말한다. "토할 것 같지만 잘 모르겠다고 해. 잠간 누워 있으면 괜찮아질 것 같다고."

그들은 커튼을 치지 않았다. 바깥은 영하의 날씨라 창문 가장자리에 서리가 끼었고 하늘도 별들 위에 덮인 얇은 얼음장이다. 바깥의 찬 공기가 유리를 뚫고 날아온 것처럼 강렬하고 신비롭게 베카를 강타한다. 여우와 노간주나무 냄새.

홀리가 말한다. "토할 것처럼 굴지는 마. 가짜 같으니까. 토하고 싶지 않은 것처럼 해. 열심히 참는 것처럼."

"괜찮겠어?" 설리나가 한쪽 팔꿈치로 몸을 일으키고 베카의 얼굴을 살피면서 묻는다.

"안 괜찮으면 말해. 아무 문제 없어." 홀리가 말한다.

베카가 말한다. "한다니까. 그만 물어봐."

줄리아는 설리나의 얼굴에 설핏 미소가 떠오르는 것을 본다. 우리의 수줍은 베카가 이렇게 됐어. 이게 내 의도였어. "좋아, 베카." 설리나가 하이파이브를 하려고 침대 밖으로 손을 뻗고 말한다. "당당하게 성공해줘."

다음 날 보건실의 좁은 침대에 누운 베카는, 서류 작업을 하며 마이클 부블레의 노래를 흥얼거리는 보건교사의 목소리를 들으면서 차가운 열쇠를 손바닥 깊숙이 쥔다. 달리는 암여우와 산딸기와 찬 별들의 냄새가 코를 스친다.

그들은 소등 전에 옷을 침대에 펼쳐놓고 입는다. 창밖의 밤하늘은 맑고 차가우므로 상의 여러 벌 위에 스웨터 하나 더, 두꺼운 청바지,

그 순간이 올 때까지 맨 위에 입고 있을 잠옷. 옷걸이가 덜그럭거리거나 옷장 문이 삐걱대는 일을 막기 위해 코트는 침대 밑에 넣어두었다. 그리고 더듬을 필요가 없도록 어그부츠를 문 앞에 나란히 놓는다.

이 일을 실제로 하게 되니 게임처럼 느껴진다. 누군가가 준 가짜 칼로 상상의 괴물을 박살 내고 다니는 롤플레잉 게임. 줄리아는 골반을 삐딱하게 하고 〈배드 로맨스〉를 부르며 스트립 댄서처럼 스웨터를 머리 위로 빙빙 돌린다. 홀리가 거기 맞추어 머리에 레깅스를 쓴다. 설리나는 머리를 빙글빙글 돌린다. 바보 같은 느낌이 들고 그 느낌을 피하려고 어지러움에 빠져든다.

"이거 괜찮아?" 베카가 두 팔을 벌리고 묻는다.

세 친구는 노래를 멈추고 베카를 본다. 진청색 청바지와 진청색 후드 점퍼. 후드 점퍼는 안에 옷을 많이 입어서 거의 공 모양이 되었고, 후드 끈을 너무 바짝 당겨서 코끝만 보인다. 그들은 웃는다.

"왜?" 베카가 묻는다.

"세계 최고로 뚱뚱한 은행 강도 같아." 홀리가 말하자 웃음이 더 걷잡을 수 없어진다.

"너도 평소의 두 배야." 설리나가 간신히 말한다. "그렇게 입고 움직일 수나 있어?"

"아니면 앞이 보이기는 해?" 줄리아가 말한다. "앞은 봐야 하는데. 벽에 부딪치지 않고 복도를 지나가려면." 홀리는 베카가 앞을 못 보고 뒤뚱뒤뚱 걷는 모습을 흉내 낸다. 세 명 모두 웃음에 휘말린다. 숨이 막히고 배가 아프지만 어찌할 수 없는 그런 대책 없는 웃음에.

베카는 얼굴이 빨개져서 등을 돌리고 후드 점퍼를 벗으려고 하지만 지퍼가 움직이지 않는다.

"베카, 그냥 웃자고 그런 거야." 설리나가 말한다.

"그래도."

"야, 그러지 마." 줄리아가 홀리에게 눈을 굴리며 말한다.

베카는 손가락에 자국이 날 때까지 지퍼를 당긴다. "그냥 농담이라면 신경 쓸 필요도 없잖아."

누구도 대답하지 않는다. 웃음은 사라졌다. 서로를 곁눈질하지만 눈길이 마주치지 않는다.

그들은 일을 그만둘 방법을 찾는다. 옷을 다시 옷장에 던져 넣고, 열쇠를 버리고, 다시는 이 일을 언급하지 않고, 나중에 자신들이 바보 같은 짓을 할 뻔했던 기억을 떠올리면서 얼굴을 붉히기를 바란다. 누가 그 말을 해주기를 기대하고 있다.

그때 2층 규율부원이 방문을 열고 소리친다. "레즈 짓 그만하고 얼른 옷 갈아입어, 오 초 후면 소등이고 불 안 끄면 내가 신고할 거야." 그리고 그들이 입을 다물 겨를도 없이 문을 쾅 닫았다.

규율부원은 그들의 침대에 외투가 쫙 펼쳐져 있는 것도 보지 못했다. 또 베카가 뚱뚱한 강도처럼 생긴 것도. 넷은 잠시 서로를 바라보다가 침대에 주저앉아서 이불에 대고 숨 넘어갈 듯 웃는다. 그리고 이제 자신들이 진짜로 나갈 것을 깨닫는다.

소등 때 그들은 얌전하게 침대에 누워 있다. 규율부원이 다시 오면 아까보다 더 관찰력을 발휘할지 모른다. 벨이 울리자 어지러움은 차츰 사라지고 다른 것이 눈에 들어오기 시작한다.

그들은 이전까지 학교가 잠드는 소리를 들은 적이 없다. 이렇게 동물처럼 귀를 쫑긋 세우고는. 처음에는 여기저기서 깜박임이 계속

된다. 옆방의 키득거림, 먼 곳의 비명, 누가 급히 화장실로 가는 슬리퍼 소리. 그런 뒤 모든 것이 떠내려가고 침묵이 찾아온다.

본관 뒤쪽 시계가 1시를 칠 때 설리나가 일어나 앉는다.

그들은 말하지 않는다. 손전등이나 스탠드도 켜지 않는다. 누가 복도를 지나간다면 문 위쪽의 채광창으로 방 안에서 불빛이 깜박이는 게 보일 것이다. 창밖에는 달이 거대하게, 지나칠 만큼 크게 떠 있다. 그들은 잠옷을 벗고 베개를 시트 밑에 넣은 뒤 스웨터와 코트를 꺼낸다. 연습이라도 한 것처럼 능숙하고 박자가 잘 맞는다. 준비가 끝나자 손으로 부츠 끈을 잡고 침대 옆에 선다. 그리고 긴 여행길 초입에 선 탐험가들처럼 서로를 바라본다. 누군가 첫발을 떼기 전까지는 아무도 꼼짝하지 않는다.

"너네 괴짜들이 이 일에 진심이라면, 하자." 줄리아가 말한다.

문 앞에서 누가 달려들지도 않고 계단도 삐걱거리지 않는다. 1층에서 사감은 코를 골고 있다. 베카가 본관 연결문에 열쇠를 꽂자 자물쇠에 기름칠이라도 한 것처럼 매끄럽게 돌아간다. 수학 교실에 들어가서 줄리아가 창문의 잠금장치에 손을 댈 때 그들은 야경꾼이 잠을 자거나 통화를 하느라 그들 쪽을 보지 않을 것을 이미 안다. 부츠를 신고 창밖으로 나가서 하나 둘 셋 넷 빠르고 부드럽고 조용하게, 이제 그들은 풀밭으로 나왔고 이 일은 더이상 게임이 아니다.

교정은 아직도 플루트의 떨리는 첫 소절을 기다리는 발레 무대처럼 조용하다. 가벼운 여자들이 달려와서 완벽하고 신비로운 자세로, 풀도 거의 밟지 않고, 멈추어 서기를 기다리듯이. 사방에 하얀 빛이 있다. 귀에서 서리가 높은 소리로 노래한다.

그들은 달린다. 눈앞에 촤르르 펼쳐지는 넓은 풀밭을 미끄러져 갈 때 차가운 공기가 입 안에 샘물처럼 흘러든다. 후드가 벗겨져 머리가 등 뒤에서 출렁이지만 정돈할 겨를이 없다. 그들은 투명 인간이다. 웃으면서 야경꾼 옆을 지나갈 수 있고 지나가면서 야경꾼의 모자를 벗겨서 그가 허공을 휘저으며 갑자기 자신을 포위한 낯선 세상에 대고 헛소리를 지껄이게 만들 수 있다. 그들은 달리는 일을 멈출 수 없다.

그림자 속으로, 검고 뾰족한 가지들에 둘러싸인 좁은 오솔길로, 수년의 담쟁이가 휘감은 나무들을 지나고 차가운 땅을 덮은 젖은 낙엽들 사이로. 터널을 모두 지나자 그들을 기다리는 하얀 빈터가 나온다.

그들은 여기 와본 적이 없다. 사이프러스나무 꼭대기에는 얼어붙은 불이 거대한 횃불처럼 타오른다. 어둠 속에서 무언가 움직인다. 언뜻 보이는 모습은 사슴과 늑대 같지만 어떤 것도 될 수 있다. 그것이 빙글빙글 돈다. 빈터 위 반짝이는 공중에는 새들이 날개를 펴고 선회하면서 거친 울음을 길게 끌고 다닌다.

그들 넷도 두 팔을 벌리고 돈다. 숨이 실처럼 풀려나오고 세상이 빙글빙글 돌고 그들은 멈추지 않는다. 그들 자신도 풀려나와서 은가루로 흩어져 하늘을 난다. 그들은 거칠고, 하얀 빛줄기 사이를 드나드는 들어 올린 팔일 뿐이고, 뺨의 곡선일 뿐이다. 그들은 쓰러질 때까지 춤을 춘다.

눈을 떴을 때 그들은 다시 자신들이 아는 빈터에 있다. 어둠, 무수한 별, 그리고 침묵.

침묵이 너무 커서 아무도 깨지 못하고 그들은 입을 꾹 다문다. 그리고 풀밭에 누워서 자신들의 숨과 피가 움직이는 것을 느낀다. 하얇고 빛나는 것이 뼛속을 질주한다. 추위인지 달빛인지 알 수 없다. 짜릿한 느낌이지만 아프지는 않다. 그들은 계속 누워서 그것이 움직이는 것을 느낀다.

설리나의 말이 맞았다. 보드카를 마시거나 이그네이셔스 수녀에게 혼나는 일과는 비교할 수 없는 짜릿함이다. 필드에서 키스하거나 귀를 뚫으려고 엄마의 서명을 위조하는 일과도. 이것은 누가 찬성하거나 금지할 수 없는 일이다. 그들만의 것이다.

시간이 한참 지난 뒤 그들은 터덜터덜 학교로 돌아간다. 아직도 어지럽고 머리는 헝클어지고 머릿속은 윙윙 울린다. "영원히 기억할 거야." 그들은 창문 앞에서 손에는 부츠를 들고 눈에는 달빛을 담고 말한다. "나는 이 일을 영원히, 정말로 영원히 기억할 거야."

다음 날 아침 그들 넷에겐 어쩌다 생겼는지 모를 상처가 가득하다. 크게 아픈 데는 없다. 조앤 헤퍼넌이 아침 식사 줄에서 홀리에게 꾸물거린다며 고약한 말을 던질 때나 노턴 선생님이 베카에게 집중하지 않는다고 야단칠 때 그들의 손마디와 정강이에서 윙크하는 작고 장난스러운 기념물일 뿐이다. 그들은 시간이 조금 지나서야 사람들이 괜히 짜증을 내는 게 아니라는 것을 깨닫는다. 그들은 실제로 이상하다. 홀리는 토스트를 한없이 바라보고 있고, 넷 다 노턴 선생님의 말을 이해하지 못한다. 발밑이 움직이는데도 얼른 중심을 되찾지 못한다.

"또 한 번 어때?" 쉬는 시간에 설리나가 주스 빨대를 물고 말한다.

그들은 잠시, 그러자고 말하기가 두렵다. 다음번은 그때와 다를지 모른다. 한 번만 일어날 수 있는 일이고, 다시 느끼려고 애쓰다가는 거시기에 감기만 걸리고 서로를 찐따처럼 바라보게 될지도 모른다.

그래도 그러자고 한다. 무언가 시작되었고 이제는 멈출 수가 없다. 베카는 줄리아의 머리에서 나뭇가지 조각을 떼어 내서 블레이저 주머니에 기념품으로 넣는다.

II

3시가 넘었다. 콘웨이는 구내식당을 알았고, 이리저리 둘러보다
가 청소를 하는 직원을 발견하고 음식을 주문했다. 직원은 콘웨이
를 노려보았지만 콘웨이가 이겼다. 나는 그가 햄치즈 샌드위치를
만들 때 혹시 침을 뱉지는 않는지 감시했다. 콘웨이는 커피 머신 앞
에 가서 버튼을 누르고 사과 상자에서 사과도 집었다.

우리는 밖으로 나가서 식사를 했다. 콘웨이가 나를 이끌고 학교
한구석의 낮은 담장으로 갔다. 거기서는 운동장과 그 아래편의 정
원이 내다보였다. 운동장에서는 저학년 학생들이 하키를 하고 체육
교사가 응원 구호를 외치고 있었다. 나무 그림자가 우리 모습을 가
려주었다. 나뭇가지 사이로 쏟아지는 햇빛에 머리가 뜨거워졌다.

"빨리 먹어요." 콘웨이가 담장 위에 앉으면서 말했다. "식사를 마
치면 아이들 방을 뒤져서 글자를 오려낸 책을 찾아야 돼요."

그녀가 나를 아직은 미제사건수사과로 보내지 않는다는 뜻이었다. 그리고 본부로 돌아가지도 않는다는 뜻이었다. '게시판을 한번 보고 얘기를 나눠보는 것.' 우리는 그것을 하러 왔다. 그런데 그러다 보니 일이 좀더 복잡해졌다. 우리가 들은 이야기 내부에서 무언가 힐끔힐끔 보였다. 콘웨이도 나도 그것을 밖으로 꺼내 살펴보지 않고서 떠나고 싶지는 않았다.

카드 게시자가 바보가 아니라면 책은 방에 없다. 하지만 이런 애매한 실마리는 딜레마다. 꽝일 수도 있고 대박일 수도 있기 때문이다. 대대적인 인력을 불러다 수색을 펼치고도 아무것도 못 찾거나 누군가의 장난에 놀아났다는 것만 밝혀지면, 우리는 경찰서의 조롱거리이자 팀의 예산을 낭비한 골칫덩이가 되어 신뢰를 잃는다. 하지만 자신과 조수 한 명이 감당할 수 있는 일만 해서 교실 너머에 숨겨진 단서를 놓치고 사건을 해결해줄 증인을 놓치면 눈앞에 갖다 바친 것을 팽개친 바보, 죽은 소년을 대수롭지 않게 여긴 바보가 되어 역시 신뢰를 잃는다.

콘웨이는 엄격하고 신중하게 접근했다. 그녀에게는 상관없겠지만 나도 거기 동의했다. 카드 게시자가 똑똑하다면 우리는 책을 찾지 못할 것이다. 그럴 가능성이 높다. 책은 지금쯤 몇 킬로미터 떨어진 덤불이나 도심 쓰레기통에 처박혀 있을 것이다. 그 친구가 아주 똑똑하다면 카드는 몇 주 전에 만들고 책을 버린 뒤, 증거가 세상에서 안전하게 사라진 다음에야 일을 시작했을 것이다.

우리는 담장 위에 음식을 펼쳐놓았다. 콘웨이는 포장 비닐을 찢어 샌드위치를 먹기 시작했다. 맛을 느끼기보다 빠른 주입이 가능한 연료처럼 먹었다. 내 것은 생각보다 맛있었다. 마요네즈도 좋고 다 괜찮았다.

"당신은 잘하고 있어요." 콘웨이가 입에 음식을 물고 말했다. 칭찬 같지가 않았다. "아이들이 원하는 걸 주고 각자의 성향에 맞춰줘요. 훌륭해요."

"그게 내가 할 일 아닌가요? 아이들을 편안하게 하는 것."

"아이들이 정말로 편안해했어요. 다음에는 아이들한테 페디큐어하고 발 마사지도 해줄 수 있을 것 같네요."

'며칠만 참아. 대장한테 점수를 따고 바이 바이 하면 돼.' 나는 마음을 다졌다. "당신이 끼어들 거라 생각했는데요. 아이들을 압박하려고."

콘웨이는 내게 강렬한 눈길을 던졌고 그건 '나를 신문하는 거예요?'라고 묻고 있었다. 나는 그게 내 대답이었다고 생각했지만 잠시 후 콘웨이가 운동장을 보며 말했다. "나는 지난번에 아이들을 철저하게 조사했어요."

"여덟 명 다요?"

"전부요. 여덟 명을 포함해 킬다 3학년 전부, 그리고 컬름 4학년도 전부요. 무언가 알 만한 아이들은 하나도 빼놓지 않았어요. 일주일이 지나니까 타블로이드 신문들이 법석을 떨기 시작했어요. '경찰이 부유층 아이들을 봐주고 있다. 아무도 잡히지 않은 건 누군가 뒷배가 있어서다.' 두어 곳은 대놓고 은폐 공작이 있다고 썼어요. 하지만 그런 건 없었어요. 나는 여기 아이들을 특별하게 대하지 않았어요. 가난한 집 아이들이었어도 똑같이 대했을 거예요."

"그랬으리라 믿어요."

콘웨이의 고개가 빠르게 돌아와서 턱을 내밀고 조롱기를 찾았다.

나는 침착한 태도를 잃지 않았다.

"코스텔로는 기겁했어요." 콘웨이가 다시 진정하고 말했다. "내가 수녀들한테 엉덩이라도 까 보인 것 같은 표정을 했죠. 매번 조사를 중단시키고 밖으로 데리고 나가서 도대체 무슨 짓이냐고, 경찰 경력 시작하자마자 쫑낼 거냐고 야단을 쳤어요."

나는 계속 먹기만 하고 대꾸하지 않았다.

"우리 과장 오켈리도 똑같이 한심했어요. 나를 자기 방으로 두 번이나 불러다가 그 아이들이 누군지 아느냐고 혼을 냈죠. 내 어릴 적 친구들 같은 하층민 부류인 줄 아느냐고, 그렇게 하려면 노숙자들이나 정신병자들을 조사하라고, 아빠들이 서장한테 얼마나 항의 전화를 많이 하는지 아느냐고, 나한테 사전을 사주고 '요령'이라는 말의 뜻을 가르쳐줘야겠다고……."

나는 요령을 안다. 내가 부드럽게 말했다. "그 사람들은 세대가 달라요. 구식이에요."

"헛소리 말아요. 어쨌든 살인수사과고 살인범을 잡아야 하잖아요. 중요한 게 그것 말고 또 있나요? 어쨌든 그때 나는 그렇게 생각했어요."

콘웨이의 목소리 아래쪽을 흐르는 쓰디쓴 앙금.

"나는 코스텔로뿐 아니라 오켈리에게도 그만두라고 말할 작정이었어요. 사건이 엉망이 되고 있는데 거기 내 이름이 붙어 있잖아요. 나는 무슨 일이든 했을 거예요. 하지만 결국 늦었어요. 내가 어떻게 했어도 잘 안 됐을 거예요."

나는 '알아요' 하는 듯한 소리만 내고 샌드위치에 집중했다.

유난히 애를 먹이는 사건이 있다. 누구나 그런 사건을 경험한다.

하지만 첫 사건으로 그런 사건을 받으면 불운의 징조가 된다.

콘웨이에게 가까이 가는 사람은 온몸에 불운이 묻을 것이다. 사람들은 그를 외면할 것이다. 살인수사과 사람들은 그럴 것이다.

'며칠만 참아.'

"결국 나는⋯⋯." 콘웨이가 말하고 커피를 들이켠 뒤 담장에 내려놓았다. "돈 많은 사람들의 항의가 가득한 파일을 받았죠. 이제는 날 도와줄 코스텔로도 없고 무엇보다 일 년이 지났는데도 사건은 미궁이에요. 오켈리는 핑계는 요만큼도 인정하지 않는 사람이고." 콘웨이는 엄지와 검지를 눈곱만큼 벌린다. "이제 이 사건을 내게서 빼앗아서 오고먼 아니면 어떤 재수 없는 사람에게 줄 거예요. 아직까지 그러지 않은 이유는 재배정을 하기 싫어서일 뿐이에요. 그러면 언론이나 변호인 측이 첫 수사가 실패했다고 생각할 수 있다고요. 하지만 그 사람들, 오고먼과 매캔은 새로운 눈이 필요하다는 식으로 오켈리를 설득하고 있어요."

홀리한이 필요한 것은 그 이유였다. 아이들을 보호하기 위해서가 아니라 콘웨이를 보호하기 위해서.

"이번에는 서두르지 않으려고요. 대면 조사는 시간 낭비가 아니었어요. 대상을 좁혔으니까요. 조앤, 앨리슨, 설리나, 줄리아에게 작은 가능성이 있어요. 내가 강압적으로 끼어들었다면 더 깊이 들어갈 수 있었을지 모르지만 그런 모험을 할 수는 없어요."

또다시 조앤을 공격했다면 아이 아빠가 전화하고 오켈리가 구실을 찾고 우리는 둘 다 쫓겨났을 것이다.

콘웨이도 그것을 생각하는 것 같았다. 나는 굳이 감사의 말을 원하지 않았다. 내가 원한다고 그녀가 그렇게 하지도 않았겠지만.

내가 말했다. "리베카는 작년하고 달라진 거 맞죠?"

"내가 소개를 잘못했다는 뜻이군요."

"조앤 그룹에 대해서는 설명이 모두 정확히 맞아요. 하지만 리베카에 대해서는 이제 맞지 않아요."

"맞아요. 작년에 리베카는 입도 제대로 못 열었어요. 우리한테 조사받느니 그 자리에서 죽어버리는 게 낫다는 것 같았어요. 교사들은 리베카가 원래 그렇게 소심하다고, 학년이 올라가면 나아질 거라고 했어요."

"정말로 그렇게 됐네요."

"그래요. 얼굴도 예뻐졌어요. 작년에는 앙상한 얼굴에 교정기밖에 안 보여서 열 살짜리 같았어요. 이제 제 모습을 찾아가는 것 같아요. 그래서 자신감이 커졌을 수도 있죠."

나는 고갯짓으로 학교를 가리켰다. "다른 세 명은 어때요? 그 애들도 바뀌었나요?"

콘웨이는 나를 힐끔 보았다. "왜요? 무언가 알고 있는 사람이 누군지 저절로 드러날 거라고 생각하나요?"

이 대화는 테스트였다. 대면 조사와 똑같고 수색과도 똑같았다. 수사 협력의 절반은 이런 핑퐁 게임이다. 이런 식으로 화학반응이 일어나면 최상이다. 의견 교환이 잘되는 파트너는 정신적 반려자가 된다. 내 목표가 그렇게 높은 건 아니었다. 들은 바에 따르면 콘웨이의 파트너 중에는 스스로 원했다 해도 그런 관계를 맺은 사람이 없었다. 하지만 그런 화학반응이 일어나지 않았으면 나는 벌써 귀환하고 있을 것이다.

내가 말했다. "이 아이들은 어려요. 질기지 않아요. 아무 일도 아니었던 것처럼 일 년을 살 수 있었을까요?"

"그랬을 수도 있고 아닐 수도 있죠. 아이들은 무언가를 감당할 수 없으면 눈앞에서 치우고 그 일이 없었던 것처럼 행동해요. 그리고 아이들이 변하는 게 문제가 되나요? 이 나이대 아이들은 이러나저러나 변해요."

"그래서 변했나요?"

콘웨이는 생각에 잠겼다가 말했다. "조앤 그룹은 아니에요. 예전 방식이 더 강해졌을 뿐이에요. 더 고약하고 서로 더 비슷해졌어요. 멍청한 금발 싸가지, 헤픈 금발 싸가지, 겁 많은 금발 싸가지, 금발 싸가지 여왕, 그게 전부예요. 그리고 세 줄개는 전보다도 더 조앤을 두려워하고 있어요."

"우리가 아까 말했어요. 누군가 겁을 먹었다고. 안 그러면 카드 같은 걸로 장난치지 않을 거라고."

콘웨이가 고개를 끄덕였다. "그래요, 지금은 더 겁을 먹었으면 좋겠어요." 그리고 하키 경기를 바라보며 커피를 마셨다. 여학생 한 명이 하키 스틱을 휘둘러 다른 여학생을 쓰러뜨렸다. 정강이를 때렸는데 소리가 충분히 악의적이었다. "홀리 무리는 작년에도 뭔가 특이한 게 있었어요. 지금 보면 올라가 멍청하긴 해도 올라 말이 맞아요. 그 애들은 이상해요."

나는 그제야 그들 또는 그들 중 일부가 왜 특이한지 파악이 되었다. 조앤의 무리는 내가 원한다고 생각하는 모습을 보여주었다. 남자들이 원한다고 생각하는 모습, 어른들이 원한다고 생각하는 모습, 세상이 원한다고 생각하는 모습이었다.

홀리의 무리는 그냥 자기들 본연의 모습이었다. 멍청하게 굴거나 똑똑한 척하거나 새침 떨거나 상관없이 모두 자기들 그대로였다. 그들이 그런 것은 그들 때문이지 나 때문이 아니었다.

위험이 다시, 햇빛 속에 아른거리며 내 등줄기를 내려간다.

나는 이 생각을 콘웨이에게 말할까 싶기도 했지만 어떻게 말해도 멍청해 보일 것 같았다.

"설리나가 가장 많이 변했어요." 콘웨이가 말했다. "작년에 설리나는 요정 나라에 살았어요. 침대 위에 드림캐처나 '네 꿈을 믿어라' 같은 글귀를 붙여놓았을 거예요. 하지만 특별히 두드러진 건 없었어요. 그리고 나는 그런 얼빠진 모습이 충격 때문이라고 생각했어요. 크리스가 설리나의 남자 친구였다면요. 이제……." 콘웨이는 이 사이로 거친 소리를 냈다. "다시 설리나를 보니까 그 애가 특수학교에 안 다니는 이유는 딱 하나, 아빠가 부자라서 같아요."

"그렇지는 않은 것 같은데요."

그러자 콘웨이는 하키 경기에서 눈을 뗐다. "그 애가 연기를 한다고 생각해요?"

"그건 아니에요." 제대로 된 표현을 찾는 데 약간의 시간이 걸렸다. "몽롱한 건 맞아요. 하지만 그 밑에 뭔가 더 있고 설리나는 몽롱한 모습으로 그걸 감추는 것 같아요."

"흠." 콘웨이가 말하고 생각에 잠겼다. "올라가 설리나 머리에 대해서 한 말 있잖아요. 작년에는 머리카락이 엉덩이까지 내려왔어요. 끝내줬죠. 천연 금발에 탐스럽게 굽슬굽슬해서 사람들이 사족을 못 쓰는 그런 머리였어요. 또래 여학생 중에 설리나처럼 짧은 머리를 한 사람이 몇이나 되겠어요?"

나는 십 대 패션에 대해서는 아는 바가 없었다. "별로 없나요?"

"다시 돌아가면 잘 봐요. 암 환자가 없다면 설리나가 유일할 거예요."

나는 커피를 마셨다. 좋은 커피였지만 누구나 블랙커피 애호가는 아니라는 걸 콘웨이가 신경 써주었다면 더 좋았을 것이다. 내가 말했다. "줄리아는 어때요?"

콘웨이가 말했다. "당신 생각은요? 그냥 싸가지 아닌가요?"

"나이에 비해 터프해요. 똑똑하기도 하고요."

"둘 다 맞아요." 콘웨이의 입꼬리가 올라갔다. 마음 한구석은 줄리아를 인정하는 듯이. "그런데 작년에는 더 터프했어요. 아주 차돌 같았죠. 예비 대면 조사 때 여학생 절반은 엉엉 울거나 울려고 했어요. 크리스를 아는 애들 모르는 애들 다요. 줄리아는 우리가 이런 일에 자신의 소중한 시간을 낭비하는 게 어이없다는 표정으로 들어왔어요. 조사 말미에 제가 줄리아에게 우리에게 하고 싶은 말이 있느냐고 물었더니 이렇게 말했어요. 자기는 누가 크리스 하퍼를 죽였건 상관하지 않는다고요. 크리스는 컬름의 멍청이 중 하나였을 뿐이고 그런 애들은 아직도 넘쳐난다고요. 그 애가 한 말 그대로예요, 그것도 매케나 교장 앞에서요. 교장이 존중과 연민에 대해 한참 설교를 했고 줄리아는 대놓고 하품을 했죠."

"냉혈이네요." 내가 말했다.

"얼음장이죠. 그리고 그건 진심이었어요. 그런데 올해는 무언가 달라요. 어린 친구들은 대개 터프한 척하다가 나중에 진짜 터프해지지만 줄리아는……."

남은 샌드위치를 입에 밀어 넣은 콘웨이는 이내 소리낼 수 있게 되자 말을 이었다. "차이는 이거예요. 아이들이 우리를 보는 눈길

봤어요? 대부분은 제대로 보지 않았어요. 줄리아도 작년에는 그랬어요. 줄리아한테 나하고 코스텔로는 사람이 아니라 그냥 어른이었어요. 진짜 중요한 곳으로 돌아갈 때까지 참고 견디는 배경 소음이었을 뿐이죠. 나도 그 나이 때는 그랬어요. 거기다 참지도 않았고요."

그랬을 것 같았다. "내 경우는 그냥 귀를 닫고 미소 짓고 고개를 끄덕이고 내 일을 했어요."

"네. 하지만 올해 줄리아는 당신과 나를 사람처럼 보고 있어요." 콘웨이는 남은 커피를 길게 들이켰다. "좋은 건지 나쁜 건지 모르겠어요."

"홀리는요?"

"홀리." 콘웨이가 말했다. "당신이 처음 홀리를 만났을 때는 어땠나요?"

"날카롭고 고집 세고 속을 알 수 없었어요."

콘웨이의 입꼬리가 살짝 뒤틀렸다. "그건 변함이 없어요. 큰 차이는 당신도 알아차렸을 거예요. 작년에는 홀리에게서 무슨 말을 끌어내기가 정말 힘들었어요. 그런데 올해는 갑자기 도우미 천사가 되어 나타났어요. 카드와 나름의 가설과 뭔가 알 수 없는 동기를 가지고요. 분명히 무슨 일이 있어요." 콘웨이는 샌드위치 껍질을 커피 컵에 넣었다. "홀리의 가설을 어떻게 생각해요? 누군가 여덟 명 중한 명을 시켜서 카드를 붙이게 했다는 것?"

"그다지 신빙성은 없어 보여요." 내가 말했다. "정체를 감추려고 한다면 왜 굳이 사건에 연루된 사람을 쓰나요? 특별히 친한 사이도 아닌데요?"

"맞아요. 당신의 홀리는 사랑의 전도사예요. 우리가 자기네 그룹에만 집중하지 않고 학교 전체를 봐주기를 원해요. 그러면 나는 뭘 하고 싶어질까요?"

"홀리의 그룹에 집중하는 거죠."

"백 점이에요. 예를 들어 그 아이들 중 한 명이 카드를 붙였고, 누군지 우리가 밝혀내는 걸 홀리가 원하지 않는다고 해도요. 애초에 왜 카드를 가지고 왔을까요? 그냥 쓰레기통에 버리고 친구에게 제보 전화를 걸라고 해도 되잖아요?" 콘웨이는 고개를 젓고 다시 말했다. "무언가 있어요."

제보 전화는 당직 근무자가 받는다. 홀리는 내게 카드를 가지고 왔다. 나도 의아했다.

콘웨이가 말했다. "우리가 계속 홀리 그룹을 조사하면 홀리가 아빠한테 연락할까요?"

나는 그 생각에 등이 가려워졌다. 프랭크 매키는 아주 강성이다. 같은 편일 때도 한시도 경계를 늦출 수가 없다. 그는 내가 이 일에 절대 끼워 넣고 싶지 않은 사람이었다.

"설마요." 내가 말했다. "홀리는 아빠가 여기 관여하는 게 싫다고 그랬거든요. 매케나는 어떤가요?"

"농담하나요? 프랭크는 학부모예요. 매케나는 우리가 여기 있다는 사실이 학부모들 귀에 들어가지 않기를 기도하고 있을 거예요."

가려움이 누그러들었지만 사라지지는 않았다. "매케나에게 행운이 있겠네요." 내가 말했다. "학생 한 명만 집에 전화를 하면……."

"무슨 소리예요? 우리는 그에 관한 한 매케나랑 한편이에요." 콘웨이가 샌드위치 껍질을 컵 속에 더 깊이 밀어 넣었다. "줄리아와 리베카의 가설은 어때요? 컬름 학생들이 몰래 왔다가 사고가 났다는 이야기."

"가능한 일이죠. 남학생들이 예를 들어 풀밭에 음란한 그림을 그릴 생각 같은 걸 하고 왔다면 헛간에서 괭이를 훔쳤을 수 있어요. 바보짓을 하고, 싸우거나 싸우는 척하다가…… 그 또래 남자애들한테는 두 가지가 별 차이가 없죠. 누군가 감정에 휩쓸렸을 수 있어요."

"그렇죠. 그렇게 생각하면 조앤, 제마, 올라 그 애들이 후보가 돼요. 남친이 컬름 학생들이잖아요." 거듭된 남자 친구 질문이 갑자기 이해된다. 콘웨이 눈에 떠오른 냉소가 '이제 알았군요' 하고 말했다.

내가 말했다. "크리스에게 벌어진 일이 컬름 학생 한 명의 마음을 괴롭혔어요. 어른에게 말하고 싶지는 않지만 여자 친구한테는 털어놓죠."

"그런 이야기로 관심을 끌어서 여친의 옷을 벗겨보려고 했을 수도 있어요. 아니면 그냥 지어냈던가요."

"우리는 아까 제마와 올라는 배제했어요. 그러면 조앤이 남네요."

"조앤의 남친인 앤드루 무어는 크리스하고 꽤 친했어요. 저만 잘난 줄 아는 놈이죠." 분노가 튀었다. 이유 중 하나는 앤드루의 아빠였다.

"크리스가 컬름에서 나간 방법은 알아냈어요?"

"네, 그 학교 경비는 여기만도 못 해요. 그 학교는 자기네 도련님들이 밖에서 하룻밤을 보내고 임신해서 돌아올 걱정이 없으니까요. 기숙사 방화문에 경보 장치가 있었지만 전자기기에 능한 어떤 학생이 작동을 정지시켰어요. 학생에게서 사실을 자백받는 데 꽤 애를 먹었지만 결국은 알아냈죠." 회상하는 콘웨이의 목소리에 쓴웃음이 담겨 있다. "그 친구는 퇴학당했어요."

"경보 장치를 정지시킨 게 언제죠?"

"살인 사건 두 달 전요. 그리고 그 학생, 핀 캐럴은 크리스하고 친한 친구였어요. 핀은 크리스가 출입문에 대해 잘 알고 밤에 자주 나갔다고 했지만 다른 학생들 이름은 말하지 않았어요. 하지만 그 둘만 그랬을 리는 없죠. 줄리아하고 리베카도 뭔가 알았을지 몰라요. 컬름 학생들이 밤에 몰래 나오면 이곳을 생각할 거라는 걸요." 콘웨이는 사과를 바지에 문질렀다. "하지만 크리스가 친구들하고 같이 여학교에 분탕을 치려고 왔다면 콘돔은 뭘까요?"

내가 말했다. "작년에 여학생들에게 성생활에 대해 물었나요?"

"당연히 물었죠. 모두 해본 적 없다고 했어요. 교장이 옆에 앉아 있는데 뭐라고 하겠어요?"

"아이들이 거짓말한 걸까요?"

"내가 얼굴만 보고 알 도리는 없죠."

하지만 콘웨이의 입꼬리에 미소가 있었다. 내가 말했다. "그래도 나보다는 잘 알 텐데요."

"학교 다닐 때 '그 애가 해봤을까?' 하던 것처럼요? 그 나이 때 우리는 맨날 그런 이야기만 했으니까요."

"우리도 그랬어요. 진짜예요." 내가 말했다.

미소가 굳었다. "진짜겠죠. 그리고 남자애들한테 섹스를 하는 여자애는 헤픈 년이고 안 하는 여자애는 무감각한 년이었어요. 어느 쪽이건 여자를 개똥으로 볼 충분한 이유였죠."

어느 정도 사실이지만 다 그렇지는 않았다. 어쨌든 나는 그렇지 않았다. 내가 말했다. "아뇨, 여자애가 어느 쪽이건 우리는 마음이 설렜어요. 해주면 우리한테 섹스할 기회가 생기고, 어렸을 때는 그게 세상에서 가장 중요하잖아요. 그리고 안 하는 여자애도 어쩌면 우리를 특별하게 생각할지 모른다고 생각했어요. 믿거나 말거나 그것도 중요한 일이에요. 여자애에게서 특별한 대접을 받는 거."

"말발 좀 되네요. 성공 사례가 많았겠어요."

"당신이 물어서 대답하는 것뿐이에요."

콘웨이는 사과를 씹으면서 내 말을 생각해보더니 나를 믿기로 한 것 같았다. 그 정도면 충분했다.

"내 짐작으로는……." 콘웨이가 말했다. "작년 기준으로 줄리아와 제마는 섹스를 해봤고 리베카는 키스도 안 해봤고 나머지는 중간 어디쯤이었을 것 같아요."

"줄리아요? 설리나가 아니고?"

"왜요? 설리나가 가슴이 크다고 자동으로 문란해지나요?"

"무슨! 나는 그런……. 아, 젠장, 그러지 말아요, 제발."

하지만 콘웨이는 다시 웃음을 띠었다. 나를 흥분시켜서 함정에 빠뜨린 것이다. 내가 말했다. "역겨운 소리 하지 말아요." 그러자 그녀는 한참 동안 소리 내서 거침없이 웃었다.

콘웨이는 원했건 원치 않았건 나를 마음에 들어 하기 시작했다. 사람들은 대체로 그런다. 자랑하는 게 아니라 사실일 뿐이다. 이 일을 하려면 자신의 강점을 알아야 한다.

황당한 것은 나도 콘웨이가 약간 좋아졌다는 것이다.

"지금을 생각하면 홀리 그룹은 그때랑 똑같을 것 같아요." 콘웨이가 웃음을 거두고 말했다.

"그래서요?"

"그 애들, 네 명 다 예쁘지 않나요?"

"콘웨이, 나를 뭘로 보는 거죠?"

"당신이 변태라는 게 아니에요. 당신이 지금 열여섯 살이라면 걔들을 좋아했을 것 같나요? 데이트 신청을 하고 요즘 애들이 하는 대로 페이스북을 팔로하고 그랬을 것 같아요?"

열여섯 살이었다면 나는 이 여학생들을 박물관의 광채 나는 전시품처럼 보았을 것이다. 원하는 만큼 바라보고 매혹에 취할 수 있지만 강화유리를 깨고 무장 경비요원을 피할 재주와 용기가 없다면 손대지 못할 무엇.

게시판을 본 뒤로 달리 보이긴 했다. 이제는 예쁜 것 안쪽에 감추어진 가시 같은 위험이 보였다.

내가 말했다. "괜찮은 편이죠. 홀리와 설리나는 확실히 예뻐서 많은 관심을 받을 거 같아요. 남자들의 유형은 다르겠지만요. 리베카도 곧 예뻐질 것 같지만 내가 열여섯 살이라면 그걸 몰랐을 것 같고, 또 그 애가 재미있는 스타일도 아니라서 눈길은 안 주었을 거예요. 줄리아는 슈퍼모델은 아니지만 나쁘지 않고 성격이 강해요. 한 번 더 쳐다봤을 테고 괜찮다고 생각했을 것 같아요."

콘웨이는 고개를 끄덕였다. "나도 그렇게 생각해요. 그런데 왜 아무도 남자 친구가 없을까요? 내 짐작이 옳다면 그 애들은 왜 작년에 아무 일도 하지 않았을까요?"

"리베카는 좀 늦되는 아이예요. 아직 남자도 싫고 데이트며 뭐며 그런 일을 다 어색해해요."

"나머지 셋은요?"

"기숙사에 살고 여학교고 자유 시간도 별로 없어요."

"하지만 조앤 무리를 봐요. 두 명은 있고 한 명은 없고 한 명은 썸 단계예요. 그 정도면 예상되는 수준이에요. 그런데 홀리 그룹은 네 명이 다 없어요. 뭐라고 말해야 하나 망설이는 아이도 없고, 좀 복잡하다고 하는 아이도 없고, 키득거리며 얼굴을 붉히는 아이도 없고, 그냥 없어요."

"왜 그럴까요? 레즈비언일까요?"

어깨 으쓱. "네 명이 다요? 그럴 수도 있지만 확률은 낮아요. 하지만 그 애들은 서로 아주 친해요. 한 명을 떼어 내서 볼 수가 없어요."

"그중의 한 명이 무슨 일을 당했다고 생각하나요?"

콘웨이는 사과 심을 던졌다. 팔 힘이 어찌나 센지 나무 사이를 낮게 멀리 튀어가서 덤불을 뚫고 들어갔고 그 소리에 작은 새 두 마리가 놀라서 날아올랐다. 콘웨이가 말했다. "아무래도 셀리나의 정신을 흩뜨려놓은 일이 있는 것 같아요. 그리고 나는 우연의 일치를 믿지 않아요."

콘웨이는 휴대폰을 꺼낸 뒤 내 사과를 보고 고개를 끄덕였다. "얼른 먹어요. 메시지만 확인하고 바로 일어날 거예요."

아직도 명령을 내리고 있지만 말투는 달라졌다. 나는, 아니면 우리는 시험에 통과했다. 화학반응이 일어났다.

이상적 파트너는 이상적 여자처럼 마음 안쪽에서 비밀스럽게 키우는 존재다. 내가 생각하는 이상적 파트너는 바이올린 레슨을 받고 책에 둘러싸여 지내며 붉은 아이리시 세터 종을 키우는 사람, 자연스러운 자신감과 나만 이해하는 맹숭맹숭한 유머 감각을 지닌 사람이었다. 나의 이상적 파트너는 콘웨이가 아닌 모든 것이었다. 그리고 나 역시 그녀의 이상적 파트너가 아닐 게 분명했다. 하지만 화학반응이 일어났다. 며칠짜리에 불과하겠지만 우리는 서로에게 괜찮은 파트너가 될 수 있었다.

나는 남은 사과를 커피 컵에 쑤셔 넣고 역시 휴대폰을 찾았다. "소피예요." 콘웨이가 전화를 귀에 댄 채 나에게 말했다. "지문은 안 나왔대요. 문서감식팀에서 글자를 오려낸 책은 활자와 종이 상태로 볼 때 오십 년에서 칠십 년쯤 된 중급 품질의 책이래요. 사진은 크리스가 초점이 아니었어요. 크리스는 그냥 배경에서 찍힌 건데 그 부분만 남기고 잘라낸 거예요. 장소는 아직 모르지만 첫 조사 때 찍은 사진들과 비교해보고 있대요."

내가 휴대폰을 켜자 삐 소리가 났다. 문자가 왔다. 콘웨이가 돌아보았다.

모르는 번호였다. 문자 내용이 너무도 예상 밖이라서 내용을 이해하는 데 시간이 약간 걸렸다.

―조앤한테 기숙사와 학교 사이 연결문의 열쇠가 있음. 3학년 휴게실 책장에 있는 『성 테레즈의 삶』이라는 책 안쪽에 테이프로 붙여두었음. 지금은 없을 수도 있지만 일 년 전에는 거기 있었음.

나는 콘웨이 앞에 휴대폰을 들어 보였다.

콘웨이는 집중한 얼굴로 보았다. 그리고 내 휴대폰 옆으로 자신의 휴대폰을 들고 빠르게 화면을 넘겼다.

그리고 말했다. "오늘 조사한 여학생들 번호는 아니에요. 작년 번호도 아니고요. 크리스 친구들의 번호도 아니에요."

그들의 번호는 일 년이 지난 지금도 콘웨이의 휴대폰에 전부 저장되어 있었다. 아무런 실마리도 없었다.

내가 말했다. "내가 답장을 하죠. 누구냐고 물어보겠어요."

콘웨이가 생각하더니 고개를 끄덕였다.

—안녕, 알려줘서 고마워요. 그런데 내가 모르는 번호네요. 누구
시죠?

나는 내가 쓴 것을 콘웨이에게 보여주었다. 그녀는 엄지에 묻은
끈끈한 사과즙을 갈아 먹으면서 세 번 읽고는 말했다. "보내요."

나는 보내기를 눌렀다.

콘웨이도 나도 말하지 않았다. 그럴 필요가 없었다. 문자가 사실
이라면 크리스 하퍼가 죽은 날 밤에 조앤, 그리고 한 명 이상의 다른
여학생이 건물 밖으로 나갈 수 있었다. 그들 중 누군가가 무언가를
보았을 수 있었다.

그들 중 누군가가 무슨 일을 했을 수 있었다.

문자가 사실이라면 오늘의 상황은 전혀 달라진다. 이제는 카드 게
시자를 찾는 것만이 문제가 아니다.

우리는 답장을 기다렸다. 운동장에서 나는 하키 스틱 소리가 둔탁
해졌다. 여학생들이 우리를 보았고, 그늘 속의 우리를 보려고 고개
를 잡아 빼면서 쉬운 샷도 놓치고 있었다. 우리 머리 위에서는 작은
새들이 명랑한 울음 속에 날개를 파닥거리며 나무 사이를 드나들었
다. 엷은 구름이 흘러가면서 햇빛이 사위었다 밝아졌다 했다. 답장
은 없었다.

내가 말했다. "전화해볼까요?"

"해봐요."

전화는 음성사서함으로 넘어갔다. 통신사가 기본값으로 설정해
둔 여자의 음성이 나를 맞이하며 메시지를 남겨달라고 했다. 나는
전화를 끊었다.

내가 말했다. "여덟 명 중 한 명이에요."

"맞아요. 아니라기에는 너무 우연이 겹쳐요. 그리고 홀리는 아니에요. 홀리는 당신에게 카드를 가져왔으니 아마 열쇠도 직접 가져다줄 거예요."

콘웨이는 다시 휴대폰을 꺼내서 여기저기 전화를 걸었다. "안녕, 나 콘웨이 형사야. 혹시 몰라서 내가 갖고 있는 네 번호가 맞는지 확인하려고." 모든 통화는 녹음되었다. "수업 시간에는 휴대폰을 꺼야 해요." 콘웨이는 휴대폰을 두드리며 말했다. 하지만 모든 번호가 맞았다. 우리 여학생 중에는 전화번호를 바꾼 사람이 없었다.

콘웨이가 말했다. "이동통신 회사에 친구 있어요?"

"아직 없어요." 콘웨이도 마찬가지였다. 안 그랬으면 나한테 물어보지 않았을 것이다. 우리는 시간이 흐르는 동안 유용한 친구를 모으고 명단을 두텁게 한다. 나는 쿵 하는 느낌이 들었다. 이 일의 한가운데서 우리는 둘 다 신출내기였다.

"소피한테는 있어요." 콘웨이가 다시 전화를 걸었다. "소피가 그 번호의 전체 통신 목록을 구해줄 거예요. 오늘이 가기 전에요."

"미등록 전화기일 거예요."

"그렇겠죠. 하지만 그 휴대폰이 또 누구한테 문자를 보냈는지 알아야겠어요. 크리스가 누군가를 사귀었다면 어떻게든 만날 약속을 잡았을 거예요. 방법은 아직 모르지만요." 콘웨이는 휴대폰을 귀에 댄 채 담장에서 내려왔다. "기다리는 동안 귀여운 문자 공주가 준 정보가 사실인지 확인해보죠."

매케나는 작별 인사를 하려고 교장실에서 나왔다가 우리가 작별 인사를 할 뜻이 없다는 사실을 알고 별로 즐겁지 않은 기색이 되었다. 우리가 여기 와 있다는 사실은 이제 학교 전체에 퍼졌다. 통학생들이 곧 집에 가서 학교에 또 경찰이 왔다고 말할 테고 매케나의 전화는 불이 날 것이다. 그동안은 불쾌한 사건이 이제 다 끝났다는 말로 대처할 수 있었다. 약간의 후속 조사만 남았습니다. 모든 게 끝났으니 부모님들은 걱정하지 마세요. 매케나는 얼마나 오래 걸릴지 묻지 않았다. 우리는 매케나의 표정이 전하는 질문을 모르는 척했다.

매케나가 고개를 끄덕이자 곱슬머리 비서가 우리에게 기숙사 연결문의 열쇠를 주고 휴게실 자물쇠의 번호를 알려준 뒤 수색 허가증을 주었다. 우리가 원하는 걸 다 주었지만 미소는 없었다. 얼굴이 경직되어 있었다. 미간은 긴장되었고 시선은 우리를 외면했다.

우리가 교장실을 나설 때 다시 종소리가 났다. "가요. 저게 오늘 수업을 마치는 종이에요." 콘웨이가 보폭을 넓히며 말했다. "사감이 연결문을 열 거고 우리가 아이들보다 먼저 휴게실에 가야 해요."

"휴게실은 번호식 자물쇠를 쓰는데 작년에도 그랬나요?"

"네, 몇 년 됐대요."

"왜요?"

교실들에서 수다 소리와 의자 끄는 소리가 폭발했다. 콘웨이는 계단으로 1층까지 달려 내려갔다. "아이들이 물건을 거기다가 둬요. 기숙사 개별 방에는 자물쇠가 없어요. 화재나 레즈비언 문제를 대비해서요. 개인 협탁에는 자물쇠가 있지만 협탁이 워낙 작아서 휴게실에 물건을 두는 경우가 많아요. CD, 책 같은 것들요. 번호식 자물쇠를 해두면 도난 사건이 발생해도 용의자가 여남은 명뿐이죠. 간단한 문제예요."

"여기서는 누구도 그런 일을 하지 않는 줄 알았는데요."

콘웨이의 뒤틀린 곁눈질. "'우리 학교에는 그런 유형의 학생이 오지 않습니다'라고 하잖아요. 내가 매케나에게 말하고 실제로 도난 사건이 있었느냐고 묻자 매케나는 인상을 쓰고 한 번도 없었다고 했어요. 내가 어쨌든 번호식 자물쇠를 쓴 다음부터는 없는 거죠? 했더니 인상을 더 쓰고 못 들은 척했어요."

열려 있는 연결문을 지나 기숙사로.

기숙사는 본관과 느낌이 달랐다. 흰색 페인트를 칠했고 서늘하고 조용한 분위기였다. 계단 아래로 하얀 침묵이 둥둥 떠내려갔다. 가벼운 꽃향기 같은 느낌. 공기가 나더러 넌 물러나고 콘웨이만 보내라고 하는 것 같았다. 여기는 여자들의 영토였다.

우리는 계단을 올라갔다. 계단 꼭대기에서 성모마리아가 내게 수수께끼가 담긴 미소를 보냈다. 이어 긴 복도를 걸었다. 복도에는 붉은색의 낡은 타일이 깔리고 양옆으로 흰색 문들이 총총 있었다. "학생들 방이에요. 3학년과 4학년." 콘웨이가 말했다.

"밤에는 누가 감시를 하나요?"

"그런 건 없는 것 같아요. 사감실은 저학년 구역인 1층에 있어요. 여기는 6학년 규율부 두 명이 있지만 그 친구들이 잠들면 뭘 하겠어요? 둔탱이만 아니면 몰래 나가는 데 아무 문제 없어요."

복도 끝에 서로 마주 보는 참나무 문 두 개. 콘웨이는 그중 왼쪽 문으로 가서 자물쇠의 번호를 눌렀다. 비서가 준 쪽지는 보지도 않았다.

3학년 휴게실은 쉬기 좋을 만큼 아늑했다. 이야기책 속 분위기. 물론 그게 다가 아니라는 것을 이미 게시판에서 흑백으로, 원색으로 다양하게 보았지만, 그래도 여기서는 나쁜 일이 일어날 것 같지 않았다. 누군가 언어폭력을 당해 구석으로 물러나는 일, 누군가 어느 소파에 앉아 자살을 꿈꾸는 일 같은 것.

따뜻한 주황색과 황금색의 크고 푹신한 소파들, 가스 벽난로. 벽난로 선반의 프리지아 꽃병. 숙제를 할 수 있는 낡은 나무 테이블. 여학생들의 잡동사니는 사방에 있었다. 헤어밴드, 사탕 색깔 매니큐어, 잡지, 물병, 먹다 남은 캔디 롤 등. 녹색 바탕에 흰 데이지꽃이 새겨진, 미사포만큼 섬세한 스카프가 의자 등받이에 걸려서 창문으로 들어오는 바람에 일어났다. 센서 등이 켜졌고 그것은 환영이 아니라 경고 같았다. '널 지켜보고 있어' 하는 듯한.

벽장 방식으로 설치된 붙박이 책장이 두 군데 있었다. 천장까지 닿는 높이에 칸마다 책이 겹겹이 꽂혀 있었다.

"어이쿠, 여기는 텔레비전도 없나요?" 콘웨이가 말했다.

복도에서 높은 목소리들이 밀려오더니 우리 등 뒤에서 문이 덜컹 열렸다. 우리는 빙글 돌아섰지만 여학생들은 우리보다 작았다. 세 명이 문을 열다 말고 나를 보았다. 한 명이 키득거렸다.

"들어오지 마." 콘웨이가 말했다.

"내 어그부츠가 여기 있어요!" 학생이 가리켰다. 콘웨이가 부츠를 집어서 던져주었다. "이제 가."

그들은 물러갔지만 내가 문도 닫기 전에 수군거림이 시작되었다.

"어그부츠라니, 그런 물건은 금지해야 돼요." 콘웨이가 장갑을 꺼내면서 말했다.

그리고 장갑을 꼈다. 책과 열쇠가 정말 있다면 거기 찍힌 지문은 소중했다.

한 사람당 벽장 하나. 손가락으로 책등을 훑고, 첫 줄의 책을 거둬서 바닥에 내려놓고, 뒷줄의 책부터 시작했다. 빠르게, 무언가 확실한 것이 떠오르기를 바라며. 그것을 내가 찾기를 바라며.

콘웨이가 아이들의 눈길과 키득거림을 감지했거나 공중의 기척을 느낀 모양이다. 그녀가 말했다. "조심해요. 내가 아까 놀리기는 했지만 아이들하고는 조심해야 돼요. 이 나이대 아이들은 누군가를 좋아하고 싶어 해요. 적당히 괜찮은 사람만 있으면 금방 달려들어요. 교무실 봤어요? 남자 교사들이 모두 괴물 같은 게 우연일까요?" 콘웨이는 고개를 저었다. "아이들을 자극하지 않기 위해서예요. 수백 명의 여학생, 호르몬 수치가 구십……."

"나는 저스틴 비버가 아니에요. 나 때문에 무슨 문제가 생기지는 않아요."

콧방귀가 돌아왔다. "저스틴 비버가 필요 없다니까요. 당신은 괴물이 아니고 예순 살도 아니에요. 그 정도면 충분해요. 아이들은 당신을 좋아하고 싶어 해요. 물론 그걸 이용할 수도 있어요. 하지만 여학생과 단둘이 있는 일은 피하는 게 좋아요."

나는 제마가 샤론 스톤처럼 다리를 꼰 일이 생각났다. 내가 말했다. "그럴 생각 없어요."

"잠깐, 여기." 콘웨이가 말했다. 목소리가 높아지자 나도 모르게 일어섰다.

아래 칸 뒷줄, 밝은 색깔의 매끈한 책들 뒤에 감추어진 낡은 하드커버 책들, 가장자리가 갈라진 표지. 『리지외에서 성 테레즈의 삶: 작은 꽃과 작은 길』

콘웨이는 한 손가락으로 책을 조심조심 꺼냈다. 먼지가 딸려 왔다. 앞표지에는 수녀 베일을 쓴 젊은 여자의 모습이 있다. 통통한 얼굴, 얇은 입술에 떠오른 수줍은 것도 같고 교활한 것도 같은 미소. 뒤표지가 제대로 닫히지 않았다.

나는 책 위쪽과 아래쪽을 두 손가락으로 지탱하고 콘웨이가 책 뒤쪽을 열어보게 했다. 안으로 접혀 들어간 책날개 한구석에 테이프로 삼각형 포켓이 만들어져 있었다. 콘웨이가 포켓을 펼치자 안에 열쇠가 있었다.

우리 둘 다 열쇠에 손을 대지 않았다.

내가 질문이라도 한 것처럼 콘웨이가 말했다. "아직은 보고하지 않을 거예요. 확실한 게 아무것도 없으니까요."

기병대가 들어와야 할 순간이었다. 수색팀이 학교를 뒤지고 감식반이 발맞추어 지문을 뜨고 모든 대면 조사에 사회복지사가 입회해야 한다. 카드 쪼가리도 아니고 심심해진 십 대가 관심을 끌려고 친 장난일 가능성도 없었다. 살인 현장을 목격했을지 모르는 한 여학생, 어쩌면 넷 또는 여덟 명과 관련된 일이었다. 이것은 진짜였다.

콘웨이가 기병대를 요청하려면 오켈리에게 반짝이는 무언가를 보여서 미제 사건에 예산을 탕진할 명분을 주어야 할 것이다. 그리고 나는 순식간에 집으로 돌아가고 그녀는 경력자와 짝을 이룰 것이다. 오고먼이나 그 밖에 실적을 원하는 누군가와. '도와줘서 고마워요, 모런 형사님. 다음에 또 누가 군침 도는 단서를 가지고 오면 그때 다시 봐요'라는 말만 남긴 채.

내가 말했다. "이게 정말로 연결문 열쇠인지도 확실하지 않아요."

"그렇죠. 진짜 열쇠 복사본이 본부에 있으니까 대조해볼 수 있어요. 누구네 집 엄마의 술 캐비닛 열쇠가 아니라는 걸 확인해야 경찰서 인력 절반을 부르든지 할 테니까요."

"문자는 여기 그걸 누가 언제 두었는지 하는 것뿐이에요. 지난 오월에는 없었을지도 몰라요."

"맞아요." 콘웨이는 책날개로 만든 포켓을 닫았다. "작년에 이곳을 샅샅이 뒤지고 싶었지만 팀장이 반대했어요. 세인트킬다 사람이 연관된 증거가 없다고요. 그 말은, 더러운 형사들이 공주님들 속옷을 뒤지고 다니는 데 부자 엄마와 아빠들이 화를 낼 거라는 뜻이었죠. 하지만 내가 아는 한 열쇠는 그때 거기 없었어요."

"조앤 그룹이 왜 열쇠를 여기 계속 두었을까요? 크리스가 죽고 조사가 시작되었을 때 왜 버리지 않은 거죠?"

콘웨이가 책을 닫았다. 필요하다면 손길이 섬세해질 수 있었다. "사건 직후 학교를 봤으면 이해됐을 거예요. 아이들은 잠시도 혼자 있으려고 하지 않았어요. 옷장에서 한니발 렉터가 튀어나와서 뇌를 파먹을까 봐요. 화장실에 갈 때도 다섯 명씩 무리 지어 갔어요. 경찰이 사방에 있고, 교사들이 복도를 순찰하고, 수녀들이 정신없이 돌아다니고, 수상한 물건이 보이면 모두가 히스테리를 일으켰죠. 이건……." 그녀는 손가락으로 책을 가리켰지만 만지지는 않았다. "아주 영리한 방법이었을 거예요. 열쇠를 보관하되 옮기는 모습을 들키지 않는 거죠. 그리고 겨우 몇 주 뒤에 여름방학이 시작되었어요. 구월에 학생들이 돌아왔을 때는 4학년이 됐으니까 휴게실 비밀번호도 모르고 여기 올 이유도 없었어요. 열쇠를 가지러 오는 건 여기 숨겨두는 것보다 더 위험했을 거예요. 이 책을 몇 명이나 읽겠어요? 열쇠가 다른 사람에게 발견될 가능성이 얼마나 되겠어요? 그리고 발견했다 한들 뭔지 알았겠어요?"

"조앤이, 아니 누구든 열쇠를 버리지 않았으니 책을 닦지도 않았겠네요."

"맞아요. 지문을 뜰 거예요." 콘웨이는 가방에서 비닐로 된 증거 봉투를 꺼내서 열었다. "문자를 보낸 게 누구일까요? 홀리 그룹 아이들이 조앤을 싫어하긴 해요."

콘웨이가 봉투를 잡고 내가 두 손가락으로 책을 안에 넣었다. 내가 말했다. "나는 누가 문자를 보냈는지보다 문자를 보낸 이유가 더 궁금해요."

콘웨이는 나를 흘겨보며 봉투를 가방에 넣었다. "내가 말한 겁먹었다는 가설이 별로인가 봐요?"

"아뇨, 좋았어요. 하지만 누가 겁을 먹고 우리한테 문자를 보내나요? 뭐가 두려워서요? 열쇠가 여기 있다는 걸 안다고 살인범의 표적이 될 이유가 있나요?"

"살인범이 조앤이라면 얘기가 다르죠." 콘웨이가 손가락 하나하나에서 장갑을 신중하게 빼내며 말했다.

우리는 처음으로 실명을 언급했다. 그러자 긴장의 화살이 공중을 뚫고 날아가면서 소파 덮개에 물결을 일으키고 커튼을 경련시켰다.

내가 말했다. "결정은 당신이 하는 거지만 나라면 아직 조앤에게 초점을 맞추지 않겠어요."

나는 강한 반박을 예상했지만 콘웨이의 반응은 달랐다. "나도 그래요. 조앤이 숨겼다고 해도 친구들은 알고 있었어요. 누구부터 조사하고 싶은가요? 앨리슨?"

"올라로 하겠어요. 앨리슨이 더 불안한 성격이지만 별로 도움은 안 돼요. 한 번만 밀어붙여도 울면서 아빠를 찾아갈 거고, 그러면 우리는 힘들어지죠." '우리'라는 말에 콘웨이의 한쪽 눈썹이 올라갔지만 그뿐이었다. "올라는 좀더 안정적이고 또 영리하지 않아서 우리가 주도할 수 있어요. 나는 올라를 조사해보겠어요."

"음." 그런 뒤 콘웨이가 무슨 말인가 하려고 입을 열 때 바깥에서 소리가 들렸다.

가늘고 날카로운 소리가 경보처럼 오르락내리락했다. 내가 정체를 생각해볼 겨를도 없이 콘웨이가 벌떡 일어나서 문으로 달려갔다. 내 옆을 지나가는 얼굴이 '드디어 행동의 시간이 왔어' 하고 말하는 듯 강렬한 빛에 싸여 있었다.

복도 중간쯤에 학생 여남은 명, 아마 그 이상이 모여 있었다. 절반 정도는 이미 교복을 벗고 후드 티나 티셔츠 등 경쾌한 차림으로 갈아입었고 싸구려 팔찌를 손목에서 짤랑거렸다. 몇몇은 갈아입던 중이라서, 단추를 쥐거나 소매에 팔을 밀어 넣고 있었다. 모두가 높고 빠른 소리로 정신없이 떠들고 있었다. "뭐야? 뭐야? 뭐야?" 그리고 무리 가운데에서 누가 비명을 지르고 있었다.

우리는 학생들보다 키가 컸다. 반짝이는 머리들 안쪽에 조앤 그룹이 있었다. 비명의 당사자는 앨리슨이었다. 등을 벽에 댄 채 두 손을 활짝 펴서 얼굴 앞에 들고 있었다. 조앤은 무언가 하려고 했다. 구원의 천사처럼 안아주려는 건지 어떤 건지 알 수 없었지만 앨리슨은 너무 혼비백산해서 그런 것도 받아들이지 못했다.

거기 모인 아이 중 홀리만이 유일하게 앨리슨에게 시선이 꽂혀 있지 않았다. 홀리는 아빠와 같은 눈으로 아이들 얼굴을 살펴보며 실마리를 찾고 있었다.

콘웨이는 옆에서 펄쩍펄쩍 뛰며 소리를 지르는 여학생의 팔을 잡왔다. "무슨 일이니?"

"앨리슨이 유령을 봤어요! 크리스 하퍼를 봤대요, 앨리슨이……."

비명은 계속되고 여학생은 계속 뛰며 떠들었다. 콘웨이가 모두에게 다 들릴 만큼 큰 소리로 말했다. "그 애가 왜 여기 왔는지 아니?"

검은 머리 여학생은 입을 벌린 채 콘웨이를 바라보았다. 다른 여학생들도 어리둥절해서 우리를 번갈아 바라보았다. 왜 이 어른들이 앞으로 나서서 상황을 통제하고 문제를 해결해주지 않나 하는 얼굴들이었다.

"너희 중에 누군가가 크리스 사건의 범인을 알기 때문이야. 그 사람에게 진실을 밝히라고 말하러 왔어. 살인 사건에서 흔하게 벌어지는 일이야."

그런 뒤 콘웨이가 내게 눈길을 던졌다. 나는 고개를 끄덕이고 말했다. "이제 시작일 뿐이야. 점점 심해질 거야."

"살인 피해자들은 진실을 알아. 그리고 진실이 묻히는 걸 싫어해. 크리스도 화가 나 있어. 진실을 알고 있는 사람이 밝히기 전까지 크리스는 편히 쉬지 못할 거야."

검은 머리 여학생이 입을 가린 채 우는 소리를 냈다. 사방에서 헉 소리가 났고 한 여학생이 친구의 팔을 잡고 외쳤다. "어떡해, 어떡해……." 앨리슨의 비명과 비슷할 만큼 높고 떨리는 목소리였다.

"살인 피해자들은 분노가 가득해. 살았을 때 크리스는 사랑스러운 친구였을 거야. 하지만 지금은 너희가 기억하는 모습과는 달라. 화가 나서."

전율이 아이들을 휩쓸었다. 눈앞으로 이빨과 날카로운 뼛조각이 날아오는 것이 보였다. "어떡해……."

매케나가 거대한 덩치로 들끓는 여학생 무리를 뚫고 온다. 콘웨이는 검은 머리 여학생의 팔을 놓고 재빨리 뒤로 물러났다.

매케나가 소리쳤다. "조용히!" 그러자 와글거리는 소리는 사그라들었다. 앨리슨의 비명만이 흔들리는 대기 속으로 폭죽처럼 터져 올랐다.

매케나는 우리를 보지 않았다. 대신 앨리슨의 어깨를 잡고 돌려세워서 얼굴을 똑바로 보았다. "앨리슨! 그만해!"

앨리슨은 비명을 삼키다가 사레가 들렸다. 그리고 빨간 얼굴로 침을 삼키면서 매케나를 바라본다. 매케나의 두 손에 매달린 것처럼 흔들리며.

"제마 하딩, 무슨 일인지 말해주겠니?" 매케나가 앨리슨에게서 눈을 떼지 않고 말했다.

제마는 정신을 차렸다. "선생님, 저희는 그냥 방에 있었어요. 아무 일도 하지 않았어요……."

목소리는 어린아이 같았고 얼굴도 훨씬 어려져서 겁먹은 꼬마 소녀 같았다. 매케나가 말했다. "너희가 하지 않은 일 말고, 어떤 일이 벌어진 건지만 말해."

"앨리슨이 화장실에 갔는데 갑자기 복도에서 비명이 들렸어요. 달려 나와 보니까 앨리슨이……."

제마의 눈이 아이들을 빠르게 훑다가 조앤을 찾아 신호를 받았다. 매케나가 말했다. "계속 말해."

"앨리슨이…… 벽에 등을 붙이고 비명을 지르고 있었어요. 크리스 하퍼를 봤다면서요."

앨리슨의 머리가 뒤로 떨어졌다. 입에서는 높고 애처로운 소리가 났다. "앨리슨, 날 좀 봐." 매케나가 추궁하듯 말했다.

"크리스가 앨리슨 팔을 잡았대요. 선생님, 앨리슨 팔에 자국이 났어요. 진짜예요."

"앨리슨, 팔을 이리 보여주렴."

앨리슨은 힘없는 손으로 후드 티 소매를 더듬어서 팔꿈치까지 걸어 올렸다. 콘웨이는 우리 앞을 가로막은 여학생들을 밀어냈다.

언뜻 볼 때는 누가 앨리슨의 팔을 잡고 끌고 가려 한 자국 같았다. 상박을 감싼 선홍색 자국. 다섯 손가락과 손바닥, 여학생 손보다 큰.

우리가 가까이 가보았다.

붙잡힌 자국이 아니다. 붉은 피부는 부풀어 올랐고 수포가 가득했다. 열이나 산 또는 독풀에 의한 화상이다.

학생들이 동요해서 목을 잡아 빼고 신음을 냈다.

매케나가 매서운 목소리로 말했다. "앨리슨한테 알레르기 있는 거 아무도 몰랐니?"

정적.

"지난 학기에 앨리슨이 몸에 안 맞는 태닝 로션을 발랐다가 병원에 갔던 일 다 잊었니?"

무반응.

"아무도 기억 못 해?"

학생들은 자신들의 뒤틀린 소매 끝을 바라보다가 바닥을 내려다보다가 서로를 곁눈질하다가 했다. 휩쓸려서 흥분했던 게 부끄러운 것 같았다. 매케나가 아이들을 진정시키고 있었다.

"앨리슨은 알레르기 유발 물질에 접촉한 거야. 화장실에 다녀왔다면 아마 비누나 미화원이 쓴 물건이 문제였을 거야. 자세한 경위를 조사해서 그 물건을 쓰지 않도록 하마."

매케나는 아직도 우리를 보지 않았다. 뻔뻔한 아이들은 무시당한다. 하지만 그 말은 우리도 들으라고 또는 우리가 들으라고 하는 말이었다.

"앨리슨은 항히스타민제를 먹으면 한두 시간 안에 회복할 거야. 나머지는 모두 휴게실에 가서 알레르기 유발 물질에 대해 삼백 단어 분량의 작문을 써서 내일 아침에 제출해. 난 너희에게 실망했다. 너희 정도 나이와 지성이라면 이런 일에 흥분하지 않고 분별 있게 대처할 줄 알아야지."

매케나는 한 손을 앨리슨의 어깨에서 떼고 복도를 가리켰다. "모두 해산. 도움을 줄 만한 특별한 정보가 없다면." 앨리슨은 벽에 툭 떨어졌다.

"선생님." 조앤이 말했다. "저희 중 한 명은 앨리슨 곁에 있어야 돼요. 만약에⋯⋯."

"필요 없어. 휴게실로 가."

학생들은 삼삼오오 팔짱을 끼고 흩어졌지만 계속 수군거리며 뒤를 돌아보았다. 매케나는 아이들이 눈앞에서 사라질 때까지 지켜보았다.

그러더니 우리에게 말했다. "어떻게 된 일인지 아시겠지요."

"모르겠는데요." 콘웨이가 말하고 매케나와 앨리슨 사이에 들어갔다. 매케나는 앨리슨을 놓았다. "앨리슨, 화장실에 가기 전에 누가 크리스 하퍼의 유령에 대해 이야기했니?"

앨리슨의 얼굴은 창백하고 붉으락푸르락했다. 앨리슨이 힘없이 말했다. "크리스가 저 문틀에 있었어요. 문틀 꼭대기를 잡고 턱걸이를 했어요. 다리가 덜렁거렸어요."

'항상 무슨 일인가 하고 있어요.' 설리나가 아까 말했다. 나는 유령을 믿지 않는다. 그래도 견갑골 사이로 전율이 올라왔다.

"그래서 제가 비명을 질렀을 거예요. 어쨌든 크리스가 저를 봤어요. 그러자 바닥으로 탁 내려오더니 복도를 번개처럼 달려와서 저를 잡았어요. 그리고 제 얼굴에 대고 웃었어요. 저는 다시 비명을 지르고 그 애를 발로 찼어요. 그러니까 크리스가 사라졌어요."

목소리는 평화롭게 들릴 정도였다. 속의 것을 다 토해낸 어린애처럼 진이 빠져 있었다.

"그래, 됐어." 매케나가 말했다. 불곰도 겁먹을 목소리였다. "네가 뭔지는 몰라도 어떤 알레르기 물질에 손을 대서 잠깐 환각에 빠졌던 거야. 유령은 없어."

내가 말했다. "팔이 아프니?"

앨리슨이 자기 팔을 보고 말했다. "네, 따가워요."

"당연하지." 매케나가 냉랭하게 말했다. "치료받기 전까지는 계속 그럴 거야. 그러니까 형사님들, 저희는 이만 실례하겠습니다."

"크리스한테서 빅스 연고 냄새가 났어요." 앨리슨이 매케나와 함께 가다가 고개를 돌리고 나에게 말했다. "전에도 그랬는지는 모르겠어요."

콘웨이는 그들의 뒷모습을 지켜보다가 말했다. "어그부츠를 가지러 왔던 아이들이 우리가 휴게실에 있다는 사실을 퍼뜨렸을 확률은 얼마나 될까요?"

"별로 높지 않을 것 같은데요. 그리고 이야기가 퍼질 시간은 많았어요."

"조앤의 귀에 들어가기까지 말이죠. 그 애는 우리가 뭘 찾는지 알아내야 했어요."

나는 고갯짓으로 앨리슨 쪽을 가리켰다. 앨리슨과 매케나의 빠른 발소리가 계단을 내려갔다. "연기가 아니었어요."

"그렇지만 앨리슨은 귀가 얇아요. 거기다 아까 조사받은 이후로 약간 날카로워진 상태예요." 콘웨이가 작은 목소리로 말하며 고개를 뒤로 기울여 시끌벅적한 휴게실 소음을 들으려고 했다. "앨리슨은 화장실에 간다고 했고 조앤은 그동안 이미 크리스의 유령 이야기를 많이 했어요. 앨리슨을 잘 알고 앨리슨을 조종하는 법도 알거든요. 그런 다음에 손에 선탠로션을 바르고 앨리슨의 팔을 잡았죠. 앨리슨이 쉽게 정신이 나갈 것은 예측하기 어렵지 않아요. 조앤은 소동이 일어나서 우리가 휴게실 문을 열어놓고 나오게 꾸민 거예요. 얼른 안에 들어가서 책을 훔치려고요."

'열여섯 살짜리가 그런 일을 할 수 있다고요?' 나는 이렇게 말할 뻔했지만 다행히 제때 멈추고 대신 말했다. "앨리슨 옷은 긴소매였어요."

"앨리슨이 후드 티를 입기 전에 팔을 잡은 거죠."

그럴 수 있다. 하지만 상당한 운이 필요하다. 내가 말했다. "하지만 조앤은 휴게실에 가지 않았어요. 여기 소동 한가운데 같이 있었어요."

"우리가 앨리슨을 데려갈 테니 시간이 있을 거라고 생각했겠죠."

"하지만 조앤이 이 일과 상관없을 수도 있어요. 유령은 앨리슨의 상상이고 팔은 매케나 말대로 우연한 사고고요."

"물론 그럴 수도 있죠."

발소리가 계단에서 사라졌다. 백색소음도 다시 사그라들어서 허공은 불안하고 불길한 느낌으로 채워졌다. 여기서 어떤 일이 상상과 사고라는 단순한 원인으로 벌어진다는 것은 믿기 어려웠다.

내가 말했다. "매케나는 여기 사나요?"

"아뇨. 그만한 분별력은 있어요. 하지만 우리보다 먼저 퇴근하지는 않을 거예요."

'우리.'

"구내식당 음식이 매케나 입에 맞기를."

콘웨이는 가방을 열어 안에 든 책을 확인하고 말했다. "사건 사고는 일어나는 법이죠." 만족스러운 웃음을 감추려 하지도 않았다. "말했잖아요."

12

어떤 면에서는 그들이 옳았다. 두 번째, 또는 세 번째로 나갈 때는 전과 같지 않다. 그것은 아무 문제가 되지 않는다. 그들이 빈터에 누워 이야기를 할 때 그곳에는 늘 다른 것이 있다. 실현될 순간을 기다리는 약속이. 약속이 모든 것을 물들인다.

"너희 같은 친구들을 사귈 줄은 몰랐어." 세 번째 날 밤에 베카가 말한다. "너희는 내 인생의 기적이야."

줄리아마저 말을 내치지 않는다. 그들 넷은 풀밭 위에서 손을 느슨하고 따뜻하게 얽고 있다.

일월 말의 어느 날 밤 10시 반. 세인트킬다와 컬름의 3, 4학년 소등 시간 십오 분 전. 크리스 하퍼는 이를 닦으며 두 발바닥으로 욕실 바닥 타일의 한기를 느낀다. 그는 화장실 칸 안에서 두 학생이 1학년을 괴롭히는 소리를 들으면서 말릴까 말까 생각하고 있다. 그의 생은 이제 넉 달도 남지 않았다.

어둠 건너 세인트킬다에서는 눈이 기숙사 창문에 부딪친다. 싸락눈이라 창문에 달라붙지 않는다. 겨울이 강력하게 내려왔다. 이른 일몰, 진눈깨비, 계속되는 추위로 인해 줄리아와 홀리와 설리나와 베카는 일주일 동안 해를 보지 못한 느낌이다. 갇힌 생활과 코감기로 답답하다. 그들은 밸런타인 댄스파티를 두고 말다툼중이다.

"난 안 가." 베카가 말한다.

홀리는 잠옷 차림으로 침대에 엎드려 줄리아의 수학 숙제를 열심히 베끼면서 자신이 한 것처럼 보이도록 실수를 약간 추가한다. "왜?"

"몸에 찰싹 달라붙고 가슴 부분을 깊이 파놓은 바보 같은 초미니 드레스에 몸을 욱여넣느니 차라리 라이터 불로 손톱을 지지는 게 나으니까. 그런 드레스가 있지도 않지만 있어도 안 갈 거야. 그게 이유야."

"가야 돼." 줄리아가 침대에 엎드려 책을 읽다가 말한다.

"안 가."

"거기 안 가면 이그네이셔스 수녀님한테 불려갈 텐데, 수녀님은 왜 파티에 안 가냐, 어렸을 때 학대를 받았냐고 물을 거고 네가 아니라고 하면 자존감을 키워야 한다고 말할 거야."

침대에 무릎을 끌어안고 앉은 베카는 분노로 타오르는 붉은 매듭 같다. "나도 자존감 있어. 자존감이 있어서 남들이 다 입건 말건 그런 바보 같은 옷을 안 입겠다는 거야."

"아이쿠, 고마워라. 내 드레스는 바보 같지 않아." 줄리아는 드레스가 있다. 검은 바탕에 빨간 물방울무늬가 있는 원피스인데 몇 달 동안 모은 돈으로 이 주 전에 세일하는 것을 샀다. 지금껏 입었던 옷 중에서 가장 몸에 달라붙지만 줄리아는 드레스를 입은 자신의 모습이 마음에 든다.

"네 옷은 그렇지. 하지만 내가 네 드레스를 입으면 바보 같을 거야. 내가 완전히 싫어할 테니까."

설리나가 머리 위에서 잠옷 셔츠를 끌어 내리며 말한다. "좋아하는 옷을 입으면 되잖아."

"나는 청바지가 제일 좋아."

"그러면 청바지를 입어."

"그래, 맞아. 너네도 그럴 거야?"

"나는 할머니가 물려주신 파란 드레스 입을 거야. 전에 너한테 보여준 거." 설리나의 할머니가 1960년대에 런던 번화가의 상점에서 일하던 시절 입었던 하늘색 초미니 드레스다. 설리나에게는 가슴 부분이 좀 작지만 그래도 그걸 입을 생각이다.

"그래, 알아. 홀리, 너는 청바지 입을 거야?" 베카가 말한다.

"젠장." 홀리가 생각보다 큰 실수를 해서 그 부분을 지우면서 말한다. "엄마가 크리스마스용으로 보라색 드레스를 사줬는데 사실 마음에 들어. 아마 입을 거 같아."

"그러면 청바지 입은 찐따는 나뿐이겠네, 아니면 나도 그냥 굴복하고 나가서 바보 같은 드레스를 사고 겁쟁이 거짓말쟁이가 돼야 하니까. 싫어."

"사서 입어봐. 우리를 즐겁게 해줘봐." 줄리아가 책장을 넘기며 말한다.

베카는 줄리아에게 손가락 욕을 한다. 줄리아는 웃음을 짓고 욕을 되돌려준다. 줄리아는 베카가 대담해진 것이 마음에 든다.

"싫어. 너희는 그날 밤 내가 여기 혼자 남아서 이그네이셔스 수녀님의 자존감 훈련을 하게 만들 거야. 바보 같은 드레스를 입고 몸을 흔들고……."

"그러니까 너도 가면 되잖아……."

"가기 싫어!"

"그럼 원하는 게 뭐야? 네가 드레스 입기 싫으니까 우리 모두 기숙사에 남아 있자는 거야?" 줄리아가 책을 내려놓고 일어나 앉는다. 목소리가 너무 퉁명스러워서 홀리와 설리나는 하던 일을 멈춘다. "왜냐하면…… 아냐, 때려치워."

"내 말은, 남들이 다 한다고 우리도 따라 할 필요 없다는 거야."

"나는 남들 따라서 가는 게 아니라 내가 가고 싶어서 가. 왜냐하면 재밌으니까. 너도 얘기는 들었지? 여기 남아서 자존감 훈련을 하고 싶으면 넌 빠져도 돼. 난 갈 거야."

"더럽게 고맙네. 너는 내 친구잖아……."

"맞아, 하지만 네 졸개는 아니야……."

베카는 침대에 무릎을 대고 일어나 앉아 있다. 주먹을 불끈 쥐고 있고 머리카락은 분노로 파들거린다. "내가 너한테 망할 부탁을 한 거 아니……."

그때 갑자기 전등이 지지직거리더니 불이 꺼진다. 그들은 비명을 지른다.

"조용!" 2층 규율부원들이 복도 저편에서 소리친다. 줄리아가 숨죽인 목소리로 "헐……" 하고, 정강이에 무언가를 쿵 부딪힌 설리나가 "아우!" 하고, 그런 뒤 불이 다시 켜진다.

"뭐야? 무슨 일이야?" 홀리가 말한다.

전구는 천연덕스럽게 빛을 뿌린다. 깜박임도 없다.

"이건 신호야, 베카." 줄리아가 흥분과 침착의 경계에 있는 숨죽인 목소리로 말한다. "우주가 너한테 그만 징징대고 댄스파티에 가래."

"하하, 정말 재밌네." 베카가 말한다. 하지만 목소리는 전혀 침착하지 않고 어린아이처럼 높고 흔들린다. "아니면 우주가 너한테 가지 말라고 하는 걸 수도 있어. 네가 파티에 간다는 말에 우주가 짜증나서."

설리나가 베카에게 묻는다. "네가 한 일이야?"

"너 나 엿 먹이는 거 맞지?" 줄리아가 말한다.

"베카?"

"아, 제발. 그만둬. 그런 이야긴 하지도 마." 줄리아가 말한다.

설리나는 아직도 베카를 보고 있고 홀리도 마찬가지다. 마침내 베카가 말한다. "몰라."

"맙소사. 나는 도저히." 줄리아가 말하고 침대에 엎어져서 머리 위에 베개를 덮는다.

설리나가 말한다. "다시 해봐."

"어떻게?"

"방금 네가 한 대로."

베카는 전구가 자신에게 뛰어들기라도 할 듯이 전구를 본다. "내가 안 했어. 난 몰라."

줄리아가 베개 밑에서 끙 소리를 내고 홀리가 말한다. "빨리 해.

줄리아 질식해 죽겠다."

"나는 그냥······." 베카가 여윈 손바닥을 위로 들고 흔든다. "그냥 기분이 나빴어. 왜냐하면······ 그냥······." 베카가 주먹을 쥐자 불이 나간다.

이번에는 아무도 비명을 지르지 않는다.

"다시 켜줄래?" 어둠 속에서 설리나가 조용히 말한다.

불이 다시 켜진다. 줄리아는 베개를 치우고 일어나 앉아 있다.

"아, 내가 정말······?" 베카가 말한다. 등을 벽에 붙이고 입 앞에 주먹 쥔 손을 대고 있다.

"아니, 넌 아냐." 줄리아가 말한다. "전기에 무슨 문제가 있나 봐. 눈이 와서 그럴 거야."

설리나가 말한다. "다시 해봐."

베카는 다시 한다.

이번에 줄리아는 입을 다문다. 방 안의 공기가 파르르 떨면서 빛을 굴절시킨다.

"어제 아침에 우리가 등교 준비를 할 때······." 설리나가 말한다. "내가 협탁에서 뭘 집어 들다가 스탠드에 손이 닿았는데 그러니까 그게 켜졌어. 손을 떼니까 꺼지고."

"싸구려라서 오작동하는 거야." 줄리아가 말한다. "새로울 거 없어."

"여러 번 해봤어. 확인하느라고."

그들은 설리나의 스탠드가 꺼졌다 켜졌다 한 일을 기억한다. 그때 이미 날씨가 안 좋아지기 시작했고, 구름 덮인 하늘이 전등 빛과 충돌해서 학교에 긴장된 느낌을 안겨주었다. 그들은 아마 그래서일 거라고 막연히 생각했다.

"왜 말 안 했어?"

"모두 바빴잖아. 그리고 생각도 좀 해보고 싶었어. 지켜보면서……."

그 일이 다른 사람에게도 일어난다면. 베카는 잊지 않고 얼른 숨을 내쉰다.

홀리가 말하기 싫은 목소리로 말한다. "오늘 오후 수학 시간엔가? 화장실에 가는데 복도 전등 있잖아. 내가 밑에 가니까 꺼졌다가 지나간 다음에 다시 켜졌어. 전부가. 그냥 그런가 보다 했어. 눈도 내리고 그러니까."

설리나가 홀리에게 눈썹을 치켜올리고 전등을 바라본다.

"맙소사." 줄리아가 말한다.

"이번엔 안 될 거야." 홀리가 말한다.

아무도 대답하지 않는다. 공기에는 아직도 흔들림이 있다. 신기루를 빚는 모래밭의 열기 같은.

홀리가 베카처럼 손바닥을 들고 주먹을 쥔다. 불이 나간다. "헐!" 홀리가 소리치자 불이 다시 켜진다.

침묵 속에서 공기가 둥둥 울린다. 무슨 말을 해야 할지 아무도 모른다.

"나한테 초능력인지 뭔지 그런 거 없어." 홀리가 너무 큰 소리로 말한다. "과학 시간에 카드 그림 맞히는 거 했을 때 나 완전 꽝이었잖아."

베카가 말한다. "나도 그래. 이건 아마…… 빈터 때문인 거 같아. 바뀐 건 그거야." 줄리아는 침대에 다시 털썩 쓰러지더니 이마를 몇 차례 베개에 찧는다. "좋아, 그러면 방금 일어난 일은 뭐야, 똘똘씨?"

"말했잖아. 어딘가 있는 뭔 장치에 눈이 들어간 거라고. 그러면 이제 다시 우리가 진짜 친구인지 아닌지에 대해 싸울까?"

설리나가 불을 끄자 줄리아가 소리친다. "그러지 마! 나 책 읽을 거야."

"눈이 와서 불이 꺼진 거라면서 왜 나한테 그러지 말래?" 설리나가 웃으며 말한다.

"시끄러. 나 책 읽는다니까."

"그럼 네가 해봐."

"어어, 알았어."

"해보라니까."

줄리아가 설리나를 사납게 노려본다. "무서워?" 설리나가 묻는다.

"무서워할 게 없다는 게 내 말의 요지야."

"그러면?"

줄리아는 이런 도발을 잘 뿌리치지 못한다. 그래서 마지못해 일어나 앉는다. "내가 이런 일을 다 하다니 어이없다." 줄리아가 한숨을 크게 쉬며 손을 들어서 오므린다. 아무 일도 없다.

"봐." 줄리아가 말한다. 그리고 자기 마음의 한구석이 크게 실망한다는 사실에 당황한다.

설리나가 말한다. "그건 아냐. 너무 대충 했어."

"복도 불빛, 그 일이 있기 전에 노턴이 나한테 신경질을 냈어." 홀리가 말한다. "생각나? 클리오나가 막 떠들었는데 노턴은 그게 난 줄 알았대. 나는 화가 났어. 그리고……."

"아, 시발." 줄리아가 말한다. 그리고 베카가 댄스파티가 어쩌고 고집을 피우던 일을 생각하고 다시 시도한다. 불이 켜진다.

침묵이 내리고 현실이 피부에 이상한 감촉을 준다. 현실이 주변에서 물결치고 부글거린다. 소용돌이처럼 빙글빙글 돌다가 엉뚱한 곳에서 재미 삼아 간헐천을 뿜는다. 그들은 움직이고 싶지 않다. 현실이 예상치 못한 방식으로 반응할까 봐.

"쓸 만한 기술이 아닌 게 안타깝네." 홀리가 최대한 덤덤하게 말한다. 이걸 큰일로 만드는 건 좋지 않다고 느낀다. 괜히 관심을 끌지 모른다. 누구의 관심일지는 몰라도. "투시력이 있으면 시험 전날에 시험지를 볼 수 있을 텐데."

"아니면 시험 자체에 신경을 안 쓸 수도 있어." 베카가 말한다. 키득키득 웃고 싶은 얼굴이다. 세상 모든 것이 간지럼을 태우는 것처럼. "성적표를 전부 A로 고칠 수 있다면! 그러면 정말 유용할 텐데."

"그런 건 아닌 것 같아." 설리나가 말한다. 설리나는 뿌듯한 웃음을 짓고 침대에 누워 있다. 세 친구 모두를 끌어안고 싶은 심정이다. "이건 어디 쓸모 있기 위한 게 아냐. 그냥 있는 거야. 원래부터 있던 것처럼. 우리가 방금 전까지 몰랐을 뿐."

"음." 줄리아가 말한다. 줄리아는 아직도 이 일이 즐겁지 않다. 이유는 몰라도 그들이 집단적으로 더 저항했어야 할 것 같다. 소리 지르며 뛰고, 이런 현상을 믿지 않고, 화제를 바꾸고, 계속 다른 이야기만 했어야 할 것 같다. 이런 일을 겪고 '와, 진짜 골 때리네!' 하고 계속 즐겁게 살아갈 수 있는 듯 행동하면 안 될 것 같다. 그런다고 달라질 게 없다 해도 그렇게라도 해야 그들이 바보는 아니라는 표시가 되었을 것이다. "어쨌든 덕분에 밸런타인 파티 헛소리는 해결

됐네. 슈퍼파워가 있는 사람이 청바지도 못 입을 쫄보가 되면 안 되지."

베카는 뭐라고 대답하려다가 키득거림에 휩쓸린다. 그래서 두 팔을 벌리고 침대에 쓰러져서 몸속에서 팝콘이라도 터지는 것처럼 웃음에 몸을 맡긴다.

"이제 네가 징징거리지 않아서 좋다." 줄리아가 말한다. "그러니까 댄스파티에 갈 거지?"

"물론 갈 거야." 베카가 말한다. "수영복 입고 갈까? 그럴 생각이거든."

"소등!" 규율부원이 문을 탁 치면서 소리친다. 그들은 일제히 불을 끈다.

그리고 그들은 빈터에서 연습한다. 설리나가 건전지를 넣는 소형 스탠드를 가져오고 홀리는 손전등을, 줄리아는 라이터를 가져온다. 밤은 구름이 가득하고 춥다. 그들은 빈터까지 더듬어 길을 가면서 나뭇가지가 얼굴을 때리거나 나뭇잎 뭉치가 요란하게 밟힐 때마다 몸을 움찔거린다. 빈터에 도착해서도 그들의 모습은 덩어리진 윤곽선뿐이다. 그들은 풀밭에 책상다리로 둥글게 앉아서 전등 기기를 서로에게 돌린다.

전등 기기가 작동한다. 처음에는 불안하다. 0.5초 동안 살짝 깜박인 뒤 놀란 얼굴들 앞에서 사라진다. 하지만 그들이 능숙해짐에 따라 갈수록 깜박임이 강해져서 어둠 속의 얼굴들을 황금 마스크로 만들었다가 다시 떨군다. 누군가 '하하'와 '헉'의 중간쯤 되는 소리를 낸다. 그리고 천천히 깜박임 수준을 벗어난다. 불빛이 키 큰 사이프러스나무 위로 올라가고 반딧불처럼 나뭇가지 사이를 빙글빙글 날아다닌다. 베카는 그 꼬리가 구름까지 닿는 게 확실히 보이는 것 같다.

"그리고 이 일을 축하하기 위해서⋯⋯." 줄리아가 코트 주머니에서 담배 한 갑을 꺼낸다. 사람들이 줄리아에게 열여섯 살이 넘었느냐고 물은 것은 이미 오래전이다. "이게 쓸모없을 거라고 말한 사람 누구?" 줄리아는 엄지와 검지로 라이터를 잡고 길쭉한 불길을 이끌어내서는 눈썹을 그을리지 않으려고 얼굴을 삐딱하게 기울인 채 담배에 불을 붙인다.

그들은 얼마간 편안하게 담배를 피운다. 설리나는 스탠드를 켜둔다. 어둠 속에 고개 숙인 겨울 풀들이 동그란 불빛 아래 생생하게 솟아오르고 청바지 주름과 얼굴들이 반짝인다. 홀리는 담배를 다 피운 뒤 불붙이지 않은 담배를 손에 들고 엎드려서 정신을 집중한다.

"뭐 해?" 베카가 다가가서 살펴보며 묻는다.

"담뱃불 붙이려고. 쉬잇."

"그건 안 될 것 같은데. 아무 데나 불을 붙이는 건 안 되는 거 아냐?" 베카가 말한다.

"조용, 안 그러면 너한테 불붙인다. 나 지금 완전 집중하고 있거든."

홀리는 자신이 너무했다는 생각에 움찔하지만 베카는 옆으로 굴러가서 발가락으로 홀리의 갈비뼈를 찌르고 말한다. "여기 집중해봐."

홀리는 담배를 떨구고 베카의 발을 잡는다. 베카의 부츠가 벗겨지고 홀리는 일어나서 부츠를 들고 달린다. 베카는 뒤뚱뒤뚱 홀리를 따라 달리며 정신없이 키득거리고 낮게 고함을 치다가 발밑에 차가운 것이 닿자 멈춘다.

설리나와 줄리아가 그들을 본다. 하지만 어둠 속에서 둘은 그저 빈터 가장자리를 도는 부스럭 소리, 웃음소리일 뿐이다. "아직도 이 일이 마음에 걸려?" 설리나가 묻는다.

"아니." 줄리아가 말하고 동그란 연기를 연달아 내뿜는다. 연기 조각들은 불빛과 어둠을 넘나들며 기이한 밤의 생명체처럼 사라졌다 나타났다 한다. 줄리아는 자신이 애초에 그걸 왜 불편해했는지 기억나지 않는다. "그냥 쫄보 짓을 한 거였어. 이제는 다 좋아."

"맞아." 설리나가 말한다. "솔직히 좋아. 하지만 너는 쫄보가 아니야."

줄리아가 설리나에게 고개를 돌린다. 보이는 것은 부드러운 한쪽 눈썹, 부드러운 머리카락 일부, 그리고 한쪽 눈의 몽롱한 광택뿐이다. "넌 내가 쫄보라고 생각할 줄 알았는데. '이렇게 끝내주는 일이 생겼는데 왜 망가뜨리려고 난리야?' 하고."

"아냐." 설리나가 말한다. "나는 이해됐어. 위험하게 느껴질 수도 있어. 나는 그렇게 느끼지 않지만 그런 느낌은 이해해."

"나는 겁먹었던 게 아냐."

"알아."

"진짜야."

"알아." 설리나가 말한다. "어쨌든 너도 같이하기로 해서 좋아. 네가 싫다면 우리가 어떻게 했을까?"

"어쨌든 했을 거야."

"아냐, 네가 없으면 못 했어. 그럴 이유가 없으니까."

베카가 부츠를 간신히 빼앗아 와서 홀리가 넘어뜨리기 전에 얼른 신으려고 깡충거린다. 둘 다 숨이 넘어가도록 웃는다. 줄리아는 설리나의 어깨에 한쪽 어깨를 기댄다. 줄리아는 신체 접촉을 즐기는 스타일이 아니지만, 이따금 무언가를 볼 때 설리나의 어깨에 팔꿈치를 대거나 코트의 분수대에 있을 때 설리나의 등에 기대앉는다. "바보야, 정신 차려." 줄리아가 말한다. 그리고 설리나가 자신의 무게를 받쳐주고 두 사람이 서로를 단단하고 따뜻하게 지탱하는 것을 느낀다.

그들이 부츠를 들고 복도를 걸어 방으로 돌아가는데, 그림자 속에서 누가 낭랑한 목소리로 말한다.

"세상에나, 큰일 나겠는데."

그들은 깜짝 놀라서 돌아본다. 심장이 쿵쿵 요동친다. 설리나는 손안의 열쇠를 꼭 움켜쥔다. 그림자가 짙어서 누구인지 알 수가 없는데 그 사람이 복도로 나온다. 조앤 헤퍼넌이 야간용 낮은 조명 속에 흑백사진 같은 모습으로 팔짱을 끼고 얼굴엔 웃음을 띠고 있다. 하늘거리는 잠옷에는 커다란 입술이 가득 새겨져 있다.

"시이발." 줄리아가 나직하게 말한다. 조앤은 웃음을 걷고 엄숙한 얼굴이 되어 욕설이 불쾌하다는 티를 낸다. "뭐야? 우리한테 심장마비를 일으키려고 기다린 거야?"

조앤은 고결한 표정을 짓는다. "너네가 걱정돼서. 올라가 화장실에 가다가 너네가 아래층에 내려가는 걸 보고 무슨 위험한 일을 하러 가는 건 아닌지 걱정했어. 약을 한다거나 술을 마신다거나."

베카가 픽 웃음을 터뜨린다. 조앤의 엄숙한 표정이 잠시 차가워졌다가 다시 돌아온다.

"재봉실에 가서 아프리카 고아들에게 보낼 담요를 만들었어." 홀리가 설명한다.

홀리가 말하면 늘 사실 같은 느낌이 든다. 잠시 조앤의 눈이 커진다. 줄리아가 말한다. "성 시발리우스가 내 꿈에 나타나서 고아들을 도와야 한다고 말씀하셨거든." 그러자 조앤의 얼굴에 다시 고약한 경건함이 떠오른다.

"너네가 밖에 나가지 않았다면 믿겠지만……." 조앤이 앞으로 다가오면서 말한다. "그러면 이건 뭐야?" 조앤이 설리나의 머리카락에 걸린 것을 홱 낚아채 앞으로 내민다. 설리나는 뒤로 펄쩍 뛰며 아얏 하고 소리친다. 조앤이 내민 것은 사이프러스나무 잔가지다. 초록색이 선명하고 아직도 찬 바깥 공기를 머금고 있다.

"기적이지!" 줄리아가 말한다. "실내 정원의 수호성인 성 시발리우스를 찬양하라."

조앤은 나뭇가지를 떨구고 잠옷에 손을 닦더니 코를 찌푸리고 말한다. "으, 너 담배 냄새 나."

"재봉틀 연기야. 건강에 해로워." 홀리가 말한다.

조앤은 말을 무시하고 말한다. "너네한테 바깥문 열쇠가 있구나."

"없어. 바깥문에는 경보 장치가 있어." 줄리아가 말한다. "천재적인 발상인데."

조앤이 천재는 아닐지 몰라도 바보도 아니다. "그러면 연결문을 통해 학교로 갔다가 창문으로 나갔겠지. 결국은 같은 거야."

"그래서?" 홀리가 묻는다. "그러지도 않았지만 그랬더라도 네가 왜 신경 써?"

조앤은 계속 경건한 표정을 유지해서—어떤 수녀가 언젠가 조앤에게 성녀와 닮았다고 말한 게 분명하다—눈이 약간 튀어나와 보인다. "위험하잖아. 무슨 일을 당할지 몰라."

그러자 베카가 또 한 번 참지 못하고 나직한 웃음을 터뜨린다. "그게 너하고 무슨 상관이야?" 줄리아가 말한다. 그들은 목소리를 높이지 않기 위해 바짝 붙어 있고, 그렇게 가까이 서 있다 보니 금방이라도 싸울 듯이 긴장이 높아진다. "다 그만두고 뭘 원하는지만 말해."

조앤은 성녀 같은 표정을 떨구고 말한다. "이렇게 쉽게 걸릴 만큼 모자란 사람이 열쇠를 갖고 있으면 안 돼. 그걸 쓸 머리가 있는 사람에게 줘야지."

"그럼 너는 아니네." 베카가 말한다.

조앤은 개가 사람 말로 욕이라도 한 것처럼 베카를 바라보고 말한다. "너는 말 한 마디 못하던 시절로 돌아가야 해. 그때는 사람들이 딱하게라도 여겼지." 그리고 줄리아와 홀리에게. "너네가 저 멍청이한테 입조심하는 법을 좀 가르쳐줄 수 있니?"

줄리아가 베카에게 말한다. "내가 알아서 할게."

"왜 신경 써? 그냥 가서 자자." 베카가 말한다.

"세.상.에." 조앤이 이마를 치면서 말한다. "너네는 어떻게 쟤를 아직 살려두고 있니? 이봐요, 정신 차리세요. 신경 써야 돼요. 내가 사감 선생님한테 알리면 선생님이 너네 옷차림을 보고 외출했다는 걸 알게 될 테니까. 이 말이 듣고 싶었던 거니?"

"아니." 줄리아가 베카의 발을 밟으며 말한다. "우리는 네가 그냥 방에 가서 자고 우리를 본 사실을 잊어주면 좋겠어."

"그래, 맞아. 그러니까 그렇게 큰 부탁을 하려면 나를 좀 상냥하게 대해야 하지 않을까?"

"상냥하게 대할 수 있지."

"그러면 열쇠를 줘. 고마워." 조앤이 말하고 손을 내민다.

줄리아가 말한다. "내일 복사해서 줄게."

조앤은 대답이 없다. 그냥 그 자리에 가만히 서서 딱히 누구도 바라보지 않고 손을 내밀고 있다.

"그러지 마. 제발."

조앤은 눈만 조금 더 커질 뿐 아무 변화가 없다.

침묵이 조여든다. 한참이 지난 뒤 줄리아가 말한다. "그래, 좋아."

"우리가 나중에 너네한테 열쇠를 복사해서 줄지도 몰라." 조앤이 우아하게 말하고 셀리나의 손이 천천히 조앤을 향해 올라간다. "너네가 앞으로 계속 상냥하게 굴고 저 똘똘 씨에게 상냥함의 말뜻을 가르쳐줄 수 있다면. 그렇게 할 수 있을까?"

그것은 앞으로 몇 주, 몇 달, 몇 년 동안 조앤이 고약하게 굴어도 온순하게 미소를 짓고, 더없이 공손하게 이제 열쇠를 줄 수 있겠니 하고 묻고, 조앤이 고개를 옆으로 기울이면 우리가 뭘 잘못했을까 생각하다가 아무것도 찾지 못하는 일을 반복해야 한다는 뜻이다. 이런 밤들이 끝난다는 뜻, 모든 것이 끝난다는 뜻이다. 그들은 조앤의 목에 어두운 공기를 둘러서 당기고 싶다. 셀리나가 손을 편다.

조앤이 열쇠를 잡았다가 손을 번쩍 든다. 열쇠가 떨어져서 복도 저편으로 굴러가고, 조앤은 비명을 지르기에는 숨이 모자란 듯 목이 메는 소리로 꺽꺽거린다. "아야! 뭐야 이거! 나 화상 입었어. 아아 아! 너네 무슨 일을 한⋯⋯."

홀리와 줄리아가 조앤의 얼굴 앞에서 나직하게 소리친다. "입 다물어, 입 다물어!" 하지만 이미 늦었다. 복도 저편에서 규율부원이 잠이 덜 깨서 짜증 난 목소리로 외친다. "무슨 일이야?"

조앤은 비명을 지르려고 돌아선다. "안 돼!" 줄리아가 조앤의 팔을 잡고 속삭인다. "네 방으로 돌아가. 열쇠는 내일 줄게, 꼭."

"저리 가." 조앤은 분노로 들끓는다. "이 일을 후회하게 하겠어. 이 손을 봐. 네가 한 짓을……."

조앤의 손은 아무 문제 없다. 자국조차 없지만 조명이 얼룩덜룩한데다 조앤이 움직여서 정확한 것은 알 수가 없다. 규율부원은 아까보다 잠이 더 깨고 짜증도 더 커진 목소리다. "내가 거기까지 가야 해? 그렇다면……."

조앤이 다시 입을 열지만 줄리아가 모든 힘을 끌어모아 나직이 윽박지른다. "잘 들어! 우리가 잡히면 열쇠는 아무도 못 가져. 알겠어? 가서 자. 내일 줄게. 얼른 가."

"너네는 진짜 괴짜야." 조앤이 말한다. "정상인들이 너네랑 같은 학교에 다니면 안 돼. 만약 내 손에 상처가 생겼으면 너네를 고소할 거야." 그리고 입술 무늬 가득한 잠옷을 펄럭이며 자기 방으로 돌아간다.

줄리아는 베카의 팔을 잡고 방으로 달려간다. 설리나와 홀리도 빈터로 갈 때만큼 빠르고 조용하게 따라붙는다. 설리나는 열쇠를 집을 때도 속도를 거의 줄이지 않는다. 홀리는 문을 닫은 뒤 문에 귀를 댄다. 아무 소리 없는 걸 보니 규율부원은 굳이 침대에서 일어나고 싶지 않은 모양이다. 위험은 지나갔다.

설리나와 베카는 옷소매에 대고 숨을 헐떡이며 정신없이 키득거린다. "걔 얼굴……. 우와, 걔 얼굴 봤어? 난 진짜……."

"이리 줘봐. 한번 만져보게." 베카가 속삭인다.

"이제 안 뜨거워. 괜찮아." 설리나가 말한다.

설리나는 어둠 속에 앉아 있다. 그들은 서로 손가락을 부딪쳐가며 설리나가 내민 손에서 열쇠를 만져본다. 체온 정도의 온기만 있을 뿐이다.

"열쇠가 튀어오르는 거 봤어?" 베카가 말한다. 신이 나서 머리가 다 어지러울 지경이다. "그년의 손에서 날아가서 복도를 달려갔어……."

"통통 튀어 갔지. 조앤이 떨어뜨려서." 줄리아가 말한다.

"열쇠가 점프했어. 걔 얼굴, 와 진짜 끝내줬는데. 사진으로 찍었으면……."

"그런데 누가 한 거야?" 홀리가 물으며 베개 밑에 둔 스탠드를 켠다. 방 안 물건들에 부딪치지 않고 옷을 갈아입기 위해서 거기에 둔 것이다. "너였어, 베카?"

"나였던 것 같아." 설리나가 말하고 줄리아에게 열쇠를 던진다. 금속 광채가 작은 유성처럼 둘 사이를 가르고 지나간다. "하지만 그건 중요하지 않아. 내가 할 수 있다면 너네도 할 수 있어."

"좋아." 베카가 옷을 다 벗어서 침대 밑에 발로 차 넣으며 말한다. 그리고 잠옷을 입고 침대로 뛰어들어서 협탁에 물병 뚜껑을 올려놓고 손대지 않고 떨어뜨려보려고 한다.

줄리아는 열쇠를 휴대폰 케이스 안쪽에 다시 넣고 말한다. "좀 아껴뒀다가 문제가 안 될 만할 때 쓰자. 응?"

"일부러 그런 거 아냐." 설리나가 옷을 벗느라 후드 속에서 말한다. "그냥 일어났어. 너무 걱정이 됐거든. 그런데 그 일이 없었으면 조앤이 열쇠를 가져갔을 거야."

"걔가 이 일을 잊을 리는 없으니까 대신 내일 해결해야 해. 지금 화가 머리 꼭대기까지 났을걸."

그 말에 분위기가 싸늘해진다. "걔 손은 멀쩡해. 괜히 오버하는 거야." 셜리나가 말한다.

"맞아. 조앤은 오버쟁이고 우리 때문에 화가 났어. 이렇게 말하는 게 나을까?"

"이제 어떻게 해?" 베카가 병뚜껑에서 고개를 들고 묻는다.

"너네들 생각은 어때?" 홀리가 스웨터를 옷장에 던져 넣으며 말한다. "일단 걔한테 열쇠를 복사해 줘야 돼. 퇴학당하기 싫으면."

"왜 우리가 퇴학당해? 걔한테는 아무 증거가 없어."

"좋아. 외출을 그만두고 싶지 않다면으로 바꿀게. 우리가 다시 외출하면 조앤이 사감 선생님한테 가서 '선생님, 우연히 걔네가 계단을 내려가는 걸 봤는데 너무 걱정돼요' 하고 난리를 피울 거고 사감 선생님은 기다렸다가 우리가 돌아올 때 딱 잡을 거야. 그러면 퇴학당하겠지."

"내가 할게." 줄리아가 잠옷 바지를 입으며 말한다. "내가 조앤한테 말할게. 코트 옆의 철물 가게에서 열쇠도 복사하고."

"조앤이 더럽게 굴 텐데." 홀리가 말한다.

"그야 당연하지. 아마 네가 한 말에 대해서도 사과해야 될 거야. 똘똘 씨." 줄리아가 베카에게 말한다. "내가 그년한테 굽실거리고 싶어서 좀이 쑤실 것 같아?"

"안 그래도 돼. 걔는 이제 우리 무서워해." 베카가 말한다.

"십 초 동안은 그러겠지. 하지만 그런 다음에는 머릿속으로 드라마를 찍을 거야. 사악한 마녀인 우리가 주인공인 자기를 지져 죽이려고 했지만 자기가 너무 특별해서 실패했다고 생각하겠지. 그리고 그 일로 사과도 해야겠지. 열쇠가 뜨거웠던 건 셜리나가 열쇠를 가지고 달리고 어쩌고 하다가 손이 뜨거워져서 그런 거라고 둘러대야 하고." 줄리아는 침대에 올라가서 베개에 탕 쓰러진다. "진짜 너어무 재미있겠다."

셜리나가 말한다. "어쨌든 그렇게 하면 열쇠를 잃지 않게 돼."

"어떻게 해서든 그랬을 거야. 설득을 해서든 다른 걸 훔쳐서든. 괜히 겁주고 어쩌고 할 필요가 없었어."

베카가 말하는데 목소리의 긴장이 점점 높아진다. "'그래, 조앤. 아냐, 조앤. 그렇고말고, 조앤' 하면서 재수 없는 계집애한테 휘둘리는 것보다는 나아⋯⋯."

병뚜껑이 협탁에서 탁 튀어 올랐다가 떨어진다. "이것 봐!" 베카가 소리쳤다가 다른 친구들이 "쉿!" 하고 나무라자 손으로 입을 막는다. "아냐, 이거 봐! 내가 했어!"

"쩌네. 나는 아침에 해볼래." 홀리가 말한다.

"우리 뭐 하는 거지?" 줄리아가 갑자기 격한 목소리로 묻는다. "이런 헛짓거리들, 이 일도 그렇고 전등 장난도 그렇고. 그래서 우리가 어떻게 되고 있냐고?"

친구들이 줄리아를 본다. 어둠침침한 빛 속에 팔꿈치로 기대서 긴장된 곡선을 이룬 줄리아의 모습은 다시 빈터에서 본 덩어리진 실루엣뿐이다.

"나는 인생이 즐거워졌어. 그게 내 변화야." 베카가 말한다.

홀리가 말한다. "우리가 뭘 폭파하고 그러는 것도 아닌걸. 잘못되는 일은 없을 거야."

"그게 아냐. 우리가 악마를 불러낼 거라는 게 아니잖아. 그냥 이런 일이 이상하다는 거야. 빈터에서만 벌어지면 괜찮아. 별개의 공간에서 일어나는 별개의 일이니까. 하지만 지금은 여기서 그랬어."

홀리가 말한다. "그래서? 너무 이상해지면 그때 그만두면 돼. 뭐가 그렇게 문제야?"

"그래? 그냥 그만둬? 설리나, 너는 열쇠를 뜨거워지게 만들려고 하지도 않았어. 그냥 그런 일이 일어난 거야. 네가 스트레스를 받아서. 베카도 마찬가지야. 처음에 베카가 불을 껐을 때 우리는 싸우고 있었어. 만약 내가 코닐리어스 수녀님한테 혼나고 있으면 그냥 책을 한 권 띄워 올려서 수녀님 얼굴에 날려버릴까? 존나 재미있겠지만 바람직한 일은 아닐걸? 아니면 마음의 평정을 잃지 않도록 항상 조심하고 살아야 하는 거야? 정상적으로 살려면?"

"그건 네 사정이고 나는 정상이야." 홀리가 하품을 하고 침대에 들어간다.

"난 정상이 아니지만 그렇게 되고 싶지도 않아." 베카가 말한다.

설리나가 부드럽게 말한다. "시간이 좀 필요해. 너도 처음에는 전등 일 싫어했잖아. 그러다 오늘 밤에는 괜찮다고 했고."

"그래, 맞아. 그럴 거야." 줄리아가 잠시 후 말한다. 빈터가 머릿속에 불꽃처럼 떠오른다. 조앤만 아니라면 다시 스웨터를 입고 빈터에 나가고 싶다. 모든 것이 선명하고 반듯한 곳, 경계가 흐릿한 것도, 위험신호를 보내는 것도 없는 곳.

"내일 밤에 또 나가서 보자. 그때는 괜찮을 거야."

"아, 이런." 줄리아가 신음 섞어 말하고 뒤로 쓰러진다. "내일도 나가려면 망할 조앤 일을 해결해야 돼. 잊으려고 하고 있었는데."

"조앤이 널 괴롭히면 걔 손으로 자기 따귀를 때리게 해." 홀리가 말한다. "그걸 가지고 널 이를 거야, 어쩔 거야?" 그리고 그들은 웃음이 끝나기도 전에 곯아떨어진다.

다른 아이들이 모두 잠들었을 때 베카는 한 팔을 이불 밖으로 뻗어서 협탁 서랍을 연다. 그리고 휴대폰, 청색 잉크병, 핀이 박힌 지우개, 화장지를 하나씩 꺼낸다.

잉크와 핀은 그들이 빈터에서 맹세한 다음 날 미술실에서 훔친 것이다. 베카는 이불을 덮어쓰고 잠옷 셔츠를 걷은 뒤 휴대폰 각도를 조절해서 갈비뼈 아래쪽의 흰 피부를 비춘다. 그리고 숨을 꾹 참고 피부에 적당한 깊이로 점을 찍고 거기 잉크를 비벼 넣는다. 하다 보니 점점 익숙해진다. 숨을 참는 건 통증 때문이 아니라 움직이지 않기 위해서다. 통증은 신경 쓰지 않는다. 여섯 개의 점이 흉곽 아래 오른쪽 끝에서 안쪽을 향해 곡선을 이루어 내려간다. 아주 작아서 바짝 들여다보지 않으면 알아볼 수 없다. 점은 완벽했던 순간을 하나씩 표현한다. 그날의 맹세, 세 번의 탈출, 불빛, 그리고 오늘 밤.

이 모든 일이 시작된 후 베카는 현실은 사람들이 말하는 그런 것이 아니라고 느낀다. 시간도 그렇다. 어른들은 수업 종, 시간표, 커피 시간 등으로 시간에 말뚝을 박으려고 한다. 그래야 우리가 시간은 시시하고 고약한 것이라고, 우리가 사랑하는 모든 것을 조각조각 떼어 내서 결국 사라지게 만드는 것이라고 믿으니까. 그리고 우리도 말뚝에 묶어놓으려고 한다. 그래야 우리가 달月들의 소용돌이를 넘고, 반짝이는 초秒들의 여울을 지나고, 하늘로 치켜든 얼굴에 몇 줌의 시時를 뿌리며 날아가버리는 일이 없을 테니까.

베카는 점 주변에 남은 잉크를 닦는다. 그리고 화장지에 침을 뱉어서 다시 문지른다. 점이 고동친다. 따뜻하고 만족스러운 통증이다.

숲으로 나간 밤들은 사라질 수 없다. 해체될 수 없다. 그것은 영원히 남을 것이다. 그들이 거기 다시 돌아갈 수만 있다면. 맹세로 묶인 그들 넷은 한심한 시간표나 수업 종보다 강하다. 그들은 십 년, 이십 년, 오십 년 후에 말뚝들 사이로 미끄러져 들어와서 밤들의 빈터를 다시 만날 것이다.

점 문신은 그때를 위한 것이다. 필요한 어느 날 자신을 인도해줄 이정표가 될 것이다.

13

4학년 휴게실은 3학년 휴게실보다 작고 어두운 느낌이었다. 주황색이 아니라 서늘한 녹색이기 때문은 아니었다. 건물 이쪽은 오후해가 들지 않아서 천장의 전등으로는 물리칠 수 없는 해저 같은 느낌이 들었다.

여학생들은 여기저기 모여 앉아서 조용조용 수다를 떨었다. 홀리는 창턱에 앉아 있고, 줄리아는 창턱에 기대서 손목에 낀 머리끈을 튕기고, 리베카와 셀리나는 서로 등을 기댄 채 바닥에 앉아 있었다. 눈길은 공중에 적힌 글이라도 읽는 듯 초점이 멀었다. 조앤과 제마와 올라는 한 소파에 앉아 있고 조앤이 뭐라고 맹렬하게 속삭이고 있었다.

하지만 금세 모두의 눈이 문을 향했다. 대화가 끊기고 얼굴들은 멍하다.

"올라, 우리하고 이야기 좀 하자." 콘웨이가 말했다.

올라는 오렌지색으로 태운 얼굴이 하얗게 질렸다. "저요? 왜요?"

콘웨이는 계속 문을 잡고 있었고 결국 올라는 일어나서 앞으로 걸어 나오며 휘둥그레진 눈으로 친구들을 돌아보았다. 조앤은 올라에게 위협 같은 눈길을 던졌다.

"네 방으로 가자. 어디니?" 콘웨이가 복도를 훑어보며 말하자 올라가 손으로 가리켰다. 복도 끝이다.

이번에는 홀리한이 없다. 콘웨이는 올라의 보호자 역할을 나에게 맡겼다. 좋은 신호였다.

방은 크고 바람이 잘 통했다. 침대 네 개, 밝은 색깔 이불들. 가열된 머리카락 냄새와 네 가지 바디스프레이 향이 공중에서 엉켰다. 내가 알 것도 같고 모를 것도 같은 도발적인 여자 가수들과 매끈한 남자들의 포스터가 있었는데 모두가 육감적 입술에 세 사람이 달라붙어 한 시간은 공들였을 듯한 헤어스타일을 했다. 침대 옆 협탁들은 절반쯤 열렸고 교복은 침대와 방바닥에 널려 있었다. 올라와 조앤과 제마는 저녁 전의 짧은 자유 시간을 위해 사복으로 갈아입다가 앨리슨의 비명을 들었던 것이다.

흩어진 옷가지들을 보자 아까 그 느낌, '나가'라는 느낌이 더 강해졌다. 별다른 이유는 없다. 브래지어 같은 게 보이지 않는데도 나는 변태가 된 느낌이었다. 네 아이가 옷을 갈아입는 현장에 불쑥 들어왔다가 나가지 않는 것 같은.

"좋네요." 콘웨이가 둘러보면서 말했다. "우리 경찰학교보다 좋아요. 그죠?"

"지금 내가 사는 집보다 좋아요." 내 말은 약간만 사실이었다. 나는 내 집이 좋다. 작은 아파트지만 빈 공간이 많다. 나는 싸구려 네 개를 바로 사는 것보다 돈을 모아서 좋은 것 하나를 사는 게 좋기 때문이다. 하지만 높은 천장, 장밋빛 몰딩, 멋진 조명과 넓고 푸른 조망, 그런 건 돈을 몇 푼 모아서는 살 수가 없다. 지금 내 집은 창밖으로 똑같이 생긴 다른 아파트 건물만 보이고 동간 거리가 너무 짧아서 빛이 제대로 들지 않는다.

방의 각 구역이 누구의 공간인지 알려주는 것은 없었다. 모든 게 똑같이 보였다. 실마리는 협탁의 사진들뿐이었다. 앨리슨은 남동생이 있고 올라는 덩치 좋은 언니가 여럿 있었다. 제마는 승마를 했다. 조앤의 어머니는 조앤의 얼굴에 필러를 넣은 모습이었다.

"앨리슨은 괜찮은가요?" 올라가 문가에서 어정거리며 말했다. 교복을 벗고 연분홍 후드 티와 분홍색 반바지로 갈아입은 차림이었다. 반바지 안에 검은 스타킹을 신어서 마시멜로에 꼬챙이를 꽂은 것 같았다.

우리는 서로를 보고 어깨를 으쓱했다.

내가 말했다. "시간이 좀 걸릴 수도 있어. 충격이 커서."

"하지만…… 교장 선생님이 알레르기 약만 먹으면 된다고 하셨잖아요?"

우리는 다시 서로를 바라본다. 올라는 우리 둘을 한꺼번에 보려고 한다.

콘웨이가 말했다. "앨리슨이 뭘 봤는지는 교장 선생님보다는 앨리슨이 더 잘 알 거야."

올라가 입을 벌렸다. "유령을 믿으세요?" 올라는 이런 반응을 예상하지 못했다. 기대하지도 않았다.

"누가 믿는다고 했어?" 콘웨이가 제마의 협탁에 있는 잡지를 넘기며 연예 기사를 훑어보았다. "우리는 유령을 믿지 않아. 그냥 알 뿐이지." 그리고 나에게 말한다. "오패럴 사건 기억하죠?"

나는 오패럴 사건을 몰랐다. 하지만 콘웨이는 수업 시간에 몰래 쪽지를 전하듯 나에게 그 말을 건넸다. 그녀는 올라에게 겁을 주고 싶어 했다.

나는 눈을 크게 뜨고 얼굴을 찡그린 채 콘웨이를 보고 고개를 저었다.

"오패럴 사건은 나하고 모런 형사님하고 같이 맡았던 사건이야. 그 남자는 가정폭력범이었는데…….."

"콘웨이 형사님." 내가 턱짓으로 올라를 가리켰다.

"네?"

"올라는 아직 어린애예요."

콘웨이는 잡지를 앨리슨의 침대에 던졌다. "젠장. 너 아직 어린애니?"

"네? 아닌데요?" 올라가 따졌다.

"보셨죠?" 콘웨이가 내게 말했다. "이런 이야기야. 어느 날 오패럴이 아내를 때리니까 아내의 강아지가 남자에게 달려들었어. 주인을 지키려고. 남자는 개를 방 밖에 던져버리고 하던 일을 계속했어…….."

나는 답답한 듯 한숨을 쉬고 머리를 헝클어뜨렸다. 그리고 방 안을 돌아다니며 눈에 띄는 물건들을 찬찬히 살펴보았다. 쓰레기통 속 화장지 몇 장에 색조 화장품으로 보이는 특이한 주황색인가 분홍색이 묻어 있었다. 펜 하나. 스크랩북은 없었다.

"그런데 개가 자꾸 문을 긁으면서 낑낑대고 짖는 거야. 오패럴은 집중이 안 돼서 문을 열고 개를 잡아다가 벽에 던져서 머리를 박살 냈어. 그리고 아내를 마저 팼지."

"맙소사, 으."

제마의 사진은 협탁 위에 있고 앨리슨의 사진은 침대에 있었다. 다른 두 명은 보이지 않았지만 조앤의 협탁 서랍이 살짝 열려 있었다. "내가 좀 둘러봐도 될까?" 내가 올라에게 물었다. 제대로 된 수색은 아니었다. 그것은 나중에 할 수 있었다. 그저 한번 살펴보고 그러는 동안 올라를 조금 더 불안하게 만드는 게 목적이었다.

"어, 그거…… 꼭 하셔야 되나요?" 올라는 안 된다고 말할 구실을 찾았지만 내 손은 절반쯤 협탁에 가 있고 올라의 정신은 콘웨이가 구연하는 동화에 절반쯤 가 있었다. "괜찮을 거 같지만……."

"고맙다." 올라의 허락이 필요하지는 않았지만 좋은 경찰 이미지를 유지하려고 말했다. 나는 올라에게 웃음을 보이고 바로 탐색을 했다. 올라는 말을 취소하고 싶어 했지만 콘웨이가 다가붙었다.

"우리가 가니까……." 콘웨이는 우리 둘을 가리켰다. "오패럴은 강도가 들었던 거라고 거짓말했어. 아주 그럴듯해서 속을 뻔했지. 하지만 우리가 부엌에 앉아서 질문을 하는데 오패럴이 강도가 어쩌고 하면서 헛소리를 하거나 아내를 정말 사랑한다고 떠들 때마다 문 바깥에서 이상한 소리가 났어."

조앤의 협탁: 헤어 스트레이트너, 색조 화장품, 선탠로션, 아이팟, 보석 상자. 책은 새 책도 헌 책도 없었다. 휴대폰도 없었다. 조앤이 소지하고 있을 것이다.

"그 소리는 마치……." 콘웨이는 갑자기 손톱으로 올라 머리 옆의 벽을 벅벅 긁었고 올라는 펄쩍 뛰었다. "개가 문을 긁는 것 같았어. 오패럴 씨는 기겁했지. 소리가 들릴 때마다 그쪽을 보았고 정신이 산란해지는 것 같았어. 그리고 '들었나요?' 하는 표정으로 우리를 보았지."

"땀을 얼마나 흘리던지. 얼굴은 하얘지고 곧 토할 것 같았어." 내가 말했다.

너무 쉬워서 나도 놀랐다. 둘이 함께 몇 달 동안 연습한 것 같았다. 나와 콘웨이가 함께 이야기를 굽이굽이 엮어낸 것처럼 매끈했다.

기쁨이 느껴졌지만 내가 찾지 않던 기쁨이었다. 내가 꿈꾸는 이상적 파트너, 바이올린 레슨을 받고 붉은 세터 종을 키우는 사람. 그 사람과 내가 함께하는 모습이 이것이었다.

올라의 협탁: 헤어 스트레이트너, 화장품, 선탠로션, 아이팟, 보석 상자, 휴대폰. 책은 없다. 나는 협탁 문을 열어두었다.

올라는 내가 하는 일을 알아차리지도 못하고 입이 딱 벌어져서 "개가 죽은 거 아니었어요?" 하고 물었다.

콘웨이는 어이없다는 표정을 자제했다. "당연히 죽었지. 시신은 이미 전문가들이 처리했어. 그게 핵심이야. 여기 모런 형사님이 오패럴에게 말했어. '개를 다시 키우시나요?' 오패럴은 입도 못 열고 고개만 저었어."

앨리슨의 협탁: 헤어 스트레이트너, 화장품 기타 등등. 책도 없고 여분의 휴대폰도 없다. 제마의 협탁도 비슷하고 다이어트용 무슨 허브 약통이 있을 뿐이다.

"우리는 다시 신문으로 돌아갔는데 소리가 자꾸 나서 집중을 할 수 없었어. 결국 모런 형사님이 참지 못하고 일어나서 그리로 갔지.

그러자 오패럴은 의자에서 엉덩이가 들썩들썩하면서 모런 형사님에게 소리쳤어. '제발 그 문을 열지 말아요!'"

콘웨이의 연기는 능숙했다. 방의 분위기가 바뀌었다. 어두운 구석들이 들썩거리고 밝은 구석들은 둥둥 고동쳤다. 올라는 이야기에 빨려 들어가 있었다.

"하지만 이미 늦었어. 모런 형사님이 문을 열어버렸으니까. 그런데 복도에는 아무것도 없었어. 그냥 텅 비어 있었지. 하지만 오패럴은 비명을 질렀어."

한쪽 벽을 다 차지한 큰 옷장, 안쪽은 네 구역으로 나뉘었다. 밝은 색깔의 옷들이 뒤엉킨 채 널브러져 있었다.

"돌아보니까 오패럴이 목을 감싸 쥐고 의자에서 떨어진 거야. 누가 목이라도 조르는 것처럼 비명을 지르면서. 처음에는 조사받기 싫어서 연기를 하는 줄 알았어. 그런데 피가 보였어."

올라에게서 숨죽인 신음이 터져 나온다. 나는 여성스러운 물건들에 손을 대지 않고 서랍들을 살펴보려고 했다. 콘웨이가 이 일을 했으면 좋았겠다는 생각이 든다. 탐폰이 있었다.

"그 사람 손가락 사이로 피가 흘러러. 오패럴은 바닥에 쓰러져서 발길질을 하면서 울부짖었어. '꺼져! 저리 가!' 나하고 모런 형사님은 '뭐야?' 싶었고 결국 그 사람을 밖으로 끌어냈어. 달리 어떻게 해야 할지 알 수가 없어서 바깥 공기라도 쐬어주려고. 오패럴은 비명은 멈추었지만 계속 목을 잡고 신음했어. 우리가 그 사람 손을 떼어냈더니 세상에!" 콘웨이는 몸을 바짝 숙이고 올라에게 시선을 고정했다. "물린 자국이 있는 거야. 개한테 목을 물린 자국이."

올라는 혼절할 듯한 목소리로 물었다. "그래서 그 사람은 죽었나요?"

"아니, 몇 바늘 꿰맨 게 전부야."

"개가 작았거든. 큰 상처를 낼 수는 없었어." 내가 말하고 누군가의 브래지어 옆으로 갔다.

"상처를 치료한 뒤에 오패럴은 털어놓았어." 콘웨이가 말했다. "다 자백했어. 그리고 우리가 수갑을 채울 때도 계속 소리를 질렀어. '놈을 데려가요! 나한테서 떼어내요!' 어린애처럼 사정했어."

"결국 재판도 못 받았어." 내가 말했다. "정신병원에 갔거든. 아직도 거기 있어."

올라가 "맙소사" 하고 말했고 그 말은 마음 깊은 곳에서 나왔다.

"그래서 교장 선생님은 유령 같은 게 없다고 하시지만 우리 생각은 다르다는 걸 이해해줘." 콘웨이가 말했다.

옷장 서랍에 특이한 것은 없었다. 어쨌든 대충 살펴보기로는 그랬다. 뭔가가 많기는 했다. 네 아이는 옷가게를 차려도 좋을 만큼 옷이 많았다. 행거에 걸린 옷들 주머니에는 아무것도 없었다. "그렇다고 앨리슨이 정말로 크리스 하퍼의 유령을 보았다는 건 아니야." 내가 올라를 달래려고 말했다. "아직 확실하지 않아."

"맞아." 콘웨이가 맞장구쳤다. "앨리슨이 허깨비를 본 걸 수도 있어."

"하지만 팔에 난 자국은 허깨비가 아니에요." 내가 신발들을 뒤지며 말했다. 옷장 바닥에도 아무것도 없었다.

"그렇죠. 어쩌면 정말 알레르기일 수도 있어요. 모르는 일이죠." 어깨를 으쓱, 내 말을 못 믿겠다는 듯. "하지만 내가 크리스 사건과 관련돼서 어떤 비밀을 하나 알고 있다면 밤에 잘 때도 불을 끄지 않을 거예요."

나는 나에게 문자를 보낸 번호를 눌렀다. 모든 휴대폰이 잠잠했다. 침대 밑이나 내가 훑어본 옷 더미 어디서도 벨소리는 들리지 않았다.

"인정하기 싫지만 나도 마찬가지예요." 내가 말하고 뒤를 힐끔 돌아본 뒤 몸을 떨었다.

올라의 눈이 방 안을 훑다가 구석의 그림자들에 닿자 깊은 공포가 떠올랐다.

콘웨이의 이야기가 통했다. 그리고 콘웨이는 올라만 겨냥한 것이 아니었다. 유령 이야기는 삼십 분 내에 올라의 버전으로 4학년 사이에 쫙 퍼질 것이다.

"그리고 보니 생각나는데……." 콘웨이는 자기 가방을 쓸더니 조앤의 침대에, 그것도 조앤의 교복 위에 털썩 앉았다. 올라는 콘웨이가 대담한 일이라도 한 듯 눈이 커졌다. "이거 볼래?"

올라가 다가왔다. "앉아봐." 콘웨이가 침대를 두드리며 말했다. 잠시 후 올라는 조앤의 치마를 살짝 치우고 앉았다.

나는 옷장 문을 닫고 거기 기대서 수첩을 꺼냈다. 그리고 문을 주시하며 바깥에서 움직이는 그림자들을 살폈다.

콘웨이는 가방을 열고 증거 봉투를 꺼내서는 올라가 뭐가 뭔지 이해할 겨를도 없이 올라의 무릎에 내려놓았다. "너 이거 본 적 있지."

올라는 『리지외에서 성 테레즈의 삶』 책을 보더니 입술을 깨물고 코로 후 숨을 삼켰다.

콘웨이가 말했다. "우리를 도와줬으면 좋겠어. 뭔지 모른다고 하지 말아줘."

올라는 고개를 젓고 어깨를 으쓱하며 아무것도 모른다는 표정을 지으려고 했다. 그 행동은 경련처럼 나왔다.

"올라. 잘 들어. 네 거냐고 묻는 게 아냐. 우리는 이미 알고 있어. 네가 거짓말을 하면 우리도 화가 나고 크리스도 화가 날 거야. 그랬으면 좋겠니?"

올라는 혼란과 두려움에 사로잡혀서 눈에 보이는 유일한 출구로 돌진했다. "그건 조앤 거예요!"

"뭐가?"

"열쇠요. 열쇠는 조앤 거였어요. 제 게 아니었어요."

빙고. 우리의 올라는 그 자리에서 바로 친구들을 배신했다. 콘웨이의 코가 움찔거리는 것이 그녀도 냄새를 맡았음을 알려주었다. "이러든 저러든 똑같아. 너희가 보건실에서 훔쳤잖아."

"아니에요! 우리는 아무것도 훔치지 않았어요."

"그럼 열쇠가 어떻게 너희한테 있는 거니? 설마 보건 선생님이 너희들의 예쁜 얼굴에 홀려서 주셨다는 건 아니겠지?"

올라의 얼굴에 가벼운 악의가 떠올랐다. "원래 줄리아 하트가 갖고 있던 거예요. 아마 걔가 훔쳤을 거예요. 아니면 걔네 중 누군가가. 줄리아가 복사해서 우리한테, 아니, 조앤한테 준 거예요. 그러니까 저는 상관없어요."

빙고가 아니다. 그들 여덟 명 전부가 카드 게시자 용의선상에 있는데 이제 여덟 명 전부가 목격자 용의선상에 오른다. 그리고 기회가 맞아떨어진다면 여덟 명 전부가 살인자 용의선상에도 오른다.

콘웨이의 눈썹이 올라갔다. "그래. 조앤이 상냥하게 부탁하니까 줄리아가 '그럼, 네 부탁인데 들어줘야지' 했다는 거지? 너네는 사이가 아주 좋으니까?"

올라는 어깨를 으쓱했다. "저는 몰라요. 어떻게 했는지는 못 봤어요."

나도 못 봤지만 알 수는 있었다. 협박이 있었다. 조앤은 줄리아가 몰래 출입하는 걸 발각한 것이다. 열쇠를 주지 않으면 일러버리겠다는 협박.

"그 일이 언제였니?"

"아아주 옛날이에요."

"아아주 옛날이 언제야?"

"크리스마스 지나고요. 작년 크리스마스요. 저는 지난 일 년 동안 그걸 한 번도 생각한 적이 없어요."

"이걸 몇 번이나 썼니?"

여기서 올라는 자신에게 문제가 생길 수도 있다는 것을 깨달았다. "저는 안 썼어요. 정말이에요."

"여기서 네 지문이 잔뜩 나와도 그렇게 말할 거니?"

"몇 번 꺼내보긴 했지만 바로 제자리에 넣었어요. 조앤하고 제마가 쓰고 저는 안 썼어요."

"너는 한 번도 몰래 안 나갔다는 거야?"

올라는 무언가를 감추는 듯한 태도로 고개를 숙였다.

"올라." 콘웨이가 올라의 머리 위로 고개를 숙이고 말했다. "네가 입을 다무는 게 좋은 일이 아니라고 다시 설명해야 할까?"

다시 한번 공포가 번쩍 지나가더니 올라가 말했다. "저는 딱 한 번 나갔어요. 우리 네 명 다요. 컬름 아이들이 오기로 되어 있었어요. 우리랑 만나서 놀려고요." 그리고 마리화나와 키스. "하지만 나가니까 너무 무서웠어요. 완전히 캄캄했거든요. 그렇게 어두울지 몰랐어요. 그리고 덤불에서는 이상한 동물 소리 같은 게 많이 났어요. 남자애들이 쥐라고 그랬어요. 밖에 나간 게 걸렸으면 우리는 퇴학당했을 거예요. 그리고 남자애들은……." 불편한 꼼지락거림. "그날 밤 아주 이상했어요. 걔네는, 걔네는……."

남학생들이 여학생들을 밀어붙였다. 술을 마셨는지도 모르고 안 그랬는지도 모른다. 그게 어떻게 끝났는지는 알 수 없고 우리 문제도 아니다.

"그게 싫어서 저는 다시는 안 나가기로 했어요. 그리고 혼자서 나간 적은 한 번도 없어요."

"하지만 조앤하고 제마는 나갔구나."

올라는 아랫입술을 입 안으로 빨아들인 채 킥킥거렸다. 공포는 그렇게 사라졌다. 섹스 뒷담홧거리가 떠올랐기 때문이다. "네, 하지만 몇 번뿐이었어요."

"나가서 남학생들을 만난 거지? 누구였니?"

몸을 움츠리고 어깨만 들썩.

"크리스? 아니, 잠깐……." 콘웨이가 경고의 표시로 손가락을 들었다. "거짓말하면 안 돼."

즉각적인 반응. "아. 크리스는 아니었어요. 크리스였으면 걔네가 숨기지 않았을 거예요."

"너네가 나간 날 크리스도 왔니?"

도리도리.

내가 말했다. "그랬다가 설리나하고 크리스가 사귀는 걸 알게 된 거니? 둘이 밤에 같이 있는 걸 봐서?"

올라는 우리 쪽으로 몸을 앞뒤로 흔들었다. 젖은 입술이 짜릿함으로 벌어졌다. "제마가 봤어요. 우리 학교 교정에서요. 둘이 찰싹 달라붙어 있었대요. 오 분만 더 봤으면 아마……." 숨 막힌 키득거림. "걔네는 사귄 게 맞다니까요. 형사님들은 지어낸 얘기라고 하셨지만 우리는 어떻게 알게 됐는지 말할 수가 없었어요. 하지만 아주 잘 알았죠."

이것은 얼마간의 성과인 것 같았다. "그래, 잘했어." 내가 말했다.

콘웨이가 말했다. "그게 언제니?"

멍한 표정. "작년 봄? 삼월 아니면 사월? 크리스가…… 그렇게 되기 전요."

나는 콘웨이를 슬쩍 보았다. "그래, 우리도 그 정도는 알았어." 콘웨이가 말했다. "설리나하고 크리스를 본 걸 다른 아이들한테도 말했니?"

"줄리아한테 말했어요. '야, 그 문제 해결 안 할 거야?' 하는 식으로요."

"그래서? 줄리아가 해결했어?"

"그런 것 같아요."

"왜?" 나는 흥미로워져서 물었다. "설리나가 크리스랑 사귀는 게 어때서? 너희가 싫어할 이유라도 있었어?"

올라가 입을 벌렸다가 다물었다. "왜냐하면, 그냥 싫었어요."

"너네 중에 누군가 크리스를 좋아한 거야? 그게 잘못이라는 건 아니야."

다시 몸이 움찔하고 양어깨 사이로 움츠러든다. 우리와 크리스를 합한 것보다도 올라를 더 두렵게 하는 것. 조앤일 수밖에 없었다. 조앤이 크리스를 원했다.

콘웨이가 책을 두드렸다. "마지막으로 나간 건 언제였니?"

"크리스 사건 일주일 전에 제마가 나갔어요. 너무 소름 끼쳐요. 우리는 모두 '맙소사, 학교에 연쇄살인범이 있었다면 제마가 대신 죽었을 수도 있어!' 했어요."

"그런 다음에는 안 나간 거야? 너네 모두? 아냐, 안 돼." 다시 콘웨이의 손가락이 올라간다. "거짓말은 하지 않는 게 좋아."

올라는 머리카락이 얼굴을 때릴 정도로 고개를 세차게 저었다. "진짜 맹세해요. 아무도 안 나갔어요. 크리스 사건 이후 우리는 바깥을 돌아다니고 싶은 마음이 싹 사라졌어요. 조앤은 저한테 열쇠를 갖다버리든지 하라고 했고 저도 그러려고 했는데, 책을 가지고 나가려고 하니까 헐! 규율부원이 와서 '너 뭐하는 거야?'라고 했어요. 소등 시간이 지났으니까요. 하지만 다른 아이들이 휴게실에 있을 때는 그 일을 할 수가 없었어요. 완전히 심장이 멈추는 줄 알았죠. 그 뒤로는 포기했어요."

콘웨이가 한쪽 눈썹을 치켜들었다. "조앤이 그래도 괜찮대?"

"으, 알았으면 엄청 화냈을 거예요! 하지만 저는 조앤한테……." 올라는 손을 입에 대고 콧소리를 섞어 키득거렸다. "버렸다고 했어요. 우리 거였는지 누가 알 수 있는 것도 아니고 심지어 그게 뭔지도……." 그러다가 생각이 번득 들었는지. "형사님들은 어떻게 아셨어요?"

"DNA로. 이제 휴게실로 가." 콘웨이가 말했다.

"설리나와 크리스, 헛소리는 아니었네요." 올라가 복도를 걸어가서 휴게실 문을 닫고 들어가는 모습을 지켜보며 콘웨이가 말했다.

콘웨이는 이 이야기가 반갑지 않은 것 같았다. 이유는 알 수 있었다. 일 년 전에 알았어야 했기 때문이다.

내가 말했다. "올라가 거짓말하는 게 아니라면. 또 제마가 올라한테 거짓말한 게 아니라면요."

"거짓말 같지 않아요." 나도 마찬가지였다. "셜리나의 말을 들어보죠."

셜리나에게서는 아무것도 얻지 못할 것 같았다. 더불어 그 아이가 미스터리의 핵심에 있다는 느낌도 들었다. 셜리나는 너무 깊은 곳에 겹겹이 싸여 있어서 뚫고 들어갈 수 없을 거라는 느낌. 내가 말했다. "셜리나 말고 줄리아요."

콘웨이가 나를 빤히 바라보았다. 올라에 대한 내 말이 옳았기 때문에 마음을 바꾸고 고개를 끄덕였다. "좋아요. 줄리아."

올라는 휴게실 수다의 중심에 있었다. 소파에 주저앉아서 심장이 벌렁거리는 듯 가슴에 손을 얹고 관심을 만끽하고 있었다. 조앤의 표정에는 살기가 어려 있었다. 열쇠를 버리지 않았다는 것을 올라가 털어놓았기 때문이다. 홀리의 무리는 움직이지 않지만 눈길은 올라를 향해 있었다.

사복 차림에 수녀 베일을 쓰고 아래턱이 무뚝뚝한 퍼그처럼 생긴 수녀 한 명이 구석에서 아이들을 감시했다. 대화를 가로막지는 않았지만 내용은 면밀하게 주시하고 있었다. 나는 잠시 매케나 교장이 이 일을 다른 사람에게 시킨 것에 놀랐지만 곧 이유를 알았다. 통학생들은 집에 갔고 기숙생들은 집에 전화를 했다. 매케나의 전화기는 지금 불이 나고 있을 것이다. 피해 통제 작업이 벅차서 여기까지 여력이 미치지 못한다.

조만간 어떤 유력 인사 아버지가 분노에 차서 경찰 수뇌부에 전화를 걸 것이다. 경찰 수뇌부는 오켈리에게 전화하고 오켈리는 콘웨이에게 전화해서 당장 때려치우라고 할 게 뻔했다.

"줄리아, 같이 나가자." 콘웨이가 수녀 앞을 지나가며 말했다.

줄리아는 잠시 멈칫했지만 곧 일어나서 따라왔다. 친구들을 돌아보지는 않는다.

그들의 방은 올라네 방과 두 칸 떨어져 있었다. 올라네 방과 마찬가지로 서둘러 나간 느낌이었다. 협탁의 열린 서랍, 바닥에 떨어진 옷가지. 하지만 이번에는 협탁 사진들을 보지 않고도 어디가 누구의 공간인지 바로 알 수 있었다. 선홍색 침대 커버, 맥시스 캔자스시티*의 빈티지 포스터가 있는 쪽은 줄리아였다. 오래돼 보이는 퀼트 이불, 포스터 크기의 종이에 미술 과제용 장식 글씨로 정성스레 쓴 시가 있는 쪽은 리베카. 꼬불꼬불한 은포크와 은스푼으로 만든 모빌, 낮은 하늘 앞에 놓인 돌멩이 하나(하지만 다시 보면 노인의 옆모습이다)를 찍은 것 같은 멋진 흑백사진이 있는 쪽은 홀리다. 그리고 셜리나에 대한 콘웨이의 말은 정확했다. 드림캐처는 없지만 침대 위에 아주 좋지도 나쁘지도 않은 품질의 복제 유화 그림이 걸려 있었다. 달빛 아래 유니콘이 물을 마시려고 호수에 목을 굽히고 있는 그림이었다. 콘웨이도 그림을 보았다. 우리는 눈이 마주쳤고 사적인 미소 비슷한 것이 가볍게 오갔다. 나도 모르게 기분이 좋아졌다.

줄리아는 침대에 털썩 앉아 베개에 기대고 두 손을 뒤통수에 괴

---

* 1960~1970년대 뉴욕에서 유명했던 나이트클럽.

고는 다리를 뻗었다. 청바지와 주황색 티셔츠 차림. 티셔츠에는 머리를 늘어뜨린 패티 스미스 사진이 있었다, 발목을 꼰 편안한 자세. "시작하세요." 줄리아가 말했다.

콘웨이는 이번에는 동화로 장난치지 않았다. 대신 증거 봉투를 꺼내서 줄리아의 얼굴 앞에 두 손가락으로 들고 줄리아를 내려다보았다. 나는 수첩을 꺼냈다.

줄리아는 콘웨이가 계속 봉투를 들고 있게 하고 천천히 책의 제목을 읽었다. "무슨 암시를 주시는 건가요? 제가 더 도덕적으로 살아야 한다는?"

콘웨이가 말했다. "여기 네 지문이 있을까?"

줄리아는 책을 가리켰다. "제가 자기 전에 이런 책을 읽는다고 생각하세요? 정말요?"

"귀엽지만 그만해. 우리 질문에 대답해."

한숨. "아뇨, 제 지문은 없을 거예요. 물어봐주셔서 정말 감사합니다. 제가 성인들 전기를 읽는 건 숙제에 필요할 때뿐이에요. 그때도 잔다르크 같은 걸 읽지 실실 웃는 겁쟁이는 안 쳐다봐요."

"아무 상관 없잖아." 콘웨이가 말했다. "이유는 나중에 설명해도 돼. 이 책 안에 기숙사에서 학교로 가는 연결문의 열쇠가 있어. 조앤 그룹 애들이 넣어둔 거야, 작년에."

줄리아의 눈썹 한쪽이 올라갔지만 그뿐이었다. "세상에나. 너무 충격적이네요."

"그래, 올라가 너희가 복사해서 준 거라고 했어."

줄리아가 한숨을 쉬더니 공중에 대고 말했다. "아, 올라. 너는 어쩌면 그렇게 뻔한 플레이를 하는 거니! 응?"

"올라가 거짓말을 했다는 거니?"

"당연하죠. 저한테 그 문 열쇠가 있던 적은 없어요. 하지만 조앤은 바보가 아니에요. 열쇠가 있는 사람은 크리스가 죽은 날 밤 바깥에 나갈 수 있었다는 걸, 그리고 열쇠를 갖고 있는 걸 들켰다가는 난리가 날 거라는 걸 알아요. 어쩌면 퇴학당할지도 몰라요. 물론 조앤은 사랑을 나눠주려고 할 거고요."

"조앤이 아니라 올라가 말했어."

"하지만 올라는 조앤의 손아귀에 있어요."

"왜 조앤이 너희한테 엿을 먹이려고 해?"

눈썹. "그 애가 우리를 사랑하지 않는 걸 모르셨어요?"

"그래. 이미 알고 있어. 그건 왜 그런 건데?" 콘웨이가 말했다.

줄리아가 어깨를 으쓱했다. "그러건 말건 누가 신경 써요?"

"우리가 신경 써."

"그러면 조앤한테 물어보세요. 저는 신경 안 쓰니까요."

"누가 퇴학시키고 체포되게 하려고 할 만큼 나한테 화가 나 있다면 나는 이유가 궁금할 것 같은데."

"이유는 그거예요. 우리가 조앤이 무슨 생각을 하건 신경 안 쓴다는 거. 그 애 소갈머리에는 그게 죽을죄인가 보죠."

콘웨이가 말했다. "설리나가 크리스랑 사귀어서는 아니고?"

줄리아가 손바닥으로 이마를 치는 시늉을 했다. "어이쿠야, 그 이야기를 한 번만 더 들으면 고막에 딱지가 앉겠어요. 완전 헛소문이에요. 1학년도 증거 없는 소문을 다 믿지는 않을 텐데요."

"제마가 봤어. 걔네가 키스하는 걸."

무언가 번득였고 줄리아를 잠시 당혹시켰다. 하지만 줄리아는 곧 손가락을 흔들었다. "아뇨. 제마가 그렇게 말했다고 올라가 말하는 거죠. 그건 같은 게 아니에요."

콘웨이는 줄리아의 침대 옆 벽에 기대서 증거 봉투를 손으로 탁 치고 봉투가 도는 것을 바라보았다.

"이제 널 보내고 설리나를 불러서 물어보면 설리나가 뭐라고 대답할까? 너도 알다시피 내가 상냥하게 묻지는 않을 거거든."

줄리아의 얼굴에 긴장이 돌았다. "설리나는 작년하고 똑같이 대답할 거예요."

콘웨이가 말했다. "내 생각은 달라. 너도 알 텐데. 설리나는 작년하고 달라졌어."

말이 적중했다. 줄리아가 머릿속으로 계산하고 결정하는 모습이 보였다.

줄리아가 말했다. "크리스랑 사귄 건 설리나가 아니라 조앤이에요."

"그래." 콘웨이가 말했다. "너는 조앤이라고 하고 조앤은 설리나라고 하고, 나하고 모런 형사님은 새벽까지 왔다 갔다 해야겠구나."

줄리아는 어깨를 으쓱했다. "안 믿으셔도 어쩔 수 없어요. 하지만 조앤이 작년 크리스마스 전에 크리스랑 두 달 정도 사귀었어요. 그런데 크리스가 조앤을 차서 자존심이 많이 상했죠."

콘웨이와 나는 서로를 보지 않았다. 보지 않아도 통했다. 동기.

그게 사실이라면. 이 사건은 거짓말로 범벅되어 있었다. 거짓말을 한 움큼 쥐지 않고는 사건을 잡을 수가 없었다.

콘웨이가 턱에 힘을 주고 말했다. "작년에는 왜 아무도 이 사실을 말하지 않은 거지?"

어깨 으쓱.

"이런 젠장." 콘웨이는 움직이지 않았지만 등뼈가 금방이라도 천장을 뚫고 오를 기세였다. "누가 화장실에서 담배를 피운 일이 아니라 살인 사건이었어. 어떻게 모두가 입을 다물 수 있었지? 모두 바보야, 뭐야?"

줄리아의 눈과 손바닥이 천장을 향했다. "네? 지금 어떤 상황인지 모르세요? 두 분이 조앤의 열쇠를 찾으니까 걔가 나한테 화살을 돌렸잖아요. 누가 경찰에 조앤이랑 크리스 이야기를 했으면 똑같은 일이 있었을 거예요. 악독하게 복수했을 거라고요. 누가 그러길 바라겠어요?"

"그러면 지금은 왜 이야기하니?"

줄리아는 콘웨이에게 십 대스러운 삐딱한 시선을 보냈다. "올해 '시민 생활' 과목을 배웠거든요."

콘웨이는 화를 눌렀다. 그리고 샌드위치에 집중했을 때처럼 줄리아에게 집중했다. "걔네가 사귄 건 어떻게 알아?"

"그냥 오다가다 들었어요."

"누구한테서?"

"기억 안 나요. 걔들은 엄청난 비밀인 척했지만 사귄 건 맞아요."

"소문이군." 콘웨이가 말했다. "1학년생도 소문을 전부 믿지는 않을 거 같은데. 증거가 있었어?"

줄리아는 맥시스 포스터 액자 틀을 긁었다. 머릿속으로 다시 계산을 하고 있었다.

줄리아가 말했다. "네, 약간요."

"그래, 뭔데?"

"크리스가 조앤에게 휴대폰을 줬다고 들었어요. 다른 사람들 모르게 자기들끼리만 문자할 수 있는 특별한 전화요."

"왜?"

다시 한번 어깨 으쓱. "조앤한테 물어보세요. 제가 그런 게 아니니까요. 그러다 크리스한테 차이니까 조앤이 앨리슨한테 그 휴대폰을 팔았대요. 제가 뭐 하늘에 대고 맹세하고 그러지는 않겠지만 어쨌든 앨리슨은 작년 크리스마스 이후에 새 휴대폰이 생겼어요. 아마 지금까지 그 휴대폰일 거예요."

"앨리슨한테 새 휴대폰이 생겼다는 게 증거야?"

"앨리슨의 새 휴대폰이 조앤이 크리스하고 같이 쓴 휴대폰이에요. 그걸로 둘이 뭘 했는지 저는 알고 싶지도 않아요. 물론 크리스가 죽은 뒤에 문자는 조앤이 전부 지웠겠지만 경찰은 그런 것도 어떻게 할 수 있지 않나요? 복원한다든가 하는?"

"물론이야." 콘웨이가 말했다. "〈CSI〉하고 똑같아. 시민 생활 과목에서 배운 걸 바탕으로 우리한테 더 알려줄 건 없니?"

줄리아는 턱 밑에 손을 대고 허공을 바라보았다. "솔직하게 정말로 아무것도 없어요."

"그래, 그럴 것 같았어. 만약 생기면 알려주렴." 콘웨이가 말하고 문을 열었다.

줄리아는 기지개를 켜고 침대에서 일어났다. "안녕히 계세요." 줄리아는 살짝 미소 띤 얼굴로 내게 말하고 손을 흔들어 인사했다.

우리는 줄리아가 복도를 걸어 휴게실로 들어가는 모습을 보았다. 뒤를 돌아보지는 않았지만 걸음걸이로 보아 우리의 시선을 의식하는 게 분명했다. 엉덩이가 우리를 조롱하고 있었다.

콘웨이가 말했다. "조앤." 그 이름이 침묵 속에 떨어졌다. 방은 입을 다물고 침묵으로 응답했다.

"수단, 기회, 동기가 다 있네요. 어쩌면요." 내가 말했다.

"그래요, 어쩌면. 일이 그렇게 흘러갔다면. 조앤이 크리스에게 차였다면 크리스가 설리나를 좋아한 일에 왜 그렇게 치를 떨었는지 설명이 되죠."

"조앤을 버리고 설리나한테 갔다면 더욱."

"조앤 그룹이 줄리아 그룹을 싫어하는 것도 설명이 되고요."

"아이들이 우리를 이용하고 있어요. 양쪽 다."

"맞아요. 우리를 통해 서로를 욕하고 있어요." 콘웨이는 뒷주머니에 두 손을 꽂고 줄리아가 있던 자리를 계속 바라보았다. "부잣집 딸내미들의 악담에 끼고 싶지는 않아요."

나는 어깨를 으쓱했다. "우리가 필요한 걸 얻을 수 있다면 조금 이용당해도 괜찮아요."

"그건 그렇죠. 아이들이 원하는 게 뭔지, 그 이유가 뭔지 우리가 손에 넣고 다룰 수 있다면요." 콘웨이는 허리를 펴고 주머니에서 손을 꺼냈다. "앨리슨의 휴대폰은 어디 있어요?"

"그 애 침대요."

"앨리슨에게 가서 휴대폰이 어디서 났는지 알아봐야겠어요. 당신은 여길 수색해요."

그 생각은 나에게 당혹감을 안겨주었다. 십 대 여학생들과 엉덩이 부분에 "어쩌면"이라고 적힌 속옷들 곁에 혼자 남다니. 하지만 콘웨이 말이 맞았다. 누가 앨리슨의 휴대폰을 치우게 둘 수는 없었다. 휴대폰을 찾기 전에는 이 방을 나갈 수 없었고, 앨리슨을 찾아갈 수 있는 사람은 콘웨이였다. "오 분 후에 봐요." 내가 말했다.

"혹시 아이들이 방에 들어오면 휴게실로 가요. 거기는 안전하니까."

그 말은 농담이 아니었다. 물론 맞는 말이었지만 휴게실도 그렇게 안전하게 느껴지지는 않았다.

콘웨이는 문을 닫고 나갔다. 나는 잠깐 파트너가 날 곤경에 빠뜨리고 갔다는 어리석은 생각이 들었지만 콘웨이는 내 파트너가 아니라는 사실을 마음에 되새겼다.

다시 장갑을 끼고 수색을 시작했다. 설리나의 휴대폰은 블레이저 주머니에서 나와 침대에 놓여 있었고 줄리아의 휴대폰은 협탁에 있었다. 리베카의 휴대폰은 침대에 있었다. 홀리의 것은 없었다.

나는 협탁에서 시작했다. 줄리아가 한 말 중 무언가가 내 마음에 걸렸다. 내가 손댈 수 없는 마음속 깊은 곳에 박혀 있었다. 줄리아가 한 어떤 말, 우리가 추궁했어야 하는데 흘려보낸 말.

줄리아는 반짝이는 정보를 우리 앞에 달랑달랑 흔드는 방법으로 설리나에 대한 질문을 막았다. 과연 줄리아가 설리나와 설리나 관련 정황을 보호하기 위해 어디까지 노력할지 궁금했다.

협탁에 여분의 휴대폰은 없었다. 이 방 아이들에게는 아이팟, 머리빗뿐 아니라 책도 있었지만 오래된 책이나 글자를 오려 낸 책은 없었다. 줄리아는 추리소설을, 홀리는 『헝거 게임』을 읽고 있었다. 설리나는 『이상한 나라의 앨리스』를 절반 정도 읽었고 리베카는 그리스신화를 좋아했다.

그리고 옛날 것들을 좋아했다. 리베카의 침대 위에 걸린 시는 내가 모르는 것이었다. 안타깝게도 나는 시를 그다지 잘 알지 못한다.
어렸을 때 도서관에서 본 것들, 어쩌다가 한번 마주치는 게 전부다.
어쨌든 옛날 시 같았다. 셰익스피어만큼 옛날.

유유자적한 우정
캐서린 필립스

우리 여기 앉아서 우리 별들을 축복하세.
전쟁의 소음에서 멀리 떨어져
이토록 복된 고요를 준 별들을.
우리는 서로의 심장 안에 사느니.

왜 우리가 두려움에 시달려야 하나?
사랑은 세상일에 상관하지 않는데.
위험이 무리 지어 밀려와도
우정은 초연할 수 있는 것.

우리는 이런 부적을 둘렀으니
어떤 두려움도 우리를 칠 수 없네.
재난 그 자체로는 우정과 순수를
해할 수 없기 때문이로다.

대문자 부분에 나무와 사슴을 예쁘게 그려 넣은 어린아이의 장식 글씨다. 자신의 사랑을 벽에 써 붙이고 세상에 말하고 싶은 아이의 작품. 어른인 나에게는 별다른 감정을 일으키지 못했다.

만약 내가 시크릿 플레이스용 카드를 만든다면 내가 친구들 한복판에서 환하게 웃고 있는 사진을 쓸 것이다. 서로 어깨를 두르고 머리를 한데 모아서 윤곽선이 하나로 합쳐진 모습. 홀리네 그룹만큼 가깝고 단단하게. 제목은 '나와 내 친구들'이 될 것이다.

그런 뒤 그 모습 그대로 종이에 구멍을 뚫을 것이다. 작은 가위로 살살 머리카락 한 올까지 완벽하게 사라지도록. 고개를 뒤로 젖히고 웃는 친구도, 팔꿈치로 내 목을 감싸고 장난치는 친구도, 중심을 잃고 밖으로 팔을 뻗은 친구도.

사람들이 대체로 나를 좋아한다고 한 말은 사실이다. 지금도 그렇고 예전에도 그랬다. 많은 사람이 항상 나와 기꺼이 한 팀이 되고자 한다. 그렇다고 내가 그들과 한 팀이 되고 싶은 것은 아니다. 몇 차례의 정보 교류, 얼마간의 당구, 스포츠 관전까지는 좋다. 하지만 그 이상은 진짜고, 안 된다. 나에게 맞지 않는다.

여기는 여학생들의 공간이다. 그들은 그 안으로 다이빙해서 돌고래처럼 거침없이 헤엄친다. "왜 우리가 두려움에 시달려야 하나?" 그 무엇도 그들을 해칠 수 없다. 그들에게 서로가 있는 한 큰 상처는 못 입힌다.

산들바람에 커튼이 부드럽게 흔들렸다. 나는 휴대폰을 꺼내서 내게 문자를 보낸 번호에 전화를 걸었다. 응답도 없고 벨소리도 없다. 휴대폰들은 모두 잠잠하다.

홀리의 침대 밑에 양말 한 짝, 리베카 침대 밑에 바이올린 케이스가 전부였다. 나는 옷장을 수색하기 시작했다. 부드러운 티셔츠 더미에 손목을 담갔을 때 무언가 느껴졌다. 어깨 뒤쪽, 바깥 복도의 움직임. 고요의 질감이 변하고 문틈으로 들어오는 빛이 깜박인다.

나는 움직임을 멈추고 가만히 있었다.

그리고 옷장에서 손을 빼내고 살짝 돌아서서 리베카의 시를 다시한번 읽었다. 문 쪽으로 고개를 돌리지는 않았지만 눈꼬리로 문틈을 살폈다. 위쪽은 밝고 아래쪽은 어두웠다. 누가 문밖에 있었다.

나는 휴대폰을 꺼내서 만지작거리면서 다른 일에 신경을 쓰는 척했다. 그리고 그 사람의 시선이 미치지 못하는 문 옆의 벽에 등을 대고 기다렸다.

복도에서는 아무 움직임도 없었다.

나는 손잡이를 잡고 문을 확 열었다. 복도에는 아무도 없었다.

14

밸런타인 댄스파티. 세인트킬다와 세인트컬름의 3, 4학년 학생 이백 명이 면도를 하고 왁스를 바르고 눈썹을 정리하고, 온갖 색깔과 질감의 물질 여남은 가지를 정성껏 바르고, 고민 고민하며 고른 옷을 차려입고, 호르몬에 가득 차올라서 이백 가지 바디스프레이 냄새를 풍기면서 세인트킬다의 강당에 빽빽이 모였다. 동영상을 찍고 찍히느라 사방에 청백색 휴대폰 화면이 반딧불처럼 떠다닌다. 크리스 하퍼는 붉은 셔츠를 입고 와서 여학생들 관심을 끌려고 친구들과 어깨를 부딪치며 웃고 있다. 그의 생은 이제 석 달 일주일하고 하루 남았다.

아직 8시 반밖에 안됐는데 줄리아는 벌써 지루하다. 그들 그룹은 바짝 모여 서서 조앤의 무리가 베카의 청바지에 '세상에, 맙소사!' 하고 호들갑 떠는 것을 무시하고 있다. 홀리도 베카도 춤추는 걸 좋아해서 재미있게 놀고 있고 설리나도 즐거워 보이지만, 줄리아는 생리통 핑계라도 대고 빠져나가야 하나 하는 생각이 든다. 머리 위의 앰프는 저스틴 비버인지 마일리 사이러스인지 대충 그런 매끈한(반들거리는 외모에 온몸으로 섹시함을 뿜어내는) 가수의 목소리에 맞추어서 음정이 보정된 사랑 노래를 쏟아내고 있다. 조명은 붉은색과 분홍색으로 번쩍인다. 반짝이는 머릿결과 성취동기를 소유한 파티위원회 아이들은 이미 장래 이력서 한 칸을 채워다. 그들은 예측 가능한 색깔의 레이스 하트와 꽃 줄과 기타 등등으로 강당을 장식했다. 온 강당에 낭만이 끈적하게 흐르지만 커플들이 몰래 나가 교실에서 무슨 일을 저지르지 못하도록 교사 두 명이 문 앞을 지키고 있고, 누군가 느린 음악이 나온다며 블루스라도 추려고 하면 분노한 코닐리어스 수녀가 들이닥쳐서 찬물을 끼얹는다.

위원회에 속하지 않은 대부분의 학생은 강당 문을 자꾸 살핀다. 댄스파티가 있는 날이면 컬럼 학생들이 오후에 미리 킬다 칼리지 담장 바깥에서 모퉁이 쪽 덤불로 술을 던져 넣고 나중에 기회를 보아 강당에서 빠져나간 다음 회수한다. 그러면 킬다 여학생들은 다음 날 남학생들이 회수하지 못한 술을 주워다가 기숙사에서 마신다. 워낙 오래전부터 댄스파티의 전통이었기 때문에 줄리아는 어른들이 아직도 이걸 모른다는 걸 믿을 수가 없다. 특히 교사 중 두 명이 바로 여기 세인트킬다 출신이니 똑같은 일을 겪었을 텐데도 말이다. 롱 선생과 노턴 선생은 모두 1952년에 40세의 교사로 태어나서 그 뒤로 촌스러운 갈색 스타킹을 포함해 모든 것이 하나도 변하지 않은 것처럼 보인다. 그래서 실제로 십 대였던 적이 있다 해도 그 일들을 기억 못 하겠지만, 최근에 줄리아는 그보다는 좀더 복잡한 사정이 있지 않을까 하는 의구심이 들었다. 롱 선생과 노턴 선생은 99퍼센트 따분한 교사지만 1퍼센트는 아직 술을 마시고 숨죽여 키득거리는 열다섯 살을 간직하고 있을지도 모른다. 그것이 어른들이 말하지 않는 한 가지 비밀일지 모른다. 그러니까 어떤 일들이 눈앞에서 사라진 뒤에도 안에서 오래 지속된다는. 그런 것이거나 아니면 그들이 학창 시절에 너무도 찐따라서 이야기를 들은 적도 없는 것일 테다.

줄리아는 생각 없이 자동적으로 춤을 추고, 두 팔을 들 때면 겨드랑이의 땀 얼룩을 조심스럽게 살핀다. 작년에는 밸런타인 댄스파티가 즐거웠다. 아니, '즐거웠다'는 건 딱 맞는 표현이 아니지만 어쨌든 중요하게 여겨졌다. 긴장되고, 숨 막히고, 의미로 끓어넘칠 준비가 되어 있는 것 같았다. 올해도 똑같을 줄 알았지만 의외로 코 후비는 일보다 더 하찮게 느껴진다. 줄리아는 기분이 상한다. 자신이 매일 하는 많은 일도 대부분 의미가 없지만 그래도 그런 일은 즐거워야 한다고 여겨지지는 않는다.

"금방 돌아올게." 줄리아는 마시는 시늉을 하며 친구들에게 소리치고, 밖으로 나가려고 사람들을 비집고 플로어 가장자리로 움직인다. 불빛과 춤과 충돌하는 몸들 때문에 모두 땀에 젖었다. 조앤 헤퍼넌의 화장은 이미 뭉개졌지만 줄리아는 그렇게 화장을 떡칠했으니 당연하다고, 그리고 조앤의 드레스 안쪽을 더듬을 기회를 노리는 오신 오도노번은 그러건 말건 상관하지 않을 거라고 생각한다.

"헐, 뭐야, 비켜, 레즈비언." 줄리아가 조앤의 잘빠진 엉덩이를 분자 한 개도 건드리지 않고 지나가려 하는데 조앤이 고개를 돌려서 말한다.

"꿈 깨시지." 그러다 줄리아는 조앤의 발뒤꿈치를 밟는다. "아이 쿠."

강당 끝에 놓인 긴 테이블에 큐피드 무늬 종이컵들이 있고 그 중간에 가짜 유리로 만든 커다란 펀치볼이 놓여 있다. 거기 담긴 펀치는 아기들 물약같이 기분 나쁜 분홍색이다. 줄리아는 펀치볼을 한 잔 마신다. 식용색소를 섞은 탄산음료다.

핀 캐럴이 테이블 옆의 벽에 기대서 있다. 핀과 줄리아는 같은 토론 클럽이라서 서로를 약간 안다. 줄리아를 보자 핀이 한쪽 눈썹을 치켜올리고 컵을 들면서 뭐라고 소리를 치지만 줄리아에게는 들리지 않는다. 핀은 곱슬곱슬한 빨강 머리가 목덜미까지 내려오고 또똑똑하다. 이런 특징은 남학생들 사이에서는 흔히 왕따를 부르지만, 핀은 붉은 머리인데도 주근깨가 별로 없고 럭비를 잘하는데다 또래들보다 키도 크고 어깨도 넓어서 그런 일을 당하지 않는다.

"뭐?" 줄리아가 소리친다.

핀이 허리를 굽혀 줄리아의 귀에 대고 소리친다. "펀치 마시지 마. 완전 별로야."

"음악이랑 딱 맞네." 줄리아가 소리쳐 대답한다.

"그것도 한심해. '십 대들이니까 인기 차트 음악만 틀면 돼'라는 거잖아. 우리 중에도 누군가 취향이 있다는 걸 전혀 몰라."

"앰프 전원을 따버리지 그랬어." 줄리아가 소리친다. 핀은 전기를 잘 다룬다. 지난 학기 생물 시간에 개구리를 해부할 때 핀이 개구리에 전기를 연결해서 개구리가 그레이엄 퀸 앞에서 뛰어오른 일도 있다. 그레이엄은 실험실 의자와 함께 뒤로 넘어졌다. 줄리아는 핀의 그런 면을 훌륭하게 여긴다. "아니면 우리 고막을 찢을 만큼 날카로운 걸 가져오든가."

핀이 소리를 지르지 않으려고 바짝 다가와서 말한다. "밖으로 나갈 수 있을지 한번 볼까?"

핀은 사실 컬름 학생치고는 꽤 건전하다. 줄리아는 그와 솔직한 대화를 하는 건 괜찮을 것 같다는 생각이 든다. 핀이라면 줄리아의 입에 혀를 밀어 넣을 궁리에 몰두하지 않고도 대화를 할 수 있을 것 같고, 또 멍청한 친구들 앞에서 숲속에서 파워 섹스를 했다고 떠벌릴 것 같지도 않다. 하지만 둘이 나가면 누군가 알아차릴 테고 결국 어떻게 해서든 파워 섹스를 했다는 소문은 퍼질 것이다. "아니." 줄리아가 말한다.

"바깥에 위스키 작은 병이 있어."

"나는 위스키 싫어해."

"다른 것도 있어. 별별 술을 다 숨겨났거든. 네가 고르면 돼."

색깔 조명이 환하게 웃는 핀의 얼굴을 지나간다. 줄리아는 아찔한 느낌 속에서 파워 섹스의 소문 따위에는 신경 쓸 필요가 없다는 생각이 든다.

친구들 쪽을 보니 아직도 춤을 추고 있다. 베카는 웃으면서 두 팔을 뻗고 고개를 아이처럼 젖힌 채 빙글빙글 돌고 있다. 저러다 어지러워서 넘어질 것 같다.

"내 옆에 바짝 붙어 있어." 줄리아가 핀에게 말하고 가볍게 강당 문으로 걸어간다. "그리고 내가 '가!' 하면 빨리 움직여."

문 앞은 코닐리어스 수녀가 육중하고 음울하게 지키고 있다. 롱 선생은 강당 반대편 끝으로 가서 마커스 와일리를 클리오나에게서 떼어 내면서 둘 중 누가 더 싫은지 모르겠다는 표정을 짓고 있다. 코닐리어스 수녀는 줄리아와 핀에게 의심스러운 눈길을 던지고, 줄리아는 미소로 답한다. "펀치가 맛있어요." 줄리아가 컵을 들고 소리치자 코닐리어스 수녀는 더욱 의심스러운 표정을 짓는다.

줄리아는 창턱에 컵을 내려놓고 곁눈질로 핀을 본다. 핀도 눈치가 빠른 듯 줄리아와 똑같이 행동한다.

베카가 넘어진다. 코닐리어스 수녀가 사명감을 띤 얼굴로 안으로 달려간다. 그리고 춤추는 아이들을 밀치며 베카에게 질문을 하고 술 냄새가 나는지 알아보고 청소년 약물검사를 실행한다. 코닐리어스 수녀는 홀리가 맡을 것이다. 어른들은 홀리를 믿는다. 홀리 아버지의 직업 때문인지도 모르고 홀리가 거짓말에 워낙 정성을 들이기 때문인지도 모른다. "가." 줄리아가 말하고 문으로 달려간다. 그와 거의 동시에 문이 쾅 닫히지만 줄리아는 뒤도 돌아보지 않고 복도를 달려서 컴컴한 수학 교실에 들어간다. 등 뒤의 발소리는 뒤따라오는 핀이다.

달빛이 교실에 줄무늬를 그려서 의자 등받이와 책상다리를 어지럽게 얽어놓고 있다. 음악 소리는 멀리서 들리는 히스테리컬한 비명으로 변했다. 누가 조그만 리애나를 상자에 가둔 것 같다. "잘했어. 문 닫아." 줄리아가 말한다.

핀이 의자에 정강이를 부딪친다. "시발."

"쉿, 우리 본 사람 있어?"

"없는 것 같아."

줄리아가 빠른 속도로 창문 볼트를 돌릴 때 두 손 위로 달빛이 미끄러진다. "교정을 순찰하는 사람이 있을 거야." 핀이 말한다. "우리 학교 댄스파티에서는 그래."

"알아. 조용히 하고 물러서. 들키고 싶어?"

둘은 등을 벽에 대고 귀를 쫑긋 세워서 작은 비명을 듣고 한 눈은 텅 빈 풀밭을, 한 눈은 교실 문을 본다. 누가 벗어두고 간 교복 스웨터가 의자 좌석 뒤에 늘어져 있다. 줄리아는 스웨터를 집어 들어서 물방울무늬 드레스 위에 입는다. 너무 크고 가슴 부분이 울퉁불퉁해서 별로 멋지지는 않지만 따뜻하다. 추운 바깥 기온이 창문을 통해 느껴진다. 핀은 후드의 지퍼를 올린다.

기다란 그림자들이 기숙사 모퉁이에서 먼저 나온다. 컬름의 베로니카 수녀와 나이얼 신부가 함께 걸으면서 고개를 이리저리 돌려 학생들이 숨을 만한 곳을 찾아본다.

그들이 시야에서 사라진 뒤에도 줄리아는 두 사람이 수녀동 모퉁이 너머로 돌아갈 때까지 스물을 세고, 혹시 중간에 멈춰서 무언가를 살펴볼 경우에 대비해 열을 더 센다. 그런 뒤 창문을 들어 올리고 창틀에 등을 댄 채 두 다리를 밖으로 넘겨서 풀밭으로 내려간다. 동작이 아주 매끄러워서, 핀이 탈출에만 몰두하고 있지 않았다면 줄리아에게 이런 일이 처음이 아니라는 걸 눈치챘을 것이다. 핀이 풀밭에 내려오는 소리가 나자 줄리아는 나무들을 향해 빠르고 가볍게 달린다. 귀에서 아직도 음악 소리가 왱왱대고 머리 위에서는 별들이 발소리에 맞추어서 딸그랑거린다.

붉은색, 분홍색, 흰색 조명이 속도가 너무 빨라서 파악할 수 없는 암호처럼 이상한 패턴으로 빙글빙글 돈다. 플로어와 벽을 때리고 뼈도 때리는 비트가 전류처럼 흐르고 이 손 저 손을 넘나들면서 강당 전체를 한 순간도 쉬지 않고 뒤흔든다.

설리나는 춤을 너무 오래 췄다. 어지러운 불빛들이 이제 현기증에 휘말린 생명체 같다. 몸의 경계가 흐려져서 자신이 어디서 끝나고 다른 것이 어디서 시작하는지 불분명한 느낌이다. 크리스 하퍼가 펀치 테이블 앞에서 고개를 젖히고 펀치를 마시는 모습을 보니 설리나도 펀치 맛이 느껴진다. 누가 엉덩이를 강타하는데 아픈 게 자신인지 그 사람인지도 알 수가 없다. 베카가 들어 올린 두 팔이 자신의 팔 같다. 이제 춤을 그만 출 때가 되었다.

"괜찮아?" 홀리가 계속 춤을 추면서 소리친다.

"뭐 좀 마시고 올게." 설리나가 소리쳐 답하고 펀치 테이블을 가리킨다. 홀리는 고개를 끄덕이고 춤으로 돌아가서 복잡한 댄스 동작을 시도한다. 베카는 펄쩍펄쩍 뛴다. 줄리아는 재주 좋게 빠져나갔다. 줄리아가 없으니 허전하다. 균형이 깨진 느낌이다. 설리나는 발을 천천히 움직여서 발의 감각을 느껴보며 지금은 '밸런타인 댄스 파티'라는 걸 되새긴다.

펀치 맛은 괴상하다. 문이 활짝 열린 집 안팎을 맨발로 뛰어다니던 오래전 여름날의 풀 냄새 같은 맛, 이렇게 땀이 번들거리고 쿵쿵거리며 어둡고 복잡한 곳에는 맞지 않는다. 설리나는 벽에 기대어 무겁고 딱딱한 것들을 생각해본다. 주기율표. 아일랜드어 동사 변화. 음악이 살짝 조용해졌지만 여전히 방해가 된다. 귀를 막고 싶지만 손이 자기 손 같지 않고 손을 귀에 대는 일도 너무 어렵게 느껴진다.

"안녕." 누군가 옆에서 말한다.

크리스 하퍼다. 얼마 전이었다면 설리나는 놀랐을 것이다. 크리스 하퍼는 인기가 많은 아이고 자신은 그렇지 않으니까. 크리스와 대화를 해본 적도 없는 것 같다. 하지만 지난 몇 달 동안 자신과 친

구들에게는 이해하려고 노력할 필요가 없는 풍성하고 놀라운 일이
가득했고, 이제 설리나는 신기한 일들에 놀라지 않는다.

"안녕." 설리나가 말한다.

크리스가 말한다. "드레스 예쁘네."

"고마워." 설리나가 말하고 옷을 내려다본다. 드레스는 혼란스럽
다. 설리나는 속으로 '2013년인데' 하고 말한다.

"응?" 크리스가 말한다.

그만. "아냐."

크리스가 설리나를 보고 묻는다. "괜찮아?" 그리고 설리나가 현기
증을 느낀다고 생각한 듯 손을 내밀어 맨살이 드러난 팔을 잡는다.

갑자기 모든 것이 또렷해진다. 밝은 색깔과 선명한 윤곽선들. 설
리나의 발에 느낌이 돌아온다. 아주 저린 느낌이다. 등에 닿는 지퍼
가 따가운 선을 이루어 내려간다. 설리나는 이런 침침함 속에서도
또렷한 크리스의 연갈색 눈을 똑바로 바라보지만 동시에 강당도 눈
에 들어온다. 조명은 신호도 아니고 잃어버린 물건도 아니다. 그것
들은 불빛이고 설리나에게 그렇게 진한 붉은색, 분홍색, 흰색은 처
음이다. 강당 전체가 단단하고도 생생하며, 자신의 선명함으로 나직
하게 노래를 부른다. 설리나는 평생토록 크리스보다 현실적인 것을
본 적이 없다. 조명이 비추는 머리카락과 붉은 셔츠와 어리둥절한
미간의 작은 고랑.

"응, 괜찮아." 설리나가 말한다.

"정말?"

"응."

크리스가 설리나의 손을 잡는다. 갑자기 선명함이 사라진다. 강

당이 다시 어지러워진다. 하지만 아직도 온몸이 단단하고 따뜻하게 느껴지고 크리스는 아직도 현실적이다.

크리스가 말한다. "있잖아……."

그는 셀리나를 처음 보듯이 바라본다. 방금 전에 일어난 일의 기운이 그에게도 들어간 것처럼. 크리스가 말한다. "네 얼굴이……."

셀리나는 미소를 지어 보이고 말한다. "잠깐 이상한 느낌이 들었어. 지금은 괜찮아."

"아까 어떤 여자애가 기절한 거 봤어? 안이 너무 더워서."

"그래서 춤을 안 추는 거야?"

"아까는 췄어. 지금은 잠깐 구경하고 싶어서." 크리스는 펀치를 삼키더니 컵을 바라보며 인상을 쓴다.

셀리나는 자리를 떠나지 않는다. 팔에 찍힌 손자국이 붉은빛 섞인 금색으로 반짝이며 어두운 공중을 떠다닌다. 크리스와 계속 이야기하고 싶다.

"너 쟤랑 친구지?" 크리스가 말한다.

크리스가 가리키는 것은 베카다. 베카는 여덟 살짜리처럼 춤을 추지만 그들이 여덟 살 때도 그런 여덟 살짜리는 없었다. 그러니까 뮤직비디오를 한 번도 보지 않은 아이 같았다. 엉덩이도 흔들지 않고 가슴도 내밀지 않고 그냥 춤만 춘다. 아무도 옳은 방법을 알려주지 않은 것처럼. 그냥 혼자 즐거워서 추는 것처럼.

"응." 셀리나가 말한다. 베카의 모습에 미소가 나온다. 베카는 즐거워 보인다. 홀리는 그렇지 않다. 마커스 와일리가 뒤에서 홀리의 엉덩이를 노리고 있다.

"왜 저런 옷을 입고 온 거야?"

베카는 청바지와 가장자리에 레이스가 달린 흰색 끈으로 된 티를 입고, 머리는 길게 땋았다. "자기가 좋으니까. 베카는 드레스를 별로 안 좋아해." 셀리나가 말한다.

"왜, 레즈비언이야?"

셀리나는 잠시 생각해보고 말한다. "아닐걸."

마커스 와일리는 여전히 홀리에게 몸을 비비려고 한다. 홀리가 춤을 멈추고 돌아서서 뭐라고 짧게 말한다. 마커스는 입을 벌린 채 눈을 깜박이며 서 있고 마침내 홀리가 꺼지라며 손가락을 흔든다. 결국 마커스는 계속 춤을 추는 척하면서 자리를 떠난다. 그리고 혹시 누가 방금 일을 봤는지 주변을 살핀다. 홀리가 베카에게 두 손을 내밀고 둘은 빙빙 돌기 시작한다. 이번에는 둘 다 즐거워 보인다. 셀리나는 웃음이 나올 것 같다.

"왜 그냥 뒀어?" 크리스가 말한다. "멀쩡한 옷을 입게 했어야지. 네가 입은 옷 정도라도."

"왜?" 셀리나가 묻는다.

"봐." 그가 턱짓으로 조앤을 가리킨다. 조앤은 음악에 맞추어 몸을 흔들면서 올라의 귀에 대고 무슨 말을 하고 있다. 둘 다 비웃는 얼굴로 베카와 홀리 쪽을 보고 있다. "쟤들이 흉보고 있어."

셀리나가 묻는다. "그게 너하고 무슨 상관이야?"

면박을 주려는 게 아니라 궁금해서지만 크리스는 날카로운 눈길로 주변을 둘러본다. "걔한테 관심 있는 건 아냐!" 크리스가 베카의 존재를 안다는 것도 의외였다.

"그래." 셀리나가 말한다.

크리스는 다시 댄스 플로어를 본다. 뭐라고 말하지만 DJ가 베이스 소리 가득한 노래의 볼륨을 점점 키워서 들리지 않는다. "뭐라고?" 설리나가 소리친다.

"널 보면 내 여동생 생각이 난다고 했어." DJ는 볼륨을 굉음 수준으로 높인다. "이런! 이건 소음이야!" 크리스가 짜증스럽게 고개를 젖히며 소리친다.

조앤이 그들을 보았다. 설리나의 시선이 닿자 얼른 눈길을 돌리지만 뒤틀린 윗입술이 불쾌한 기분을 말해준다. 설리나가 소리친다. "밖으로 나가자."

크리스가 설리나를 바라보며 그 말이 다른 여자애들이 하는 말과 같은 뜻인지 의아해한다. 설리나는 설명할 방법이 없어서 시도도 하지 않는다. "어떻게?" 크리스가 마침내 소리친다.

"그냥 부탁하지 뭐."

크리스는 얘가 미쳤나 하는 표정이지만 기분이 나쁜 것 같지는 않다. "우리는 이상한 일은 안 할 거니까." 설리나가 말한다. "은밀한 데가 아니라 조용한 데가 필요한 거잖아. 문 바로 앞에 나가 앉아 있는 것 정도는 허락해주지 않을까?"

크리스는 약 다섯 가지 방식으로 놀란 표정이다. 설리나는 기다리지만 그가 아무런 반응이 없자 "가자" 하고 말하고 강당 문을 향해 간다.

평소 같으면 많은 사람의 눈길이 그들에게 향했을 것이다. 하지만 퍼거스 머혼이 개릿 넬리건의 셔츠 칼라에 펀치를 쏟아서 개릿 넬리건이 화를 내며 달려들고, 그러다가 둘이 함께 바버라 오맬리 위로 쓰러지는데, 그 바람에 지난 몇 주 동안 자기 드레스가 록산다 아무개가 만든 거라고 자랑한 바버라가 목청이 터져라 소리를 지른다.

그래서 크리스와 설리나는 투명 인간처럼 조용히 빠져나간다.

무언가 그들을 도와주는 듯 모든 일이 술술 풀린다. 문 앞에 코닐리어스 수녀가 있다면 아무런 방법이 없을 테다. 그건 코닐리어스 수녀가 화가 나지 않아도 마찬가지다. 올해 들어 수녀들은 설리나만 보면 아무 데도 가지 못하게 붙들어놓고 싶은 것 같다. 남학생들을 위한 건지 설리나를 위한 건지 도덕 일반을 위한 건지는 그들도 잘 모를 것이다. 아무튼 코닐리어스 수녀는 소리를 치며 퍼거스와 개릿에게 달려가고 있고 문 앞은 롱 선생이 지키고 있다.

"선생님, 계단에 잠깐 앉아 있어도 될까요?" 설리나가 소리친다.

"안 돼." 롱 선생이 말한다. 그녀는 한쪽 구석에서 서로 부둥키고 있는 애널리스 피츠패트릭과 켄 오라일리 때문에 정신이 약간 흐트러져 있다. 켄의 한 손이 보이지 않는다.

"그냥 요 앞에 있을게요. 선생님이 보실 수 있게 계단 맨 아래에요. 그냥 이야기를 하고 싶어서요."

"얘기는 여기서 해도 돼."

"여기는 너무 시끄럽고……." 설리나는 두 손을 펼쳐서 조명과 춤추는 아이들과 강당 전체를 가리키고 말한다. "제대로 된 대화가 불가능해요."

롱 선생은 잠시 애널리스와 켄에게서 눈길을 떼고 미심쩍은 눈길로 설리나와 크리스를 살펴보며 말한다. "제대로 된 대화라고."

설리나는 갑자기 롱 선생에게 미소를 짓는다. 진정하고 밝은 미소. 아무런 의도 없이 저절로, 난데없이 떠오른 미소. 설리나의 가슴속에 있는 바람개비가 지금 놀라운 일이 일어난다고 속삭이고 있기 때문이다.

롱 선생도 미소로 화답할 뻔하다가 입술을 꽉 다문다. 그리고 엄숙한 얼굴로 말한다. "좋아. 계단 아래쪽에만 있어야 돼. 내가 삼십 초에 한 번씩 확인할 거야. 다른 데 간다거나 손이라도 잡으면 큰일 날 줄 알아. 정말이야. 알겠어?"

설리나와 크리스는 최대한 진실한 표정으로 고개를 끄덕인다. "그래, 이제 가." 롱 선생이 코닐리어스 수녀를 슬쩍 보면서 말한다.

롱 선생은 그들에게서 돌아서서 강당이 달라지기라도 했다는 듯한 눈길로 훑어본다. 그곳이 반짝임과 새콤달콤함과 '어쩌면'이라는 기대로 그녀를 맞는 것처럼. 설리나는 밖으로 나가면서 이 행운은 자신과 크리스 때문이 아니라는 것을 느낀다. 수십 년 전에 사라진, 기억에도 가물거리는 댄스파티에서의 소년 때문이다. 그의 열망에 가득한 얼굴, 웃음 때문이다.

15

문을 벌컥 연 콘웨이 때문에 깜짝 놀란 나는 무슨 더러운 일을 하다가 들킨 것처럼 얼른 두 손을 뺐다. 콘웨이의 뒤틀린 미소가 '내가 다 봤지' 하는 듯했다.

그녀는 가방을 리베카의 침대에 던졌다. "어떻게 되고 있어요?"

나는 고개를 저었다. "아무것도 없어요. 줄리아가 옷장 자기 구역에 담배 반 갑과 라이터를 스카프에 싸서 숨겨놓은 게 다예요."

"착하기도 해라." 콘웨이가 칭찬 같지 않은 목소리로 말했다. 그리고 빠른 속도로 방 안을 돌아다니며 협탁의 액자들을 기울여서 사진을 본다. 아니면 내가 방을 잘 수색했는지 본다. "찾아온 아이는 없었나요? 당신하고 이야기를 하자거나 섹스를 하자거나 하면서?"

나는 문밖의 그림자에 대해 말하지 않는다. 콘웨이의 미소 때문이기도 했고 또 확실하지 않기 때문이기도 했다. "없어요."

"아마 누군가 올 거예요. 기다리는 시간이 길어지면 아이들은 평정을 유지하기 힘들 테니까요. 휴게실 밖에서 들어봤는데 아주 난리법석이에요. 벌집 같아요. 오래 두면 견디지 못하는 애들이 생겨날 거예요."

나는 설리나의 플루트 케이스를 옷장 안쪽에 넣고 문을 닫았다. "앨리슨은 어때요?"

콘웨이는 콧방귀를 뀌었다. "비극적으로 죽는 드라마 주인공처럼 보건실에 누워 있어요. 죽어가는 목소리며 뭐며. 아주 즐기고 있죠. 팔은 이제 괜찮아요. 자국은 남았지만 물집은 가라앉았어요. 이제 휴게실에 가도 될 것 같은데 매케나 교장은 자국이 사라질 때까지 거기 두고 싶어 해요. 아이들이 그걸 보고 난리 피우는 게 싫어서요." 콘웨이는 홀리의 협탁에서 책을 꺼내 손톱으로 빠르게 넘겨본 뒤 다시 던져 넣었다. "조앤이 앨리슨에게 그런 헛소리를 주입했나 알아보려고 했는데 크리스 이름이 나오니까 입을 딱 다물고 무표정해졌어요. 나무랄 수는 없었어요. 교장과 사감이 무서운 얼굴로 지켜보고 있었으니까요. 그래서 포기했어요."

"휴대폰은 어때요?"

콘웨이는 승리감으로 턱을 치켜들었다. 그녀에게 어울렸다. 콘웨이는 가방을 열고 증거 봉투를 들어 올렸다. 내가 앨리슨의 침대에서 본 휴대폰이었다. 예쁜 펄핑크색의 플립 폰, 크기는 손바닥에 들어갈 만큼 작고, 은색 장식 줄이 달려 있었다. 크리스는 대충 고르지 않았다.

"앨리슨이 조앤에게서 이걸 샀어요. 앨리슨은 인정하기 싫어서 피하려고 했어요. 기절하는 시늉도 했지만 내가 넘어가지 않고 계속 추궁하니까 결국 털어놓았어요. 조앤이 재작년 크리스마스 직후, 그러니까 일 년 조금 더 전에 자기한테 휴대폰을 육십 유로에 팔았다고요. 날강도 같은 년."

콘웨이는 휴대폰을 가방에 도로 넣고 다시 방 안을 서성였다. 승리감은 금세 사라졌다. "하지만 앨리슨은 그 이상은 말하지 않으려고 해요. 내가 조앤은 휴대폰이 어디서 났느냐, 왜 팔았느냐고 물으니까 칭얼거리기만 했어요. '몰라요, 몰라요, 팔이 아파요. 어지러워요. 물 좀 마시고 싶어요.' 그 아기 흉내 내는 목소리로요. 남자들한테는 그런 목소리가 섹시한가요?"

"그런 생각은 안 해봤어요." 내가 말했다. 콘웨이는 아직도 방 안을 서성거렸다. 무언가 불쾌한 기색이었다. 나는 방해가 되지 않도록 가만히 벽에 기대 있었다. "나한테는 아무 느낌 없어요."

"그런 말을 들으면 입에 주먹을 날리고 싶어요. 휴대폰에 재작년 크리스마스 이전 기록은 없어요. 문자도 통화 목록도. 조앤이 다 지우고 팔았어요. 하지만 좋은 점도 있어요. 앨리슨은 전에 쓰던 심 카드를 이 휴대폰에 옮기지 않았어요. 이걸 샀을 때 앨리슨의 옛 선불폰은 금액이 다 소진됐지만 조앤의 선불폰은 이십 유로 이상 남아 있어서 앨리슨은 옛 선불폰을 버리고 조앤의 번호를 썼어요. 그러니까 원래 번호를 추적하고 통신사에 기록을 요청하는 귀찮은 일은 할 필요가 없어요. 이미 있으니까요. 작년에 코스텔로하고 나는 앨리슨을 포함해서 학생들 절반의 기록을 수집했어요. 소피한테 전화했더니 금방 이메일로 보내줄 거래요."

"잠깐." 내가 말했다. "여학생들 번호 중에 크리스의 번호하고 연결된 건 없다고 하지 않았나요?"

"맞아요. 하지만 크리스가 조앤이랑 사귀는 걸 비밀로 하려고 휴대폰을 주었다면……." 콘웨이는 내 앞을 지나가면서 자기 가방을 탁 쳤다. "평소에 쓰는 휴대폰은 남들이 볼 수 있다고 생각했다는 거죠."

"뭐, 아이들은 엿보니까요."

"아이들, 부모, 교사, 누구든지 그래요. 사람들은 엿봐요. 크리스가 그게 싫었다면, 그리고 줄리아 말대로 돈이 많았다면? 여자 친구 전용 휴대폰이 있었을 게 분명해요. 우리는 조앤 휴대폰의 기록을 봤어요." 가방을 다시 한번, 아까보다 강하게 때린다. "이상하게 재작년 크리스마스 이전에 한 번호가 나타나서 아주 많은 연락이 오갔죠."

내가 말했다. "그러면 그 번호, 크리스의 비밀 휴대폰하고 오늘 나한테 문자한 휴대폰과의 관계를 알아봐야겠네요. 크리스가 한 여학생하고 그런 일을 했다면 다른 여학생들하고도 그랬을 가능성이 높아요. 설리나가 정말로 크리스랑 사귀었다면 설리나도 비밀 휴대폰이 있었을 거예요."

"우리는 크리스의 비밀 휴대폰과 연결된 사람을 다 찾아야 해요. 작년에 나는 크리스한테서 휴대폰이 나오지 않은 게 아무래도 이상했어요. 요즘 아이들은 휴대폰 없이는 화장실도 안 가잖아요. 내가 그때…… 아, 이런!" 콘웨이는 리베카의 침대 기둥을 세게 걷어찼다. 아플 텐데도 아무 느낌 없는 것처럼 계속 방 안을 맴돌았다. "그때 알았어야 했어요."

그랬다. 위로의 말('당신이 알 수는 없었어요. 누구도요')이랍시고 어쭙잖은 말을 건넸다가는 결판이 날 것이다. 내가 말했다. "만약 조앤이 사건의 핵심 당사자라면 크리스의 휴대폰을 치울 분명한 이유가 있었죠. 조앤을 크리스에게 연결시켜주었을 테니까."

콘웨이는 서랍을 열어서 단정하게 정리된 팬티를 훑었다. "당연하죠. 그리고 이미 쓰레기 매립지에 있을 거예요. 우리는 애초에 크리스한테 그런 휴대폰이 있었다는 것도 증명할 방법이 없어요. 우리가 조앤에게 이 많은 통신 기록은 뭐냐고 했더니 인터넷에서 만난 사람에게 문자를 보낸 거라고 했어요. 아니면 또 무슨 이야기를 지어낼지 모르죠. 우리가 할 수 있는 게 없어요."

"크리스가 비밀 휴대폰으로 연락한 다른 사람을 찾지 못하면 그렇겠죠. 그런 여학생을 찾아서 자백을 받아요."

콘웨이가 짧고 거칠게 웃었다. "맞아요. 그 여학생에게 자백을 받으면 되죠. 얼마나 쉬워요. 그게 이 사건이 흘러가는 방식이니까요."

"시도는 해볼 만해요."

콘웨이는 옷을 어지른 채 서랍을 쾅 닫았다. "당신은 정말 햇살 같은 분이군요. 긍정 전도사예요."

"그럼 뭐라고 할까요? '이번 사건은 텄어요. 집에 갑시다'라고?"

"내가 떠날 거 같아요? 난 아무 데도 안 가요. 하지만 당신의 그 행복한 노래를 들어야 한다면……."

우리는 서로를 노려본다. 콘웨이가 얼굴과 손가락을 들이미는데 나는 여전히 벽에 기대서 있어서 물러설 수도 없다. 말싸움이 시작되기 일보 직전이었다.

나는 내 커리어를 손에 쥔 사람과는 싸우지 않는다. 싸워야 할 때도 그렇게 한다. 쓸데없는 일에서는 더더욱 그런다.

내가 말했다. "코스텔로하고 같이하는 게 더 좋았겠네요? 그분은 아주 우울하니까요. 그렇게 해서 어떻게 됐나요?"

"입 다물……."

콘웨이의 재킷에서 진동이 일었다. 메시지였다.

그녀는 돌아서서 주머니를 뒤졌다. "소피예요. 조앤의 통신 기록을 보냈어요. 빨리도 주네요." 그런 뒤 버튼을 누르고 한쪽 무릎을 가볍게 흔들며 다운로드 과정을 지켜보았다.

나는 물러서서 '이제 귀가하세요' 하는 말을 기다렸다. 심장이 쿵쿵거렸다.

콘웨이는 답답하다는 표정으로 고개를 들었다. "뭐 해요? 이거 봐요."

나는 반 박자 늦게 말뜻을 이해했다. 싸움은 끝났다.

나는 숨을 들이마시고 콘웨이 옆으로 갔다. 그녀는 내가 화면을 볼 수 있도록 휴대폰을 기울여주었다.

기록이 주르륵 있었다. 일 년 반 전의 시월, 십일월. 한 번호가 조앤이 썼던 휴대폰과 계속 연락을 주고받았다.

통화는 없고 전부 메시지다. 그 번호에서 받은 문자, 그 번호로 보낸 문자. 받은 게 많고 보낸 것은 적다. 크리스가 적극적이고 조앤은 서두르지 않는다.

그러다 십이월 첫 주에 패턴이 바뀌었다. 보낸 문자가 많아진다. 크리스는 무시하고 조앤이 적극적이다. 크리스는 더 무시한다. 그런 뒤 마침내 조앤이 포기했는지 아무것도 없다.

복도에서 카트가 접시를 달그락거리면서 지나가자 나는 따뜻한 닭고기와 버섯 냄새에 침이 고인다. 프릴 달린 앞치마를 입었을 것 같은 누군가가 4학년 학생들에게 식사를 가져가고 있었다. 매케나는 그들이 감독하기 어려운 식당에 가서 온갖 이야기와 공포를 독감처럼 퍼뜨리는 일을 막으려고 휴게실에 얌전히 가둔 채 통제하고 있었다.

조앤의 휴대폰에는 일월 중반까지 아무것도 없었다. 그러다 다른 여러 번호가 나타나서 통화와 문자를 주고받는다. 크리스의 번호는 없다. 평범한 여학생 휴대폰의 기록. 앨리슨이 사용한 것이다.

"소피, 당신은 정말 멋져." 콘웨이가 말했다. "이제 소피한테 통신사에 조회해서 그 번호가 혹시……."

그러더니 입을 다물었다. "잠깐. 293……." 그녀는 휴대폰 화면을 보며 나에게 손가락을 튕겼다. "당신 휴대폰으로 온 문자 좀 보여줘요."

나는 문자를 보여주었다.

콘웨이가 아까와 같은 승리감에 얼굴을 들자 옆모습이 조각상 비슷해졌다. "나왔어요. 어쩐지 번호가 낯익었어요. 이걸 봐요." 그리고 두 휴대폰을 나란히 들어 올렸다.

대단한 기억력. 콘웨이 말이 맞았다. 나에게 열쇠의 위치를 가르쳐준 휴대폰은 조앤과 노닥거리던 휴대폰과 번호가 같았다.

"이건 예상 못 한 전개네요."

"그러게요."

"그러니까 조앤의 비밀 연애 상대가 크리스가 아니라 다른 일곱 명 중의 한 명……."

콘웨이는 고개를 저었다. "아뇨. 결별 때문이라면 조앤 그룹과 홀리 그룹이 서로를 싫어하는 이유는 되겠지만 우리가 수사중에 그렇게 실마리를 못 잡았을 리 없어요. 누가 뒷담화를 한다거나 조앤이 헤어진 여친 엿 먹어보라고 '아무개는 레스비언이라서 내 섹시한 몸에 덤벼들려고 했어요'라고 했겠죠. 그건 아니에요."

내가 말했다. "아니면 누가 크리스 하퍼의 비밀 휴대폰으로 나한테 문자를 보낸 걸 수도 있어요."

잠시 침묵.

콘웨이가 말했다. "그런 것 같아요." 목소리에 무언가 있었지만 기쁨인지 분노인지 약한 고리를 찾은 것인지는 알 수 없었다. 그리고 거기에 차이가 있는지 없는지도.

다시 바뀐 분위기는 우리가 보는 앞에서 전과 다른 것이 되었다. 우리가 그 방의 반짝이는 머리와 불안한 발과 날카로운 눈길들 틈에서 찾는 것은 목격자가 아니었다. 우리는 살인자를 찾고 있었다.

"내 생각은 이래요." 내가 말했다. "세 가지 개연성이 있어요. 하나, 조앤이 크리스를 죽인 뒤에 휴대폰을 챙겼고 그걸로 우리에게 문자를 보내서 열쇠의 위치를 알려주었다. 왜냐하면 잡히고 싶어서……."

콘웨이가 콧방귀를 뀌었다. "그럴 리가요."

"물론 가능성은 희박해요. 둘째, 살인범이 조앤이건 누구건, 휴대폰을 가져다가 다른 사람에게 주었다."

"조앤이 자기 휴대폰을 앨리슨에게 판 것처럼 말이죠. 조앤하고 잘 맞네요."

"셋째……." 내가 말했다. "다른 사람이 크리스를 죽이고 휴대폰을 챙겨 가서 아직도 가지고 있다."

콘웨이는 다시 방 안을 서성거렸지만 이제 걸음이 느려졌다. 무언가 결딴낼 것을 찾는 듯 불안한 걸음이 아니었다. 집중하고 있었다.

"하지만 왜죠? 조앤이라면 휴대폰이 증거라는 걸 알 거예요. 그걸 갖고 있는 건 위험해요. 왜 일 년 전에 버리지 않은 거죠?"

"모르죠. 하지만 조앤에게 실물 휴대폰은 없을지도 몰라요. 휴대 폰을 버리고 심 카드만 갖고 있을 수도 있으니까요. 그게 훨씬 안전 하죠. 그리고 오늘 우리에게 익명으로 문자를 보내려고 심 카드를 자기 휴대폰에 넣었을 수도……"

"휴대폰의 일부라도 갖고 있을 이유가 뭐예요?"

내가 말했다. "가설 2라고 할게요. 살인범이 휴대폰을 다른 사람 에게 주었어요. 그런데 그 사람이 그게 크리스하고 관련이 있지 않 을까 하는 느낌이 들어 꺼림칙했어요. 그래서 휴대폰을, 아니면 심 카드라도 보관했어요. 나중에 경찰에 제출하고 싶어질지도 몰라서 요. 아니면 연관이 있다는 생각은 못 해도 그냥 익명의 번호를 갖고 있는 게 좋았을 수도 있고요. 아니면 조앤이 앨리슨에게 준 휴대폰 처럼 선불금이 남아 있었을 수도 있어요."

콘웨이는 고개를 끄덕였다. "좋아요. 가설 2하고 잘 맞는 것 같아 요. 가설 1이나 3하고는 모르겠네요. 당신한테 문자를 보낸 사람이 살인범이 아니라는 뜻이니까요."

"그 경우는 살인범이 배짱이 넘친다는 거죠. 크리스의 휴대폰이 단서가 돼서 자기가 감옥에 갈지도 모르는데 안 버리고 다른 사람에 게 준다는 거요."

"배짱도 넘치고 오만도 넘치고 멍청함도 넘쳐요. 아니면 일부러 남에게 준 건 아닐지도 몰라요. 어디다 버렸는데 문자를 보낸 사람 이 발견한 건지도 모르죠."

복도에서 닭고기와 버섯 요리 냄새와 아이들 목소리가 함께 스며들었다. 4학년 학생들이 식사를 하며 대화하는 소리였다. 여학생들의 유쾌한 수다가 아니라 낮고 숨죽인 소리, 조용히 귀를 두드리고 마음을 불안하게 하는 소리였다.

내가 물었다. "휴대폰 기록을 언제 받을 수 있는지 소피가 말했나요?"

"그건 금방 된대요. 소피의 팀원이 작업하고 있대요. 지금 소피한테 메일을 보내야겠어요. 전화번호뿐만 아니라 실제 문자 내용도 필요하다고요. 잘 안 될 수도 있어요. 어떤 통신사들은 일 년이 지나면 기록을 삭제하니까요. 하지만 시도는 해봐야죠." 콘웨이는 빠른 속도로 타이핑하며 말했다. "그리고 그전에 일단……."

5시가 넘었다. '그전에 일단 본부에 가서 서류 작업을 하고 퇴근합시다. 그전에 일단 뭘 좀 먹고 잠도 잡시다. 오늘 수고했어요, 모런 형사님. 내일 아침 일찍 만나요.'

우리는 지금 킬다를 떠날 수 없었다. 내부적으로는 이 모든 여학생이 우리 그림자가 사라지는 순간 맹렬히 말을 맞출 준비를 하고 있었다. 외부적으로는 오켈리가 이 사건이 다시 살아났다는 말을 듣는 순간 득달같이 살인수사과 형사들을 보낼 것이다. 중간에 우리가 있다.

킬다를 빈손으로 나가면 우리는 다시 돌아오지 못하거나 돌아와도 소용없을 것이다.

하지만.

"더 오래 있으면 매케나가 당신 과장한테 연락할 거예요."

콘웨이는 휴대폰에서 고개를 들지 않았다. "알아요. 매케나가 사감 선생의 방에서 나한테 말했어요. 돌려 말하지도 않더군요. 저녁 식사 때까지 나가지 않으면 오켈리에게 전화해서 우리가 학생들을 괴롭히고 있다고 말한다고요."

"지금이 저녁 식사 때예요."

"걱정 말아요. 나도 돌려 말하지 않았어요. 우리를 강제로 내보내려고 하면 기자 친구에게 전화해서 내가 지금 킬다에 와서 하루 종일 학생들과 함께 크리스 하퍼 사건 관련 조사를 했다고 말한다고요." 콘웨이는 휴대폰을 주머니에 넣었다. "우리는 아무 데도 안 가요."

나는 콘웨이의 등을 토닥이고 포옹도 하고 싶었지만 급소를 걷어차이기 싫어서 "잘했어요" 하고만 말했다.

"뭐예요? 매케나가 날 자기 애완견으로 만들 거라고 생각했어요? 고맙군요." 하지만 내가 환하게 웃자 콘웨이도 웃었다. "그래서. 그 전에 일단……."

내가 말했다. "조앤은요?"

콘웨이는 숨을 훅 삼켰다. 그녀의 등 뒤에서 커튼이 흔들렸다. 숟 가락과 포크 모양의 모빌이 희미하고 높고 아련한 소리를 냈다.

콘웨이가 고개를 한 번 끄덕였다. "조앤."

"목격자일까요? 아니면 용의자?"

용의자라면 질문을 하기 전에 조앤에게 사실을 알리고 관련 서류에 서명을 시켜야 한다. 용의자라면 본부에 데리고 가서 모든 것을 비디오로 녹화해야 한다. 용의자라면, 그리고 조앤이 원하면 변호사를 쓸 수 있다. 미성년 용의자는 적절한 어른이 입회해야 한다. 그건 피할 수 없다.

이따금 피하기도 한다. 우리가 머릿속으로 무슨 생각을 하는지는 누구도 증명할 수 없다. 아주 가끔이지만 때로는 목격자와 대화하는 것처럼 가볍게 진행하다가 상대가 부정하기 힘들 만큼 깊이 걸려들게 하기도 한다.

하지만 발각되면, 그래서 판사가 우리를 혐오스럽게 바라보면서 누구라도 이 사람을 용의자로 여겼을 거라고 말하면 우리는 끝장난다. 우리가 가진 모든 무기는 박살 난다.

판단이 쉽지 않았다. 조앤을 의심할 이유는 많았지만 확신할 만큼 충분하지는 않았다.

"목격자로 가죠. 조심합시다." 콘웨이가 말했다.

"당신도요. 조앤은 당신이 아이들 앞에서 자신을 콕 찍은 일을 잊지 않을 거예요."

"젠장." 콘웨이가 짜증스러워하며 고개를 튕겼다. 잊고 있었던 것이다. "나는 다시 뒷자리로 가야겠어요. 다음번에 우리가 누군가를 화나게 해야 하면 당신이 맡아줘요."

"싫어요." 내가 말했다. "당신이 해요. 당신은 거기 재능이 있어요." 콘웨이는 나에게 인상을 썼는데 친구한테 짓는 표정 같았다.

학생들은 휴게실 테이블에 앉아서 접시에 고개를 숙이고 있었고 식기들이 달그락거렸다. 수녀는 식사를 하면서 한 눈으로 아이들을 살폈다.

언뜻 보면 정겹고 평화로운 장면이었다. 하지만 자세히 보면 보였다. 테이블보가 흔들리고 학생들이 이를 드러낸 채 주스잔을 씹는 모습. 올라는 공간을 차지하지 않으려고 몸을 잔뜩 웅크렸다. 나를 등지고 앉은 한 뚱뚱한 여학생은 열심히 먹는 것 같았지만 어깨 너머 접시를 보니 이미 잘게 잘린 닭고기를 더욱 잘게 자르고 있을 뿐이었다.

"조앤." 콘웨이가 말했다.

조앤은 쯧 하면서 천장을 향해 짜증스럽게 눈을 굴렸지만 어쨌든 일어나서 왔다. 옷차림은 올라와 거의 같았다. 짧은 청반바지에 스타킹, 분홍색 후드 티, 컨버스 운동화. 올라가 입었을 때는 누가 악의를 품고 입힌 것 같았다. 조앤이 입으니 찰떡처럼 잘 어울렸다.

우리는 그들의 방으로 돌아갔다. "앉아." 내가 조앤의 침대를 가리키며 말했다. "의자가 없어서 미안하지만 몇 분 안 걸릴 거야."

조앤은 팔짱을 긴 채 계속 서 있었다. "저 식사중이었는데요?"

우리의 조앤이 기분이 상했다. 올라는 큰일 났다. "알아." 내가 상냥하게 말했다. "오래 걸리지 않을 거야. 솔직히 네가 싫어할 수도 있는 질문이 몇 개 있지만 나에겐 답이 필요하고 너 말고는 달리 알려줄 사람이 없는 것 같아."

그 말이 조앤의 호기심 또는 허영심을 자극했다. 조앤은 한숨을 쉬면서 자기 침대에 털썩 앉았다. "네, 말씀해보세요."

"고마워." 내가 말했다. 나는 조앤을 마주 보고 제마의 침대에, 벗어 던진 옷들에서 멀찍이 떨어진 곳에 앉았다. 콘웨이는 뒤로 물러나서 문에 기댔다. "먼저, 올라가 이미 말했겠지만 우리는 네가 보관하던 열쇠를 발견했어. 여기와 본관 사이 연결문의 열쇠를. 너희는 밤에 몰래 나갔어."

조앤은 부정하려고 입을 반쯤 벌리고 분노한 표정을 절반쯤 불러왔지만 콘웨이가 『리지외에서 성 테레즈의 삶』을 들어 올리자 자연스레 책을 보았다. "지문이 가득해." 콘웨이가 말했다.

조앤은 분노의 표정을 미루고 말했다. "그래서요?"

내가 말했다. "그래서 이건 비밀이야. 교장 선생님한테 알려서 너한테 문제를 일으키지는 않을 거야. 우리는 그냥 중요한 것과 중요하지 않은 것을 알아내려고 하는 거야."

"그러시든지요."

"좋아. 밖에 나가서 뭘 한 거니?"

조앤의 입가에 추억을 되새기는 미소가 가볍게 떠올랐다. 잠시 후 조앤이 말했다. "컬름 남학생 몇몇이 뒤편 담장을 넘어왔어요. 저는 통학생하고는 잘 놀지 않지만 개릿 넬리건이 집에서 술하고…… 그런 걸 몰래 가져왔어요. 우리는 두 번 정도 나갔는데 개릿이 엄마한테 들켜서 물건을 못 가져오게 된 다음부터는 안 나갔어요."

물건. 개릿은 엄마의 약을 가져왔다. "그게 언제니?"

"작년 삼월? 그 뒤로는 열쇠를 별로 안 썼어요. 부활절 때 제마가 클럽에서 대학생을 알게 돼서 그 사람을 만나러 여러 번 나갔어요. 제마는 대학생을 사귄다고 아주 우쭐해했지만 그 사람이 제마 나이를 알고 차버렸어요. 그리고 크리스 사건이 터지자 학교에서는 당연히 자물쇠를 바꿨고 열쇠도 쓸모없어졌죠."

내가 말했다. "이것 때문에 너하고 네 친구들은 시크릿 플레이스에 카드를 붙인 사람으로 의심받을 수밖에 없어. 크리스가 죽었을 때 너희 중 누구라도 기숙사 밖에 있었을 수 있으니까. 무언가 수상한 걸 봤을 수도 있고 심지어 사건 현장을 봤을 수도 있어."

조앤이 두 손을 번쩍 들었다. "네? 잠깐만요. 열쇠가 우리한테만 있던 게 아니에요. 우리 열쇠는 줄리아 하트가 준 거예요."

나는 의심스러운 표정을 지었다. "정말이야?"

"네."

"그러면 걔네 열쇠는 어디 있니?"

"제가 어떻게 알아요? 그걸 어디 보관하는지 혹시 알았다고 해도 벌써 일 년 전이에요. 그리고 전 걔네 괴짜들이 무슨 일을 하건 신경 안 쓰거든요. 아마 자물쇠가 바뀐 다음에 버렸을 것 같아요. 저도 올라한테 그렇게 하라고 시켰는데 올라가 그 일조차 제대로 못 했네요."

"줄리아가 자기들은 열쇠가 없었다는데?"

조앤이 얼굴을 찌푸리더니 고약한 표정이 되었다. "걘 그렇게 말하겠죠. 완전 헛소리예요."

"그럴지도 몰라." 내가 인정하는 의미로 어깨를 으쓱했다. "하지만 증명할 수는 없어. 우리에겐 너와 친구들에게 열쇠가 있었다는 증거는 있지만 줄리아와 친구들에게 열쇠가 있었다는 증거는 없어. 양쪽 말이 충돌하면 증거를 따라갈 수밖에 없어."

"크리스하고 설리나 일도 그래." 콘웨이가 말했다. "너희는 걔네가 사귀었다고 하고 설리나는 안 사귀었다고 하는데 둘이 가깝게 지낸 증거가 전혀 없어. 우리가 뭘 믿어야겠니?"

고약한 표정이 단단한 결심으로 변했다. "좋아요."

조앤은 휴대폰을 꺼내서 버튼을 몇 개 눌렀다. 그러고는 팔을 뻗어 휴대폰을 내 앞으로 내밀었다.

"이게 증거야?"

나는 휴대폰을 받았다. 손의 온기로 따뜻하고 끈끈했다.

동영상이었다. 어두웠다. 풀밭을 헤치고 가는 바스락 소리와 발소리, 누군가의 속삭임, 가벼운 웃음, '조용히 해!' 하고 나직이 다그치는 소리.

"너하고 또 누구니?" 내가 물었다.

"제마요." 조앤이 팔짱을 끼고 뒤로 물러앉아서 꼰 다리 한쪽을 흔들며 기대감 어린 눈길로 우리를 바라보았다.

회색 형체가 보인다. 조앤의 움직임에 휴대폰이 흔들려 형체도 흔들린다. 달빛 속의 덤불. 작고 하얀 꽃들이 어둠 속에 웅크리고 있다.

다시 한번 속삭임 소리. 이어 발소리가 멈춘다. 휴대폰도 멈춘다. 형체가 초점 속에 들어온다.

희미한 빈터 주변을 큰 나무들이 컴컴하게 두르고 있다. 어둠 속에서도 어딘지 알 수 있었다. 크리스 하퍼가 죽은 사이프러스나무 숲이다.

달빛이 내리비치는 빈터 중앙에 두 사람이 한 몸처럼 바짝 붙어 있다. 검은 스웨터와 검은 청바지. 갈색 머리가 금발 위로 고개를 기울이고 있었다.

나뭇가지 하나가 화면 앞에 어른거리자 조앤이 나뭇가지가 없는 쪽으로 휴대폰을 움직이고 렌즈를 줌인했다.

어두워서 얼굴이 흐릿했다. 나는 콘웨이를 보았다. 턱이 살짝 내려와 있다. 크리스와 셀리나였다.

그들은 살짝 떨어졌는데 그런 움직임을 견디기 힘든 것 같았다. 손바닥을 맞댄 채 어깨가 빠른 호흡 속에 오르내렸다. 둘은 흔들리는 사이프러스나무와 밤바람 속에서 침묵에 잠겨 서로에게 감탄했다. 바깥세상은 사라지고 없었다. 그 안에서 바람은 새로운 색깔을 풀어냈고 그것은 순수한 금빛을 뿜는 무언가로 변했으며 그들도 호흡을 한 번 할 때마다 변해갔다.

나는 어렸을 때 그런 것을 꿈꾸었다. 하지만 경험을 하지는 못했다. 열여섯 살이 되고 구십 퍼센트 사내가 됐을 때도 여학생들을 멀리했다. 가벼운 키스와 애무 이상으로 넘어갔다가는 다음 날 아침 끈끈한 리놀륨 바닥재가 깔린 서민 아파트에서 처자식 딸린 가장으로 깨어날 것 같았다. 그래서 대신 꿈으로 꾸었다. 그 꿈은 아직도 생생하다.

학교를 벗어나서 다른 여자들을 만났을 때는 이미 늦었다. 어른이 되면 손댈 수 없을 만큼 섬세한, 모든 것을 영원히 사로잡는 황금의 기회는 사라진다. 우리가 성장해서 분별력을 얻으면 외부 세계는 현실이 되고 자기만의 세계는 이제 세상 모든 것이 아니게 된다.

크리스가 설리나의 머리에 손을 넣어서 들어 올리자 머리카락이 가닥가닥 떨어졌다. 설리나는 크리스의 팔에 입술을 대려고 고개를 돌렸다. 두 사람은 마치 수중 댄서 같았다. 시간이 오직 둘만을 위해 멈추고 일 분 일 분이 그들에게 백만 년을 주는 것 같았다. 아름다운 모습이었다.

전화 가까이에서 조앤 아니면 제마가 키득거렸다. 그러자 다른 사람이 입을 막는 소리가 났다. 그들은 눈앞 몇 미터 거리에 있는 그 아름답고 진정한 것을 보지도 못했다.

설리나가 크리스의 뺨을 향해 손을 들어 올리자 크리스가 눈을 감았다. 달빛이 크리스의 팔에 물처럼 흘러내렸다. 그들은 더 가까워져서 고개를 한쪽으로 함께 기울이며 입술을 벌렸다.

삐익, 영상이 끝났다.

"이걸 보시면……." 조앤이 말했다. "설리나와 걔네한테 열쇠가 있었다는 걸 아실 수 있지 않을까요? 그리고 설리나가 크리스랑 사귀었다는 것도?"

콘웨이가 내게서 휴대폰을 가져가서 버튼을 마구 눌렀다. 조앤이 손을 내밀었다. "저기요, 제 휴대폰인데요?"

"다 하고 돌려줄게." 조앤은 쯧 하고 다시 벽에 기댔다. 콘웨이는 그러건 말건 무시하고 나에게 말했다. "4월 23일. 새벽 1시 10분 전."

크리스가 죽기 삼 주 반 전이었다. 내가 물었다. "설리나가 밖으로 나가는 걸 보고 너하고 제마가 따라간 거야?"

"처음에는 제마가 우연히 교정에서 걔네를 봤어요. 일주일쯤 전에요. 제마도 남자를 만나러 나간 거였어요. 누구였는지는 기억 안 나요. 그 뒤로 밤마다 제마랑 나랑 돌아가면서 복도를 감시했어요." 조앤의 목소리는 엄격한 프로젝트 매니저 같았다. 누가 직무 수행 중 졸기라도 하면 매섭게 몰아붙일 것 같았다. "이날은 앨리슨이 설리나가 방에서 나가는 걸 보고 저를 깨워서 설리나를 따라 나갔어요."

"너랑 제마랑 같이?"

"제가 혼자 나가고 싶은 마음이 들었을까요? 거기다 어쨌든 저는 걔네가 키스인지 뭔지 하는 장소를 몰라서 제마가 알려줘야 했어요. 우리가 옷을 입고 나와보니 설리나는 이미 없었어요. 얼른 그걸 하고 싶어서 몸이 단 거죠. 세상에는 헤픈 사람이 있는 법이니까요."

이 학교 교정은 기차역보다도 야간 이동 인원이 많았다. 매케나가 이 말을 들으면 심장마비에 걸렸을 것이다. 내가 말했다. "그래서 추적해간 거구나. 동영상을 찍었고. 이것뿐이니?"

"네, 이걸로 부족한가요?"

"이다음에는 어떻게 됐니?"

조앤은 새침하게 입을 오므렸다. "우리는 도로 기숙사로 돌아왔어요. 거기서 걔네가 그 짓 하는 걸 보고 싶지 않았어요. 저는 변태가 아니니까요."

콘웨이의 휴대폰이 울렸다. "나한테 동영상을 보냈어요." 콘웨이는 나한테 말한 뒤 조앤에게 "여기 있어" 하고 휴대폰을 던졌다.

조앤은 우리 보란 듯이 휴대폰을 이불에 열심히 문질러서 노동계급의 병균을 닦아냈다. 내가 물었다. "동영상으로 뭘 하려고 한 거니?"

어깨 으쓱. "그런 건 생각 안 했어요."

콘웨이가 말했다. "내가 소설 써볼까? 이걸로 설리나를 협박한 거 아니니? 크리스랑 헤어지지 않으면 교장 선생님한테 보내겠다고."

조앤의 윗입술이 위로 당겨져서 거의 으르렁거리는 모양이 되었다. "네? 안 그랬는데요?"

내가 몸을 숙여 조앤과 콘웨이 사이를 가로막으며 말했다. "설령 그랬어도 설리나를 위한 일이었을 거야. 밤에 몰래 나가서 그러는 건 좋은 일이 아니지."

조앤은 내 말을 생각해보고 괜찮다고 판단했다. 그리고 고결한 표정을 지으려고 했지만 경멸하는 표정이 나왔다. "그래야 했다면 그랬겠지만 그러지 않았어요."

"왜?"

"왜냐하면." 조앤은 휴대폰을 톡 쳤다. "설리나하고 크리스가 만난 건 그때가 마지막이었으니까요. 저는 줄리아에게 그 일을 알렸고 그 뒤로 줄리아가 문제를 해결했어요."

"그걸 어떻게 알았어?"

"물론 줄리아의 말을 그대로 믿지는 않았어요. 형사님이 묻는 게 그거라면요. 저는 바보가 아니니까요. 동영상을 찍은 것도 그래서 예요. 줄리아한테 확신을 줄 게 필요할 거 같아서요. 그러고 나서 몇 주 동안 복도를 지켜보았는데 설리나가 혼자 나가는 일은 없었 어요. 걔들 네 명은 계속 다 같이 나갔어요. 나가서 뭘 했는지는 몰 라도요. 걔네가 마녀라는 말이 있었어요. 고양이를 제물로 바치거 나 했는지도 모르지만 굳이 알고 싶지도 않아요." 몸을 과장되게 흔 들어서 혐오를 표현한다. "줄리아는 두 번 정도 나갔어요. 핀 캐럴 이랑 사귀었거든요. 빨간 머리랑 사귀고 싶어 하는 사람도 있더라 고요? 하긴 줄리아 외모라면 기회가 오는 대로 잡는 수밖에 없죠. 어 쨌든 설리나는 다시는 안 나갔으니까 크리스하고 깨진 게 분명했어 요. 놀라운 일도 아니지만요."

"누가 헤어지자고 했는지는 모르니?"

어깨 으쓱. "제가 그런 데 신경을 쓰겠어요? 물론 저는 크리스를 위해서 그 애가 나중에라도 안목을 좀 갖기를 바랐지만…… 남자들 이 신경 쓰는 건 하나잖아요. 설리나가 그걸 주었고 그 사실을 아무 도 모른다면 크리스가 뭐하러 굳이 차겠어요? 그래서 설리나가 그 런 것 같아요. 줄리아가 정신 차리라고 했을 수도 있고 아니면 설 리나가 자신은 크리스의 손쉬운 뭐뭐 상대일 뿐이고, 자기 같은 돼 지는 죽었다 깨도 크리스 여친이 될 수 없다는 걸 깨달았을 수도 있 죠."

설리나의 얼굴 위로 숙인 크리스의 얼굴에는 신성한 경탄이 어려 있었다. 그가 연기에 능했던 건 맞지만 그것까지 연기였을까?

"너는 그 둘이 사귀는 게 왜 싫었니?" 내가 물었다.

조앤이 쿨하게 말했다. "저는 설리나를 싫어해요. 걔네 전부를 싫어해요. 아주 별종들인데 그게 무슨 문제냐는 식으로 행동해요. 자기들이 아주 특별하고 그래서 원하는 건 뭐든지 할 수 있다는 식이에요. 저는 세상은 그렇지 않다는 걸 설리나가 알게 해주고 싶었어요. 그러니까 형사님들 말씀대로 걔한테 호의를 베풀었던 거예요."

나는 의아했다. "하지만 줄리아하고 핀하고 사귀는 건 신경 안 썼잖아. 설리나하고 크리스가 특별히 문제가 될 이유가 있었니?"

어깨 으쓱. "핀은 괜찮았어요. 그런 걸 원한다면요. 하지만 핀은 인기 있는 학생이 아니었어요. 크리스는 인기가 많았어요. 모두가 그 애를 좋아했어요. 저는 설리나 같은 애가 자기도 크리스 같은 애랑 사귈 수 있다고 생각한다는 사실이 싫었어요. 정신을 차리게 하고 싶었어요. 크리스의 눈길을 받으려고 온갖 역겨운 짓을 다 한다고 그 애랑 오래 사귈 수 있는 건 아니라고요."

내가 말했다. "네가 바로 몇 달 전에 크리스랑 사귀어서는 아니고?"

조앤은 약간의 망설임도 없었다. 깊은 한숨, 어이없다는 눈빛. "그 이야긴 이미 끝난 거 아닌가요? 제가 환청을 듣는 건가요? 제가 미친 건가요? 저는 크리스랑 사귄 적이 없어요. 크리스 꿈속에서라면 몰라도요."

콘웨이는 증거 봉투에 든 앨리슨의 휴대폰을 들어 올려서 조앤 앞에 흔들었다. "정말이니?"

조앤은 아주 잠깐 몸이 굳었다. 그러더니 콘웨이에게서 고개를 돌리고 결연하게 팔짱을 끼었다.

"아, 무서워. 쫄려죽겠어요." 조앤이 심장에 손을 대고 말했다.

"조앤." 내가 몸을 숙이며 말했다. "네 사생활이라는 거, 정상적이라면 우리가 신경 쓸 일 아니라는 거 알아. 하지만 네가 크리스하고 아주 가까워서 그 애한테서 중요한 말을 들었을지 모른다면 우리는 알아야 해. 이해되니?"

조앤은 생각해보았다. 그리고 중요 목격자로 재판에 나서는 듯한 태도를 갖추었다. 그 느낌을 즐기는 것이 눈에 보였다.

내가 말했다. "콘웨이 형사님이 보여준 휴대폰은 원래 네가 쓰다가 앨리슨한테 팔아버린 거야. 우리는 그 번호하고 크리스의 비밀 휴대폰 번호 사이에 문자가 오간 기록을 다 확보했어."

조앤이 한숨을 쉬었다. "네, 알겠어요."

조앤은 침대 가장자리에 자세를 고쳐 앉았다. 두 손을 깍지 끼고 발목을 엇갈리고 눈길은 아래로 내렸다. 남자 친구를 비극적으로 잃은 여자 친구라는 캐릭터를 구현하고 있었다. "크리스하고 저는 두 달 정도 사귀었어요. 재작년 가을에요."

이야기는 폭발하듯 터져 나왔다. 조앤은 일 년 전부터 이 이야기를 하고 싶어 했다. 말하지 않은 건 의심받을까 두렵고, 자신이 차였다는 걸 인정하기 싫었으며, 또 우리가 어른이라서 배척 대상이었기 때문이다. 하지만 결국 우리가 조앤에게 이야기할 구실을 주었다.

"하지만 크리스한테서 앙숙이 있다거나 하는 말은 듣지 못했어요. 있었으면 제가 알았을 거예요. 형사님 말씀대로 우리는 아주 가까웠으니까요."

"열쇠는 그 일에 쓴 거니? 밤에 크리스를 만나러 나가는 데?" 내가 물었다.

조앤은 고개를 저었다. "열쇠가 생긴 건 크리스하고 헤어진 다음이에요. 그리고 어쨌든 크리스도 밤에 나올 수 없었어요. 하지만 나중에 방법을 찾아낸 것 같아요. 그 돼지 년을 만나러 왔으니까요. 하지만 저랑 사귈 때는 그러지 못했어요."

"그리고 비밀 휴대폰으로 너한테 문자를 보냈지?"

"네. 컬름 남학생들은 늘 친구들 휴대폰을 본다고 하더라고요. 여자 친구가 보낸 음란 메시지나 사진을 찾아서요. 그런 일 아세요?" 의미심장한 눈길. 나는 고개를 끄덕였다. "크리스 말로는 신부님들도 그렇고 진짜 더러운 변태들도 있대요. 으. 저는 '그래서 내 뭐뭐 사진을 (죄송해요) 보고 싶다는 거야? 어림없는 소리' 했죠. 하지만 그게 아니었어요. 크리스는 그냥 제가 보낸 메시지를 다른 사람이 보는 게 싫었던 거였어요. 제가 한 말 한 마디 한 마디가 아주 소중해서 멍청한 친구놈들이 그걸 보고 희희덕거리는 게 싫었던 거죠."

콘웨이가 나를 힐끔 보았다. 크리스는 역시 연기가 뛰어났다. 내가 물었다. "크리스의 휴대폰은 어떤 휴대폰이었니? 본 적은 있니?"

추억에 잠긴 희미한 미소. "제 거랑 똑같았어요. 색깔만 빨간색이고요. '우리처럼 똑 닮은 짝이야.' 크리스는 그렇게 말했어요."

콘웨이의 눈은 '우웩' 하는 표정이었다. 내가 물었다. "그런데 왜 비밀로 했니? 둘이 사귀는 걸 왜 공개하지 않은 거지?"

반응이 있었다. 방어적인 움찔거림. 조앤의 요구가 아니었다. 조앤은 숨을 들이마시고 다시 캐릭터로 돌아갔다. "우리 사이는 멍청한 십 대들 장난이 아니었어요. 저하고 크리스 사이에는 특별한 게 있었어요. 아주 강렬해서 무슨 노래에 나오는 것 같았어요. 다른 사람은 이해 못 하고 '쟤네 뭐야?' 했을 거예요. 그래도 어쨌든 곧 공개할 예정이었어요. 잠시만 비밀로 해두었던 거예요."

아주 매끈하고 연약한 연출, 이미 머릿속에 구성이 완료되어 있는. 크리스가 말했고 조앤이 혼자 되뇌면서 마음을 달랜 것이다.

내가 물었다. "혹시 크리스가 그런 게 특정한 사람 때문이었던 건 아니니? 질투하는 전여친이라거나?"

"아뇨. 그러니까……." 조앤은 잠시 생각해보더니 내 말을 마음에 들어 했다. "있었을 수도 있겠네요. 사실을 알면 질투할 사람이 많았으니까요. 하지만 크리스가 특별히 말한 사람은 없어요."

"그러면 너네 둘은 어떻게 만났니? 밤에 나갈 수가 없으면?"

"주로 주말에 만났어요. 가끔은 오후에도 만났어요. 자습 시간 전의 자유 시간에. 하지만 들키지 않을 장소를 찾기가 어려웠어요. 한번은…… 코트 근처의 작은 공원 아시죠? 십일월이라서 해가 일찍 지고 공원이 문을 닫았는데 저하고 크리스가 울타리를 넘어갔어요. 아이들이 몰래 드나드는 길이 있거든요. 그리고 거기 앉아서……."

조앤이 옛 추억에 자기도 모르게 희미한 미소를 지었다. "제가 말했죠. '대박이야, 내가 무슨 하층민 양아치처럼 밤중에 울타리를 넘다니. 너 나중에 나한테 좋은 거 사줘야 돼.' 하지만 농담이었고 사실…… 재미있었어요. 그날 얼마나 웃었는지 몰라요."

가벼운 웃음. 어떤 연약한 것이 방향을 잃고 포스터와 색조 화장품 묻은 화장지 사이를 떠돌았다. 연예인에게 배우고 연습한 웃음이 아니었다. 그날을 그리워하는 조앤 자신의 웃음이었다.

그래서 조앤은 설리나와 크리스를 보며 키득거리고 구역질하듯 우울거릴 수밖에 없었다. 그렇게 해야만 그 장면을 볼 수가 있었다.

내가 말했다. "그래서 어떻게 됐어? 두 달 정도 사귀었다고 했지? 왜 헤어졌니?"

그러자 조앤은 다시 닫혔다. 가짜 표정이 돌아오고 상처는 그 뒤로 사라졌다. "제가 헤어지자고 했어요. 지금 생각하면 너무 가슴이 아파요……."

"여기에 따르면 그렇지 않던데." 콘웨이가 다시 봉투를 흔들며 말했다.

"크리스가 답이 없어도 너는 계속 문자하고 전화하고 했어. 왜 그런 거지?" 내가 말했다. 조앤의 입술이 가늘어졌다.

조앤은 예상보다 빠르게 질문을 처리했다. 또 한 번의 한숨. "크리스는 자기 감정을 두려워했어요. 말씀드렸듯이 우리 사이는 정말 특별했거든요. 진짜 강렬했어요." 크게 뜬 진지한 눈, 살짝 벌린 입, 높은 목소리. 조앤은 텔레비전 속 인물이 되어 있었다. 누군지는 알 수 없었다. 나는 트렌드를 잘 모른다. "그리고 남자들은 대체로 그걸 감당하지 못해요. 크리스는 약간 미성숙했던 것 같아요. 죽지 않았으면 우리는 지금쯤 아마……." 다시 한번 한숨. 시선은 그림 같은 각도를 이루어 '아마 그랬을 것들'을 바라보았다.

"그래서 기분 나빴겠네." 내가 말했다.

조앤은 고개를 탁 튕기고 목소리에 날을 세웠다. "상관 안 했어요."

나는 의아한 표정을 지었다. "정말? 너는 차이는 일에 익숙하지 않았을 것 같은데? 안 그래?"

더 예리한 날. 크게 뜬 눈은 빠르게 제자리로 돌아왔다. "맞아요. 저는 차인 적 없었어요."

"크리스 전까지는."

"어쨌든 저도 크리스를 찰 생각이었어요. 그래서 제가 말을……."

"왜? 너네 관계는 아주 좋았지만 크리스가 미성숙해서 감당을 못한 거라고 했어. 그래도 너는 미성숙하지 않았잖아."

"맞아요. 저는 그냥……." 조앤은 빠르게 머리를 굴렸다. 손이 가슴으로 갔다. "저는 크리스가 감당할 수 없다는 걸 알았고 그 애를 놓아줄 생각이었어요. '만약 네가…….'"

"그러면 왜 답장이 없는데도 계속 크리스에게 문자를 보낸 거니?"

"그냥 그 애에게 말한 거예요. 그게 너에게 너무 강렬하다는 걸 이해한다고. 널 기다리지는 않겠지만 친구는 될 수 있다고. 그런 말요. 기억도 잘 안 나요."

"크리스한테 화를 낸 건 아니고? 우리는 문자를 복원할 수 있어. 곧 내용을 알게 될 거야."

"기억 안 나요. 살짝 당황했을 수는 있지만 화가 나거나 그러지는 않았어요."

콘웨이는 벽에 기댄 채 등을 문질렀다. 나에게 보내는 경고. 더 이상 밀어붙이면 수용 불가능한 선을 넘어가는 거라고.

"그래, 이해해." 내가 말한 뒤 손을 깍지 끼고 몸을 앞으로 숙였다. 그리고 어린 영웅을 깨우기 위해 다시 장중한 어조로 말했다. "조앤, 너는 열쇠가 있었어. 그리고 크리스하고 관계가 끝나지 않았다고 생각했고, 또 크리스가 학교에 몰래 들어왔을 때 그 애를 추적했어. 이야기가 어디로 이어질까?"

단호한 눈빛에 경계심이 떠올랐다. 조앤은 어깨를 으쓱했다.

"나는 크리스가 죽은 날 네가 바깥에 있다가 무언가 봤다고 생각해. 아니……." 내가 능숙하게 손을 들었다. "내가 먼저 말할게. 어쩌면 너는 누군가를 보호하고 있을 수도 있어. 겁이 나는 걸 수도 있어. 네가 본 것을 믿고 싶지 않은 걸 수도 있어. 네가 거기 없었다고 말할 이유는 충분하다고 생각해."

콘웨이가 내게 살짝 고개를 끄덕이는 모습이 눈꼬리에 걸렸다. 우리는 다시 안전해졌다. 앞으로 조앤이 변호사에게 이 말을 전한다면 조앤을 확실하게 '목격자'로 보고 있었다는 뜻이 될 것이다. 하지만 그게 통해서 자신이 현장에 있었다는 걸 인정한다면 조앤은 용의자로 가는 선을 넘은 것이고 다른 여지는 없었다.

"하지만 너는 무언가 분명 보거나 들었을 거야. 그러니까 누가 크리스 하퍼를 죽였는지 알 거라고 우리는 생각해." 내가 목소리를 높였다. "이제 감출 시간은 지났어. 콘웨이 형사님이 아까 한 말 들었지. 이제 털어놓을 때가 되었어. 우리나 다른 누가 직접 알아내기 전에. 지금."

조앤이 하소연했다. "하지만 아니에요! 하늘에 맹세해요. 저는 그날 밤 밖에 안 나갔어요! 몇 주일 전부터 계속 안 나갔어요."

"그러면 그 뒤로 아무하고도 안 사귀었다는 말이니? 크리스하고 헤어지고 육 개월 가까이 지났는데 그때까지 남자 친구가 없었다고?"

"그건 아니에요. 오신 오도노번이랑 잠깐 사귀었어요. 물어보시면 알 거예요. 하지만 크리스 사건이 일어나기 몇 주 전에 제가 찼어요! 걔한테 물어보세요. 그리고 저는 그날 밤 안 나갔어요. 저는 아무것도 몰라요. 진짜예요!"

조앤은 눈을 크게 뜨고 두 손을 비틀며 텔레비전인지 어디에서인지 배운 다양한 동작으로 억울함을 표현했다. 사실이건 아니건 차이는 없을 것이다.

그렇게 조금만 더 있었어도 조앤은 얼굴을 망가뜨리며 울음을 터뜨리려고 했을 것이다. 콘웨이의 눈이 '그만해요' 하고 말했다.

나는 푹신한 제마의 침대 위에서 몸을 늦추었다. 조앤은 떨리는 숨을 길게 들이마시며 내가 보는지 곁눈질했다.

"그래, 좋아, 조앤. 고마워." 내가 말했다.

조앤과 조앤의 반바지는 휴게실로 돌아갔다. 조앤의 엉덩이가 조앤을 바라보는 우리를 바라보았다. 줄리아와 똑같으면서도 전혀 달랐다.

"단단히 화가 나셨네요." 콘웨이가 즐거운 기색으로 말했다. 두 손을 주머니에 넣고 복도 벽에 한쪽 어깨를 기댄 자세였다. "조앤이 뭐라고 말하건 크리스 하퍼 때문에 굉장히 화가 났던 건 분명해요."

"죽일 만큼?"

"그럼요. 마음은 그랬겠죠. 하지만……."

침묵. 우리 둘 다 굳이 말하고 싶지 않았다.

"버튼을 누른다거나 부두 인형에 바늘을 찔러서 할 수 있었다면 그랬겠죠." 내가 말했다.

"맞아요. 그런 식." 따악, 손가락 튕기는 소리. "하지만 한밤중에 나가서 괭이로 머리를 내리치는 것……. 그런 위험을 감수할 것 같지는 않아요. 설리나를 추적할 때도 제마랑 같이 나갔잖아요. 우리 조앤은 아주 신중한 친구예요. 안전지대를 벗어나지 않아요. 젠장."

"그래도 카드는 조앤의 작품일 수 있어요." 내 목소리에 과도한

낙관이 담겨서 다시 한번 희망 회로를 돌렸다고 공격받을 것을 각오했지만 공격은 오지 않았다.

"그렇다면 그건 셀리나를 지목하는 거죠. 복수하기 위해서요. 내 남자를 빼앗았으니 너에게 살인자의 오명을 씌우겠어."

"아니면 줄리아를 노린 걸 수도 있어요." 내가 말했다. "줄리아가 살인 사건 무렵에 밖에 자주 나갔다는 걸 일부러 말했잖아요. 눈치 챘어요?"

"줄리아와 핀." 콘웨이가 말하고 이마를 탁 쳤다. "핀이 방화문 경보 장치를 정지시킨 데는 이유가 있을 거라고 생각했는데 그 친구는 말하지 않았어요. 그걸 알았어야 했는데. 그것 말고도 오늘 많은 일이 그렇지만."

내가 말했다. "그런데 왜 전부 연애를 비밀로 했을까요? 나 어릴 때는 여자 친구가 생기면 바로 떠들고 다녔는데요. 당신 때 여학생들은 이런 일을 감췄나요?"

"아뇨. 애초에 누구랑 사귀는 중요한 이유 중 하나가 그거였는걸요. 이성 친구가 있다는 걸 자랑하는 거요. 불쌍한 찐따 솔로가 아니라는 증거니까 사방팔방 소문을 내죠."

"그리고 이 세대는 우리 때만큼 프라이버시에 예민하지 않잖아요. 뭐든지 인터넷에 올리니까요. 창피하거나 문제가 될 일만 아니라면요."

3학년 휴게실에서 학생 한 명이 나와서 화장실로 갔는데 고개를 돌리지 않고 우리를 살펴보려고 했다. 콘웨이는 다시 조앤 그룹의 방에 들어가 발로 문을 탕 차서 닫았다. "그런 일도 마찬가지예요. 우리 사촌언니 딸이 임신했을지도 모른다고 기겁한 적이 있어요.

그때 그 애가 가장 먼저 한 일이 뭔지 알아요? 페이스북에 올린 거예요. 사촌언니가 보고 노발대발하고요."

"그리고 누구랑 사귀는지도 당당하게 말했죠." 내가 말했다. "조앤은 우리를 약간 애먹였지만 당신을 괴롭히려고 그런 거지 정말로 감출 생각은 없었어요. 그런데 작년에는 뭐가 달랐던 걸까요?"

콘웨이는 다시 방 안을 빙빙 돌기 시작했다. 어떤 불쌍한 남자가 콘웨이의 파트너가 될지 몰라도 그 사람은 많은 시간 이런 어지러움을 겪어야 할 것이다. "조앤이 한 이야기 말예요, 자기하고 크리스가 사귀는 걸 감춘 건 관계가 너무 강렬하고 어쩌고 해서 그랬다는 거. 그 말 믿어요?"

"그럴 리가. 개뻥이죠." 나는 문 뒤쪽의 빛을 계속 살펴보려고 벽에 한쪽 어깨만 기댔다. "줄리아하고 핀 이야기는 모르겠지만 다른 건 전부 헛소리예요. 그걸 비밀로 하자고 한 건 크리스였어요. 그렇게 해야 여러 여자를 한꺼번에 만날 수 있어서 그랬겠죠. 그러다 조앤이 공개하자고 압박하니까 차버린 거예요."

끄덕. 콘웨이는 길거리식으로 삐딱하게 고개를 끄덕였다. "당신의 홀리가 한 말이 맞는 것 같네요. 크리스가 세간의 평만큼 좋은 친구는 아니라는 거."

홀리는 말했다. "걔는 자기가 원하는 것만 신경 썼어요."

셀리나를 바라보던 크리스의 표정. 하지만 그 나이에는 욕심이 쉽게 충성심을 이기는 법이다. 충성심이 가짜라는 게 아니다. 자신이 무얼 갖고 있는지 알지만, 자신이 무얼 원하는지도 알고 그걸 얻고 싶어 한다. 기회가 오면 잡는다. 그리고 어쨌든 다 잘 해결될 거라고 믿는다.

내가 말했다. "크리스가 계속 양다리를 걸쳤고 상대 중 한 사람이 그 사실을 알게 됐으면……."

"그러니까 '설리나가 발견했다면'이라는 뜻이죠?"

"설리나는 아닐 거예요. 설리나와 크리스는 살인 사건 몇 주 전에 끝났어요. 남친이 바람을 피웠다고 머리를 박살 낼 거면 그 사실을 알게 됐을 때 그러지, 몇 주 기다렸다 그러지는 않아요."

"그렇겠죠." 콘웨이는 발끝에 걸린 누군가의 교복을 걷어찼다. 별로 수긍하지 않는 목소리였다. "어쨌든 조앤이 말한 대로는 아니었어요. 조앤이 줄리아한테 둘을 떼어놓으라고 했을 때 줄리아가 '네, 아가씨' 하고 시키는 대로 했을까요? 자기 친구의 연애에 대해서 조앤의 명령을 들었을 것 같아요?"

"신경 끄라고 했겠죠. 하지만 조앤은 줄리아의 비밀을 알고 있었어요."

"동영상 자체가 무기예요. 그걸로 줄리아랑 친구들이 퇴학당할 수도 있었으니까요. 하지만 조앤은 사용하지 않았어요. 그 전에 크리스하고 설리나가 헤어졌으니까요."

"조앤 말을 믿어요?"

"그 점에 대해서는요."

나는 생각해보았다. 조앤의 표정이 기억나지 않았다. 알 수 없었지만 말했다. "네, 나도 그래요."

"그러니까 어쩌면 설리나는 크리스가 양다리인 걸 알게 돼서 찼을 수도 있어요." 콘웨이는 지나가다가 제마의 헤어 스트레이트너를 집어 들고 '이게 뭐야' 하는 표정으로 바라보다 올라의 침대에 던졌다. "아니면 다른 거였을 수도 있어요."

"그냥 마음이 식었다고요?" 영상을 본 지금 나는 그렇다는 생각은 들지 않았다. 하지만 좀더 생각을 해보았다. "그 나이에는 한두 달이면 오래 사귀는 거예요. 크리스가 조앤한테 싫증을 느낀 것도 그 즈음이에요. 다시 답답해지고 속박된다고 느꼈을 수도 있어요. 아니면 설리나도 조앤처럼 연애를 공개하고 싶어 했을 수도 있고요."

콘웨이는 걸음을 멈추었다. 태양이 내려오고 있었다. 햇빛이 창문 높이에서 화살처럼 직선으로 들어오자 콘웨이의 얼굴이 빛과 그림자의 가면으로 변했다. "그 나이 때 한두 달이 또 어떤 의미냐면요, 남자들이 압박을 시작할 때예요. 안 해줄 거면 끝내자고요."

나는 가만히 있었다. 침묵이 흐르는 가운데 바디스프레이의 합성 꽃향기가 콧속에 타올랐다.

콘웨이가 말했다. "설리나가 어떤 일을 당해서 정신적으로 큰 충격을 받았고 걔들 네 명이 모두 남자한테 관심을 끊었어요. 바로 그 무렵에 설리나하고 크리스가 헤어졌고요."

"크리스가 설리나를 강간했다는 거로군요."

"가능성을 확인해봐야 할 것 같아요. 네."

"정말로 좋아하는 여자 친구가 있는데도 유혹을 못 이기고 양다리를 걸치는 것과 여자 친구를 강간하는 건 전혀 다른 일이죠. 그 영상에서 크리스는……." 콘웨이가 나를 강하게 노려보았지만 나는 문장을 마쳤다. "설리나한테 정말로 푹 빠진 것 같았어요."

"당연히 푹 빠졌겠죠. 섹스할 기회가 생겼다고 생각하는 십 대 소년은 다 그래요. 여친이 원하는 모습을 보여주려고 하죠. 하지만 그건 여친의 속옷을 벗길 수 없다는 걸 깨닫는 순간 다 날아가요."

"나한테는 진정한 감정으로 보였어요."

"전문가신가요?"

"당신은요?"

콘웨이의 눈길이 강해졌다. 나는 두어 시간 전이라면 눈을 깜박였겠지만 지금은 똑바로 맞받았다.

콘웨이는 시선을 거두고 말했다. "진정한 감정이었어도, 크리스가 정말로 설리나에게 푹 빠져 있었어도 강간을 하지 못할 이유는 되지 않아요. 어른들은 가능하다면 사랑하는 사람에게 상처를 주는 일을 하지 않지만 그 나이 때는. 기억 안 나요? 그 시절은 달라요. 종합적인 사고를 못 해요. 아이들 행동 절반이 당신이나 나 같은 어른에게 미친 짓처럼 보이는 게 그 때문이에요. 그 나이에는 세상도 이해 못 하고 자기 자신도 이해 못 해요. 아이들에게 합리성을 기대하면 안 돼요."

잠깐의 침묵. 맞는 말이지만 틀렸기를 바라는 침묵이다.

홀리는 말했다. "원하는 걸 얻지 못했을 때는, 그럴 때는 다정하지 않았어요."

"조앤이 동영상을 찍은 날……." 내가 말했다. "그날이 크리스와 설리나가 마지막으로 만난 날이에요. 그때 크리스가 설리나에게 무슨 일을 저질렀다면……."

"맞아요. 그날이에요."

다시 침묵. 바디스프레이에서 히아신스 향기가 나는 것 같다.

"그러면 이제 어떻게 하죠?" 내가 물었다.

"소피가 보내줄 크리스의 통신 기록을 기다려야죠. 크리스가 작년 봄에 어떤 식으로 행동했는지 직접 보기 전에는 아무하고도 이야기하지 않겠어요. 그전에 일단 여기를 좀더 수색하죠."

눈꼬리에서 어둠이 파닥인다. 문틈 뒤에서.

나는 무슨 생각을 할 겨를도 없이 문을 홀랑 열었다. 앨리슨이 꺅 비명을 지르고 두 손을 휘저으며 뒤로 펄쩍 물러섰다. 복도 저쪽에서 매케나 교장이 앞으로 걸어 나왔다.

"무슨 일이지?" 내가 물었다. 심장이 차가워졌다. 문 안쪽에서는 콘웨이가 벽에서 물러서는 게 느껴졌다. 내가 뭘 하려는 건지 모르면서도 나를 도와줄 태세를 갖추고 있었다.

앨리슨은 나를 빤히 바라보다가 말했다. 누가 시킨 말 같았다. "숙제를 하려면 책이 필요해서요."

"그래, 들어와." 내가 말했다. 바보가 된 것 같았다.

앨리슨은 우리가 때리기라도 할 것처럼 조심조심 들어와서 가방에서 물건을 꺼냈다. 두 손이 책들 위를 살금살금 움직였다. 매케나가 문 앞에 우뚝 서 있었다. 우리에 대한 호의는 전혀 없었다.

"팔은 어때?" 내가 물었다.

앨리슨은 팔을 뒤로 물렸다. "괜찮아요."

"한번 보자." 콘웨이가 말했다.

앨리슨은 매케나를 힐끔 바라보았다. 매케나가 보이지 말라고 말한 것이다. 하지만 어쩔 수 없이 고개를 끄덕였다.

앨리슨은 소매를 걷었다. 물집은 사라졌지만 물집 자리는 아직도 오돌토돌해 보였다. 손자국은 분홍색으로 흐려졌다. 앨리슨은 고개를 돌렸다.

"안쓰럽네." 내가 연민을 담아 말했다. "내 여동생도 알레르기가 있었어. 전에는 얼굴까지. 그런데 알고 보니까 어머니가 쓰는 세제가 문제였어. 넌 뭐 때문인지 알아냈니?"

"청소 아줌마가 비누를 바꾼 거 같아요." 다시 한번 매케나를 힐끔. 역시 누가 시킨 말.

"그래, 그랬을 거야." 내가 말했다. 그리고 콘웨이와 눈길을 주고받으며 앨리슨이 포착하도록 했다.

앨리슨은 소매를 내리고 책을 집어 들었다. 그런 뒤 눈을 크게 뜨고 우리가 자기들 방을 황당하게 바꾸어놓기라도 한 것처럼 실내를 다시 한번 둘러보더니 서둘러 나갔다.

매케나가 말했다. "형사님들, 저 또는 4학년 학생 누구하고라도 말씀을 나누길 원하시면 저희는 모두 휴게실에 있습니다."

수녀가 우리를 일러바쳤다는 뜻이었다. 매케나는 피해 통제를 위해서건 뭐건 4학년들을 데리고 있었고 우리는 이제 성인의 입회 없이는 대면 조사를 할 수 없었다.

"교장 선생님." 내가 말하고 손을 내밀었다. 앨리슨이 휴게실로 허둥지둥 걸어가는 동안 매케나를 잡아두기 위해서였다. 앨리슨은 혼자서 가는데도 누군가를 따라가는 것 같았다. "교사의 입회 없이 학생 몇 명과 이야기를 해야 할 것 같습니다. 교직원 앞에서 말하기에 불편한 내용들이 있어서요. 수사의 배경일 뿐이지만 아이들이 자유롭게 말할 수 있어야 합니다."

매케나는 '안 된다'고 말하려고 입을 벌렸지만 내가 좀더 빨랐다. "입회인 없는 대면 조사가 문제라면 학생들 부모님을 부르는 방법도 있습니다."

그러면 작년의 난리 법석이 다시 시작되고 분노와 공포에 사로잡힌 학부모들이 더이상 이 학교에 딸을 맡기지 못하겠다고 협박할 것이다. 매케나는 '안 된다'는 말을 삼켰다. 내가 덧붙여 말했다. "그렇게 하려면 부모님들이 오실 때까지 기다려야 하지만 어쨌든 절충안이 될 수는 있을 겁니다. 교칙을 어긴 일에 대해서는 교사보다는 부모님 앞에서 더 편하게 이야기할 수 있을 테니까요."

매케나는 내게 '놀리지 말라'는 시선을 던졌지만 꾹 참고 말했다. "좋습니다. 어느 정도 한에서는 입회 없는 조사를 허락할게요. 하지만 학생이 힘들어하거나 두 분이 학교에 영향을 미칠 정보를 취득하면 즉시 알려주기 바랍니다."

"물론이죠. 고맙습니다." 내가 말했다. 매케나는 돌아섰고, 앨리슨이 휴게실에 들어갈 때 떠들썩한 소리가 앨리슨을 감쌌다.

"팔은 조금 심했어요." 콘웨이가 말하고 조앤의 협탁을 톡톡 두드렸다. "이 안에 태닝 로션이 있어요."

"조앤은 굳이 그런 소동으로 우리를 휴게실에서 불러낼 이유가 없었어요. 올라가 일 년 전에 열쇠를 버린 줄 알았잖아요."

나는 앨리슨의 팔을 다시 봤을 때에야 그 생각이 들었다. "흠." 콘웨이가 생각에 잠겼다. "결국 우연의 일치에 소설을 썼다는 거네요." 별로 즐거워 보이지 않았다. 나도 마찬가지였다.

형사의 삶은 그렇다. 텅 빈 공간에서 동기와 간계의 톱니바퀴가 돌아가는 것을 본다. 어떤 것도 무고해 보이지 않는다. 대부분의 경우 톱니바퀴를 증명하면 텅 빈 공간은 사랑스럽고 평화로워 보인다. 하지만 그 팔, 그 무고한 팔은 위험해 보였다.

16

　줄리아와 핀이 교정 뒤쪽으로 가자 댄스파티의 음악이 뒤로 멀찍이 사라진다. 달빛 비치는 덤불 위로 알록달록 뿌려지는 불빛과 색깔이 마녀의 정원에 자라난 사탕 같다. 핀은 가장 가까이에 있는 병을 꺼내서 불빛에 비추어본다. 에너지 드링크 루코제이드 병에 적갈색 액체가 들어 있다. 그는 뚜껑을 열고 냄새를 맡는다.

　"럼주 같은데 괜찮아?"

　남학생이 술에 약을 타서 여학생을 강간한 일이 있다는 소문은 항상 떠돈다. 줄리아는 모험을 걸어보기로 하고 말한다. "제일 좋아하는 거네."

　"어디로 갈까? 다른 애들도 나온다면 이쪽으로 올 거야."

　핀을 빈터로 데리고 갈 수는 없다. 교정 한구석 후미진 곳의 벚나무들 사이에 작은 언덕이 있다. 벚꽃이 피어서 줄리아가 생각했던 것보다 더 로맨틱한 분위기가 되었지만 숨기도 좋고 뒤쪽 잔디밭 전망도 좋다. "이쪽으로." 줄리아가 말한다.

그곳엔 아직 아무도 없다. 언덕은 조용하다. 산들바람이 불자 창백한 풀밭 위로 벚꽃이 눈가루처럼 떨어진다.

"짜잔. 여기 어때?" 줄리아가 손을 내밀며 말한다.

"괜찮은데." 핀이 말하고 주변을 둘러본다. 한 손은 술병을 들고 있고 다른 손은 감청색 후드 점퍼 주머니에 들어가 있다. 춥긴 하지만 바람이 거의 없어서 그럭저럭 견딜 만한 부드럽고 깨끗한 추위다. "이런 데가 있는 줄 몰랐네. 멋지다."

"새똥 천지일 거야." 줄리아가 분위기를 깨면서 말한다. 핀이 줄리아의 브래지어 안을 더듬을 확률을 높이려고 일부러 감성적인 척하는 것 같지는 않지만 모르는 일이다.

"난 모험을 좋아해. 여기 앉을까?" 핀은 벚나무들 사이의 깨끗한 풀밭을 가리킨다.

줄리아는 적절한 거리를 둘 수 있도록 핀이 먼저 앉게 한다. 핀은 술병 뚜껑을 열어 줄리아에게 건네고 "건배" 하고 말한다.

줄리아는 술을 한 모금 마셨다가 럼주가 위스키만큼이나 별로라는 사실을 깨닫는다. 사람들이 어떻게 이런 걸 마시기 시작했는지도 이해가 되지 않는다. 자신이 술이란 것 자체를 싫어하지는 않기를 바란다. 이미 너무 많은 나쁜 짓을 배제해놓았기 때문이다. 이것만큼은 즐기고 싶다.

"좋네." 줄리아가 병을 건네며 말한다.

핀은 술을 한 모금 마시고 간신히 얼굴을 찌푸리지 않는다. "어쨌든 펀치보다는 좋아."

"맞아. 큰 칭찬은 아니지만 사실이야."

침묵이 물음표를 달고 흐르지만 불편하지는 않다. 줄리아 귓속을 맴돌던 울림이 차츰 희미해진다. 아마도 그 숲에서 멀리 올빼미가 운다.

핀은 머리에 이슬이나 새똥이 묻지 않도록 후드를 쓰고 풀밭에 누워서 말한다. "너네 학교에 유령이 있다고 하던데."

줄리아는 겁을 먹고 핀에게 안길 생각이 없다. "그래? 너네 집이 아니고?"

핀이 웃는다. "정말이야. 그런 소문 못 들었어?"

"당연히 들었지." 줄리아가 말한다. "수녀 유령. 네가 나를 여기 데리고 온 게 그것 때문 아냐? 술 마시는 동안 지켜달라고?"

"전에는 유령을 무서워했어. 1학년 때 형들이 단단히 겁을 줬거든."

"우리도 그랬어. 나쁜 언니들이야."

핀이 줄리아에게 병을 건넨다. "형들이 소등 직전에 우리 방에 와서 이야기를 했어. 누군가가 겁먹고 화장실에 못 가서 침대에 오줌을 싸게 하려고."

"너도 당했어?"

"아니지!" 하지만 그도 웃고 있다. "하지만 당한 애들이 많아."

"정말이야? 형들이 뭐래? 유령이 이따만한 정원 가위를 들고 따라왔대?"

"아니. 그냥 유령이……." 핀은 줄리아를 힐끔 바라본다. "들은 대로 말하자면 유령이 뭐랄까 좀 문란했대."

말에 머쓱함이 가득 담겨 있다. 줄리아가 묻는다. "'문란했다'는 말에 내가 충격을 받을지 어떨지 보는 거야?"

핀은 눈썹을 치켜올리고 약간 충격받은 표정으로 바라본다. 줄리아는 침착하고 흥미로운 얼굴로 핀을 바라본다.

"어, 좀 그런 거 같아." 그가 마침내 말한다.

"내가 그러기를 바랐어? 아니면 안 그러기를 바랐어?"

핀은 고개를 젓고 덫에 걸린 자신에게 미소를 짓는다. "모르겠어."

"다른 충격요법은 없어? '시발'도 좋고 기분이 아주 그러면 '좆같아'도 좋아."

"아니, 이제 됐어. 어쨌든 고마워."

줄리아는 핀을 그만 괴롭히기로 한다. 그리고 핀의 옆에 누워서 병뚜껑을 열고 말한다. "우리 학교 버전으로 수녀가 컬름의 사제 절반하고 잤는데 어떤 학생이 사실을 발견하고 수녀를 수도원장에게 일렀대. 그러자 수도원장이랑 수녀원장이 수녀를 목 졸라 죽이고 시신을 교정에 숨겼대. 정확히 어딘지는 아무도 몰라서 수녀가 제대로 매장될 때까지 두 학교에 찾아오는 거래. 그리고 학생을 보면 자기를 일러바친 학생인 줄 알고 목을 졸라서 미치게 만든대. 네가 들은 이야기랑 비슷해?"

"응, 대충."

"너 대신 내가 얘기했으니 술값은 낸 것 같아." 줄리아가 말하고 술을 한 모금 더 마신다. 이번에는 의외로 맛이 괜찮다. 줄리아는 안도하며 자신은 럼주를 싫어하지 않는다고 생각한다.

핀이 손을 내밀자 줄리아가 술병을 내민다. 둘의 손가락이 스친다. 조심스럽고 가볍게, 손등을 지나 손목으로.

"아아." 줄리아가 병을 핀에게 밀고 심장의 덜컹 소리를 애써 무시하며 말한다.

핀이 손을 거두어들이고 잠시 후에 말한다. "왜?" 그는 줄리아를 보지 않는다.

줄리아가 말한다. "담배 있어?"

핀은 팔꿈치로 일어나서 뒤쪽 잔디밭을 살핀다. 어딘가에서 높은 비명이 키득거림으로 변하지만 수녀들의 기척은 없다. 핀은 청바지 주머니를 뒤져서 너덜거리는 말보로 라이트를 꺼낸다. 줄리아가 전문가같이 보이길 기대하며 불을 붙이고 라이터를 돌려준다.

"그래서······." 핀이 말하고 기다린다.

"너 때문에 그런 건 아냐." 줄리아가 말한다. "진짜야. 내가 컬름 애들하고 사귀는 일은 없을 거야. 네가 무슨 말을 들었어도." 핀은 무표정을 유지하려 애쓰지만 파닥이는 눈꺼풀은 이미 들은 말이 많다는 것을 보여준다. "그러니까 스킨십을 하며 이 밤을 보낼 사람을 찾고 싶으면 안으로 돌아가. 내 작은 가슴은 상처를 입지 않을 테니까."

줄리아는 핀이 당연히 갈 거라고 생각한다. 강당에는 핀 캐럴의 혀를 입 안에 들이고 싶어 달려들 여자애가 적어도 스무 명이 넘고 대부분은 줄리아보다 예쁘다. 하지만 핀은 어깨만 으쓱하고 담배를 피운다. "난 안 가."

"농담 아냐."

"알아."

"네 손해야." 줄리아가 말하고 풀밭에 누워서 목덜미에 젖은 풀이 닿는 것을 느끼며 연기를 하늘로 뿜는다. 술기운이 돌면서 두 팔이 기분 좋게 늘어진다. 자신이 핀 캐럴을 과소평가했을지 모른다는 생각이 든다.

핀은 병뚜껑을 열고 술을 마신 뒤 말한다. "수녀 유령 말이야. 너 그런 거 믿어?"

"응, 믿어, 약간은." 줄리아가 말한다. "수녀 유령은 아니라도 비슷한 것들은. 수녀 이야기는 선생님들이 우리가 이러는 걸 막으려고 만든 것 같아. 너는 어때?"

핀은 다시 한 모금 마시고 말한다. "모르겠어. 기본적으로는 안 믿어. 과학적인 증거가 없으니까. 하지만 내가 틀렸을지도 모른다는 생각이 들어. 알겠어?"

"술 더 줘. 그리고 더 말해봐." 줄리아가 담배를 들지 않은 손을 내밀고 말한다.

핀이 술을 건넨다. "그러니까 역사 속 사람들은 하나같이 자기가 마침내 모든 걸 알게 됐다고 생각했잖아. 르네상스 시대 사람들은 우주가 어떻게 돌아가는지 자기들이 정확히 안다고 믿었는데, 세월이 흐르니까 다른 사람들이 나타나서 중요한 점 백 가지가 빠진 걸 증명했어. 그때는 그 사람들도 자기들이 다 안다고 믿었지만, 다시 새로운 사람들이 나타나서 이런저런 게 빠졌다는 걸 보여주었어."

핀은 줄리아에게 눈길을 던지며 줄리아가 자신을 비웃는지, 아니면 자기 말을 듣고 있는지 확인한다. 줄리아는 비웃지 않는다. 잘 듣고 있다.

"그래서⋯⋯." 핀이 말한다. "우리가 모든 걸 밝혀낸 한 시대에 산다는 건 수학적으로 불가능해. 그러니까 우리가 유령의 존재를 설명하지 못하는 건 유령이 없어서가 아니라 알아낼 방법을 몰라서일 수도 있어. 아니라고 단정 짓는 건 오만한 일이야."

핀은 담배를 한 모금 빨아들이고 담배 연기가 멋지게 변하기라도 한 것처럼 실눈을 뜨고 바라본다. 달빛 속에서도 줄리아는 핀의 두 뺨이 달아오른 것이 보인다.

"말하고 보니까 멍청한 소리 같네. 입 다물라고 해도 돼." 핀이 말한다.

줄리아는 머릿속에 이는 생각의 소용돌이 '얘가 날 좋아하나, 내가 얠 좋아하나, 얘가 시도할까, 내가 허락할까, 얼마나 허락할까'를 뚫고 이전까지 본 적 없는 걸 알아차린다. 자신이 핀을 아주 좋아한다는 것이다.

"네가 그렇게 말하니까 하는 말인데, 사실 보기 드물게 안 멍청한 말이야." 줄리아가 말한다.

핀은 줄리아를 빠르게 힐끔 본다. "그래?"

줄리아는 그에게 진심으로 보여주고 싶다. 그래서 럼주가 담긴 병을 풍성한 달빛 속으로 천천히 들어 올렸다가 뒤집어서 럼주 방울들이 별빛 가득한 하늘 아래 조그만 치자색 은하처럼 빙글빙글 돌며 떨어지게 한다. 자신의 얼굴에 순전한 기쁨이 천천히 피어나는 것이 보인다. 자신에게 일어날 일에 대한 생각에 목덜미가 떨린다.

"좋아. 아무한테도 안 했던 얘기 하나 해줄게." 줄리아가 말한다.

핀은 고개를 돌리고 줄리아를 제대로 본다.

"그런 거 있잖아. 유령이라든가 초능력이라든가 하는 거? 다 헛소리라고 생각했거든. 아주 강력하게. 내가 설리나한테 화가 났던 적이 있는데 이유가 뭐냐면 걔가 잡지에서 봤다고 투시력 이야기를 하는 거야. 나는 증명도 못 할 거면 그런 얘기 하지 말라고 했지. 설리

나는 당연히 증명을 못 했고 나는 걔를 놀리면서 《저스트 세븐틴》이
라도 보라고 했어. 네가 본 잡지보다는 수준이 높을 거라고."

핀의 눈썹이 올라간다.

"그래, 알아. 재수 없게 군 거. 그래서 사과했어. 하지만 사실은 설
리나가 증명해줬으면 했어. 그게 정말이기를 간절히 바랐다니까.
신경 안 썼으면 '그래, 투시력이란 게 있을 수도 있고 없을 수도 있겠
지' 하고 지나갔겠지. 하지만 그런 이상한 신비들을 믿고 있다가 다
개뻥이라는 게 밝혀져서 바보가 되기는 싫었어."

그렇다. 줄리아는 이런 이야기를 친구들에게도 한 적이 없다. 친
구들과 함께 있을 때 줄리아는 항상 확신에 찬 스타일이다. 설리나
는 줄리아가 그렇게 단순하지는 않다는 걸 알겠지만 둘이서 그런 이
야기를 하지는 않는다. 줄리아의 몸속에서 무언가가 럼주처럼 막을
수 없이 흐른다. 어쨌든, 오늘 밤은 아주 중요하다.

"그런데 무슨 일이야?" 핀이 묻는다.

줄리아가 경계심을 띤다. "응?"

"방금 말했잖아. 이제 믿는다고. 왜 그렇게 됐어?"

망할 놈의 입, 언제나 쓸데없이 한 마디를 더 해서 문제다. "그래
서……." 줄리아는 담배를 끄려고 몸을 뒤집어 풀밭에 엎드리면서
가볍게 말한다. "너는 수녀 유령을 안 믿지만 우리 학교에는 유령이
있을지도 모른다고 생각하잖아. 나는 유령을 약간 믿지만 여기에는
없을 것 같아."

영리한 핀은 더이상 추궁하지 않는다. "어쨌든 우리 둘이 같이 있
으면 유령이 나오겠네."

"네가 여기 나온 게 그 이유 아냐? 유령이 우 하고 나타나서 내가

기절할까 봐."

"안 무서워?"

줄리아는 눈썹을 올린다. "왜? 내가 여자라서?"

"아니, 네가 유령을 약간 믿는다고 하니까."

"나는 여기 맨날 오는데도 아직 유령을 본 적이 없어."

"그래도 낮에나 오지 밤에는 안 오잖아?"

핀은 줄리아에 대한 자신의 감정을 어떻게 알아내야 하는지 방법을 찾고 있다. 정상적인 방법은 통하지 않는다. 이곳은 새로운 영토다. 줄리아는 이곳이 마음에 든다.

"지금도 밤은 아니야." 줄리아가 말한다. "겨우 9시니까. 아기들도 아직 밖에서 놀 때야. 여름이라면 아직도 환할 거야."

"그래서 지금 내가 안에 들어가고 너 혼자 여기 있어도 괜찮다는 거야?"

줄리아는 이런 건, 즉 이미 한번 접근했던 남자와 단둘이 나와 있는 건 겁을 먹어야 하는 일이라는 생각이 든다. 몇 달 전 제임스 길렌과 그런 일을 겪은 직후였다면 분명 겁을 먹었을 테고 일어나서 떠났을 것이다.

줄리아가 말한다. "럼주만 두고 가면 돼."

핀은 자리에서 벌떡 일어나서 청바지를 털고 줄리아에게 한쪽 눈썹을 들어 올린다.

줄리아는 자기 자리에서 그에게 손을 흔든다. "가서 마음에 드는 여자애를 찾아서 재밌게 놀아."

핀은 돌아서는 척한다. 줄리아가 그를 보고 웃고 잠시 후 핀도 웃으며 다시 풀밭에 주저앉는다.

"무서워?" 줄리아가 묻는다. "어두운 광야를 혼자 헤치고 가려니까?"

"네 말대로 이제 겨우 9시야. 정말 밤이라면 너도 겁날걸."

"내가 얼마나 싸움꾼인데? 수녀 유령쯤은 쉬워."

핀은 누워서 줄리아에게 병을 건넨다. "그러면 한밤중에 여기서 만나자."

"해보지, 뭐."

"그래, 좋아."

도발 같은 미소. 줄리아는 도발을 무시한 적이 없다. 살얼음이 느껴지지만, 럼주가 몸 안에서 춤을 추는데 무슨 상관이람? 핀에게는 아무것도 말하지 않을 것이다. 줄리아가 말한다. "다음번 클럽 모임이 언제야?"

"뭐?"

"모르는 척하지 마. 삼월이야?"

"사월 언젠가. 왜?"

줄리아는 학교 뒤쪽에 걸린 디자인이 멋진 시계를 가리킨다. "다음번 모임 때 내가 저 시계가 자정을 가리키는 사진을 찍어 오겠어."

"포토샵을 배웠구나. 훌륭해."

줄리아가 어깨를 으쓱한다. "믿거나 말거나. 널 부끄럽게 만들고 싶지만 그렇게 간절하지는 않아. 난 사진을 제대로 찍을 거야."

핀은 풀밭에 누운 채 고개를 돌린다. 둘의 얼굴이 아주 가깝고 줄리아는 '안 돼' 하는 생각이 든다. 핀이 지금 키스를 시도하면 크게 실망하겠지만 그는 어린애처럼 사악한 미소만 짓고 있다. "못 해낸다는 데 십 유로 걸겠어." 그가 말한다.

줄리아도 웃는다. 홀리하고 같이 어떤 걸 생각해냈을 때 홀리에게 지어 보이는 미소다. "내기할래? 나도 십 유로." 줄리아가 말한다.

두 사람의 손이 동시에 위로 올라가 부딪친 뒤 악수한다. 핀의 손은 부드럽고 강한 느낌이다. 자신의 손과 대등한 상대 같다.

줄리아는 별을 향해 술병을 들어 올리고 말한다. "십 유로를 위해 건배. 유령 사냥 장비에 보태겠어."

현관 홀의 대형 샹들리에는 꺼졌지만 벽의 돌출 조명이 공기를 따뜻하고 촌스러운 황금빛으로 물들인다. 머리 위에서는 층층의 어둠 속에 크리스와 설리나의 발소리가 메아리로 울린다.

설리나는 계단에 앉는다. 계단은 회색 무늬가 어룽거리는 흰색 돌이다. 예전에는 매끄러웠겠지만 수많은 발이 오르내린 결과로 이젠 광택을 잃고 가운데가 살짝 꺼져 있다. 난간 사이에는 광택이 있던 시절의 흔적이 남았다.

크리스는 설리나 옆에 앉는다. 설리나는 이전까지 크리스와 이렇게 가까이 있었던 적이 없다. 크리스의 광대뼈 위에 살짝 뿌려진 주근깨까지 보인다. 크리스의 체취도 난다. 향신료 같기도 하고 밤 시간의 야외를 연상시키는 거친 사향 같기도 하다. 크리스는 설리나가 지금껏 만난 누구와도 느낌이 다르다. 충만하고 강렬하고 세 사람 몫의 생명력이 느껴진다.

설리나는 크리스의 감촉을 다시 느끼고 싶다. 그래서 자기도 모르게 크리스의 목에 손바닥을 댈까 봐 두 손을 허벅지 사이에 넣는다. 머릿속에 갑작스러운 경고가 울리면서 설리나는 자신이 크리스를 좋아하는 걸까 생각해본다. 맹세가 있기 전에는 이런저런 남자를 좋아했고 키스도 몇 번 했다. 그런데 이것은 다르다.

아까 강당에서 크리스가 자기 몸에 손을 대게 한 것이 잘못이다. 설리나는 안다.

설리나는 이제 세상이 다시 그렇게 강렬해지기를 원한다.

크리스가 말한다. "네가 어디 갔는지 친구들이 궁금해하지 않을 까?"

그럴 것이다. 설리나는 다시 한번 불안의 타격을 느낀다. 아이들 에게 이 일을 이야기할 생각은 들지 않았다. "문자하면 돼." 설리 나가 말하고 익숙하지 않은 드레스 주머니를 더듬는다. "네 친구들 은?"

"걱정 없어." 크리스의 희미한 미소는 친구들이 이미 그가 사라질 것을 예상하고 있음을 말해준다.

─지금 밖이야. 잠깐 나오고 싶어서. 금방 돌아갈게.

설리나가 홀리에게 문자를 보낸다. "됐어."

강당 문이 열리면서 베이스 소리와 왁자지껄 떠드는 소리, 뜨거운 공기가 터져 나오고 롱 선생이 밖으로 고개를 내민다. 그리고 크리 스와 설리나를 보자 고개를 끄덕이고 손가락으로 '거기 그대로 있어' 하는 신호를 보낸다. 누군가 뒤에서 비명을 지르자 롱 선생은 돌아 서고 문이 쾅 닫힌다.

크리스가 말한다. "아까 강당에서 내가 한 말. 여자애들 옷차림에 간섭한 거 아냐."

"아냐, 간섭한 거야." 설리나가 말한다. "근데 괜찮아. 난 제정신 이니까."

"내가 말하고 싶었던 건 청바지를 입고 그런 헤어스타일로 댄스파티에 오면 사람들이 비웃는다는 거야. 네 친구 베카는 우리 또래 겠지만 꼭 어린애 같아. 이해력이 부족해 보여. 밖에 풀어놓으면 조앤 헤퍼넌에게 잡아먹힐 거야."

"조앤은 베카가 어떻게 입었어도 뭐라고 했을 거야." 설리나가 말한다.

"맞아. 조앤은 왕재수니까. 그러니까 더는 그럴 핑계를 주지 마."

"너는 조앤 좋아하는 거 아니었어?"

"몇 번 만났지. 그거하고 좋아하는 건 달라."

설리나는 그 말을 생각해본다. 크리스는 허리를 숙여 신발끈을 풀었다가 다시 묶는다. 두 뺨이 발그레하게 타오른다. 설리나의 손바닥에 그 온기가 느껴진다.

설리나가 말한다. "베카도 속으로는 그러기 싫을지 몰라."

"뭐? 재수탱이가 되기 싫다고 꼭 별종이 돼야 하는 건 아니잖아. 그냥 정상적인 사람이 되는 방법도 있어."

"베카는 그것도 싫어할 거야."

크리스의 미간이 좁아졌다. "그럼 베카가 그렇게 생각하는 건 그 애가……? 저기, 그 교정기하고……." 그리고 아래를 향해 고갯짓을 했다. "그 애는 매력이 없어. 그런 걱정은 한대? 뭐 큰일은 아니지. 구역질 나는 정도는 아니니까. 그냥 조금만 노력하면 괜찮을 거라는 거야."

베카에게 관심이 없다는 크리스의 말은 진실이었다. 그는 베카에게 아무것도 원하지 않는다. 방식이 잘못된 게 문제지만 지금 크리스는 베카 주변에 성채를 둘러서 베카의 안전을 지켜주려 하고 있다.

"너 여동생 있다고 했잖아. 이름이 뭐야?" 설리나가 묻는다.

"캐럴라인. 그냥 칼리라고 불러." 크리스는 미소 띤 얼굴로 대답하다가 걱정에 미소를 멈춘다.

"몇 살이야?"

"열 살. 이 년만 더 있으면 걔도 여기 킬다에 올 거야. 내가 집에 있다면 칼리랑 이야기도 하고 여러 가지를 일러주고 할 텐데 고작해야 두 주에 한 번씩밖에 못 보니 그걸로는 부족해."

설리나가 말한다. "칼리가 여기를 싫어할까 봐?"

크리스는 한숨을 쉬더니 턱 옆면을 손으로 문지르고 말한다. "응, 그게 많이 걱정돼. 칼리는…… 약간 베카 같아. 일부러 이상하게 행동해. 걔도 밸런타인 댄스파티에 청바지를 입고 올 것 같아. 작년에 칼리네 반 애들이 전부 무슨 팔찌를 했거든. 우정의 팔찌라나 뭐라나 여러 가지 색깔 실을 엮어서 알록달록하게 만드는 거 말이야. 그런데 다른 여자애들이 칼리에게 너는 왜 안 하느냐고 욕을 해서 엄청 짜증이 난다는 거야. 나는 '그냥 하나 해. 용돈이 없으면 내가 사줄게' 했어. 그랬더니 휙 돌아서면서 그 팔찌를 하느니 팔을 잘라버리겠대. 자기가 애들 하인인 것도 아니고, 남들이 뭐라고 한다고 그 말에 따를 필요는 없다고."

설리나는 미소를 짓는다. "그래, 베카 같다. 베카가 청바지를 입는 이유도 비슷해."

"대체 왜 그러지?" 크리스가 답답한 듯 두 손을 털었다. "내가 팔을 잘라 내라는 게 아니잖아. 내가 그랬어, 네가 팔찌를 하건 말건 아무도 신경 안 써. 하지만 너도 애들이 너를 슬슬 피하면서 뒤에서 쟤는 코딱지를 먹는대, 수업 시간에 오줌을 싼대 하고 문자를 주고받는 건 싫을 거 아냐? 그러면 남들이 원하는 시시한 일은 그냥 해."

"그래서 했어?"

"아니, 내가 팔찌를 사줬는데 그냥 버렸어. 칼리가 킬다에서 그런다면? 남들이 뭐라고 생각하건 상관없다는 식으로 지냈다면 조앤 같은 애들은 분명히…… 어유." 그는 손으로 머리카락을 훑는다.

설리나가 말한다. "친구는 있어?"

"응, 인기가 많고 그렇지는 않지만 유치원 때부터 친한 친구가 두 명 있어. 걔네도 킬다에 올 거야. 다행이지."

"그러면 괜찮을 거야."

"그래? 겨우 두 명인데? 나머지는 어떻게 해?" 크리스는 턱짓으로 강당 문을 가리킨다. 정신없는 음악 소리와 시끄러운 목소리들. "칼리가 남들을 그냥 무시하면서 살 수는 없어. 걔는 남들이 신경 꺼주기를 바라겠지만 그런 일은 일어나지 않으니까."

크리스는 '남들'이 거대한 짐승이라도 되는 것처럼 말한다. 등에 뻣뻣한 털이 돋고 눈빛이 사납고, 침을 질질 흘리며 우리 목을 노리고 만족할 줄 모르는 야수. 설리나는 크리스가 겁먹은 모습을 본다. 여동생과 베카를 생각해서지만 거기에 그치지 않고 그냥 겁을 먹고 있다.

하지만 그 짐승보다 강한 것들이 있다. 그것은 자신이 원하면 짐 승의 팔다리를 찢어버릴 수 있다. 머리를 삼십 미터 높이 사이프러스나무에 못 박아버리고 힘줄로 활줄을 맬 수 있다. 설리나의 눈앞에서 사냥 신호가 하늘에 흰색 반원을 그리며 지나간다.

"남들을 무시하는 게 아니야. 그냥…… 신경 쓰지 않는 거야." 설리나가 말한다.

크리스는 고개를 젓고 말한다. "그런 방식은 안 통해." 잠시 부드러운 입술이 단단해지고 얼굴 전체가 더 나이 들어 보인다.

설리나가 말한다. "베카는 청바지를 입어도 즐거워."

"그년들이 씹어대는데 어떻게 즐거워?"

"그렇긴 한데 좀전에 말한 것처럼…… 그냥 신경 쓰지 않는 거야."

크리스는 설리나를 바라본다. "그게 너라면, 애들이 네 드레스를 씹으면 너는 괜찮겠어?"

"아마 씹겠지. 하지만 신경 안 써." 설리나가 말한다.

크리스는 설리나를 향해 돌아앉아 있다. 눈동자가 개암빛이다. 황금빛 점이 총총 박힌 아름다운 개암빛. 설리나는 자신이 크리스에게 손을 대면 뱀독을 빼듯 그에게서 두려움을 빼낼 수 있다는 것, 그리고 그걸 반짝이는 검은 덩어리로 돌돌 말아서 던져버릴 수 있다는 것을 안다.

크리스가 묻는다. 정말로 묻는 것처럼, 궁금한 것처럼. "어떻게? 어떻게 신경을 안 쓸 수 있어?"

사람들은 언제나 설리나에게 말을 건다. 하지만 설리나는 그들과 대화하지 않는다. 오직 줄리아, 홀리, 베카하고만 말한다. 다른 사람들과는 말하려는 시도도 하지 않는다.

설리나가 천천히 말한다. "더 신경 쓰는 게 있어야 돼. 그런 게 있으면 애들이 욕하는 게 별로 중요하지 않고 나 자신조차 그렇게 중요하지 않게 돼. 그건 아주 거대한 거야."

그것은 그저 말과 소리일 뿐, 설리나가 뜻하는 것엔 근처에도 가지 못한다. 말로는 표현할 수 없다.

크리스가 말한다. "뭐? 신 같은 거야?"

설리나가 생각해본다. "그것도 가능해. 응."

크리스는 입을 벌린다. "혹시 너네 수녀가 되려는 거야?"

설리나가 소리 내서 웃는다. "아니! 줄리아가 수녀가 될 수 있을 거 같아?"

"그러면 무슨……?"

애쓸수록 잘못 말하게 될 것 같다. 설리나가 말한다. "그러니까 칼리는 지금 그대로도 괜찮을지 모른다는 거야. 아니, 괜찮은 것 이상일 거야."

크리스는 친밀하고도 강렬한 눈길로 설리나를 바라본다. 그리고 따뜻해진 눈빛으로 말한다. "너 같은 애는 없어. 그거 알아?"

설리나는 아무 말도 하고 싶지 않다. 둘 사이의 공간에서 빚어지고 있는 것이 너무도 새롭고 소중해서 한 번만 잘못 건드려도 거품처럼 터질 것 같다. "내가 특별한 건 하나도 없어. 그냥 어쩌다 이렇게 된 거야." 설리나가 말한다.

"아냐, 특별해. 내가 사람들한테 이렇게 말하는 경우는 없는데. 이렇게 너랑 이야기하는 건……. 여기 나오길 정말 잘한 거 같아."

설리나는 그가 자기 손을 잡으려 할 거라는 걸 안다. 크리스가 그 사실을 자기 무릎에 떨구어주기라도 한 것처럼. 설리나의 팔에 찍힌 손자국이 고통 없는 황금색 불로 타오른다. 설리나는 차가운 돌계단 끄트머리를 감싸 쥔다.

강당 문이 홀렁 열리고 룽 선생이 그들을 가리킨다. "시간 다 됐으니까 들어와. 내가 데리러 가야겠니?" 그리고 다시 문을 쾅 닫는다.

크리스가 말한다. "널 또 만나고 싶어."

설리나는 아직도 숨 쉬기가 힘들다. 룽 선생이 나온 것이 감사한지 어떤지도 알 수 없다. 셜리나가 말한다. "나도."

"언제?"

"다음 주에 수업 끝나고? 코트 앞에서 만나 산책하는 거 어때?"

크리스는 엉덩이가 배기는 듯 계단에서 몸을 움직이더니 엄지손톱을 나무 난간에 박는다. "애들이 다 봐."

"상관없어."

"그러면…… 뒷담화 장난 아닐걸. 우리가……."

셜리나가 말한다. "신경 안 써."

"알아." 크리스가 말한다. 자신을 놀리듯 목소리에 뒤틀린 웃음이 담겨 있다. "네가 신경 안 쓰는 거 알아. 하지만 나는 신경 써. 나는 사람들이 쑥덕거리는 거 싫어." 크리스는 남의 말을 듣듯 자신이 말하는 것을 듣는다. "그러니까, 아, 젠장. 우리가 사귄다는 걸 알리기 싫다는 게 아니야. 그건 문제가 안 돼. 부끄럽다거나 그런 게 아냐. 내 말은, 아무래도 오해를 받는 것보다는……."

말이 꼬인다. 셜리나가 웃으며 말한다. "좋아. 네 말뜻 알겠어."

크리스는 숨을 들이마시고 간단히 말한다. "나는 그게 싫어. 나랑 조앤이랑 필드로 나가는 그런 거……. 그보다는 그냥 이런 게 좋아."

크리스가 한 손을 든다. 복도의 탁한 황금빛. 머리 위쪽 어둠 속에서 가볍게 파닥이는 공기.

"우리가 방과 후에 코트 앞에서 만나면 내가 다 망쳐버릴 거야. 멍청한 말을 해서 아이들의 웃음을 사거나 아이들이 다 보는 데서 대화를 하려다 보면 할 말을 다 잊을 거야. 아니면 나중에 애들이 뭐라고 하면 내가 뭔가…… 더러운 말을 할 거야. 그러기 싫겠지만 하게 될 거야."

설리나가 말한다. "밤에 나올 수 있어?"

주변 공기 속에서 헉 하는 소리가 들린다. 설리나는 '괜찮아. 얼빠진 소리 아니야' 하고 말하고 싶지만 사실이 아니라는 걸 안다.

크리스의 눈썹이 올라간다. "밤에? 안 되지? 넌 돼? 그게?"

설리나가 말한다. "내 번호를 알려줄게. 나올 방법을 찾으면 문자 해줘."

"그건 안 돼." 크리스가 곧바로 말한다. "아마 여기는 다른지 몰라도 남학생들은 매일 서로의 휴대폰을 봐. 그렇고 그런 걸 찾으려고. 신부님들도 봐. 내가 연락할 방법을 찾아볼게. 다른 방법으로. 어때?"

설리나는 고개를 끄덕인다. 크리스가 말한다. "밤에 나오는 건 어쩌면 내 친구가 방법을 찾을 수 있을지도 모르겠다."

"친구한테 부탁해."

크리스가 말한다. "찾아내게 해야지."

설리나가 말한다. "이유는 말하지 마. 그리고 그때까지 나하고 말도 하지 마. 코트나 이런 데서 만나도 완전히 모른 척해야 돼. 그러니까 전처럼. 안 그러면 다 망칠 거야."

크리스는 고개를 끄덕인다. 그리고 강당 쪽을 보며 희미하게 말하지만 설리나는 알아듣는다. "고마워."

롱 선생이 문을 홀렁 연다. "설리나! 그리고 너! 당장 들어와." 그리고 이번에는 가만히 서서 그들을 노려본다.

크리스는 벌떡 일어나서 설리나에게 손을 내민다. 설리나는 손을 잡지 않고 일어선다. 높은 어둠 속에 작은 소용돌이를 여러 개 만드는 느낌을 주는 동작이다. "또 봐." 그런 뒤 드레스 끝단조차 닿지 않도록 조심하며 크리스의 옆을 돌아 강당으로 돌아간다. 팔을 감싼 손자국은 아직도 타오른다.

17

"수색 시간이에요." 콘웨이가 말했다. "그리고 여기 한동안 있으려면……." 그녀는 내리닫이창을 위로 밀어 올렸다.

산들바람이 들어와 바디스프레이 향기를 휩쓸고 나갔다. 바깥에선 빛이 온기를 잃고 하늘도 창백해져갔다. 이제 거의 저녁이었다.

"일 초만 더 저 냄새를 맡았으면 토해버렸을 거예요." 콘웨이가 말했다.

몸이 근질거리고 답답한 것 같았다. 나도 마찬가지였다. 우리는 이 작은 방에 너무 오래 있었다.

콘웨이는 옷장을 열고 엄청나게 많은 라벨에 "이런, 시발" 하더니 늘어진 원피스들을 손으로 훑었다. 나는 제마의 침대에서 시작해서 침대들을 살폈다. 시트를 걷어서 벗기고 매트리스를 두드렸다. 우리가 찾는 것은 휴대폰이나 책 같은 큰 물체가 아니었다. 처음에는 그랬지만 이제는 심 카드처럼 작은 것일 수도 있었다.

"아까 문은 왜 그랬던 거죠?" 콘웨이가 물었다.

나는 그냥 지나가고 싶었다. 하지만 콘웨이가 솔직했고 내가 말하지 않아도 나를 지지해주었기에 나도 모르게 말했다. "당신이 앨리슨한테 가 있을 때 문 바깥쪽에 누가 있는 것 같았어요. 그래서 누가 용기를 내서 우리를 만나러 왔나 보다 했는데 열어보니 아무도 없었어요. 그래서 다시 문 바깥쪽에 뭐가 보였을 때……."

"확인하려고 한 거군요." 나는 욕이 날아올 것을 대비했다. '정말 애썼어요. 대단해요. 당신은 아이들이 물리 시간에 핵폭탄을 만들었어도 문제를 해결해주었겠어요.' 하지만 콘웨이는 이렇게 말했다. "아까 내가 여기 없을 때 정말 누가 거기 있었다고 확신해요?"

나는 매트리스를 뒤집어 바닥을 살피며 말했다. "글쎄요."

콘웨이는 두꺼운 재킷을 집어 들었다. "작년에도 똑같은 일이 몇 번 있었어요. 무언가 보인 것 같았는데 아무것도 없었죠. 이 학교가 왠지, 아, 모르겠어요. 코스텔로는 오래된 건물은 창문이 달라서 그렇다고 하더라고요. 요즘하고는 형태와 크기뿐 아니라 설치 방식도 다르다고. 빛의 각도가 달라져서 힐끗 보이는 것을 착각하기 쉽다고요." 콘웨이는 어깨를 으쓱했다. "정말 맞는 말인지는 알 수 없죠."

"그렇다면 크리스의 유령이 출몰하는 것도 그런 이유일 수 있겠네요."

"하지만 아이들은 여기 환경에 익숙해요. 그리고 당신이 본 게 유령이었어요?"

"아뇨. 그냥 그림자였어요."

"맞아요. 아이들이 크리스의 유령을 보는 건 그러고 싶어서예요. 서로의 믿음을 강화하고, 반응을 얻고 반응해주고 하는 거죠." 콘웨이는 재킷을 옷장에 다시 넣었다. "아이들은 더 자주 밖에 나가야 해요. 너무 많은 시간을 자기들끼리 보내고 있어요."

제마의 협탁 뒤에도 서랍에도 아무것도 없다. "그 나이에는 그게 필요해요."

"그래요. 언제까지나 이 나이로 사는 건 아니니까요. 바깥에 넓은 세상이 있다는 걸 깨달을 때 엄청난 충격을 받죠."

콘웨이의 목소리에는 만족이 깃들어 있지만 나는 느끼지 못했다. 내가 느낀 것은 바람이었다. 사방에서 그들을 때릴 바람, 거친 칼날을 휘두르는 바람, 향료와 석유 냄새를 풍기는 바람, 그들이 이런 장소를 떠나고 등 뒤로 문이 닫히는 순간 머리카락을 뜨겁게 헤집을 바람.

내가 말했다. "크리스가 죽었을 때 아이들은 넓은 세상에 맞닥뜨리지 않았을까요?"

"그럴까요? 그때조차 아이들에게는 서로가 가장 중요했어요. '내가 걔보다 더 슬퍼했으니까 내가 더 좋은 사람이야.' '우리 모두가 크리스 유령을 봤어. 우리는 이런 사이야.' 그랬죠."

나는 올라의 침대로 옮겨 갔다. 콘웨이가 말했다. "경찰학교 시절의 당신을 기억해요."

콘웨이가 머리를 옷장 안에 넣고 있어서 얼굴은 보이지 않았다. 나는 조심스럽고 가볍게 물었다. "그래요? 좋았어요, 나빴어요?"

"기억 안 나요?"

내가 오다가다 콘웨이에게 "안녕" 이상의 말을 건넸는지 어땠는지는 몰라도 기억은 나지 않았다. "설마 내가 팔굽혀펴기를 시켰던 건 아니죠?"

"그랬다 해도 당신이 기억을 할까요?"

"이런, 내가 뭘 했나요?"

"진정하세요. 공연히 괴롭혀보는 거예요." 콘웨이의 목소리에 웃음이 깃들어 있었다. "나한테 아무것도 안 했어요."

"아이고, 고마워라. 불안했네요."

"아무 문제 없었어요. 우리는 말 한 마디 나눈 적 없을 거예요. 당신은 처음에는 그냥 머리 때문에 눈에 띄었어요."

콘웨이가 후드 티 주머니에서 무언가 꺼내더니 인상을 썼다. 화장지 뭉치.

"하지만 그 뒤로도 자꾸 눈에 띄었어요. 그냥 자기 일을 하는 모습이요. 친구는 있지만 누구와도 어울리지 않더라고요. 다른 사람들은 으, 패거리만 지었어요. 그 절반은 '인맥'을 만드느라 혈안이었어요. 컬름의 유망주들처럼요. 청장 자녀와 친해지면 교통 업무를 맡는 일도 없고 서른 살 전에 경사가 되겠죠. 나머지 절반은 '유대'를 만들려고 했어요. 여기 아이들처럼요. 지금은 우리 인생 최고의 나날이고 우리는 영원한 베스트 프렌드고 은퇴할 때 이 이야기를 할 거야. 나는 그걸 보고 '뭐지? 우리는 어른이고 업무를 배우러 온 거지, 우정의 팔찌를 주고받거나 서로 아이섀도를 그려주러 온 게 아니야' 하고 생각했죠." 콘웨이는 옷이 가득 걸린 옷장의 봉에서 옷들을 내렸다. "당신이 어느 쪽으로도 휩쓸리지 않는 게 좋았어요."

나는 말하지 않았다. 나도 마음 한구석으로는 동기들이 유대를 쌓는 것을 보면서 그걸 소망했다는 것을. 콘웨이 말대로 내가 그들 중

잘나가는 그룹과 우정의 팔찌를 나누지 않은 것은 내 선택에 따른 일이었다. 덕분에 대개는 괜찮았다.

내가 말했다. "돌아보면 그때 우리는 어렸어요. 지금 이 학생들보다 겨우 몇 살 더 많았을 뿐이에요. 사람들은 소속감을 원하고 그건 이상한 게 아니에요."

콘웨이는 스타킹을 풀면서 말했다. "내가 꼴 보기 싫었던 건 친구를 사귀는 게 아니에요. 그건 누구에게나 필요하니까요. 하지만 나는 고향에 친구가 있었어요. 지금도 그렇고요."

나를 힐끔. 내가 말했다. "그래요."

"그러니까 당신은 새 친구를 사귀려고 혈안이 될 필요가 없었죠. 우리가 몇 년 지나면 터질 어떤 거품, 가령 경찰학교 같은 데 안에서 친구를 사귀는 건 바보짓이에요. 거기가 온 세상이고 다른 곳은 존재하지 않는다고 생각하다가 히스테리만 남는 거죠. 영원한 친구, 네가 말했니 내가 말했니 하는 싸움, 자기도 모르는 일을 둘러싼 발작. 정상적인 게 하나도 없어요. 모든 게 항상 여기까지 차올라 있어요."

머리 위로 올린 손. 나는 살인수사과가 떠올랐다. 콘웨이도 그곳을 생각할까 싶었다.

"크고 넓고 더러운 세상에 나가면 모든 게 완전히 달라지고 인생은 꼬이죠." 콘웨이가 말했다.

나는 조앤의 침대 프레임 아래를 훑었다. "올라와 앨리슨 말인가요? 조앤이 대학에 가서도 그 애들하고 만날 리는 없겠죠."

콘웨이가 콧방귀를 뀌었다. "당연하죠. 여기서는 그 애들이 유용하지만 나가면 아무 쓸모 없으니까요. 아이들은 상처받겠지만, 내가

388

생각한 건 그 아이들이 아니라 진심으로 서로를 아끼는 아이들이에요. 당신의 홀리와 그 친구들 같은."

"그 아이들은 밖에 나가도 친구로 남을 것 같은데요." 나는 그러기를 바랐다. 공기를 금빛으로 물들이는 특별한 것. 그런 것은 지속된다고 믿고 싶다.

"그럴지도 모르죠. 실제로도 가능성이 높지만 그게 핵심은 아니에요. 지금 문제는 아이들이 자기들을 빼면 다른 누구에게도 신경을 쓰지 않는다는 거예요. 그런 모습은 보기에는 귀엽죠. 아이들은 친구들과 함께 있는 게 너무 기쁠 거예요."

콘웨이는 브래지어 한 줌을 서랍에 다시 던져 넣고 서랍을 닫았다.

"하지만 밖에 나가면요? 그건 이제 선택지가 아니에요. 다른 사람을 전부 외면하고 자기들끼리만 스물네 시간 붙어 있을 수 없어요. 그 아이들 뜻과 상관없이 다른 사람들이 중요해지기 시작할 거예요. 거기에 세상이 있으니까요. 그게 현실이 되니까요. 아이들은 상상도 못 한 혼란에 빠질 거예요."

콘웨이는 다른 서랍을 열었다. 너무 강하게 당겨서 서랍이 발 위로 떨어질 뻔했다. "나는 그런 거품이 싫어요."

조앤의 침대 헤드보드 뒤에는 먼지뿐이었다. 내가 말했다. "살인수사과는 어때요?"

"뭐가요?"

"살인수사과도 거품이에요."

콘웨이는 티셔츠를 꺼내며 말했다. "맞아요." 싸움이 예견되는 것처럼 턱이 굳었다. "살인수사과도 여기하고 비슷해요. 다른 점은 나는 거기 영원히 있다는 거죠."

나는 그렇다면 살인수사과에서 친구를 사귈 뜻이 있다는 말이냐고 묻고 싶었지만 어리석은 질문은 자제하는 게 좋다는 걸 알았다.

　하지만 콘웨이는 내 말을 들은 것처럼 말했다. "그래도 아직 우리 팀 남자들과 친밀하게 부대끼고 싶은 생각은 없어요. 내가 원하는 건 '소속감'이 아니라 내 '할 일'이에요."

　나는 반짝이는 포스터 위를 더듬어보고 아무것도 없다는 걸 확인하면서 콘웨이에 대해 생각했다. 내가 그녀를 질투하나? 아니면 안타깝게 생각하나? 아니면 저런 말이 다 헛소리라고 생각하나?

　수색을 마쳐갈 즈음 콘웨이의 휴대폰이 진동했다. 메시지였다.

　"소피예요. 자료가 왔어요." 콘웨이가 옷장 문을 닫으며 말했다. 나는 이번에는 그녀가 부르기 전에 먼저 옆으로 갔다.

　이메일은 이랬다.

　　모런에게 문자한 번호의 통신 기록. 문자 내용은 담당자가 복구 작업중. 아직 시스템에서 삭제되지 않았을 텐데 한두 시간 걸릴 수 있다고 함. 어쩌면 십 대 특유의 줄임말만 난무할 수도 있지만 콘웨이가 원하니까 찾아주겠음. 안녕. S.

　첨부 파일은 아주 길었다. 크리스는 비밀 휴대폰을 열심히 사용했다. 그것은 새 학년 시작 직전인 팔월 말에 활성화되었다. 준비를 갖추고 돌아온 훌륭한 보이스카우트였다. 구월 중순까지는 두 개의 번호가 계속 나타났다. 통화는 없고 문자와 미디어 메시지가 매일 몇 번씩 왔다 갔다 했다.

　"당신 말이 맞았네요." 콘웨이가 냉철하게 말했다. 그녀의 생각이 느껴졌다. 일 년 전에 증거들을 찾았어야 했다는.

"여자들에 둘러싸여 살았네요. 우리 크리스는."

"거기다 똑똑했어요. 이 많은 사진 메시지가 고양이 사진이겠어요? 누가 크리스의 행동을 폭로하겠다고 협박하고 싶어도 이것 때문에 그러지 못했을 거예요."

"그래서 작년에 아무도 말을 안 했을 거예요. 입을 다물고 있으면 자기들과의 연관성을 찾지 못할 거라고 생각하고요."

콘웨이의 의심스러운 얼굴은 그런 위로의 말은 필요 없다며 금세라도 화를 낼 것 같았다. 나는 화면을 계속 주시했고 콘웨이도 다시 화면으로 눈길을 돌렸다.

시월에 크리스는 두 명의 여자 친구에게 모두 결별을 통보했다. 조앤의 통화 기록과 같은 패턴이었다. 그들은 맹렬히 문자를 보내고 한 명은 통화 시도도 계속했지만 크리스는 결연히 무시했다. 그것들이 잦아들었을 때 조앤의 번호가 나타났다. 십일월 중순에 크리스는 양다리였다. 조앤은 십이월에 사라졌고 다른 여자는 몇 주 더 갔지만 크리스마스 때는 그쪽도 떨어져 나갔다. 일월에 새 번호가 나타나서 문자를 몇 개 보낸 뒤 사라졌다. 제대로 시작하지도 못한 관계.

콘웨이가 말했다. "작년에 정말 의아했어요. 왜 크리스가 일 년 동안 여자 친구가 없었는지. 인기도 많고 잘생기고 여학생들이랑 사이도 좋았는데 말이죠. 그때 내가……." 분노가 담긴 고갯짓. 그녀는 굳이 문장을 마치지 않았다.

이월 마지막 주에 새로운 번호와 문자를 주고받기 시작했다. 하루에 한 번, 그러다 두 번, 그런 뒤 대여섯 번씩. 오직 한 번호였다. 콘웨이는 계속 화면을 내렸다. 삼월, 사월, 문자는 계속되었다.

그녀가 화면을 툭 쳤다. "이건 셀리나 같아요."

"그때는 양다리가 아니었네요."

우리는 잠시 그 의미를 생각했다. 크리스가 바람피우는 걸 발견한 여학생이 사건을 일으켰을 거라는 내 가설은 힘을 잃었다. 콘웨이의 가설이 힘을 얻었다.

콘웨이가 말했다. "보다시피 미디어 메시지는 하나도 없고 문자 뿐이에요. 이번에는 가슴 사진 같은 게 없어요. 셀리나는 크리스가 원하는 것을 주지 않았어요."

"그래서 찼는지도 모르죠."

"가능한 일이에요."

4월 22일, 월요일, 평소처럼 낮 동안 문자 두어 개가 오갔다. 약속을 잡는 듯이. 그날 밤 조앤이 영상을 찍었다.

4월 23일 새벽, 크리스가 셀리나에게 문자를 보냈다. 셀리나는 등교 전에 답을 했고 크리스도 곧 답을 했다. 거기에 답은 없었다. 수업이 끝난 뒤 크리스가 다시 문자를 했지만 그걸로 끝이었다.

다음 날 크리스는 문자를 세 번 더 보냈다. 셀리나는 문자에 답하지 않았다.

콘웨이가 말했다. "어쨌든 그날 밤 무슨 일이 생겼어요. 조앤과 제마가 안에 들어간 다음에."

"그리고 이번에는 셀리나가 크리스를 찼어요." 콘웨이의 가설이 더욱 힘을 얻었다.

25일 목요일, 셀리나가 마침내 크리스에게 답장했다. 문자는 하나뿐이고 거기에 답은 없었다.

그 뒤로 몇 주 동안 설리나는 그에게 문자를 여섯 번 했다. 크리스는 답하지 않았다. 콘웨이의 눈썹이 한데 모였다.

5월 16일 목요일 새벽, 설리나가 크리스에게 문자를 보냈고 크리스가 마침내 답장을 했다. 그리고 그날 밤 크리스가 죽었다.

크리스의 휴대폰은 그 뒤로 일 년 동안 수신도 발신도 없었다. 그랬다가 오늘 나에게 문자를 보낸 것이다.

창밖이 왁자지껄하다. 저녁을 먹고 자습 시간 전까지 바람을 쐬러 나온 여학생들의 떠들썩한 목소리. 우리 복도는 텅 비어 있다. 4학년 학생들은 여전히 매케나의 감시 아래 붙들려 있었다.

콘웨이가 말했다. "22일 밤에 무슨 일이 있었어요. 다음 날 크리스가 사과하려고 했지만 설리나가 외면했어요. 크리스는 계속 시도했고 설리나는 계속 씹었어요."

"그렇게 시간이 조금 지나자 설리나는 충격에서 벗어나서 화가 났어요." 내가 말했다. "그래서 크리스를 직접 만나기로 결심했어요. 하지만 그때 이미 크리스는 설리나가 사과를 받아주지 않은 일로 낙심해서 마음을 접어요. 홀리가 해준 머핀 이야기를 보면 크리스는 원하는 걸 얻지 못했을 때 잘 참는 아이가 아니었으니까요."

"아니면 문제가 정말로 심각하다는 걸 깨닫고 설리나가 무슨 말을 할지 겁이 났을 수도 있어요. 자기가 취할 수 있는 가장 확실한 안전 대책은 접촉을 끊는 거라고 생각한 거죠. 만약 설리나가 고소를 해도 거짓말이라고 하고 설리나의 문자도 자기한테 보낸 게 아니라고 발뺌할 생각이었을 수도 있어요. 자기랑 설리나는 아무 관계도 아니라고."

"그러다 마침내 5월 16일에 설리나는 크리스와 약속을 잡았어요." 내가 말했다. "어쩌면 크리스가 설리나에게서 휴대폰을 회수할 생각이었을 수도 있어요. 그걸로 자신이 추적당할 수도 있으니까요."

나머지는 모두 텅 빈 공간이었다. 창밖 아래쪽 풀밭에서는 저학년 여학생들이 작은 새들처럼 성난 목소리로 떠들고 있었다. 걔는 내가 그걸 원하는 걸 잘 알면서 내가 가지러 가니까 갑자기 앞으로 끼어들어서…….

콘웨이가 말했다. "아까 차에서 내가 말했죠. 설리나가 그랬다는 건 상상이 되지 않는다고요. 그 애가 그럴 수 있었다고는 생각하지 않았고 지금도 마찬가지예요."

"줄리아는 설리나를 끔찍하게 아끼죠."

"알아챘군요. 내가 설리나를 조사하면서 약간 소음을 일으키면, 그러니까 별로 친절하게 굴지 않는달지 하면요. 그러면 줄리아가 조앤과 크리스에 대한 정보를 휙 던져서 내 시선을 흩어놓았어요."

"맞아요. 그리고 줄리아만 그런 것도 아니에요. 그들 네 명은 모두가 서로를 챙겨요. 크리스가 설리나에게 무슨 일을 저질렀거나 시도했다는 사실이 그들에게 알려졌다면……."

"복수심을 품었겠죠." 콘웨이가 말했다. "아니면 설리나가 그 일을 극복할 수 없다고, 설리나가 정상으로 돌아가려면 크리스가 떠나고 설리나가 불안을 떨칠 수 있어야 한다고 생각했을 수 있어요. 세 명 중 누구라도 그 일을 잘해냈을 것 같아요."

"리베카가요?" 하지만 나는 턱을 든 리베카의 모습을 떠올렸다. '나는 그렇게 연약하지 않아요' 하던 눈빛. 그리고 벽에 붙은 시를 떠올리며 리베카에게 친구가 어떤 의미인지를 생각했다.

"그래요. 리베카도요." 그리고 잠시 후 신중하게 내게서 고개를 돌린 채. "홀리도요."

내가 말했다. "홀리는 나한테 카드를 가져다준 아이예요. 그냥 버리면 그만이었는데요."

"홀리가 무슨 일을 했다는 게 아니에요. 그냥 아직은 홀리를 배제할 수 없다는 뜻이에요."

신중함이 나를 따끔하게 했다. 내가 '나의 홀리'를 용의자 명단에서 빼라고 난리 치거나 프랭크 매키에게 도움을 청하는 일을 막겠다는 듯한 태도. 나는 다시금 콘웨이가 나에 대해 무슨 말을 들었나 하는 궁금증이 들었다.

"아니면 셋 다일 수도 있어요."

"넷 다일 수도 있고요." 콘웨이가 말하고 손으로 양쪽 광대뼈를 문질렀다. "젠장."

오늘 하루가 끝나가는 게 답답하다는 표정이었다. 콘웨이는 이곳을 떠나고 싶어 했다. 살인수사과에 돌아가 서류를 작성하고 동료들과 술집에 가서 머리를 식힌 뒤 내일 새롭게 시작하고 싶어 했다.

콘웨이가 말했다. "염병할 곳."

"힘든 하루예요."

"당신은 가고 싶으면 가요."

"가서 뭐 하게요?"

"원하는 뭐든지요. 돌아가세요. 반짝이는 옷을 입고 클럽에 가세요. 큰길에 버스 정류장이 있어요. 콜택시를 불러도 되고요. 영수증을 보내면 내가 비용 처리해줄게요."

"나더러 선택하라면 여기 계속 있겠어요."

"나는 금방 안 떠나요. 얼마나 있을지 몰라요."

"상관없어요."

콘웨이가 나를 보았다. 쾡한 시선의 마주침. 피로 때문에 콘웨이의 피부에서 구리 같은 광택이 사라졌고 몸 전체도 휑하고 딱딱하고 탁해 보였다.

"야심가로군요."

그 말에 이상한 방식으로 찔렸다. 사실이지만 그게 다가 아니었기 때문이다. 내가 말했다. "이건 당신 사건이에요. 내가 어떻게 하건 사건에 이름이 올라가는 건 당신이에요. 나는 그냥 사건을 해결하고 싶을 뿐이에요."

콘웨이는 한순간 침묵 속에 나를 바라보고 나서 말했다. "우리가 용의자를 특정해서 본부로 데리고 가면 팀원들이 나를 가만두지 않을 거예요. 사건에 대해서건 당신에 대해서건. 나는 감당할 수 있어요. 당신이 그들과 함께하고 싶어서 괴롭힘에 동참하면 그걸로 끝이에요. 알겠어요?"

그날 아침 내가 살인수사과 사무실에서 느낀 분위기. 살인수사과의 일상적인 날카로움이나 빠르게 뛰는 맥박만은 아니었다. 무언가 더 있었다. 콘웨이 주변에서 더 빠르고 강력하게 파닥이는 것. 오늘만 그런 것도 아니었다. 콘웨이의 하루하루는 투쟁일 것이 분명했다.

내가 말했다. "나는 이미 바보들을 무시한 적이 있어요. 다시 못 하란 법은 없죠." 제발 우리가 들어갈 때마다 살인수사과 방이 비어 있기를. 콘웨이를 화나게 하거나 살인수사과 팀원들을 화나게 하거나 둘 중 하나를 선택하는 일만은 정말이지 하고 싶지 않았다.

콘웨이는 잠시 눈길을 유지하더니 말했다. "그래요. 잘해보세요."

그리고 휴대폰을 주머니에 넣었다. "이제 설리나를 부를 시간이에요."

나는 방 안을 둘러보고 앨리슨의 협탁을 제자리로 돌린 뒤 조앤의 이불을 정돈했다. "어디서요?"

"설리나 방에서요. 아이가 긴장하지 않게 해야 돼요. 만약 설리나가 무슨 일을 당했는지 털어놓으면⋯⋯."

설리나가 '강간'이라는 말을 하면 학부모, 보호자, 사회복지사, 비디오카메라 등 온갖 법적 장치가 필요했다. 내가 물었다. "누가 진행하죠?"

"내가 해요. 무슨 생각이에요? 나도 조심스럽게 이야기할 수 있어요. 설리나가 당신한테 강간 이야기를 할 것 같아요? 당신은 뒤에서 투명 인간처럼 가만히 있어요."

콘웨이는 창문을 닫았다. 바디스프레이 냄새와 헤어드라이기 냄새가 다시 피어오르는 가운데 우리는 밖으로 나갔다.

매케나는 학생들이 딴생각을 하지 못하도록 성가를 부르게 했다. 아이들 목소리가 희미하고 앙상하게 복도로 흘러나왔다. "마리아여, 오늘 우리는 성모님께 꽃으로 왕관을 씌웁니다⋯⋯."

휴게실은 창문이 열려 있는데도 더웠다. 저녁 식사 접시들이 아직 있었는데 음식도 대부분 남아 있었다. 식은 치킨파이 냄새에 허기와 메스꺼움이 동시에 밀려왔다. 학생들은 멍한 눈길로 서로를 보거나 창문을 보거나 아니면 후드 티 차림으로 안락의자에 웅크린 앨리슨을 보거나 했다.

절반 정도는 입술도 움직이지 않았다. "천사들의 여왕, 오월의 여왕……." 아이들은 잠시 후 우리를 알아보았다. 그러자 노랫소리가 흔들리다가 사그라들었다.

"설리나, 시간 좀 내주겠니?" 콘웨이가 매케나에게 묵례를 하는 둥 마는 둥 하고 말했다.

설리나는 허공을 바라보며 건성으로 노래하고 있었다. 그러더니 우리가 누구인지 떠올리는 듯한 표정이 되었다 일어나서 걸어왔다.

"명심해, 설리나." 설리나가 지나갈 때 매케나가 말했다. "중간에 도움이 필요하면 언제라도 대화를 중단하고 나나 다른 선생님의 입회를 요청해. 형사님들도 잘 알고 계셔."

설리나는 매케나에게 미소를 보이고 말했다. "저는 괜찮아요."

"그럼요." 콘웨이가 경쾌하게 말했다. "네 방에 먼저 가 있겠니, 설리나?"

설리나가 복도를 걸어갈 때 콘웨이가 줄리아에게 손짓했다. "줄리아, 잠깐 이리 와봐."

줄리아는 문을 등진 자세였고 우리가 들어갔을 때도 움직이지 않았다. 하지만 돌아섰을 때 보니 얼굴이 엉망이었다. 꺼칠하고 긴장했고 생기가 하나도 없었다. 하지만 우리 앞에 오자 마지막 힘을 끌어모아서 다시 총명한 눈빛이 되었다.

"네?"

콘웨이는 줄리아의 등 뒤로 문을 닫고 설리나가 듣지 못하게 조용히 말했다. "네가 핀 캐럴과 뭔가가 있었다는 이야기 왜 안 했니?"

줄리아는 턱이 굳었다. "조앤이 나불댔군요."

"그건 중요하지 않아. 나는 작년에 너한테 컬름 남학생과 뭐가 있었느냐고 물었어. 왜 감춘 거니?"

"말할 게 없었으니까요. 우리는 사귄 게 아니었어요. 손도 안 잡아본걸요. 그냥 좋아했던 것뿐이에요. 인간 대 인간으로. 그래서 우리가 잠깐 만난 걸…… 사실 만난 것도 아니지만, 아무한테도 말하지 않은 거예요. 애들이 '어머나 세상에, 핀하고 줄리아가 나무 위에서' 어쩌고 떠들 게 분명했으니까요. 우리는 그런 헛소리를 듣고 싶지 않았어요."

어둠 속에서 숨죽여 키득거리던 조앤과 제마를 떠올리자 사실 같았다. 콘웨이도 그렇게 생각했다. "그래, 인정." 그리고 돌아서는 줄리아에게 물었다. "요즘 핀은 뭐 해? 잘 지내?"

슬픔이 슥 지나가면서 줄리아의 얼굴이 잠시 어른의 얼굴이 되었다. "모르겠어요." 줄리아는 그렇게 말하고 휴게실로 돌아가서 문을 닫았다.

설리나는 방 앞에서 기다리고 있었다. 복도 끝 창문 밖에 낮게 걸린 태양 때문에 설리나의 그림자가 우리 쪽으로 뻗어서 붉은 타일 위로 떠올랐다. 노래가 다시 시작되었다. "오, 다정한 성모님, 존경을 바치나이다……."

설리나가 말했다. "자유 시간이니 밖에 나갔어야 해요. 모두 좀이 쑤셔서요."

"알아." 콘웨이는 설리나를 지나서 줄리아의 침대에 편안히 앉았다. 이번에는 아까와 다르게 한쪽 발을 깔고 앉았다. 수다에 돌입하는 여학생 같은 자세. "일이 끝나면 내가 교장 선생님한테 자유 시간을 연장해달라고 부탁할게. 어때?"

설리나가 미심쩍은 눈길로 복도를 힐끔 보았다. "네, 좋아요."

"환란의 때에 우리를 보호하시고, 슬픔의 때에 우리의 친구가 되시고……." 모서리가 부서져서 울퉁불퉁한 노래. 설리나의 얼굴에서 은색 불빛이 다시 눈을 크게 뜨는 것 같았다. 설리나는 우리가 놓치면 안 될 무언가를 보는 듯했다.

하지만 그렇다고 해도 콘웨이는 알아차리지 못했다. "좋아. 앉아." 설리나는 자기 침대에 살짝 걸터앉았다. 나는 문을 닫았다. 노랫소리가 사라졌다. 조용히 구석으로 가서 수첩을 들었다.

"됐어. 이걸 봐." 콘웨이는 휴대폰을 꺼내서 화면을 켜고 설리나에게 건네며 말했다.

설리나는 깜짝 놀랐다. 내가 발소리와 바람에 흔들리는 나뭇가지 소리를 듣지 못했다 해도 설리나의 모습만으로도 무언지 알았을 것이다.

설리나는 얼굴을 붉히는 대신 창백해졌다. 그리고 고개를 들어 화면에서 멀어졌는데 얼굴에 손상당한 위엄이 어렸다. 가릴 것을 잃고 벌거벗은 모습이었다. 나는 고개를 돌리고 싶었다.

"누구죠? 어떻게?" 설리나가 다른 손으로 화면을 가리고 물었다.

"조앤이야." 콘웨이가 말했다. "조앤하고 제마가 널 따라 나갔어. 충격을 줘서 미안해. 치졸한 방법이라는 거 알아. 하지만 이렇게 하지 않으면 네가 크리스와 사귄 사실을 밝히지 않을 것 같아서 그랬어. 그리고 이제 그걸 가지고 실랑이할 시간이 없어. 알겠니?"

설리나는 아무것도 안 들린다는 듯 가만히 앉아 가려진 화면에서 소리가 끝날 때까지 기다렸다. 그런 뒤 아주 힘들게 손을 떼고 휴대폰을 콘웨이에게 돌려주었다.

"좋아요." 설리나가 말했다. 호흡이 여전히 거칠었지만 목소리는 혼들리지 않았다. "저는 크리스하고 사귀었어요."

"솔직히 말해줘서 고마워." 콘웨이가 말했다. "그리고 너는 크리스한테서 받은 비밀 휴대폰으로 그 애랑 연락을 했어. 왜 그랬니?"

"우리는 그 일을 비밀로 하기로 했어요."

"누구 생각이었니?"

"크리스요."

콘웨이가 한쪽 눈썹을 움직였다. "너는 싫었는데?"

설리나는 고개를 저었다. 얼굴에 혈색이 돌아오고 있었다.

"싫지 않았다고? 나라면 싫었을 것 같은데. 내가 별로여서 남들에게 알리기 싫은가? 아니면 다른 가능성을 열어두려고 그러나? 그렇게 생각했을 것 같아. 어느 쪽도 기분 나빴을 것 같아."

설리나는 간단하게 말했다. "저는 그렇게 생각하지 않았어요."

콘웨이가 가만히 기다렸지만 그걸로 끝이었다. "좋아. 너희 사이는 좋은 편이었니?" 콘웨이가 물었다.

설리나는 침착함을 되찾고 신중하게 표현을 골라가며 천천히 말했다. "제 평생 최고의 관계 중 하나였어요. 하나는 크리스고 하나는 친구들이에요. 그런 건 다시는 없을 거예요."

말이 공중에 흩어져서 공기를 고요하고 밝은 파란 빛으로 물들였다. 설리나가 맞았다. 당연했다. 첫사랑은 두 번 오지 않는다. 하지만 벌써 알면 안 될 것 같았다. 이제 빈터에 돌아갈 수 없다는 걸 깨닫기 전에 설리나가 먼저 그곳을 떠날 기회가 있어야 할 것 같았다.

콘웨이는 휴대폰을 들어 올렸다. "그러면 왜 크리스를 찼니?"

설리나는 흐릿해졌지만 나는 다시 한번 설리나가 흐릿함으로 방어벽을 두른다는 느낌을 받았다. "그런 거 아니에요."

콘웨이는 빠른 손길로 화면을 누른 뒤 휴대폰을 내밀고 말했다. "이거 봐. 너하고 크리스가 문자를 주고받은 기록이야. 보여? 이건 영상을 찍고 며칠 뒤야. 크리스가 연락해도 너는 계속 씹고 있어. 전에는 그런 적이 없어. 그날 이후 그랬던 이유가 뭐지?"

설리나는 번호가 자기가 아니라고 발뺌할 생각도 하지 않았다. 그저 휴대폰이 이상하고 약간 위험한 생명체라도 되는 듯 바라보다가 말했다. "그냥 생각할 시간이 필요했어요."

"뭐에 대해서?"

"크리스하고 저에 대해서요."

"그래, 그럴 것 같았어. 내 질문은 정확히 뭐에 대해 생각했느냐는 거야. 크리스가 그날 밤, 관계를 위태롭게 하는 무슨 일을 했니?"

설리나의 눈이 다른 곳으로 갔고 이번에는 현실을 향했다. 설리나는 조용히 말했다. "그날 우리는 처음으로 키스했어요."

콘웨이는 의심스러운 표정이 되었다. "그건 우리가 가진 정보하고 맞지 않는데. 네가 그전에 키스하는 걸 본 사람이 있어."

설리나는 고개를 저었다. "아니에요."

"그리고 우리가 크리스에 대해 들은 이야기하고도 완전히 어긋나. 너희는 총 몇 번 만났니?"

"일곱 번요."

"그동안 아무런 접촉도 없이 순수하게 만났다고? 나쁜 생각도 하지 않고 수녀들이 싫어할 어떤 일도 하지 않았다고? 그걸 믿으라고?"

설리나의 뺨이 희미한 홍조를 띠었다. 콘웨이는 잘하고 있었다. 설리나가 구름 속으로 달아나려 할 때마다 적절하게 붙잡았다. "그런 말은 아니에요. 손도 잡고 포옹도 했어요……. 하지만 키스는 그 날이 처음이었어요. 그래서 생각할 시간이 필요했어요. 그런 일이 또 일어날지 어떨지에 대해서요."

그게 거짓말인지 아닌지 나는 알 수 없었다. 이유는 달랐지만 조 앤만큼이나 판단하기 어려웠다. 콘웨이는 고개를 끄덕이고 휴대폰 을 손으로 돌리며 생각한 뒤 말했다. "그러니까 섹스는 안 했다는 거 로구나?"

"네, 안 했어요." 움찔거림도 키득거림도 없었다. 진실 같았다. 콘 웨이의 직감이 통했다.

"크리스도 오케이한 거야?"

"네."

"정말? 그 나이대 남자들은 압박을 할 텐데. 크리스는 안 그랬다 고?"

"네."

"있잖아, 설리나." 콘웨이가 말했다. 적절한 목소리였다. 부드럽 지만 에두르지 않았다. 아이를 대하듯 하지 않고 여자 대 여자로서 힘든 일을 함께 바라보는 말투였다. "여자들은 성폭행을 당해도 신 고하지 않는 경우가 많아. 그후의 절차가 너무 번거로우니까. 병원 에서 검사도 받아야 하고, 재판에 나가서 증언도 해야 하고, 대질신 문도 받아야 하고, 때로는 범인이 무죄로 풀려나는 꼴을 보기도 해. 피해자들은 그런 일이 싫어서 그냥 잊고 지나가려고 해. 그 사람들 을 비난할 수는 없어. 그렇지?"

반응을 기다리려고 멈추었지만 설리나는 아무 반응이 없었다. 하 지만 미간을 찌푸린 채 듣고는 있었다. 혼란스러운 표정이었다.

콘웨이가 살짝 느리게 말했다. "하지만 이건 달라. 병원 검진 같은 건 할 수 없어. 일 년 전 일이니까. 재판도 없을 거야. 성폭행범이 죽었으니까. 한마디로 네가 무슨 일이 있었는지 우리한테 말해도 아무 일 없어. 네가 원하면 이런 일에 경험이 많은 사람들에게 도움을 받을 수도 있어. 그 이상은 없어."

"잠깐만요." 설리나가 말했다. 아까보다 더 혼란스러운 표정이었다. "저 말씀하시는 거예요? 크리스가 저를 강간했다고요?"

"아니니?"

"아뇨! 그러지 않았어요!"

사실 같았다. "그래, 좋아." 콘웨이가 말했다. "그러면 크리스가 너한테 하기 싫은 일을 시킨 건 없었니?" 우리는 같은 일을 다양한 각도로 살펴보려고 같은 질문을 표현을 바꾸어서 계속 물어본다. 섬뜩한 일이지만, 많은 여자가 모르는 사람이 칼을 들고 협박하는 경우만이 강간이라고 생각하고 남자들도 마찬가지다.

설리나는 고개를 저었다. "아니에요. 절대로."

"네가 그만하라고 했는데도 계속 신체 접촉을 한 적은?"

여전히 고개를 저었다. 느리지만 단호하다. "아뇨, 크리스는 그런 짓 안 했어요. 절대로."

콘웨이가 말했다. "설리나, 크리스가 천사는 아니었어. 많은 여학생에게 상처를 주었어. 험뜯고, 양다리 걸치고, 가지고 놀다가 싫증 나면 버렸어."

"알아요. 크리스가 말했어요. 잘못을 많이 했다고."

"죽은 사람은 미화되기 쉽고 그 사람이 자신에게 큰 의미였다면 더 그래. 하지만 사실 크리스에게는 잔인한 면이 있었고 특히 원하는 걸 얻지 못하면 더 심했어."

"네, 알아요. 미화하는 게 아니에요."

"그러면 왜 그 애한테 상처를 받지 않았다고 하는 거니?"

설리나가 말했다. 방어하는 게 아니라 차분히 인내하는 태도로. "저하고는 달랐어요."

"다른 여학생들도 그렇게 생각했어. 모두가 자기는 크리스하고 특별하다고."

"그랬을 거예요. 사람은 복잡하니까요. 어렸을 때는 사람을 한 가지로만 보죠. 하지만 나이가 들면 그렇게 단순하지 않다는 걸 알게 돼요. 크리스는 단순하지 않아요. 잔인하기도 하고 다정하기도 했어요. 그리고 그 사실을 괴로워했어요. 자신의 양면성을 싫어했어요. 그래서 자기가……."

설리나가 한동안 침묵을 지켜서 나는 거기서 그치려나 생각했지만 콘웨이는 기다렸다. 설리나가 말했다. "자기가 연약하다고 생각했어요. 언제라도 깨질 수 있다고요. 자신을 한 가지로 유지하지 못해서요. 다른 여자애들한테 사귀는 걸 감추자고 한 것도 그 때문이었어요. 여러 가지 모습을 시도하면서 느낌을 살펴보려면 그게 안전하다고 생각한 거예요. 크리스는 사랑스러운 경우도 있고 끔찍한 경우도 있었지만 다른 사람은 아무도 모르니까 상관이 없었어요. 저는 처음에 제가 양면성을 통합하는 방법을 알려줄 수 있다고 생각했어요. 크리스가 괜찮아질 수 있는 방법을요. 하지만 통하지 않았어요."

"그래, 맞아." 콘웨이가 말했다. 깊고 의미 있는 대화에는 관심이 없었지만 내 말이 옳았음을 인식하는 게 느껴졌다. 설리나의 일은 단순하지 않았다. 콘웨이는 손가락으로 휴대폰을 두드리고 다시 내밀었다. "이거 보여? 영상이 찍힌 그날 이후 너는 며칠 동안 크리스의 연락을 무시했고 그 뒤로 연락은 완전히 끊겼어. 그런데 여기 네가 다시 크리스에게 문자를 보내기 시작했어. 왜 마음이 바뀐 거니?"

설리나는 차마 볼 수 없는 듯 휴대폰에서 고개를 돌리고 사위어가는 창밖의 빛을 바라보며 말했다. "저는 크리스를 완전히 잘라내야 한다는 걸 알았어요. 다시는 연락하지 말아야 한다는 걸. 하지만…… 보셨잖아요. 동영상."

휴대폰을 향해 아주 약한 고갯짓.

"제가 크리스를 잊지 못한 게 그것 때문만은 아니었어요. 그게 너무 특별해서였어요. 우리는 그걸 함께 만들었어요. 저하고 크리스가. 그건 세상 어디에도 다시 있을 수 없었고 또 아름다웠어요. 그런 걸 망가뜨리는 것, 허공에 흩날리게 하는 건 나쁜 일이에요. '악하다'는 게 그런 거 아닌가요?"

우리는 대답하지 않았다.

"그런 일은 하면 안 된다고 느꼈어요. 어쩌면 제 평생 저지른 최악의 일 같기도 했어요. 확실히 알 수는 없어도요. 그래서 그중 일부라도 간직할 수 있을까 생각했어요. 어쩌면 더는 사귀지 못해도 그래도 어쩌면……."

모두가 그런 생각을 한 적이 있다. '그래도 어쩌면.' 어쩌면 소중한 기억의 조각을 건질 수 있을지도 모른다고. 그리고 정신이 멀쩡한 사람이라면 한 번 시도한 후에 그런 생각을 버린다. 하지만 설리나의 조용하고 슬픈 목소리는 공기를 반짝이는 진줏빛으로 물들인다. 잠시 나는 그 말을 다시금 믿었다.

설리나가 말했다. "사실 그 방식은 통하지 않았을 거예요. 저도 이미 알았던 것 같아요. 하지만 시도해봐야 했어요. 그래서 크리스한테 두 번 문자를 보냈어요. 친구로 남자고, 보고 싶다고, 너를 외면하고 살기는 싫다고…… 그런 말을요."

"두 번이 아니라 일곱 번이야." 콘웨이가 말했다.

설리나가 눈썹을 찌푸렸다. "그렇게 많이 안 했어요. 두 번 아니면 세 번 정도예요."

"며칠에 한 번씩 꾸준히 보냈어. 크리스가 죽은 날까지."

설리나는 고개를 저었다. "아니에요." 머리가 돌아가는 사람이라면 누구라도 그렇게 말했을 것이다. 하지만 혼란스러운 표정. 그 표정은 너무도 진짜 같았다.

"여기 분명히 찍혀 있어." 콘웨이의 말투가 변해갔다. 아직 딱딱하지는 않았지만 단호했다. "봐. 네가 보낸 문자. 답은 없어. 또 네가 보낸 문자, 무응답. 네 문자, 무응답. 이번에는 크리스가 널 무시했어."

설리나의 얼굴에 변화가 일었다. 설리나는 휴대폰을 화면을 텔레비전처럼 보았다. 모든 일이 눈앞에 새롭게 펼쳐지고 있는 것처럼.

"상처받았니?" 콘웨이가 말했다.

"네, 그랬어요."

"결국 크리스는 너한테 기꺼이 상처를 준 거야. 그렇지?"

"아까 말씀드렸듯이 크리스는 어느 한 가지로 말할 수 없어요."

"맞아. 그래서 그 애랑 헤어진 거니? 그 애가 너한테 상처가 되는 일을 해서?"

"아뇨, 제 문자를 씹은 거, 그게 크리스가 저한테 처음 준 상처였어요."

"너는 화가 났겠네."

"화가 나요?" 설리나가 말하고 콘웨이의 말을 생각해보았다. "아뇨, 저는 슬펐어요. 너무 슬퍼서 크리스가 왜 그러는지 이해하지 못했어요. 처음에는요. 하지만 화는……." 설리나는 고개를 저었다. "화가 나지는 않았어요."

콘웨이는 기다렸지만 그걸로 끝이었다. "그러면? 나중에는 이해했니?"

"나중에, 걔가 죽었을 때 알았어요."

"그래. 그게 뭐였니?" 콘웨이가 물었다.

설리나가 간단하게 말했다. "저는 구원받은 거였어요."

콘웨이의 눈썹이 올라갔다. "뭐라고? 하느님을 만났다는 거야? 크리스가 너랑 헤어진 게……."

설리나는 웃었고 나는 웃음에 놀랐다. 공중으로 솟아오르는 풍성하고 사랑스러운 웃음, 아무도 보지 않는 한적한 강물에서 물장난을 치는 소녀들의 웃음이었다. "그런 게 아니에요. 하느님이라니, 우리 부모님이 놀라 쓰러지시겠네요."

콘웨이가 빙긋 웃었다. "수녀님들은 기뻐하시겠지. 어떻게 구원을 받았다는 거니?"

"크리스하고 다시 만나지 않게 되었으니까요."

"뭐? 크리스와 사귄 게 좋았다면서 그걸 막아준 게 왜 구원이야?"

설리나는 잠시 생각해보고 말했다. "그건 좋은 생각이 아니었어요."

다시 한번 번득임. 진줏빛 안개에 감싸인 설리나는 눈을 크게 뜬 신중한 사람, 우리가 만났다고 하기도 힘든 사람이었다.

"왜지?"

"형사님 말씀대로예요. 크리스는 다른 여학생들하고 사귈 때 늘 못되게 굴었어요. 누구를 사귀면 자신의 최악의 면을 보여주었어요."

콘웨이는 설리나를 규정할 틀을 열심히 찾았지만 설리나는 빙글빙글 돌며 피했다. 콘웨이가 말했다. "하지만 헤어질 때까지 너한테 나쁜 짓은 안 했다고 했잖아?"

"그럴 시간이 없었어요. 형사님도 곧 그런 일이 있었을 거라고 하셨잖아요."

콘웨이는 더 밀고 나가지 않았다. "그래, 맞아. 그래서 누가 널 구원해주었다고."

"네."

"누구지?"

너무 자연스럽고 쉽게 나왔다.

설리나는 생각했다. 아무런 움직임이 없었다. 발목도 꼬지 않고 손가락도 얽지 않았다. 눈도 깜박이지 않고 헐렁하게 잡은 두 손을 바라보았다.

마침내 말했다. "그건 중요하지 않아요."

"우리한테는 중요해."

설리나는 고개를 끄덕였다. "모르겠어요."

"아냐, 알아."

설리나는 콘웨이의 눈을 똑바로 보고 말했다. "아뇨, 몰라요. 알 필요도 없어요."

"하지만 짐작은 하잖아."

설리나는 느리고 확고하게 고개를 저었다. 끝이었다.

"좋아." 콘웨이가 말했다. 화가 났다 해도 겉으로는 보이지 않았다. "크리스가 너한테 준 휴대폰은 지금 어디 있니?"

설리나의 표정. 신중함, 죄의식, 걱정. 뭔지 알 수 없었다. "잃어버렸어요."

"뭐? 언제?"

"한참 됐어요. 작년에."

"크리스가 죽기 전? 아니면 다음?"

설리나는 잠시 생각하더니 말했다. "그 무렵이에요." 도움을 주듯.

"그래, 그렇다면 그전에는 휴대폰을 어디 보관했니?" 콘웨이가 말했다.

"칼로 매트리스를 살짝 찢었어요. 벽 쪽 면에요."

"그러면 잘 생각해봐, 설리나. 마지막으로 꺼낸 게 언제였니?"

"저는 더이상 크리스가 답장을 하지 않을 걸 알았어요. 그래서 그냥 밤에 가끔 확인한 게 다예요. 그냥 혹시나 하고요. 안 그러려고 했어요."

"크리스가 죽은 날도 확인해봤니?"

그날 밤이 떠오르자 설리나의 눈길이 비틀거렸다. "기억 안 나요. 말씀드렸듯이 그러지 않으려고 했어요."

"하지만 너는 그날 크리스에게 문자를 보냈어. 그런데 그 애가 답장했는지 확인하지 않았다고?"

"안 봤어요. 안 봤던 것 같아요. 혹시 봤을지도 모르지만……."

"크리스가 죽었다는 소식을 듣고 나서는 어땠니? 그 애가 마지막 문자를 보냈을까 확인해봤니?"

"기억 안 나요. 저는……." 설리나는 숨을 크게 들이마셨다. "그때 저는 제정신이 아니었어요. 그 일주일 동안은 너무 많은 것이……. 정말 몰라요."

"잘 생각해봐."

"생각해봐도 기억이 안 나요."

"그래, 계속 생각해봐." 콘웨이가 말했다. "만약 생각이 나면 알려줘. 그런데 휴대폰은 어떻게 생겼었니?"

"조그만 휴대폰이었어요. 이만한 크기의 연분홍색 플립 폰이었어요."

콘웨이의 눈이 나를 보았다. 크리스가 조앤에게 준 휴대폰과 같았다. 재고가 많았나 보다. "다른 사람 중에 휴대폰의 존재를 아는 사람이 있었니?" 콘웨이가 물었다.

설리나가 "아뇨" 하고 말한 뒤 몸을 움찔했다. 자신들의 신성한 그룹은 비밀이 없다고 믿고 있던 친구들. 밤의 어둠 속에서 설리나는 잠든 친구들의 믿음을 저버렸다. "아무도 몰랐어요."

"정말이야? 그렇게 붙어 살면서 비밀을 간직하기가 쉽지 않을 텐데. 특히 그렇게 큰 비밀은."

"아주 조심했어요."

"하지만 친구들도 네가 크리스랑 사귀는 건 알았지? 휴대폰만 몰랐던 거지?"

"아뇨, 크리스 일 자체를 몰랐어요." 움찔. "크리스하고는 일주일에 한 번 정도 만났고 아이들이 확실히 잠들 때까지 기다렸어요. 때로는 아이들이 아주 늦게 잠들기도 했어요. 특히 홀리가요. 하지만 잠이 들면 모두 웬만해서는 안 깨요. 제가 불면증이 있어서 전부터 알고 있었어요."

"너희 사이는 정말로 가까워서 비밀 같은 건 없는 줄 알았는데. 왜 감춘 거니?"

다시 한번 움찔. 콘웨이는 일부러 상처를 주고 있었다. "맞아요. 그냥 제가 말을 안 했어요."

"네가 크리스를 만나는 걸 싫어할까 봐?"

흐릿한 표정. 고통이 다시 한번 셀리나를 안갯속으로 물러나게 했다. 다른 여학생이라면 이렇게 압박하면 몸을 꿈지락거리거나 문을 바라보거나 이제 그만하라고 했을 것이다. 셀리나는 그럴 필요가 없었다. "그런 건 아니에요."

"네가 그래서 크리스를 찬 건 아니네. 누가 너희 둘이 사귀는 걸 알아내고 반대한 거니?"

"아무도 몰랐어요."

"확실해? 혹시 누가 알아챘나 가슴이 덜컹한 일은 없었어? 친구 한 명이 살짝 암시를 흘렸다거나 어느 날 휴대폰이 엉뚱한 데 있었다거나 하는."

콘웨이가 계속 셀리나를 추궁하고 셀리나의 눈이 한 번 반짝이자 나는 콘웨이가 셀리나를 잡았다고 생각했지만 판단은 다시 내려왔다. "없었던 것 같아요……."

"하지만 크리스가 죽은 다음에는 말했지?"

셀리나는 고개를 저었다. 셀리나는 여기 없었다. 콘웨이를 바라보는 시선은 수족관을 헤엄치는 예쁜 물고기를 보듯 평화로웠다.

콘웨이는 어리둥절했다. "왜? 그런다고 무슨 문제가 생기는 것도 아니었잖아. 비밀로 하자고 한 건 크리스였는데 그 애가 떠났고, 너는 너한테 큰 의미가 있던 사람을 잃었어. 친구들의 위로가 필요하지 않니? 계속 감춘다는 건 말이 안 되는 것 같은데."

"말하고 싶지 않았어요."

콘웨이는 기다렸지만 그걸로 끝이었다. "하, 그래. 인정. 하지만 친구들은 이미 무언가 눈치를 챘을 거야. 네가 아주 힘들어했을 테니까. 당연한 일이야. 그리고 너는 크리스가 죽기 전에도 답장이 없어서 속상했다고 했어. 친구들이 못 알아차렸을 리 없어."

설리나는 평온한 표정으로 질문을 기다렸다.

"친구들이 너한테 아무 말도 안 했니? 왜 그러느냐고 묻거나 하지도 않았어?"

"네."

"그렇게 친한 사이인데 어떻게 몰랐다는 거야?"

침묵, 그리고 평화로운 눈.

"그래, 고마워, 설리나." 마침내 콘웨이가 말했다. "휴대폰을 마지막으로 본 게 언제였는지 기억나면 말해줘."

"네." 설리나가 부드럽게 말했다. 그리고 약간 뜸을 들였다가 일어섰다.

설리나가 문 앞으로 갈 때 콘웨이가 말했다. "사건이 해결되고 나면 너한테 영상 보내줄게."

그러자 갑자기 설리나의 호흡이 가빠졌다. 잠시 방 한가운데서 생생하게 타올랐다.

그러더니 신중하게 불을 끄고 말했다. "아뇨, 괜찮아요."

"괜찮다고? 그날 밤 나쁜 일은 없었다고 하지 않았니? 영상 갖고 싶을 것 같은데? 나쁜 기억이 없다면 말이지."

설리나가 말했다. "조앤 헤퍼넌이 본 건 필요 없어요. 저한테는
기억이 있어요." 그런 뒤 조용히 문을 닫으며 나갔다.

18

코트 창문에서 분홍색과 붉은색 밸런타인데이 장식이 사라졌다. 하트를 든 온갖 귀여운 동물들, 매혹적이지만 가시가 박힌 것들. '당신을 위해서든 아니든 부디 희망을 품어주세요' 했던 자리에는 이제 부활절 달걀들이 들어서고 있다. 달걀을 감싼 충격 방지용 녹색 종이 쪼가리는 오다 말다 하는 가랑비가 그치면 곧 봄이 올 것을 상기시켜준다. 필드에는 이미 봇꽃이 조금씩 피어났고, 겨울 동안 실내에서 지내던 사람들이 재킷을 여미고 탐색을 나왔다.

크리스 하퍼는 다른 아이들과 떨어져서 잡초 가득한 잡석 더미에 앉아 텅 빈 필드를 내다본다. 팔꿈치를 무릎에 얹은 자세와 어깨의 각도 탓에 어쩐지 다른 떠들썩한 무리보다 더 나이 들어 보인다. 간식 봉지는 손에 대롱대롱 매달린 채 잊었다. 셀리나는 손바닥과 가슴에 구멍이 뚫리는 듯한 통증을 느낀다. 크리스에게 가고 싶다. 잡석 더미에 나란히 앉아서 손을 꼭 쥐고 서로 머리를 기대서 그가 긴장을 푸는 것을 느끼고 싶다. 정말 그렇게 하면 어떤 일이 일어날까 하는 생각이 아주 잠깐 지나간다.

설리나와 줄리아와 홀리와 베카는 잡초들 틈에 삼십 분 동안 앉아서 담배 두 대를 나누어 피웠는데, 크리스는 설리나에게 말 한 마디 걸지 않고 눈길 한 번도 주지 않았다. 그는 계획대로 하고 있거나 아니면 댄스파티에서 벌어진 일을 후회하고 아무 일도 없던 것처럼 행동하고 있다. "연락할 방법을 찾을게." 크리스가 말한 게 벌써 몇 주 전이었다.

사실 어느 쪽이든 좋은 일이다. 구멍을 통해 필드로 들어갈 때 설리나는 크리스가 있는 것을 보고 그가 다가오지 않기를 빌었다. 하지만 그게 상처가 될 줄은 몰랐다. 크리스의 눈길이 자신을 비껴갈 때마다 폐 속의 공기가 다 빠져나가는 것 같을 줄은. 해리 베일리가 모의고사에 대해 자꾸 말을 걸고 설리나도 계속 대답하지만 자신이 뭐라고 하는지도 모른다. 온 세상이 기울어져서 크리스를 향해 미끄러져 간다.

그의 생은 이제 두 달 석 주가 남았다.

"내 사진 앨범!" 베카가 울부짖듯 외쳤다. 지난 몇 분 동안 설리나는 베카가 자기 옆으로 점점 다가오면서 휴대폰을 가지고 법석을 떠는 것을 느꼈지만 크리스 때문에 무슨 일인지 신경을 쓰지 못했다.

"왜?" 홀리가 묻는다.

"다 날아갔어! 어떡해, 전부……."

"걱정 마, 베카, 아직 안에 있어."

"아냐. 다 뒤져봤어. 백업 하나도 안 해놨는데! 우리 사진 전부, 일

년 동안 찍은 건데……. 아, 어떡해…….”

베카는 완전히 혼이 나갔다. 친구들과 함께 늘어져 있던 마커스 와일리가 베카를 보고 말한다. “무슨 사진인데 그렇게 난리야?”

핀바 라이트가 말한다. “젖탱이 사진이겠지.”

“연락처 전체에 발송했을지도 몰라. 다들 확인해봐, 얼른.” 다른 아이가 말한다.

“닥쳐. 누가 그걸 보고 싶어 하냐?” 마커스 와일리가 말한다.

광산의 폭약처럼 터지는 왁자한 웃음소리. 베카는 당혹감이 아니라 분노로 얼굴이 빨개진다. 하지만 입을 꾹 다문다. “네 미니 고추 보고 싶은 사람도 없거든. 그렇다고 그만둘 너도 아니지만.” 줄리아가 침착하게 응대한다.

웃음소리가 더 커지고 마커스가 빙글거린다. “마음에 들었구나, 그렇지?”

“우리 모두 웃었잖아. 그게 뭔지 알아내고서.”

“칵테일 소시지인 줄 알았어. 미니 소시지.” 홀리가 말한다.

홀리는 이제 눈길로 ‘네 차례야’ 하며 설리나에게 배턴을 넘기려고 하지만, 설리나는 다른 곳을 보고 있다. 겨우 몇 달 전 코트에서 앤드루 무어와 친구들과 있었던 일이 기억나고, 가슴 벅차게 차오르던 새로운 힘이 기억난다. ‘너는 할 수 있어. 이 말을 할 수 있어. 걔들이 좋든 싫든.’ 이제는 그것이 어리석게 느껴진다. 그런 일은 남의 집 말썽꾸러기를 혼내는 데 시간을 쓰는 일 같다. 변화의 속도에 멀미가 인다.

“네 동생 거 아니었어? 아동 포르노는 불법이야!” 줄리아가 덧붙인다.

"그걸 보고 걔 팬티가 젖었다며?" 핀바가 마커스를 밀치고 웃으며 말한다.

모두 쓸데없는 소리 같다. 크리스는 움직이지 않는다. 설리나는 얼른 기숙사에 돌아가서 화장실 문을 걸어 잠그고 울고 싶다.

"웃다가 오줌을 지렸다는 뜻이지. 진짜 그럴 뻔했으니까." 홀리가 너그럽게 말한다.

마커스는 줄리아와 홀리에게 대꾸할 말이 없어서 핀바에게 달려든다. 그들은 잡초들 틈에서 씩씩거리며 씨름을 한다. 여학생들 앞에서 뻐기는 것도 있지만 진심도 담겼다.

베카는 눈물이 터질 듯한 얼굴로 미친듯이 휴대폰 이곳저곳을 누른다. "심 카드에 있는지 확인해봤어?" 설리나가 묻는다.

"다 확인했어!"

"야." 누군가의 목소리에 설리나는 고개도 돌리기 전에 심장이 덜컹한다. 크리스가 베카 옆에 앉아서 손을 내민다. "우리가 좀 볼게."

베카는 휴대폰을 치우고 의심스러운 눈길로 크리스를 노려본다. '괜찮아. 줘도 돼. 겁먹을 거 없어.' 설리나는 말하고 싶다. 하지만 아무 말도 하지 않는 게 좋다는 걸 안다.

"저기 봐, 저기! 하퍼가 저 못난이들한테 갔어!" 마커스 무리 중 한 명이 아직도 잡초 속을 구르는 마커스와 핀바에게 소리친다.

"시간 낭비하지 마! 가슴 사진은 없으니까." 홀리가 크리스에게 말한다.

"가슴이 있어야 말이지……."

크리스는 양쪽 말을 다 무시한다. 그리고 베카에게 예민한 고양이를 달래듯 부드럽게. "내가 사진을 복구할 수 있을지도 몰라. 전에 그 휴대폰을 쓴 적 있거든. 가끔 이상할 때가 있더라고."

베카는 흔들린다. 크리스의 깨끗하고 침착한 얼굴. 설리나는 그 얼굴이 사람을 어떻게 여는지 안다. 베카가 휴대폰을 든 손을 내밀고 손가락을 푼다.

"아, 시발! 내 코!" 마커스가 소리치며 손을 얼굴에 대고 일어나 앉는다. 손가락 사이로 피가 흐른다.

"뭐? 네가 달려들었잖아." 핀바가 몸을 털고 두려움과 자부심이 섞인 얼굴로 여학생들을 건너다본다.

"네가 자초했잖아!"

"나 때문이야." 줄리아가 말한다. "나도 때릴래? 아니면 그냥 미니 고추 사진을 더 보내든가?"

마커스는 못 들은 척 일어나서 손으로 코를 잡은 채 고개를 젖히고 울타리로 간다. "아, 원하던 바야." 줄리아가 남학생들을 등지면서 만족스럽게 말한다.

"여기, 이거 맞아?" 크리스가 베카의 휴대폰을 내밀며 말한다.

"대박!" 베카가 안도감에 휩싸여 소리친다. "맞아. 내 사진들이야. 어떻게……?"

"엉뚱한 폴더에 들어가 있는 걸 돌려놓았어."

"고마워. 정말로." 베카가 말한다. 그리고 평소에는 세 친구에게만 보여주는 미소를 짓는다. 원숭이 같은 주름이 생기는 밝고 환한 미소. 설리나는 이유를 안다. 크리스가 그런 친절을 베풀 수 있다면 남자들이 모두 마커스 와일라나 제임스 길렌 같은 것은 아니기 때문이다. 크리스는 세상을 전과 다른 곳으로 만드는 능력이 있다. 보면 그 안으로 뛰어들고 싶어진다.

크리스도 베카에게 웃음을 보이고 말한다. "별거 아냐. 다시 문제가 생기면 날 불러. 내가 봐줄 테니까."

"응." 베카가 말한다. 매혹에 사로잡혀 크리스를 올려다보는 베카의 얼굴은 크리스의 빛 속에서 환하게 반짝인다.

크리스는 가벼운 윙크를 던지며 돌아서고, 설리나는 잠시 숨이 막히지만 크리스의 눈길은 설리나가 보이지도 않는 것처럼 다른 곳을 향한다. "반려동물 키우나 봐. 배변 훈련은 됐어?" 크리스가 줄리아의 스웨터를 가리키며 말한다. 스웨터에는 술 취한 것 같은 여우가 그려져 있다.

"말을 아주 잘 들어." 줄리아가 말한다. "앉아! 서! 봤지? 엄청 착해."

"뭔가 이상한데? 안 움직이잖아. 밥 언제 줬어?" 크리스가 말하고 간식 봉지에서 마시멜로를 꺼내서 여우에게 던진다.

줄리아는 그것을 받아서 입에 넣는다. "얘는 입맛이 까다로워. 초콜릿은 먹을지 몰라."

"그건 사 먹으라고 해."

"헐, 너 때문에 화난 것 같다 야." 줄리아가 말하고, 손을 스웨터 안에 넣어서 여우가 크리스에게 펄쩍 뛰어오르는 것처럼 만든다. 그러자 크리스는 장난으로 꽥 소리를 지르며 펄쩍 뛴다. 그러고 나서 어떻게 해서인지 설리나 옆에 왔고, 그러자 설리나는 공기가 피부 전체로 느껴지며 거부할 새 없이 자신을 들어 올리는 것 같다. 크리스의 미소는 설리나가 아득한 옛날부터 알고 있던 것 같다.

"너도 줄까?" 그가 말하고 간식 봉지를 내민다.

눈빛이 무언가를 전해서 설리나는 긴장한다. "좋아." 그렇게 말하고 봉지 안을 들여다보니 사탕과 말린 캐러멜 틈에 작은 분홍색 휴대폰이 있다.

"남은 거 네가 다 먹어. 나는 많이 먹었어." 크리스가 봉지를 셜리나에게 주고 돌아서서 홀리에게 부활절에 뭘 할 거냐고 묻는다.

셜리나는 입에 레몬 셔벗 사탕을 넣고 봉지 입구를 말아서 코트 주머니에 깊이 넣는다. 해리는 셜리나를 포기하고 베카에게 경제 모의고사를 완전히 망쳤다며 시험 중간에 눈알이 빙글빙글 돌아가는 흉내를 내고 베카는 웃는다. 셜리나는 구름 틈새로 그들에게 내리꽂히는 기다란 빛줄기들을 바라보며 레몬의 맛이 입 안에서 폭발하는 것과 손목 안쪽이 간질간질한 것을 느낀다.

자습 1교시 때 셜리나는 화장실에 간다. 그리고 중간에 방에 몰래 가서 코트에 든 사탕 봉지를 후드 티 주머니로 옮긴다.

휴대폰은 겉에 설탕이 묻어 있지만 속은 아무것도 없는 깡통이다. 최근 통화 목록도 포토 앨범도 텅 비어 있고, 심지어 시간과 날짜도 설정되어 있지 않다. 있는 것이라곤 모르는 번호로 온 문자 한 개뿐이다.

—안녕

셜리나는 추위와 소독약과 가루 설탕 냄새 속에 변기 뚜껑에 앉는다. 비가 창문을 가볍게 두드리다가 떠나간다. 복도에서 발소리가 나더니 누가 화장실에 들어와 휴지를 뜯어 코를 팽 풀고는 다시 문을 쾅 닫으며 나간다. 위층에서 누가 심장을 두드리는 빠르고 달콤한 멜로디의 노래를 연주한다. 위층은 5학년과 6학년이 쓰고 그들은 원하면 자기 방에서 공부할 수 있다. '네 눈길은 못 봤지만 네가 찾던 걸 발견했어. 네가 올 줄 몰랐지만 네가 더 많은 걸 원하는 건 알아…….' 시간이 한참 지난 뒤 설리나는 답장을 한다.

—안녕

그들이 처음 만난 날 비는 그쳤다. 설리나가 침대에서 일어나서 줄리아의 휴대폰 케이스에 든 열쇠를 조심조심 꺼낼 때 창밖에는 바람 한 줄기 없다. 설리나가 내리닫이창을 밀어 올리고 풀밭으로 나갈 때 달빛을 가로막는 구름 한 점 없다.

설리나는 두 걸음도 걷지 않아서 깨닫는다. 오늘 밤 교정은 전과 다르다는 것. 그림자에 잠긴 장소들은 귀에 들릴 것 같은 바스락 소리, 느리게 올라오는 으르렁 소리로 끓고 있다. 달빛이 비치는 곳에서 설리나는 잠깐 멈춰 야경꾼, 조앤 무리, 또는 어떤 이유로든 밖에 나온 사람이 있는지 살펴본다. 오늘 밤은 평소와 달리 친구들의 보호를 받을 수 없다는 사실이 생생하게 느껴진다. 설리나를 노리는 사람이 있다면 그냥 앞으로 걸어와서 붙잡을 수 있다. 이런 느낌이 아주 오랜만이라서 설리나는 감정을 깨닫는 데 시간이 약간 걸린다. 공포.

설리나는 달리기 시작한다. 잔디밭을 벗어나 나무들 틈으로 뛰어들 때 설리나는 자신도 평소와 다르다는 것을 깨닫는다. 오늘 자신은 무중력이 아니다. 풀밭 위를 나는 듯 움직이지도 않고 나무들 틈을 그림자처럼 미끄러져 지나가지도 않는다. 발은 잔가지에 걸리고 나뭇가지들은 팔을 긁은 뒤 덤불로 돌아가서 맹렬하게 다시 튄다. 모든 움직임이 밖에 있는 모든 맹수를 부르고 오늘 밤은 설리나가 먹잇감이다. 등 뒤에서 온갖 발소리가 들리지만 돌아보면 아무것도 없다. 설리나가 뒷문 앞에 도착했을 때는 이미 핏속에 백색 공포가 가득하다.

뒷문은 낡은 단철문이고, 담을 넘을 생각을 하지 못하도록 못생긴 금속판이 덧대어 있지만 돌담은 세월에 허물어졌고 사방에 복구 불가능한 홈이 가득하다. 1학년 때 설리나와 베카는 이 담을 기어올라 꼭대기에서 중심을 잡는 놀이를 했다. 담장이 워낙 높아서 발밑을 지나가는 거리의 행인들도 그들이 거기 있는 걸 몰랐다. 베카는 떨어져서 손목이 부러졌지만 그만두지 않았다.

크리스는 없다.

설리나는 담장 그림자 속에 몸을 붙이고 숨소리를 죽인 채 기다린다. 새로운 두려움이 솟아올라 소용돌이를 일으킨다. '그 문자가 크리스가 아니었으면? 걔가 나를 자기 친구하고 연결해주는 거라면, 아니, 그냥 모든 게 장난이고 갑자기 사람들이 우르르 튀어나와서 나를 비웃으면 상처는 평생을 갈 거야. 당연한 대가겠지만.' 어둠 속의 소리들은 아직도 빙글빙글 돌고, 머리 위의 달빛은 어찌나 날카로운지 손을 들면 살점이 슥 베일 것 같다. 설리나는 뛰고 싶지만 움직일 수가 없다.

담장 위로 어떤 형체가 별빛 앞에 검게 떠오른다. 그것이 설리나 위쪽에서 몸을 웅크릴 때 설리나는 비명을 지르지 못한다. 무언지 알아볼 엄두도 내지 못한다. 설리나가 아는 것은 그저 그것이 단단해져서 마침내 자신에게 왔다는 것뿐이다.

형체가 크리스의 목소리로 속삭인다. "안녕." 소리가 설리나의 눈에 하얀 번개를 날린다. 설리나는 그제야 자신이 거기 온 이유를 기억한다.

"안녕." 설리나는 떨림과 희망 속에 대답한다. 검은 형체는 담장 꼭대기에서 몸을 일으켜 잠시 크고 꼿꼿하게 서 있다가 펄쩍 뛰어내린다.

그는 쿵 소리를 내며 떨어진다. "아, 너라서 다행이야! 제대로 보이질 않아서 야경꾼이나 수녀님이나 뭐 그런 사람일까 하고……."

크리스는 숨죽여 웃고, 뛰어내릴 때 땅바닥에 닿은 바지의 무릎 부분을 문지른다. 설리나는 크리스의 모습을 기억한다고, 크리스가 있으면 세상이 감당하기 힘들 만큼 또렷해지는 것을 기억한다고 생각했지만, 눈앞에 나타난 그는 다시금 얼굴에 쏟아지는 탐조등 같다. 크리스의 생생함에 주변을 맴돌던 것들이 어둠 속으로 뒷걸음친다. 설리나도 숨을 죽이고 안도감에 현기증을 느끼며 웃는다. "그건 아니지만 야경꾼은 있어. 순찰 돌 때 이 문을 점검하는 걸 전에 본 적이 있어. 여기 있으면 안 돼. 가자."

설리나는 이미 움직여서 오솔길로 들어서고 크리스가 뒤를 따라간다. 공포가 사라지자 천 개의 봄 신호로 고동치는 풍요로운 공기 냄새가 느껴진다.

오솔길에는 벤치들이 있고 설리나는 그중 하나를 노린다. 커다란 참나무 그늘에 있는 벤치인데 양옆으로 풀밭이 넓어서 누가 오면 바로 알 수 있다. 가장 좋은 곳은 교정 안쪽 깊은 데 있는 구석진 곳들이다. 그런 곳의 작은 풀밭에 가서 앉으려면 크고 작은 덤불을 여러 개 헤쳐야 한다. 설리나는 그런 장소를 모조리 알지만 거기서는 몸이 거의 닿을 정도로 바짝 앉아야 한다. 벤치는 넓어서 중간에 팔 하나 간격을 둘 수 있다. '나는 안전하게 하고 있어.' 설리나는 생각한다. 아무것도 대꾸하지 않는다.

빈터로 이어지는 언덕 옆을 지나가는데 크리스가 그쪽을 돌아보고 말한다. "야, 저기 올라가보자."

어두운 따끔함이 설리나의 등에 다시 느껴진다. "아래쪽에 좋은 데가 있어."

"저기를 보니까 생각나는 데가 있어서 그래."

설리나는 아니라고 말할 이유를 찾지 못한다. 그래서 크리스와 함께 언덕을 오르며 어쩌면 자신을 돕기 위해서일지 모른다고, 빈터가 유혹을 막아줄 거라고 생각하지만 이미 알고 있다. 오늘 밤은 아무것도 도와주지 않는다는 것을. 그들이 빈터로 들어설 때 사이프러스나무 가지들이 부글거리며 거친 소리를 낸다. 여기 오는 건 나쁜 생각이라고.

빈터 한가운데서 크리스가 돌아선다. 별들을 바라보는 얼굴에 작고 비밀스러운 미소가 번진다. 그가 말한다. "여기 좋다."

설리나가 말한다. "어디 생각나는 데 있어?"

"우리 동네의 어떤 집." 크리스는 아직도 나무들을 올려다본다. 그것들이 아주 중요하다는 듯, 모든 걸 기억하고 싶은 듯 나무를 바라보는 모습이 설리나의 마음을 통 울린다. "빅토리아풍이라나 뭐라나 하는 아주 오래된 집이 있어. 어렸을 때, 일곱 살 정도였을 때 처음 가봤어. 빈집이었고 오랫동안 사람이 안 살아서 지붕에 구멍이 뚫리고 창문도 다 깨져서 널빤지로 막아놓곤 했어……. 그 집은 정원이 크고 한구석에 나무들이 있어. 이거랑 똑같은 나무는 아니야. 무슨 나무인지는 몰라. 나는 그런 거 몰라. 그래도 생각났어."

크리스는 설리나와 눈을 마주치고 어깨를 으쓱하며 가볍게 웃는다. 이미 문자로 설리나가 친구들에게도 말하지 않는 것들을 이야기했지만 이것은 다르다. 그들은 너무 가까워서 살갗에서 연기가 올라올 지경이다. "그런데 지금은 거기 못 가. 몇 년 전에 누가 그 집을 사서 문을 잠갔거든. 한번 그 집 담장에 올라가서 안을 봤더니 주차장에 차가 두 대 있었어. 정말 사람이 사는 건지 그냥 잠가둔 건지는 모르겠어. 어쨌든." 크리스는 빈터 가장자리로 가서 발로 덤불을 쿡쿡 찌른다. "여기 동물도 있어? 토끼나 여우 같은?"

설리나가 말한다. "혼자 있고 싶을 때 그 집에 간 거야?"

크리스가 돌아서서 설리나를 본다. "맞아." 그리고 잠시 후에 말한다. "집에 있는 게 그렇게 즐겁지 않을 때면 아주 일찍, 새벽 5시쯤에 그 집에 가서 두 시간 정도 있다가 왔어. 그냥 앉아 있는 거야. 비가 안 오면 정원에 있고 비가 오면 집 안에 들어가 있고. 그런 다음에 식구들이 깨기 전에 집에 돌아가서 침대에 누우면 식구들은 내가 나갔다는 사실을 전혀 몰랐어."

그 순간 그는 크리스다. 설리나에게 문자를 보내서 설리나가 그것들을 반딧불처럼 두 손에 모아 쥐게 만든 그 사람. 그가 말한다. "이 이야기를 하는 건 네가 처음이야." 크리스가 설리나에게 놀라움과 수줍음이 뒤섞인 미소를 짓는다.

설리나도 미소로 답하고 싶고 자신은 그곳에 친구들과 함께 온다고 말하고 싶지만, 마음속 불편함을 해소하기 전에는 그럴 수 없다. 설리나가 말한다. "네가 준 휴대폰 말이야."

"어때?" 하지만 그는 다시 눈길을 다른 데로 돌린다. 이제는 사이프러스나무 아래쪽을 보지만 너무 어두워서 아무것도 보이지 않을 것이다. "여기 오소리도 살지 몰라."

"앨리슨 멀둔도 똑같은 휴대폰이 있던데. 4학년의 에일린 러셀하고 클레어 매킨타이어도."

크리스는 웃지만 공격하는 듯한 소리가 나고, 갑자기 낯선 사람이 된 것 같다. "그래? 다른 아이들하고 같은 휴대폰이면 안 돼? 그런 건 신경 안 쓰는 스타일인 줄 알았는데."

설리나는 움찔한다. 무슨 말을 해도 사태는 나빠지기만 할 것 같다. 그래서 아무 말도 하지 않는다.

크리스는 다시 움직이기 시작한다. 빠르고 사나운 개처럼 빈터를 빙글빙글 돈다. "그래, 나는 그런 휴대폰을 다른 여자애들한테도 줬어. 앨리슨은 아니지만 다른 애들 휴대폰은 맞아. 그것 말고도 두 개 더 있어. 그래서? 내가 네 소유물인 건 아니잖아. 그리고 우리가 사귀는 사이도 아니고. 내가 다른 여자애들하고 문자하는 게 무슨 상관이지?"

설리나는 가만히 있다. 이것이 자신을 벌하는 채찍질 같은 것인가 생각해본다. 그는 곧 떠날 거고 자신은 어둠을 뚫고 가면서 아무것도 자신의 피 냄새를 맡지 않기를 기도하게 될지 모른다. 그리고 모든 것이 끝날 것이다.

잠시 후 크리스가 동작을 멈추더니 격렬하게 고개를 젓고 말한다. "미안해. 내 잘못이야……. 그 여자애들을 만난 건 여러 달 전의 일이야. 지금까지 연락하는 애는 한 명도 없어. 진짜야."

설리나가 말한다. "내 말은 그런 뜻이 아니었어. 나는 그런 건 상관 안 해." 그것은 사실이라고 생각한다. "그냥. 네가 이건 나한테 처음 하는 이야기라고 할 때, 혹시 다른 애들한테도 똑같은 이야기를 하고 매번 '이 이야기를 하는 건 네가 처음이야' 하고 말하진 않았을까 생각하게 되는 게 싫어."

크리스가 입을 벌리자 설리나는 그가 자신을 조각조각 찢을 것이고 그러면 자신은 영원히 온전함을 잃을 거라고 생각한다. 잠시 후 그는 두 손으로 턱 옆면을 세게 문지른 뒤 머리 뒤에 깍지를 끼고 말한다. "이런 일은 어떻게 해야 할지 모르겠다."

설리나는 기다린다. 무엇을 소망해야 하는지 알지 못한다.

"갈게. 문자는 해도 돼. 만나서 일을 망치는 것보다는 문자만 하는 게 나을 것 같아."

설리나가 자기도 모르게 말한다. "이게 꼭 망가지는 건 아냐."

"그래? 우리가 여기 온 지 이 초 지났나? 그런데 이게 뭐야? 오지 말 걸 그랬어."

"과민 반응 하지 마. 댄스파티 때 우리는 아무 문제 없이 대화를 잘했잖아. 제대로 된 대화를."

크리스가 설리나를 바라본다. 그리고 잠시 후 말한다. "그래, 그 말은 사실이야. 그 집 이야기는 너한테 처음 한 거야."

설리나가 고개를 끄덕이고 말한다. "봐, 어렵지 않지?" 설리나가 미소를 짓자 크리스는 놀라서 어설프게 웃는다. 그런 뒤 숨을 길게 내쉬고 긴장을 푼다.

"살았네."

"그러니까 안 가도 돼. 잘못되지 않을 거야."

크리스가 말한다. "전화에 대해 솔직히 말하지 않은 게 잘못이야. 괜히……."

"그래."

"재수 없게 굴었던 거 미안해. 내가 한심했어."

"괜찮아." 설리나가 말한다.

"그래? 우리 괜찮은 거야?"

"응."

"휴." 크리스는 과장되게 이마를 훔치지만 그것은 진심이다. 그는 허리를 굽혀 손으로 풀을 훑는다. 그런 뒤 "바짝 말랐네" 하고 자리에 앉아서 자기 옆자리를 가리킨다.

설리나가 가만히 있자 크리스가 말한다. "그런 일 없을…… 그러니까 걱정하지 마. 너는, 아니 우리는, 아, 말을 못하겠다. 어쨌든 이상한 짓 안 할게. 됐어?"

설리나가 웃고 말한다. "걱정 마. 네 말 이해해." 그리고 옆에 와서 앉는다.

그들은 한동안 가만히 있다. 서로를 바라보지도 않고 그저 빈터에 자리 잡은 자신들의 자세에 익숙해진다. 설리나는 숨겨진 것들이 손끝만 대도 터질 검은 안개로 흩어지고 땅 위에 온순한 잠으로 고이는 것을 느낀다. 크리스와의 거리는 삼십 센티미터 정도지만 그와 면한 쪽에는 크리스의 온기가 넘실거린다. 그는 깍지 낀 두 손으로 무릎을 안고 있다. 손마디가 굵고 넓적해서 어른 손 같다. 크리스의 고개는 다시 하늘을 향해 있다.

"아무한테도 말한 적 없는 거 또 하나 얘기할게." 그가 잠시 후 조용히 말한다. "내가 앞으로 할 일. 어른이 되면 나는 그 집을 살 거야. 집을 완전히 뜯어고치고 친구들을 전부 불러다가 일주일 동안 파티를 할 거야. 멋진 음악이 흐르고 술, 마리화나, 엑스터시가 넘쳐날 거야. 집이 크니까 피곤하면 아무 방에나 가서 쓰러져 있다가 나중에 다시 나오면 돼. 조용한 곳이 필요하면 빈방도 많고 정원도 있어. 자기 기분이 어떻든, 그 순간 뭘 원하든 그 집은 채워줄 수 있어."

크리스의 얼굴이 밝아진다. 빈터 위 공중에 그 집이 피어난다. 한 구석 한구석이 다 또렷하게 반짝이고 사방에 음악과 웃음이 넘쳐난다. 지금 이 순간만큼이나 현실적이다.

"우리는 모두 그 파티를 평생 기억할 거야. 우리가 마흔 살이 돼서 직장도 있고, 아이들도 있고, 세상에서 제일 재미있는 일이 골프일 때도, 파티는 우리가 옛날의 우리를 기억하고 싶을 때 떠올릴 거리가 될 거야."

설리나는 크리스가 그런 일이 일어나지 않을 가능성을 전혀 생각해보지 않았다는 걸 깨닫는다. 그가 어른이 됐을 때 집주인이 집을 팔지 않겠다고 한다면, 집이 이미 철거돼서 아파트로 변했다면, 그가 살 돈을 모으지 못한다면 어떻게 할 것인가. 그런 가능성은 크리스의 머리에 떠오르지 않았다. 그는 그 집을 원하고 그래서 모든 것이 그들 발밑의 풀처럼 단순하고 명확하다. 설리나는 등 뒤로 큰 새가 날아가는 느낌이 든다.

설리나가 말한다. "정말 멋지겠다."

크리스는 설리나에게 미소 띤 얼굴로 말한다. "너도 초대할게. 무슨 일이 있어도."

"갈게." 설리나가 말한다. 온몸의 세포가 그 말이 이루어지기를 바란다.

"약속하지?" 크리스가 묻고 악수하려고 손을 내민다.

"약속해." 설리나가 말하고 악수를 피할 길이 없어서 크리스의 손을 잡는다.

돌아갈 때가 되자 크리스는 학교 건물까지 바래다주고 창문으로 설리나가 안전하게 방에 돌아가는 모습을 보고 싶어 하지만 설리나는 허락하지 않는다. 헤어지는 일을 이야기하는 순간, 설리나는 그림자 속 형체들이 허기진 얼굴로 몸을 일으키는 것이 느껴진다. 답답해진 야경꾼이 봄 공기 속에 산책을 하려고 다리를 꼼지락거리는 것도 느껴진다. 아무리 작은 위험도 감수할 수 없다.

하지만 크리스가 자신의 뒷모습을 끝까지 지켜보는 것은 허락한다. 마침내 얼룩덜룩한 어둠 속에 완전히 들어서자 설리나는 돌아서서 등 뒤로 짙어지는 그림자를 느낀다.

크리스가 빈터에서 폭발한다. 고개를 젖히고 하늘에 주먹을 날리며 뛴다. 낮게 환호하는 숨소리가 들린다. 설리나는 크리스의 웃음에 미소로 답한다. 그리고 그가 언덕을 내려가 오솔길에 들어서는 것을 본다. 싹 트는 히아신스를 밟지 않도록 큰 걸음으로 경중경중 뛰고 발을 땅에 댈 수 없다는 듯 날랜 걸음으로 뒷문을 향해 가는 것을.

지난번에는 크리스가 먼저, 설리나가 알아차리기도 전에 신체 접촉을 했다. 이번에는 설리나가 그에게 손을 뻗었다.

설리나는 혼날 각오가 되어 있다. 방에 들어가면 친구들이 모두 깨어 있고 세 쌍의 눈으로 자신을 노려볼 거라 생각하지만, 그들은 모두 깊이 잠들었고 설리나가 나간 뒤 움직임도 거의 없었다. 벌써 며칠은 지난 것 같다. 다음 날 설리나는 교장실에 불려가서 야경꾼에게 '맞아요, 저 학생이에요' 하는 말을 들을까 봐 겁을 먹지만 복도에서 마주친 매케나는 위엄 있는 다용도 미소를 짓고 지나갈 뿐이다. 화장실에서 설리나는 아직도 자신에게 불을 껐다 켜는 능력과 은반지를 손바닥 위에서 돌리는 능력이 있는지 시험해본다. 친구들이 설리나의 능력이 사라진 걸 보고 이유를 궁금해할까 봐 혼자 해보지만 모든 것이 잘된다.

그 뒤로 설리나는 문제가 그렇게 명백하지 않고 삐딱한 방식으로 온다는 것, 방심하고 있을 때 측면을 공격할 거라는 것을 깨닫는다. 부모님이 전화해서 무슨 이유로든 갑자기 돈이 없어졌다고 하면 설리나는 킬다를 그만두어야 한다. 새아빠가 실직하면 그들은 모두 호주로 이민을 가야 한다.

설리나는 그런 일에 죄의식을 느끼고 싶지만 마음속에 공간이 없다. 모든 구석에서 크리스가 반짝인다. 크리스의 웃음소리. 평소의 저음과 달리 예기치 못하게 높이 올라가서 갑자기 장난꾸러기 꼬마로 돌변하는 웃음소리. '집에 있는 게 즐겁지 않을 때'라는 말에서 느껴지는 고통, 조심스럽고 유쾌한 표정을 무너뜨리고 얼굴 전체가 긴장 속에 닫히게 하는 고통. 달빛 앞에 가늘게 뜬 눈, 앞으로 몸을 기울이는 어깨의 자세, 냄새, 크리스는 모든 순간에 있다. 설리나는 친구들이 자신에게서 뜨거운 시나몬 향을 맡지 못하는 것이 의아하다. 자신이 움직일 때마다 금가루처럼 떨어져 내리는데.

전화는 없다. 설리나는 트럭에 치이지 않는다. 크리스가 문자를 한다.

—언제?

설리나는 친구들과 빈터로 나가서 달을 보며 기도한다. '날 좀 어떻게 해줘요. 안 그러면 크리스를 다시 만날 거예요.'

차가운 침묵. 설리나는 크리스가 자신의 전투라는 걸 안다. 누구도 대신 싸워주지 않을 것이다.

'이제 그만 만나자고 할 거야. 네가 한 말이 맞고 우리는 그냥 문자나 주고받자고 할 거야.' 그렇게 생각하자 얼음물이 쏟아진 것처럼 숨이 막힌다. '그게 싫다면 문자도 그만둘 거야.'

그다음 달빛 없는 고요한 밤, 풀밭에서 만날 때 설리나는 크리스의 손을 잡는다.

19

　우리는 문 앞에 가서 설리나가 안전한 휴게실로 돌아가는 모습을 보았다. 노래는 끝났다. 설리나가 휴게실 문을 열자 긴장된 침묵이 밀어닥쳤다.

　콘웨이는 문이 닫히는 것을 보고 말했다. "어떻게 생각해요? 크리스가 설리나를 강간한 것 같아요?"

　"분명하지는 않지만 한쪽을 선택하라면 아니라는 쪽이에요."

　"나도요. 하지만 설리나의 이별 이야기는 저게 다가 아니에요. 키스했다고 남자를 차는 사람이 세상에 어디 있어요? 그게 이유가 돼요?"

　"문자 내용을 보면 무언가 나올지도 모르죠."

　"소피의 팀원이 퇴근했다면 주소를 알아내서라도 헛소리들을 추적할 거예요." 두 시간쯤 전이라면 진심 같았을 것이다. 지금은 피곤해서 제어하지 못하고 튀어나온 공격성이었다. 콘웨이가 시계를 보았다. 7시 십오 분 전이었다. "아, 제발."

"크리스가 설리나를 강간하지 않았어도 누가 그랬다고 착각했을 수 있어요."

"그렇죠. 헤어지고 나서 슬픔에 빠진 설리나가 유니콘에 대고 울었겠죠. 친구 중에 누가 설리나와 크리스의 관계를 알았고 크리스가 무슨 일을 저질렀다고 생각해서……."

"설리나는 자기 친구 중 한 명이 크리스를 죽였다고 생각하고 있어요."

"네, 확신은 못해도 그렇게 생각하는 건 맞아요." 콘웨이는 이번엔 방 안을 서성거리지 않았다. 대신 복도 벽에 기대서 고개를 젖히고 그날 하루를 목에서 떨쳐내려고 했다. "그러면 설리나는 아웃이에요. 공식적으로는 아니지만 어쨌든."

"하지만 무관한 것도 아니에요. 그 애는……." 설리나의 소용돌이 같은 인력, 사태는 설리나를 축으로 돈다. 나는 그걸 어떻게 말해야 할지 몰랐다. "전모가 밝혀지면 설리나가 중심에 있을 거예요."

살인수사과 형사 앞에서 바보 같은 말이었지만 콘웨이는 비웃지 않고 고개를 끄덕였다. "설리나의 짐작이 맞아서 셋 중 하나가 그 일을 저질렀다면 그건 크리스하고 설리나 때문이에요. 이렇든 저렇든."

"설리나도 그렇게 생각해요. 친구들 중 적어도 한 명은 그 일을 알았고 그 사실을 싫어했어요. 그리고 설리나도 그럴 걸 알았어요. 그러니까 애초에 감추었던 거죠." 나는 콘웨이 옆에 기댔다. 나도 피로를 느꼈고 벽이 흔들리는 것 같았다. "친구들은 크리스가 바람둥이라서 결국 설리나에게 상처를 줄 거라고 생각했을 거예요. 크리스가 그들 중 누군가에게 홀리가 말한 것 같은 고약한 짓을 해서 미움을 샀을 수도 있어요. 어쩌면 누가 크리스를 좋아했을 수도 있고, 또 몇 달 전에 누가 먼저 크리스하고 사귀었던 건지도 몰라요."

"좋아요." 콘웨이가 말한 뒤 찌푸린 얼굴로 목을 돌렸다. "설리나 그룹을 한 명씩 다시 불러봐요. 설리나가 범인으로 밝혀져서 체포할 거라고 말하면 아이들은 흔들릴 거예요."

"만약 그들 중에 범인이 있다면 설리나를 구하려고 다 털어놓을 거라는 말이에요?"

"그럴 수 있어요. 그 나이 때는 자기 이익의 우선순위가 그렇게 높지 않아요. 아까 우리가 말했던 것처럼 친구보다 소중한 건 없죠. 자기 생명도. 그걸 희생할 구실을 찾는다고도 할 수 있어요."

내 목 하부와 팔꿈치 안쪽을 비롯해서 정맥이 얕게 흐르는 곳에 고통스러운 박동이 인다. 내가 말했다. "그 반대도 성립돼요. 누가 자백을 한다고 그 아이가 범인이라는 뜻은 아니에요."

"아이들이 반란을 일으키면 그대로 받아들이겠어요. 전부 체포해서 검찰에 넘기죠." 콘웨이는 더이상 복도를 보고 싶지 않은 듯 손밑둥으로 눈밑을 눌렀다. 우리는 어느새 그곳이 눈에 익기 시작했지만 방식이 이상했다. 지직거리는 DVD 화면이나 술에 취했을 때 보이는 풍경 같았다. 콘웨이가 말했다. "문자 내용이 오는 즉시 세 명을 조사할 거예요. 크리스와 설리나 사이에 무슨 일이 있었던 건지, 어떻게 헤어졌고, 그다음에는 어떻게 된 건지 실마리를 찾아야 해요. 아까 휴대폰 기록을 보여줬을 때 설리나 얼굴 봤어요? 살인 사건 직전에 문자를 주고받은 기록들요."

"놀란 얼굴이었는데 내가 볼 때는 진짜 같았어요."

"당신은 모든 걸 진짜로 보네요. 어떻게 여기까지⋯⋯." 하지만 콘웨이에게 나를 놀릴 에너지는 없었다. "어쨌든 맞아요. 설리나는 그걸 보게 될 줄 몰랐어요. 탈진해서 잊었는지도 몰라요. 안 그래도 멍한 편인데다 그 두어 주 동안 무슨 일이 있었는지 잘 모르겠다고 하니까요. 아니면⋯⋯."

"아니면 누가 설리나의 비밀 휴대폰을 알고 그걸로 문자를 보낸 거예요."

콘웨이가 말했다. "맞아요. 조앤은 설리나가 자기처럼 크리스와 비밀 휴대폰으로 연락하는 걸 알았을 거예요. 줄리아도 알았을 거고요. 조앤에게 비밀 휴대폰이 있었던 걸 알았으니까요. 그리고 내가 혹시 휴대폰이 엉뚱한 데 가 있던 적이 있느냐고 물었을 때 설리나가 입을 꾹 다문 거 봤어요? 다른 사람이 있었어요."

"그 문자들이 필요해요. 누가 보낸 건지 정확히 알 수 없다고 해도⋯⋯."

"알 수 없을 거예요."

"그렇겠죠. 그래도 누가 보낸 건지 힌트가 있을지 몰라요."

"아마도요. 그리고 크리스가 설리나 이전에 문자를 보낸 여학생들이 누구인지도 알아내야겠어요. 우리 여덟 명 중에 또 누가 거기 포함된다면 사태는 아주 흥미로워지겠네요. 특히 그 여학생이 크리스가 조앤이랑 양다리를 걸친 상대라면요. 비밀 휴대폰들은 등록은 안 돼 있었겠지만 행운이 따라준다면 문자 내용에 이름이 언급되었을 수도 있어요. 주고받은 사진도 볼 수 있다면 거기에도 무언가 있을 수 있고요. 머리가 돌이 아니라면 자기 얼굴은 지웠겠지만 바보가 한 명쯤은 있을 것 같아요. 가슴에 사마귀나 흉터 같은 특징이 있을 수도 있고요."

"그 부분은 당신에게 맡기고 싶네요."

콘웨이는 아직도 두 손으로 눈을 덮고 있었지만 입이 움찔거렸다. 덜 피곤했다면 미소라고 할 법도 했다. "여학생들 사진은 내가 볼 테니 당신은 크리스 사진을 봐요. 괜히 두뇌 세척할 필요 없게요."

"그랬으면 좋겠네요."

"좋아요." 미소는 사라졌다. "매케나한테 가서 아이들에게 자유 시간을 주라고 부탁하겠어요. 셀리나에게 약속했으니까." 나는 잊고 있었다. "그리고 우리는 매점에 가서 소피의 팀원이 일하는 동안 뭘 좀 먹죠. 큼직한 버거 하나만 있으면 좋겠어요."

"두 개로 하죠."

"좋아요. 그리고 감자튀김도요."

우리가 몸을 일으키고 정리를 하는데 콘웨이의 주머니에서 진동이 울렸다.

콘웨이가 휴대폰을 쥐었다. "문자 내용요." 그녀는 젖은 재킷을 벗듯 피로를 벗어던지고 아침의 꼿꼿함과 총기를 되찾았다. "왔어요, 왔어. 아 정말, 나 소피하고 결혼하고 싶다니까요."

애착은 지난번보다 훨씬 오래갔다. "저기 앉아서 같이 봐요." 콘웨이가 말하고 복도 끝, 두 개의 휴게실 사이에 있는 창문에 턱짓했다. 천둥 같은 땅거미 속에 창문이 보라색으로 빛났다. 가느다란 구름들이 불안하게 움직였다.

우리는 창턱에 어깨를 맞대고 앉아서 첨부 파일을 열고 초기의 문자에 주의하면서 전체를 빠르게 훑었다. 크리스마스 날 아침, 마지막으로 남은 크고 반짝이는 선물 상자에 정신이 팔린 어린아이처럼. 양옆에 있는 두 휴게실의 문에서 침묵이 밀려든다.

문자에는 유혹이 가득하다. 크리스가 아부한다.

—오늘 코트에서 너 봤어 좀 멋졌음

여자는 내숭을 떤다.

—오늘 나 개판이었는데 머리가 완전 엉망이었어 ㅋㅋㅋ

크리스는 솔직히 말한다.

—머리는 안 봤어 셔츠 가슴 부분 보느라 ㅋㅋ

여자의 외침 소리가 들릴 지경이다.

—어우 변태!

드라마도 있다. 어떤 여학생이 높고 거칠게 외친다.

—금요일 밤에 대한 헛소문 믿지 마! 날조는 자유지만 거기 있던 건 네 명뿐이니까 궁금하면 나한테 직접 물어봐!!!

약속 잡는 문자도 많지만 전혀 문제는 없다. 대부분 방과 후에 쇼핑몰이나 공원에서 만난다. 초기에는 밤에 몰래 만나는 일은 없었다. 행운의 편지도 하나 있다.

—어머니를 사랑하신다면 스무 명에게 이 문자를 보내십시오 이 말을 무시한 한 여자는 삼십 일 후에 어머니가 죽었습니다 저는 어머니를 사랑하기 때문에 이 말을 무시할 수 없습니다!

우리는 그런 일을 잊는다. 목숨을 걸고 잊지 않겠다고 맹세하지만 세월이 지나면 흐릿해진다. 체온이 온도계 밖으로 치솟고, 심장이 전속력으로 달리면서도 쉴 줄을 모르고, 모든 것이 깨진 유리 조각 위에 던져지던 시간. 무언가를 원하면 그 갈망으로 죽을 것 같던 시

간. 피부가 너무 얇아서 우리를 때리는 백만 가지 충격을 하나도 막
지 못하던 시간. 모든 색깔이 환하게 끓어올라서 거기 화상을 입고
모든 순간 하늘을 날아올랐다가 피범벅으로 바닥에 내동댕이쳐지
는 시간.

나는 그때 그것을 믿었다. 형사의 견고한 이론이 아니라 직감으
로. 십 대 소녀가 크리스 하퍼를 죽일 수 있었다는 것. 그를 죽였다
는 것.

콘웨이도 포착했다. "엄청난 에너지네요."

나는 나도 모르게 말했다. "그 시절이 그립지는 않나요?"

"십 대 시절요?" 콘웨이는 미간을 좁히고 나를 보았다. "아뇨. 그
호들갑, 한 달만 지나도 잊어버릴 일들로 머리를 쥐어뜯던 때가요?
너무 소모적이에요."

"그래도 뭔가 아름다운 게 있어요."

콘웨이는 나를 계속 바라보았다. 아침에 단단하게 말아 올렸던 머
리가 점점 풀어져서 반짝이는 가닥 몇 개가 귀 앞에 늘어지고 매끈
했던 정장에는 주름이 갔다. 그러면 분위기도 약간 누그러들고 여
성스러워져야 했지만 그렇지 않았다. 오히려 주먹싸움으로 옷이 망
가진 싸움꾼 이자 사냥꾼 같았다. 콘웨이가 말했다. "당신은 아름다
운 걸 좋아하는군요."

"그럼요. 그게 문제인가요?" 콘웨이는 반응이 없다.

"아뇨. 행운을 빌게요." 그리고 다시 휴대폰으로 돌아갔다.

저강도의 애정 표현이 오고 간다.

―또 보고 싶어 어제 진짜로 좋았어 네가 정말 특별하다는 거 알
아?

"으." 콘웨이가 말했다. "쓰레기 잔치네요. 어쨌거나 크리스는 참 부지런히 들이대고 다녔어요."

내가 말했다. "아니면 자기가 하는 말을 믿고 싶었는지도 모르죠. 그렇게 느껴지는 사람을 찾고 싶어서."

콘웨이는 콧방귀를 뀌었다. "맞아요. 우리 크리스는 섬세한 영혼이었어요. 이거 보여요?"

한 여학생은 시월에 크리스에게 차이고 혼이 나갔다. 다른 여학생은 크리스의 뜻을 바로 알아차리고 "꺼져"라는 말 한 마디만 남긴 채 떠났지만 그 여학생은 문자를 홍수처럼 보내며 묻고 또 물었다.

—그때 공원에서의 일 때문에 그런 거야???

—네 친구들이 날 안 좋아해서?

—나에 대해 누가 무슨 소문 퍼뜨렸니?

—대답 좀 해줘 다른 거 없고 그냥 알고 싶어서 그래

크리스는 답장하지 않았다. 콘웨이가 말했다. "맞아요. 사랑을 찾아 헤매는 외로운 영혼일 뿐이에요."

이름은 없지만 여학생의 신원을 확인해야 할 것 같았다. 이름은 어디에도 없다. 이것뿐.

—대박 에이미가 스케이트보드 타다 엉덩방아 찧은 거 봤어? 웃다가 얼굴 마비되는 줄 알았어!

그리고 사진에 관해서는 콘웨이의 말이 맞았다. 귀여운 고양이 사진이 아니었다.

—사진 한 장만 ㅋㅋ

우리가 찾아야 할 여학생이 또 있었다.

—내가 어떻게 생겼는지 이미 알잖아

—무슨 말인지 알면서 ㅋㅋ 다시 만날 때까지 네 일부라도 간직하면서 생각하고 싶어

—안 돼!!! 컬름 전체에 퍼뜨리려고? 절대 불가능이야

—내가 왜 그런 일을 해? 날 그렇게 몰라? 내가 그런 개새끼라고 생각한다면 여기서 그만두자

—그냥 장난친 거야! 미안, 진심은 아니었어 네가 개새끼가 아닌 거 알아 ㅠㅠ

—좋아 다른 사람은 몰라도 너는 나를 알 거라고 생각했어 나를 믿는다고

—당연히 믿지!! [첨부: jpg 파일]

"잘한다 크리스." 콘웨이가 말한다. 비아냥이 담긴 뉘앙스에 나는 고개를 들었다. "크리스는 가슴 사진만 받은 게 아니에요. 더 일찍 안 보내서 미안하다는 사과도 받았어요."

"솜씨 좋네요."

"자기가 원하는 건 언제나 얻었다고 줄리아가 말했죠."

내가 말했다. "하지만 크리스의 말이 사실이었을 수도 있어요. 적어도 사진을 돌려보지 않았다는 부분은요. 작년에 크리스 친구들이 사진에 대해서는 아무 말 없었나요?"

"없었어요. 하지만 어떻게 말하겠어요? 신부님이 입회한 자리에서요. '크리스는 미성년자 가슴 사진을 친구들과 돌려보았어요. 이제 저를 퇴학시키고 아동 포르노 죄로 체포해주세요' 할까요?"

"크리스가 여학생 손에 죽었다고 생각한다면 말했을 수도 있죠. 크리스는 그 애들 친구였어요. 신부 앞에서는 말 못 해도 당신에게 익명의 문자나 이메일 같은 것만 보내도 돼요. 그리고 핀 캐럴은 바

보가 아니라면서요."

"그건 맞아요." 콘웨이는 앞니로 숨을 쪽 빨아들였다. "그리고 핀과 크리스는 아주 친했으니까 크리스가 사진을 돌려 보았다면 핀도 보았을 거예요. 크리스는 왜 그걸 혼자 간직했을까요?"

"셜리나는 그 애가 복잡하다고 했어요."

"그래요. 여자들은 언제나 개새끼들을 복잡하다고 생각하죠. 하지만 어린이 여러분, 걔네는 그냥 개새끼예요." 콘웨이는 다시 휴대폰 화면을 넘겼다. "크리스가 사진을 돌려 보지 않았다 해도 그 애가 반짝이는 갑옷의 기사였기 때문이 아니에요. 여학생들이 사실을 알게 되면 딸딸이 반찬이 떨어질 거라고 생각했기 때문이죠." 콘웨이가 휴대폰을 우리 사이로 들었다. "이제 조앤이에요."

조앤은 다른 아이들과 똑같이 시작했다. 크리스는 장난스럽게 어디까지 가능할지 알아보고 조앤은 그를 면박 주면서 즐거워한다. 그들은 자주 만난다. 조앤은 사진을 보내지만 쉽게 주지는 않았다.

─공손하게 부탁해 더 공손하게 착하네 ㅋㅋㅋ 이제 네가 나한테 선물할 물건의 사진을 보내 나를 데리고 놀러 갈 장소의 사진을 보내라고

조앤이 친구들과 다음에는 뭘 얻어낼까 키득거리는 모습이 보일 지경이다.

"시발." 콘웨이가 입술을 일그러뜨리고 말했다. "유지비 겁나 비싼 여친이네요. 크리스가 왜 바로 안 버린 거죠? 가슴이 개만 있는 것도 아닌데."

"힘들게 얻는 느낌이 좋았을 수 있죠." 내가 말했다. "아니면 조앤 말대로 정말로 조앤을 좋아했을 수도 있고요."

"그러네요. 크리스는 다시 복잡한 사람이 되었어요. 하지만 아주 좋아한 건 아니에요. 이걸 봐요."

사진, 계속되는 새롱거림, 계속되는 만남, 농도가 짙어지는 성적 대화. 그러다 조앤이 은근히 공개 연애를 압박한다.

—크리스마스 댄스 넘 기다려져!! DJ한테 우리 노래 틀어달라고 하자

—코닐리어스 수녀가 우리 싸대기를 날려도 상관없어 ♡♡♡

그리고 크리스는 사라졌다.

—오늘 저녁에 어디 있었어? 오늘 나랑 약속 있던 거 잊었어?

—크리스 무슨 일이야?

—살짝 말하는데 이번 주말에 특별 계획이 있어 궁금하면 빨리 문자해 ㅋㅋ

—누가 너한테 무슨 말을 하면 이유를 너 자신에게 물어봐

—내가 질투를 얼마나 많이 받는데 네가 그런 데 넘어갈 줄은 몰랐어

—미안하지만 나는 남자한테 이런 취급 안 받아

—나는 네 마음대로 짓밟을 수 있는 여자가 아니야

—9시까지 답 없으면 우리는 끝이야!!

—네가 게이라고 소문내도 좋아? 그렇게 할 거야

—사실 난 이미 너를 찰 생각이었어 넌 키스도 존나 못하고 난 실ㄱㅊ하고는 그거 안 하거든!!! 널 생각하면 막 토할 것 같아 걸레년한테서 에이즈나 옮아라

—크리스 네가 답문자도 안 하고 나한테 사과도 안 하면 결국 후회할 거야 잘 생각해봐 네가 큰 실수를 했으니까 시간이 얼마나 걸

리든 너는 결국 후회할 거야

—좋아 네가 저지른 일이야 바이

"엄청난 히스테리네요." 콘웨이가 말했다.

다시 조앤에게 돌아오는 초점. 동기도 기회도 있었고 이제 심리 상태를 확인했다.

내가 말했다. "이건 크리스가 죽기 다섯 달 전이에요. 조앤이 분노를 그렇게 오래 간직했을까요?"

"'시간이 얼마나 걸리든 너는 결국 후회할 거야'……." 콘웨이가 어깨를 으쓱했다. "그럴 수도 있고 아닐 수도 있죠. 조앤을 봤잖아요. 아직도 상처가 남아 있어요. 지금은 일 년 반이 지났는데도요."

그래도 나는 조앤이 한밤중에 괭이를 휘두르는 모습이 상상되지 않았다. 콘웨이를 보니 그녀도 나와 같았다. 내가 말했다. "조앤이 다른 사람을 사주했을 가능성은 없을까요?"

콘웨이는 안타깝다는 듯 고개를 저었다. "나도 똑같은 생각을 해봤어요. 잘 통하네요. 하지만 그랬을 것 같지는 않아요. 시켜봐야 자기 친구 중 한 명이었겠죠. 어떤 남자와 섹스를 해주고 그 일을 시켰다면 그 남자는 이렇게 오래 숨기지 못했을 거예요. 그리고 누구한테 시켜요? 앨리슨과 올라는 그런 일을 제대로 할 수 없고, 만약 그 애들이 일을 해내고 바로 잡히지 않았다 해도 지금쯤이면 흘렸을 거예요. 제마는 입을 다물었을 수 있겠지만, 그 애는 상식이 있고 자기를 보호할 줄 알아요. 애초에 그런 일을 하지 않을 거예요."

"홀리의 친구 중 한 명에게 시켰을지도 모르죠."

콘웨이의 눈썹이 올라갔다. "협박을 해서."

"맞아요. 조앤에게는 동영상이 있었고 셀리나를 퇴학시킬 수 있었어요. 어쩌면 나머지 셋도 함께."

"그러려면 자기도 똥물을 뒤집어써야 해요."

"아뇨. 동영상을 USB에 담아서 매케나 교장에게 우편으로 보내거나 주말에 유튜브에 올려서 학교에 링크를 보낼 수도 있어요. 교장은 누가 찍었는지 짐작은 해도 증명은 할 수 없어요."

콘웨이는 고개를 끄덕이며 머리를 빠르게 굴렸다. "좋아요. 그러면 조앤이 동영상을 가지고…… 누구한테 갔을까요? 설리나는 아니에요. 조앤은 냉철해서 설리나처럼 야무지지 않은 아이에게 그런 일을 시키지는 않아요."

내가 말했다. "그리고 설리나가 그 일을 하지도 않았겠죠. 크리스한테 빠져 있었으니까요. 크리스를 위해서라면 퇴학당하는 일도 감수했을걸요."

"맞아요. 로미오와 줄리엣이에요. 중산층 버전으로." 콘웨이는 정신을 집중한 나머지 조롱도 제대로 하지 못했다. "내가 조앤이었다면 리베카에게도 안 갔을 거예요."

"맞아요. 리베카는 예측 불가능해요. 온순해 보이지만 조앤의 명령을 따르기보다는 이성을 잃고 꺼지라고 소리쳤을 거예요. 그리고 조앤은 사람을 잘 판단해요. 안 그러면 대장 노릇을 못 하겠죠. 리베카는 아니에요."

침묵 속에 나머지는 공중에 떠 있었다. 누군가 말해야 했고 콘웨이가 말했다. "조앤 말에 따르면 조앤이 줄리아한테 설리나 일을 말했고 줄리아가 둘을 헤어지게 했어요. 그게 다가 아니었을 거예요."

줄리아. 예리한 눈. 설리나를 보호하려는 태도. 카드를 보았을 때 갑자기 입을 다문 일.

콘웨이가 말했다. "줄리아는 조앤의 비밀 휴대폰을 알았어요. 조앤이 왜 그걸 말했는지 모르겠어요. 줄리아한테 찾아보라는 것도 아니고."

두 번째 침묵은 더 크고 강력하게 찾아왔다. 그 속에서 우리는 우리 둘 다 줄리아가 범인이기를 원치 않는다는 것을 깨달았다.

내가 말했다. "줄리아는 분별력이 있어요. 퇴학당한다고 세상이 끝나지 않는다는 걸 알아요."

"우리가 살던 세상은 그랬지만 이 아이들은 달라요. 핀 캐럴이 퇴학당했다는 말을 들었을 때 컬름 학생들이 어떤 표정이었는지 아세요? 이제 핀은 완전히 끝났다고, 다시는 핀을 못 볼 거라고 생각하는 얼굴들이었어요. 크리스 사건 자체만큼이나 당황했어요. 이 학생들이 어떻게 생각하는지 알아요? 이런 학교들만이 문명사회고 바깥은 미개지라고 생각해요. 십 대 양아치들이 암시장에 콩팥을 파는 곳이라고요."

무슨 말인지 알았다. 콘웨이에게 말은 안 했지만 나도 확실하게 알았다. 여기서 쫓겨나면 쓰레기장에 던져지는 거나 다름없다고 여길 것이다. 모든 것이 사라진다. 반짝이는 모든 것, 매끄러운 모든 것, 섬세하게 새겨져 자신의 손길을 기다리는 모든 것, 달콤한 화음을 울리게 되어 있는 모든 것이 사라지고, 불타는 칼이 앞길을 가로막는 느낌을 받을 것이다.

콘웨이는 다시 벽에 기대서 전사처럼 흐트러진 머리카락 사이로 나를 비스듬히 보았다. 한쪽만 보이는 검은 눈. 피로에 싸여 있다.

내가 말했다. "마저 보죠."

크리스와 셀리나의 문자는 2월 25일에 시작됐는데 이전과는 분위기가 달랐다. 새롱거림도 없고 섹시한 대화도 없고 사진을 달라고 구슬리는 일도 없었다. 그런 느낌, 속도, 열기는 없었다.

—안녕

—안녕

첫 대화는 그게 전부였다. 상대의 존재를 확인하는 것.

그 뒤로 며칠 동안 그들은 서로의 생활에 대해 대화를 주고받았다. 크리스의 반에서는 아이들이 불규칙한 간격으로 삐 소리를 내는 장치를 만들어서 아일랜드어 교사가 화를 내는지 지켜보았다. 설리나의 반에서는 아이들이 홀리한을 놀리려고 책상을 눈치채지 못할 만큼 아주 조금씩 앞으로 이동시켜서 홀리한이 칠판 앞에 납작 붙게 만들었다. 웃음을 안겨주는 사소한 이야기들.

그런 뒤, 조금씩 조금씩 조심스럽게, 서두를 필요 없다는 듯 개인적인 이야기를 시작했다.

—주말에 집에 갔더니 여동생이 머리를 펑트족처럼 잘랐더라 어더케 해야 하지?

—보기 조으면 되는 거 아냐?

—사실 나브지는 않아…… 집에서 손톱 가위로 안 자르고 미당원에서 한다면 갠차늘 거야.

—ㅋㅋ 그러면 미장우너에 데리고 가!

—진짜 그ㄹ럴까 생각중 ㅋㅋ

늦은 밤 화장실에서 급하게 보내거나 이불 속에서 보내서 오타가 가득했다. 크리스의 여동생은 자신의 새 헤어스타일을 좋아했다. 크리스는 친구들이랑 누군가의 형이 연 파티에 잡혀 있었고, 돌아오는 길에 어떤 여학생에게 욕을 했는데 아침에 일어나서 죄책감을 느졌다. ('정말 복잡하고 섬세한 영혼이야.' 콘웨이의 눈이 말했다.) 설리나는 아빠와 엄마가 자신을 서로의 집에 데려다줄 때 대화를 했으면 좋겠다고 말했다. 크리스는 자기 부모님은 말이 너무 많은 게 문제라고, 늘 싸움으로 끝난다고 했다. 두 사람은 점점 가까워져갔다.

그리고 더욱 가까이 다가갔다.

─뭐 잼난 이야기가 없네 그냥 네 생각 하는 중

─소름 나도 네 생각 한다고 문자하려고 했는데

─솔직히 나는 네 생각을 많이 하기 때문에 별로 신기한 우연은 아니야

─그러지 마

─알아 미안 근데 정말이야 거짓말같이 들리겠지만

─그러면 아무 말 하지 마 그런 말 할 필요 없는 거 알잖아

─알아 그냥 혹시 내가 진지하지 않다고 생각할까 봐

─안 그럴게 약속

가벼운 유혹, 텔레비전 드라마 대본처럼 뻔하고 공허한 말은 없었다. 이번에 오가는 대화는 이전과 달리 진짜였다. 그 혼란과 흥분은 드라마 대본과는 거리가 멀었다. 센티멘털한 것, 평생 한 번 겪는 것, 우리에게 당혹감과 상심을 안겨주는 것.

내가 말했다. "이게 다 가식 같아요?" 역시 아무 대답 없이 피곤한 눈빛만 온다.

그런 뒤, 크리스.

─제대로 대화하고 싶어 이건 답답해

─나도

─수업 끝나고 필드나 공원에서 만날까?

─하지만 그러면 전에 말한 대로 누가 볼 거야

─그러면 다른 데 가자 다른 방향에 카페 같은 게 있을 거야

─안 돼 친구들이 어디 가냐고 물을 거야 거짓말하고 싶지는 않아 지금 이러는 것도 괴로워

콘웨이가 말했다. "전과는 확실히 달라요. 조앤이나 다른 애들하고는 크리스가 비밀로 하고 싶어 하고 여자애들은 공개하고 싶어 했죠. 그런데 설리나는 크리스처럼 둘 사이를 감추고 싶어 했어요."

"우리 생각이 맞았어요. 친구들 중에 그 일을 좋아하지 않을 사람이 적어도 한 명은 있었던 거예요."

"줄리아는 크리스가 나쁜 놈이라는 걸 알았어요. 홀리도 전혀 호감이 없었고요."

삼월 둘째 주 크리스가 밤에 기숙사를 나올 방법을 찾았다.

─핀이 밤에 몰래 나갈 수 있는 방법을 찾았어 너도 아직 그럴 수 있다면 밤에 만날래? 너한테 문제를 일으키고 싶지는 않은데 보고 싶어

하루 동안의 침묵 속에 설리나는 고민한다. 그런 뒤.

─나도 보고 싶어 근데 12시 반은 돼야 할 거야 우리 학교 뒷문 앞에서 만나서 갈 만한 데를 찾아보자

크리스의 답장은 빠르고 열렬하다.

─오예!!! 목요일 어때?

─좋아 만약 나갈 수 없으면 문자할게 문자 없으면 거기서 보는 거야 넘 기대된다 ㅋㅋㅋ

─나도 ㅋㅋㅋ

심야의 만남이 시작되고 문자 내용이 달라졌다. 짧아지고 개수도

줄고 내용도 줄었다. 자질구레한 이야기들, 가족, 친구의 소식, 깊은
감정과 몽상도 사라졌다.

　—안녕 ㅋ 오늘 밤 그 시간 그 장소?

　—안 돼 목욜 어때?

　—좋아 그때 보자

　그게 끝이었다. 현실이 크게 자라서 작은 사각 화면에 들어갈 수
없었다. 현실이 생명을 얻었다.

　4학년 휴게실에서 큰 소리가 났다. 쌓인 책이 무너지는 듯한 소리
였다. 콘웨이와 나는 얼른 돌아보았지만 소리는 원색 물감처럼 쏟
아지는 왁자한 웃음 속에 사라졌다.

　그런 뒤 우리가 기다리던 대목.

　4월 22일. 크리스와 설리나는 예상대로 약속을 잡았다.

　—그 시간 그 장소 기대기대

　그날 밤, 동영상. 키스.

　4월 23일 이른 아침, 크리스가 설리나에게 문자했다.

　—큰일 나겠어 바보같이 계속 혼자 웃고 있어

　등교 시간 전 설리나가 답장했다. 놀라운 내용.

　—크리스 이제 그만 만나자 네가 잘못한 건 없어 정말이야 애초
에 널 만난 게 문제였지만 난 정말 우리가 그냥 친구로 지낼 수 있을
거라고 생각했어 정말 바보 같은 생각이었어 너무 미안해 이해하기
힘들겠지만 이 일이 네게 상처가 된다면 나 역시 큰 상처를 받고 있
다는 걸로 위안을 삼아줘 사랑해(이것도 내가 하면 안 되는 말이겠
지만)

　콘웨이가 말했다. "도대체 왜 이런 거죠?"

"강간당한 사람 같지는 않아요." 내가 말했다.

콘웨이는 흐트러진 머리를 손목으로 강하게 밀쳐냈다. "미친 거아네요? 조앤이 얘네들에 대해 한 말이 맞는 것 같다는 생각도 들려고 해요."

"우리한테 한 말하고는 다르네요. 설리나는 우리한테는 생각할 시간이 필요했다고 했잖아요. 문자 내용을 보면 이미 생각을 끝냈어요."

"왜 크리스랑 사귀면 안 되는 거죠? 서로 그렇게 좋아하고 이미 사귀고 있어요. 그냥 세상에 알리면 되는 일이에요. 뭐가 문제인 걸까요?"

크리스가 곧바로 답장했다.

―뭐?!!!!!? 설리나 무슨 일이야? 다른 사람이 설리나인 척 보낸거라면 꺼져 설리나라면 얘기 좀 하자 그 시간 그 장소??

무응답.

―설리나 네가 그냥 친구로 남기를 원하면 그래도 돼 나는 너도 원하는 줄 알았어 안 그랬으면 시도도 안 했을 거야 너도 알잖아 제발 오늘 밤에 만나자 네 몸에 절대 손대지 않을게 그 시간 그 장소 기다리고 있을게

무응답.

다음 날 그가 다시 문자를 했다.

―새벽 3시까지 기다렸어 네가 올 거라고 믿었는데 왜 안 온 건지 아직도 믿어지지 않는다

―설리나 너 진심인 거야? 도대체 무슨 일인지 이해가 안 돼 내가 뭔가 잘못한 거면 무슨 일이라도 해서 사과할게 왜 그런 건지만 말

해줘

　—설리나 문자 줘

무응답.

목요일, 4월 25일, 설리나가 마침내 크리스에게 문자를 보냈다.

　—오늘 밤 1시, 늘 만나던 데서 답장은 하지 말고 그냥 와

"이건 설리나가 아니에요." 콘웨이가 말하고 화면을 건드렸다.

내가 말했다. "맞아요. 설리나라면 평소처럼 '그 시간 그 장소'라고 했겠죠. 그리고 답장을 하지 말라고 할 이유가 없어요."

"그렇죠. 이 사람은 크리스가 문자를 보내지 않기를 바랐어요. 설리나가 볼까 봐."

"하지만 설리나가 자기 문자를 볼까 하는 걱정은 안 했을까요? 어느 날 설리나가 추억에 빠져서 크리스하고 나눈 대화들을 훑어보다가 '이건 뭐지? 내가 쓴 게 아니잖아?' 할 수 있잖아요."

"발신자는 문자를 지웠어요. 문자를 보낸 뒤 보낸 메시지 폴더에 들어가서 지운 거죠."

"그러면……." 내가 말했다. "결별 이후 크리스가 설리나의 문자를 씹은 건 화가 나서가 아니었네요. 그냥 시키는 대로 했을 뿐이에요."

콘웨이가 말했다. "그랬을 때도 있겠지만 늘 그랬던 건 아니에요. 이걸 봐요."

닷새 뒤인 4월 30일, 설리나가 크리스에게.

　—네가 보고 싶어 문자하지 않으려고 애를 써봤고 네가 화를 내도 원망하지 않지만 그냥 네가 보고 싶다는 말을 하고 싶었어

내가 말했다. "이건 진짜 설리나예요. 우리한테 말한 것처럼 크리

스를 잘라내는 일이 힘들었어요."

콘웨이는 심드렁하게 말했다. "하지만 크리스는 설리나를 바로 잘라냈어요. 답이 없어요. 설리나의 문자를 씹었어요. 크리스는 처음으로 자기가 원하는 걸 갖지 못해서 기분이 상했어요."

"이 문자에서 유추 가능한 것 또 한 가지는 발신자는 휴대폰을 훔치지 않았다는 거예요. 필요할 때 쓰고 설리나의 매트리스에 돌려놓았어요."

콘웨이가 고개를 끄덕였다. "조앤의 그룹은 휴대폰의 위치를 알았다고 해도 그렇게 가까이 갈 수 없었어요. 그리고 어떻게 알겠어요? 그날 만나자고 한 사람은 설리나와 같은 방 사람이에요."

거의 일주일이 지난 5월 6일, 누군가 설리나의 휴대폰으로 크리스에게 문자했다.

—거기서 봐

무응답.

내가 말했다. "이건 이미 잡은 약속을 확인하는 거예요. 그러니까 크리스는 그 전주에 이 친구를 만난 게 분명해요."

"맞아요. 하지만 그때는 설리나를 만나는 줄 알고 갔던 거였어요. 그리고 이번에는 아니라는 걸 알았죠. 그런데도 갔어요."

"왜 그랬을까요?"

콘웨이는 유리창 앞에서 어깨를 으쓱했다. "발신자는 자신이 설리나와 크리스 사이를 중재한다고 말했을 수도 있어요. 또는 크리스가 설리나의 친구하고 섹스하는 건 강력한 복수가 될 거라고 생각했을 수도 있고, 아니면 새로운 가슴 사진을 기대했을 수도 있죠. 문제는 그 사람이 왜 크리스를 만났는가 하는 거예요."

긴 하루를 보낸 탓에 우리는 머리가 흐리멍텅했고 생각의 조각들이 얼른 연결되지 않았다. 우리 앞에 뻗은 복도가 비현실적으로 느껴졌다. 타일이 너무 밝고 선은 너무 길어서 눈에서 떨쳐낼 수가 없을 것 같았다.

내가 말했다. "크리스를 죽일 생각이었다면 왜 그때 죽이지 않았을까요? 왜 여러 차례 만난 거죠?"

"용기를 끌어모은 거죠. 아니면 뭔가를 알아보고 나서 그 일을 할지 말지 결정하기로 했거나. 그러니까 크리스가 설리나를 강간했나 같은 거요. 아니면 처음에는 죽일 생각이 없었을 수도 있어요. 다른 이유로 만났다가 무슨 일인가 생긴 거죠."

설리나가 크리스에게, 6월 8일 늦은 밤.

—우리가 영원히 이런 상태로 있는 건 싫어 바보 같을지 모르지만 우리가 친구로 지낼 수 있는 방법이 분명히 있을 거야 조금 더 기다렸다가 네 마음이 조금 가라앉으면 그때 다시 시도하는 건 어때? 완전히 헤어진다면 너무 슬플 것 같아

콘웨이가 말했다. "설리나는 크리스하고 다시 만나고 싶어 해요. 그래서 그냥 친구로 지내고 싶다고, 그게 자신이 원하는 거라고 말해요."

"설리나는 자기가 구원받았다고 말했어요. 그러지 않게 되었다고요. 그 말뜻이 이거였어요. 크리스가 답장을 했다면 설리나는 강하게 거부하지 못했을 테고 둘은 두어 주 안에 다시 만났을 거예요. 의문의 발신자가 그걸 노렸는지도 모르죠. 둘이 다시 만나지 못하게 하는 것."

"우리가 십 대 소녀라면." 콘웨이가 말했다. "이유야 어쨌든 크리

스와 설리나를 떼어놓고 싶어 한다면. 그리고 설리나와 크리스 사이에 섹스는 없었다는 걸 안다면. 그리고 크리스의 성격을 안다면."

침묵, 그리고 긴 복도, 타일의 움직임이 어지럽다.

"크리스는 콘돔을 가져왔어요."

내가 말했다. "리베카는 아니에요. 그 애는 그런 생각을 못 해요."

"맞아요."

줄리아는 생각했을 법했다.

5월 13일.

—거기서 봐

5월 14일, 다시 설리나.

—걱정하지 마 네가 답장 안 할 거 알아 그냥 나 혼자 너한테 이야기하는 거야 싫으면 말해줘 그만둘게 그런 말 없으면 계속 문자할게 오늘 수학 시간에 임시 선생님이 오셨어 그런데 웃는 모습이 완전히 처키 같아 클리오나가 착각을 하고 '처키 선생님'이라고 불러서 우리는 웃다가 쓰러지는 줄 알았어 ㅋㅋ

예전 같은 사소하고 웃기는 이야기로 크리스를 다시 안전한 장소로 부르려고 한다. 내가 말했다. "발신자는 한동안 크리스를 설리나와 떨어뜨려놓았어요. 어렵지 않았을 거예요. 크리스는 어쨌든 화가 났고 발신자는 설리나가 주지 않던 걸 주었으니까요. 하지만 설리나가 계속 문자를 보내요. 설리나에 대한 크리스의 마음이 진짜였다면 흔들렸을 거예요. 결국 발신자가 주는 건 의미가 없어지죠. 크리스가 원하는 건 설리나였으니까."

콘웨이가 말했다. "발신자에게는 새로운 계획이 필요했을 거예요."

5월 16일 오전 9시 12분. 크리스가 죽은 날.

설리나의 휴대폰에서 크리스의 휴대폰으로.

—오늘 밤 만날까? 1시 사이프러스나무 빈터에서?

오후 4시. 그는 방과 후에 문자를 확인했을 것이다. 크리스의 휴대폰에서 설리나의 휴대폰으로.

—OK

그날 약속을 꾸민 사람이 크리스 하퍼를 죽였다. 누가 끼어들었거나 우연이 일어났을 가능성도 없지는 않았지만 크지도 않았다.

"크리스가 상대를 알고 나갔는지 궁금하네요." 콘웨이가 말했다.

"그 발신자랑은 시간도 다르고 작업 방식도 달라요. 그리고 이번에는 답장을 요구하고 있어요."

"설리나는 아니에요. 설리나라면 '사이프러스나무 빈터'라고 말하지 않았을 거예요. '그 시간 그 장소'라고 하죠."

이번에도 설리나는 아웃이었다. 내가 말했다. "하지만 크리스는 설리나로 알았을지 몰라요."

"발신자가 크리스가 의문을 품기를 바랐는지도 모르죠. 그 사람은 이제 계획을 세우고 있어요. 크리스에게 궁금증을 일으키고 그가 반드시 오게 하려고 관례를 깼어요. 크리스가 답장하는 위험도 감수한 거죠. 어쩌면 이번에는 아예 휴대폰을 훔쳤는지도 몰라요. 앞으로는 아무도 안 쓸 휴대폰이라는 걸 알고요."

콘웨이의 목소리는 평탄하고 낮고 피로에 젖어 있었다. 주변을 맴도는 공기의 작은 소용돌이가 호기심에 차서 목소리를 복도 저편으로 싣고 갔다.

"조앤이 압박했을지도 모르고 그 사람이 어떤 이유건 자기 뜻으

로 그랬을지도 몰라요. 그날 밤 그 친구는 미리 나가서 헛간에서 곡
괭이를 가지고 나왔어요. 지문이 남지 않게 장갑을 끼고요. 그리고
나무들 틈에 숨겨두고 크리스가 오기를 기다렸어요. 크리스가 빈터
를 서성이며 진실한 사랑을 기다릴 때 그 친구가 곡괭이로 내리친
거죠. 크리스는 쓰러지고요."

이미 까마득히 오래전이 된 오늘 아침. 나른하게 잉잉거리던 벌
들, 내 발목을 감싼 이삭들, 히아신스 향기, 햇빛.

"이 친구는 서두르지 않았어요. 그리고 확인이 되자 괭이를 내리
치고 본래 장소에 돌려놓았어요. 크리스의 비밀 휴대폰을 꺼내서
없애고 셀리나의 휴대폰도 없었고요. 그날 밤에 했을지도 몰라요.
담을 넘어가서 쓰레기통에 버리는 거죠. 아니면 소동이 잦아들 때
까지 학교 구석에 숨겨두었을 수도 있어요. 그러면 자기나 친구들
이 살인과 연관됐다는 사실을 완벽히 감출 수 있어요. 조앤만 빼면
요. 그리고 조앤은 입을 다물 만큼의 분별력이 있죠. 우리의 친구는
방에 돌아가서 침대에 들고 아침을 기다려요. 울고불고 난리 칠 준
비를 하고서."

내가 말했다. "열다섯 살. 그 나이대 아이가 그럴 수 있나요? 살인
은 할 수 있다 쳐요. 하지만 일 년을 버텨요?"

"그 친구는 자기 친구를 위해서 그 일을 했어요. 방법이 어땠건 친
구를 위해서였어요. 그건 힘이 있어요. 자신은 잔다르크가 되고 불
을 통과했어요. 아무것도 그 친구를 막을 수 없었을 거예요."

등골이 으스스하다. 힘이 가까이 다가올 때처럼. 다시 한번 양손
바닥 깊은 곳에서 고통이 맥동한다.

"하지만 그걸 알게 된 사람이 있어요. 그 사람은 친구를 위해 불을

통과하지 않았어요. 그런 종류의 용기는 없었어요. 비밀을 최대한 오래 간직했지만 더이상 견디기 힘들어졌어요. 결국 참지 못하고 카드를 만들었어요. 어쩌면 그 일은 게시판에서, 복도의 쑥덕거림에서 끝날 거라고 생각했을지도 모르죠. 거품 안에 있으면 바깥세상은 현실 같지 않아요. 하지만 당신의 홀리는 거품 바깥에 살았던 적이 있고 아직도 바깥세상이 있다는 걸 알아요."

4학년 휴게실에서 날카롭고 갑작스러운 소음이 울린다. 무거운 것이 바닥으로 쿵 떨어지는 소리. 비명.

내가 창턱에서 내려가려고 하자 콘웨이가 내 이두근을 잡고 고개를 저었다.

"하지만······."

"기다려요."

벌 소리 같은 웅웅거림이 부풀고 차오른다.

"아이들이······."

"내버려둬요."

높고 떨리는 울음소리가 웅성거림 위로 솟는다. 콘웨이의 손이 나를 더 강력하게 잡는다.

말소리가 너무 뒤죽박죽이고 두꺼운 문에 가로막혀서 무슨 말을 하는 건지 파악할 수 없다. 그런 뒤 비명이 시작되었다.

콘웨이는 창턱에서 내려갔고, 내가 어리둥절해 있는 사이에 가서 자물쇠의 번호를 눌렀다. 문이 다른 세계를 향해 열렸다.

소음이 얼굴로 밀려들고 시야를 흩뜨렸다. 여학생들은 일어서 있었고 손과 머리카락이 정신없이 흩날렸다. 한참 동안 그들이 주고받은 문자들, 어둠 속의 짧은 대화들만 보다가 실제 여학생들을 보니 얼른 현실감이 느껴지지 않았다. 아까 본 모습과는 전혀 달랐다. 반짝이는 보석 같은 모습, 다리를 착 꼬고 침착하게 우리를 바라보던 모습은 사라졌다. 얼굴은 창백하거나 새빨개져 있고 입을 크게 벌린 채 서로를 붙들고 있었다. 혼란의 도가니였다.

매케나가 소리를 쳤지만 아무도 듣지 않았다. 비명이 새처럼 날아올라서 벽에 부딪혔다. 여기저기서 말들의 조각이 들렸다. "쟤가 보여, 나도 보여, 맙소사, 크리스야, 크리스, 크리스!"

아이들은 내리닫이창에 시선을 고정하고 있었다. 한두 시간 전에 홀리와 친구들이 앉아 있던 곳이다. 지금은 아무도 없고 텅 빈 저녁 하늘뿐이다. 아이들은 고개를 젖히고 창을 향해 팔을 벌린 채 비명을 지르고 있었다. 그것이 기쁜 일인 것처럼, 물리적인 실체인 것처럼. 오래전부터 간절히 바라던 것이 마침내 온 것처럼.

"쟤야, 걔. 봐, 세상에나 저길 봐." 콘웨이의 유령 얘기가 통했다.

콘웨이가 뛰어들어서 구석에 밀려나 있는 홀리의 그룹을 찾았다. 그들은 소리를 지르지도 않고 바깥에 나가지도 않았지만 눈은 커져 있었다. 홀리는 팔뚝을 깨물었다. 리베카는 두 손으로 귀를 막고 안락의자에 앉아 숨을 헐떡였다. 아이들을 지금 데리고 나가면 이야기를 들을 수 있을지도 몰랐다.

나는 가만히 있었다. 혹시 누가 나갈지 모르니 문을 지켜야 할 것 같았다. 여학생들의 지금 상태를 보면 누군가 어리석은 행동을 할지도 몰랐다. 누군가 순식간에 계단 아래로 떨어져버리면 우리는 곤란해진다.

엉망진창. 나는 두려웠다. 미제 사건을 파헤치다 보면 개자식들이 나온다. 어리지만 바로 이 아이들이 내 길을 막아섰다. 또 내가 문턱을 넘어가면 그 냄새를 맡고 머리카락을 날리며 달려와서 각자의 이유로 나를 찢어놓을 것이다.

"아, 세상에, 어떡해, 이런······."

천장 등이 터졌다. 갑작스레 어둠이 내리고, 스탠딩 램프 불빛 속에 유리 조각이 황금빛 화살처럼 쏟아져 내린다. 새로이 터지는 비명. 한 여학생이 자기 얼굴을 때리자 침침한 빛 속에서 붉은 피가 보인다. 하얘진 창문이 찬양하듯 우러른 아이들의 얼굴을 비추었다.

앨리슨은 소파 위에 서서 여윈 몸을 흔들었다. 손을 앞으로 뻗어서 어딘가를 가리켰다. 창문이 아니라 홀리네 무리를. 리베카가 고개를 젖히고 있고 눈에 흰자위가 가득하다. 홀리와 줄리아가 리베카의 두 팔을 잡고 있고 설리나는 멍한 표정으로 흔들린다. 앨리슨은 계속 비명을 질렀고 그 소리는 다른 아이들의 비명을 뚫고 솟을 만큼 강력했다. "쟤였어! 쟤였어! 내가 쟤를 봤어! 쟤를 봤어!"

콘웨이가 고개를 돌렸다. 앨리슨을 확인한 뒤 다급하게 나를 찾았다. 그리고 나와 눈이 마주치자 아이들 머리 위로 손을 들고 소리를 질렀다. 나는 소리는 안 들려도 뭐라고 하는지 알았다. "얼른 이리 와요!"

나는 숨을 들이마시고 그리 갔다.

아이들 머리카락이 내 얼굴을 때리고 팔꿈치가 갈비뼈를 찌르고 손이 내 소매를 잡았지만 나는 떼어냈다. 모든 접촉이 섬뜩했다. 손톱도 있고 한순간은 누가 목덜미를 무는 것 같았다. 하지만 빠르게 움직여서 깊은 상처는 나지 않았다. 그런 뒤 콘웨이가 나를 보호하듯 옆에 와 섰다.

우리는 앨리슨의 겨드랑이 밑에 들어가 아이를 소파에서 내렸다.

앨리슨의 두 팔은 분필처럼 약하고 뻣뻣했으며 저항은 없었다. 그러고는 아이들의 파도를 뚫고 문밖으로 나갔다. 매케나는 그 모습을 지켜볼 뿐 아무것도 하지 못했다. 콘웨이는 발로 문을 탕 닫았다.

갑작스러운 고요와 빛 때문에 나는 약간 현기증이 일었다. 우리는 앨리슨의 발이 바닥을 디디지도 못할 만큼 빠른 속도로 이동해서 복도 끝의 계단 꼭대기에 아이를 내려놓았다. 앨리슨은 쓰러졌지만 계속 비명을 질렀다.

위층 아래층에서 하얀 계단 난간 위로 입을 벌린 얼굴들이 나타났다. 내가 엄숙한 목소리로 외쳤다. "모두 휴게실로 돌아가요. 다친 사람 없어요. 큰일 난 거 아니니까 휴게실로 돌아가요." 그러자 얼굴들이 하나둘 떠나가서 마침내 모두 사라졌다. 등 뒤에서는 매케나가 계속 소리를 지르고 있었다. 소음은 천천히 잦아들었고 비명은 흐느낌으로 변해갔다.

콘웨이는 무릎을 꿇고 앉아서 앨리슨을 마주 보고 따귀를 때리듯 날카롭게 말했다. "앨리슨, 나 좀 봐." 그리고 앨리슨의 눈앞에서 계속 손가락을 튕긴다. "이쪽 말이야, 여기. 다른 데 말고."

"걔가 왔어요. 제발, 걔를 아……."

"앨리슨. 정신 차려. 내가 '참아' 하면 열 셀 때까지 숨을 참아. 준비. 참아."

앨리슨은 중간에 트림 같은 소리를 냈고 나는 웃음을 터뜨릴 뻔했다. 웃음이 터졌다면 멈추지 못했을지도 모른다. 목덜미의 긁힌 상처가 불끈거렸다.

"하나. 둘. 셋. 넷." 콘웨이는 복도에 계속 들끓는 소음을 무시하고 침착하게 박자를 유지했다. 앨리슨은 입을 꾹 다물고 콘웨이를 보았다. "다섯. 여섯……." 휴게실에서 비명이 울리고 앨리슨의 눈이 흔들렸다. "앨리슨. 여기 봐. 일곱. 여덟. 아홉. 열. 이제 숨 쉬어. 천천히."

앨리슨이 입을 벌리고 얕고 요란한 숨을 쉬었다. 반쯤 최면에 빠진 것 같았지만 이제 비명은 지르지 않았다.

"좋아, 잘했어." 콘웨이가 누그러든 목소리로 말하고 앨리슨의 어깨 너머로 나에게 눈길을 던졌다.

나는 만화처럼 살짝 뒤늦게 반응했다. '나요?'

콘웨이의 눈이 타오른다. '어서 시작해요.'

이전에 앨리슨과 잘 통했던 건 나였다. 내가 가능성이 더 높았다. 이것은 이 사건에서 가장 중요한 조사였고 어쨌든 내가 일을 망치지 않으면 그렇게 될 수 있었다.

"앨리슨, 좀 괜찮아?" 내가 말하고, 타일 바닥에 책상다리로 앉았다. 다행이었다. 아직도 무릎이 떨렸기 때문이다. 콘웨이는 조용히 뒤쪽으로 물러가서 매끈한 흰색 벽 앞에 검고 크고 지친 모습으로 섰다.

앨리슨은 고개를 끄덕였다. 눈이 빨개서 전보다 더 흰쥐처럼 보였다. 다리는 이상하게 꼬여 있었다. 누가 높은 데서 떨어뜨린 것 같았다.

나는 앨리슨을 안심시키려고 다정한 미소를 지었다. "그래, 말은 할 수 있지? 사감 선생님도 필요 없고, 알레르기 약 같은 것도 필요 없지?"

앨리슨은 고개를 끄덕였다. 복도 끝의 혼란은 완전히 사그라들었다. 매케나가 마침내 4학년생들을 통제했다. 이제 언제라도 우리를 찾아 나올 것이다.

"좋아." 내가 말했다. "네가 좀 전에 설리나 원 그룹을 가리키면서 그중 한 명이 무슨 일을 하는 걸 봤다고 했잖아. 누구였니?"

나와 콘웨이는 '줄리아'라는 말을 예상하고 기다렸다.

앨리슨은 조그맣게 한숨을 쉬고 말했다. "홀리요."

너무도 쉽게 나왔다. 위층과 아래층의 고학년과 저학년 여학생들은 휴게실로 돌아가 문을 닫았다. 사방이 조용했다. 다시 백색 정적이 새어 나와 구석에 쌓이고 우리 등 뒤로 흘러내려서 옷 주름에 고였다.

홀리는 경찰의 딸이고 나의 핵심 증인이었다. 나에게 카드를 가져다준 아이였다. 나는 홀리를 여기서 깊숙이 본 뒤에도 무슨 이유에선지 홀리가 내 편이라고 생각했다.

"그래, 뭘 하는 걸 본 거니?" 내가 말했다. 편안하게, 아무 일도 아닌 것처럼. 콘웨이의 시선이 앨리슨이 아니라 내게 와 있는 게 느껴졌다.

"그때 전체 조회가 끝나고 나서. 크리스 사건을 알려준 조회요. 나는……."

앨리슨은 다시 그 표정으로 돌아갔다. 발작이 지나간 다음처럼 명하게 늘어진 표정. "날 잡아." 내가 계속 미소 짓고 말했다. "잘하고 있어. 조회가 끝나고 무슨 일이 있었니?"

"우리는 강당에서 현관 홀로 나왔고 저는 홀리 바로 옆에 있었어요. 홀리는 누가 보는지 확인하는 것처럼 주변을 살폈고 그때 제가 봤어요."

내가 아침에 말한 예리한 관찰력. 사냥당하는 동물의 예민함.

"홀리가 손을 치마 속에 넣었어요. 스타킹 허리 같은 데로요." 기

운 없고 자동적인 키득거림. "그리고 그걸 꺼냈어요. 화장지에 싼
채로."

지문을 남기지 않기 위한 행동. 의문의 발신자도 팽이에 지문을
남기지 않았다. 나는 흥미로운 얼굴로 고개를 끄덕였다. "당연히 네
눈에 들어왔겠네."

"아주 이상했어요. 누가 스타킹 안에 물건을 넣어가지고 다니나
요? 저는 계속 봤어요. 일부가 화장지 밖으로 튀어나와서 내 휴대폰
인가 했거든요. 제 거랑 똑같았어요. 하지만 주머니를 보니 제 휴대
폰은 그대로 있었어요."

"그다음에 홀리가 어떻게 했니?"

앨리슨이 말했다. "현관 홀에 분실물함이 있어요. 현관 접수처 옆
에요. 검은색의 큰 통인데 위쪽에 구멍이 있어서 우리는 물건을 넣
을 수만 있고 빼내지는 못해요. 분실물을 찾으려면 오다우드 선생
님이나 아널드 선생님을 찾아가야 돼요. 그분들한테 열쇠가 있어
요. 우리가 접수부 옆을 지나가는데 홀리가 분실물함 위로 손을 뻗
었어요. 그냥 괜히 그러는 것처럼요. 그쪽을 보지도 않고요. 하지만
그런 뒤 홀리의 손에 휴대폰은 없고 화장지만 남아 있었어요."

나는 콘웨이가 잠시 눈을 감는 것을 보았다. '그걸 추적했어야 하
는데' 하는 안타까움. 콘웨이가 구석에서 말했다. "왜 작년에는 얘기
를 안 한 거니?"

앨리슨이 움찔했다. "그 일이 크리스하고 상관있는 줄 몰랐어요.
저는 절대……."

"당연히 그랬겠지." 내가 달래며 말했다. "잘했어. 의심이 들기 시
작한 건 언제니?"

"두 달 전이에요. 조앤이…… 제가 조앤의 마음에 안 드는 일을 했더니 이렇게 말했어요. '경찰에 전화해서 네 휴대폰이 크리스 하퍼랑 문자한 휴대폰이라고 말할 거야. 얼마나 괴로울지 한번 당해 봐.' 물론 그냥 하는 말이었어요. 실제로 그러지는 않았겠죠?"

앨리슨은 불안해 보였다. "당연하지." 내가 이해심을 보이며 말했다. 조앤은 자신을 위해서라면 앨리슨을 분쇄기에라도 던져 넣었을 것이다.

"하지만 그 뒤로 이런 생각이 들었어요. '경찰이 내 휴대폰을 보고 내가 크리스하고 사귀었다고 생각하면 어떻게 하지!' 그러자 홀리가 버린 휴대폰이 생각났어요. '혹시 홀리가 나랑 똑같은 휴대폰인 게 겁나서 버린 건가?' 그랬더니 '설마 홀리가 크리스랑 사귀었던 거야?' 하는 생각이 들었어요."

내가 말했다. "홀리한테 그 일 이야기했니? 아니면 다른 사람한테라도."

"아뇨, 홀리한테는 말 안 했어요! 제마한테 말했어요. 제마는 어떻게 해야 할지 알 것 같았어요."

"제마는 똑똑하지." 맞는 말이었다. 앨리슨은 휴대폰이 설리나의 것일 거라고는 전혀 짐작도 하지 못했다. "제마가 뭐래?"

앨리슨의 몸이 움찔하더니 무릎을 향해 굽었다. "우리가 신경 쓸 거 없다고 했어요. 입 다물고 잊어버리라고."

콘웨이가 입을 꽉 다물고 고개를 저었다. 내가 말했다. "그래서 그러려고 노력했는데 잘 안 된 거구나."

끄덕끄덕.

내가 말했다. "그러면 카드를 만들어서 시크릿 플레이스에 붙인 것도 너겠네."

앨리슨은 어리둥절한 채 나를 바라보며 고개를 저었다.

"잘못했다는 거 아냐. 잘한 일이야."

"하지만 제가 하지 않았어요! 정말이에요. 저는 안 했어요!"

나는 그 말을 믿었다. 앨리슨이 이제 와서 거짓말할 이유는 없었다. "그래, 좋아." 내가 말했다.

콘웨이가 말했다. "잘했어, 앨리슨. 어쩌면 처음부터 네 생각이 맞고 휴대폰은 크리스하고 상관없는지도 몰라. 하지만 모런 형사님하고 나는 홀리를 만나서 확인해봐야 해. 먼저 나랑 같이 아널드 선생님에게 가자. 네 얼굴이 너무 안 좋아."

앨리슨을 격리시켜서 이야기가 퍼지는 것을 막아야 했다. 나는 계속 미소 띤 얼굴로 일어섰다. 한쪽 다리가 저렸다.

앨리슨은 난간을 잡고 일어선 뒤 가녀린 두 손으로 계속 난간을 붙들고 있었다. 하얀 공기 속에서 얼굴이 푸르스름해 보였다. 앨리슨이 콘웨이에게 말했다. "올라가 형사님들한테 들은 이야기를 해줬어요. 그……." 전율에 얼굴이 뒤틀렸다. "개 사건요. 유령 개 사건."

"그래, 고약한 사건이었어." 콘웨이가 말했다. 머리가 더 흐트러져 있었다.

"그 남자가 자백한 다음에도 개가 계속 왔나요?"

콘웨이가 앨리슨을 살피며 물었다. "왜?"

앨리슨은 더 앙상해 보이는 얼굴로 말했다. "크리스가 휴게실에 나타났어요. 창문에."

말투가 너무도 확고해서 나는 등골이 서늘했다. 공기 저편 어딘가에서 다시 히스테리가 쌓이고 있다. 지금은 사라졌지만 영원하지는 않다.

"그래, 알았어." 콘웨이가 말했다.

"네, 하지만……. 크리스는 저 때문에 왔어요. 전에 여기 복도에 나타난 것도 저 때문이었어요. 제가 경찰에 홀리의 휴대폰 이야기를 안 해서요. 휴게실에서……." 앨리슨은 침을 꿀꺽 삼켰다. "크리스는 저를 똑바로 보았어요. 웃으면서……." 전율이 다시 한번, 좀더 거칠게 와서 숨도 거칠어진다. "두 분이 안 오셨으면, 휴…… 크리스가…… 또 저한테 올까요?"

콘웨이가 엄격한 목소리로 말했다. "네가 알고 있는 거 우리한테 전부 말했니? 하나도 빼놓지 않고?"

"네, 정말이에요. 맹세해요."

"그러면 크리스는 이제 너한테는 안 올 거야. 그 애가 학교를 떠도는 건 다른 애들이 우리한테 솔직하게 털어놓지 않아서니까. 하지만 너한테는 안 와. 이제 다시는 그 애를 볼 일이 없을 거야."

앨리슨은 입을 벌리고 작게 한숨을 쉬었다. 뼛속까지 안도한 동시에 실망도 한 것 같았다.

복도 저편의 침묵 속에서 길고 나직한 소리가 끼이잉 울린다. 나는 잠시 학생이 우는 소리일 거라 생각했지만 휴게실 문이 열리는 소리였다.

매케나가 참담함과 분노가 섞인 목소리로 말했다. "형사님들, 폐가 안 된다면 지금 두 분과 말씀을 나누고 싶습니다."

"십 분 후에 갈게요." 콘웨이가 말했다. 매케나에게 하는 말이었지만 눈은 나를 보았다. 검은 눈동자도 우리 사이에 눈처럼 내리는 침묵도 너무 강력해서 나는 의미를 짐작할 수 없었다.

그리고 나에게 말했다. "가죠."

20

사월 오후 방과 후 배구 경기가 끝나간다. 봄이다. 교정에는 사방
에 블루벨과 수선화가 폭발하듯 피어나지만 하늘은 무겁고, 따뜻하
지도 않으면서 답답하다. 피부에 맺힌 땀이 마르지 않는다. 줄리아
는 목덜미를 식히려고 포니테일을 흔든다. 크리스 하퍼의 생은 이
제 한 달도 남지 않았다.

그들은 배구공 줍는 일을 서두르지 않는다. 기숙사에 돌아가도 샤
워실에 자리가 없을 것이기 때문이다. 뒤에서는 달렉들이 천천히
네트를 내리면서 누군가를 욕하고 있다. 제마가 소리친다. "……허
벅지가 무슨 바다코끼리 둘이 섹스하는 것 같아. 으……." 그게 남
을 흉보는 건지 자학을 하는 건지는 분명하지 않다.

줄리아가 소리친다. "토요일 밤에 같이 가자. 알지?" 컬름의 클럽
모임 날이다.

"안 돼." 홀리가 테니스 코트 구석에서 소리친다. "물어봤는데 가족 모임인지 뭔지가 있대."

"나도." 베카가 공을 자루에 던져 넣으며 말한다. "엄마가 집에 오셨어. 사실 엄마는 내가 화장하고 미니스커트를 입고 나가면 좋아하시겠지만."

"더 기쁘게 해드려." 줄리아가 말한다. "술에 취해서 귀가하는 거야. 약도 하고 임신도 해서."

"그건 생신날을 위해 아껴두고 있어."

"설리나 너는?"

"나는 아빠 집에 가야 돼."

"시발." 줄리아가 말한다. "핀 캐럴한테 십 유로 받아야 되는데. 이어폰이 맛이 가고 있어."

"내가 빌려줄게." 홀리가 말하고 마지막 공을 스파이크로 자루에 넣으려다가 실패한다. "어쨌든 주말에 쇼핑을 갈 것도 아니니까."

"하지만 만나서 말하고 싶어. 망할 놈." 줄리아는 자신이 핀과의 만남을 고대하고 있다는 걸 방금 전에 깨달았다.

"핀은 다음 주에 토론회에 나올 거야."

줄리아는 잠시 혼자서 클럽 모임에 갈까 생각하다가 포기한다. "알아. 그러면 그때 봐야겠다."

그들은 테니스 코트를 마지막으로 훑어보고 떠난다. "물." 정문 옆의 수도 앞에서 줄리아가 그렇게 말하고 아이들에게서 멀어진다. 앞에서 월드런 선생이 소리친다. "빨리, 빨리! 하낫, 둘, 셋, 넷!" 다른 학생들이 떠나고 베카는 줄리아를 뒤에 둔 채 배구공 자루를 휘두르며 빙글빙글 돈다.

줄리아는 물을 손에다 받아 마시고 얼굴과 목에 끼얹는다. 지하수라 차갑고 기분 좋은 떨림을 안겨준다. 기러기들이 머리 위로 끼룩끼룩 날아가고, 줄리아는 눈을 찌푸리고 구름 앞의 새들을 본다.

줄리아가 수도에서 돌아서는데 달렉들이 다가온다. 조앤이 줄리아 앞에 서서 팔짱을 끼고 바라본다. 다른 세 명은 한 발짝 뒤에 간격을 벌리고 서서 팔짱을 끼고 바라본다.

그들은 줄리아를 가로막고 있을 뿐 아무 말도 하지 않는다.

줄리아가 말한다. "뭐 하려는 거야? 아니면 이게 다야?"

조앤이 입꼬리를 올린다. 줄리아는 조앤은 저런 표정으로 우월감을 느끼는 모양이지만 거울을 한 번만 보면 다시는 그러지 못할 거라고 생각한다. 조앤이 말한다. "뻐기지 마."

줄리아가 말한다. "아, 지루해."

조앤의 창백하고 단호한 시선이 더 창백하고 단호해진다. 줄리아는 겨우 몇 달 전만 해도 자신이 그 눈길에 격하게 반응했을 거라는 사실이 흥미롭다. 그건 다른 사람이었던 것 같다. 그러니까 멍청한 친척 같은.

조앤이 불길한 느낌을 풍기며 말한다. "우리랑 얘기 좀 해."

"쟤들도 말을 한다고?" 줄리아가 고갯짓으로 나머지 셋을 가리키며 묻는다. "네 보디가드 로봇인 줄 알았는데?"

올라가 화를 내고 제마가 조앤을 곁눈질로 본다. 조앤은 얼굴이 일그러지더니 긴장한 목소리로 말한다. "설리나 그 뚱보 걸레 년한테 말해. 크리스 하퍼한테서 떨어지라고."

줄리아가 예상한 말이 아니다. "뭐라고?"

"순진한 척하지 마. 우리는 다 알아." 로봇들이 고개를 끄덕인다.

줄리아는 철망 울타리에 기대서 티셔츠 목 부분으로 얼굴을 닦는다. 이 상황이 즐거워진다. 달렉들처럼 닥치는 대로 뒷담화를 집어삼키다 보면 이런 문제가 생긴다. 때로 이렇게 헛것에 발작을 하는 것이다. "설리나가 뭘 하건 너네가 무슨 상관이야?"

"너한테 뭐라고 하는 게 아니야. 너는 걔한테 물러나라고만 하면 돼. 일이 커지기 전에."

겁을 주려는 수작이다. 그들은 서로 의미심장하게 고개를 끄덕이고 앨리슨은 심지어 말도 한다. "맞아." 그리고 몸을 움찔한다.

"너 크리스 하퍼 좋아하는구나." 줄리아가 웃으며 말한다.

조앤의 턱이 분노로 굳는다. "뭐? 내가 걜 좋아하면 이미 사귀고 있지 않겠어? 네가 신경 쓸 일은 아니지만."

"그러면 설리나가 걔랑 뭘 하건 무슨 상관이야?"

"왜냐하면 모두가 알다시피, 크리스 하퍼는 설리나가 그렇게 잘 대주지 않으면 그런 애는 쳐다보지도 않을 거니까. 설리나가 크리스하고 급이 맞다고 생각해? 걔는 자기 좋다고 침을 흘리는 핀탄 아무개 같은 찐따나 찾아보라고 해."

줄리아는 자기도 모르게 정말로 웃음을 터뜨렸고 웃음은 낮은 구름을 향해 날아갔다. "그러니까 지금 너는 설리나가 주제넘은 짓을 하고 있으니까 제자리로 보내라는 거야? 정말로?"

화가 끓어오르면서 조앤은 팔꿈치며 가슴이며 엉덩이 같은 데가 더 튀어나오고 못생겨진다. "정신 차리세요. 우리는 널 도와주는 거야. 크리스 같은 애가 정말 설리나처럼 뚱뚱한 못난이랑 사귈 거라고 생각해? 진심으로? 걔랑 떡 치는 게 지겨워지면 뒤도 안 돌아보고 떠나서 걔가 보낸 더러운 사진을 친구들한테 다 풀 거야. 크리스를 떠나지 않으면 인생이 곤란해질 거라고 전해줘."

줄리아는 물을 한 모금 마시고 턱에서 물을 닦는다. 조앤을 데리고 장난을 조금 치다가 떠나고 싶지만(조앤에게 겁을 먹지 않으면 아주 쉬운 일이다), 싹을 일찌감치 자르지 않으면 앞으로 몇 주, 아니, 몇 달, 몇 년 동안 달렉들이 모기떼처럼 달라붙을 테고 그 귀찮음은 이루 말할 수 없을 것이다. 줄리아가 말한다. "진정해. 다음에는 더 수준 높은 뒷담화를 부탁해. 설리나는 네가 돈을 줘도 그 찌질이 근처에 안 갈 거야."

쏘아붙이는 조앤의 목소리가 높게 갈라진다. "아주 입만 열면 거짓말이네. 우리가 바본 줄 알아?"

줄리아는 어두워지는 하늘로 눈길을 돌린다. "그럼 그게 너 기분 좋으라고 한 말이겠어? 하나 알려줄게. 나는 네 기분 따위 조금도 신경 안 써. 나는 그냥 사실을 말한 거야. 설리나는 크리스한테 단순한 호감도 없어. 말도 해본 적 없을걸. 네가 들은 이야기는 다 헛소리야."

"제마가 실제로 봤는데? 둘이 끌어안고 있는 걸? 이제 제마가 눈이 멀었다고 말해보지?"

그때 조앤은 줄리아의 얼굴에 무언가 지나가는 것을 본다.

조앤은 자신이 작은 힘을 행사한 것을 느끼고 누그러든다. "맘, 소, 사." 조앤은 말을 길고 달고 끈끈하게 내뱉어서 줄리아의 몸에 흘러내리게 한다. "너 정말 몰랐던 거야?"

줄리아는 다시 무표정으로 돌아가지만 이미 늦었다. 다른 달렉들이 말했다면 그냥 소음일 테고 믿을 생각은 전혀 들지 않았을 것이다. 하지만 제마는 그들이 아직 어렸던 1학년 때 줄리아와 친구 사이였다.

조앤의 얼굴에 만족스러운 미소가 번진다. "아, 난처한걸." 조앤이 말하고 올라가 키득거린다.

줄리아가 제마를 보자 제마가 말한다. "어젯밤에 내가 밖에 몰래 나갔어." 암시가 담긴 작은 미소. 다른 달렉들이 키득거린다. "뒤쪽 담으로 뻗은 오솔길로 갔는데 걔네 둘이 너네가 잘 가는 큰 나무들이 있는 오싹한 곳에 있었어. 심장이 마비되는 줄 알았어. 수녀님이나 유령인 줄 알았으니까. 하지만 다시 보니 아니었어. 그리고 걔네는 날씨 이야기를 하고 있지 않았어. 서로 끌어안고 있었고 내가 몇 분만 더 봤다면 아마……."

약간의 키득거림이 우중충한 가랑비처럼 떨어진다.

제마는 시력이 좋고 학교에 설리나 같은 헤어스타일은 또 없다. 하지만. 줄리아는 하지만에 매달린다. 하지만 제마는 거짓말을 밥 먹듯이 한다. 줄리아는 제마의 얼굴에서 열심히 헛소리를 찾아보지만 알 수가 없다. 제마의 생각을 읽는 건 고사하고 얼굴도 제대로 볼 수 없다. 한때 자신이 과자를 나누고 펜을 빌려 쓴 유머 감각이 삐딱한 아이를.

줄리아는 심장이 쿵쿵 뛴다. 그래도 침착하게 말한다. "너하고 네 섹시 가이가 거기서 뭘 피웠는지 나도 좀 줘라."

제마가 어깨를 으쓱한다. "어쨌든 난 거기서 봤고 넌 못 봤어."

조앤이 말한다. "이제 알아서 해." 자신이 주도권을 잡게 되자 뒤틀렸던 몸이 본래 자리로 돌아가 있다. 입꼬리만 빼면 천사 같은 모습이다. "우리가 착하니까 한 번은 경고해준 거야. 두 번은 안 해."

조앤은 빙글 돌아서서 우쭐거리며 테니스 코트를 벗어나 학교로 이어지는 소로에 올라선다. 달렉들에게 손가락을 튕기지 않는데도 어째서인지 그렇게 하는 것 같다. 나머지가 바쁘게 따라간다.

줄리아는 혹시 아이들이 돌아볼까 싶어 다시 수도를 틀어서 물을 연방 입에 갖다 대지만 마시지는 못한다. 심장이 목까지 치받는 것 같다. 티셔츠가 빨판 동물처럼 피부에 매달려서 늘어진다. 하늘이 머리를 무겁게 누른다.

설리나는 방에 혼자 있다. 다른 아이들은 아직도 샤워하는 것 같다. 설리나는 침대에 책상다리로 앉아서 젖은 머리를 빗으며 나지막이 노래를 흥얼거린다. 그러다 줄리아가 들어가자 고개를 들어서 생긋 웃는다.

전과 똑같은 모습이다. 설리나를 보기만 해도 줄리아의 심장박동이 느려진다. 숨만 한 번 쉬었는데 달렉들이 남긴 검댕의 꺼풀이 벗겨지는 것 같다. 줄리아에게 갑자기 설리나를 끌어안고 싶은 감당할 수 없는 충동이 밀려든다. 친숙한 둥근 어깨와 따뜻한 팔에 강하게 몸을 밀착하고 싶다.

설리나가 말한다. "핀한테 만나자고 문자해."

줄리아는 설리나의 말뜻을 한 박자 늦게 이해한다. 그리고 말한다. "그래, 그러지 뭐."

"걔 번호 알아?"

"응. 상관없어. 금방 만날 테니까."

줄리아는 바닥에 앉아서 운동화를 벗으며 자기 마음과 싸운다. 설리나가 크리스와 사귄다면 토요일에 클럽 모임에 가려고 했을 것이다. 크리스가 다른 여학생과 어울릴까 봐. 설리나가 어젯밤에 나갔다면 다른 아이들도 잠에서 깼을 것이다. 설리나가 크리스와 함께 있었다면 샤워를 가장 먼저 끝내지 않았을 것이다. 크리스의 냄새를 씻고 풀 냄새를 씻고 죄책감을 씻느라 시간이 더 걸렸을 것이다. 설리나가 남자를 사귀었다면 목에 난 키스 마크처럼 감추기 힘들었을 것이다. 설리나는 겉으로 뿜어냈을 거고 말해야 했을 거고 어떻게 해서든 모든 걸……

"설리나."

"응?"

설리나가 고개를 든다. 근심 없이 맑고 파란 눈.

"아냐, 아무것도."

설리나는 다시 평화롭게 머리를 빗는다.

애초에 맹세 어쩌고가 설리나의 아이디어였다. 설리나가 하기 싫었다면 굳이 그 말을 할 필요가 없었다. 하지만 열쇠를 구한 것, 밤에 나가는 방법을 찾은 것도 설리나의 아이디어였다…….

줄리아는 신발끈에 매듭이 진 것을 보고 그 안에 손톱을 박는다.

정수리에 설리나의 시선이 느껴진다. 설리나의 노래가 멈춘다. 설리나가 무언가 말하려는 듯 빠르게 숨을 삼키는 소리가 들린다.

줄리아는 고개를 들지 않는다. 손톱이 갈라질 때까지 매듭과 씨름한다.

침묵. 그런 뒤 다시 느릿한 빗질, 그리고 설리나의 노래.

헛소리일 것이다. 컬름 아이들이 밖으로 나오는 방법을 안다면 모두가 다 알 것이다. 하지만 그런 방법이 없다면 제마는 누구를 만나는 것인가. 제마의 이야기가 다 거짓말이 아니라면…….

"그 노래!" 갑자기 홀리가 딸기 냄새를 풍기며 들어와서 가지고 온 체육복을 아무렇게나 던진다. 머리에는 수건이 아이스크림처럼 빙글빙글 말려 있다. "그 노래 뭐야? 네가 지금 부르는 노래?" 하지만 둘 다 기억하지 못한다.

자습 1교시에 줄리아에게 핀의 문자가 온다.
　─토욜 저녁에 와? 너한테 보여줄 게 있어
"휴대폰 꺼." 규율부원이 고개도 들지 않고 말한다. 휴게실은 침침하고 지저분하게 느껴진다. 전구들이 바깥 어둠과의 싸움에서 지고 있는 것 같다.
"미안, 깜박했어요." 줄리아가 휴대폰을 수학책 밑에 놓고 자판을 보지 않은 채 문자를 한다.
　─토욜에 안 가
잠시 후 덧붙인다.
　─낼 방과 후? 나도 너한테 보여줄 거 있어
줄리아는 휴대폰을 진동 모드로 바꾸어서 주머니에 넣고 수학 공부를 하는 척한다. 일 분도 지나지 않아 다리에 진동이 느껴진다.
　─필드에서 4:15?
필드에서 핀을 만날 생각을 하니 줄리아는 짜증이 확 밀려든다. 하지만 그러자는 답장을 하고 휴대폰을 끈다. 셜리나는 테이블 맞은편에서 차분하게 이차방정식을 풀고 있다. 그러다 줄리아의 눈길을 느끼고 고개를 든다.
줄리아는 자기도 모르게 고갯짓으로 천장의 전구를 가리킨다. 셜리나의 눈썹이 모인다. '왜?' '해봐.' 줄리아가 입 모양으로 말한다.
셜리나가 연필을 쥔 손에 힘을 준다. 전구의 불빛이 너울거린다.

휴게실이 갑자기 살아나서 부풀어 오르고 온갖 색깔로 물결친다. 아이들이 놀란 황금빛 얼굴로 고개를 들지만 이미 끝났다. 공기는 다시 흐려지고 아이들 얼굴은 어둠침침해진다.

설리나는 줄리아에게 미소를 짓는다. 줄리아가 자신에게 작고 예쁜 선물을 준 것처럼. 줄리아도 미소를 짓는다. 기분이 좋아져야 하고 실제로도 좋아지지만 어쩐지 바라는 만큼은 아니다.

다음 날 오후 그들이 철망 울타리 안에 들어가보니 달렉들이 이미 큐블록 더미 하나를 차지하고 앉아 몇 안 되는 컬름 남학생들의 관심을 끌려고 돌고래 소리를 내고 있다. 남학생들은 달렉들의 관심을 끌려고 녹슨 기계 위에서 서로를 밀치고 있다. 핀은 다른 큐블록 더미에 앉아서 운동화 옆면에 그림을 그리고 있다. 날씨는 우중충하고 습기 차고 쌀쌀하다. 하늘을 덮은 검은 구름 아래로 핀의 머리카락이 어찌나 풍성한지 손이 시리면 넣어도 좋을 것 같다. 그를 만나는 일은 줄리아에게 예상보다 큰 기쁨을 준다.

"금방 올게." 줄리아가 친구들에게 말하고 빠른 걸음으로 그에게 간다. 친구들이 걸리적거리지 않는 안전하고 편안한 곳에서 핀을 보고 싶어 하는 자신의 마음이 잘못됐다는 느낌이 든다.

홀리가 줄리아에게 말한다. "조심해." 줄리아는 눈을 굴릴 뿐 돌아보지 않는다. 걸어가는 내내 등 뒤로 홀리의 시선이 느껴진다.

"안녕." 줄리아가 말하고 큐블록에 올라가 핀의 옆자리에 앉는다.

핀의 얼굴이 밝아진다. 그는 그림 그리던 것을 멈추고 허리를 펴며 말한다. "안녕. 토요일에는 왜 안 와?"

"가족 모임이 있어." 달렉들이 요란하게 키득거리며 눈길을 던진다. 줄리아는 손을 흔들고 그들에게 키스를 날린다.

"쟤네가 너 싫어하지?" 핀이 청바지 주머니에 펜을 넣으며 말한다.

"당연하지." 줄리아가 말한다. "나도 쟤네 싫어하니까 괜찮아. 나한테 보여준다는 게 뭐야?"

"네 거 먼저."

줄리아는 이 일을 몇 주일 동안 기다렸다. "짠." 줄리아가 말하며 휴대폰을 내민다. 웃음을 참을 수가 없다.

사진 속 줄리아는 학교 뒤쪽 잔디밭에 있다. 바보 같은 일이었다. 수녀들이 창문으로 그 모습을 볼 수 있었기 때문이다. 하지만 줄리아는 대담한 심정에 사로잡혀 있다. 입은 오리 입을 하고 한 손은 옆으로 비죽 내민 골반에 걸치고 한 손은 머리 위 시계를 가리킨다. 정확히 자정이다.

"정말이야?" 홀리가 줄리아의 휴대폰을 들고 물었다.

"그럼." 줄리아가 사진에 들어가도록 시계를 올려다보며 말했다. "뭐가 문제야?"

"걔가 우리가 몰래 나오는 걸 알게 될 텐데." 홀리의 등 뒤에서는 설리나와 베카가 나무 밑에서 창백한 얼굴로 바라보며 기다렸다.

"우리 맹세에 남자를 믿지 말자는 건 없었어. 사귀지 말자고만 했지." 줄리아가 말했다.

"그래, 그리고 누가 제일 재미있는지 말하지 말자는 것도 없었어."

"핀은 고자질 안 할 거야. 장담해." 줄리아가 말했다.

홀리는 어깨를 으쓱했다. 줄리아가 자세를 잡고 머리 위로 시계를 가리키며 말했다. "찍어."

플래시가 번쩍하면서 나무들이 하얗게 터져 올랐고 홀리와 줄리아는 허리를 굽힌 채 터지는 웃음을 참으며 재빨리 달아났다.

"이제 십 유로 줘." 줄리아가 말한다. "그리고 사과도 부탁해. 둘 다 아주 비굴하게."

"좋아. 무릎을 꿇을까?" 핀이 말한다.

"그것도 좋겠지만 그냥 적당히 비굴하면 돼."

핀은 한 손을 가슴에 댄다. "나는 네가 이 세상 모든 것을 겁낼 거라고 말한 걸 사과해. 너는 내 엉덩이도, 울버린의 엉덩이도, 미친 고릴라의 엉덩이도 뻥 차버릴 두려움 없는 슈퍼히어로야."

"그래, 이제 용서할게. 잘했어." 줄리아가 말한다.

"사진 멋있어." 핀이 다시 한번 보고 말한다. "누가 찍었어? 네 친구?"

"수녀 유령. 나는 겁이 없다니까." 줄리아가 휴대폰을 돌려받는다. "십 유로."

"기다려." 핀이 휴대폰을 꺼내며 말한다. "너한테 보여줄 게 있다고 했잖아."

'네 거시기 사진이면 죽여버릴 거야.' 줄리아는 그렇게 생각하고 말한다. "그래, 날 감동시켜봐."

핀은 줄리아에게 휴대폰을 건네고 웃는다. 똑같이 장난꾸러기 같은 미소고 줄리아는 안도감과 죄책감과 온기를 느낀다. 핀을 만지고 싶고 엉덩이를 툭 쳐서 큐블록에서 일으켜 세운 뒤 핀의 목에 팔을 걸고 다시 한번 얕잡아 본 걸 사과하고 싶다.

"역시 훌륭한 사람들은 서로 통한다니까." 핀이 말하고 휴대폰을 보며 고개를 끄덕인다.

그가 뒤쪽 잔디밭, 거의 같은 장소에 있다. 검은 후드로 붉은 머리를 가렸다. 그가 줄리아보다 영리했다. 그리고 줄리아처럼 손을 들어 시계를 가리킨다. 자정이다.

줄리아는 처음에는 분노를 느낀다. '저긴 우리 장소야, 밤의 그곳은 우리만의 장소야. 거길 왜?' 하지만 곧 깨닫는다.

"십 유로 줘야 해?" 핀이 싱글벙글하며 말한다. 집으로 썩은 물건을 물고 와서 칭찬해달라고 하는 래브라도 레트리버 같다. "아니면 쌤쌤으로 칠까?"

줄리아가 말한다. "학교에서 어떻게 나왔어?"

핀은 자신의 모험이 너무 뿌듯해서 줄리아의 목소리가 변한 것을 알아차리지 못한다. "영업 비밀."

줄리아는 정신을 차리고 말한다. "우와." 감탄하는 큰 눈이 핀을 향해 흔들린다. "너네가 이 일을 할 수 있을 줄 몰랐는데."

이번에 줄리아는 핀을 얕잡아 보지 않는다. 그는 자신이 똑똑하다는 사실에 기뻐하고 줄리아에게 더 깊은 인상을 심어주고 싶어 한다. "방화문 경보 장치의 전원을 차단했어. 인터넷에 방법이 나와 있었고 오 분 정도 걸렸어. 물론 바깥에서는 문을 열 수 없지만 내가 돌아올 때까지 문이 닫히지 않게 틈새에 종이를 끼워놓았지."

"대박." 줄리아가 손으로 입을 막고 말한다. 너무도 쉬운 것 같다. "누가 지나가다 봤으면 어쩌려고? 잘못하면 퇴학당해."

핀은 어깨를 으쓱한다. 두 손을 바지 주머니에 넣고 뒤로 기댄 채 한쪽 발을 들고 별일 아니란 듯이. "그래도 해볼 만했어."

"언제야? 우리가 만날 수도 있었겠네." 줄리아가 키득거린다.

"한참 됐어. 댄스파티 하고 두 주 정도 지난 뒤."

그렇다면 크리스는 설리나와 충분히 만날 수 있었다. 여남은 번은 가능했다. 그가 알았다면. "너 혼자 왔어? 그거 셀카야? 와, 넌 진짜 수녀 유령을 겁내지 않는구나?"

"살아 있는 수녀는 무섭지만 죽은 수녀는 전혀."

줄리아가 웃는다. "그러니까 정말 혼자 나왔냐고?"

"친구 두 명이랑 같이 나왔어. 하지만 앞으로는 혼자 나올 거야." 핀은 발의 위치를 바꾸어서 자신이 운동화에 그린 그림을 감탄하듯 바라보다가 말한다. "그래서 말인데, 우리 둘 다 밖에 나올 수 있고 둘 다 겁이 없으니까 밤에 만나는 거 어때? 그냥 같이 있는 거. 수녀 유령이 정말 있는지도 보고."

이번에 줄리아는 함께 웃지 못한다. 필드 한구석 작년보다 더 무성해진 금방망이와 민들레 틈에서 설리나와 홀리와 베카는 베카의 아이팟을 함께 들으려고 하고 있다. 이어폰 한쪽을 달라고 웃으며 밀치락달치락하는 통에 설리나와 홀리의 머리카락이 서로의 얼굴을 때린다. 모든 것이 아직도 단순해 보인다. 그 모습에 줄리아는 큐 블록에서 튀어 나가서 폭발하고 싶어진다. 이제 언제라도 핀의 친구가 그리 찾아올 테고 그전에 줄리아는 제마의 말이 거짓말인지 알아내야 한다. 만약에, 정말 만약에 사실이라면 주말 동안 방법을 찾아야 한다.

"너 크리스 하퍼랑 친구지?" 줄리아가 말한다.

핀의 얼굴이 다가온다. "응. 왜?" 그가 말하고 휴대폰을 받아서 다시 주머니에 넣는다.

"네가 경보 장치 차단한 거 개도 알아?"

핀의 입이 냉소적으로 뒤틀린다. "응. 크리스의 아이디어였어. 사진을 찍은 것도 개야."

제마의 말은 거짓말이 아니었다.

"개하고 사귀고 싶었던 거라면 처음부터 말을 했어야지."

핀은 농락당했다고 생각한다. 줄리아가 말한다. "아니야."

"시발, 그런 것도 모르고."

"크리스가 펑 하고 세상에서 사라지면 나는 기뻐할 거야. 정말이야."

"그래. 됐어." 핀은 안색이 바뀌었다. 눈빛이 어두워지고 뺨 위쪽이 벌게졌다. 줄리아가 남자였다면 주먹질이라도 할 표정이다. 하지만 여자라서 말밖에 하지 못한다. "너 인성 진짜 바닥이다. 그거 알아?"

줄리아는 오해를 바로잡지 않으면 기회는 사라지고 핀은 자신을 용서하지 않을 거라는 걸 안다. 그들이 마흔 살에 길에서 마주치면 핀은 지금처럼 벌게진 얼굴로 그냥 가던 길을 갈 것이다.

하지만 줄리아는 사태를 수습할 여유가 없다. 마음속에 다른 문제가 너무 강력하게 솟아 올라와서 핀과의 문제는 사소해진다.

"원하는 대로 생각해. 나는 갈게." 줄리아가 말한다. 그리고 큐블록을 내려가서 친구들에게 돌아간다. 달렉들의 눈길이 피부에 바늘처럼 꽂히고 줄리아는 차라리 자신이 남자였으면 하는 생각이 든다. 그랬으면 핀은 자신에게 주먹을 날린 뒤 털어버리고 자신은 크

484

리스 하퍼에게 가서 그를 팰 수 있을 것이다.

홀리가 잠시 줄리아와 눈이 마주치지만 표정에 경고 또는 만족 또는 둘 다를 담고 있다. 베카가 고개를 들어 무언가를 묻지만 설리나가 베카의 팔을 잡고 둘은 아이팟으로 돌아간다. 무슨 게임을 하느라 화면에 주황색 다트가 날아가고 풍선이 슬로모션으로 터진다. 소리 없는 조각들이 파닥파닥 떨어진다. 줄리아는 잡초들 틈에 앉아서 핀의 뒷모습을 본다.

21

콘웨이와 나는 홀리에 대해 이야기하지 않았다. 그 이름을 우리 사이에 니트로글리세린*처럼 두고 서로를 외면한 채 할 일을 했다. 먼저 앨리슨을 아널드 선생에게 데리고 가서 밤새 돌봐달라고 부탁했다. 그리고 분실물함 열쇠를 달라고 하고 거기 들어온 물건은 얼마나 보관하다 버리는지 물었다. 값싼 물건은 학기가 끝나면 자선단체에 보내지만 MP3 플레이어, 휴대폰 같은 비싼 물건은 무기한 보관한다고 했다.

밤의 학교는 조명이 어두웠다. "뭐예요?" 내가 계단에 난 틈 때문에 옆으로 피하자 콘웨이가 물었다.

"아무것도 아니에요." 그리고 그걸로는 부족한 것 같아서. "그냥

_____
* 다이너마이트 같은 폭약의 원료.

486

조금 놀랐어요."

"왜요?"

프랭크 매키 때문이라고 말할 수는 없었다. "전구가 좀 이상했어요. 그뿐이에요."

"전구가 이상한 게 왜요? 이 건물의 배선은 백 년은 됐고 언제라도 망가질 수 있어요. 그게 뭐가 이상한가요?"

"아뇨. 그냥 타이밍이 그렇다는 거죠."

"타이밍이 그랬던 건 저녁 내내 휴게실에 사람이 많았기 때문이죠. 모션 센서가 쉴 새 없이 돌아갔고 그러다 무언가 과열돼서 전구가 터진 거예요. 이상할 거 없어요."

나는 그걸 두고 싸울 생각이 없었다. 나도 그 말에 동의하고 콘웨이도 알고 있을 테니. "네, 그 말이 맞을 거예요."

"그럼요."

우리는 싸우면서도 목소리를 높이지 않았다. 공간이 누군가 듣고 있고 금세라도 우리에게 달려들 것 같다는 느낌을 주었다. 우리가 내는 모든 소리가 원형 계단의 곡선 위로 날아올라서 먼 그림자 속에 자리를 잡았다. 현관문 위쪽에는 날개뼈처럼 섬세한 반달무늬 채광창이 파랗게 빛났다.

분실물함은 검고 낡았으며 현관 홀 한쪽 구석에 있었다. 나는 최대한 조용히 열쇠를 꽂았다. 금단의 장소에 들어가는 아이처럼 아드레날린이 치솟았다. 아래쪽의 작은 문을 열자 온갖 물건이 쏟아져 내렸다. 향수 냄새에 찌든 카디건, 플러시 고양이 인형, 책, 샌들 한 짝, 각도기.

펄핑크색 플립 폰은 바닥에 있었다. 그날 아침 학교에 들어올 때 우리는 그 앞을 지나쳐 갔다.

나는 장갑을 끼고 지문이라도 뜰 것처럼 두 손가락으로 살살 끄집
어냈다. 지문은 뜨지 않을 것이다. 표면도 케이스 안쪽도 배터리나
심 카드도 모두 아주 깨끗할 테니까.

"훌륭하네요. 경찰의 딸다워요. 멋져요." 콘웨이가 음울하게 이야
기했다.

"이게 홀리가 범인이라는 결정적인 증거는 아니에요."

내 목소리는 높고 가늘고 멍청했다. 너무 허약해서 나조차 설득되
지 않았다. 콘웨이의 눈썹이 살짝 움직였다. "그렇게 생각해요?"

"줄리아나 리베카를 보호하려던 건지도 몰라요."

"그럴 수도 있지만 그렇다는 증거도 없어요. 다른 증거들은 누군
가를 콕 집어 가리키는 게 없어요. 이건 우리 증거 중 유일하게 특정
한 것이고 홀리를 가리켜요. 홀리는 크리스를 싫어했어요. 그리고
내가 본 바에 따르면, 홀리는 심지가 굳고 의존적이지 않고 머리도
좋고 용기도 있어요. 훌륭한 킬러의 자질이에요."

그날 아침 미제사건수사과에서 보인 홀리의 침착한 모습. 매끈하
고 예리하게 대면 조사를 마치고 마지막에 내게 칭찬을 던지며 상황
을 통제한.

"내가 뭐 놓치는 게 있으면 부담 없이 말해주세요." 콘웨이가 말
했다.

"그러면 왜 나한테 카드를 가져오나요?"

"그건 안 놓쳤어요." 콘웨이가 새 증거 봉투를 꺼내서 분실물함
위에 놓고 라벨을 적었다. "홀리는 배짱도 있어요. 누가 곧 경찰에
신고할 걸 알고 자기가 먼저 그러면 용의자 명단에서 빠질 것도 알

았어요. 실제로 그건 통했죠. 문제가 다가오고 있다면 모래에 머리를 박고 알아서 지나가기를 기다리는 것보다 나가서 정면으로 부딪치는 게 좋아요. 나 같아도 그렇게 할 거예요."

그날 오후 복도에서 앨리슨이 정신줄을 놓았을 때 홀리는 사람들 얼굴을 훑고 있었다. 나는 그때 범인을 찾는 거라고 생각했다. 밀고자를 찾는 거라고는 생각하지 않았다.

내가 말했다. "열여섯 살치고는 엄청난 배짱인데요."

"그래서요? 홀리한테 배짱이 없다고 생각해요?"

대답할 수 없다. 말이 입에 문 얼음처럼 나를 때렸다. 콘웨이는 내내 홀리를 사정권에 두고 있었다. 내가 들뜬 상태로 살인수사과 방에 가서 이야기를 전한 순간부터 그녀는 의심했다.

콘웨이가 말했다. "홀리 혼자서 처음부터 끝까지 다 했다는 건 아니에요. 전에 말했듯이 홀리하고 줄리아하고 리베카가 같이 했을 수도 있고 네 명이 다 같이 했을 수도 있어요. 하지만 어떤 경우라도 홀리는 깊이 관여했어요."

"안 그랬다는 건 아니에요. 그냥 모든 가능성을 열어두자는 거죠."

콘웨이는 라벨 작업을 마치자 허리를 펴고 나를 바라보며 말했다. "당신 생각도 나랑 같아요. 하지만 당신은 당신의 홀리에게 농락당했다는 사실이 싫은 거예요."

"그 애는 나의 홀리가 아니에요."

콘웨이는 아무 대답 없이 나더러 휴대폰을 넣으라고 봉투를 들어올렸다. 그리고 봉투를 흔들며 말했다. "조사가 힘들 거 같으면 지금 말해요."

나는 목소리를 다스렸다. "그게 왜 힘든가요?"

"홀리 아빠를 불러야 하니까요."

홀리가 용의자가 아닌 것처럼 시늉할 수는 없었다. 아무리 멍청한 형사도 거기 넘어가지 않을 것이다. 그리고 홀리의 아빠는 멍청하지 않다.

내가 말했다. "네, 그리고요?"

"들리는 말로는 프랭크 매키 형사가 당신에게 호의를 베푼 적이 있다고 하더라고요. 그걸 나무라는 건 아니에요. 당신은 당신 할 일을 하면 돼요. 하지만 두 분이 절친이라거나 당신이 매키 형사에게 신세를 졌다면 당신이 그분 딸에게 살인죄를 물을 수는 없겠죠."

"나는 매키 형사에게 신세진 것 없어요. 절친도 아니고요."

콘웨이가 나를 바라보았다.

"그분하고 대화한 것도 벌써 여러 해 전이에요. 내가 어쩌다 한번 매키 형사에게 도움을 주었고 그 뒤로 그분이 나를 도와주려고 했어요. 매키 형사는 자기를 도와주면 손해 보지 않는다는 걸 확실히 해두고 싶어 하는 사람이고 그게 다예요."

"하." 콘웨이가 말했다. 무언가 만족스러워 보이기도 했다. 하지만 어쩌면 매키에 대한 태도를 누그러뜨리기로 한 건지도 몰랐다. 그의 동맹과 한 방에 있으니. 콘웨이는 봉투를 봉하고 다른 것들과 함께 가방에 넣었다. "나는 프랭크 매키를 몰라요. 그분이 우리를 힘들게 할까요?"

"그럴 거예요." 내가 말했다. "홀리를 집에서 쫓아내고 우리더러 변호사와 이야기하라고 하지는 않을 거예요. 그런 사람은 아니에요. 우리를 힘들게 하겠지만 측면 공격을 할 거고 우리가 가시적인 뭔가를 내놓을 때까지 떠나지 않을 거예요. 우리의 가설과 증거가 이해될 때까지 계속 말을 시킬 거예요."

콘웨이가 고개를 끄덕이고 말했다. "그분 번호는 있어요?"

"있어요."

다음 순간 아니라고 할걸 싶었지만 콘웨이는 "전화해봐요" 하고만 말했다.

프랭크 매키는 바로 전화를 받았다. "스티븐! 오랜만이군."

"저 지금 세인트킬다예요."

공기가 칼끝처럼 곤두섰다. "무슨 일이지?"

"홀리는 아무 일 없어요. 아주 좋아요." 내가 얼른 말했다. "하지만 홀리하고 이야기가 좀 해야 하는데 선배님도 오시고 싶어 할 것 같아서요."

침묵 후에 매키가 말했다. "내가 갈 때까지 한 마디도 하지 말게. 한 마디도. 알겠어?"

"네."

"한 마디도 안 돼. 난 가까운 곳에 있어. 이십 분이면 가." 그는 전화를 끊었다.

나는 휴대폰을 치우고 말했다. "십오 분이면 온대요. 준비해야 돼요."

콘웨이는 분실물함 문을 강하게 탕 닫았다. 묵직한 타격음이 그림자 속으로 솟아올라 천천히 사라졌다.

콘웨이가 높은 어둠에 대고 큰 소리로 말했다. "준비할 거예요."

콘웨이가 휴게실 문을 두드리자 매케나는 앞에서 기다리고 있던 것처럼 금세 나왔다. 길었던 하루와 복도의 흰 조명은 그녀에게 자비롭지 않았다. 머리는 아직도 단단히 고정되어 있고 값비싼 정장도 여전히 말끔했지만 공들인 화장은 지워지고 뭉쳤다. 주름은 아침보다 깊어지고 모공은 수두 자국 같았다. 손에는 휴대폰을 들었다. 아직도 피해를 수습하고 터진 솔기를 꿰매려 하고 있었다.

매케나는 부글거렸다. "경찰의 표준 절차가 목격자들을 히스테리에 빠뜨리는 건 줄은 몰랐네요."

"학생들을 하루 종일 가둔 건 저희가 아닙니다." 콘웨이가 말하고 휴게실 문을 탁 쳤다. "여긴 편안한 공간이지만 몇 시간을 갇혀 있으면 아무리 좋은 곳이라도 당연히 답답해지죠. 제가 선생님이라면 취침 시간 전에 아이들에게 몸을 좀 움직일 시간을 주겠습니다. 아이들이 한밤중에 다시 폭발하는 걸 원하시지 않는다면요."

매케나는 잠시 눈을 감고 생각했다. "조언 감사합니다, 형사님. 하지만 이제 두 분은 충분히 하셨습니다. 학생들을 모아두고 있던 건 형사님이 아이들과 이야기하고 싶을까 봐 그랬던 건데 이제 그건 문제가 안 되겠네요. 떠나주셨으면 합니다."

"그럴 수 없습니다. 죄송합니다." 콘웨이가 말했다. "홀리 매키하고 잠깐 이야기를 해야 합니다. 홀리 아버지가 이리 오고 있습니다."

매케나는 그 말에 더 흥분했다. "저는 학부모의 허락이 필요 없도록 특별히 학생들과의 면담을 허락해드렸습니다. 부모님을 개입시키는 건 불필요하고 경찰이나 학교 모두 피곤하게 만들 뿐입니다……"

"홀리의 아버지는 아침에 출근하면 이 일을 다 알게 될 겁니다. 걱정 마세요. 그분이 학부모 사회에 소문을 퍼뜨리지는 않을 테니까요."

"이걸 오늘 밤 꼭 해야 하는 이유가 있나요? 두 분이 말씀하셨듯이 학생들은 이미 하루 치 이상의 스트레스를 받았어요. 내일 아침에……."

콘웨이가 말했다. "홀리하고는 본관에서 이야기하겠습니다. 저희는 눈에 안 띄는 곳으로 갈 테니까 다른 아이들은 일상으로 돌아가게 해주세요. 미술실은 어떨까요?"

매케나는 가슴을 내밀고 입술을 앙다물었다. "소등은 10시 45분이에요. 그때까지 홀리를 포함해서 모든 학생은 자기 침대에 들어가 있어야 돼요. 학생들에게 질문이 남아 있으면 내일 아침까지 기다리세요." 그리고 휴게실 문이 탕 닫혔다.

"그냥 받아들여요." 콘웨이가 말했다. "방해한다고 체포할 수는 없어요. 여기는 매케나의 영토고 매케나가 대장이에요."

내가 물었다. "그런데 왜 미술실이죠?"

"홀리가 카드를 생각하고 살인범을 아는 사람이 있다는 걸 기억하게 하려고요." 콘웨이는 흐트러진 올림머리에서 고무밴드를 빼냈다. 머리가 어깨 위로 무겁게 떨어져 내렸다. "시작은 당신이 하세요. 친절하고 다정한, 착한 경찰 역이에요. 홀리도 홀리 아빠도 놀라게 하지 말고 사실만 확인하세요. 홀리가 밤에 외출했고 크리스와 설리나 일을 알았고 크리스를 좋아하지 않았다는 거. 그리고 세부적으로 파고들어봐요. 왜 크리스를 싫어했는지, 둘의 관계를 다른 아이들과 이야기한 적이 있는지. 나쁜 경찰이 필요하면 내가 들어갈게요."

손목을 두어 번 비틀고 머리띠를 튕기자 올림머리가 본래대로 돌아와서 대리석처럼 매끈하게 반짝거렸다. 어깨가 펴지고 찌푸린 표정마저 사라졌다. 콘웨이는 준비되었다.

휴게실 문이 열렸다. 홀리가 나오고 매케나가 뒤에 섰다. 포니테일, 청바지, 청록색 후드 티와 소매 안쪽에 넣은 손.

내가 생각하던 차갑고 광채 나는 모습의 홀리는 사라졌다. 홀리는 창백했고 십 년은 더 나이 들어 보였으며 눈빛이 멍했다. 누군가 홀리의 세계를 뒤흔들어서 아무것도 제자리에 돌아갈 수 없게 된 것 같았다. 자신이 옳은 일을 한다고 확신했는데 갑자기 모든 일이 너무 복잡해진 것 같았다.

그 모습은 나를 무감각하게 만들었다. 나는 콘웨이를 볼 수 없었다. 그럴 필요가 없었다. 그녀도 분명 보았을 것이다.

홀리가 말했다. "무슨 일인가요?"

나는 홀리가 아홉 살 때를 기억했다. 힘들게 용기를 낸 모습에 가슴이 아팠다. "아버지가 오고 계셔. 아버지가 오시기 전에는 대화를 시작하지 않는 게 좋을 것 같아."

홀리는 내 말에 정신이 번쩍 든 듯 고개를 홱 젖히며 답답해했다. "아빠를 불렀다고요? 도대체 왜?"

나는 대답하지 않았다. 홀리는 내 얼굴을 보더니 입을 다물었다. 매끈한 얼굴은 순진함과 비밀스러움을 동시에 풍겼다.

"고맙습니다." 콘웨이가 매케나에게 말하고 이어 나와 홀리에게도 말했다. "갑시다."

우리가 그날 아침 시크릿 플레이스를 찾아서 걸어간 긴 복도. 그때는 햇빛과 활력에 싸여 있었지만 이제는 침침하고 썰렁했다. 콘웨이는 전등 스위치를 쳐다보지도 않고 지나갔다. 등 뒤의 창문으로 들어오는 저녁 빛이 희미한 그림자를 던졌고, 홀리의 꼿꼿한 그림자 양옆을 걷는 우리의 그림자는 훨씬 더 길게 뻗었다. 인질을 잡아가는 인질범들 같았다. 발소리가 행군하는 군홧발처럼 복도를 울렸다.

시크릿 플레이스. 조명 속에 언뜻 잔물결이 이는 것 같았지만 이제 끊어넘침과 재잘거림은 사라졌다. 거기서 희미하게 들리는 것은 경청을 간청하는 천 개의 나직한 속삭임뿐이었다. 새 카드가 붙어 있었다. 그래프턴 스트리트*에서 흔히 보는 조각상 흉내 공연자 사진에 "난 이거 너무 섬뜩함!"이라는 글이 적혀 있었다.

미술실은 이제 아침의 신선함도 햇빛도 없었다. 천장 조명은 방구석까지 닿지 않았다. 녹색 테이블에는 찰흙 찌꺼기가 묻어 있고 콘웨이가 구겨서 버린 종이들이 아직도 의자 밑에 뒹굴었다. 매케나가 청소를 금지한 게 분명했다. 그녀는 경계 속에 학교의 모든 것을 통제하고 있었다.

높은 창밖으로 달이 떠 있었다. 침침한 청색 하늘에 무르익은 보름달. 창문 앞에 놓인 테이블들에서 아침에 본 테이블보는 치워져 있었다. 그리고 그 자리에 학교의 모형이 있었다. 구리철사로 섬세하게 만든 모형은 동화의 한 장면 같았다.

내가 물었다. "저게 어젯밤 너희가 작업한 거니?"

홀리가 말했다. "네."

가까이서 보니 모형은 너무 섬세해서 오래 버티지 못할 것 같았

---

* 더블린의 번화가.

다. 벽은 철사를 엉성하게 엮은 게 전부라서 안이 훤히 들여다보였다. 안에는 철사 책상, 천으로 만든 칠판이 있었고, 칠판에 적힌 글자들은 너무 깨알 같아서 읽을 수 없었다. 화장지로 만든 석탄불과 그 주변을 둘러싼 등받이 높은 안락의자들도 보였다. 겨울이었다. 박공지붕 위와 기둥 주변에 눈이 쌓여 있었다. 본관 뒤편에서는 눈에 덮인 잔디가 바닥을 이루었다.

"학교구나."

홀리는 내가 부수기라도 할 것처럼 그 앞에 와 섰다. "백 년 전의 킬다예요. 친구들이랑 학교의 옛날 사진이나 그런 것들로 옛날 모습을 조사해서 같이 만들었어요."

침실에는 작은 구리철사 침대와 화장지 침구가 있다. 학생 기숙사와 수녀동, 거미줄처럼 가는 실로 창문에 매달린 작은 양피지 두루마리들. "이 종잇조각들은 뭐니?" 내가 물었다. 내 숨결에 종이들이 돌았다.

"1911년 인구조사 기록에 나오는 여기 살았던 사람들 이름이에요. 누가 어느 방에 살았는지는 모르지만 나이하고 명단에 적힌 순서로 작업했어요. 친구들은 나란히 앉아서 순서대로 적혔을 거라고 생각해서요. 이름이 헵지바 클로드인 학생도 있었어요."

콘웨이는 길쭉한 테이블에 의자를 둘러 놓고 있었다. 하나는 홀리의 것. 테이블에서 이 미터 정도 떨어진 것은 매키의 것. 콘웨이가 의자를 강하게 내려놓자 리놀륨 바닥이 탕 소리를 울렸다.

내가 말했다. "누가 제안한 거니?"

홀리가 어깨를 으쓱했다. "넷 다요. 백 년 전에 우리 학교에 다닌 학생들 이야기를 했어요. 그 사람들도 우리하고 똑같은 생각을 했을까 그런 거요. 그 사람들은 커서 어떻게 됐을까? 그 사람들 유령이 학교에 돌아온 적은 없을까? 그러다가 이걸 생각했어요."

홀리 맞은편 의자는 내 것이고, 매키 맞은편은 콘웨이다. 탕.

중앙 계단 위에서 흔들리는 네 개의 양피지. 내가 물었다. "이 사람들은 누구야?"

"헵지바하고 친구들요. 엘리자베스 브레넌. 브리짓 말리, 릴리언 오하라."

"어디를 가는 거지?"

홀리는 철사들 사이로 손을 넣어서 새끼손가락으로 두루마리들을 빙글빙글 돌리고 말했다. "이 사람들이 정말 친구였는지 어떤지는 몰라요. 서로 죽어라 싫어했을 수도 있어요."

"어쨌든 멋있어."

"그래, 정말이야." 콘웨이 말은 경고 같았다.

그때 등 뒤에서. "여기서 만나다니 반갑군."

매키가 문 앞에 서 있다. 발뒤꿈치로 서서 파란 눈동자로 우리를 살펴본다. 두 손은 갈색 가죽 재킷 주머니에 있다. 내가 처음 만났을 때와 달라진 게 거의 없었다. 긴 형광등 아래 눈가의 주름이 더 깊어 보이고 갈색 머리에 섞인 흰머리가 두드러져 보였지만 그 이상은 없었다.

"우리 집 참새 안녕. 잘 지내고 있어?" 그가 말했다.

"응." 홀리가 말했다. 어쨌든 아빠를 만난 것이 약간은 기뻐 보였고 열여섯 살 딸의 아빠에게는 좋은 일이다. 그것도 역시 옛날과 똑같았다. 매키와 홀리가 서로 잘 통한다는 것.

"무슨 이야기 하고 있었니?"

"미술 과제. 걱정할 거 없어, 아빠."

"내가 여기 없을 때 네가 이 좋으신 분들을 요절내지 않았는지 확인해본 거야." 매키가 나를 보았다. "스티븐, 오랜만이군." 그리고 다가와서 손을 내밀었다. 강한 악수, 다정한 미소. 어쨌든 시작은 모든 것이 문제없다는 식으로 갈 것이다. 모두 우호적이고 한편이라는 식으로.

"와주셔서 감사합니다. 오래 걸리지 않도록 하겠습니다."

"콘웨이 형사, 만나서 반가워요. 좋은 이야기 많이 들었어요. 프랭크 매키입니다." 매키의 미소는 반응을 얻는 데 익숙했지만 콘웨이는 반응하지 않았다. "잠깐 밖에서 브리핑 좀 부탁합니다."

"매키 씨는 여기 형사로 오신 게 아닙니다." 콘웨이가 말했다. "그 점은 이미 말씀드렸습니다. 고맙습니다."

매키는 나에게 한쪽 눈썹을 들어 보이고 웃었다. '누가 저 여자 심기를 긁어놓은 거지?' 나는 미소로 답해야 할지 어떨지 알 수 없었다. 매키와 함께 있으면 그가 무엇을 무기로 만들지 알 수가 없다. 내 당황한 모습에 매키의 얼굴은 더 밝아졌다.

그가 콘웨이에게 말했다. "내가 아빠로서 온 거라면 딸이랑 잠깐 이야기 좀 하고 싶군요."

"바로 시작할 거예요. 대화는 이따 쉴 때 하세요."

매키는 따지지 않았다. 아마 콘웨이는 그걸로 자신이 이겼다고 생각했을 것이다. 그는 우리가 그를 위해 가져다놓은 의자를 지나가서 미술 과제들을 보았다. 가는 길에 홀리의 머리를 살짝 문질렀다. "우리를 좀 도와주겠니, 홀리? 여기 좋으신 형사님들이 질문하시기 전에 어떻게 된 일인지 짧게 요약해주렴."

홀리를 가로막으면 분위기가 망가질 것이다. 콘웨이는 내가 매키에 대해 한 말을 이해하겠다는 표정이었다. 홀리가 말했다. "오늘 아침에 시크릿 플레이스에서 카드를 한 장 봤어. 카드에는 크리스 하퍼의 사진이 있었고 '난 누가 그 애를 죽였는지 알아' 하고 적혀 있었어. 난 그걸 스티븐 모런 형사님께 가져다드렸고 두 분이 하루 종일 학교에서 조사를 하셨어. 내 친구들하고 조앤 헤퍼넌네 바보들을 다 조사하고 계셔. 아마 카드를 붙인 사람이 우리 여덟 명 중 하나라고 판단하신 것 같아."

"흥미롭구나." 매키가 말하고 허리를 굽혀 구리철사 학교를 여러 각도로 살펴보았다. "그래, 좋아. 다른 아이들도 부모님이 오셨니?"

홀리는 고개를 저었다.

"동업자로서 예의예요." 콘웨이가 말했다.

"아주 따뜻하고 오글거리는군." 매키가 말하고 창턱에 올라앉았다. 한쪽 발이 흔들렸다. "어떻게 해야 하는지 알지? 대답하고 싶은 건 대답하고 대답하기 싫으면 안 해도 돼. 대답하기 전에 나하고 의논하고 싶은 게 있으면 그렇게 해. 기분 나쁘거나 불편해지면 그것도 말해. 아빠가 집으로 데려갈 테니. 괜찮아?"

"아빠, 난 괜찮아." 홀리가 말했다.

"괜찮은 거 알아. 그냥 기본 규칙을 알려주는 거야. 모두가 확실히 알도록." 그는 나에게 윙크를 했다. "모든 게 편안하도록."

콘웨이는 자기 의자 위로 한쪽 다리를 넘기고 홀리에게 말했다. "말하기 싫은 건 말 안 해도 돼. 하지만 네가 한 말은 모두 기록되고 증거로 사용될 수 있어. 알겠니?"

이런 경고는 아무리 가볍게 해도 분위기를 변화시킨다. 매키의 얼굴은 아무것도 드러내지 않지만 홀리는 눈썹을 모았다. 새로운 모습이었다. "그러면……?"

콘웨이가 말했다. "너한테 비밀이 있어. 그래서 우리가 조심스러워져."

나는 홀리 맞은편에 앉아서 콘웨이에게 손을 내밀었다. 콘웨이는 분실물함의 휴대폰을 담은 증거 봉투를 테이블 위로 밀어 보냈다.

나는 봉투를 홀리에게 건넸다. "이 휴대폰 본 적 있니?"

잠시 당황한 표정이었지만 홀리의 얼굴은 곧 명확해졌다. "네, 앨리슨 휴대폰이에요."

"아니, 기종만 같을 뿐 이건 앨리슨 휴대폰이 아냐."

어깨 으쓱. "그러면 누구 건지 몰라요."

"내가 묻는 건 그게 아냐. 이걸 본 적 있느냐는 거야."

다시 한번 당황한 표정. 이번에는 조금 더 오래갔지만 곧 천천히 고개를 젓는다. "없는 것 같아요."

"네가 이걸 분실물함에 넣는 걸 본 사람이 있어. 크리스가 죽은 다음 날."

완전한 무표정. 그러더니 홀리의 얼굴에 깨달음이 떠올랐다. "아, 그거! 까먹고 있었네요. 그날 아침 특별 조회에서 매케나 선생님이 크리스 사건을 전하고 경찰에 협력해야 한다 어째야 한다 하는 말씀을 아주 오래 하셨어요." 말이 많다는 손 모양. "말씀이 끝나고 모두 현관 홀로 나왔는데 바닥에 그게 있었어요. 앨리슨 거 같았는데 앨리슨이 보이지 않았고 분위기가 너무 정신없었어요. 모두 정신없이 떠들고 울고 끌어안고 해서요. 선생님들은 조용히 교실로 가라고 소리쳤고요……. 그래서 그냥 휴대폰을 분실물함에 넣었어요. 앨리슨이 찾아가겠지 하고요. 제가 굳이 챙겨줄 필요는 없었으니까요. 그런데 앨리슨 게 아니면 누구 거였나요?"

완벽하다. 진짜보다 더 훌륭하다. 그리고 이 똑똑한 아이는 누구라도 휴대폰의 주인이 될 수 있도록 그물을 넓게 던졌다. 콘웨이의 피곤한 얼굴은 그녀도 나와 똑같은 생각임을 말해주었다.

나는 휴대폰을 도로 가져와서 잠시 옆으로 치워두었다. 홀리의 질문에는 답을 하지 않았지만 홀리도 더 묻지 않았다.

내가 말했다. "줄리아하고 설리나한테 들었겠지만 우리는 너희가 밤에 외출한 걸 알아. 작년에."

홀리는 빠르게 매키를 보았다. "나는 걱정 말아라, 참새." 그가 미소띤 얼굴로 말했다. "나한텐 관여할 권한이 없어. 잘하고 있어."

홀리가 나에게 말했다. "그래서요?"

"나가서 뭘 한 거니?"

홀리가 턱을 내밀었다. "뭘 알고 싶으신 건가요?"

"홀리, 내가 이런 질문을 할 거 알고 있으면서 그러지 마."

"그냥 놀았어요. 대화하면서요. 소금 목욕을 하거나 집단 섹스를 하거나 사람들이 요즘 청소년들을 보면서 생각하는 그런 건 안 했어요. 캔 맥주를 두어 번 마시고 담배도 피우긴 했어요. 정말 충격적이죠."

"담배 피우지 마라." 매키가 엄격하게 말했다. "내가 담배에 대해서 뭐라고 했니?" 콘웨이가 경고의 시선을 던지자 그는 두 손을 들어 사과하며 자신은 조사를 방해할 생각이 없는 책임감 있는 아빠라는 것을 보였다.

나는 두 사람 모두 못 본 척했다. "나가서 누굴 만난 적은 없니? 예를 들면 컬름 남학생이냐."

"아뇨! 그 멍청이들은 이미 지겹도록 봐요."

"그렇다면 네 말은 한마디로……." 내가 의아해져서 말했다. "너희가 실내에서 혹은 낮에도 할 수 있는 일을 굳이 밤에 나가서 했다는 건데, 왜 퇴학당할 위험을 무릅쓰고 그런 일을 한 거지?"

홀리가 말했다. "이해 못 하실 거예요."

"말해봐."

잠시 후 홀리는 큰 소리로 한숨을 쉬었다. "밤에 바깥에 나가면 대화가 더 잘돼서 그랬어요. 그리고 두 분은 학교 규칙을 어겨보신 적이 없겠지만 모두가 정해진 규칙을 다 지키고 싶어 하는 건 아니에요."

"그래, 일리가 있어. 이해됐어." 내가 말했다.

양쪽 엄지를 척. "훌륭하신데요."

홀리는 아직도 십 대 시절이 사 년 가까이 남았다. 나는 매키가 부럽지 않았다. 내가 말했다. "설리나가 몰래 나가서 크리스 하퍼를 만나는 건 알았지?"

홀리는 십 대답게 멍한 눈빛과 비죽 내민 입술로 반응했다. 멍청해 보였지만 나는 속지 않았다.

"증거가 있어."

"가십 잡지에 나왔나요? 로버트 패틴슨과 크리스틴 스튜어트가 또 헤어졌다는 기사 옆에?"

"까불지 마라." 매키가 고개도 들지 않고 말했다. 홀리는 눈을 굴렸다.

홀리가 버릇없이 구는 건 겁을 먹었기 때문이다. 나는 허리를 굽했고 홀리는 본의 아니게 나와 눈이 마주쳤다. 내가 부드럽게 말했다. "홀리, 오늘 아침 네가 날 찾아온 데는 이유가 있을 거야. 내가 너를 무시할 만큼 멍청하지 않아서이기도 하고 내가 다른 사람들보다 상황을 좀더 잘 이해할 거라고 생각해서이기도 했어. 그렇지?"

어깨가 움찔거린다. "맞아요."

"너는 누군가에게 이 일을 이야기하게 될 거야. 친구들에게 돌아가서 이런 일이 없었던 것처럼 행동하고 싶겠지만, 물론 난 나무라지는 않아, 그리고 그건 네 선택지가 아니야."

홀리는 의자에 앉은 채 허리를 무너뜨렸다. 그리고 팔짱 낀 자세로 천장을 올려다보았다. 내 말이 지겨워서 졸음이 몰려오기라도 하는 것처럼. 말에 대답도 하지 않았다.

"너도 그 사실을 나 못지않게 잘 알아. 나한테 말해도 되고 다른 사람한테 말해도 돼. 나하고 말하고 싶다면 네 의견에 따를 수 있도록 노력할게. 네가 아직은 나한테 실망하지 않았을 거라고 생각해."

어깨 으쓱.

"그러면 계속 나하고 있겠니? 아니면 다른 사람으로 바꿔줄까?"

매키가 눈을 내리깐 채 나를 보았지만 입은 열지 않았고 그것은 결코 칭찬이 아니었다. 홀리가 다시 한번 어깨를 으쓱. "형사님하고 할게요. 상관없어요."

"좋아." 내가 말하고 '우리는 한 팀이야' 하는 미소를 보냈다. 그런 뒤 본격적인 작업을 위해 의자를 테이블 앞으로 바짝 당겼다. "이야기는 이래. 설리나는 이미 우리에게 크리스 하퍼랑 사귀었다고 말했어. 그리고 이것과 똑같이 생긴 휴대폰으로 크리스와 문자를 주고받았다고 했어. 우리는 두 사람의 통신 기록을 확인했고 그 애들이 심야 약속을 잡은 문자 내용도 확인했어." 홀리는 자신도 모르게 나를 힐끔 보았다. 우리가 알게 될 줄 몰랐을 것이다. "우리는 지금 모르는 걸 묻는 게 아니라 확인을 하는 것뿐이야. 그러니까 다시 물을게. 너는 설리나가 크리스랑 만나는 걸 알았니?"

홀리는 매키를 바라보았다. 그가 고개를 끄덕였다.

"네, 알았어요." 홀리가 말했다. 건방진 십 대의 태도가 삽시간에 사라졌다. 홀리는 노숙해 보이고 복잡하고 신중해 보였다.

"언제 알았니?"

"작년 봄요. 크리스가 죽기 두 주쯤 전이었을 거예요. 하지만 그때 걔들은 이미 헤어져서 더이상 만나지 않을 때였어요."

"어떻게 알게 됐니?"

홀리는 이제 냉정하고 차분하게 내 눈을 바라보며 두 손을 테이블 위에 포개 얹고 말했다. "가끔 날이 더우면 저는 잠을 설쳐요. 그날 밤도 아주 더웠어요. 저는 시원한 곳을 찾아 침대 위를 이리저리 움직이다가 '꼼짝하지 않으면 잠이 들지도 몰라'라고 생각하고 가만히 있었어요. 그래도 소용없었어요. 그런데 설리나가 제가 잠들었다고 생각한 것 같았어요. 그 애가 일어나서 돌아다니는 소리가 났고 저는 '설리나도 잠이 안 오나 보다. 같이 수다나 떨자' 하고 눈을 떴는데, 그 애는 화면이 켜진 휴대폰을 들고 다른 사람 눈길을 피하는 것처럼 그 위로 몸을 웅크리고 있었어요. 문자를 하거나 읽지는 않고 그냥 들고 있었어요. 휴대폰이 무슨 일인가 하기를 기다리는 것처럼요."

"무슨 일인지 궁금했겠네."

"얼마 전부터 설리나가 조금 이상했었어요. 설리나는 항상 침착하고 평화로운 애였어요. 하지만 그날 밤 이전에 그 애는……." 기억을 떠올리자 무언가가 홀리의 침착함을 흔들었다. "무슨 끔찍한 일이 있는 것 같았어요. 어떨 때는 울고 있던 것 같았고 또 어떨 때는 곧 울음을 터뜨릴 것 같았어요. 우리가 말을 걸어도 한 박자 늦게 '뭐?' 하고 되물었어요. 우리 말을 듣지도 못한 것처럼요. 뭔가 이상했어요."

나는 고개를 끄덕였다. "걱정했겠구나."

"엄청 걱정이 됐죠. 학교 문제일 리는 없었어요. 우리는 하루 종일 붙어 지내고 학교 문제라면 알았을 테니까요." 홀리의 입이 뒤틀린다. "주말에 집에 갔을 때 엄마나 아빠 집 어디선가 문제가 있었을지 모른다고 생각했어요. 설리나의 부모님은 헤어지셨는데 두 분 다 좀 이상해요. 설리나 엄마하고 새아빠는 맨날 파티고 친아빠는 자기 집 소파에 히피 아저씨들을 재워요……."

"다른 아이들하고 그걸 두고 이야기해봤니? 줄리아나 리베카가 어떻게 생각하는지 물어봤어?"

"네, 줄리아하고 이야기해보려고 했어요. 하지만 그 애는 '소설 쓰지 마. 사람은 다 감정 기복이 있어. 한두 주만 내버려두면 좋아질 거야' 하고 말했어요. 그래서 베카한테 말했는데 베카는 그런 일을 잘 이해하지 못해요. 우리 중 누가 잘못될 수 있다는 생각을요. 베카가 너무 놀라서 저는 그 애를 달래느라고 그냥 내 망상일 뿐이라고 했어요."

별일 아닌 듯 말하려고 하지만 홀리의 얼굴에 무엇인가 아련한 것이 지나간다. 빗물 색깔로 젖고 슬픔이 깃든 것, 먼 옛날을 그리워하는 어떤 것. 나는 놀랐다. 홀리는 다시 나이 들어 보였고 세상을 이해하는 것처럼 보였다.

"그래서 베카가 그 말을 믿었니? 베카는 설리나한테서 아무 눈치도 못 챘어?"

"네. 베카는…… 되게 순진해요. 걔는 우리가 함께 있으면 모든 문제가 자동적으로 해결된다고 생각해요. 설리나가 예외라고는 생각 못 했을 거예요."

"그래서 줄리아하고 리베카는 도움이 안 됐구나." 내가 말했다. 다시 아련한 것이 보였다. "설리나하고는 말해봤니?"

홀리는 고개를 저었다. "시도는 해봤지만 설리나는 마음이 안 내키면 대화를 꺼리는 편이에요. 그 애가 몽롱한 표정이 되면 대화는 불가능해요. 뭐가 문제냐고 묻지도 못했어요."

"그래서 어떻게 했니?"

번쩍 지나가는 답답한 표정. "아무것도 안 했어요. 그냥 가만히 설리나를 지켜봤죠. 제가 무슨 일을 했어야 하나요?"

"나도 몰라." 내가 차분하게 말했다. "그래서 휴대폰을 봤을 때 그게 설리나의 고민이랑 상관이 있다고 생각했니?"

"그건 셜록 홈스가 아니라도 알 수 있지 않나요? 저는 눈을 이렇게 뜨고……." 홀리가 눈꺼풀을 거의 닫아 실눈을 떴다. "설리나가 휴대폰을 치울 때까지 지켜봤어요. 어디다 두는지는 못 봤지만 침대 옆 어딘가였어요. 그래서 다음 날 수업 중에 핑계를 대고 기숙사에 가서 찾았어요."

"그리고 문자를 읽었고."

홀리의 엇갈린 무릎이 흔들렸다. 내 말에 화가 나고 있었다. "네. 그래서요? 형사님도 자기 친구가 그런 상태였다면 그러시지 않았을까요?"

"충격받았을 텐데."

눈을 굴린다. "그렇게 생각하세요?"

"크리스는 절친에게 남자 친구로 추천할 만한 아이가 아니었을 걸."

"당연하죠. 절친이 미성년자 취향이 아니라면요."

매키가 굳이 감추지 않고 빙긋 웃었다. 내가 말했다. "그래서 너는 어떻게 했니?"

홀리가 턱을 내밀었다. "그냥 평소와 똑같이 행동했어요. 무슨 일을 해야 했나요? 설리나에게 크리스 부두 인형하고 바늘을 줘야 했나요? 저는 마법사가 아니에요. 마술봉으로 친구의 기분을 좋게 만들 수 없었어요."

내가 아픈 곳을 눌렀다. "크리스에게 설리나한테 얼쩡거리지 말라고 문자할 수도 있었어. 아니면 개한테 따로 만나자고 할 수도 있었고."

홀리는 콧방귀를 뀌었다. "그게 무슨 소용이죠? 크리스는 날 좋아하지도 않았어요. 제가 개의 귀여운 척에 넘어가지 않는다는 걸 알았으니까요. 개는 자기가 내 몸을 더듬을 수 없다는 걸 알고 있어서 저하고 말도 하고 싶어 하지 않았어요. 제 부탁을 들어주는 건 말할 것도 없고요."

"그래, 결혼하기 전에는 누구도 네 몸을 더듬을 수 없을 거다." 매키가 창턱에서 말했다.

내가 말했다. "나는 네가 아무 일도 안 했다는 게 믿기지 않아. 크리스가 절친을 괴롭히고 있는데도 '아, 세상에 그런 일은 흔해. 설리나는 이제 강해질 거야' 하고 넘어갔다고? 정말로?"

"어떻게 해야 할지 몰랐어요! 그것 때문에 제 기분이 벌써 엉망진 창이에요. 제가 얼마나 거지 같은 친구였는지 말씀 안 해주셔도 돼 요."

"줄리아하고 리베카한테 말하고 셋이 함께 방법을 찾아볼 수도 있었잖아. 너희는 충분히 그럴 만한 사이였어. 너희가 말하는 것만 큼 친하다면."

"이미 시도했다니까요? 베카는 충격을 받았고, 줄리아는 알고 싶 어 하지 않았어요. 설리나 상태가 더 나빠졌다면 줄리아에게 말했 겠지만 설리나가 그 새끼 때문에 자살할 것 같지는 않았어요. 그 애 는 그냥…… 우울했어요. 우리가 할 수 있는 게 없었어요." 무언가 홀리의 얼굴을 다시 지나간다. "그리고 설리나는 정말로 우리가 아 는 걸 원하지 않았어요. 제가 안다는 걸 알았다면 더 속상했을 거예 요. 그래서 모르는 척했어요."

사실이 아니었다. 불면증 이야기. 어쨌든 모두가 사실은 아니었 다. 하지만 나는 콘웨이도 거짓을 알아차렸는지 고개를 돌려볼 수 없었다. 설리나의 휴대폰에 크리스의 번호는 이름으로 저장되어 있 지 않았다. 문자에서도 이름을 언급하지 않았다. 휴대폰을 보고서 설리나의 문자 상대를 알아내는 일은 불가능했다.

어쩌면 거짓말은 매키 집안의 내력인지 몰랐다. 나중에 쓸 용도로 항상 무언가 숨겨두는 것. 아닐 수도 있지만.

홀리는 차가운 빗물 같은 것이 목덜미를 두드리기라도 하는 듯 양 쪽 어깨를 돌아보고 말했다. "저는 모른 척한 게 아니에요. 그때는 베카하고 똑같이 생각했어요. 우리가 함께 있으면 어떤 문제도 없을 거라고요. 우리가 설리나의 곁에 붙어 있으면…….”

“방법이 통했니? 설리나가 극복하는 것 같았어?”

홀리가 조용히 말했다. “아뇨.”

“그랬다면 겁났을 텐데. 너희는 모든 걸 함께 해결했잖아. 너희 넷은 비밀이 없는데 갑자기 네가 모든 부담을 지게 됐어.”

홀리는 어깨를 으쓱했다. “어쨌든 견뎌냈어요.”

냉정하려고 애썼지만 홀리는 베일에 감싸여 있었다. 작년 봄의 며칠 동안 세상이 변하고 홀리가 세상을 보는 방식이 변했다. 홀리는 길을 잃고 차가운 바람 속에 벌거숭이로 남겨졌고 누구도 홀리에게 손을 내밀지 않았다.

그때 나는 알았다. 홀리를 사정권에 둔 게 콘웨이만이 아니라는 것. 이제는 아니었다.

“물론 그랬지. 너는 똑똑하니까.” 내가 말했다. “나는 옛날부터 그걸 알았어. 하지만 그렇다고 네가 상처를 받지 않았다는 건 아냐. 그리고 친구들의 도움을 못 받고 혼자 외로워지는 건 제일 마음 아픈 일이잖아.”

홀리가 천천히 눈을 들어 내 눈을 보았다. 놀라움과 공감을 담은 눈. 내가 그런 것까지 알 줄은 몰랐다는 작은 끄덕임.

“둘이 잘 이야기하는데 방해해서 미안하지만 내가 담배가 너무 고프군.” 매키가 창턱에서 내려오며 느릿하게 말했다.

“엄마한테는 끊을 거라고 했잖아.” 홀리가 말했다.

“네 엄마는 이제 나한테 잔소리도 안 한 지 오래야. 금방 돌아올게, 참새. 형사님들이 너한테 말을 걸면 귀를 막고 예쁜 노래를 불러드리렴.” 매키는 나갔고 문은 굳이 닫지 않았다. 그가 휘파람을 경쾌하게 불면서 복도를 걸어가는 소리가 들렸다.

콘웨이와 나는 서로를 보았다. 홀리는 수수께끼 같은 눈꺼풀 아래로 우리를 보았다.

내가 말했다. "나도 바람을 좀 쐬고 싶네요."

현관 홀의 무거운 나무 문은 활짝 열려 있었다. 격자무늬 타일 위에 차가운 직사각형 불빛이 비치고 거기 드리워진 그림자가 내 발소리에 가볍게 움직였다. 매키였다.

그는 현관 밖 계단 꼭대기의 기둥에 기대서 불이 붙지 않은 담배를 들고 있었다. 나를 등진 자세였고 뒤를 돌아보지 않았다. 머리 위의 하늘은 밤을 향해 가는 푸른색이었다. 8시 15분을 지났다. 어두워지는 대기 속 어디선가 박쥐들의 날카로운 울음소리와 여학생들의 열렬한 수다 소리가 희미하게 퍼졌다.

내가 매키 옆에 가자 그가 담배를 입에 물고 라이터 불빛 너머로 나를 보았다. "언제부터 담배를 피웠지?"

"바람 좀 쐬려고 나왔어요." 나는 옷깃을 풀고 숨을 깊게 들이마셨다. 밤의 꽃들이 피어나면서 공기는 달콤하고도 온화했다.

"그리고 이야기도 좀 하고."

"정말 오랜만이에요."

"친구, 내가 잡담할 기분이 아니라고 해도 나무라지 말아줘."

"당연하죠. 제가 드리고 싶은 말씀은……." 매키의 움찔거림, 붉은 얼굴은 진짜였다. "저는 잘 알아요. 선배님이…… 저에 대해 좋은 말씀을 해주셨던 거요. 감사를 전할 기회가 없어서 안타까웠어요."

"나한테 고마워할 거 없어. 그냥 바보짓만 하지 마. 그래야 내가 멍청해 보이지 않지."

"바보짓 할 생각 없습니다."

매키는 고개를 끄덕이고 내게 어깨를 돌렸다. 그가 담배를 피우는 모습을 보면 그게 연료고 아주 짧은 거리를 가는 데도 연료가 많이 필요하다는 것 같았다.

나는 그와 약간 거리를 두고 벽에 기댔다. 그리고 긴장을 풀려고 고개를 하늘로 돌렸다.

내가 말했다. "선배님께 묻고 싶어요. 왜 세인트킬다를 선택하셨나요?"

"내가 홀리를 공립학교에 보냈을 거라고 생각했어?"

"네, 대충요."

"테니스 코트가 내 기준에 안 맞았어."

그는 실눈으로 연기를 바라보았다. 매키의 정신 한구석만이 나를 신경 썼다.

"하지만 이곳은 제가 보았을 때⋯⋯." 나는 어설프게 웃었다. "젠장."

"여긴 훌륭한 곳이야. 내가 훌륭한 건축을 못 알아볼 것 같아서 그래?"

"선배님이 여길 선택할 줄은 몰랐어요. 돈 많은 집 딸들이잖아요. 홀리가 평소 지내는 환경이랑 달라요."

나는 잠시 기다렸다. 아무 반응도 없고 담배만 오르락내리락했다. 내가 말했다. "홀리를 집에 두고 싶지 않으셨던 거죠? 십 대를 감당하기가 힘들어서? 아니면 홀리의 친구들이 싫었거나?"

매키는 정신 한구석만으로도 충분했다. 늑대처럼 일그러뜨린 입으로 느리게 혀를 차는 소리. "스티븐, 스티븐, 스티븐. 여기까진 잘했어. 같은 직장인으로서 정말로 그렇게 느꼈어. 그런데 참을성을 잃고 바로 경찰 모드로 돌아가는군. 홀리가 문제아인가요? 홀리에게 주의를 요하는 친구가 있나요? 홀리가 냉혈한 킬러로 자라날 조짐을 보인 적 있나요? 그렇게 해서 우리가 쌓았던 유대가 사라졌어. 초보의 실수지. 자네는 참을성이 더 필요해."

매키는 기둥에 기대서 미소를 짓고 내가 어떻게 나올지 기다렸다. 눈빛이 살아 있었다. 그는 이제 나에게 관심을 기울였다.

내가 말했다. "여기 보낸 이유는 대충 알 것 같아요. 사모님이 여기 출신일 수도 있고 선배님 지역의 공립학교가 엉망일 수도 있겠죠. 홀리가 학교 폭력을 당했거나 약쟁이 친구들을 만났을 수도 있고요. 자식 문제에 이르면 사람들은 쉽게 원칙을 버려요. 그래도 기숙학교는 아닌 것 같습니다."

"사람들 기대를 가지고 장난질을 치면 사람들 혈액순환에 도움이 되지."

"우리가 지난번에 함께 일했을 때 선배님은 사모님과 별거중이었고 제가 알기로는 잠깐도 아니었습니다. 이미 여러 해 동안 홀리와 떨어져 살았는데 더 오래 떨어져 살려고 기숙학교에 보내셨나요? 뭔가 앞뒤가 맞지 않아요."

매키는 나에게 연기를 뿜었다. "귀여웠어, 친구. '우리가 지난번에 함께 일했을 때'라니 우리가 지금 다시 함께 일하고 있는 것 같군. 좋아."

"지금은 사모님이랑 합치셨잖아요. 다시 가족을 이룰 기회가 생겼는데 확실한 이유가 없다면 그걸 저버릴 필요가 없지 않나요? 홀리가 반항적이라서 엄격한 학교에서 버릇을 바로잡으려고 했다거나 나쁜 친구들과 어울려서 떼어놓으려고 했다거나 하는."

매키는 생각하는 표정으로 계속 고개를 끄덕였다. "그래, 나쁘지 않아. 괜찮아. 하지만 어쩌면, 그냥 어쩌면인데 아내와 나는 힘들었던 별거 이후 원만한 재결합을 위해 우리만의 시간이 필요했을 수도 있어. 다시 낭만의 불을 지피는 것 말이야, 부부의 시간이라고나 할까?"

"선배님은 홀리를 아주 사랑해요. 홀리와 함께하는 시간을 줄이고 싶었을 리 없어요."

"내 가족관은 좀 특이해, 친구. '우리가 지난번에 함께 일했을 때' 자네가 알아차린 줄 알았는데." 매키는 담배를 잔디로 던졌다. "아름다운 핵가족을 꾸리는 일에 대해서 나와 자네 생각이 다를 수 있지. 어쩔 수 없어."

"홀리가 집에서 문제가 있었다면 우리가 알아낼 겁니다."

"그래, 그 정도는 할 수 있을 거야."

"하지만 선배님이 시간과 수고를 덜어주셨으면 좋겠습니다."

"그럴까? 홀리의 가장 큰 문제는 방을 청소하지 않아서 외출을 금지당한 거였어. 도움이 됐기를."

우리는 확인할 것이다. 매키는 그것을 알았다. "고맙습니다." 나는 그렇게 말하고 고개를 끄덕였다.

매키는 안에 들어가려고 했다. 그가 문으로 손을 뻗기 전에 내가 말했다. "아직도 궁금해요. 왜 기숙학교에 보내신 거죠? 학비가 만만치 않은데 말이죠. 이건 누군가 간절히 원한 결과예요."

매키가 흥미로운 얼굴로 나를 바라본다. 칠 년 전처럼. 혈기왕성한 강아지를 바라보는 큰 개처럼. 칠 년은 긴 시간이다.

"이 사건과는 상관없지만 계속 의문이 드네요, 그래서 여쭙는 겁니다."

매키가 말했다. "호기심? 남자 대 남자로서?"

"네."

"헛소리. 자네는 형사로서 용의자의 아버지에게 묻는 거야."

그는 눈도 깜박이지 않고 부정하려면 해보라는 듯한 표정이 된다. '무슨 말씀을. 홀리가 용의자라뇨?' 하고. 하지만 나는 말했다. "그냥 궁금합니다."

매키는 나를 살폈다. 눈 안쪽에서 어떤 계산이 돌아갔다.

그는 다시 담배를 꺼내서 입 한쪽 구석에 던져 넣었다.

"이거 하나만 묻지." 그가 담배를 문 채 말하고 한 손으로 라이터 불을 감쌌다. "가볍게 물어보는 거야. 홀리가 친가 쪽 사람들이랑 함께 보내는 시간이 얼마나 될 것 같은가?"

"많지 않겠죠."

"그래, 맞아. 홀리는 제 고모 한 명과 일 년에 두 번 만나. 외가 쪽에는 크리스마스 때 만나는 사촌이 두 명 있고, 외할머니는 홀리에게 비싼 옷을 사주고 고급 레스토랑에 데리고 가지. 그리고 올리비아하고 내가 별거를 오래 한 탓에 홀리는 외동이야."

그는 문틀에 기대서 라이터 불을 켜고 불길을 바라보았다. 이번에는 담배를 다르게 피웠다. 한 모금 한 모금을 천천히 빨아들였다.

"우리가 세인트킬다를 고른 이유는 자네 말이 맞아. 훌륭한 추론이야. 여긴 올리비아의 모교야. 그리고 내가 기숙사를 좋아하지 않는다는 것도 맞아. 홀리가 2학년 초부터 졸랐지만 나는 반대를 고수했어. 홀리는 계속 조르고 나는 계속 반대했는데, 어느 날 내가 왜 그렇게 기숙사에 들어가고 싶은 거냐고 물었더니 친구들 때문이라고 하더군. 베카하고 설리나가 이미 기숙사에서 지내고 있고 줄리아도 부모님을 조르고 있다고. 네 명이 함께 있고 싶었던 거야."

그는 라이터를 공중으로 빙글 던졌다가 잡았다.

"홀리는 똑똑해. 그 뒤로 몇 달 동안 집에 친구가 오면 천사가 됐어. 집안일도 돕고 숙제도 척척 하고, 불평 한 마디 없이 온통 행복과 기쁨이었지. 하지만 친구가 없으면 분노와 짜증뿐이었어. 무슨 오페라 주인공처럼 우울한 얼굴로 집 안을 돌아다니면서 우리에게 원망의 눈길을 던졌어. 뭘 시켜도 눈물을 터뜨리면서 자기 방에 들어갔지. 아니, 오버하지는 마, 모런 형사. 애들은 다 그렇게 크니까. 그게 비행 청소년의 표지는 아니야. 하지만 그런 일이 반복되니까 올리비아하고 나는 우리 셋만 있는 걸 겁내게 되었어. 홀리가 우리를 셰퍼드처럼 훈련시킨 거지."

"고집이 대단하네요. 사모님 기질인가 봐요." 내가 말했다.

뒤틀린 곁눈질. "고집만으로는 소용없었을 거야. 그것뿐이었으면 나는 결국 홀리를 지치게 할 수 있었을 거야. 하지만 어느 날 저녁 홀리가 크게 삐쳐서 소리를 질렀어. 이유가 뭐였는지도 기억 안 나. 아마 우리가 줄리아네 집에 놀러 가지 말라고 그랬던 것 같아. '친구들은 내가 무슨 일이 있어도 올 거라고 믿고 있단 말이야. 우리는 자매 같은 사이라고! 엄마 아빠 덕분에 나한테 자매는 걔들뿐인데 만나지도 못하게 해?' 그러고는 위층에 올라가서 자기 방 문을 탕 닫고 베개에 엎드려서 서럽게 울었지."

다시 한번 담배 연기를 길게 들이마신다. 그리고 고개를 뒤로 젖혀서 이 사이로 빠져나간 담배 연기가 따뜻한 공기 속으로 몽글몽글 사라지는 것을 본다.

"문제는 그 말이 일리가 있다는 거였어. 그런 일이 일어나면 아주 힘들지. 가족은 중요한데 우리 부부는 홀리에게 좋은 가족을 만들어주지 못했어. 아이가 스스로 더 좋은 가족을 만들었다면 어떻게 그걸 막을 수 있겠어?"

젠장. 프랭크 매키는 외부에서 오는 죄책감의 의미를 분명히 알았을 것이다. 그것은 다른 사람을 강압하는 데 아주 유용했고 홀리는 매키를 휘어잡았다.

"그래서 허락하셨군요."

"우리는 일단 한 학기 동안 주중 기숙 생활을 해보기로 했지만 이렇게 됐어. 지금 홀리를 학교에서 빼내려면 견인 트럭이 필요할 거야. 나는 원칙적으로는 기숙학교를 싫어하고 홀리가 옆에 있기를 바라지만 자네 말대로 자기 자식 문제에서는 다른 아무것도 중요하지 않게 돼."

매키는 라이터를 바지 주머니에 넣었다. "어때? 프랭크 삼촌과의 솔직 대화. 재미있지 않았어?"

사실이었다. 그게 다일지 더 있을지는 몰라도 그 말 자체는.

"자네가 한 모든 질문에 답이 되었나?"

내가 말했다. "하나 남았어요. 왜 그렇게 자세히 말씀하신 건지 모르겠습니다."

"부서간 협력을 구축하려는 거야, 모런 형사. 직업적 방식의 애정 표현이라고 할까?" 매키는 담배를 바닥에 던지고 발로 비벼 껐다.

그리고 문을 열면서 미소 띤 얼굴로 말했다. "어쨌든 우리는 함께 일하고 있으니까."

홀리는 아까 그 자리에 그대로 앉아 있었다. 콘웨이는 주머니에 손을 넣고 창밖으로 정원을 내다보고 있었다. 둘은 서로 대화하고 있지 않았다. 방 안의 공기도 그렇고 우리가 들어갔을 때 재빨리 자세를 바꾸는 모습도 그렇고, 대화 대신 서로의 기척에 귀를 기울이고 있던 것 같았다.

매키는 위치를 바꾸었다. 우리를 긴장시키기 위해 홀리 뒤쪽의 테이블에 앉았다. 그리고 가지고 놀 만한 찰흙덩이를 하나 찾아서 손에 쥐었다. 나는 설리나의 휴대폰을 꺼내서 손가락으로 증거 봉투를 테이블 위에 빙글빙글 돌렸다.

"다시 이 휴대폰으로 돌아가보자." 내가 말했다. "너는 이걸 크리스가 죽은 다음 날 아침 현관 홀에서 주웠다고 했어. 너는 설리나의 비밀 휴대폰을 본 적이 있고 어떻게 생겼는지 알았어. 그러면 이게 그거였다는 것도 당연히 알았어야 해."

홀리는 고개를 저었다. "앨리슨 거인 줄 알았어요. 설리나는 휴대폰을 침대 옆에 숨겨두었어요. 그걸 왜 밖에 가지고 나오겠어요?"

"물어보지도 않았어?"

"어떻게 물어봐요. 말씀드린 대로 설리나에게 그 문제를 들이대고 싶지 않았어요. 제가 혹시 그렇게 생각했더라도, 그게 걔 휴대폰이라는 걸 제가 어떻게 알았는지 설리나에게 설명하는 것보다는 그냥 걔가 분실물함에서 찾아가는 게 나을 거라고 생각했을 거예요. 그랬을 것 같지는 않지만."

버터처럼 매끄럽다. 아무리 프랭크 매키의 아이라도 이런 생각을 즉석에서 해낼 수는 없다. 흘리는 휴게실에 갇혀서 온갖 소동을 겪을 때 이 일을 꼼꼼하게 생각하고 있었다. 꼼꼼하게 우리가 알고 있을 모든 것을 검토하고 대답을 지어냈다.

무고한 사람들도 때로 그렇게 하겠지만 그런 사람이 많지는 않을 것이다.

"그래, 말 된다." 내가 말했다. 흘리의 뒤에서 매키는 찰흙을 동글납작하게 빚어서 손가락으로 돌리려고 했다. "하지만 한 가지 문제가 있어. 증인의 이야기에 따르면 너는 휴대폰을 현관 홀 바닥에서 주운 게 아니야. 휴대폰은 허리띠 아래 있었고 화장지로 둘둘 말려 있었어."

흘리는 당황해서 눈썹을 찌푸렸다. "안 그랬어요. 손에 화장지가 있었을 수는 있어요. 모두가 울었으니까……."

"너는 크리스를 좋아하지 않았어. 그리고 너는 좋아하지 않던 사람 때문에 우는 척할 아이가 아니야."

"제가 울었다고는 하지 않았어요. 저는 안 울었어요. 제가 누군가에게 휴지를 주었을지도 모른다는 말이었어요. 기억은 안 나요. 하지만 휴대폰이 바닥에 있었던 건 맞아요."

"나는 네가 설리나의 휴대폰을 침대 옆에서 꺼내다가 버리려 했다고 생각해. 분실물함은 좋은 생각이었어. 잘 통했어. 영원히 통할 뻔했어."

흘리가 입을 열었지만 내가 손을 들었다. "잠깐. 네 의견을 듣기 전에 내 생각을 마저 말할게. 너는 우리가 학교를 수색할 가능성이 있다는 걸 알았어. 휴대폰이 발견되면 우리가 설리나를 조사할 거라는 것도. 그리고 경찰의 신문 과정에 대해서도 아는데 솔직히 즐거운 일은 아니잖아. 넌 셀리나가 그런 일을 겪는 게 싫었어. 그 애는 이미 크리스의 죽음으로 트라우마에 빠졌으니까. 그래서 휴대폰을 버렸어. 어떠니?"

미끼였다. 그 이유라면 홀리가 휴대폰을 버린 것도 무고해 보인다. 미끼를 물면 안 된다. 안전해 보이지만 당사자를 우리가 원하는 곳으로 한 발짝 더 데려간다.

매키가 새 장난감에서 고개도 들지 않고 말했다. "대답 안 해도 돼."

내가 말했다. "대답 안 할 이유도 없어. 네가 증거도 아닌 걸 감추었다고 우리가 널 고소하겠니? 우리는 더 많은 걸 갖고 있어. 아빠한테 직접 들을 수 있을 거야, 홀리. 큰 것을 위해 작은 것은 가볍게 버릴 수 있고 이건 작은 거야. 하지만 우리는 확실히 해야 해."

홀리는 아빠가 아니라 나를 보았다. 그리고 내가 자신을 이해해준 순간을 생각했다. 어쨌든 나는 홀리가 그런다고 생각했다.

홀리가 말했다. "셀리나는 크리스를 죽이지 않았어요. 절대로요. 저는 그런 걱정은 일 초도 하지 않았어요. 셀리나는 그런 일을 하지 않아요." 허리를 꼿꼿이 펴고 꼿꼿한 시선으로 나를 설득하려고 한다. "형사님은 '그래, 네가 볼 때는 그렇겠지' 하시겠지만 제가 순진해서 그런 게 아니에요. 사람들이 어떤 일을 할 수 있는지 다른 사람이 짐작하는 건 힘든 일이에요. 저는 그걸 알아요."

매키의 찰흙이 잠잠해졌다. 사실이었다. 홀리는 그것을 알았다.

"저는 셀리나에 대해서만큼은 알아요. 그 애는 절대 크리스를 해치지 않았을 거예요. 진짜 장담해요. 완전히 불가능해요."

내가 말했다. "너는 설리나가 크리스하고 사귀지 않았다고도 장담했을 것 같은데?"

신경질적인 움직임, 나의 신뢰는 다시 떨어지고 있었다. "그게 같은 건가요? 아, 제발. 어쨌든 형사님이 제가 설리나에 대해 하는 말을 그대로 믿지는 않으실 거 알아요. 그 애는 물리적으로 그런 일을 못 했을 거예요. 말씀드린 대로 저는 가끔 잠을 못 자요. 크리스가 죽은 날도 잠을 못 잤어요. 설리나가 나갔다면 제가 알았을 거예요."

거짓말이었지만 나는 추궁하지 않고 말했다. "그래서 휴대폰을 버렸다고?"

홀리는 오 분 전에 그토록 진지하게 한 이야기를 얼굴도 붉히지 않고 폐기했다. 눈도 깜박이지 않았다. 매키의 딸다웠다. "그게 문제가 되나요? 친구가 자기가 저지르지도 않은 일 때문에 곤경에 빠질 거 같으면 그런 일을 피하게 해줘야 하지 않나요?"

"그래. 그건 자연스러운 일이야."

"누구라도 그럴 거예요. 우정이라는 걸 조금이라도 아는 사람이라면요. 그래서 그랬어요."

"고맙다. 이제 분명하네. 한 가지만 빼고. 휴대폰을 방에서 갖고 나온 게 언제지?"

홀리의 얼굴이 조용해졌다. "네?"

"내가 헷갈리는 게 딱 하나 있어. 크리스의 시신이 발견된 시간이 어떻게 되나요, 콘웨이?"

"오전 7시 반이 약간 지나서예요." 콘웨이가 계속 모습을 보이지 않고 말했다. 나는 제대로 하고 있었다.

"그리고 조회는 언제였지?"

홀리가 어깨를 으쓱했다. "기억 안 나요. 점심 전이었어요. 12시였나?"

내가 말했다. "오전에 수업을 했니? 아니면 모두 기숙사로 돌아갔니?"

"수업을 했어요. 약간요. 아무도 수업에 신경 쓰지 않았어요. 선생님들도요. 그래도 우리는 신경 쓰는 것처럼 행동해야 했어요."

"그러면 아침 식사 때부터 소문이 돌았을 거야." 내가 말했다. "하지만 그 단계에서는 경찰이 왔으니 무슨 일이 있나 보다 수준이었겠지. 모두가 교정 관리인의 마약 밀매 사건이라고 생각했을 거야. 어쩌면 잠시 후 영안실 차량이 오고 살인 사건이라는 게 알려졌을 때 죽은 사람에 대한 소문도 돌았겠지만 너희는 누군지 알 수 없었어. 크리스의 신원은 언제 밝혀졌죠?"

"8시 30분쯤요." 콘웨이가 말했다. "매케나가 얼굴이 익숙해 보여서 컬름에 전화해 실종된 학생이 있는지 물어봤어요."

나는 증거 봉투를 세웠다 쓰러지는 것을 잡았다. "그러니까 12시면 크리스의 직계가족은 통보를 받았겠지만 언론에는 크리스의 이름이 나가지 않았어. 그전에 먼저 가족이 주변에 소식을 알려야 했으니까. 네가 라디오 뉴스로 들었을 리도 없어. 그러니까 무슨 일이 있었고 누가 죽었는지 너는 조회에서 처음 들었어야 해."

"네, 그래서요?"

"그런데 어떻게 휴대폰 때문에 설리나가 곤경에 빠질 수 있다고 생각하고 조회 전에 방에 가서 갖고 나온 거니?"

홀리는 약간의 망설임도 없었다. "우리는 계속 창밖을 보았어요. 선생님들은 그러지 말라고 했지만 그래도 어쩔 수 없었어요. 경찰과 감식반을 봐서 범죄가 있었다는 걸 알았고, 그다음에 컬름의 나이얼 신부님을 봤어요. 그분은 키가 180센티미터가 넘고 볼드모트처럼 생긴데다 신부복을 입어서 다른 사람과 헷갈릴 수 없어요. 그래서 컬름 학생한테 무슨 일이 일어났다고 생각했죠. 그리고 제가 밤에 우리 학교에 들어온다는 걸 아는 컬름 학생은 크리스뿐이었어요. 그래서 크리스한테 문제가 생겼다고 짐작했죠."

홀리는 말을 마치면서 한쪽 눈썹을 살짝 들어 올린다. 가운뎃손가락처럼.

내가 말했다. "너는 크리스랑 설리나가 헤어졌다고 생각했잖아. 설리나가 밤에 나가지 않은 것도 알았으니까 둘이 다시 만난다고 여기진 않았을 텐데. 크리스가 킬다에 왜 왔을 거라고 생각한 거니?"

"다른 애랑 만났을지도 모르죠. 그 애는 진실한 사랑을 잃었다고 몇 달 동안 슬퍼하는 진지한 스타일이 아니었어요. 그 애가 설리나하고 헤어지고 십 분 만에 다른 여자를 찾지 않았다면 그게 더 놀라웠을 거예요. 저는 확실한 게 나올 때까지 기다리지 않기로 하고 방에서 뭘 가져와야 한다고 했어요. 무슨 핑계를 댔는지는 기억 안 나지만 어쨌든 그렇게 해서 휴대폰을 가져왔어요."

"설리나가 휴대폰이 없어진 걸 알면 어떻게 반응할 거라고 생각했니? 특히 네 생각이 틀렸고 크리스가 죽은 게 아니었다면?"

홀리는 어깨를 으쓱했다. "그건 그때 가서 생각해보기로 했어요."

"그냥 그 시점에서 친구를 보호하는 데 집중했다고?"

"네."

"너는 친구를 보호하기 위해 어떤 일까지 할 수 있니?"

매키가 몸을 움직이고 말했다. "쓸데없는 소리. 의미 없는 질문에는 대답할 필요 없어."

그러자 콘웨이가 존재를 드러내며 말했다. "조사는 선배님이 아니라 저희가 합니다."

"지금 원 플러스 원이라는 거 알지? 자네들은 싫겠지. 지금 우리는 체포 상태가 아니야. 기분이 나빠지면 자리를 뜰 거야."

"아빠, 난 괜찮아." 홀리가 말했다.

"나도 알아. 그래서 우리가 계속 남아 있는 거야. 모런 형사, 특정한 질문이 있으면 해. 하지만 하이틴 영화 광고 문구 같은 소리나 하려면 그만둬."

내가 말했다. "거기다 홀리, 생각해봐. 설리나는 너희한테 크리스랑 사귄다는 걸 말하지 않았어. 왜 그랬을까?"

홀리는 침착하게 말했다. "우리가 그 애를 싫어했으니까요. 베카는 상관없었을 거예요. 걔는 크리스가 괜찮다고 생각했어요. 말씀드린 대로 순진하거든요. 하지만 줄리아하고 저는 '너 미쳤어? 그런 재수탱이하고? 걔가 얼마나 바람둥이인지 알아? 세 다리는 기본일걸. 너 왜 그래?' 했을 거예요. 설리나는 싸우는 걸 싫어해요. 특히 줄리아하고는요. 줄리아는 물러서지 않거든요. 설리나는 아마 이렇게 생각했을 거예요. '조금 지나서 우리 관계가 확실해지면 그때 말할 거야. 그전에는 크리스가 사실은 그렇게 나쁜 애가 아니라는 걸 친구들에게 알려야지. 그러면 문제없을 거야……' 둘이 헤어지지 않았다면, 그리고 크리스가 죽지 않았다면 설리나는 아직도 그러고 있을 거예요."

무언가 살짝 어긋나 있었다. 나는 설리나의 절친이 아니라 더는 알 수가 없었지만 그래도. 설리나는 잠든 친구들을 배신하고 거짓말을 한 일을 기억할 때 움찔거렸다. 그것은 상처가 되었다. 홀리는 그런 유형을 싫어하는 것 같았다. 평화로운 눈길로 말다툼을 참고 견디는 일, 줄리아가 뛰쳐나가고 홀리가 눈을 굴려도 가만히 있는 일, 꿈틀거리지도 않고 친구들에게 자신의 소중한 부분을 나눠주지도 않는 일. 친구들이 안 좋게 본다는 이유만으로.

왜 그런 일을 두고 거짓말을 하는가?

내가 말했다. "설리나는 너희가 자기를 보호하려고 할까 봐 말을 안 했다는 거구나."

"그런 식으로 표현하시고 싶다면요. 상관없어요."

매키는 아직도 찰흙을 만지며 어슬렁거리지만 피곤해진 눈으로 나를 계속 관찰한다. 내가 말했다. "하지만 설리나는 틀렸어. 그 사실을 알았을 때 너는 설리나를 보호해야 한다고 생각하지 않았지?"

홀리가 어깨를 으쓱했다. "그럼요. 걔네는 끝난 상태였고 해피엔드였죠."

"해피엔드." 내가 말했다. "하지만 그런 뒤 크리스가 죽었어. 그래도 너는 설리나에게 네가 사실을 알았다는 걸 말하지 않았어. 왜? 설리나가 아주 힘들 거라는 걸 알았을 거야. 그때는 설리나를 보호해주고 싶은 생각이 안 들었니? 마음을 털어놓을 친구가 된다든지?"

홀리가 등받이에 털썩 기대며 두 주먹을 꽉 쥐었다. 너무 갑작스러워서 깜짝 놀랐다. "아, 저는 설리나한테 뭐가 필요한지 몰랐어요! 저는 그냥 걔가 조용히 있고 싶어 할 거라고 생각했어요. 말을 걸면 화를 낼 거라고 생각했어요. 생각을 진짜 많이 했는데 어떻게 해야 할지 모르겠더라고요. 제가 형사님들이 말씀하시는 그런 거지 같은 친구라서요. 됐나요? 이제 그만 놔주세요."

기억 속 아이가 떠올랐다. 화를 주체하지 못하고 빨개진 얼굴로 테이블을 차던 아이. 홀리의 뒤에서 매키가 잠시 눈을 감았다. 홀리는 그에게 가지 않았다. 매키가 다시 눈을 뜨고 나를 보았다.

내가 말했다. "너한테는 우정이 아주 중요해. 그걸 유지하는 게 아주 중요해. 내 말 맞니?"

"당연하죠."

"그런데 재수 없는 크리스 때문에 그게 망가지려고 했어. 너희 넷은 친구답게 행동하지 않았어. 전혀 그러지 않았어. 설리나는 사랑에 빠졌는데 친구들에게 말도 못 했어. 너는 그 애를 염탐하면서도 다른 친구들에게 말도 안 했어. 설리나는 버려졌고 거기다 첫사랑이 죽었어. 그런데 너희는 그런 친구를 껴안아주지도 않았어. 그게 우정이라고 생각하니? 정말로?"

나는 좋은 경찰 역할이라고 콘웨이가 말했다. 눈꼬리에 그녀가 의자 등받이에 기대는 모습이 보였다. 여유로운 척하지만 준비를 갖추고 있다.

홀리가 쏘아붙였다. "저하고 친구들 일은 수사하고는 아무 상관 없어요. 형사님이 우리에 대해서 뭘 아시나요?"

"네 친구들이 너한테 가장 소중한 존재라는 건 알아. 너는 그 친구들 때문에 아빠와 엄마를 들들 볶아서 여기 기숙사에 들어왔어. 네 인생 전부를 친구들에게 건 거야." 나는 점점 강한 목소리로 홀리를 추궁했다. 이유를 알 수 없었다. 내가 매키의 개가 아니라는 걸 콘웨이에게 증명하기 위해? 그걸 매키 부녀에게 증명하기 위해? 홀리가 나에게 카드를 가져와서 날 바보로 만들 수 있다고 생각한 것에 복수하기 위해? 홀리가 옳은 행동을 한 것에 복수하기 위해? "그런데 크리스가 나타나자 너희 넷은 갈라졌어. 산산히 부서졌어. 너무도 쉽게……"

홀리는 용접기처럼 불꽃을 튀겼다. "우리는 안 부서졌어요. 아무 문제 없어요."

"누가 나와 친구 사이를 그렇게 망쳐놓으면 나도 그 사람을 죽도록 미워할 거야. 천사가 아니라면 누구라도 그럴 거야. 너는 나무랄 데 없는 청소년이지만 지난 몇 년 동안 확 달라진 게 아니라면 어쨌든 천사는 아니야."

"천사라고 한 적 없어요."

"그러면 크리스를 얼마나 미워했니?"

매키가 말했다. "이제 그만. 담배 좀 피우지."

그는 의도를 감추지 않았다. 우리가 자신을 말릴 수 없다는 걸 알았기에. "더러운 버릇이야." 그가 테이블에서 내려오며 웃었다. "바람 좀 쐴까? 스티븐?"

콘웨이가 말했다. "방금 피우셨잖아요."

매키의 눈썹이 올라갔다. 매키의 경력은 우리 둘의 경력을 합한 것보다 많았다. "모런 형사랑 콘웨이 형사 뒷담화를 좀 하고 싶어서 그래. 내 표현이 이해하기 어려웠나?"

"알고 있습니다. 잠시 후에 하세요."

매키는 찰흙을 뭉쳐서 홀리에게 던졌다. "자, 여기. 이거 가지고 놀아라, 참새. 형사님이 놀랄 걸 만들면 안 돼. 정신이 순수하신 분 같으니까."

그리고 나에게 "같이 가지?" 하고 나갔다. 홀리는 찰흙덩이를 테이블에 내려놓고 손바닥 끝으로 심술궂게 뭉갰다.

나는 콘웨이를 보았고 그녀도 나를 보았다. 나는 나갔다.

매키는 나를 기다리지 않았다. 곡선 계단을 멀찍이 앞서 내려가서 홀을 가로질렀다. 침침한 조명과 각도에서 그는 불길해 보였다. 내가 모르는 사람, 빠른 속도로 따라가면 안 되는 사람 같았다.

문에 당도해보니 그는 주머니에 손을 넣고 벽에 기대서 있었다. 담배에는 불을 붙이지 않았다.

매키가 말했다. "게임하기 지겨워. 자네와 콘웨이가 나를 부른 건 직업적 예의 때문이 아니라 성인 입회인이 필요해서였어. 홀리가 크리스토퍼 하퍼 살해 사건의 용의자라서."

"본부로 가서 조사 과정을 비디오로 찍어두길 원하신다면 그렇게 하겠습니다."

"그런 걸 원하면 그렇게 하겠지. 하지만 내가 원하는 건 자네가 이런 헛짓거리를 그만두는 거야."

"저희는 홀리가 사건에 관여했을 가능성이 있다고 생각합니다."

매키는 눈살을 찌푸리고 내 뒤쪽 풀밭 주변의 나무들을 바라보며 말했다. "자네한테 이런 걸 지적한다는 게 어이없지만 어쨌든 자네 설명을 듣자면 그 사람은 신발도 짝을 제대로 찾아서 신지 못할 만큼 멍청한 것 같은데, 홀리는 많은 특징이 있지만 멍청하지는 않아."

"저도 아닙니다."

"그래? 그러면 내가 자네 말을 제대로 이해했는지 볼까? 자네 말에 따르면 홀리는 살인을 저지르고도 경찰의 추적을 피했어. 살인 수사과 형사들이 우왕좌왕하다가 빈손으로 떠났어. 그런데 이제 일년이 지나서 모두가 포기하고 잊어버렸을 때, 자네에게 카드를 가지고 갔어. '일부러' 살인수사과를 다시 불러들였어. '일부러' 스포트라이트를 자초했어. '일부러' 형사들에게 자신의 범죄 사실을 밝힐 목격자를 알려주었어." 매키는 벽을 떠나지 않았지만 이제는 나를 똑바로 바라보았다. 파란 눈빛이 인두처럼 뜨겁다. "말해봐, 모런 형사. 그게 말이 된다고 생각해? 홀리가 예수님도 욕이 나올 멍청이가 아니라면 말이지. 내가 뭐 놓친 거 있나? 아니면 이제 자네가 다 컸고 내가 자네 상사가 아니라는 걸 증명하려고 장난치는 거야? 진심에서 우러나와서 그렇게 정색하고 서서 나한테 논리를 설득시키려는 거야?"

"저는 홀리가 멍청하다고 생각하지 않습니다. 오히려 자기가 하기 힘든 일을 우리에게 맡기려고 한다고 생각합니다."

"그래, 들어보지."

"홀리는 카드를 보고 누가 그걸 붙였는지 알아야 했어요. 그리고 우리와 마찬가지로 후보군을 좁혔지만 거기서 더 나아가지 못했어요. 그래서 우리를 끌어들여서 학교를 약간 흔들고 표면에 누가 떠오르는지 보려고 한 거죠."

매키는 내 말을 생각해보는 척했다. "그럴듯하군. 많이는 아니지만 제법 그럴듯해. 홀리가 우리가 목격자와 증거를 찾을 거라고 생각한 건 문제될 게 없어. 그걸 알아내기 위해 감옥에 가는 건 사소한 일인 거지?"

"홀리는 자기가 감옥에 갈 거라고 생각하지 않아요. 카드 게시자가 홀리가 범인이라는 걸 밝히지 않을 게 분명하다는 거죠. 그 사람이 자기 그룹의 한 명이라는 걸 홀리가 알고 있을 수도 있고, 중간에 조앤 헤퍼넌 그룹이 어떻게든 우연히 끼어들었을 수도 있고, 아니면 그쪽 아이들도 밤에 무단 외출을 했으니 사건에 대한 어떤 정보가 있는지 알아내고 싶었을 수도 있고, 아니면 그냥 그 애들에게 겁을 주고 싶었을 수도 있어요. 아니면 홀리가 헤퍼넌의 무리를 얼마간 장악하고 있을 수도 있고요."

매키의 눈썹이 올라갔다. "나는 그 애가 멍청하지 않다고 했지 염병할 모리어티 교수라고 하지는 않았어."

"선배님이 하실 것 같은 말씀이 아니네요."

"그럴지도 몰라. 나는 프로야. 범죄 경험이라고는 칠 년 전의 불행한 만남 한 번이 전부인 순진한 십 대가 아니야. 내가 사악한 천재를 키웠다는 생각은 고맙지만 그 상상력은 〈워크래프트〉에 쓰는 게 더 좋겠어."

"홀리도 프로예요. 아이들 모두 마찬가지예요. 제가 오늘 알게 된 것 하나는 십 대 여학생들 옆에 서면 모리어티도 세상 순진해 보인다는 겁니다."

매키는 턱을 기울여 내 말을 인정하고 잠시 생각해본 뒤 말했다. "그래서 이 멋진 이야기에서 홀리는 카드 게시자가 자신을 밀고하지 않을 걸 알면서도 그 아이가 누구인지 찾아내는 모험을 강행했다는 거로군. 왜?"

"선배님이 그 입장이라고 생각해보세요." 내가 말했다. "자신은 언젠가 학교를 떠난다는 것, 친구들과 자신은 곧 넓은 세상으로 나간다는 것, 지금 이런 상태는 영원히 지속되지 않는다는 것, 배신하느니 차라리 죽는 게 낫다고 생각하는 친구들과 영원히 절친으로 남을 수는 없다는 걸 깨닫기 시작했어요. 목격자를 내버려두고 싶을까요?"

나는 주먹이 날아올지도 모른다고 생각했다. 매키는 콧김이 섞인 웃음을 터뜨렸고 진짜 같은 느낌이 들었다. "이제 홀리가 연쇄살인범이야? O.J. 심슨 사건 때 홀리의 알리바이도 확인해봐야겠군?"

나는 내가 홀리에게서 본 것을 어떻게 전달해야 할지 몰랐다. 구체화되는 현실, 눈앞에서 넓어지는 세상, 꿈이 현실이 되고 현실이 꿈이 되는 일―목탄 소묘가 눈앞에서 유화로 변하는 일. 언어의 형태가 변하고 의미가 빠져나가는 일을.

내가 말했다. "연쇄살인범은 아니에요. 자신이 무슨 일을 시작했는지 모를 뿐이죠."

"홀리만 그런 건 아냐. 자네처럼 팀플레이를 하지 않는 사람을 가리키는 말도 있어. 개인적으로 꼭 나쁜 것 같지는 않지만 모두 나랑 생각이 같은 건 아냐. 자네가 한 발짝 더 들어가면 많은 사람이 자네를 외면할 거야. 그리고 친구, 경찰의 자녀를 체포하는 건 팀플레이가 아냐. 그런 일을 하면 살인수사과는 물론 잠복수사과하고도 영원히 작별해야 돼."

그는 에둘러 말하는 수고를 하지 않았다. 내가 말했다. "제가 잘못했을 경우에는 그렇겠죠."

"그럴까?"

"네, 이 사건을 해결하면 저는 살인수사과 발령 1순위가 될 겁니다. 모두가 저를 미워할지 몰라도 기회를 잡아볼 겁니다."

"거기서 일할 수는 있겠지, 잠깐은. 그곳의 일원이 될 수는 없어."

나를 바라보는 매키. 그는 능숙하다. 최고다. 상처에 손가락을 대고 딱 아플 만큼 누른다.

내가 말했다. "저는 거기서 일할 겁니다. 저를 도와줄 친구들이 여럿 있습니다."

"그래?"

"네."

"그러면……." 그는 손목시계를 보았다. "콘웨이 형사를 더 기다리지 않게 해야겠군. 자네가 나와서 나하고 따로 대화하는 게 즐겁지 않을 거야."

"콘웨이는 관대해요."

"들어와." 매키가 손짓하고 기다렸다.

나는 결국 안으로 들어갔다.

그는 내 목덜미를 잡았다. 부드러운 손길, 강렬한 눈길. 겨우 몇 센티미터 거리. "자네 말이 맞는다면 난 자네를 죽일 거야." 그가 말했다. 위협하는 것이 아니라 그냥 하는 말이었다.

그는 내 뒤통수를 두 번 토닥였다. 그런 뒤 싱긋 웃고 높은 아치 아래 펼쳐진 어둠 속으로 사라졌다.

그때 나는 깨달았다. 매키는 이 모든 일이 자기 탓이라고, 자신이 오늘의 홀리를 만들었다고 생각한다는 것. 매키는 내가 맞는다고 생각했다.

22

　월요일 이른 아침, 버스는 가다 서다 하며 힘들게 길을 간다. 크리스 하퍼의 생은 이제 삼 주하고 나흘도 남지 않았다.

　줄리아는 승객이 절반밖에 차지 않은 2층 버스의 2층에 앉아 있다. 두 발은 커다란 짐 가방을 불편한 각도로 감싸고 무릎에는 과학 숙제를 올려놓았다. 줄리아는 주말 동안 크리스와 설리나의 일을 어떻게 해야 하나 머리를 쥐어짰다. 가장 큰 직감에 따르자면 설리나를 붙들고 너 무슨 짓을 하는 거냐고 물어야 할 것 같지만, 안쪽 구석에서 불안하게 꿈틀거리는 다른 직감들은 자신이 그 말을 설리나에게, 또는 홀리나 베카에게 소리 내서 하는 순간 모든 것이 허물어질 거라고 속삭인다. 그들의 모든 것이 유독한 연기를 뿜으면서 화르르 타오를 것 같다. 그래서 결국 주말 동안 아무 결론도 내리지 못하고 숙제도 못 해서 이번 주는 출발부터 아주 상큼하다. 버스 창문에 빗물이 흐르고 버스 기사가 히터를 강하게 틀어서 버스 안의 모든 것이 끈끈한 수증기에 덮여 있다.

줄리아는 광합성 어쩌고 하는 내용을 빠르게 적는다. 한쪽 눈은 교과서를 보고 한쪽 눈은 그 내용을 거의 그대로 베껴 적은 공책을 본다. 그때 통로에서 누가 자신을 내려다보는 시선이 느껴진다. 제마 하딩이다.

제마의 집은 버스 정류장 코앞이지만 월요일 아침마다 아빠가 학교까지 태워다준다. 검은색 포르쉐는 좁은 학교 주차장 길에서 돌리는 데 삼십 분이나 걸린다. 모든 것에는 서열이 있다. 포르쉐는 거의 모든 차를 이기고 모든 승용차는 버스를 이긴다. 제마가 허접한 대중교통을 이용한다면 이유가 있을 것이다.

줄리아가 눈을 굴린다. "셀리나는 크리스 근처에도 안 갔어. 이만 안녕." 그리고 고개를 다시 교과서로 돌린다.

제마는 옆 좌석에 큰 가방을 던지고 줄리아 옆에 앉는다. 옷이 젖었고 코트에서 물방울이 반짝인다. "이 버스 냄새나." 제마가 코를 찡그리고 말한다.

맞다. 땀에 전 레인코트들에서 김이 솟는다. "내려서 아빠한테 연락해."

제마는 못 들은 척하고 말한다. "너 조앤이 크리스랑 사귀었던 거 알았어?"

줄리아가 한쪽 눈썹을 들어 올린다. "설마."

"두 달 정도 사귀었어. 크리스마스 전에."

"걔가 크리스 하퍼랑 사귀었으면 그 사실을 얼굴에 문신했을걸."

"크리스가 아무한테도 말하지 말라고 했어. 조앤이 알아차렸어야 했는데 크리스가 이런 감정은 처음이고 자기 감정이 너무 강렬하다고 계속 말해서……."

줄리아는 콧방귀를 뀐다.

"알아. 걔가 무슨 드라마를 보는지 모르지만 어이없잖아. 내가 조앤에게 말했어. 남자가 연애 사실을 감추려고 하는 건 첫째는 상대가 괴물이라서 창피한 경우, 둘째는 다른 가능성을 열어두고 있는 경우라고. 조앤은 첫 번째 케이스가 아니지."

줄리아는 책을 덮지만 무릎에서 치우지는 않고 말한다. "그래서?"

"조앤은 '제마, 너 정말 냉소적이구나, 왜 그래? 질투하는 거야?' 그랬어. 크리스는 자기들 로맨스가 대단하다고 조앤을 완전히 설득시켰어."

줄리아는 토하는 시늉을 한다. 버스 앞자리의 컬름 남학생 두 명이 그들을 돌아보고 웃으면서 큰 소리로 떠들고 서로의 어깨를 밀친다. 제마는 웃음에 답하지도 않고 남학생들을 무시할 때 흔히 그러듯 가슴을 앞으로 쑥 내밀지도 않는다. 대신 눈을 굴리고 목소리를 낮춘다.

"조앤은 그게 평생을 갈 사랑이 아닐까 생각했을 정도였어. 나중에 자기 아이들한테 자기들이 밤에 몰래 만났던 이야기를 해줄 거라고 했다니까."

"귀엽군. 약혼반지 자랑을 안 한 게 놀라운데." 줄리아가 말한다.

제마가 덤덤하게 말한다. "하지만 자주지 않아서 차였어. 만나서 헤어진 것도 아냐. 저녁에 공원에서 만나기로 되어 있었는데 크리스가 나오지도 않고 휴대폰도 안 받았어. 무슨 일이냐고 문자를 열 번도 넘게 했대. 처음에는 걔가 입원을 했거나 뭐 그런 거라고 생각해서. 그런데 며칠 후 코트에 갔을 때 크리스가 옆을 지나가는 거야. 우리를 보더니 고개를 휙 돌려 외면하더라고."

줄리아는 그때 조앤의 모습을 상상하는 즐거움을 나중으로 미룬다. "골 때리네."

"너도 그렇게 생각해?"

"왜 안 잔 거야?" 줄리아는 조앤이 혼전순결파라고는 생각한 적이 없었다.

"안 할 생각은 아니었어. 무감각하거나 그런 건 아니니까. 그냥 헤퍼 보이기 싫고 크리스를 좀더 안달하게 하려고 그런 거야. 실제로 이미 결심하고 주말에 자기 집이나 크리스 집이 비기를 기다리던 중이었어. 크리스한테 말만 안 한 거지, 애태우려고. 그런데 크리스가 기다리기 지겨워져서 찼어."

"네 이야기의 요점은 한마디로……." 줄리아가 말한다. "조앤이 아직도 크리스를 좋아하니까 크리스는 아직도 조앤의 남자고 다른 사람은 모두 물러나야 한다는 거야? 내가 잘못 들은 거 있어?"

"응, 있어." 제마가 눈살을 찌푸리고 말한다. 그러고는 입을 다물어서 줄리아가 마침내 큰 소리로 한숨을 쉬고 묻는다.

"그래, 뭔데?"

"조앤은 강해."

"개싸가지지."

제마는 어깨를 으쓱한다. "말랑말랑하지는 않아. 하지만 크리스 때문에 완전히 뒤집어졌어. 그 뒤로 일주일 동안 아프다고 방에만 있었어."

줄리아는 그 일이 기억난다. 그때 줄리아는 조앤이 얼굴에 왕여드름이 잔뜩 나서 그런 거라고 말할까 하다가 말았다. "그래서 울기라도 했어?"

"얼마나 울었는지 몰라. 얼굴이 완전히 망가졌었어. 다시는 누구에게도 그런 모습을 보이지 않을 거야. 그리고 수업중에 울음을 터뜨려서 남들이 알아차릴까 봐 겁을 냈어. 하지만 무엇보다 크리스하고 걔 친구들을 보는 일을 창피해했어. 계속 '이제 다시는 외출 못해. 집에 말해서 런던이나 다른 도시의 학교로 전학 갈 거야'라고 말했어. 나는 일주일 내내 조앤에게 외출해서 걔를 봐야 한다고, 걔 이름도 까먹은 것처럼 행동해야 한다고, 안 그러면 걔가 네가 속상해하는 걸 알고 한심하게 볼 거라고 말했어. 남자는 그런 법이라고. 걔네보다 우리가 더 마음을 쓰면 걔네는 우리를 깔본다고."

줄리아는 크리스의 얼굴에 주먹을 날리고픈 충동이 어느 때보다 더 커진다. 그가 조앤의 소중한 감정을 다치게 해서는 아니다. 줄리아가 볼 때 그것은 그 더러운 놈이 유일하게 잘한 일이었다. 문제는 그런 한심한 놈을 둘러싸고 모든 일이 벌어지고 있는 거다. 모든 걸 망치고 있는 설리나, 필드에서 본 핀의 표정, 전부 머릿속에 오직 섹스뿐인 5류 찌질이 때문이다.

줄리아가 말한다. "그게 나랑 무슨 상관인데?"

제마가 말한다. "설리나는 강하지 않잖아."

"네 생각보다는 강해."

"그래? 크리스한테 똑같은 일을 당했을 때 아무 일 없을 만큼 강해? 그 애는 분명히 또 그럴 거거든. 걔는 전에 조앤한테 했던 온갖 달콤한 헛소리를 지금 설리나에게 늘어놓고 있을 거야. 조앤이 거기 넘어갈 정도면 설리나도 넘어가지. 두어 주만 지나면 설리

나는 자기들이 결혼할 거라고 믿을걸. 그리고 걔가 크리스하고 자
도……."

"그런 일 없어."

제마는 줄리아에게 의심의 눈길을 던진다. 줄리아가 말한다. "셀
리나는 걔랑 안 자. 무감각해서 그런 건 아니야."

"음." 제마가 말한다. "셀리나가 크리스하고 자도 그러겠지만 안
자면 크리스는 더 빨리 싫증낼걸. 연락도 안 받고 걔를 투명 인간 취
급하겠지. 셀리나가 얼마나 힘들어지겠어? 특히 걔가 차인 이유를
조앤이 여기저기 말한다면 말이야. 너는 그게 좋은 일이라는 걸 알
지만 셀리나가 일주일 만에 회복할 수 있을까? 아니면 충격으로 쓰
러질까?"

줄리아는 대답하지 않는다. 제마가 말한다. "셀리나는 이미……
내 말은, 잔인한 말은 하고 싶지 않지만 솔직히 걔가 선을 넘어가기
까지 그렇게 오래 걸리지 않을 거야."

"내가 셀리나의 휴대폰을 봤어." 줄리아가 말한다. "크리스한테서
온 건 아무것도 없어. 그 비슷한 것도 없었어."

제마가 콧방귀를 뀐다. "당연히 없지. 조앤이랑 사귈 때 걔는 조
앤에게 비밀 휴대폰을 주고 그걸로 문자만 주고받았어. 앨리슨의
새 휴대폰 알지? 분홍색 휴대폰? 그게 그거였어. 둘이 헤어지고서
조앤이 앨리슨에게 판 거야. 크리스의 핑계가 뭐였는지도 잊었지만
한마디로 걔는 부모님이나 수녀님, 아니면 우리가 진짜 휴대폰을 보
고 알게 될까 봐 몸을 사린 거야. 조앤한테 휴대폰을 감추어두라고
했어."

물론 조앤은 휴대폰을 곧바로 친구들에게 보여주었다. 그냥 5류

찌질이가 아니라 개명청한 5류 찌질이다.

제마가 말한다. "설리나도 어딘가 비밀 휴대폰을 숨겨두었을걸."

"세상에, 크리스는 용돈을 얼마나 받는 거야?" 줄리아가 말한다.

"원하는 만큼 받는다고 들었어." 제마의 입꼬리에 미소가 떠오른다. 어디서 들었는지는 말하지 않는다. "걔는 여자 사귀는 용도로만 쓰는 휴대폰이 따로 있어. 남자애들이 그걸 뭐라고 부르는지 알아? 크리스의 섹스폰이라고 불러."

바로 이런 일 때문에 그들이 애초에 맹세를 한 것이다. 줄리아는 탁구채를 가져다가 설리나의 머리에 분별력을 때려 넣고 싶다. "멋지군."

제마가 말한다. "크리스는 이런 일에 아주 능숙해. 너는 설리나가 진짜로 깊이 빠지기 전에 문제를 해결해야 돼."

"둘이 사귀는 게 맞는다면 그래야 할 것 같다." 줄리아가 잠시 후에 말한다.

그런 뒤 그들은 침묵 속에 앉아 있고 침묵은 이상하게 편안하다. 노면의 구멍에 버스가 덜커덩거린다.

"나는 크리스를 몰라." 줄리아가 말한다. "걔랑 얘기도 해본 적 없어. 걔한테 여자를 빨리 차라고 하려면 어떻게 해야 돼?"

"잘해봐. 크리스는……." 제마가 손을 앞으로 쭉 뻗으면서 '직진'이라는 표현을 한다. "걔는 원하는 게 확실하고 근성이 있어. 걔를 설득하는 건 포기하고 설리나보고 크리스를 차라고 해. 반대는 안 통해."

"설리나는 걔랑 안 사귀어. 잊었어? '사귄다면'이라고 가정하고 묻는 거야. 그리고 진짜 만약이지만 설리나가 설득이 안 되면 크리스를 어떻게 설득해야 돼?"

제마는 가방에서 거울을 꺼내 분홍색 립글로스를 천천히 바르며 말한다. 립글로스 바르는 일이 생각에 도움이라도 되는 것처럼. "조앤이 나한테 크리스를 만나서 설리나한테 성병이 있다고 말하라고 했어. 어쩌면 그 방법이 통할지도 몰라."

줄리아는 마음이 변한다. 좋은 일이건 아니건 조앤과 크리스가 계속 사귀기를 바란다. 둘은 아주 잘 어울리는 한 쌍이다.

줄리아가 말한다. "그렇게 말해. 나는 홀리의 아빠에게 너네가 다이어트 하려고 교정 관리인 아저씨한테 필로폰을 산다고 말할게."

"그러든지." 제마가 입술을 다물고 문지르며 거울을 들여다본다. "넌 정말 설리나가 걔랑 안 잔다고 생각해?"

"당연하지. 앞으로도 안 그럴 거야."

"음." 제마가 립글로스를 닫아서 다시 가방에 떨군다. "네가 크리스한테 그 말을 하는 방법도 있어. 걘 아마 안 믿을 거야. 자기가 너무 매력적이라서 정신 나간 사람 아니면 거절을 못 한다고 생각하니까. 하지만 네가 잘 설득하면 걔는 설리나를 버리고 누구든 자기하고 자주는 여자애한테 잽싸게 달려갈 거야."

"그러면 조앤이 하면 되겠네. 크리스한테 조앤이 걔 섹시 바디를 원한다고 말해. 하지만 먼저 설리나하고 헤어져야 한다고."

"내가 그렇게 말했어. 그런데 조앤이 싫대. 크리스가 이미 기회를 차버렸다고."

조앤은 크리스한테 거절당할 것을 두려워하고 있다. "너는 걔 친구야. 조앤을 위해서 그 정도 수고도 안 해주겠다고?" 줄리아가 말한다.

제마는 촉촉한 입술로 천천히 미소를 지으며 고개를 저었다. "음, 그래."

"넌 걔 싫어? 너는 핑계도 필요 없을 것 같은데?"

"걔가 섹시한 건 맞지만 그건 중요하지 않아. 조앤이 심장병 걸릴 거야."

줄리아가 불쑥 말한다. "걔를 그렇게 무서워하면서 왜 걔랑 친하게 지내?"

제마가 거울 속 입술을 살펴보고 새끼손가락으로 얼룩을 닦는다. "나는 조앤이 무섭지 않아. 그냥 걔가 화내는 게 싫은 거야."

"네가 나한테 조앤하고 크리스 이야기를 했다는 걸 알면 조앤이 정말로 화를 내?"

"응, 걔가 몰랐으면 좋겠어."

줄리아는 자리에 앉은 채 몸을 돌려서 제마를 똑바로 바라보며 말한다. "그런데 왜 말했어? 셀리나가 슬픔에 빠지건 말건 네가 신경 쓸 거 없잖아."

제마는 한쪽 어깨를 들어 올린다. "많이는 신경 안 써."

"그래서?"

"아, 시발. 어쩌면 네 말이 맞고 조앤은 개싸가지인지도 몰라. 하지만 걘 내 친구야. 그리고 너는 걔가 그후에 어땠는지 못 봤잖아." 제마는 거울을 딸깍 닫고 가방에 넣는다. "우리는 이미 조앤이 크리스를 찼다고 소문내기 시작했어. 걔가 기저귀를 차고 조앤한테 갈아달라고 했다고……."

"으, 그게 뭐야?" 줄리아가 기가 막혀서 말한다.

제마는 어깨를 으쓱한다. "사실이야. 그런 걸 좋아하는 남자들이 있어. 하지만 안 통했어. 아무도 안 믿어서. 그냥 걔가 그게 안 선다 거나 완전 실고추라고 말할 걸 그랬어."

"그러니까……." 줄리아가 말한다. "너네가 크리스를 조지지 못 했으니까 나더러 대신 해달라는 거야? 내가 설리나를 설득해서 크 리스를 차게 하면 걔가 차인 걸 소문내서 조앤이 당한 망신을 갚겠 다는 거?"

"핵심은 그게 맞아." 제마가 흔들리지 않고 말한다.

"좋아." 줄리아가 말한다. "그럼 이렇게 하자. 내가 걔네를 당장 헤어지게 하겠어." 방법은 자신도 모른다. "하지만 너네는 크리스하 고 설리나가 사귀었던 사실을 아무에게도 말하지 않는 거야. 조앤 이 크리스를 찼다는 식으로 말해서 걔를 망신 주는 건 괜찮아. 하지 만 설리나는 끼워 넣지 마. 성병 어쩌고 하는 소리도 하지 말고. 어 때?"

제마는 생각해본다. 줄리아가 말한다. "아니면 네가 나한테 조앤 이 크리스랑 결혼해서 아이를 낳겠다고 말한 거 조앤에게 일러바칠 거야."

제마가 뒤틀린 얼굴로 말한다. "좋아, 알았어."

줄리아가 고개를 끄덕이고 혼잣말처럼 이야기한다. "그래, 좋아." 그리고 학교에 도착할 때까지 제마가 아무 말도 없이 립글로스 냄새 만 풍기며 옆에 계속 앉아 있을까 생각해본다.

버스가 정류장에 서고 밀려드는 발걸음에 흔들린다. 여학생들의 들뜬 목소리. "헐, 그렇게 말하지 않았잖아. 너는……."

"안녕." 제마가 말하고 일어나서 가방을 어깨에 멘다. 앞자리의 컬름 남학생들이 그 모습을 보고 더 시끄러워진다. 제마는 엉덩이

를 흔들며 그들에게 가기 전에 줄리아에게 미소를 보내고 손을 살짝
흔든다.

23

　미술실은 꽤 추워졌다. 콘웨이는 의자를 테이블 앞, 내 옆에 끌어다 놓고 있었다. 나쁜 경찰의 차례였다.

　이번에 매키와 내가 들어갈 때 콘웨이는 돌아보지 않았다. 홀리도 고개를 들지 않고 손톱으로 계속 찰흙덩이를 찍으면서 자기 일을 생각하고 있었다. 그들은 이번에는 서로에게 귀를 기울이고 있지 않았다. 각자의 갑옷과 무기를 살피며 우리가 돌아오기를 기다렸다. 창가에 놓인 구리철사 학교 모형이 차가운 광채를 쏘았다. 높이 뜬 달이 우리를 들여다보았다.

　매키는 다시 테이블에 앉았다. 그가 움직일 때마다 나는 몸이 움찔했다. 내 머릿속은 매키가 뭘 하려고 하나 하는 생각뿐이었다. 매키의 차갑고 흥미로운 표정은 그 역시 알고 있다는 걸 보여주었다.

　내가 옆에 앉을 때 콘웨이가 나를 보았다. 눈이 말했다. '준비하세

요. 시작이에요.'

콘웨이는 아까 우리가 하던 이야기, 홀리가 크리스를 싫어했다는 데로 돌아가지 않았다. 해봐야 소용없는 말이었다. 매키가 깔끔하게 망가뜨렸다. 대신 그녀는 이렇게 말했다. "네 말이 맞아. 우리는 카드 게시자 후보를 너희 여덟 명으로 좁혔어. 다른 일곱 명 중 한 명이 크리스의 살인범을 알아."

홀리는 찰흙덩이를 테이블 위에서 이리저리 굴렸다. "네, 어쨌든 자기가 안다고 말하니까요."

"이런 상황에 대해 어떤 느낌이 드니?"

의심스러운 표정. "어떤 느낌이 드냐고요? 무슨 상담인가요? 제 감정을 색연필로 그려봐야 하나요?"

"걱정되니?"

"걱정이 됐다면 애초에 여기 경찰을 부르지 않았겠죠."

뻔뻔한 척 고개를 튕겨보지만 연기였다.

그날 아침 홀리는 카드를 불편해하지 않았다. 하지만 그 뒤로 달라졌다.

내가 말했다. "그건 네가 아침에는 걱정을 안 했다는 뜻일 뿐이야. 지금은 어떠니?"

"제가 걱정할 게 뭐가 있나요?"

콘웨이가 말했다. "네 친구 한 명이 위험한 사실을 알고 있을지 모른다는 거. 아니면 그 아이가 우리가 알아내면 좋지 않을 무언가를 알고 있다는 것."

홀리는 의자에 털썩 기대며 두 손을 들어 올렸다. "아, 이 학교에서는 아무도 크리스한테 무슨 일이 있었던 건지 몰라요. 카드를 만든 건 늘 관심이 고픈 조앤이에요."

콘웨이는 한쪽 눈썹을 들어 올렸다. "처음에 모런 형사님에게 갔을 때는 왜 '이런 게 있지만 다 헛소리예요. 조앤 헤퍼넌이라는 애가 지어낸 거예요' 하고 말하지 않았지? 아니면 아침 이후 무슨 일이 생겨서 네 가설에 조앤을 넣은 거니?"

"무슨 일이 있다면 조앤이 계속 우리를 엿 먹이려고 한다는 것뿐이에요. 조앤은 두 분이 오니까 완전히 쫄았어요. 진짜 경찰이 올 줄 몰랐을 거예요, 똥멍청이거든요. 그래서 하루 종일 경찰의 눈을 우리에게 돌리려고 엄청 애를 썼어요. 그래야 자기가 한 일이 발각되지 않고 경찰력을 낭비했다고 혼나지 않을 수 있으니까요. 경찰에 감추고 싶은 일을 저지르지 않았다면 그럴 이유가 없잖아요?"

콘웨이가 말했다. "조앤이 경찰의 눈길을 너와 네 친구들에게 돌리려고 했다면 성과가 있었네."

"당연하죠. 그래서 제가 여기 앉아 있잖아요. 조앤이 하는 말 태반이 거짓말이라는 건 모르시죠?"

"아니, 알아. 하지만 우리가 조앤의 말만 듣고 이러는 건 아니야. 예를 들어 설리나가 크리스를 사귄 것. 처음에 조앤이 말했을 때 우리는 안 믿었어. 하지만 그 애가 동영상을 보여주었지. 걔네 둘이 함께 있는."

홀리의 얼굴에 무언가 지나간다. 놀라움은 아니다.

홀리 역시 동영상을 보고 크리스와 설리나에 대해 알게 되었다.

홀리가 침착하게 말했다. "그렇게 변태예요. 놀랍지도 않네요."

콘웨이가 말했고 나는 그녀가 나와 똑같이 생각한다는 것을 느꼈다. "조앤이 너한테도 보여주었니?"

콧방귀. "아뇨. 조앤하고 저는 뭘 공유하는 사이가 아니에요."

콘웨이가 고개를 저었다. "공유하고 챙겨주는 일을 말하는 게 아니야. 공감을 말하는 거지."

무표정. "어떻게요?"

"조앤도 크리스랑 잠깐 사귀었어. 설리나랑 사귀기 전에."

홀리의 눈썹이 올라갔다. "그래요? 잘 안 돼서 안타깝네요."

여전히 놀라움은 없다. 내가 물었다. "크리스가 조앤을 버리고 설리나에게 갔을 때 조앤이 기분이 좋았겠니?"

"안 그랬겠죠. 걔한테 뇌출혈이나 일어났다면 좋았을 텐데."

"그럴 뻔했어." 콘웨이가 말했다. "너는 나보다 조앤을 더 잘 알아. 조앤이 화가 나서 크리스가 죽어버리길 바랐을 것 같니?"

"당연하죠. 이제 저는 갈까요? 조앤을 부르시게요."

"문제는 우리가 볼 때……." 내가 말했다. "조앤은 실제로 크리스를 죽이지는 않았을 것 같다는 거야. 다른 사람을 시켰을까 생각하고 있어."

"올라가 있어요." 홀리가 바로 말했다. "조앤은 자기가 하기 싫은 더러운 일은 다 올라를 시켜요."

콘웨이는 고개를 저었다. "아니, 우리는 너희 넷 중 한 명이라는 확실한 증거가 있어."

매키는 여전히 움직임이 없었지만 시선은 콘웨이에게 고정되어 있었다. 홀리의 표정도 똑같았다. 더이상 찰흙 장난은 치지 않았다. 홀리는 알았다. 지금이 가장 중요한 순간이라는 것을. 홀리가 물었다. "어떤 증거요?"

"나중에 말해줄게. 우리는 조앤이 너희 중 누군가에게 영상을 보여주면서 이렇게 말했을 거라고 생각해. '날 위해 크리스를 죽여줘. 안 그러면 교장 선생님한테 이걸 가져가서 너네를 모두 퇴학시킬 거야.'"

콘웨이는 몸을 앞으로 기울여 리듬을 올렸다. 나는 긴장을 풀고 수첩으로 눈길을 돌렸다. 지금은 콘웨이의 시간이었다.

홀리의 눈썹이 올라갔다. "그래서 우리가 '좋아, 네가 시키는 대로 할게' 했다고요? 정말로 그렇게 생각하세요? 애초에 우리가 퇴학에 벌벌 떨었다면 밤에 나가지도 않았을 거예요. 얌전하게 안에 있었겠죠."

"퇴학에 벌벌 떤 것만이 아니야. 조앤은 상대를 신중하게 선택했어. 친구들을 지키기 위해 큰 희생도 감수할 사람, 크리스가 일으킨 피해에 이미 화가 많이 난 사람, 이미 그를 죽도록 미워하는 사람을 골랐을 거야……."

콘웨이는 냉혹하게 손가락을 하나하나 꼽았다. 홀리가 받아쳤다. "저는 바보가 아니에요. 아빠, 잠깐만, 내가 말할게! 제가 누군가를 죽이려 든다고 해도, 물론 그런 일은 없겠지만요, 절대로 조앤 헤퍼넌하고 공모하지는 않아요. 그리고 그 망할 년 손에 평생을 쥐여 산다고요? 제 뇌가 우동사리인가요? 말도 안 돼요. 영상이 어떤 내용이었든요."

"말이 거칠구나." 매키가 느릿하게 말했다. 눈빛은 바짝 긴장하고 있었지만 입꼬리는 씰룩거렸다. 딸은 잘 버티고 있었다.

"어쨌든요. 그리고 '아, 그러면 줄리아 아니면 설리나 아니면 베카일 거야' 하지 마세요. 걔들도 똑같아요. 우리가 무슨 일을 했길래 그렇게 우주 최고의 바보로 보시는 건가요?"

콘웨이는 홀리를 저지하지 않고 하고 싶은 말을 다 하게 했다. 매키가 말했다. "무시해도 좋지만 내가 한마디 덧붙이자면 자네들은 조앤이라는 애를 너무 바보로 만들고 있어. 그 애가 누군가에게 살인을 청부하려고 한다면 경찰의 딸에게 부탁할까? 바로 감옥으로 보낼 수 있는 사람한테? 홀리, 조앤이라는 애가 혹시 머리가 이상하니?"

"아니, 개싸가지지만 멍청하지는 않아."

매키는 우리에게 두 손을 펼쳐 보였다. '이렇다니까'라는 식으로.

콘웨이가 말했다. "우리가 공감 가설에 꽂혀 있는 건 아니야. 다른 가능성도 많아."

거기서 그치자 홀리는 눈을 굴렸다. "어떤 거요?"

"네가 모런 형사님한테 한 말에 따르면 너는 설리나 문제를 알았을 때 그냥 모른 척하고 일이 알아서 해결되기를 기다렸어. 그 말을 들으니까 내 머릿속에 경보가 울렸어. 너는 그런 겁쟁이가 아니야. 아니면 겁쟁이가 맞니?"

"아뇨. 그냥 어떻게 해야 할지 몰라서 그랬어요. 천재가 아니라서 죄송합니다."

나는 전에 홀리를 이런 식으로 괴롭혔다. 콘웨이는 홀리를 다시 괴롭히려고 했고 매키는 상황을 주시했다.

"하지만 방금 말했듯이 바보도 아니야. 어떤 일을 혼자 떠맡았다고 얼어버리지 않아. 너는 어린애가 아니잖아."

방법이 통했다. 홀리는 팔짱을 끼고 분노덩어리가 되어갔다.

"내 생각은 이래. 네가 설리나한테 가서 크리스 일을 안다고 말했어. 설리나는 아마 크리스와 다시 만날 생각이라고 말한 것 같아. 그러자 너는 말도 안 된다고 생각하고 설리나의 휴대폰을 찾아서 크리스에게 만나자고 문자했어. 처음에는 그저 설리나를 건드리지 말라고 경고하려던 거였겠지."

홀리는 콘웨이에게서 고개를 돌려 창밖을 바라보았다.

"네가 어떻게 그 애를 설득할 수 있었을까? 너도 말했어. 크리스는 너한테서는 얻을 게 없어서 널 좋아하지 않았다고. 네가 어떤 교환을 제안한 거 아니니? 설리나를 떠나면 대가를 주겠다고?"

그 말에 홀리는 의자에서 벌떡 일어나려고 했다. "크리스하고 뭘 하느니 차라리 혀를 깨물어버릴 거예요. 세상에!"

매키는 아무 말 없었다. 홀리도 그를 전혀 신경 쓰지 않았다. 홀리가 정말 크리스하고 뭔가 있었다면 신경을 썼을 것이다. 아빠 앞에서 성생활을 이야기하는 것은 신경이 쓰이는 일이기 때문이다. 홀리의 말은 진실이었다. 그 애는 크리스와 아무런 신체 접촉을 하지 않았다.

콘웨이가 물었다. "그러면 어떻게 크리스하고 접촉했니?"

홀리는 스스로에게 화가 나서 입술을 깨물었다. 걸려들었다. 그래서 고개를 돌리고 새롭게 무시 전략을 시도했다.

"방법은 몰라도 너는 몇 차례 일을 시도했어. 하지만 잘 안 됐지. 그러다 결국 다시 크리스하고 약속을 잡아. 5월 16일에."

홀리는 대답하지 않으려고 입술을 더 세게 깨물었다. 매키는 움직이지 않았지만 온몸이 석궁처럼 팽팽하게 당겨져 있었다.

"이번에는 크리스를 설득할 생각이 아니었어. 너는 미리 나가서 흉기를 준비해두었고 크리스가 나타났을 때……."

홀리가 콘웨이를 돌아보았다. "형사님 바보예요? 크리스를 죽이지 않았다니까요. 우리가 여기 밤새도록 앉아서 형사님이 제가 크리스를 죽인 이유를 사백만 개 댄다고 해도 제가 그 일을 하지 않았다는 사실은 변하지 않아요. 정말로 제가 정신이 나가서 마침내 '있잖아요, 사실 제가 나무에 올라가서 크리스 머리에 피아노를 떨어뜨렸어요. 헤어스타일이 마음에 안 들어서요' 하고 말할 것 같은가요?"

매키는 빙긋 웃으며 말했다. "멋진 표현이구나."

홀리와 콘웨이는 서로에게 집중해서 말이 들리지 않는 것 같았다. 콘웨이가 말했다. "네가 안 그랬다면 누가 그랬는지는 알겠지. 왜 휴대폰을 숨겼니?"

"말씀드렸잖아요. 저는 설리나가……."

"너는 크리스가 죽기 몇 주 전에 설리나가 그 애와 연락을 끊었다고 말했어. 휴대폰에 사실이 분명하게 남아 있었을 거야. 그게 범죄의 증거가 될 리는 없어."

"범죄의 증거가 될 거라고는 말하지 않았어요. 설리나가 경찰에게 시달릴 거라고 말했어요. 분명했으니까요."

"너는 경찰의 딸이야. 살인 사건의 증거를 감추는 바보짓은 안 하지만 친구가 경찰에 약간 시달릴까 봐 그런 일을 한다고? 아니, 불가능해." 홀리는 뭐라고 말하려 했지만 콘웨이의 목소리가 강하게 찍어 눌렀다. "크리스가 설리나하고 헤어진 뒤 너희 중 한 명이 휴대폰으로 크리스에게 문자를 보내서 약속을 잡았어. 너희 중 한 명이 '크리스가 죽은 날' 그 애와 약속을 잡았다고. 그게 바로 범죄의 증거고 네가 숨기려고 한 게 바로 그거야."

"이런 이런 이런." 매키가 손을 들고 말했다. "잠깐. 그게 자네들의 증거야? 다른 사람의 휴대폰으로 보낸 문자가?"

콘웨이가 홀리에게 말했다. "너는 비밀 휴대폰의 보관 위치를 알았어. 설리나를 빼면 너만 알았고 설리나가 문자들을 보내지 않은 건 확실해."

매키가 말했다. "방에는 여학생 네 명이 같이 살아. 문자에 홀리가 손수 서명이라도 했다는 거야? 지문이라도 박혔어?"

나는 이제 매키가 왜 홀리가 기숙학교에 들어간 사연을 구구절절 말했는지 이해했다. 그는 홀리가 친구들을 얼마나 사랑하는지 말한 것이다. 우리가 홀리에게서 무엇을 캐내건 그는 그것을 격추할 방법이 있었다. '홀리는 친구들을 보호하는 거야. 아니라는 걸 증명해 봐.'

매키는 모든 것이 모호한 사람이지만 이것만큼은 분명했다. 자기 아이를 구하기 위해 무고한 열여섯 살짜리를 버스 밑으로 던져야 한다면 두 번 생각도 하지 않고 그럴 사람이라는 것.

그리고 이것 역시 백 퍼센트 확실하다. 나와 콘웨이도 던질 거라는 것.

콘웨이는 계속 못 들은 척하고 홀리에게 말했다. "너는 휴대폰이 없어지는 게 좋다는 걸 알았어. 다른 아이들은 아니고 너만 그랬어. 그리고 살인범은 약속에 가면서 관련 문자들을 지웠어. 발신 당사자가 아니면 아무도 그런 게 세상에 있었는지도 모르도록."

매키가 말했다. "아니면 누가 홀리에게 말해줬을 수도 있고, 홀리가 넘겨짚었을 수도 있고, 이미 알고 있는 것에 과잉 반응을 했을 수도 있어. 십 대 여학생이 과잉 반응을 하면 이렇게 큰일이 나는군."

콘웨이는 그제야 그를 보고 말했다. "선배님과 하는 조사는 끝났습니다. 한 가지 추가 답변만 해주세요. 다른 입회인을 불러야겠습니다."

매키는 콘웨이가 한 말을 생각해보았다. 콘웨이를 바라보는 눈빛이 내게는 섬뜩했지만 콘웨이는 신경 쓰지 않고 그저 대답만을 기다렸다.

"내가 볼 때는 자네도 나도 머리를 좀 식힐 필요가 있을 것 같아." 그가 말하고 일어섰다. "나는 담배를 한 대 피우고 오겠어. 같이 가지."

"저는 담배 안 피웁니다."

"자네 태도를 추궁하려는 게 아니야, 콘웨이 형사. 그건 여기서도 할 수 있어. 우리 둘 다 숨을 좀 돌리고 맑은 공기를 마셔야 할 것 같아서 그래. 다시 제대로 시작하도록. 돌아온 다음에는 끼어들지 않겠다고 약속하지. 어때?"

내가 움직였다. 그걸로 끝이었다. 왜 그런지는 몰라도 내 귀에 경고음이 울렸다. 콘웨이는 나를 바라보았다. 나는 눈길에 최선을 다해 '조심하라'는 메시지를 담았다. 그녀는 매키의 솔직하고 가식 없고 약간 수줍어 보이는 미소를 보았다.

콘웨이가 말했다. "빨리 피우세요."

"분부에 따릅지요."

나는 문 앞까지 그들을 따라갔다. 매키가 나에게 눈썹으로 신호하자 내가 말했다. "저는 여기서 기다릴게요."

매키의 미소가 '착하지, 이 무서운 여자에게서 자네부터 지켜' 하고 말했다. 나는 반응하지 않았다. 그는 콘웨이의 걸음과 박자를 맞추어서 복도를 걸어갔고 두 사람은 한 사람 같은 소리를 냈다. 나란히 걷는 그들은 파트너 같았다.

홀리는 두 사람이 나가는 모습을 보지 않았다. 여전히 모든 근육이 팽팽하게 긴장했고 미간을 잔뜩 찌푸리고 있었다. 홀리가 말했다. "정말 제가 크리스를 죽였다고 생각하세요?"

나는 문 앞에 머물렀다. "네가 내 입장이라면 어떻게 생각할 것 같니?"

"형사로서 실력을 키워서 죄 없는 사람을 잘 알아볼 수 있기를 바랄 거예요, 젠장."

홀리의 몸에 아드레날린이 치솟아서 몸에 손을 대면 전기 충격으로 날아갈 것만 같았다.

"너는 뭔가 숨기는 게 있어. 내가 아는 건 그게 전부야. 텔레파시로 알아낼 능력은 없어. 네가 말해줘야 돼."

홀리는 종잡을 수 없는 표정으로 나를 보았다. 경멸 같았다. 그리고 포니테일을 아플 만큼 세게 당기더니 의자를 밀고 일어나서 학교 모형으로 갔다. 그런 뒤 구리철사 코일을 일정 길이로 풀어서 작은 커터로 잘랐다. 표백된 공중에 딸깍 소리가 울린다.

홀리는 한쪽 골반을 테이블에 기댄 채 모형 속 빈방에서 핀셋을 튕겨 올렸다. 그리고 철사를 가는 연필에 능숙하게 돌돌 말다가 모양이 어그러지자 손톱 끝으로 조정했다. 손가락이 댄서처럼, 마법사처럼 빙글빙글 꼬불꼬불 움직였다. 그 리듬과 정신 집중으로 마음이 안정되는지 이마의 주름이 펴졌다. 나도 함께 안정되었고 심지어 매키가 콘웨이에게 뭐라고 할까 하는 걱정도 약간 잊었다.

마침내 홀리가 내게 연필을 내밀었다. 연필 끝에는 손가락 끝에 간신히 맞을 만한 모자가 있었다. 챙이 넓고 구리철사 장미를 장식한 모자였다.

내가 말했다. "예쁘네."

홀리는 모자를 보며 무심한 미소를 희미하게 짓고, 연필로 모자를 돌렸다.

홀리가 말했다. "아저씨한테 카드를 가져다준 게 잘못이었어요." 화난 목소리도 아니고 내 급소를 걷어찰 핑계를 찾는 것도 이제는 아니었다. 상황이 너무 심각해져서 그럴 여유가 없었다.

"왜? 시끄러워질 걸 알았잖아. 이런 일을 당연히 예상했을 텐데 뭐가 달라진 거지?"

"아빠가 돌아오기 전까지는 이야기할 수 없어요." 그리고 연필에서 모자를 빼서 철사들 사이로 밀어 넣고 침대 기둥 너머로 떨구었다. 그런 뒤 의자로 돌아와 앉아서 두 손을 후드 티 소매 속에 넣고 달을 바라보았다.

계단에서 빠른 발소리가 나더니 콘웨이가 복도의 그림자 속에서 걸어 들어왔다. 옷에 서늘한 저녁 공기가 묻어 있었다. 콘웨이가 내게 말했다. "매키는 한 대 더 피우고 오겠대요. 다시 기회를 얻을 수 있다면요. 원한다면 당신이 나와도 좋대요. 그게 좋을 것 같아요. 당신이 나가지 않으면 안 들어올 듯해요."

콘웨이는 나를 보지 않았다. 불길한 느낌이 들었지만 무슨 일인지 짐작이 가지 않았다. 나는 잠시 지체하면서 그녀와 눈을 마주치려고 했지만, 내게 오는 눈길은 우리 둘을 번갈아 보면서 무언가 캐내려고 하는 홀리의 예민한 눈길뿐이었다. 나는 나갔다.

검게 변한 나무들이 검푸른 하늘 위로 날아가는 새떼처럼 휘청거렸다. 나무들을 그런 빛 속에서 본 것은 처음이었지만 한편으로는 친숙했다. 학교는 내가 오래전부터 거기 있었던 것처럼, 내가 그곳의 일원인 것처럼 느껴졌다.

매키는 벽에 기대 있었다. 그는 불붙인 담배를 나에게 흔들었다. '정말로 담배가 필요했다니까!' 하고 말하듯이.

"자네 전략은 흥미로워, 스티븐." 그가 말했다. "어떤 사람들은 미쳤다고 하겠지만 나는 일단 자네를 믿어보겠어."

"무슨 전략 말씀인가요?"

살짝 늦은 흥미롭다는 반응. "잊었어? 우리는 아는 사이야. 함께 일했다고. 겸손을 떨어봐야 안 통해."

"무슨 전략을 말씀하시는 건가요?"

매키가 한숨을 쉬었다. "그래, 말하지. 앤트워네트 콘웨이하고 팀을 이룬 거 말이야. 자네 계획이 뭐지?"

"계획 없습니다. 저는 살인 사건을 수사할 기회가 생겨서 그냥 잡은 겁니다."

매키의 한쪽 눈썹이 올라갔다. "자네를 위해서 말인데 자네가 아직 순진한 척하는 것이기를 바라겠어. 콘웨이에 대해 얼마나 알고 있지?"

"유능한 형사라는 거요. 열심히 일하고 성과도 좋고요."

그는 기다리다가 내가 말을 마쳤다는 것을 알고 말했다. "끝이야? 그게 전부야?"

나는 어깨를 으쓱했다. 칠 년이 지났는데도 매키의 눈은 아직 나를 당황시키고, 구두시험을 보는 학생처럼 멍청해지게 할 수 있었다. "어제까지는 콘웨이에 대해 생각해본 일이 별로 없습니다."

"소문이라는 게 있잖아. 자네는 그런 걸 초월해서 살아?"

"그렇지는 않습니다. 콘웨이에 대해 들은 게 없을 뿐이에요."

매키는 어깨를 늘어뜨리고 한숨을 쉬었다. 그리고 손으로 머리카락을 훑고 고개를 저었다. "이봐, 스티븐." 목소리가 부드러워졌다. "이 분야에서는 친구가 필요해. 안 그러면 오래 못 가."

"아직은 문제없습니다. 친구도 있고요."

"그런 친구를 말하는 게 아냐. 진짜 친구가 필요해. 자네 뒤를 봐주는 친구. 필요한 걸 알려주는 친구. 자네가 아무것도 모르고 똥구덩이로 뛰어들지 않게 하는 친구."

"선배님 같은 친구요?"

"지금까지 나는 자네한테 괜찮지 않았나?"

"감사하다고 말씀드렸습니다."

"그게 진심이었으면 좋겠어. 하지만 모르지, 스티븐. 나한테는 사랑이 안 느껴져."

"선배님이 훌륭한 친구시라면 제가 콘웨이에 대해 뭘 알아야 하는지 말씀해주세요." 내가 말했다.

매키는 벽에 기댔다. 굳이 담배를 피우지는 않았다. 담배의 역할은 끝났다. 그가 말했다. "콘웨이는 기피 인물이야. 자기 입으로 말하지 않던가?"

"그런 말은 못 들었습니다." 나는 왜 콘웨이가 기피 인물인지 묻지 않았다. 어쨌든 매키가 곧 말할 것이다.

"콘웨이가 징징거리는 스타일은 아니지. 그것도 이유가 될 거야." 그는 재를 떨었다. "자네는 바보가 아니니 콘웨이가 상냥한 사람이 아니라는 건 이미 알고 있었겠지. 그래도 콘웨이와 같이 일하는 게 상관없었나?"

"말씀드렸듯이 저는 절친을 찾는 게 아닙니다."

"사교 생활을 말하는 게 아니야. 살인수사과에 합류하고 일주일 도 지나지 않았을 때 콘웨이가 허리를 굽히고 화이트보드에 무언가 를 쓰는 걸 보고 로시라는 바보가 엉덩이를 때렸어. 그러자 콘웨이 가 휙 돌아서서 로시의 눈이 튀어나올 때까지 손가락을 꺾었지. 다 시 한번 자기 몸에 손을 대면 아예 부러뜨려버리겠다고 하면서. 로 시가 욕을 하니까 더 꺾었어. 로시가 비명을 지르자 그제야 놓아주 고 화이트보드로 돌아갔어."

"그러면 로시가 기피 인물이 되어야 하는 거 아닌가요? 콘웨이가 아니라?"

매키가 큰 소리로 웃었다. "자네가 그리웠어. 정말이야. 자네가 얼마나 귀여운지 잊었어. 자네 말이 맞아. 완벽한 경찰이라면 그래 야 하지. 어떤 팀에서는 때로 그런 일이 있기도 해. 하지만 지금 살 인수사과는 사랑스러운 공간이 아니야. 다들 나름대로 괜찮은 친구 들이야. 약간 거칠고 배타적이고 촌스러울 뿐. 콘웨이가 재치 있는 말을 하거나 함께 웃거나 허리 굽힌 로시를 보고 로시의 엉덩이를 잡았다면 괜찮아. 그건 적응하기 위한 노력이니까. 하지만 그러지 않았고, 살인수사과 사람들은 콘웨이를 건방지고 공격적이고 재미 없는 여자라고 생각해."

"분위기 좋네요. 그러니 살인수사과에 관심을 갖지 말라는 말씀 인가요?"

그는 두 손을 벌렸다. "그저 자네에게 필요한 인생의 진실을 몇 가 지 알려주는 것뿐이야. 듣지 않아도 알겠지만. 피해자 대신 가해자 를 나무라는 태도는 훌륭하지만 솔직히 말해봐. 자네가 내일 살인수사과에 갔는데 누가 자네더러 빨간 머리 비렁뱅이라면서 분수를 알라고 하면 자네는 그 사람 손가락을 부러뜨릴 텐가? 아니면 웃어 넘기고 '그러는 너는 양을 겁탈하는 늪지 괴물'이라고 하고 함께 어울리면서 어쨌든 필요한 걸 얻어낼 텐가? 솔직히 말해봐."

내게 꽂힌 매키의 눈이 마지막 빛 속에서 불투명하고 노회하게 빛났다. 나는 고개를 돌리고 말했다. "저는 어울릴 겁니다."

"그래, 그렇지. 그게 나쁜 일이라고 말하지는 말게. 나도 똑같이 할 거니까. 그런 적응, 그게 세상을 돌아가게 하는 거야. 약간의 양보. 콘웨이 같은 사람이 결정권자가 되면 사람들과 어울릴 줄을 모르고 일이 개판이 되지."

나는 조앤의 말이 떠올랐다. '자기들이 원하는 건 무엇이건 할 수 있는 것처럼 행동해요. 세상은 그렇게 돌아가지 않는데요.' 홀리와 친구들이 세상을 향해 가운뎃손가락을 날리고 있다는 걸 매키가 알까 궁금했다.

"살인수사과 과장은 바보가 아니야. 과 분위기가 나빠지니까 바로 알아챘어. 그래서 사람들에게 무슨 일이냐고 물었는데 모두 입을 다물고 아무 일 없다고, 다들 사이좋다고 말했어. 살인수사과는 학생들 같은 데가 있어. 아무도 밀고자가 되고 싶어 하지 않아. 과장은 그 말을 안 믿지만 자신이 진실을 듣지 못할 걸 알아. 그리고 상황이 나빠진 게 콘웨이가 온 날부터라는 것도 알지. 과장은 콘웨이가 문제라고 파악하고 있어."

"그러면 기회를 잡는 대로 콘웨이를 떨구려고 하겠네요." 내가 말했다.

"아니, 내쫓지는 않을 거야. 콘웨이는 차별이라고 고소할 유형이고 살인수사과는 논란을 원하지 않아. 하지만 어떻게 해서든 콘웨이가 그만두게 만들겠지. 파트너를 구하기 어려워질 거고 승진도 못 할 거야. 일과 후에 동료 모임에도 초대받지 못할 거야. 좋은 사건도 더는 받지 못할 거야. 이 사건을 포기하면 사표를 낼 때까지 콘웨이 책상에는 시시한 마약 사건만 놓이겠지." 매키의 손에서 나온 연기가 맑은 공기를 오염시키며 우리 사이를 꼬불꼬불 올라갔다. "시간이 지나면 자네는 지칠 거야. 콘웨이는 강단이 있으니까 남들보다 오래 버티겠지만 결국엔 꺾일 테고."

"콘웨이의 커리어는 콘웨이의 문제예요. 저는 제 커리어를 위해서 왔고요. 살인수사과에 제 실력을 보여줄 기회니까요."

매키는 고개를 저었다. "아니, 그렇지 않아. 이건 러시안룰렛이야. 콘웨이와 잘 지내지 않으면 자네는 미제사건수사과로 돌아가고 모두가 스티븐 모런은 큰물에서 놀 사람이 아니라는 걸 기억하게 될 거야. 반대로 콘웨이하고 잘 지내면 자네는 졸개가 되지. 과장을 비롯해서 살인수사과 누구도 자네 옆에 가려고 하지 않을 거야. 오염은 금방 옮겨 묻으니까. 자네에게 정말로 전략이 없다면 얼른 마련해."

내가 말했다. "공연히 분란을 일으키시네요. 저와 콘웨이가 서로 등을 돌리게 하시려는 거죠? 힘을 분산시키려고요. 그러면서 사건을 빠져나가고요."

"그럴지도 몰라. 나는 아마 그런 일을 할 것 같아. 하지만 한번 자신에게 물어봐. 그게 내가 틀렸다는 뜻인지."

콘웨이가 들어갔을 때 살인수사과 사무실 공중으로 독가시풀이 섬세하게 뻗는다. 작고 끈끈한 가시가 깊이 박힌다.

"콘웨이한테는 저에 대해 뭐라고 하셨나요?"

매키는 웃었다. "자네한테 한 거랑 똑같이 오직 진실만을 말했지."

그랬다. 나는 질문한 나를 뺑 차고 싶었다. 매키가 콘웨이에게 뭐라고 말했을지 알 수 있었다. 누구에게서도 들을 필요가 없었다.

'젊은 스티븐을 한배에 태우다니 흥미로운 전략이야. 혹자는 미친 짓이라고 하겠지만 나는 호의로 해석하고 싶어……'

"아아."

매키가 몸을 펴면서 말했다. 그리고 담배 끝에 길게 매달린 재를 바라보고 땅바닥에 던졌다.

"난 정말 이게 필요했다니까?"

콘웨이는 문밖에 기대서 있었다. 두 손을 바지 주머니에 찔러 넣고 가만히 서서 우리를 기다렸다. 나는 그때 알았다.

'콘웨이 형사, 당신은 바보가 아니야. 홀리하고 내가 어떻게 모런을 만났는지 이야기해주지. 일부라도. 나머지도 듣고 싶어?'

우리가 다가가자 그녀는 허리를 펴더니 문을 열고 매키가 들어가도록 잡아주었다. 그리고 나를 보았다. 그녀가 문을 닫을 때 매키가 뒤를 돌아보며 나에게 승리의 미소를 던졌다.

콘웨이가 말했다. "여기서부터 제가 맡을게요."

'처음 왔을 때 모런은 살인 사건의 뒷수발 역할을 했어. 책임 형사는 케네디라는 친구였지. 케네디는 젊은 스티븐에게 잘해줬어. 아주 잘해줬지. 뒷수발 역할에서 벗어나도록 큰 사건을 맡겼어. 그런 호의를 베푸는 형사는 많지 않아. 대부분 유능한 경력자를 쓰려고 하지 경험이 부족한 신입은 원하지 않거든. 케네디는 아마……'

나는 그 시절 매키가 시키는 대로 했을 뿐이다. 그가 그 일을 간직해두고 있다가 언젠가 필요할 때 나에게 불리하게 사용할 줄은 미처 몰랐다.

내가 조그만 목소리로 말했다. 그가 문에 귀를 바짝 대고 있었다. "매키가 우리를 갈라놓으려고 하고 있어요."

"'우리'는 없어요. 이건 내 사건이고 당신은 오늘 하루 도움이 되었지만 이제는 그렇지 않아요. 걱정 말아요. 미제사건수사과장에게 당신의 오늘 활약을 서면으로 전달할 테니."

턱을 얻어맞은 느낌. 몰랐던 게 바보다. 그녀의 말이 맞고 나는 그날 하루용이었다. 완전히 착각했다.

그게 다 드러났을 것이다. 내 얼굴 표정에 콘웨이가 약간의 죄책감을 보였다. "본부까지 태워다줄게요. 휴대폰 번호를 알려줘요. 일이 끝나면 문자할게요. 그때까지 샌드위치라도 사 먹고 산책하며 교정을 구경하세요. 크리스의 유령이 나타나는지도 한번 보고요."

'기회가 생기자 모런은 케네디를 완전히 물 먹었어. 충성이나 감사나 보답 따위는 개나 주고 자기 커리어만 챙겼지.'

나는 이제 굳이 목소리를 낮추지 않고 말했다. "매키 뜻대로 하는군요. 매키가 날 보내려는 건 홀리가 나한테 말할까 봐 겁이 나서예요. 뻔히 보이지 않나요?" 콘웨이의 표정은 변하지 않았다. "나한테도 그랬어요. 당신을 욕하면서 내가 그만두기를 바랐죠. 내가 그 말을 들었을 것 같아요?"

"안 그랬겠죠. 당신은 오켈리에게 전리품을 흔들고 싶어 하고 그러기 위해 아무 사건에라도 올라타야 하니까요. 하지만 나는 잘못하면 손해가 막심하고 당신 때문에 피해를 입고 싶지는 않아요."

'케네디는 전혀 예상 못 했어. 적어도 자네는 그렇게 배신당하지는 않을 거야. 자네에게 전략이 없다면 얼른 마련하는 게 좋아…….'

나는 콘웨이에게 전화번호를 주었다. 그녀는 내 눈앞에서 문을 닫았다.

24

줄리아의 신기한 재주 하나는 자기가 원할 때 토할 수 있는 능력
이었다. 사람들 앞에서 토하는 게 딱히 멋진 일이 아니라는 걸 깨닫
기 전인 초등학교 시절에는 정말 감탄스러웠고 심지어 이렇게 저렇
게 돈도 꽤 받았다. 그 뒤로도 유용함이 완전히 사라지지는 않았다.
요즘은 아주 특별할 때를 위해서 능력을 아껴두고 있다.

화요일 오전, 4월 23일. 크리스 하퍼의 생은 이제 삼 주하고 며칠
이 남았을 뿐이다. 줄리아는 공연을 준비하는 예술가의 심정으로
최선을 다해 아침 식사를 많이 또 다양하게 먹고, 가정 시간이 어느
정도 흘러가기를 기다렸다가 먹은 것을 교실 바닥에 불꽃처럼 토한
다. 올라 버지스가 가까이에 있지만 줄리아는 유혹을 참는다. 올라
가 옷을 갈아입으러 기숙사에 가는 것은 계획에 없기 때문이다. 루
니 선생이 줄리아에게 보건실로 가라고 하자 줄리아는 배를 움켜쥐

고 홀리와 베카의 당황한 모습을 힐끔 본다. 설리나는 무슨 일이 벌어지는지도 모르는 것처럼 창밖을 바라보고 있다. 조앤은 냉랭한 미소를 띠고 줄리아 하트가 헤프게 놀다가 임신했다는 소문을 퍼뜨릴 궁리를 한다. 제마는 즐거워 윙크를 보내는 것 같은 표정이다.

줄리아는 보건교사 앞에서 다리를 덜덜 떨고 살짝 구역질을 하며 생리에 대한 통상적 질문에 대답한다. 보건교사는 아마 학생이 다리를 다쳐도 마지막 생리가 언제였는지 물을 것이다. 예정일에서 하루만 늦어도 수녀들에게 조사를 받을 것 같다. 잠시 후 줄리아는 김빠진 진저에일을 들고 불쌍한 표정으로 침대에 들어간다. 보건교사는 자기 일로 돌아간다.

줄리아는 머리를 빨리 굴린다. 이미 계획은 세웠다. 우선 옷장의 설리나 구역과 설리나의 침대를 뒤져보고 거기서 아무것도 안 나오면 설리나의 협탁 바닥을 빼낼 것이다. 지난 학기에 베카가 열쇠를 잃어버렸을 때 알아낸 방법이다. 그래도 아무것도 안 나오면 그다음에는 뭘 할지 막막하다.

하지만 그렇게 큰 수고는 필요 없다. 설리나의 매트리스 옆, 침대와 벽 사이에 손을 넣고 움직이자 어떤 덩어리가 손에 닿는다. 매트리스 커버가 살짝 찢어져 있고 그 안에서……. 아, 놀라워라. 휴대폰이 나온다. 작고 귀여운 분홍색 휴대폰, 앨리슨이 조앤에게 산 것과 똑같다. 크리스는 영광스러운 좆의 은혜를 내려줄 행운의 소녀 모두에게 하나씩 나누어줄 휴대폰을 쌓아두고 있는 게 분명하다. 줄리아는 직접 휴대폰을 보기 전까지는 제마가 거짓말했을 가능성이 있다고 생각했다.

설리나는 잠금 설정을 해두지 않았다. 줄리아는 그 사실에 찔리기도 하지만 망설일 여유는 없다. 그래서 얼른 문자메시지로 들어가서 읽어본다.

—아직도 댄스파티 때가 생각나 다시 만나고 싶어.

줄리아는 헉하고 숨이 막힌다. 크리스하고 설리나가 도대체 언제 어디서 엮인 걸까 궁금해서 그동안 코트에 나갈 때마다 한 번도 빠지지 않고 설리나가 십 분이라도 혼자 있는지 살펴보았다. 하지만 사실 그들 넷은 섬뜩할 정도로 붙어서 지내고 있다. 누가 화장실에 혼자 간 일도 별로 없는 것 같다. 그 망할 밸런타인 댄스파티. 줄리아가 밖에 나가서 럼주와 핀의 미소, 허파를 드나드는 차갑고 반짝이는 공기에 심장이 무모해졌을 때 설리나는 자신만의 새 영토를 탐험하고 있었다. 그리고 무언가가 이를 지켜보면서 그들에게 어떤 벌을 주어야 할지, 분노도 자비도 없이 생각하기 시작했다.

줄리아는 계속 읽는다. 크리스는 대단하다. 줄리아는 감동받을 뻔한다. 그는 처음부터 설리나를 정확히 파악했다. 야한 문자뿐 아니라 연애의 기미만 풍겼어도 설리나는 곧장 끝냈을 것이다. 영리한 크리스는 그 근처에도 가지 않았다. 대신 고집불통 여동생 이야기를 길게 했다. 아니면 부모님이 자신을 이해하지 못한다는 이야기, 아니면 얄팍한 친구들에게 자신의 진정한 모습을 보여주지 못해서 가슴 아프다는 이야기. 줄리아는 이미 토한 것이 다행이라고 생각한다.

설리나는 자기를 필요로 하는 사람을 외면하지 못한다. 어떤 사람들은 오만이라고 할지 모른다. 자신이 특별해서 아무도 못 돕는 사람까지 도울 수 있다고 생각한다고. 하지만 설리나는 정말로 가끔 그런 일을 한다. 줄리아는 안다. 설리나에게는 어떤 말도 할 수 있다. 대부분의 사람과 달리 설리나는 경솔한 발설을 후회하게 하지 않는다. 그래서 자기 이야기를 하지 않는 사람들도 설리나에게는 말한다. 설리나는 그런 일에 익숙하다. 크리스 하퍼는 그것을 감지했다. 그리고 그걸 이용해서 설리나의 몸을 더듬을 기회를 잡기 직전이다.

설리나도 그에게 온갖 이야기를 하고 있었기 때문이다.

—어제 아빠가 날 엄마네 집에 데려다줬을 때 아빠한테 보여주고 싶은 그림이 있었거든 그런데 아빠는 집에 일 초도 들어오고 싶지 않다면서 차에서 기다렸고 내가 들고 나가서 보여드렸어 그래서 가끔 나는 두 분이 내가 없으면 서로 안 보고 살 수 있을 텐데 하고 생각하실 것 같아

설리나는 줄리아한테 이런 이야기를 한 적이 없었다. 줄리아는 설리나가 그런 줄 전혀 몰랐다.

둘의 만남은 한 달 넘게 이어지고 있었다. 문자가 하나하나 오갈 때마다 설리나가 크리스에게 대책 없이 빠져드는 것이 눈에 보인다. 줄리아는 크리스 하퍼 같은 바람둥이와 사랑에 빠지는 사람이랑 설리나와 계속 붙어 다니면서도 낌새를 전혀 눈치채지 못한 나머지 셋 중 어느 쪽이 더 멍청한 건지 알 수가 없다. 그래서 이를 악물고 살갗이 벗겨지도록 팔꿈치를 벽에 문지른다.

마침내 오늘 아침이다. 설리나가 얼이 빠져 있는 것도 당연하다. 그 애가 크리스의 더러운 엉덩이를 뻥 차버린 것이다.

줄리아는 밀려오는 안도감에 침대에 쓰러질 뻔하지만 잠시 후 안도감은 사라진다. 이 일은 오래가지 않을 것이다. 설리나는 이별 통보 문자에서조차 크리스에 대한 사랑을 주절거렸고, 크리스는 이미

무슨 일이냐며 오늘 밤 당장 만나자고 격렬한 답장을 보냈다. 설리나는 답하지 않았지만 '나한테는 네가 필요해'가 며칠만 더 이어지면 결국 응답할 것이다.

줄리아의 귀에 어떤 소리가 아주 또렷하게 들린다. '네가 판단하고 선택해야 해.'

웅웅거리는 시간이 꽤 지난 뒤에야 줄리아는 말의 의미를 깨닫는다. 한쪽에는 자신이 나섰을 때 생길 일이 있고 한쪽에는 나서지 않았을 때 생길 일이 있다.

줄리아는 숨이 막힌다. 머릿속에서 포효가 인다. '너무해, 너무해, 내가 무슨 일을 해도 문제가 될 거야. 나는 핀하고 시작도 안 했어, 서로에게 손도 안 댔어. 나는 대가를 치를 어떤 일도 하지 않았어.' 사방의 침묵이 줄리아에게 말한다. 여기는 교장실이 아니야. 여기서는 잘잘못을 가리는 일도 훌쩍거리며 변명하는 일도 필요 없어. 너무하고 말고는 의미 없어. 줄리아는 따져보았고 결정은 이미 내렸다. 줄리아에게 주어진 시간은 며칠뿐이다. 며칠이 지나면 설리나는 크리스를 다시 받아들일 것이다.

줄리아는 휴대폰을 벽에 던져서 박살 내고 조각을 설리나의 침대에 늘어놓을까 생각한다. 사감에게 가서 오늘 방을 바꿔달라고 할까도 생각한다. 이불을 뒤집어쓰고 울까도 생각한다. 결국 줄리아는 그냥 설리나의 침대에 앉아서 햇빛이 무릎과 팔과 손에 든 휴대폰 위로 지나가는 것을 바라보다 종소리가 울려서 아이들 발소리가 울리자 그제야 움직인다.

"뭐 하고 있었어?" 홀리가 침대에 가방을 던지며 묻는다.

"뭐 했겠어? 토했지."

"정말이었어? 가짜로 그러는 줄 알았는데."

줄리아는 자신도 모르게 설리나를 보지만 설리나에게 의심하는 기색은 없다. 설리나는 아직 교복을 입고 침대에 누워서 벽 쪽으로 몸을 웅크리고 있다. 줄리아 생각은 머릿속에 없다.

"뭐 하러? 하루종일 지루하게 누워 있으려고? 진짜로 병났어."

베카는 혼자 노래하면서 옷장에서 옷을 꺼내다가 문득 말한다. "너랑 같이 그냥 기숙사에 있을까? 코트에 갈 생각이었지만 너도 갈 줄 알아서 그런 거니까."

"가. 난 가면 민폐야."

"내가 남을게. 난 아무 데도 가고 싶지 않아." 설리나가 벽에 대고 말한다.

홀리는 줄리아를 보고 얼굴을 찌푸리며 고개를 기울인다. '쟤 왜 저래?' 줄리아는 어깨를 으쓱한다. '내가 어떻게 알아?'

"아, 그리고 내가 물어보려고 한 건……." 베카가 교복 스웨터 밖으로 머리를 뺀다. 머리카락이 마구 흩날린다. "오늘 밤 어때?"

"뭐?" 줄리아가 말한다. "나 상태 안 좋아. 까먹었어? 그냥 자고 싶어."

크리스가 설리나에게 문자했다.

ㅡ제발 오늘 밤에 만나자…… 그 시간 그 장소 기다리고 있을게

"알았어." 베카가 줄리아의 날선 목소리에도 덤덤하게 말한다. 일 년 전이라면 주먹을 맞은 것처럼 움찔했을 것이다. '어쨌든 한 가지는 좋아졌어.' 줄리아가 생각한다. "내일 나가는 건?"

"난 좋아." 홀리가 블레이저를 옷장 안에 던져 넣으며 말한다. 줄

리아가 말한다. "난 몸이 얼마나 회복하는지 보고." 설리나는 아직
도 벽을 보고 있다.

그날 밤 줄리아는 잠을 자지 않는다. 평소에 잠잘 때처럼 몸을 살
짝 말고 눈을 감고 숨을 길고 평탄하게 쉬고 있다. 하지만 귀는 쫑긋
세우고 입에는 손등을 대고 있다. 잠이 오면 깨물기 위해서다.

설리나도 잠을 자지 않는다. 줄리아는 설리나를 등진 자세지만 설
리나의 불안한 움직임을 느낄 수 있다. 한두 번 숨소리가 질척해지
는 것이 우나 싶지만 정확히는 알 수 없다.

그렇게 몇 시간이 지난 뒤 설리나가 천천히 일어난다. 설리나는
숨을 참고 친구들 기색을 살폈고 줄리아는 소리를 들으며 긴장하지
않으려고 애쓴다. 베카는 조그맣게 코를 곤다. ·

시간이 한참 지나자 설리나는 다시 눕는다. 그리고 이번에는 확실
하게 울고 있다.

크리스 하퍼는 그들의 숲에서 기다리고 있을 것이다. 아마 나뭇잎
에 돌을 던지고 사이프러스나무에 오줌을 눌 것이다. 줄리아는 나
뭇가지가 크리스의 머리에 떨어져서 두개골이 깨지기를 기도하고
싶다. 하지만 그런 방법은 통하지 않는다는 것을 안다.

수요일 오후, 그들이 자습하러 가려고 책을 챙길 때 줄리아가 말
한다. "오늘 밤."

"아픈 건 다 나았어?" 홀리가 연습장을 책 더미에 올리며 묻는다.
삐딱한 눈길을 보면 홀리는 아직도 줄리아가 아팠다는 것을 믿지 않
는다.

"다음에 다시 신호가 오면 꼭 너를 겨냥할게."

"됐어. 사감 선생님 방 앞을 지나가다가 네가 토해서 우리가 몽땅 잡힐까 봐 그러는 거야."

"상냥하시지 뭐야." 줄리아가 말한다. "베카, 너도?"

"물론." 베카가 말한다. "네 빨간 스웨터 빌려줄래? 내 검은 스웨터에 잼이 묻었는데 밖은 추울 것 같아."

"알았어." 날씨는 많이 춥지 않지만 베카는 뭔가 빌려 쓰고 빌려주는 것을 좋아한다. 넷의 경계를 허물어서 하나로 만드는 작은 방법이다. 베카 마음대로만 한다면 그들은 모든 옷을 공유하며 살 것이다. "설리나, 너도 나가지?" 줄리아가 묻는다.

설리나는 자습 시간표에서 고개를 든다. 얼굴이 그늘지고 여위었다. 지난 이틀 동안 설리나만 조명이 꺼진 것 같다. 하지만 밤 외출에 대한 생각은 희망 비슷한 불꽃을 일으켰다. "당연하지. 나한테는 그게 필요해."

"나도 그래." 줄리아가 말하고 생각한다. '한 번만. 마지막으로.'

그들은 달린다. 줄리아는 발이 풀밭에 내려앉는 순간 달리며 친구들이 따라오는 것을 느낀다. 그들은 하늘을 나는 산새들처럼 널찍한 앞쪽 잔디밭을 줄지어 미끄러져 간다. 앞쪽에 수위실이 노란 불을 켜고 있지만 그들은 안전하다. 야경꾼은 자정과 새벽 2시 순찰 시간을 빼면 컴퓨터 화면에서 눈을 떼지 않고, 어쨌든 그들은 보이지도 않고 소리도 내지 않고 그림자도 없다. 그들이 가까이 가서 유리에 얼굴을 대고 이름을 불러도 야경꾼은 눈도 깜박하지 않을 것이다. 그들은 전에 그가 무얼 하는지 궁금해서 몰래 거기까지 가보았다. 그는 온라인 포커를 한다.

그들은 오른쪽으로 돌아간다. 발밑에서 흰 조약돌이 튀고 머리 위에 나무들이 지나간다. 점점 빨리 뛰어서 심장이 쿵쿵거리고 갈비뼈가 아프다. 줄리아는 친구들과 함께 하늘로 날아올라서 달나라로 가고 싶은 것처럼 달린다. 그들이 빈터에 쓰러질 때 줄리아의 머릿속에서는 모든 것이 휘발되었다.

그들은 힘겹게 숨을 헐떡이며 웃는다. 홀리가 아픈 허리를 움켜잡고 말한다. "뭐야? 크로스컨트리 대회라도 나가려는 거야?"

"코닐리어스 수녀님이 뒤에서 쫓아오는 줄 알았어." 줄리아가 말한다. 달은 보름달에 가깝다. 내일이면 마지막 귀퉁이까지 차오를 것이다. 그리고 자신은 선 자세로 허리 높이의 덤불을 넘어갈 수 있을 것 같다. 두 발이 천천히 페달을 밟으며 허공으로 올라갔다가 민들레 홀씨처럼 가볍게 땅에 내려올 것 같다. 숨도 차지 않는다. "얘들아! 잔디밭과 초본식물과 초지를 밟으면 안 된다고 내가 몇 번을 말했니?"

웃음이 터진다. "성경에 보면 예수님은 한 번도 달린 적이 없어." 베카는 정신없이 헐떡이며 웃는다.

홀리가 손가락으로 허공을 찌른다. "너희가 예수님보다 낫다고 생각하는 거니?"

"너, 홀리 매키."

"어디를 봐도 홀리라는 이름의 성인은 없어. 이제 너를 버너뎃이라고 부르겠어."

"버너뎃 매키, 당장 멈춰."

"지금 당장."

"예수님이 널 보면 어떻게 생각하시겠니?"

줄리아는 셜리나가 동참하고 있지 않다는 걸 깨닫는다. 셜리나는 무릎을 끌어안고 앉아서 하늘을 바라보고 있다. 달빛이 정면으로 비쳐서 설리나는 유령 아니면 성인처럼 투명해 보인다. 그 모습은 기도하는 것 같고 어쩌면 정말 그러는지도 모른다.

홀리도 설리나의 모습에 웃음을 멈추고 조용히 말한다. "설리나."

베카가 한쪽 팔꿈치로 몸을 일으킨다.

설리나는 움직이지 않고 대답한다. "응?"

"왜 그래?"

줄리아는 돌멩이를 던지듯 설리나의 머리 옆으로 생각을 던진다. '말하지 마. 지금은 나의 밤, 나의 마지막 밤이니까 제발 망치지 마.'

설리나가 고개를 돌려서 고요하고 피로한 눈으로 줄리아와 눈을 마주친다. 그러더니 홀리에게 말한다. "뭐?"

"너 무슨 일 있지?"

설리나는 아직도 질문을 기다리는 것처럼 홀리를 가만히 바라본다. 하지만 홀리도 똑바로 앉아서 똑같이 바라본다. 줄리아가 손톱을 흙에 박으며 말한다. "너 두통이 있는 것 같은데 맞아?"

피곤한 눈이 줄리아를 향한다. 그리고 길게 느껴지는 순간이 지난 뒤 설리나가 말한다. "응. 베카, 내 머리 좀 만져줄래?"

설리나는 누가 자기 머리로 장난치는 것을 좋아한다. 베카는 얼른 설리나의 등 뒤로 가 머리카락에서 고무줄을 빼낸다. 머리가 거의 풀밭까지 흘러내린다. 베카는 섬세한 직물을 흔들 듯 머리를 흔든 뒤 그 안에 손을 넣어서 차분하고 힘 있게 훑는다. 설리나는 한숨을 쉰다. 홀리의 질문에는 대답하지 않는다.

줄리아는 땅바닥에서 캐낸 매끈한 타원형 조약돌을 손에 쥐고 젖은 흙을 손으로 닦는다. 따뜻한 공중에 작은 나방과 온갖 냄새가 가득하다. 흐드러진 히아신스꽃, 사이프러스나무의 심해 같은 냄새, 손가락의 흙과 차가운 돌멩이. 그들은 이제 모두 사슴 코다. 누가 몰래 접근하려고 해도 이십 미터 이상 다가오지 못할 것이다.

홀리는 무릎을 엇갈리고 누워서 달랑이는 발을 불안하게 흔든다. "두통이 시작된 게 언제야?"

"야, 설리나 내버려둬." 줄리아가 말한다.

베카는 설리나의 어깨 너머로 눈을 크게 뜨고 바라본다. 부모님이 싸우는 걸 보는 아이 같다. 홀리가 말한다. "왜? 설리나에게 두통이 생긴 지 벌써 며칠 됐다면 병원에 가야 해."

"너 때문에 내가 두통이 생기겠다."

그러자 베카가 너무 큰 목소리로 말한다. "나는 시험이 겁나!"

그들은 베카를 본다.

"당연한 거 아냐?" 홀리가 말한다.

베카는 말한 걸 후회하는 표정이다. "알아. 내 말은 정말로 겁난다는 거야. 완전히 쫄려."

"중등 자격 시험의 목표가 그거 아냐?" 홀리가 말한다. "우리가 겁먹고 말을 잘 듣게 하는 거. 시험이 올해 있는 것도 그래서야. 이제 모두 연애를 하고 온갖 일들을 시작할 때니까. 올 A를 못 받으면 평생 버거킹에서 일할 거라고 하잖아? 우리가 그 말에 겁을 먹고 남자친구도 안 사귀고 디스코 클럽에도 안 가고 또 이렇게 밤에 외출도 하지 않게 하려는 거야. 그런 데 정신 팔다가는 '와퍼 하나, 감자튀김 하나요!' 하게 된다고."

베카가 말한다. "버거킹이 문제가 아니야……. 내가 예를 들어 과학 과목에 낙제하면 고등부에서 우등 생물을 선택하지 못하잖아."

줄리아는 너무 놀라서 홀리와 설리나의 일을 잠시 잊는다. 베카는 졸업 후의 일에 대해 이야기한 적이 한 번도 없다. 설리나는 예전부터 미술가가 되고 싶어 했고 홀리는 사회학을 생각중이고 줄리아는 저널리즘 쪽으로 마음이 흘러간다. 그들이 그런 대화를 나누면 베카는 자신은 아무런 상관 없는 것처럼 바라만 보고 있다가 —대화 자체가 자신이 알지도 못하고 배우기도 싫은 언어로 이루어지는 것처럼— 몇 시간 동안 까칠하게 군다.

홀리도 똑같은 생각이 들었는지 묻는다. "그래서? 설마 의대나 그런 데 가려고 우등 생물을 듣겠다는 건 아니겠지? 너는 네가 뭘 하고 싶은지도 모르잖아."

"맞아, 몰라. 관심도 없어. 나는 그냥……." 베카가 고개를 숙인다. 손이 더 빠르게 움직인다. "내년에 너희하고 수업이 갈라지는 게 싫어. 너희가 모두 우등반 수업을 듣고 나는 혼자 중급반 수업을 들으면 서로 보지도 못하고 나는 멍청이 올라 버지스 옆에 앉아야 하잖아. 그러면 죽어버릴 거야."

홀리가 말한다. "네가 과학에 낙제하면 나하고 설리나도 낙제해. 설리나, 미안. 내 말뜻 알지?" 설리나는 머리가 당겨지지 않도록 살짝 고개를 끄덕인다. "우리는 멍청이 올라 버지스 옆에 다 같이 앉을 거야. 우리가 다 너보다 똑똑한 건 아냐."

베카는 고개를 들지 않고 어깨만 으쓱한다. "나는 모의고사에서 과학 성적이 거의 낙제였어."

베카는 C를 받았지만 그게 중요한 게 아니다. 베카가 흥분한 것은 어떤 분위기 때문이다. 무엇인지 어디서 오는지는 알 수 없지만 그것이 베카를 자극해서 베카에게는 넷이서 꼭 끌어안는 느낌이 필요하다. 그 느낌이 모든 걸 괜찮게 만들어줄 테니까. 줄리아는 베카가 무슨 말을 듣고 싶은지 안다. '성적은 중요하지 않아. 우리는 모두 똑같은 과목을 선택할 거야. 모두가 함께할 수 있는 걸. 대학이 무슨 상관이야? 백만 년 뒤의 일인데…….'

보통 그런 말을 하는 건 설리나다. 그러면 줄리아가 헛소리 그만하라고 말한다. 영어에 낙제하는 사람은 혼자 알아서 해결해야 한다고, 중급 영어를 듣느니 차라리 올라 버지스와 키스하고 피츠패트릭 선생님이 십 초마다 코를 훌쩍거리는 소리를 듣겠다고.

설리나는 아무 말도 없다. 설리나는 다시 먼 곳에 가 있다. 시선을 하늘에 두고 베카의 손동작에 따라 흔들린다.

줄리아가 말한다. "네가 과학에 낙제하면 우리 모두 중급 과목을 들을 거야. 나한테는 신경외과 의사가 되어 세계에 이름을 떨치는 것보다 더 중요한 게 있거든."

베카가 놀라서 고개를 들고 혹시 놀리는 건가 하고 바라보지만 줄리아는 미소로 답한다. 잠시 혼란이 흐르다가 베카도 웃는다. 베카의 손동작이 부드러워지면서 설리나의 흔들림도 줄어든다.

"난 어쨌든 우등 생물은 생각 없어." 홀리가 말한다. 두 다리를 나른하게 뻗더니 두 손을 뒤통수에 대고 깍지 낀다. "거기서는 양 심장을 해부하잖아."

"으." 모두 함께, 설리나마저.

줄리아는 조약돌을 주머니에 넣고 일어선 뒤 무릎을 굽히고 두 팔을 흔들어 점프한다. 그렇게 해서 잠시 두 팔을 벌리고 고개를 젖혀 목을 하늘로 향한 채 덤불 위에 떠 있다. 그리고 댄서처럼 한 발가락으로 풀밭에 내려온다.

줄리아는 목요일 생활 지도 시간 초반에 다시 토한다. 코닐리어스 수녀가 나이트클럽, 자존감, 예수님이 엑스터시 마약을 어떻게 생각할지에 대해 길고 지루한 말씀을 준비하자 이 상황을 이용하는 게 낫겠다고 생각한다.

설리나의 휴대폰은 아직도 같은 장소에 있다. 크리스는 계속 예상되는 문자를 보냈지만 설리나는 답장하지 않았다.

줄리아가 그에게 문자를 보낸다.

—오늘 밤 1시, 늘 만나던 데서 답장은 하지 말고 그냥 와

그리고 문자가 발송되자 보낸 문자함에서 문자를 지운다.

그런 뒤 침대에 엎드려 공부할 계획이다. 현실 세계가 아직 존재하기 때문이다. 재수 없는 크리스와 바보 같은 설리나가 좋든 싫든 중등 자격 시험은 봐야 하고 오늘은 차라리 그 사실이 위안이 된다. 하지만 줄리아는 잠이 든다. 곧바로 깊이 잠이 들어서 버틸 생각도 하지 못한다.

그러다 친구들이 방으로 우당탕퉁탕 들어오고 사람들이 복도에서 소리를 질러서 깨어난다.

"아 진짜." 홀리가 문을 닫으며 말한다. "있잖아, 로나가 들었는데 누구 사촌이 어디서 무슨 줄을 섰다가 원디렉션의 그 헤어스타일 이상한 멤버랑 손을 터치했대. 결혼한 것도 아니고 그냥 손 터치. 그게 다야. 귀가 썩는 줄 알았어. 안녕."

"병이 재발했어." 줄리아가 일어나 앉으며 말한다. "너한테 증명해주길 바라면 이리 와."

"됐어. 묻지도 않았는데 왜?" 홀리가 말한다. 이번에는 아무 상관

도 안 하는 것 같다. 홀리의 눈은 설리나에게 가 있다. 설리나는 옷
장을 뒤지는데 고개를 숙여서 머리카락으로 얼굴을 가리고 있다.
설리나의 손이 서랍 속을 슬로모션으로 움직인다. 엄청난 집중력이
필요한 것처럼.

　홀리는 바보가 아니다. "야." 줄리아가 저린 팔을 흔들며 말한다.
"너네 코트에 갈 거면 이어폰 사다 줄래? 음악도 없이 방에 처박혀
있으면 지루해서 죽을 거야."

　"내 거 써." 베카가 말한다. 베카도 바보가 아니지만 지금 벌어지
는 일은 전혀 눈치채지 못하고 있다. 베카의 지평선 바깥의 일이다.
줄리아는 베카를 침대에 눕히고 이불을 푹 씌워서 일이 끝날 때까지
안전하고 따뜻하게 지내게 하고 싶다.

　홀리는 계속 설리나를 보고 있다. "네 건 싫어." 줄리아가 말한다.
베카의 얼굴에 떠오르는 상처는 줄리아가 어떻게 해줄 수가 없다.
"아파서 그래. 내 귀 모양이 이상해서. 홀리? 십 유로만 빌려줄래?"

　홀리가 정신이 든다. "응, 알았어. 어떤 이어폰 사다 줄까?"

　정상적인 목소리 같다. 줄리아는 안도의 실마리를 잡고 싶다. "내
가 전에 쓰던 것 같은 빨간 거. 그리고 콜라도 사다 줘. 진저에일 지
겨워."

　그러면 그들은 바쁘게 움직여야 한다. 코트에 빨간색 이어폰을 파
는 곳은 한 곳, 꼭대기 층 뒤편의 작은 휴대폰용품점뿐이다. 다른 아
이들은 거의 안 가는 곳이다. 운이 좋아야 간신히 자습 시간에 맞춰
올 테고, 책을 가지러 방에 들러도 줄리아는 그들을 몇 초밖에 보지
않을 것이다.

　자신이 친구들을 피하고 있다는 깨달음이 줄리아에게 또 한 번의

파도 같은 잠을 몰고 온다. 소리들이 멀어진다. 홀리의 말소리, 베카가 협탁에 뭔가를 탕 놓는 소리, 로나가 멀리서 떠드는 소리, 복도에서 누가 달콤하고 경쾌한 노래를 부르는 소리. '아직도 갈 길이 많이 남았어.' 그리고 줄리아는 잠이 들었다.

그날 밤 소등 이후 줄리아는 잠의 효과를 깨닫는다. 이제 정신이 말똥말똥해서 자려고 해도 잠이 오지 않는다. 친구들은 어젯밤 이후 지쳐서 뻗어 있다.

"설리나." 줄리아가 어두운 방에 대고 조용히 부른다. 설리나가 대답하면 뭐라고 말할지도 모르지만 아무도 움직이지 않는다.

좀더 크게. "설리나."

무반응. 아이들의 리드미컬하고 느린 호흡이 약이라도 한 것 같다. 줄리아는 원하는 어떤 일도 할 수 있다. 자신을 막을 것이 아무것도 없다.

줄리아는 일어나서 옷을 입는다. 청반바지, 가슴이 깊이 팬 티셔츠, 컨버스 슈즈, 귀여운 분홍색 후드 점퍼. 줄리아는 연극반이라서 역할에 맞는 옷을 안다. 굳이 소리를 죽이지도 않는다.

복도 불빛에 채광창 유리가 옅은 회색으로 빛난다. 줄리아는 불빛을 키우고 친구들을 내려다본다. 홀리는 팔다리를 펼치고 누워 있고 베카는 아기 고양이처럼 얌전히 몸을 말고 있다. 설리나는 금발과 손가락이 베개에 어지럽게 흐트러져 있다. 꾸준한 호흡 소리가 더 커졌다. 줄리아는 문을 열고 나가기 직전에 모두에게 강렬한 미움을 느낀다.

오늘 밤 바깥은 다르다. 공기는 따뜻하고 불안하며 달은 거대하고 너무 가깝다. 모든 소리가 날카롭고 자신을 집중적으로 시험한다. 덤불의 잔가지들은 '과연 네가 점프를 할까?' 하듯 타닥거리고 등 뒤의 나뭇잎들은 '여길 봐' 하듯 바스락거린다. 나무들 사이에서 무언가 빙글빙글 돌면서 경고하듯 높고 섬뜩한 소리를 낸다. 그게 자신이 울린 경고인지 반대로 자신에게 조심하라는 경고인지 알 수가 없다. 줄리아는 땅 위의 어떤 것에 겁을 먹었던 게 너무 오래전이라 그런 일이 가능하다는 것도 잊었다. 줄리아는 더 빠른 속도로 이동하며 그냥 혼자 있어서 그런 거라고 스스로에게 말한다.

줄리아는 숲에 일찍 도착한다. 사이프러스나무 뒤로 가서 기대자 심장이 나무껍질 위에서 쿵쿵 뛰는 것이 느껴진다. 그것이 자신을 따라왔다. 나무들 위에서 높은 소리를 낸다. 줄리아는 그것을 보려고 하지만 너무 빠르다. 눈꼬리에 걸리는 것은 그것의 가늘고 긴 날개 그림자뿐이다.

크리스도 일찍 온다. 줄리아는 일 킬로미터 밖에서부터 크리스의 발소리를 듣는다. 어쨌든 그게 크리스의 소리기를 바란다. 그게 아니라면 사슴만 한 크기의 무언가가 누가 소리를 들어도 상관없다는 듯이 이리 다가온다는 뜻이기 때문이다. 줄리아가 사이프러스나무 껍질에 이를 박자 혀에 시고 거친 맛이 느껴진다.

잠시 후 그가 빈터에 들어선다. 큰 키, 꼿꼿한 허리, 예민하고 격렬한 표정.

달빛이 크리스를 바꾼다. 낮에 보면 그는 컬름 떨거지 중 한 명이다. 싸구려 입맛에는 귀여워 보일 수도 있고 지겹도록 뻔한 대화를 좋아한다면 매력적으로 느껴질 수도 있다. 하지만 지금은 그 이상이다. 영원히 지속되는 어떤 것처럼 아름답다.

그 모습은 줄리아에게 전기 펜스에 닿은 듯한 충격을 준다. 저 애가 여기 오면 안 된다. 크리스 하퍼라는 덜떨어진 바람둥이 고딩은 여기서 덜떨어진 바람둥이 고딩 짓을 하고 깔끔하게 돌아가도 된다. 발정 난 여우나 자기 영역을 지키는 수고양이와 다를 것 없는 일이다. 숲은 그렇게 하찮은 것이 자기 일을 하는 것에 대해 잔가지 하나 흔들지 않는다. 하지만 이 소년은 다르다. 숲은 그를 알아보았다. 하얀 대리석 같은 소년, 치켜든 고개와 벌린 입술. 숲에는 그가 연기할 배역이 있다.

줄리아는 이제 똑똑한 대책이란 그냥 사라지는 것뿐이라는 것을 안다. 자신이 감당할 수 없는 일이다. 조용히 방으로 돌아가서 크리스가 설리나한테 다시 농락당했다고 생각하기를 바라야 한다. 숲이 그를 낮의 모습으로 돌려놓기를 바라고 모든 것이 사라지기를 바라야 한다.

하지만 그런 일은 없을 것이다. 줄리아가 여기 오게 된 사정은 변하지 않았다. 오늘 밤 그 일을 하지 못하면 설리나가 내일, 아니면 다음 주, 아니면 그다음 주에 그 일을 할 것이다.

줄리아가 풀밭으로 나선다. 차가운 달빛이 등골에 느껴진다. 뒤쪽에서 사이프러스나무들이 몸을 떨며 깨어난다.

움직임에 크리스가 빙글 돌아서 두 손을 내밀고 달려온다. 얼굴에 순전한 기쁨 같은 것이 빛난다. 생각했던 것보다 훨씬 좋은 아이다. 설리나가 빠질 법하다. 그는 설리나가 아닌 것을 본 순간 만화에 나오는 사람처럼 급히 멈춰 선다.

"너 여기서 뭐 해?" 그가 묻는다.

"아, 고마워라." 줄리아가 참지 못하고 말한다. 오늘 밤 똑똑한 척하는 것은 소용없다. 줄리아는 자신이 어떻게 해야 하는지 아주 잘 안다. 여학생들이 멋진 몸매가 되려고 애쓰는 것, 숨도 쉬기 어려울 만큼 몸을 조이는 것을 그동안 충분히 보았다. 줄리아는 조앤처럼 눈을 빠르게 깜박이며 키득거린다. "누굴 예상한 거야?"

크리스는 앞머리를 얼굴 앞에서 치운다. "네가 상관할 바 아냐. 너는 누구를 기다리는 거야?"

크리스의 눈이 줄리아를 뺀 모든 곳을 향한다. 오솔길로도 갔다가 바스락 소리 나는 곳으로도 간다. 그가 줄리아에게 원하는 것은 설리나가 오기 전에 빨리 비켜주는 것뿐이다.

"너 만나러 왔어. 안녕." 줄리아가 고개를 수줍게 숙이며 말한다.

"그게 무슨 소리야?"

"왜 그래? 너한테 문자한 게 나야!"

크리스가 비로소 줄리아에게 관심을 보인다. "정말이야?"

줄리아는 어깨를 으쓱하고 몸을 비틀면서 키득거린다.

크리스는 고개를 젖히고 빈터 주변을 빠르게 돈다. 그는 줄리아에게 화가 났다. 설리나가 아니라는 데, 그리고 자신의 그런 표정을 본다는 데. 줄리아는 이런 경우에 대비했어야 한다는 생각이 든다.

줄리아는 목소리를 한 옥타브 높여서 알파남에게 굴종하는 착한 여자의 칭얼거림을 담는다. "나한테 화난 거야?"

"아, 진짜."

"미안해…… 널 속여서. 나는 그냥……." 줄리아는 고개를 숙이고 그를 곁눈질한다. 그리고 모기만 한 목소리로 "너를 만나고 싶었어. 단둘이. 무슨 뜻인지 알 거야."

그러자 크리스는 움직임을 멈추고 줄리아를 바라본다. 분노의 기세가 꺾이고 흥미로운 기색이 떠오른다.

"그러면 나한테 와서 이야기를 하면 되잖아. 코트나 뭐 그런 데서. 정상적인 사람들처럼."

줄리아는 입을 비죽 내민다. "네가 인기가 좀 많아야 말이지. 너한테 가려면 항상 줄을 서야 하잖아."

크리스의 입 한구석에 살며시 흡족한 미소가 떠오른다. 너무 쉽잖아. 줄리아도 믿기 어려울 정도다. 다른 아이들이 왜 모두 이런 일을 했는지 갑자기 이해가 된다. "앉아서 이야기 좀 할까?" 줄리아가 가슴을 내밀며 말한다.

크리스가 갑자기 경계한다. "그런데 어떻게……? 나한테 문자한 휴대폰. 어떻게 네가……?"

그는 설리나가 이 일과 상관이 있는지 궁금해한다. 줄리아는 잠깐 의구심을 그대로 놔둘까 생각해본다. 하지만 그러면 크리스는 설리나에게 화가 날 테고 모든 일이 복잡해질 것이다. 그래서 진실을, 어쨌든 진실의 일부를 말하기로 한다. "나는 설리나하고 같은 방을 써. 설리나의 휴대폰을 보고 너희 문자를 몰래 봤어."

"우아, 그러면 우리 일을 알아?" 크리스가 말하고 두 손을 들어 올리며 뒤로 물러선다.

줄리아가 애교스럽게 키득거린다. "내가 똑똑한 편이라서."

"이런." 크리스가 말한다. 얼굴이 혐오로 일그러진다. "너희는 친구 아냐? 여자애들이 서로를 괴롭히기도 한다고 하지만 이건 좀 심한데."

"너는 몰라." 줄리아가 말한다. 굳이 귀여운 말투를 쓰지는 않는다. 천재 소년은 잠시 이마를 찌푸리지만 이게 어떤 함정인가 의심할 겨를도 없이 줄리아가 후드 점퍼 주머니에서 콘돔을 꺼내 보인다.

크리스의 머리에서 모든 생각이 날아간다. 그는 눈이 휘둥그레진다. 그가 예상한 것은 키스나 가슴을 둘러싼 티격태격뿐이었다. 그것까지는 생각하지 않았다.

잠시 후 그가 말한다. "진심이야? 우리는…… 지금껏 세 번 정도 말해본 거 같은데?"

줄리아는 간신히 키득거린다. "왜 그래? 제임스 길렌한테서 내 말 듣지 않았어?"

크리스는 불편하게 어깨를 으쓱한다. "들었어. 하지만 제임스는 개소리가 반이라서 너한테 차이니까 욕하는 거라고 생각했어."

줄리아는 그 말에 잠시 흔들린다. 그동안은 모두가 제임스 길렌의 헛소리를 믿는다고 생각했다. 사이프러스나무에서 정체불명의 것이 다시 울고 줄리아는 혼란스럽다. 크리스, 줄리아가 절대 생각할 일 없던 남자애가 처음부터 정말로 셀리나에게 진지한 거였다면, 문자가 다 진심이었다면, 그가 정말로 셀리나가 좋아할 만한 사람이라면, 그런 생각이 줄리아를 약하게 만든다. 금세라도 포기하고 무너질지 모른다.

줄리아가 말한다. "제임스는 개새끼가 맞지만 걔 말이 다 거짓말은 아냐. 지금은 21세기 아냐? 여자도 섹스를 좋아할 수 있어. 너는 귀여운 애고 키스도 잘한다고 들었어. 나한테 뭐가 더 필요하겠어? 너랑 결혼하려는 것도 아닌데."

결국 크리스는 셀리나를 그렇게 깊이 사랑했을 리 없다. 아니면 콘돔에 홀린 것이다. 그가 앞으로 걸어왔다.

"어, 천천히." 줄리아가 말하고 손바닥을 내밀면서 분위기를 부드

럽게 하기 위해 코를 귀엽게 찡그린다. "한 가지만. 나는 친한 친구
랑 남자를 공유하지 않아. 다른 누구하고는 뭘 하든 상관없지만 지
금부터 설리나하고는 바이 바이야. 어때?"

"뭐……?" 크리스는 아직 콘돔에 정신이 쏠려 있지만 그래도 눈썹
이 모인다. "내가 설리나랑 사귀든 말든 상관없다며?"

"농담하는 거 아냐. 네가 우리 둘을 동시에 데리고 놀면 나는 알
아낼 거야. 설리나를 관찰하고 휴대폰도 관찰할 거야. 그리고 너한
테 계속 문자를 보내서 내가 장난이 아니라는 걸 알게 할 거야. 네가
깜찍한 짓을 시도하면 내가 설리나한테 말할 거고 그러면 너는 우리
둘 모두하고 끝이야. 하지만 문자고 뭐고 모든 걸 다 끊고, 설리나를
가만두면 우리는 기회가 될 때마다……."

줄리아가 콘돔을 흔들자 공중에 바스락 소리가 건조하게 울린다.
콘돔을 사는 일은 너무도 쉬웠다. 코트에서 잠시 친구들 곁을 떠나
는 일. 코트의 화장실에는 임신 관련 포스터와 낙서가 넘쳐난다. "잠
깐 화장실 좀 갔다 올게." 줄리아는 이미 분수를 벗어나기 시작해서
다른 아이들이 일어서기 전에 사라진다. 탈출은 그렇게 쉬웠다. 전
에는 시도하지 않았을 뿐이다.

크리스는 움직이지 않는다. 줄리아가 말한다. "야, 무슨 문제 있
어? 이런 제안을 거절하는 남자는 게이뿐이야. 게이가 싫은 건 아니
지만 그렇다면 나한테 말해줘. 그래야 다른 상대를 찾지."

"그냥 이게 잘하는 일인지 모르겠어서 그래."

그는 무언가 잘못되었다는 걸 안다. 아마도 뭐가 잘못됐는지는 앞
으로 알아낼 거라고 생각할 것이다. 이 세상에는 쉽게 설명할 수 없
는 것들이 있다. 줄리아가 말한다. "무슨 상관이야? 뭐가 겁나서 그

래? 설리나는 이제 널 만나고 싶어 하지 않아. 안 그러면 너한테 답장을 했겠지. 그리고 네가 그냥 가도 나는 설리나한테 너랑 했다고 말할 거야. 그러니까 하는 게 좋아."

줄리아는 크리스에게 장난스러운 미소를 던지고 후드 점퍼 지퍼를 연다. 크리스의 머릿속을 지나가는 생각들이 종이에 찍힌 것처럼 읽힌다. 설리나가 거쳐 간 붉은 상처들, 오늘 밤 설리나가 들어갈 멍든 자리. 미움의 섬광. 그는 설리나도 미워하고, 자신이 사귄 모든 여자를 미워하고, 특히 줄리아를 미워한다. 그가 결심하는 순간이 보인다. 그는 줄리아에게 웃음으로 답하고 콘돔을 향해 손을 내민다.

줄리아는 다가올 일을 안다. 늑대 무리처럼 포효하는 사이프러스나무들 틈의 바람, 검은 하늘에서 경고하는 울음, 등 밑에서 출렁이는 빈터. 달이 산산조각 나면서 날카로운 조각들이 화살처럼, 줄리아의 사타구니에서 목까지 찢어버릴 듯 쏟아진다. 깊은 데서 흘러나오는 검고 뜨거운 피의 냄새. 영원히 눈을 멀게 만들 것 같은 밝은 고통.

아무 일도 없다. 빈터는 말끔하게 가꾼 풀밭일 뿐이다. 사이프러스나무는 어떤 정원사가 유지비가 적게 들 거라고 생각한 나무일 뿐이다. 울음소리는 아직도 맴돌지만 섬뜩한 느낌은 모두 사라졌다. 그것은 할 줄 아는 것이 그것뿐인 새에 지나지 않는다. 고통조차 특별하지 않다. 그저 그런 둔한 불쾌감일 뿐이다. 날카로운 돌멩이가 엉덩이를 찌르자 줄리아는 엉덩이를 들고 바쁘게 움직이는 크리스의 어깨 너머로 얼굴을 찌푸린다. 달은 종이처럼 납작해져서 빛을 잃고 하늘에 붙어 있다.

25

나는 복도에 서 있었다. 그냥 서 있었다. 멍청하게 입을 벌리고 얼빠진 머리 위에 "!!??!!"라고 적힌 말풍선을 달고서. 그러다가 매키나 콘웨이가 나와서 나를 볼지도 모른다는 생각이 들었다. 나는 그자리를 떠났다. 카드들이 섬뜩하게 수군거리는 시크릿 플레이스를 지나 계단을 내려갔다. 누군가에게 발길질을 당해서 어딘가가 죽도록 아픈 것처럼 조심조심 걸어갔다.

현관 홀이 어두워서 길을 더듬어서 가야 했다. 현관문이 더 무거워지거나 아니면 내게서 힘이 다 빠져나간 것 같았다. 나는 문에 어깨를 대고 밀면서 숨을 헐떡였다. 발이 타일 위에 미끄러졌고 매키가 계단에서 나를 보며 웃는 모습이 떠올랐다. 그러다 쓰러지듯 밖으로 나갔다. 땀이 흘렀다. 문이 등 뒤로 쾅 닫힌다. 본관으로 들어가는 다른 문을 모르지만 이젠 그런 걸 굳이 알 필요도 없을 것이다.

택시를 불러서 집으로 갈까 생각했다. 하지만 매키와 콘웨이가 나왔다가 내가 울 곳이 필요해서 급하게 떠난 모습을 발견할 거라 생각하니 땅거미 속에서 얼굴이 빨개졌다. 휴대폰을 다시 주머니에 넣었다.

10시 이십 분 전이고 꽤 어두웠다. 야외등이 켜져서 불빛이 닿지 않는 풀들도 하얘지고 나무 틈에서 무언가 이상한 착시를 일으켰다. 나는 6학년 학생 같은 시선으로 나무들을 보았다. 그것들이 곧 하늘에서 꽃잎처럼 떨어져 내릴 것이라는 사실이 윤곽선을 더욱 예리하게 만들었다. 나무들은 거기 영원히 있을 것이다. 물론 다른 사람들에게 그렇고 나와는 상관없었다. 나는 곧 떠날 거니까.

나는 현관 앞 계단을 내려가서―조명 속에서 계단은 바닥이 없는 듯 위험해 보였다―본관 정면 앞을 걷고 이어 기숙사 옆면을 걸었다. 발밑에서 자갈이 바스락거리자 그날 아침 같은 놀란 반응, 고개를 돌려 사냥터지기가 사냥개들을 풀었는지 확인하는 듯한 반응이 일었다.

나는 혼란을 헤치고 가면서 어딘가 있을 좋은 것을 찾아보았지만 보이지 않았다. 매키가 콘웨이에 대해 한 말이 맞는 것 같았다―당연히 맞았다. 매키는 모두의 약점을 안다. 지어낼 필요가 없다. 그녀는 내가 없는 편이 낫다고 보고 나에게 호의를 베푼 것이다. 나는 아침이 되면, 피로와 허기가 사라지면, 내가 가진 모든 게 소진되지 않았으면 괜찮아질 거라고 마음을 다졌다. 아침이 되면, 내 손에 값진 보물이 들어왔지만 제대로 보기도 전에 누군가 빼앗아가서 망가뜨린 듯한 이런 느낌이 사라질 거라고.

하지만 그 생각은 자꾸 미끄러져 나갔다. 미제사건수사과가 나를 기다렸고 능글맞은 인간 매키가 맞았다. 나는 이제 큰판에서 열두 시간도 못 버티는 어린애고 그와 콘웨이는 그 사실을 모두에게 확실히 알릴 것이다. 첫날 나에게 미제사건수사과는 아주 빛나 보였다. 넓고 반짝이는 사다리 같았다. 하지만 이제는 막다른 골목 같았다. 이것이 내가 원하는 것이었지만 하루 만에 끝났다.

그나마 내게 위안이 되는 것은 일이 거의 끝났다는 사실이었다. 매키의 이간질 흡연 시간 전에도 우리는 같은 자리만 돌고 있었다. 그가 곧 플러그를 뽑지 않는다면 콘웨이가 그렇게 할 것이다. 나는 그들의 마지막 시도가 끝나기만 기다리면 되었고 그런 뒤에는 집에 돌아가서 오늘이 있었다는 사실을 잊으려 할 것이다. 나는 이런 날을 겪으면 기분이 풀릴 때까지 술을 마시는 사람이 되고 싶었다. 그보다는 이런 날 동료에게 술 한잔하자고 문자를 보내는 사람이 더 좋을 것이다. 동료들이 가까이에 있다는 걸 느끼는 사람이.

처자식이 사람을 안정시킨다는 것은 모두가 안다. 사람들이 자주 놓치는 것은 동료, 제대로 된 동료도 똑같은 역할을 한다는 것이다. 동료가 있다는 것은 우리가 정착했다는 뜻, 합의했다는 뜻이다. 거기가 어디건 우리는 거기까지 간다. 거기가 종착지니 우리는 내려야 한다.

장소만이 아니다. 그들은 우리를 스스로에게 정착시킨다. 우리를 아는, 그러니까 우리가 하루하루 사람들에게 보여주는 표면 아래를 아는 동료가 있으면, 어느 날 누가 마법처럼 나타나서 우리를 눈부신 꿈으로 이끌고 가지 못한다. 우리는 견고해지고 동료들이 아는 바로 그 사람이 된다. 영원히.

'당신은 아름다운 걸 좋아하는군요.' 콘웨이가 말했다. 그 말은 맞왔다. 나는 결단코 내가 주워 삼킬 아름다운 것이 없는 곳에 내 인생을 걸지 않을 것이다. 추악한 걸로 만족했다면 시작 지점에 머물 수도 있었다. 근근히 직장 생활을 하고, 사이가 좋지 않은 아내와 코흘리개 아이를 여남은 명 낳고, 온종일 사람들 창자에 대한 프로그램이 나오는 벽만 한 텔레비전을 봤을 것이다. 내가 주제넘고 건방지다고, 공영주택 출신으로 너무 많은 걸 꿈꾼다고 말해도 좋다. 나는 그 생각을 이해할 나이가 되기 전부터 다짐했다. 거기 머물지 않겠다고.

거기까지 친구 없이 가야 한대도 상관없었다. 그렇게 해왔다. 지금까지 나를 내가 원하는 곳에 데려다준 사람도, 나를 보고 내가 원하는 모습을 감지한 사람도, 내가 원하는 것들을 포기할 가치가 있는 사람도 만나지 못했다.

그때 그것이 내 안에 내려왔다. 킬다의 그림자의 무게 아래 너무 늦게야. 내가 홀리와 친구들에게서 본 빛, 너무 밝아서 눈이 아픈 빛, 내가 학교에 와서 발견하고 부러워한 희귀한 것. 나는 천장에 메아리친 오래된 나무의 은은한 빛이 그들에게 쏟아져 내린 것이라고 생각했는데 착각이었다. 그것은 그들에게서 나왔다. 그들이 서로를 위해 많은 것을 포기한 데서. 자신들의 미래에서 가지를 떼어 불태우는 데서. 내가 오늘 엉뚱한 데서 아름답다고 느낀 것들, 계단 난간, 무반주 합창곡, 그런 건 아무것도 아니었다. 나는 내내 핵심을 놓치고 있었다.

매키는 내게서 냄새를 한번 맡고 전체를 보았다. 내가 학창 시절에 발각되면 퇴학당할까 봐 대마초와 장난을 거절하는 것을 보았다. 내가 경찰학교에서 미소와 어설픈 핑계를 대고 우호적이지만 평생 정복 경찰로나 살 사내들에게서 멀어지는 것을 보고, 케네디를 엿 먹이는 것을 보았으며, 그런 사람에게 무엇이 결여되었는지를 정확히 알았다.

콘웨이도 내게서 그 냄새를 맡은 게 분명했다. 그런데 나는 하루 종일 우리가 잘 통한다고 생각했고 쉽게 친해진다고 생각했고 내 뜻과 달리 아주 새로운 느낌이라고 생각했다.

학교 뒤편. 희끄무레한 녹색 풀밭 위에서 검은 형체들이 불안하게 움직였다. 내가 정체를 파악하려고 이리저리 눈길을 던지자—밤에 돌아다니는 맹수들, 어떤 아이들의 미술 과제, 홀리의 모형 학교에서 빠져나온 유령들이 떠올랐다—그중 하나가 고개를 젖혀 불빛 속에 윤기 나는 긴 머리를 흔들며 웃었다. 기숙생들이었다. 콘웨이는 매케나가 취침 전에 학생들의 교정 외출을 허락했다고 말했다. 매케나는 그런 일을 할 지능이 있었다.

나무 아래가 바스락거리고 산울타리가 흔들린다. 사방의 아이들이 나를 보고 있었다. 풀밭의 삼인조 한 팀이 나를 보더니 고개를 돌리고 바짝 붙어 앉아서 속닥거린다. 또 한차례 웃음이 솟고 이번에는 곧바로 나를 향한다.

아마 삼십 분가량 지나면 누군가 조사를 마치기로 결정할 테고 그러면 나는 벽에 낙서하다 들킨 아이처럼 콘웨이 차의 옆 좌석에 쭈그리고 앉아서 입을 꾹 다물고 집까지 갈 것이다. 그 삼십 분을 십대 여학생들의 곁눈질과 조롱 속에 부랑자처럼 어슬렁거리며 보내기는 싫었다. 그리고 아이들에게 겁먹은 것처럼 다시 학교 앞으로 가서 나를 태워다줄 어른들을 기다리며 아무도 그 모습을 보지 않기를 바라는 것도 싫었다.

"암튼 좆 까라, 콘웨이." 소리 내서 말했지만 나를 바라보는 여학생들에게 들릴 정도는 아니었다. 우리가 함께 일하지 않는다면 나는 혼자 행동하겠다.

나는 어디부터 살펴봐야 할지 몰랐는데 그래도 상관없었다. 그들이 먼저 나를 불렀기 때문이다. 강렬한 흑백의 빛 속에서 바람 소리와 박쥐 소리를 뚫고 울리는 목소리. "형사님, 모런 형사님! 여기요!" 거즈처럼 가녀린 은빛 목소리가 사방에서 들리는데 어디인지 알 수가 없다. 나는 감을 잡지 못하고 빙글빙글 돌았다. 나뭇잎 사이의 나방처럼 소용돌이치는 키득거림.

오르막 잔디의 나무 그늘에서 아이들이 손을 희미하게 파닥이며 부른다. "스티븐 형사님, 이리 오세요!" 나는 많은 눈길을 헤치고 그리로 갔다. 누구였어도 갔을 것이다.

폴라로이드 사진처럼 아이들 모습이 뚜렷해지면서 이목구비가 나타난다. 제마, 올라, 조앤이 다리를 앞으로 뻗은 채 팔꿈치에 기대 누워 있다. 머리카락이 등 뒤로 풀밭까지 늘어져 있다. 얼굴에는 미소를 띠고.

나도 미소를 보였다. 적어도 그건 할 수 있었다. 내가 잘하는 거니까. 언제라도 콘웨이를 이길 수 있었다.

"우리 보고 싶으셨어요?" 제마가 고개를 젖히고 말한다.

"여기요." 조앤이 말하고 제마 옆으로 가며 자신이 있던 자리를 톡톡 두드렸다. "와서 저희하고 이야기 좀 해요."

나는 피해야 한다는 걸 알았다. 내가 가진 분별력은 불 켠 방에 홀리 매키와 단둘이 있는 게 좋지 않다는 걸 알았고, 이 세 명과 여기 함께 있는 것은 더했다. 하지만 아이들은 실제로 나와 이야기하고 싶은 표정이었고 그것은 예기치 못한 기쁨이 되었다. 덴 상처에 붓는 찬물처럼 반가웠다.

"스티븐 형사님이라고 불러도 되나요?"

"당연하지, 우리를 체포라도 하신대?"

"재미있지 않을까? 수갑도 차고……."

"그래도 돼요? 명함에 스티븐 모런이라고 돼 있어서요."

"친근하게 스티브 형사님은 어때?"

"으! 포르노 배우 이름 같아."

나는 계속 입을 다물고 미소만 지었다. 밤에 바깥에서 보니 아이들은 달랐다. 수선스럽고, 눈길은 불안하고, 내게는 느껴지지 않는 산들바람에 흔들린다. 강력하다. 나는 수적 열세였다. 남자 셋이 불량스러운 걸음으로 모퉁이를 돌아 나와서 나를 향해 속도를 올릴 때처럼.

"심심해서 그래요. 같이 이야기 좀 해요." 조앤이 발목을 꼬고 흔들었다.

나는 앉았다. 풀은 부드럽고 탱탱했다. 나무 아래 공기는 흙씨와 꽃가루들로 향기가 진했다.

"아직까지 뭐 하고 계시는 거예요? 오늘 집에 안 가세요?" 제마가 물었다.

"그럼 어디 계시겠어?" 조앤이 눈을 굴린다.

"제마가 자기 침대 같이 쓸 수 있어요." 올라가 키득거린다.

"너한테 물은 거 아니거든." 조앤의 허락 없이는 누구도 장난을 칠 수 없다. "어쨌든 네 침대를 쓰실 수는 없어. 네 허벅지가 두꺼워서 난쟁이 아니면 아무도 못 들어가니까."

올라가 몸을 움찔거리자 조앤이 웃었다. "와, 네 얼굴 대박이다! 농담인데 뭘 그래?" 올라가 조금 덜 움찔거린다.

제마는 그들을 무시하고 나를 보며 살짝 미소를 지었다. "코닐리어스 수녀님 방에서 주무서도 돼요. 수녀님 인생의 밤이 되는 거죠."

"수녀님은 형사님 그걸 물어뜯어서 프라하의 아기 예수상에 바칠 거야."

나무들 속으로 일 미터만 더 들어가면 캄캄하다. 이곳 경계 지대는 빛이 뒤섞여 움직인다. 날카롭게 꽂히는 달빛, 잔디에 흘러넘치는 야외등 불빛. 빛이 그들의 얼굴에 이상한 효과를 주었다. 몇 시간 전만 해도 나를 역겹게 하던 값싼 천박함, 인공적인 치장이 이제 여기 야외에서는 그렇게 천박해 보이지 않았다. 견고해 보였다. 단단한 밀랍 같고 신비로워 보였다.

내가 말했다. "곧 떠날 거야. 몇 가지 정리할 게 있어서."

"말씀하시네." 제마, 더 환한 웃음을 짓고. "저희하고 말 안 하기로 하셨나 했어요."

조앤이 말했다. "정리하시는 모습이 아닌데요."

"잠깐 쉬고 있어."

조앤은 다 안다는 듯 웃었다. "왕재수 형사님하고 문제가 생겼나요?"

그들은 이제 나를 형사로, 고약한 권력의 일원으로 보지 않았다. 나는 다른 것이었다. 가지고 놀 것, 어울려 놀 상대였다. 하늘에서 그들 속으로 떨어진 이상한 것, 자신이 무슨 일을 할지 무엇을 의미하는지 아는 존재. 그들은 내 주변을 빙글빙글 돌고 있었다.

내가 말했다. "내가 아는 한에서는 아니야."

"그분은 정말 꼴불견이에요. 값비싼 정장을 사 입었다고 세상의 여왕이 되는 건 아닌데 말이죠."

제마가 말했다. "형사님은 계속 그분이랑 같이 일해야 돼요? 아니면 형사님이 잘하면, 가끔은 햄스터를 산 채로 잡아먹지는 않을 사람하고도 일할 수 있나요?"

모두가 웃으며 내게도 동참을 요청한다. 내 귀에는 콘웨이가 내 얼굴 앞에서 문을 탁 닫는 소리가 들렸다. 지금 내 눈앞에서는 세 얼굴이 춤을 추었다. 모든 불꽃이 나를 향해 튀어 오른다.

나는 웃고 말했다. "너무 그러지 마. 콘웨이가 내 파트너는 아니야. 그냥 오늘 하루 같이 일하게 된 거야."

과장된 안도의 한숨, 모두가 얼굴에 부채질을 한다. "어휴! 저희는 어떻게 살아 계시는지 의아했거든요. 우울증 약이라도 드시는 걸까……."

내가 말했다. "이렇게 며칠을 더 보내면 그렇게 될 것 같아." 우리는 더 크게 웃었다. "그래서 밖에 나온 거야. 머리를 쥐어뜯게 하지 않는 사람들하고 잡담도 하고 웃고 싶어서."

아이들은 그 말을 좋아했다. 고양이처럼 만족했다. 면박에 익숙해서 금세 회복한 올라가 말했다. "우리는 형사님이 그분보다 더 좋은 형사라고 판정했어요."

"아부쟁이." 제마가 말했다.

"하지만 사실이에요." 조앤이 나를 보며 말했다. "경찰의 높은 분이 아서야 해요. 여자 형사님이 그렇게 성질이 더러운 건 일을 잘 못한다는 뜻이라는 걸요. 기본 예의를 갖추면 지금보다 나을 거예요. 그분이 질문할 때면, 와, 고깃덩이를 하나 던져 주면 물러나줄지도 몰라, 하는 것 같았어요. 좀 나아질까요?"

올라가 말했다. "그런 상황이 아니었다면 우리는 그분에게 시간도 알려주고 싶지 않았어요."

"형사님이 질문할 때면……." 조앤이 말하고 고개를 옆으로 돌려 내게 미소를 보냈다. "우리는 형사님하고 이야기하고 싶어요."

아까 내가 조앤과 대화했을 때 우리는 딱히 우호적이지 않았다. 그들은 나에게 무언가 원했다. 나에게 무언가 주고 싶어 했다. 그게 무엇인지는 알 수 없었다. 내가 조심스럽게 말했다. "고맙구나. 너희는 지금까지 나한테 많은 도움이 되었어. 너희가 없었으면 아무것도 못 했을 거야."

"우리는 형사님을 돕는 게 좋아요."

"스파이 역할도 할 수 있어요."

"잠입 스파이죠."

"형사님 전화번호 알아요. 수상한 게 있으면 문자할 수 있어요."

내가 말했다. "정말로 나를 돕고 싶다면 방법은 너희가 이미 알고 있어. 너희는 아마 학교에서 일어나는 모든 일을 알 거야. 크리스하고 관련된 이야기가 더 있다면 듣고 싶어."

올라가 몸을 숙이자 달빛이 젖은 입술에 반짝였다. "미술실에 누가 있어요?"

조앤이 재빨리 "쉬잇!" 하자 올라는 움츠러들었다.

제마의 흥미로운 목소리. "아, 이미 늦었어." 그리고 나에게. "그걸 질문하려던 게 아니에요."

"하지만 천재 소녀가 이미 물었으니." 조앤이 말하고 목을 젖히며 뒤로 기대서 손으로 가리켰다. "저게 누구예요?"

미술실. 무거운 학교 건물 안에 빛나는 차가운 흰색 불빛. 건물 옥상에 있는 석조 난간의 검은 실루엣이 그보다 연한 검은빛 하늘 앞에 도드라졌다. 유령의 산책로처럼. 한 창문 앞에 구리철사 학교가 떠올라 있고 옆 창문에는 매키가 팔짱을 낀 채 웅크리고 앉아 있었다.

"저 사람요." 조앤이 말했다.

내가 말했다. "저분도 형사님이야."

"아." 손목 흔들기, 놀리는 눈빛. "저는 형사님이 쫓겨난 거 알았어요."

"가끔은 현장에서 방식을 바꾸기도 해. 매너리즘에 빠지면 안 되니까."

"누구를 조사하는 건가요?"

"홀리 매키예요?"

"걔네가 이상하다고 말씀드렸잖아요."

아이들 얼굴이 열의와 호기심으로 밝아진다. 어쩌면 그들이 보고 싶어 한 유일한 대상이 나였을 수도 있다는 것처럼. 그 모습을 보니 나는 정말로 그 대상이 되고 싶어졌다. 그들 모두가 찾는 존재. 크리스 하퍼도 그런 것을 원했을 것이다.

콘웨이는 미술실 창가를 서성거렸다. 긴 다리와 날카로운 어깨가 도드라졌다. 내가 말했다. "맞아, 홀리야." 콘웨이가 들었으면 날 잡아먹으려고 했을 것이다. 좆 까라, 콘웨이.

스읍 숨을 삼키는 소리. 주고받는 눈길. 하지만 나는 미처 파악하지 못했다.

올라가 나직이 말했다. "크리스를 죽인 게 홀리예요?"

"헐."

"우리는 교정 관리인 윌리 아저씨라고 생각했어요."

"어제까지는요."

"하지만 형사님이 우리하고 걔네한테 그런 질문을 하시는 걸 보니까……."

"어쨌거나 우리는 아니고……."

"하지만 그렇다고……."

"홀리 매키가 맞아요?"

나는 할 수 있다면 질문에 답을 해주고 싶었다. 그들의 입이 딱 벌어지고 눈이 커질 것이다. 그들은 나에게 압도될 것이다. 마술사처럼 정답을 착착 뽑아다 주는 사람. 내가 말했다. "누가 크리스를 죽였는지는 몰라. 알아내려고 하는 중이야."

"형사님은 누군 거 같아요?" 조앤이 물었다.

테이블에 웅크리고 앉은 홀리, 파란 눈, 차가운 태도, 그리고 감추어진 무언가. 아마도 홀리가 말하지 않기를 바라는 매키가 옳을지도 몰랐다. 매키가 옳았고 홀리가 나에게 이미 털어놓았는지도 몰랐다.

나는 고개를 저었다. "그건 경찰이 할 일이 아니야." 의심스러운 눈길들. "정말이야. 증거를 찾기 전에 자기 직감에 매달리면 안 돼."

"아, 너무 불공평하네요." 조앤의 입이 비죽거렸다. "우리한테는 그렇게 질문을 많이……."

"헐." 올라가 허리를 세우고 손으로 입을 막았다. "설마 앨리슨이라고 생각하시는 건 아니죠?"

"앨리슨도 저기 있어요?"

"앨리슨이 체포된 거예요?"

그들의 입이 벌어졌다. "아냐." 내가 말했다. "앨리슨은 지금 불안해. 크리스의 유령 때문에 충격을 받아서."

"그게 뭐요? 충격은 우리 모두 받았어요." 조앤이 차갑게 말했다. 나는 조앤을 항상 1순위에 놓아야 한다는 걸 잊었다. 바보.

"그랬겠지. 너도 봤니?" 내가 선량한 존경심을 보이며 말했다.

조앤은 잊지 않고 몸을 떨었다. "당연히 봤죠. 제 생각엔 저한테 이야기하러 온 것 같아요. 저를 똑바로 봤거든요."

그때 나는 알았다. 크리스의 유령을 본 여학생들은 모두 똑같이 말했을 거라는 것. 그가 자신을 보러 왔다고. 자신에게, 자신에게만 무언가 원했다고.

"말씀드렸듯이……." 조앤은 다시 깊은 슬픔에 빠진 얼굴이 되었다. "그 애가 안 죽었으면 우리는 다시 만났을 거예요. 크리스는 마음에 아직도 제가 있다는 걸 알리고 싶어 한 것 같아요."

"아." 올라가 고개를 한쪽으로 기울인다.

내가 올라에게 물었다. "너도 봤니?"

올라의 손이 가슴으로 올라갔다. "네, 봤어요! 심장마비가 올 뻔했어요. 앞에 딱 있었어요. 정말이에요."

내가 말했다. "제마는?"

제마는 풀밭 위에서 몸을 살짝 움직였다. "몰라요. 저는 유령에 대해서는 잘 모르겠어요."

조앤이 목소리에 날을 세우고 말했다. "야, 내 눈으로 똑똑히 봤거든?"

"그런 게 아니야. 내 눈에는 걔가 안 보였다는 것뿐이야. 나는 창문의 얼룩 같은 거밖에 못 봤어. 눈에 뭐가 들어갔을 때처럼. 그게 다야."

"남들보다 더 예민한 사람들이 있어. 남들보다 크리스하고 더 가까웠던 사람도 있고. 네가 본 게 안 중요하다는 식으로 들렸다면 미안해."

제마는 어깨를 으쓱했고 조앤이 나에게 말했다. "그 애는 있었어요."

그 말이 진심인지는 알 수 없었다. 휴게실에서는 공포가 정말이라고 장담할 수 있었을 것이다. 관심을 끌거나 스트레스를 풀려는 장난으로 시작했어도 어느새 거대하게 부풀어서 그들이 통제할 수 없을 만큼 강력하고 진실한 것이 되었다. 하지만 지금 조앤의 얼굴에 드러난 떨림을 보면 판단이 서지 않았다. 조앤은 가면을 쓰고 진실을 감추는 걸지도 몰랐다. 처음부터 모든 게 가면이었는지도 몰랐다. 어쩌면 그들도 모를 것 같았다.

내가 말했다. "그러면 그것도 이유가 돼. 너희가 아는 걸 나한테 전부 말해줘야 돼. 크리스도 그걸 바랄 거야."

"우리가 뭘 어떻게 알아요?" 조앤은 셀로판지처럼 무표정하고 매끈했다.

하지만 나는 그에 대한 답을 알았다. 설리나와 크리스가 헤어지고 나서 조앤은 사실을 확인하기 위해 밤에 경비견들을 풀었다.

"만약 사건 두 주쯤 전에 크리스가 밤에 설리나 말고 다른 아이를 만났다면 누구였을 것 같니?"

조앤의 얼굴은 변하지 않았다. "누가 있었어요?"

"만약을 가정하는 거야. 누구였을 것 같니?"

아이들은 눈을 내리깔고 서로를 바라본다. 공포가 진짜였다 해도 지금은 사라지고 없었다. 다른 것이 올라와서 밀어냈다. 그것은 힘이었다.

조앤이 말했다. "크리스가 다른 누구를 만난 게 사실인지 말씀해주시면 저희도 좋은 거 알려드릴게요."

말했듯이 나는 기회가 오면 알아본다. 때로는 그쪽을 보지 않아도 내게 오는 것을 느낀다. 운석처럼 하늘에서 소리치며 내게 떨어지는 게 느껴진다.

"그런 것 같아. 둘이 주고받은 문자가 있어."

더 많은 눈길이 오간다. 제마가 말했다. "어떤 내용인데요?"

"만날 약속을 잡는 내용."

"이름은 없었고요?"

"응, 없었어. 너희는 아니지?" 내가 말했다.

조앤이 날선 목소리로 말했다. "우리는 아니에요." '그랬다면 내가 가만두었겠어요?' 같은 말은 덧붙이지 않았지만 우리는 모두 그 말을 들었다.

"하지만 너희라면 누굴지 짐작 가는 사람이 있지 않을까 해서."

그리고 나는 '홀리 매키'라는 대답을 기다렸다.

조앤이 등을 대고 누워 두 팔을 머리 뒤에 깍지 끼고 가슴을 들어 올리며 말했다. "리베카 오마라를 어떻게 생각하세요?"

나는 '뭐?' 하는 반응이 먼저 터져 나와서 질문을 이해하는 데 시간이 약간 걸렸다. 그런 뒤 입을 다물고 적절한 답이 있으리라 빠르게 생각하고 말했다. "솔직히 리베카는 별로 생각해보지 않았어."

내리깐 채 주고받는 눈길, 작은 미소. 제대로 대답했다.

조앤이 말했다. "그 애는 온순하니까요."

"착한 애죠." 올라가 나직이 말했다.

"순수하고."

"수줍고."

"형사님 앞에서 벌벌 떨었죠?" 조앤이 고개를 숙이고 내게 거짓 웃음과 사슴 눈망울을 지어 보였다. "리베카는 대담한 일은 전혀 하지 않을 아이죠. 아마 술 한 방울도 안 마셔봤고 남자는 얼굴도 쳐다본 적 없을 거예요."

제마가 낮게 웃었다.

내가 말했다. "사실이 아니구나?" 심장이 느리고 강하게 뛰기 시작했다. 소식을 전하는 밀림의 북소리처럼.

"걔가 술을 마셔봤는지 어떤지는 몰라요. 그러건 말건 상관없으니까요. 하지만 그 애가 남자를 쳐다본 건 맞아요."

올라가 키득거렸다. "리베카가 그 애를 바라보던 모습. 아, 어찌나 딱했는지."

내가 말했다. "크리스 하퍼로구나."

조앤이 천천히 미소를 짓고 말했다. "딩동댕, 정답입니다."

올라가 말했다. "리베카는 크리스한테 빠져 있었어요."

"그래서 걔네가 결국 사귀게 됐니?"

조앤의 입꼬리가 올라갔다. "우욱, 토할 거 같아요. 말도 안 돼요. 리베카는 그 방면에 완전히 찐따예요. 크리스는 마음만 먹으면 누구하고도 사귈 수 있었는데 멋대가리 없는 리베카 같은 애랑 사귈리가요. 무인도에 둘만 데려다 놔도 크리스는 리베카 대신 예쁜 코코넛하고 연애를 했을 거예요."

내가 말했다. "그러면 리베카가 크리스랑 만나지는 않았다는 거지? 아니면……?"

아이들 얼굴이 다시 반짝거렸다. 조앤이 말했다. "글쎄요. 암튼 '사랑'을 위해서는 아니에요. 그리고 그걸 하려고도 아니에요. 걔는 어떻게 하는지도 모를 거예요."

"그러면 왜?"

키득거림. 올라가 아랫입술을 깊이 깨문다. 내가 먼저 말하지 않으면 말하지 않겠다는 것 같다.

운석 소리가 가까워진다. 나는 정확한 장소에 가서 손만 내밀면 된다.

그날 아침. 분필 냄새와 풀 냄새. 나는 여덟 명의 여학생과 콘웨이가 원하는 사람이 되고자 노력하며 스스로 혼란 속으로 들어갔고, 결과는 이랬다. 입술을 당긴 조앤의 얼굴. '형사님은 걔네가 다 천사 같은 애들이라고 걔네는 약을 하지 않을 거라고 생각하시죠? 리베카를 봐요, 얼마나 순진한지…….'

내가 말했다. "약이구나."

작은 변화. 그들은 팽팽해져서 내가 자리를 찾아 들어갈 때까지 기다렸다.

"리베카가 약을 했어."

올라가 정신없이 웃음을 터뜨렸다. 조앤이 내게 착한 학생을 보는 교사 같은 미소를 짓고 아이들에게 명령했다. "말씀드려."

잠시 후 제마가 일어나 앉았다. 두 다리를 포개고 앉아 스타킹의 풀을 떼어 내고 말했다. "녹음하거나 그러시는 건 아니죠?"

"응, 안 그래."

"좋아요. 완전히 오프더레코드거든요. 형사님이 누구한테 이 말을 전하시면 저는 다 헛소리고 형사님이 여자 형사분한테 잘 보이려고 지어냈다고 할 거예요."

하지만 나는 기자가 아니었다. 내가 제마도 순진하다고 생각하려는 순간 제마가 말했다. "그리고 우리 아빠도 경찰서에 전화해서 똑같이 말할 거예요. 그런 일은 안 하시는 게 좋아요."

그렇게 순진하지는 않았다. 내가 말했다. "그럼."

조앤이 말했다. "말씀드려."

"그게……." 제마가 입을 열고 혀를 윗입술에 댔지만 생각을 정돈하면서 자동적으로 한 행동이었다. "로넌 아시죠? 우리 학교 교정 관리인이었던 분?"

"경찰이 체포했잖아요. 마약을 팔았다고." 올라가 말을 보탰다. 즐거워서 눈이 반짝거렸다.

"그래, 이야기 들었어."

제마가 말했다. "그분은 여러 가지를 다뤘어요. 주로 해시시하고 엑스터시였지만 다른 것도 부탁하면 구해다 줬어요."

그러면서 여전히 스타킹에 붙은 풀을 떼어 낸다. 휘어진 불빛 속이라 확실하지는 않았지만 제마의 얼굴이 빨개진 것 같았다.

조앤이 말했다. "제마가 다이어트가 잘 안 됐어요." 그리고 제마의 허리를 살짝 꼬집어 비틀었다.

"그냥 일이 킬로그램 정도만 더 빼고 싶었어요. 누구나 그렇지 않나요? 그래서 그 아저씨한테 도움될 만한 게 있는지 물었어요."

제마의 깜박이는 시선, 내게 무언가 기대한다. 그걸 얻지 못할까 두려워한다. 내가 제대로 짚었기를 소망하며 말했다. "효과가 있었는걸. 이제는 살을 더 뺄 필요가 없어 보이네."

제마는 안도감에 입꼬리를 올렸다. 이곳은 아주 낯선 세계였다. 경찰 앞에서 필로폰을 샀다고 밝히는 것보다 날씬해지려고 애를 썼다는 사실을 인정하는 것이 더 무서운 일이었다.

"네, 그렇죠. 그런데 그 아저씨한테 물건을 어떻게 샀느냐면요, 교정 관리인 중 수요일하고 금요일 오후에 근무하는 사람은 로넌뿐이었어요. 그래서 그날 수업이 끝난 뒤에 창고로 가 밖에서 어정거렸죠. 그러다가 아저씨가 우리를 보면 그때 창고에 들어가서 물건을 받아요. 아저씨를 못 보면 창고에 못 들어가요. 혼자 안에 들어갔다가 들키면 바로 아웃이라고 했어요. 물건을 도난당할까 봐서 그랬겠죠."

조앤과 올라는 풀밭 위에서 몸을 꼬물거려 내게 가까이 다가왔다. 입은 벌어지고 눈길은 아련하다.

"그러던 어느 수요일이었어요." 제마가 말했다. "비가 엄청 내렸는데 창고에 갔지만 아저씨가 보이지 않았어요. 나무 밑에서 한참 기다리다가 그렇게 종일 떨면서 기다릴 수는 없어서 그냥 창고로 들어갔어요. 아저씨가 그러려니 할 거라고 생각했어요. 그때는 저를 잘 알았으니까요. 나름 단골이었거든요."

다른 두 명이 기대로 몸을 떨었다.

제마가 말했다. "그랬더니 거기 리베카 오마라가 있었어요. 그런 데서 볼 거라고는 꿈에도 생각 못 한 애가 말예요. 그 애는 깜짝 놀랐고 저는 그 애가 기절할 줄 알았어요. 제가 웃고 물었어요. '너 여기서 뭐하는 거야? 무슨 공구라도 찾아?' 하고요."

어둡고 복닥거리는 공중에 이는 웃음의 소용돌이.

"리베카는 비를 피해서 들어왔다고 했고 저는 '아, 그래?' 했어요.

학교가 삼십 초 거리인데 코트를 입고 모자도 썼더라고요. 비가 오는 걸 알고 나왔다는 거죠. 그리고 그렇게 겁이 많다는 아이가 어떻게 거친 교정 관리인 아저씨들이 있는 곳으로 피했을까요?"

제마는 본래 모습으로 돌아왔다. 이야기는 쉽고 자신 있게 나왔다. 진실 같았다. "그래서 제가 말했어요. '아니면 원예라도 하려고?' 그 애 근처에 삽 같은 것들이 있었고 손에도 하나 들고 있었거든요. 제가 들어갔을 때 막 집어 든 것 같았어요. 사이코 강간범이 들어오는 줄 알고 내쫓으려고 한 것처럼요. 그리고 '어, 약간, 저기……' 그렇게 말을 더듬길래 제가 좀 도와줘야겠다 싶어서 말했어요. '왜 그래, 농담이었어.' 그러니까 그 애는 잠시 저를 멍하니 보더니 '나 갈게' 하고 빗속을 달려서 학교로 돌아갔어요."

리베카는 삽을 내려놓고 창고를 나갔을 것이다. 삽이건 괭이건. 자신에게 필요한 물건을 확인했으니 나중에 쓰기 위해.

내 손바닥에 떨어진 아름다운 운석. 그것이 반가운 하얀 불로 나를 뚫고 지나간다.

내 얼굴에 어떤 표정이 떠올랐다 해도 흐린 불빛이 가려줄 것이다. 나는 목소리를 침착하게 유지하려고 조심했다. "로넌은 리베카를 보았니?"

제마가 어깨를 으쓱한다. "못 봤을걸요. 아저씨는 몇 분 후에 왔으니까요. 다른 데서 비가 좀 누그러들기를 기다렸대요. 제가 안에 있어서 약간 화를 냈지만 금세 풀었어요." 추억의 미소.

조앤이 내 곁에 바짝 다가와 있었다. "들으셨죠? 그렇게 순진무구한 척하더니 완전 쓰레기였어요. 다른 사람들은 거기 다 속아 넘어가죠. 하지만 형사님은 안 속을 거라는 거 알았어요."

내가 물었다. "로넌이 약 말고 다른 것도 팔았니? 술이나 담배 같은 거?" 가끔 친구들과 담배를 피운다고 홀리가 말했다. 그리고 옷장의 줄리아 구역에는 담뱃갑이 숨겨져 있었다. 리베카가 창고에 들어간 데는 참작할 만한 이유가 있을지도 모른다. 완전히 무고한 건 아니라고 해도 어쨌든 이 일과 관련해서는 무고한 이유가.

제마가 콧방귀를 뀌었다. "그럼요. 젤리 사탕도 팔아요."

올라가 키득거렸다. "선불폰 요금 충전도 해줘요."

"마스카라도."

"스타킹도."

"탐폰도."

그 말에 두 아이는 꺅꺅 소리 지르며 웃었다. 올라는 풀밭에 쓰러져서 두 발로 하늘을 찼다. 조앤이 소란을 뚫고 차갑게 말했다. "그렇다고 슈퍼마켓은 아니었어요. 리베카가 초코칩 쿠키를 사던 건 아니에요."

제마가 웃음을 다스렸다. "맞아요. 아저씨가 팔던 건 다 나쁜 것들이었어요." '나쁜'이라는 말에 입꼬리를 도발적으로 비튼다. "실제로 뭘 샀는지 궁금해요."

조앤이 어깨를 으쓱했다. "어쨌든 다이어트 약은 아냐. 걔가 거식증이 아니라면. 그리고 걔가 그런 걸 신경 쓸 만큼 자존감이 있겠어? 화장도 안 하는데."

"해시시 같아." 올라가 아는 척하며 말했다.

"어떤 바보가 해시시를 혼자 해? 아, 그건 너무 슬퍼."

"걔들 네 명이 다 같이 쓸 수도 있잖아."

"그러면 걔들이 리베카를 보내겠냐? 넷이 함께 하는 거라면 당연히 줄리아나 홀리가 가지. 리베카가 거기 왔다는 건 걔 혼자 원하는 걸 구하러 간 거야."

"로넌 아저씨의 섹시한 몸?"

"으, 안 들은 걸로 하겠어."

다시 웃음이 터지려고 했다. 내가 말했다. "그게 언제니?"

아이들이 다시 진정하고 속눈썹 아래로 빠른 눈길을 주고받는다. "형사님이 언제 물어보실까 했어요."

"작년 봄?"

다시 한번 눈길이 오가고 제마가 말했다. "그다음 날 밤 크리스가 죽었어요."

일순 침묵이 흘러서 위로 옆으로 뻗어나간다.

"그러니까 아시겠어요?" 조앤이 말했다.

나는 알았다.

"형사님이 크리스가 셀리나랑 헤어진 다음에 또 누구랑 만났다고 하셨잖아요. 이미 말했듯이 크리스가 리베카 오마라를 좋아서 만났을 리는 없어요. 하지만 걔가 크리스에게 뭔가 사주고 있었다면? 그 애는 충분히 그러고도 남아요. 크리스를 위해서라면 무슨 일이든 했을 거예요. 그리고 크리스는 그것 때문에 걔를 만났을 거고요. 적선하듯 키스도 몇 번 해줬을 수 있어요. 꿈은 꾸고 살라고요."

올라의 코를 킁킁거리는 웃음.

내가 말했다. "리베카가 밤에 혼자 나가는 거 본 적 있어?"

"아뇨. 저희는 크리스가 죽기 몇 주 전에 복도 염탐을 그만뒀어요."

크리스의 약물검사 결과는 깨끗했다고 콘웨이가 말했다. 옷에도 약물은 없었다.

"그래서……." 조앤이 말하고 내게 더 가까이 다가와서 내 다리에 자기 다리를 슬쩍 부딪쳤다. 조명이 조앤의 눈 표면에 반사돼서 내게는 조앤의 눈이 보이지 않았다. "아마 리베카는 자기들이 사귄다고 생각했을 거예요. 그러다가 그게 아니라는 걸 깨닫자……."

나방떼가 잔디 위에 퍼드덕거렸다.

내가 조심스럽게 말했다. "리베카는 작고 약한 애고 크리스는 크고 튼튼한 남학생인데 어떻게……?"

제마가 말했다. "걔는 마음만 먹으면 충분히 사나워질 수 있어요. 크리스 때문에 정말로 화가 났다면……."

"신문에 머리를 다쳤다고 나왔는데……." 조앤이 말했다. "크리스가 앉아 있었다면 리베카가 키가 작은 건 문제가 안 됐을 거예요."

올라가 흥분해서 풀밭 위로 뛰어오르다시피 하면서 말했다. "돌멩이로 찍었을 수 있어요."

"으." 조앤이 못마땅한 듯 말했다. "돌멩이를 썼는지 어쨌는지 우리는 몰라요. 신문에 그런 내용은 없었어요." 그리고 나에게 물음표를 가득 던졌다. 제마와 올라도 호기심 가득한 눈길로 나를 보았다.

거짓말이 아니었다. 아이들은 괭이에 대해 몰랐다.

그 이상이었다. 아이들 목소리는 흔들리지 않았고 크리스 하퍼가 죽는 순간을 언급할 때도 얼굴에 아무런 그림자가 없었다. 시험 때 커닝한 이야기를 하는 태도와도 비슷했다. 그때까지 나는 이 아이들이 자신들이 표적이 되지 않으려고 리베카 이야기를 꾸며낸 게 아닐까 하는 일말의 의구심이 있었다. 하지만 아니었다. 이 아이들은 살인에 연루되지 않았다.

내가 말했다. "아주 좋아. 얘기해줘서 정말 고맙다." 그리고 그들 모두에게 미소를 보였다.

"왕재수 형사님 앞에서는 이야기하기 싫었어요." 제마가 말했다. "그랬으면 아마 지금 감옥에 있을 테니까요. 형사님은 저를 괴롭히지 않으실 거죠? 제가 한 말……."

"걱정 마. 꼭 필요하면 내가 어느 단계에서 너희한테 진술을 부탁할 수도 있지만 피해가 가지는 않게 할게. 비를 피하려고 창고에 들어갔다고 말하면 되고 그건 사실이잖아? 네가 원래 거기 간 목적까지 말할 필요는 없어."

제마는 납득된 것 같지 않았다. 조앤은 제마 일은 신경 쓰지 않고 들떠서 내게 바짝 기댔다. "그러니까 형사님도 이제 리베카가 범인이라고 생각하시죠?"

내가 말했다. "리베카가 거기서 뭘 한 건지 알아봐야겠어. 일단은 그렇게밖에 말 못 해."

나는 무릎을 대고 일어나서 바지의 흙과 풀을 털었다. 자연스럽게 하려고 했지만 몸이 덜덜 떨렸다. 얼른 그곳을 떠나고 싶었다. 나는 리베카를 잡을 수 있었다. 불빛과 나방떼를 헤치고 리베카와 줄리아와 셀리나를 찾아가서 어두운 사이프러스나무 밑에서 나를 바라보는 검은 눈들을 마주할 수 있었다. 지역 관공서에 전화해서 순찰차와 사회복지사를 부탁하고 콘웨이가 홀리를 놓아주기 전에 리베카를 조사실로 데려갈 수 있었다. 일을 제대로 하고 휴대폰을 꺼놓는다면 나는 콘웨이가 나를 찾기 전에 오켈리의 책상에 자술서를 올려놓을 수 있었다. 아침이면 나는 콘웨이가 일 년 동안 해결하지 못한 대형 사건을 열두 시간 만에 해결한 유능한 형사가 될 수 있었다.

조앤이 말했다. "여기서 계속 우리하고 이야기해요. 우리는 어차 피 금방 안에 들어가야 돼요. 지루한 리베카하고는 그때 이야기하 세요."

"그래요. 우리가 걔보다 훨씬 더 재미있어요." 올라가 말했다.

나는 잠깐 이들이 아직 겁을 먹고 있을지 모른다고 생각했다. 강 한 어른의 보호를 바랄지 모른다고. 멍청하고 오만한 생각이었다. 아이들은 풀밭 위의 고양이처럼 편안했다. 그들이 강한 힘으로 나 를 원하는 곳에 데리고 가서 내 귀에 오랜 비밀을 털어놓자 모든 공 포는 사라졌다.

내가 웃으며 말했다. "그 말은 맞지만 이 문제부터 해결해야 돼."

조앤이 입을 비죽 내밀었다. "우리가 형사님을 도와줬는데 이제 원하는 걸 얻으니까 버리고 가시는 거예요?"

"남자가 다 그렇지 뭐." 제마가 나무 위를 바라보면서 고개를 저 었다.

조앤이 말했다. "말씀드렸듯이 저는 남자들한테 개똥 취급 받는 걸 참지 않아요."

귓속에선 '가, 어서 가'라는 말이 울렸지만 다른 경고가 나를 잡았 다. 내가 말했다. "시간이 촉박해서 그래. 너희 은혜를 모른 척하는 게 아냐. 정말이야."

조앤이 말했다. "그럼 가지 마세요." 그리고 한 손가락을 내 무릎 에 댔다. 코를 찡그린 귀여운 미소를 장난처럼 지어 보였지만 살짝 늦었다. 올라가 놀라서 헉 숨을 삼켰다가 키득거렸다.

어째서인지 나는 침착해졌다. 여기서 망치면 너무 많은 것이 망가 진다.

제마가 말했다. "겁먹은 얼굴 하지 마세요. 우리는 재미있는 아이들이에요. 정말요."

제마도 나에게 미소를 지었다. 다정한 표정이었지만 제마라는 책의 암호는 내게 읽히지 않았다. 그들 모두가 그랬다. 내가 아이들이 나를 원한다는 느낌에 즐거워하느라 잠시 잊고 있던 후미진 골목의 느낌이 다시 목덜미에 흘렀다.

조앤의 손톱이 내 허벅지를 타고 몇 센티 더 올라왔다. 그들 모두 키득거리고 날카로운 치아 사이로 혀가 빠르게 움직였다. 이것은 어떤 게임이었고 나도 거기 참여했지만 내가 무슨 역할인지는 알 수 없었다. 나는 웃었다. 아이들도 웃었다.

"그러니까 우리하고 이야기해요." 조앤이 손을 몇 센티 더 올리고 말했다.

조앤을 손을 쳐내고, 엉덩이에 불이라도 난 것처럼 학교로 들어가 미술실 문을 열고, 콘웨이에게 앞으로 잘할 테니 다시 받아달라고 사정할까? 하지만 나는 말했다. "모두 잠깐 이걸 생각해보자."

나는 아주 지루하고 형식적인 목소리를 끌어냈다. 교사, 매케나, 그들이 싫어하는 모든 것을 떠올렸다. 그리고 아이들의 눈을 하나하나 들여다보며 각각을 분리해서 보았다. 그들은 나를 포위한 위험한 존재들이 아니었다. 그냥 장난치는 여학생들일 뿐이었다.

"제마, 네가 나한테 이 정보를 준 건 정말 용기 있는 행동이었어. 그리고 조앤, 네가 응원하지 않았다면 제마가 그렇게 용기 내지 못했을 거야. 그리고 올라 너도. 너희는 큰 어려움을 뚫고 나에게 잠재적 가치가 아주 높은 정보를 주었어. 나는 그걸 헛되이 날리고 싶지 않아."

그들은 내가 갑자기 머리 둘 달린 괴물이라도 된 것 같은 표정을 지었다. 조앤의 손가락이 멈추었다.

"기숙사 복귀 시간 전에 내가 리베카 오마라를 조사하지 못하면 일단 콘웨이 형사한테 연락해서 사실을 다 이야기해야 돼. 너희가 나한테 정보를 준 건 내가 활용하라고 하는 거 아니었니? 공로를 콘웨이 형사가 가져가게 하고 싶지는 않잖아?"

나를 바라보는 세 쌍의 똑같은 눈. 움직임도 깜박임도 없다.

"올라? 내 말이 맞아?"

"네? 어, 그런 것 같아요."

"좋아. 제마?"

끄덕.

"조앤?"

마침내, 마침내, 어깨 으쓱. 그리고 내 다리에서 손을 치웠다. 콘웨이가 미술실에서 압박 조사한 게 효과가 있었다. "그러시든지요."

"그러면 모두 동의했다고 생각할게." 나는 한 명 한 명에게 모두 옅은 미소를 건넸다. "우리 모두의 최우선 과제는 일단 내가 리베카를 만나는 거야. 수다는 나중에 떨자."

무반응. 계속 나를 바라보는 시선.

나는 일부러 천천히 일어났다. 그리고 몸을 털고 재킷을 매만진 뒤 돌아서서 그곳을 떠났다.

재규어 무리 앞에서 등을 돌리는 것 같았다. 온몸 구석구석이 갈고리발톱을 예상했지만 아무것도 오지 않았다. 등 뒤에서 조앤이 딱 내게 들릴 만한 크기의 목소리로 말했다. "잠재적 가치가 아주 높은 정보래." 그리고 세 겹의 웃음. 그런 뒤 나는 그곳을 벗어나 끝없는 잔디밭에 들어섰다.

심장이 북처럼 둥당거렸다. 술 취한 듯한 어지러움이 온몸을 흔들었다. 나는 무릎을 접고 차가운 풀 위에 주저앉고 싶었다.

하지만 그러지 않았다. 사방의 눈길 때문만은 아니었다. 내가 그들에게 한 말은 사실이었다. 저기 어딘가, 흑백의 얼룩과 수군거림이 가득한 곳에 리베카가 있었다. 지금이 아니면 없었다.

그것이 콘웨이가 내게 기대한 것이었고 매키가 믿었던 것이었다.

나를 내려다보는 미술실의 하얀 조명. 멀리 나무들 틈에서 들려오는 즐거운 웃음.

나는 콘웨이에게 빚진 게 없었다. 나는 그녀가 맡은 중대 사건에 열쇠를 가져다주었고 그녀는 나를 적당히 이용한 뒤 고속 주행하는 차에서 뻥 차버렸다.

학교 위에서 바람개비처럼 도는 달. 나는 손가락과 발가락이 가루가 되고 온몸이 융해되는 것 같았다.

콘웨이에 대한 매키의 경고는 맞았다. 그녀는 이상적 파트너에 대한 내 꿈(붉은 세터 종을 키우며 바이올린을 배우는 사람)을 짓밟았다. 그녀는 칼날이자 분란, 그러니까 내가 항상 피했던 것 자체였다.

나는 기회가 오면 알아본다. 그것이 햇빛처럼 환하게 보였다.

나는 휴대폰을 꺼냈다.

전화보다 문자가 좋다. 콘웨이가 내 번호를 보면 기다리다가 신경질 나서 전화하는 거라고 생각하고 받지 않을 것이다.

나에게 변화가 일어나는 게 느껴졌다.

휴대폰 화면에 메시지 아이콘이 떠 있다. 몇 분 전 내가 아이들하고 떠들 때 콘웨이가 보낸 것이다. 이제 끝낸 게 분명했다. 콘웨이 아니면 매키가. 나는 늦을 뻔했다.

　—뭐 찾은 거 있어요? 매키를 최대한 막고는 있지만 소등 시간이 10시 45분이에요. 서둘러요.

　"이게 무슨?" 나는 소리 내서 말했다.

　그 위로 미소가 올라왔다. 내 얼굴이 쪼개져서 온갖 색깔의 빛이 터져 나오는 것 같았다.

　나는 바보, 덩치 큰 천치였다. 머리를 때리고 싶었다. 나는 잠시 리베카를 잊었다.

　"산책하며 교정을 구경하세요." 콘웨이가 미술실 문 앞에서 내게 말했다. "크리스의 유령이 나타나는지도 한번 보고요." 그것은 '나가서 여학생들을 만나봐요. 최대한 아이들을 휘저어봐요. 그리고 뭐가 나오는지 한번 보세요'다. 내가 제대로 보았다면 더없이 명확한 것이었다. 나는 매키가 나를 엿 먹였다는 생각에 빠져서 콘웨이가 내게 보내는 신호를 놓쳤다.

　콘웨이는 나를 믿었다. 매키의 험담에도 불구하고 나를 믿었을 뿐 아니라 내가 그걸 알 거라고 믿었다. 나는 똑같이 반응하지 않은 나를 때리고 싶었다. 하마터면 늦을 뻔했다는 생각에 속이 울렁거렸다.

　나는 답장했다.

　—정문 앞에서 봐요. 급해요. 매키는 빼고요.

26

따뜻한 공기에 불안한 활기를 담고 오월이 온다. 여름이 손끝에 닿을 만큼 가깝고 시험도 마찬가지다. 3학년 전체가 팽팽하게 긴장해 있다. 아무것도 아닌 일에 폭소가 터지고 말다툼을 벌이다 책상을 내리치고 화장실에서 눈물을 쏟고 한다. 달은 하늘을 이상한 색조로 물들인다. 곁눈질로만 보이는 옅은 녹색과 멍든 보라색.

5월 2일이다. 크리스 하퍼의 생은 이 주 남았다.

홀리는 잠이 오지 않는다. 설리나는 아직도 가짜 두통에 시달리고 줄리아는 모든 게 불만이다. 홀리가 설리나 이야기를 꺼내려 하자 줄리아가 너무도 격하게 화를 내서 그들은 아직도 서먹서먹하다. 방은 지나치게 덥다. 과도한 친밀함의 열기가 피부 위로 가려움을 흘려보낸다. 모든 게 잘못되었고 점점 더 잘못되는 것 같다. 세상의 모서리가 뒤틀리면서 홀리의 정신도 삐딱해진다.

홀리는 일어나서 화장실에 간다. 필요해서가 아니라 가만히 누워 있을 수가 없어서다. 복도는 침침하고 방보다 더 덥다. 홀리가 찬물 생각을 하면서 복도를 걸어가는데 겨우 사오십 센티미터 앞에서 문이 열린다. 홀리는 얼른 벽에 붙어서 소리를 지르려고 숨을 삼켰지만 앨리슨 멀둔이 입을 벌린 채 밖으로 고개를 내밀더니 다급한 소리를 터뜨리며 사라졌다가 다시 나온다.

"야! 심장마비 걸릴 뻔했잖아! 왜 그래?" 홀리가 나직이 외친다.

"헐, 너였어? 나는…… 조앤!" 그러더니 앨리슨은 다시 사라진다.

이제 홀리는 무슨 일인지 궁금해져서 가만히 귀를 기울인다. 복도는 조용하다. 모두가 무거운 밤의 이불에 깊이 파묻혀 있다.

잠시 후 조앤이 나타난다. 머리는 산발을 하고 가슴팍에 "OOH BABY"라고 적힌 연분홍색 잠옷을 입고 있다. "뭐야, 홀리 매키잖아?" 조앤이 말하고 홀리를 진열장의 물건처럼 살펴본다. "너 저능아야? 자고 있는 사람 깨워서."

"쟤 머리." 앨리슨이 뒤에서 속삭임보다 조금 더 큰 목소리로 말한다. "쟤 머리를 봤는데……."

"어머나, 둘 다 금발이네, 누군들 안 그래? 홀리하고 걔는 전혀 달라. 홀리는 날씬하잖아."

조앤이 아는 최고의 찬사다. 조앤은 홀리를 보고 웃으면서 눈을 샐쭉해 보인다. 앨리슨의 멍청함에 같이 웃자는 뜻이다.

조앤은 예측이 불가능한 아이다. 오늘은 다정한 절친처럼 굴고 호응해주지 않으면 마음에 상처를 받는다. 그러면 상대는 불리한 위치에 놓인다. 조앤은 자기가 누구를 상대하는지 안다. 상대는 무방비 상태로 매번 그걸 알아내야 한다. 홀리는 종아리가 움찔거린다.

홀리가 말한다. "앨리슨이 날 누구로 알았는데?"

"그 방에서 나왔어." 앨리슨이 풀이 죽어 말한다.

"방향이 잘못됐잖아." 조앤이 말한다. "걔가 화장실에 가건 말건 무슨 상관이야? 외출하는지 아닌지를 봐야지. 그건 저쪽이라고." 앨리슨은 고개를 숙인 채 손마디를 씹는다.

홀리가 말한다. "나를 설리나로 안 거야? 그리고 밖에 나간다고?"

"아냐. 난 저능아가 아니야."

홀리는 조앤의 긴장한 얼굴과 귀여운 잠옷을 다소 사납게 바라보다가 조앤이 앨리슨을 쏘아붙이는 태도에 안도와 실망감이 동시에 담겨 있다는 것을 깨닫는다. 이상한 일이다. 홀리가 사태를 파악하려고 조심스럽게 묻는다. "설리나가 어디를 가는데?"

"알고 싶지 않을걸?" 조앤이 앨리슨에게 의미심장한 미소를 던지며 말한다. 앨리슨은 순순히 키득거려주지만 소리가 너무 크다. "조용히 해! 걸리고 싶어?"

홀리는 갑자기 심장이 쿵쿵거린다. 홀리가 말한다. "설리나는 혼자 안 나가. 늘 우리랑 같이 나가."

"우와, 너네 정말 귀엽구나." 조앤이 코를 찌푸려 보이지만 여전히 차가운 눈으로 말한다. "'모든 걸 다 이야기하는 의자매'라는 건 꼭 옛날 텔레비전 프로그램 같아. 너네도 의자매 서약 같은 거 했니? 그랬다면 너무 아름다워서 내가 죽을지도 모르거든."

오늘 밤은 절친 모드가 아니다. "잠깐." 홀리가 말한다. 조앤이 이빨을 보인다면 자신이 먼저 물어야 한다. "네가 우리를 어떻게 보는지 신경 쓰는 척했더니 정말인 줄 아네."

조앤은 한 손을 골반에 얹고 희미한 빛 속에서 홀리를 바라본다.

앨리슨보다 더 재미난 놀잇감을 발견한 표정이다. 조앤이 말한다. "그렇게 완벽한 친구들이라면서 친구가 밤에 어디 가는지 어째서 모르는 거니?"

홀리는 조앤이 거짓말을 일삼는 관심종자지만 설리나는 자기 친구라는 걸 되새긴다. 하지만 설리나의 얼굴이 떠오르지 않는다.

"너네는 신뢰가 뭔지 배워야 돼." 홀리가 말한다. "안 그러면 나중에 사설탐정에게 남자 친구를 미행시키는 여자가 될 거야."

"어쨌든 나는 남자 친구는 있을 거야. 남에게서 빼앗지 않은 당당한 남친이."

"그래?" 홀리가 돌아서면서 말한다. "사람은 누구나 자부심을 가질 게 필요하다고 하더라."

"야! 내가 뭘 말하는지 궁금하지 않아?" 조앤이 말한다.

홀리는 어깨를 으쓱한다. "왜? 네가 말한다고 내가 믿겠어?" 그리고 화장실 쪽으로 가려고 한다.

나직한 목소리가 등 뒤에 달라붙는다. "어딜 가."

평소 같다면 홀리는 어깨 너머로 손을 흔들고 그냥 갈 것이다. 하지만 지금은 평소와 다르고 조앤은 나름대로 똑똑한 아이라 실제로 뭔가 알고 있을 수도 있다.

홀리가 돌아선다. 조앤이 앨리슨에게 손가락을 튕긴다. "내 휴대폰."

앨리슨은 잠에 잠긴 동굴 같은 자기들 방으로 얼른 들어간다. 누가 침대에서 일어나 졸린 목소리로 묻는다. 앨리슨이 조용히 하라고 다급하게 말한다. 그리고 조앤의 휴대폰을 가지고 와서 성찬식의 복사처럼 경건하게 건넨다. 홀리의 마음 한구석은 이미 코에 손을 대고 큭큭 웃으면서 친구들에게 이야기를 전하고 있다. 하지만 다른 한구석은 불길한 기운을 느낀다.

조앤은 서두르지 않고 여유롭게 버튼을 누른 뒤 홀리에게 휴대폰을 건넨다. 비틀린 입 모양이 경고를 전하지만 홀리는 어쨌든 휴대폰을 받아 든다. 영상이 이미 돌아가고 있다.

영상은 홀리에게 여러 차례 주먹을 날리고 중간에 숨 쉴 틈도 주지 않는다. 여자는 설리나고 남자는 크리스 하퍼다. 장소는 빈터다. 그곳은 이제 낯선 곳, 무언가에 감싸이고 위험한 곳이 되었다.

조앤이 옆에 다가와서 홀리가 내뿜는 것들을 핥는다. 홀리는 숨을 되찾고 말한다. 눈도 깜박이지 않고 아빠를 닮은 흥미롭다는 표정을 곁들여. "뭐야, 금발 여자가 남자랑 키스를 하네. 페레즈 힐튼*을 불러."

"멍청한 연기 그만둬. 얘네가 누군지 알잖아."

홀리는 어깨를 으쓱한다. "설리나하고 컬름의 크리스 아무개인가? 네 감동을 망쳐서 미안하지만 그게 뭐?"

"그렇군요." 조앤이 입술을 오므리고 귀엽게 말한다. "어쨌든 너네는 의자매 같은 게 아니야."

머릿속을 빠르게 지나가는 말. '남에게서 빼앗지 않은 남친.'

"무슨 상관이야?" 홀리가 눈썹을 치켜들며 말한다. "네가 크리스 하퍼랑 사귄 것도 아니잖아. 걔를 좋아한다고 네 사람이 되는 건 아냐."

앨리슨이 말한다. "사귄 거 맞아."

---

* 미국의 연예 블로거.

"시끄러워." 조앤이 나직이 윽박지르고 빙글 돌아선다. 앨리슨은 숨을 삼키고 그림자 속으로 사라진다. 조앤이 홀리에게 다시 냉랭하게 말한다. "네가 상관할 일 아니야."

만약 크리스가 설리나 때문에 조앤을 버린다면 조앤은 설리나를 가만두지 않을 것이다. "크리스가 널 두고 바람을 피우면 걔는 나쁜 놈 맞아." 홀리가 신중하게 말한다. "하지만 왜 설리나한테 화를 내? 설리나는 그런 거 알지도 못했는데."

"아, 걱정 마. 걔도 혼내줄 거야." 조앤이 말한다. 목소리가 갑자기 복도 어두운 구석에 차가운 빛을 일으킨다. 홀리는 뒤로 주춤 물러설 뻔한다. "그리고 네 친구한테 화나지 않았어. 걔네는 끝났고 어쨌든 나는 그런 애한테 화내지 않아. 그냥 치워버리지."

그리고 영상이 있으니 조앤은 언제든지 문제를 일으킬 수 있다. "한심한 클리셰네." 홀리가 말하고 삭제 버튼을 누르지만 이미 예의 주시하던 조앤이 휴대폰을 낚아채서 홀리는 확인을 누르지 못한다. 조앤의 손톱에 홀리의 손목이 까진다.

"미안한데 그런 일은 꿈도 꾸지 마."

"손톱 관리 좀 해야겠다. 정원 가위 같은 걸로." 홀리가 손목을 흔들며 말한다.

조앤이 휴대폰을 앨리슨의 손에 내려놓자 앨리슨은 얼른 안으로 가지고 들어간다. "이제 너네 우정이 세상에서 제일 특별한 것처럼 구는 거 그만둬." 조앤이 명령하듯 말한다. "정말로 그렇게 특별하다면 그 못생긴 년이 크리스 하퍼랑 그 짓거리 하고 다니는 일을 너네한테 거짓말할 리가 없잖아. 그리고 걔가 거짓말을 해도 너네가 텔레파시로 알았어야지. 너네는 다른 애들이랑 똑같아."

홀리는 반박할 말이 없다. '걔네는 끝났어.' 혼이 빠져나간 듯한 설리나의 표정, 찬바람이 온몸을 뚫고 가는 듯한 표정. 이것이 그 이유다. 세상에 가장 흔한 클리셰, 너무 전형적이라 홀리는 생각도 못했다. 조앤 헤퍼넌이 먼저 알았다.

홀리는 조앤의 얼굴을 일 초도 더 참을 수 없다. 복수의 달콤함으로 부풀어 오른 얼굴. 복도의 불빛이 깜박이면서 물감 튀기는 듯한 소리를 내다가 꺼진다. 조앤의 방에서 들리는 닭장 같은 소음을 뚫고 홀리는 더듬더듬 자기 방으로 돌아간다.

홀리는 아무 말도 하지 않는다. 베카는 기겁할 것이다. 줄리아는 헛소리라고 할 것이다. 설리나한테도, 특히 설리나한테는 말하지 않는다. 며칠 후 홀리는 밤에 잠이 안 와서 눈을 떴다가 설리나가 고개를 푹 숙이고 손에 있는 무언가를 집중해서 바라보는 모습을 발견한다. 하지만 일어나 앉아서 조용히 '설리나 다 말해봐' 하고 말하지 않는다. 한참 후에 설리나가 떨리는 숨을 삼키고 휴대폰을 매트리스 옆에 밀어 넣는 것을 보지만 홀리는 방에 혼자 있을 기회를 만들지 않는다. 휴대폰에도 손을 대지 않고 다시는 그것을 보지 않기를 바란다.

홀리는 설리나에게 아무 문제 없고 모든 게 정상이고, 이 세상 가장 큰 문제는 중등 자격 시험이고 그것 때문에 머리가 터질 지경이고 인생 전체가 엉망진창인 것처럼 행동한다. 그러자 적어도 베카는 진정하고 힘을 낸다. 홀리는 베카와 함께 많은 시간을 보낸다. 그들은 많이 웃지만 나중에 홀리는 무엇 때문에 웃었는지 기억도 못한다.

때로 홀리는 창백하고 멍한 설리나의 얼굴에 주먹을 날리고 싶다. 설리나가 크리스 하퍼랑 몰래 사귀고 그들에게 거짓말을 하고 애초에 자기가 제안했던 맹세를 깨서가 아니다. 그것은 전혀 문제가 되지 않는다. 맹세를 한 이유가 친구들이 이런 느낌을 받지 않게 하는 것이었기 때문이다. 그들 인생의 한 자리가 흔들리지 않게 하자는 것이었다. 한 가지 사랑을 외부의 어떤 사랑보다 더 강하고 안전하게 만들자는 것.

베카는 멍청하지 않고 남들이 어떻게 생각하건 열두 살 어린애가 아니다. 그리고 이런 공간은 비밀이 가득하지만 비밀은 껍데기가 얇고 내부가 복닥거려서 서로 충돌하고 떠밀린다. 주의를 깊게 기울이지 않으면 금세 깨져서 부드러운 살이 흘러나온다.

그래서 베카도 무언가 문제가 있고 그것이 퍼지고 있다는 사실을 몇 주 전부터 알았다. 숲에 갔던 그날 밤, 홀리가 설리나한테 뭐라 하던 날 베카는 그냥 홀리가 기분이 안 좋았다고 생각하려 했다. 홀리는 가끔 그렇게 무언가에 몹시 집착할 때가 있다. 그럴 때 친구들이 홀리의 관심을 다른 데로 끌면 괜찮아진다. 하지만 줄리아는 홀리의 기분에 신경 쓰지 않는다. 줄리아가 상황을 정리하려고 나섰을 때 베카도 무언가 정말로 큰 문제가 있다는 것을 느끼기 시작했다.

베카는 그게 뭔지 알고 싶지 않았다. 그래서 설리나가 점심시간 내내 멍하니 손에 말아 쥔 머리카락만 보고 있을 때, 또는 줄리아와 홀리가 서로 미워하는 것처럼 딱딱거릴 때 베카는 꾹 참는다. 쇠고기 캐서롤에 집중하며 드라마에 끌려 들어가지 않는다. 친구들이 바보같이 행동하는 건 그들의 문제다. 그들이 직접 풀어야 한다.

그들이 풀 수 없는 무언가가 있다는 생각은 베카의 정신에 공포를 불어넣는다. 산불 냄새가 난다.

베카가 그걸 알게 되는 건 홀리 때문이다. 홀리가 처음 그와 관련된 질문—'네 눈에도 설리나가 요즘 이상해 보이니?'—을 했을 때 베카가 멍한 표정으로 벌렁거리는 심장 소리만 듣고 있자 홀리는 결국 눈을 옆으로 굴리고 '됐어, 괜찮아질 거야' 했다. 하지만 그 뒤로 홀리는 베카에게 점점 심하게 매달린다. 다른 아이들 옆에서는 숨도 쉬기 힘들다는 것처럼. 홀리가 말도 너무 빨리하고 사람이고 사물이고 별별 것을 다 트집 잡아 욕을 해서 베카는 홀리의 기분을 풀어주려고 웃어야 한다. 홀리는 줄리아와 설리나 없이 베카하고 둘이서만 하는 일들을 만들려고 한다. 베카는 어느새 홀리에게서 벗어나고 싶어진다. 믿을 수 없는 일이지만 그들 모두가 처음으로 서로에게서 벗어나고 싶어 한다.

무엇이 문제건 알아서 사라지지 않고 악화되기만 한다.

일 년 전이라면 베카는 이 일이 자신에게 다가오지 못하게 차단하고 말았을 것이다. 도서관에서 책을 잔뜩 빌려다가 누가 말을 걸어도 모른 척하고 읽었을 것이다. 아픈 척하고, 목구멍에 손가락을 넣고 토해서 엄마가 굳은 얼굴로 데리러 오게 했을 것이다.

지금은 다르다. 베카는 이제 나쁜 일이 생길 때 친구들 속에 숨는 어린애가 아니다. 친구들이 해결하지 못한다면 자신이 해봐야 한다.

베카는 관찰한다.

어느 날 밤 베카가 눈을 떠보니 설리나가 침대에 앉아 문자를 보내고 있다. 분홍색 휴대폰이다. 설리나의 휴대폰은 은색이다.

다음 날 베카는 이제는 작아진 지난 학기의 킬트 치마를 입고 수업에 갔다가 다리가 너무 드러난다며 옷을 갈아입고 오라는 지시를 받는다. 그리고 기숙사에 돌아가자 삼십 초 만에 분홍색 휴대폰을 발견한다.

문자를 보자 베카는 몸속 장기들이 흐물흐물해져서 뼈 사이로 빠져나가는 느낌이다. 베카는 설리나의 침대에 앉아 꼼짝하지 못한다.

아무것도 해치지 못할 것 같은 이 작은 물건이 모든 문제를 만들었다. 휴대폰은 베카의 손에서 검고 뜨겁고 돌멩이보다 단단하다.

긴 현기증 끝에 베카는 다시 정신이 돌아온다. 가장 먼저 든 생각은 문자에 이름이 한 번도 나오지 않는다는 것이다. '누구지? 누구야?' 외로운 울음이 베카의 정신을 헤집는다. '대체 누구야?'

일단 컬름 남학생이다. 교사들 이야기, 럭비 이야기, 다른 남학생들 이야기를 보면 분명하다. 교활한 인간. 그는 그들의 높고 하얀 담장에 균열을 내고 안으로 비집고 들어왔다. 영리한 인간. 그는 설리나가 그런 딱한 사연들에 마음이 흔들릴 것도 알고 그토록 자신을 필요로 하는 사람을 버리지 않을 것도 안다.

베카는 계속 관찰한다. 코트의 서늘한 공기와 알록달록한 네온빛속을 돌아다닐 때 그들에게 눈길을 너무 많이 주거나 너무 조금 주는 남학생, 옆을 지나가기만 해도 설리나가 달라지는 남학생을 관찰한다. 마커스 와일리는 설리나의 상반신을 뚫어져라 바라보지만 그가 역겹지 않다고 해도 줄리아에게 그 사진을 보낸 이상 절대로 안될 것이다. 앤드루 무어는 친구의 팔을 세게 때리고 미친듯이 웃으면서 그들이 그런 자신을 보는지 살핀다. 베카는 '설리나가 저런 바보하고 그럴 리 없어' 하다가 설리나가 절대로 안 할 일이 무엇인지 자신이 전혀 모른다는 사실에 명치를 맞은 듯한 통증을 느낀다.

앤드루 무어일까?

핀 캐럴, 베카가 도넛 가게에서 그를 건너다보자 그는 얼른 고개를 돌렸다. 핀은 똑똑하고 그런 일을 할 수 있다. 크리스 하퍼, 에스컬레이터에서 엇갈려 지나갈 때 뺨이 빨갰는데 햇빛에 탄 게 아닐지도 모른다. 설리나는 속눈썹을 파닥이면서 고개를 숙여 알록달록한 쇼핑백을 내려다본다. 크리스를 생각하자 가슴뼈 아래쪽에 낚싯바늘이 꽂힌 듯한 이상한 통증이 오지만 베카는 흔들리지 않는다. 시머스 오플래허티, 시머스는 게이라는 소문이 있지만 여학생들의 경계심을 허물기 위해 스스로 그런 소문을 퍼뜨렸을지도 모른다. 멋지고 특이한 프랑수아 레비, 설리나가 특이한 점을 대수롭지 않게 여길 수도 있다. 브라이언 하인스, 오신 오도노번, 그레이엄 퀸, 모두가 한 번씩 물기 있는 미소를 짓고 튀어나와서 '맞아, 쟤야' 하는 느낌을 준다. 그 사람은 사방에 있고 모든 것이 그와 연관된다.

코트의 공기가 너무 희박하고 차가워져서 베카는 숨 쉬기가 어려워진다. 홀리는 옆에서 쉬지 않고 말하느라 베카가 대답하지 않는 것도 알아차리지 못한다. 베카는 카디건 소매에 손을 넣고 계속 관찰한다.

관찰은 밤에도 이어진다. 만약의 상황이 닥치면 어떻게 해야 할지 아는 것은 아니다. 베카가 지키는 것은 설리나지만, 마침내 천천히 일어나서 침구를 걷어내는 것은 전혀 엉뚱한 사람이다. 동작의 조심스러움과 예리한 눈빛으로 볼 때 화장실에 가려는 게 아니라는 것을 베카는 줄리아가 허리를 펴기도 전에 안다.

베카는 참지 못하고 소리를 낸다. 소리가 창자를 거칠게 찢고 새어 나온다. 그는 그들 사이를 쑤시고 다닌다. 역병처럼 다음 폭발 장소를 찾고 있다. 그는 사방에 있다.

줄리아는 얼어붙는다. 베카는 돌아누워서 악몽으로 잠꼬대를 하는 척한다. 그런 뒤 잠꼬대를 멈추고 깊고 고르게 숨을 쉰다. 시간이 한참 지나자 줄리아가 다시 움직이는 소리가 난다.

줄리아는 몰래 나갔다가 한 시간 뒤에 돌아와서 재빨리 잠옷으로 갈아입고 외출복을 옷장 안 깊이 처박는다. 그런 뒤 화장실로 사라졌다가 한참 후에 꽃과 레몬과 소독제 냄새를 강하게 풍기면서 돌아온다.

줄리아의 침대 옆에는 휴대폰이 없다. 다음 날 자습 2교시 때 베카가 핑계를 대고 방에 돌아와서 찾아본다. 있는 것은 절반쯤 빈 콘돔 상자뿐이다.

그것은 뜨거운 기름처럼 베카의 손톱을 지진다. 제자리에 돌려놓은 뒤에도 베카의 핏속을 지지고 들어와서 온몸을 돌아다닌다. 줄리아는 설리나가 아니다. 누구도 달콤한 말로 줄리아에게 이런 일을 시킬 수 없다. 아무리 강아지 눈을 하고 안타까운 사연을 읊어도 안 된다. 어떤 악의적이고 잔인한 일이 분명하다. 누가 줄리아의 팔을 등 뒤로 꺾어서 누르고 있다. '이걸 안 하면 설리나 일을 알려서 퇴학시킬 거야. 걔 가슴 사진을 전교생에게 보낼 거야.' 교활한 것을 뛰어넘는 사람, 사악한 사람이.

베카는 침대들 사이에 무릎을 대고 앉아서 다시 목구멍에서 소리가 나가지 않도록 손바닥을 깨문다.

'누구지? 누구지?'

자신이 얼마나 엄청난 일을 저질렀는지 모르는 그 사람. 그에게 이것은 아무것도 아니다. 여학생들을 자기 뜻대로 바꾸어놓는 일,

그들이 오직 그의 욕망만 알도록 뒤틀고 강제하는 일, 그것은 별것 아니다. 애초에 그들의 존재 이유가 그것이라고 생각한다. 베카의 손에 이빨 자국이 깊이 박힌다.

영원할 것 같던 빈터의 순간들, 그들 넷이 아무리 멀리 떨어져 있어도 언제나 되살릴 수 있을 것 같던 순간들. 그는 그것을 빼앗아가고 있다. 그들의 귀환을 인도할 지도 위의 빛나는 선을 지우고 있다. 설리나의 선에 이어 줄리아의 선. 그런 뒤에는 홀리에게 갈 것이다. 그는 그들이 길을 표시하려고 떨군 빵 조각을 전부 먹어치워도 배부른 줄 모르는 까마귀다. 베카의 배로 이어진 길이 새로운 고통으로 펄떡거린다.

그들의 방 공중에 그 누군가의 냄새, 친구들의 비밀스러운 곳에 그 누군가의 손자국…….

창밖의 달은 암자색 구름 뒤에 흰색 얼룩처럼 떠 있다. 베카는 이를 풀고 두 손바닥을 내민다.

'우리를 구원해주세요.'

구름이 고동치고 가장자리에 거품이 인다.

줄리아는 맹세를 깼다. 강요받은 것이라 해도 상관없다. 설리나도 마찬가지다. 무슨 일을 하고 안 했고는 상관없다. 설리나가 적당히 밀고 당겼다 해도, 선을 넘어가기 전에 그와 헤어졌다 해도 마찬가지다. 어떤 것도 처벌을 바꿀 수 없다.

'우리를 용서해주세요. 이것을 태워버리고 우리를 다시 순수하게 해주세요. 그를 쫓아내고 우리를 원래대로 돌려주세요.'

하늘이 지글지글 끓고 고동친다. 얇은 구름막 아래서 대답이 일어난다.

무언가 필요하다.

'원하시는 건 뭐든지 하겠어요. 피를 원하시면 칼로 절 베겠어요.'

빛이 침침해지며 거부한다. 그것은 아니다.

베카는 와인, 진흙 인형, 칼, 흩어진 새털을 생각한다. 새나 와인을 어디서 구해야 할지 모르지만 혹시…….

'방법을 말해줘요, 방법을.'

거대한 침묵의 포효 속에 하늘이 쪼개지고 구름이 폭발한다. 그 조각들은 땅에 닿기 전에 녹아버린다. 크고 하얀 불꽃에서 그것이 베카의 벌린 두 손으로 떨어진다.

'그 남자.'

멍청한 어린애 같은 생각이었다. 엄마의 와인랙에서 훔친 와인, 닭의 피, 그런 것은 눈에 아이라인을 그리고 이해도 못 하는 마녀 놀이를 하는 바보들의 장난감이다.

예전에는 맹세한 여자를 강요하면 벌을 받았다. 베카는 그런 이야기를 읽었다. 산 채로 묻거나 살가죽을 벗기거나 몽둥이로 패서 죽였다.

'그 남자.' 이것을 정화하려면 다른 희생으로는 부족하다.

베카는 거의 달리다시피 휴게실의 프랑스어 숙제로 돌아간다. 나는 원하면 할 수 있다. 그 무엇도 나를 막지 못할 것이다.

머리카락 쥔 손을 들여다보는 설리나, 들끓는 어둠을 뚫고 돌아온 줄리아의 굽은 어깨, 빠르고 절박한 홀리의 목소리. 지난 몇 주일 동안 그런 순간이 닥칠 때마다 베카는 셋을 모두 미워했다. 이제 그들이 알아서 제자리로 돌아가려면 너무 오랜 시간이 걸릴 것이다.

'그래, 내가 그 일을 할 거야. 내가 방법을 찾을 거야.'

베카의 안팎에서 결심에 어찌나 격렬한 축하가 쏟아지는지 베카는 휴게실 저편으로 날아갈 지경이다. 베카의 배에 찍힌 점선이 격렬한 리듬을 울린다.

'하지만 나는 그 남자가 누군지 몰라.'

크리스 하퍼는 아니다. 크리스는 베카에게 친절할 필요가 없었다. 베카는 크리스 같은 남자가 자신 같은 여자를 좋아할 리 없다는 걸 잘 안다. 크리스는 무언가를 얻으려고 그런 게 아니었고, 대가 없이 베푸는 친절은 악과 동행하지 않는다. 그래도 핀, 앤드루, 시머스, 프랑수아 등이 남는다. 어떻게······.

그러다 베카는 기쁜 미소 속에 깨닫는다. 누구인지 알 필요가 없다. 시간과 장소만 알면 된다. 그리고 그것은 자신이 직접 선택할 수 있다. 자신은 여자고, 여자는 언제라도 원할 때 남자가 달려오게 할 수 있다.

베카는 조심하는 법을 안다. 무엇도 베카의 비밀을 알아낼 수 없을 것이다.

온 하늘이 하얗고 반갑고 서늘한 빗줄기로 변해서 베카의 두 손과 우러른 얼굴, 그리고 온몸에 쏟아져 내리고 벌린 입을 채운다.

목요일 오전에 베카는 다시 작아진 킬트 치마를 입는다. 이번에는 코닐리어스 수녀가 자제력을 잃고 교탁을 자로 탕탕 치며 학생들에게 "성모마리아에게 기도하니 나에게 겸허함을 주소서"라는 문장을 백 번 쓰게 한다. 그런 뒤 베카에게 기숙사에 가서 옷을 갈아입고 오라고 한다.

그와 설리나가 몇 시에 만나는지는 알 수 없지만 어쨌든 베카는 그들이 만난 장소 한 곳은 안다.

　—오늘 밤 그 빈터에서? 그 시간?

　삼월에 보낸 한 문자에는 그렇게 적혀 있었다.

　그곳은 절대 그를 불러와서는 안 되는 장소다. 베카는 너무 긴 새 킬트 치마를 입다가 잠시 그 남자에게 설리나를 그토록 바보로 만드는 숨겨진 힘이 있을 것 같다는 생각이 든다. 베카는 카펫에 떨어진 신문 스크랩을 보고 그것이 나방처럼 전등 주변을 날게 해서 자신에게도 힘이 있다는 것을 되새긴다.

　이제 휴대폰은 뜨겁고 검게 느껴지지 않는다. 대신 거품처럼 가볍고 빨라져서 베카의 손가락이 닿기도 전에 버튼이 눌린다. 베카는 문자를 네 번 고쳐 쓴 뒤에야 괜찮다고 판단한다.

　—오늘 밤 만날까? 1시 사이프러스나무 빈터에서?

　답을 확인할 기회가 없을지 모르지만 상관없다. 그는 올 것이다. 베카는 그와 어떻게 접촉해야 할지 모르고, 어쩌면 줄리아가 이미 약속을 잡아놨을지도 모르지만 설리나가 부른다고 생각하면 그는 줄리아를 무시할 것이다. 문자에서 열기처럼 올라온다. 그가 정말 원하는 것은 설리나라는 게.

　하지만 그는 설리나를 가질 수 없다.

　베카는 준비를 위해 자정 직후에 나간다. 옷장 문에 달린 거울을 보니 자기 모습이 강도 같다. 진청바지와 진청색 후드 티, 엄마한테 크리스마스 선물로 받았지만 한 번도 끼지 않았던 검은색 명품 가죽 장갑. 후드를 어찌나 **빡빡하게** 당겼는지 눈과 코만 튀어나온다. 그 모습에 웃음이 나오지만('세상에서 가장 뚱뚱한 은행 강도 같아') 겉으로 떠오르지는 않는다. 베카는 엄격해 보일 만큼 진지한 모습으로 전투 준비를 갖추었다. 친구들은 마법에 걸린 동화 속 공주들처럼 느리고 깊은 호흡을 한다.

밤은 별들 틈에 낮게 깔린 거대한 반달 아래 이상한 낮 시간 같은 빛을 낸다. 담장 너머 먼 곳에서 음악 소리가 난다. 들릴 듯 말 듯 작은 소리는 달콤한 목소리와 경쾌한 리듬이다. 베카는 그림자 속에서서 소리를 듣는다. "우리가 잃어버린 모든 게 이렇게 가깝게 느껴질 줄 몰랐어. 널 찾을 줄……." 그리고 노래는 바람에 실려 사라진다. 시간이 한참 지난 뒤 베카는 다시 움직인다.

교정 관리인의 창고는 어둡고 흙냄새가 가득하다. 베카는 불을 켜지 않기 위해 미리 준비를 했다. 앞으로 두 걸음, 왼쪽으로 돌아서 다섯 걸음, 그리고 손을 뻗으면 벽에 기대놓은 연장들이 닿는다.

괭이는 연장 코너 맨 오른쪽에 있다. 어제 베카가 준비해두었다. 삽은 너무 무겁고 둔하며, 자루가 짧은 것은 너무 가까이 접근해야 한다. 하지만 괭이 하나가 날이 아주 잘 들어서 베카의 손가락 끝이 익은 과일처럼 잘렸다. 제마가 들어와서 그 모습을 보았지만 베카는 걱정하지 않는다. 이건 섹시 브래지어도 아니고 다이어트 식품도 아니다. 제마의 사고 범위에서 거리가 천 킬로미터는 떨어져 있다.

베카는 나뭇가지들이 길을 가로막지 않고 자기 앞에서 쌍여닫이 문처럼 갈라지게 만들어놓는다. 그리고 빈터 중앙에서 연습한다. 괭이를 머리 위로 들어 올렸다가 내리찍으며 그 무게와 길이에 익숙해진다. 장갑을 끼었기 때문에 손이 미끄러지지 않도록 더욱 단단히 잡아야 한다. 스윙이 빠르고 강하고 만족스럽다. 나무 밑 여기저기서 반짝이는 눈들이 호기심 속에 베카를 바라본다.

베카는 기분이 좋아서 한 번 연습해보고 멈춘다. 팔이 아파지면 안 된다. 이제 베카는 괭이를 양손으로 돌리면서 귀를 기울여본다. 편안하고 익숙한 밤의 소리들뿐이다. 베카 자신의 숨소리, 그리고 덤불 속 미물들의 바스락거림. 그는 아직 오지 않았다.

그는 교정 뒤쪽에서 올 것이다. 나무들이 넓게 벌린 가지 아래 오솔길은 작고 하얀 불빛이 가득한 길고 검은 동굴이다. 베카는 앤드루, 시머스, 그레이엄이 오는 모습을 각각 상상해본다. 그리고 그 후에 벌어질 일을 꼼꼼히 예상해본다.

괭이가 회전을 멈추었다. 베카는 다시 한번 괭이를 휘둘러본다. 이번에는 괭이 끝에서 탕 하는 소리와 철퍽 하는 소리가 난다.

베카의 온몸은 그가 제임스 길렌이기를 바란다. 그 생각을 하면 미소가 떠오를 지경이다. 하지만 적어도 셜리나가 그럴 리는 없다. 그래서 앤드루 무어이기를 바란다.

베카는 이 일을 하도록 선택받은 것이 행운이라 느낀다. 그 기쁨에 땅 위로 날아올라 회전하는 별들 틈에서 공중제비도 넘을 것 같다. 빈터의 아름다움에 심장이 덜컹한다. 빈터 전체에 그것의 모든 영광이 흘러넘친다. 공기는 달빛과 히아신스 향기로 촉촉하다. 부엉이가 나이팅게일처럼 노래하고 토끼가 춤을 추고 사이프러스나무가 은빛과 연보라빛 이슬을 반짝이며 축하한다.

오솔길 아래쪽 어둠 속에서 무언가 갈라진다. 사이프러스나무가 숨을 참고 발끝으로 서서 몸을 떤다. 그가 왔다.

베카는 잠시 얼어붙는다. 줄리아가 그를 위해 누웠을 때 느꼈을 공포, 셜리나가 '사랑해'라고 말하기 직전에 느꼈을 그런 공포에 뼈가 덜덜 떨린다. 이제 자신은 남들과 달라질 것이다. 자신과 그는.

이 악당은 베카를 데리고 경계를 넘어 그들이 상상할 수 없는 세계로 갈 것이다.

베카는 뺨을 세게 깨물어 피 맛을 느끼고 한 손을 검은 날개처럼 들어 사이프러스나무 꼭대기 주변에 크게 휘두른다. 다른 곳은 내내 옆에 있었다. 몇 달 전부터 경계에는 구멍이 생겨났다. 겁을 먹고 싶고 달아나고 싶다 해도 그런 순간들은 이미 오래전에 지나갔다.

두려움은 왔을 때만큼 신속하게 사라진다. 베카는 나무 그림자 속으로 물러나서 비밀 애인을 기다리듯 기다린다. 벌린 입술 사이로 검은 피가 목과 가슴으로 흘러내린다. 마침내 그의 얼굴을 볼 순간을 향해 뻗어가고 있다.

27

나는 학교 앞쪽으로 돌아갔다. 풀밭을 지나가는 발의 느낌이 이상했다. 발이 너무 단단하고 잔디는 안개로 된 것처럼 아래로 아래로 가라앉는 것 같았다. 여학생들은 아직도 나를 보며 소곤거렸다. 이제는 상관없었다.

나는 기숙사 모퉁이 그림자 속에 들어가 기다렸다. '잠깐 쉬는 게 어때, 콘웨이 형사? 같이 나가서 담배를 한 대 피우고 싶은데…….싫어? 왜지?' 매키 때문에 우리는 미리 준비해야 한다.

거기서 콘웨이를 기다리고 있자니 다른 사람이 된 것 같다. 변화된 사람이.

콘웨이는 빨리 왔다. 방금 전까지만 해도 참나무 문은 영원히 닫혀 있는 것만 같았는데 어느새 그녀가 현관 앞 계단 위에 서서 나를 찾았다. 야외등 불빛이 콘웨이의 머리에 쏟아졌다. 내 얼굴에 미소가 퍼지는 게 느껴졌다.

매키는 따라오지 않았다. 나는 그림자 밖으로 나가 팔을 들었다.

콘웨이의 얼굴에도 똑같은 미소가 떠올랐다. 그녀는 조약돌 길을 성큼성큼 걸어와서 하이파이브를 하려고 손을 내밀었다. 하이파이브는 어둠 속에서 순수한 승리의 소리를 울리고 손바닥에 깨끗한 통증을 남겼다. "우리가 제대로 했어요."

빛이 침침한 것이 다행이었다. "매키가 믿어주던가요?"

"아마도요. 확실히는 몰라도."

"뭐라고 했어요?"

"지금요? 그냥 불쾌한 표정으로 잠깐 나갔다 오겠다고 했어요. 아마 당신이 오래 기다려서 불평했다고 생각할 거예요." 콘웨이는 문을 돌아보았다. 어두운 틈새가 벌어져 있었다. 우리는 어둠 속으로 숨어 기숙사 쪽으로 갔다.

내가 물었다. "홀리하고는 진척이 있어요?"

콘웨이는 고개를 저었다. "한동안 가능한 동기들을 이것저것 던져봤지만 아무것도 통하지 않았어요. 그래서 왜 설리나를 도와주지 않았는지, 잘못을 메꾸려고 무슨 일을 하려고 했는지로 돌아갔어요. 홀리는 신경질적이었지만 새로운 건 말하지 않았어요. 너무 밀어붙이고 싶지 않았어요. 홀리가 정신적으로 흔들리면 매키가 나설 테고, 나는 당신에게 시간을 주고 싶었어요. 뭐 얻은 거 있어요?"

"리베카가 교정 관리인의 창고에서 삽과 연장을 살펴봤대요. 사건 전날에."

콘웨이는 조용해졌다. 숨소리도 없었다.

잠시 후. "누가 그래요?"

"제마요. 다이어트 약을 사려고 거기 갔다가 리베카를 봤대요. 리베카는 놀라서 달아났대요."

"제마는 조앤의 졸개죠."

"그 애가 날 엿 먹이려는 건 아닌 것 같아요. 그 아이들은 자기들이 한 일을 감추지도 않았어요. 또 리베카가 연장을 보는 걸 수상하게 여기지도 않았고요. 교정 관리인에게 마약을 사서 크리스에게 주려고 했다고 생각하더군요. 리베카가 크리스를 좋아해서요. 그런데 크리스가 리베카를 거절해서 이성을 잃었다는 거예요. 내가 리베카처럼 작은 애가 어떻게 그런 일을 하느냐고 했더니 크리스가 앉아 있었다면 돌로 칠 수 있었을 거라고 했어요. 그 애들이 무기가 팽이라는 걸 알았다면 분명히 언급했을 거예요. 그런 걸 참을 자제력이 없으니까요. 그러니까 모른다는 뜻이에요."

콘웨이는 아직도 발과 어깨에 힘을 주고 두 손을 주머니에 깊이 찔러 넣은 채 가만히 서 있었다. 그리고 머리를 바쁘게 굴린 뒤 말했다. "글쎄요. 마약설이 맞을 수도 있어요. 리베카가 크리스에게 그걸 주는 대가로 셀리나하고 헤어지라고 했다는 식으로요. 하지만 콘돔이 있었잖아요. 크리스는 섹스를 기대하고 갔어요. 리베카가 크리스하고 섹스를 했을 것 같아요? 정말요?"

내가 말했다. "그전의 만남은 리베카가 아니었던 것 같아요. 홀리 말 기억해요? 셀리나에게 문제가 있다는 걸 깨닫고 줄리아하고 이야기를 해보려고 했는데 줄리아가 알고 싶어 하지 않고 신경 쓰지 말라고 했다잖아요. 셀리나는 곧 회복할 거라고. 그게 줄리아다운 일이었을까요? 줄리아 같은 싸움꾼이 친구가 어려움에 빠졌는데 귀를 막고 일이 지나가기만 바랄 것 같아요?"

이제 콘웨이가 움직여서 고개를 뒤로 젖혔다. 달빛이 눈의 흰자위에 반사되었다. "줄리아는 이미 문제를 수습하고 있었어요."

"맞아요. 줄리아는 홀리가 끼어들면 일이 더 복잡해질까 봐 신경 쓰지 말라고 한 거예요."

"젠장, 조앤이 그랬잖아요." 콘웨이가 말했다. "밤에 친구들을 보초 세워서 설리나가 더이상 크리스를 만나러 나가지 않는지 확인시켰더니 설리나 대신 줄리아를 봤다고. 그 애들은 줄리아가 핀 캐럴을 만나러 간다고 생각했어요. 우리도 거기 동조했는데 완전히 헛짚었네요."

"그리고 그렇게 작은 방에서는 비밀을 오래 감출 수 없어요. 어느 시점에 리베카도 알게 됐어요. 크리스와 설리나 일이든, 크리스와 줄리아 일이든."

"그래요. 그리고 홀리 말에 따르면 리베카는 친구들이 잘못된다는 생각만 해도 미쳐버리죠."

"자기들 네 명만으로 모든 게 완벽하지 않다는 생각을 리베카는 견디지 못했어요." 나는 포스터를 떠올렸다. 아주 여러 날을 들여서 쓰고 그린 장식 글씨, 한번 실수하면 처음부터 다시 해야 했다. "위험이 무리 지어 밀려와도, 우정은 초연할 수 있는 것."

콘웨이가 말했다. "그렇다고 홀리가 아웃인 건 아니에요."

그 말을 하는 태도는 한두 시간 전과는 달랐다. 그때는 내 미세한 반응을 살폈는데 이제는 그냥 말했다. 눈은 학교 건물을 올려다보았다. 건물이 자신에게 도발이라도 하는 것처럼.

"당연하죠. 하지만 줄리아도 배제하지 않아요. 아니, 그들 셋 누구도요. 어쨌든 범인은 무기를 준비했고, 크리스를 숲으로 불렀고,

크리스가 다른 데 정신이 팔려 있을 때 그 일을 했어요. 리베카도 범위에 들어가는 건 확실해요."

"다른 건 없었나요?"

잠시 후 내가 말했다. "그게 다예요."

콘웨이가 내게 얼굴을 돌렸다. "뭐가 더 있는 것 같은데요?"

"그게⋯⋯." 나는 피하고 싶었지만 콘웨이도 알아야 했다. "조앤네 아이들은 내가 가겠다고 하니까 싫어했어요. 아이들이 무언가 하려고 했는데 뭔지 모르겠어요. 나랑 장난을 친다거나 어쨌든 나를 잡아두고 싶어 하는 것 같았어요."

"신체 접촉도 있었나요?"

"네, 조앤이 내 다리에 손을 댔어요. 내가 지루한 이야기를 하니까 손을 치웠고 나는 급하게 빠져나왔죠⋯⋯."

콘웨이가 나를 보았다. "내가 당신을 상어 탱크에 던져 넣은 게 잘못이라는 거예요?"

"아뇨, 난 어른이에요. 아이들과 이야기하기 싫었다면 안 할 수 있었어요."

"할 수 있었다면 혼자 했을 거예요. 하지만 나는 아무 소득 없었을 거예요. 당신이니까 된 거예요."

누구를, 무엇을 위해서건 나는 완벽한 미끼였다. "알아요. 그냥 당신이 알아야 할 것 같아서 말한 거예요."

콘웨이는 고개를 끄덕였다. "걱정 말아요." 그리고 내 얼굴빛이 변하는 것을 보았다. '말은 쉽지.' "정말이에요. 그 애들은 아무 말 안 할 거예요. 우리가 자기들에 대해 이렇게 많은 걸 아는데 우리랑 장난을 치려고 하다니 제정신이 아닌 게 분명해요. 다이어트 약에 대해 매케나가 알게 되면 좋겠어요? 밤에 몰래 나간 일은요?"

"그런 일까지는 생각하지 않을 거예요."

콘웨이가 콧방귀를 뀌었다. "그런 일까지 생각해요. 그 일에 전문가예요." 그러더니 내 얼굴에서 무엇을 봤는지 좀더 진지하게. "무서운 애들이지만 우리가 눌렀어요."

"그래요. 맞아요." 내가 말했다. 콘웨이는 '무서운 애들'을 경험으로 아는 것 같았고 그 사실은 다독임보다 더 마음을 편하게 했다.

"좋아요. 잘했어요." 콘웨이는 내 어깨를 두드렸다. 소년처럼 어색했지만 그 손은 강하고 침착했다.

"아직은 부족해요. 이걸로 리베카를 체포할 수는 있지만 검찰이 기소하려면 부족해요. 리베카가 자백하지 않으면……."

콘웨이는 고개를 저었다. "구속영장도 안 나와요. 리베카가 하층민 딸이라면 잡아넣고 조사할 수 있지만 세인트킬다 학생을요? 구속하려면 기소할 수 있어야 해요. 만약은 없어요. 안 그러면 완전히 망해요. 오켈리가 길길이 날뛸 테고 매케나도 펄펄 뛰고 청장의 전화에도 불이 나고 언론은 은폐 공작이 있다고 난리칠 테고 우리는 사건기록실로 좌천됐다가 은퇴할 거예요." 입이 뒤틀린다. "고위층에 친구가 없다면요."

"나한테는 저분이 그나마 고위층에 가까운 분이었어요." 나는 고갯짓으로 위층의 미술실을 가리켰다. "이젠 그것도 끝난 것 같네요."

그러자 약간의 웃음이 돌아왔다. "그러니까 우리는 리베카에 대해 더 많은 걸 알아야 돼요. 그리고 서둘러야 해요. 오늘 밤 리베카의 신병을 확보하지 않으면 끝이에요. 줄리아와 홀리는 둘 다 똑똑해서 이 일의 향방을 금세 알아낼 거예요. 이미 알고 있을지도 몰라요."

내가 말했다. "홀리는 알아요."

"그런 것 같아요. 오늘 밤 그들 넷을 함께 둔다면 입을 싹 맞춰놓을 거고 내일 아침에 완벽한 이야기를 만들어 올 거예요. 거짓말을 해야 할 부분과 입을 다물어야 할 부분을 정해놓을 거고 그러면 우리가 뚫고 들어갈 수가 없어요."

"우리는 지금 홀리도 못 뚫고 있어요. 홀리는 자기가 원하는 것 이상을 안 주고 있어요."

콘웨이가 다시 고개를 저었다. "홀리는 버려요. 설리나도. 우리에게 필요한 건 줄리아예요."

나는 아까 콘웨이가 한 말이 생각났다. '올해 줄리아는 당신과 나를 사람처럼 보고 있어요.' 그리고 '좋은 건지 나쁜 건지 모르겠어요.'

"매키와 홀리는 그냥 두죠." 내가 말했다.

"네. 그들이 다시 필요할지도 모르고, 또 두 사람이 우리 일에 방해가 돼서도 안 돼요. 만약에 그들이 싫다면……."

이번에는 우리 둘 다 얼어붙었다. 우리 뒤쪽 불과 몇 미터 거리에서 누군가 기숙사 정면으로 돌아 나오다 자갈길에 발이 미끄러졌다.

콘웨이가 내 눈을 보며 입 모양으로 '매키'라고 말했다.

우리는 함께 빠르고 조용하게 모퉁이를 돌았다. 마차 주차장이던 그곳은 넓고 하얗고 휑했다. 풀밭은 썰렁했다. 문의 어두운 틈새에선 아무런 움직임이 없었다.

콘웨이는 팔뚝으로 야외등 불빛을 막고 찌푸린 눈으로 나무들 속을 바라보았다. 아무것도 없었다.

"줄리아가 어디 있는지 알아요?"

"그 애들은 못 봤어요. 적어도 뒤쪽 잔디밭에 없어요."

콘웨이는 그림자 속으로 다시 들어가서 나에게만 들리는 목소리로 말했다. "아마 빈터에 있을 거예요."

콘웨이도 나도 거기 몰래 가서 그들이 괭이와 문자와 크리스 이야기를 하는지 엿듣고 싶은 마음이 없지 않았지만 그건 불가능했다. 아침에 걸었던 예쁜 숲속 오솔길은 나뭇가지들이 빛을 가로막고 있었다. 우리는 더듬더듬 걸었고 지프차처럼 요란한 소리를 냈다. 사방에서 가지가 꺾이고 흔들리고 새들이 소란을 떨었다.

"이럴 수가." 내가 무릎 높이 덤불 안에 들어가자 콘웨이가 나직하게 말했다. "보이스카우트 안 해봤어요? 캠핑 안 가봤어요?"

"우리 동네에서는 그런 거 하는 사람 없었어요. 자동차 불법 시동은 걸어봤네요."

"그건 나도 할 수 있어요. 지금 나한테 필요한 건 산과 숲에 대한 지식이에요."

"꿩 사냥을 해본 부잣집 망나니가 필요하면……." 나는 발이 걸려서 두 팔을 휘저으며 앞으로 넘어질 뻔했지만 콘웨이가 팔꿈치를 잡아주었다. 우리는 어린애처럼 옷소매로 입을 막고 키득거리면서 눈빛으로 서로를 조용히 시키려 했다.

"조용히 해요……."

"제발……."

그럴수록 상황은 나빠졌다. 우리는 어지러웠다. 발밑에서 소용돌이치는 달빛 무늬, 사방으로 퍼지는 바스락 소리. 그리고 오솔길 끝에서 우리를 기다리는 일의 무게. 크리스 하퍼의 유령이 앞쪽 나무에서 살쾡이처럼 입을 벌리고 뛰어내릴 것만 같았다. 그러면 우리는 십 대 소녀들처럼 비명을 지를까, 아니면 총을 꺼내서 크리스의 희미한 엉덩이를 쏠까.

"당신 상태가……"

"누가 누구 말을……."

굽이 너머, 나무들 아래.

히아신스 향기.

작은 언덕 위 사이프러스나무 빈터에 달빛이 무엇에도 걸리는 일 없이 가득 쏟아졌다. 그들 셋이 서로 어깨를 대고 기대앉아서 까딱이는 이삭들 틈에 다리를 뻗고 있었다. 그 모습이 언뜻 머리 셋 달린 동물 같아서 나는 머리카락이 쭈뼛 섰다. 그들은 오래된 동상처럼 조용하고 매끈하고 하얗고 무표정했다. 우리를 바라보는 심연 같은 세 쌍의 눈. 우리는 웃음을 멈추었다.

아무도 움직이지 않았다. 히아신스 향기가 물결처럼 흘러 위로 올라왔다.

설리나와 어깨 한쪽을 맞댄 리베카. 머리는 풀려 있고 몸 전체가 환영 같은 흑백 얼룩이었다. 눈만 한 번 깜박하면 풀밭 위의 달빛으로 변할 것처럼.

내 옆에서 콘웨이가 그들에게 들릴 만한 목소리로 말했다. "줄리아."

그들은 움직이지 않았다. 나는 그들이 계속 가만있으면 어떻게 할까 잠시 생각했다. 더이상 다가가는 것은 좋지 않았다. 줄리아가 설리나에게서 몸을 떼더니 허리를 펴고 다리를 당겨서 일어났다. 그리고 친구들에게 눈길도 주지 않고 언덕을 내려와서 허리를 꼿꼿이 펴고 히아신스 밭을 뚫고 왔다. 줄리아의 눈길은 우리 뒤쪽을 보는 것 같았다. 나는 목이 가려웠다.

콘웨이가 말했다. "저쪽으로 가자. 몇 분이면 돼."

콘웨이는 오솔길을 걸어 교정 깊은 곳으로 들어갔고 줄리아가 뒤를 따라갔다. 남은 두 명은 바짝 붙어 앉아서 내가 돌아설 때까지 지켜보았다. 내 등 뒤에서 사이프러스나무들이 깊은 한숨을 쉬어서 나는 화들짝 놀랄 뻔했다.

줄리아는 걸음부터 달라져 있었다. 이제 조롱하듯 엉덩이를 흔들지 않고 사슴처럼 가볍게 길을 걸었다. 나뭇가지 하나 건드리지 않았다. 이곳은 자신의 영토라서 잠든 새도 다가가서 잡을 수 있다는 것 같았다.

콘웨이가 뒤도 돌아보지 않고 말했다. "설리나한테 들었겠지만 우리는 너희가 밤에 무단 외출했던 걸 알아. 설리나하고 크리스가 사귄 것도 알고 걔네가 헤어진 것도 알아. 그리고 네가 크리스를 만난 것도 알아. 그 애가 죽기 직전까지."

무반응. 오솔길이 넓어져서 세 명이 나란히 걸을 수 있었다. 줄리아는 우리보다 다리가 짧은데도 속도를 올리지 않았다. 우리는 줄리아에게 맞추어 걸음을 늦추거나 줄리아를 앞서가거나 해야 했다. 우리는 속도를 늦추었다.

"우리는 너희 문자를 다 봤어. 크리스가 설리나에게 준 비밀 휴대폰의 문자를."

줄리아는 철통처럼 입을 다물고 있었다. 재킷 없이 붉은 스웨터만 입은 차림이었다. 밤공기가 차가워져갔지만 신경 쓰지 않는 것 같았다.

콘웨이가 말했다. "그래서 설리나가 크리스랑 헤어진 거니? 우리는 그건 아직 몰라. 네가 크리스를 좋아해서 설리나가 삼각관계를 피하려고?"

그러자 줄리아가 반응했다. "저는 걔를 좋아하지 않았어요. 저도 취향이 있어요."

"그러면 한밤중에 그 애를 만나서 뭘 한 거니? 수학 공부?"

침묵, 그리고 조용한 걸음. 시간이 없다는 사실에 나는 조바심이 났다. 리베카가 뒤에서 기다리고 매키와 홀리는 미술실에서 기다린다. 매케나는 얼른 소등 벨을 울리고 하루를 끝내기를 기다리고 있다. 하지만 서두르면 오히려 늦는다.

콘웨이가 말했다. "그 애를 몇 번이나 만났니?"

무반응.

"네가 아니었어도 어쨌든 너네 그룹의 누군가였을 거야. 설리나가 다시 합친 거니?"

줄리아가 말했다. "세 번요. 다 합쳐서 세 번 만났어요."

"왜 세 번만?"

"걔가 죽어서요. 그 일로 관계가 끝났어요."

"관계라. 어떤 관계지?" 내가 말했다.

"지적인 관계요. 우리는 세계 정치를 논했어요."

거기 담긴 냉소는 우리에게 필요한 모든 대답을 합한 것만큼 무거웠다. 콘웨이가 말했다. "그 애를 좋아하지 않았다면서 왜?"

"왜냐하면, 형사님은 남자 때문에 바보짓 해보신 적 없나요?"

"엄청 많지." 두 사람 사이에 오가는 빠른 눈길에 나는 놀랐다. 서로 이해한다는 똑같은 표정, 콘웨이 얼굴에 떠오른 짓궂은 미소. '우리는 피와 살로 된 진짜 사람이니까.' "하지만 이유는 늘 있었어. 황당한 이유였어도."

줄리아가 말했다. "그때는 좋은 생각 같았어요. 뭐라고 할까요? 그때는 제가 지금보다 더 멍청했어요."

내가 말했다. "크리스가 설리나에게 접근하지 못하게 하려고 그랬지? 그 애가 문제의 근원이라고 생각해서. 크리스가 조앤에게 한 일을 알았고, 설리나가 그런 일을 감당할 만큼 강하지 않다는 걸 알아서. 두 사람은 이미 헤어졌지만 너는 크리스가 손짓 한 번만 해도 설리나가 다시 달려갈 거라고 생각하고 그 일을 막으려고 했어."

"너는 설리나보다 강해." 콘웨이가 말했다. "크리스 같은 놈이 어떤 짓을 해도 견딜 수 있을 만큼 강해. 그래서 네가 대신 매를 맞았어."

줄리아는 손을 주머니에 넣고 걸으며 앞쪽 나무들에서 무언가 떨어지는 것을 보았다. 그 얼굴은 약간 홀리와 비슷했다. 그 슬픔이.

콘웨이가 말했다. "너는 설리나가 크리스를 죽였다고 생각하지?"

콘웨이가 따귀라도 때린 것처럼 줄리아의 얼굴이 옆으로 돌아갔다. 나는 그 말이 공중에 퍼지기 전까지 미처 몰랐다. 줄리아가 하루 종일, 일 년 내내 그렇게 생각하고 있었다는 것을.

그렇다면 줄리아는 아웃, 설리나도 아웃이었다. 리베카는 안에 있고 홀리는 경계선에서 깜박인다.

콘웨이가 말했다. "우리가 설리나하고 이야기하겠다고 하니까 너는 막대기를 휙 던져서 우리가 조앤을 쫓아가게 했어. 내가 설리나가 크리스랑 다시 만났을지도 모른다고 하니까 이제 갑자기 네가 크리스를 만났다고 털어놓고 있어. 셜리나한테 큰 비밀이 있다고 생각하는 게 아니라면 네가 이렇게 그 애를 보호할 필요가 없지.”

우리는 속도를 올리고 있었다. 줄리아가 빨라졌다. 가지들이 부서지고 자갈돌이 부서럭거렸지만 신경 쓰지 않았다.

내가 말했다. “네가 크리스하고 만난 걸 셜리나가 알았다고 생각하지? 셜리나가 화가 나서 아니면 질투해서 아니면 그냥 속이 상해서 이성을 잃고 크리스를 죽였다고. 그러니까 네 잘못이고 네가 셜리나를 보호해야 한다고.”

줄리아는 우리보다 겨우 한두 걸음 앞서 있었지만 이미 어둠 속에 들어가서 스웨터의 붉은 절개선만이 빛났다. “줄리아.” 콘웨이가 말하고 걸음을 멈추었다.

줄리아도 멈추었지만 등은 목줄을 단 개처럼 팽팽했다. 콘웨이가 말했다. “앉아.”

줄리아는 마침내 돌아섰다. 말끔한 화단 앞에 놓인 작고 예쁜 단철 벤치. 이제 밤이라서 꽃들은 낮 동안의 화려한 색깔과 모양을 꼭 다물고 있었다. 줄리아는 벤치 끝으로 가려 했지만 콘웨이와 내가 가운데로 몰았다.

콘웨이가 말했다. “우리는 셜리나를 의심하지 않아.”

줄리아는 눈을 굴렸다. “너무 안심돼서 손부채질이라도 해야겠어요.”

“우리 증거에 따르면 셜리나는 크리스가 죽기 전의 몇 주일 동안 한 번도 연락을 하지 않았어.”

“하지만 형사님들이 생각을 바꾸고 ‘아이쿠! 알고 보니 그 문자는 네가 아니라 설리나가 보낸 거네. 미안!' 하시면 그만 아닌가요."

"그러기에는 조금 늦었어." 내가 말했다. "그리고 우리는 거짓말을 탐지하는 데 경험이 많아. 우리 둘 다 설리나의 말이 사실이라고 생각해."

"그 말을 들으니 기쁘네요."

"우리가 설리나를 믿는데 네가 왜 못 믿니? 설리나는 네 친구야. 어떻게 그 애가 살인범이라고 생각하는 거지?"

"그렇게 생각하지 않아요. 그 애가 저지를 수 있는 최악의 범죄는 자습 시간에 떠드는 거예요."

줄리아는 방어적 어조가 되었고 이미 들어본 목소리였다. 정곡을 찔렸을 때였다. 그날 오후 그들의 방에서 조사할 때 줄리아의 그런 목소리가 내 마음에 걸렸었다. 내가 말했다. "나한테 문자한 게 너지?"

크리스의 휴대폰으로.

줄리아의 굳은 얼굴은 앞만 바라볼 뿐 나에게로 고개를 돌리지 않는다.

"조앤에게 연결문 열쇠가 있다는 걸 알린 문자. 그건 너였어."

무반응.

"오늘 오후에 너는 우리한테 말했어. '두 분이 조앤의 열쇠를 찾자 조앤이 저를 공격했어요. 누가 두 분에게 조앤과 크리스 일을 얘기했다면 조앤은 그 사람에게도 보복했을 거예요.' 그 말은 조앤이 너한테 보복했다는 거지. 우리에게 열쇠 일을 알려줘서."

줄리아의 눈꼬리가 말했다. '멋진 추리예요. 이제 증명해보세요.'

콘웨이는 벤치에서 몸을 돌리고 줄리아를 똑바로 바라보기 위해 한쪽 다리를 위로 올렸다. "설리나는 상태가 안 좋아. 너도 알아. 너는 그게 설리나가 살인을 저지른 사실을 감당하지 못하고 환상의 세계로 도피했기 때문이라고 생각했어. 그건 틀렸어. 장담하냐고? 어떤 걸 걸고도 장담할 수 있어. 그 생각은 틀렸어."

콘웨이의 말투는 확고하고 따뜻했다. 친구에게, 절친에게, 여동생에게 말하는 것 같았다. 콘웨이는 손을 내밀고 줄리아에게 강을 건너라고 했다. 어른들은 모든 걸 망치는 정신병자들이고 이해하려 해봐야 소용없다고 외면하는 익숙한 땅을 떠나서, 서로 얼굴을 마주보고 이야기할 수 있는 이 낯설고 새로운 땅으로 오라고.

줄리아가 콘웨이를 바라본다. 얼굴에 지나가는 표정을 보니 강을 한번 건너면 다시 돌아갈 수 없다는 걸 알고 있었다. 그리고 그 길에 누가 동행하고 누가 뒤에 남을지 모른다는 것도.

나는 침묵했다. 이것은 그들의 일이고 나는 외부에 있었다.

줄리아가 숨을 깊이 들이쉬고 말했다. "맞아요. 설리나는 아니에요."

"우리는 설리나를 의심하지 않아. 정말이야."

"하지만 설리나는 그냥 어쩌다 그렇게 된 게 아니에요. 두 분은 그 애를 모르지만 저는 알아요. 크리스가 죽기 전에 설리나는 이러지 않았어요."

콘웨이가 고개를 끄덕였다. "그래, 알아. 하지만 설리나가 이상해진 건 그 애가 크리스를 죽여서가 아니야. 감당할 수 없는 사실을 알기 때문이지. 설리나가 멍해진 건 그걸 감당하기 싫어서야."

기온이 떨어지고 있었다. 줄리아는 스웨터를 목에 바짝 여미고 물었다. "어떤 거요?"

"우리가 알고 있다면 이런 대화도 필요 없겠지. 심증은 있지만 증거는 없어. 너한테 장담할 수 있는 건 네가 진실을 말해도 셀리나에게 해가 되는 일은 없을 거라는 것뿐이야."

줄리아는 소매를 잡아 내렸다. 창백한 두 손이 빨간 스웨터 속으로 사라졌다. 줄리아가 말했다. "좋아요. 문자로 열쇠 일을 알린 건 저 맞아요."

콘웨이가 말했다. "조앤네 애들이 그걸 거기 둔 걸 어떻게 알았니?"

"조앤에게 그 책 이야기를 한 게 저예요."

내가 말했다. "조앤에게 열쇠를 준 것도 너고."

"무슨 생일 선물이라도 준 것처럼 말씀하시네요. 사실은 그 애들이 우리가 밤에 나가는 걸 봤고, 조앤이 우리에게 열쇠를 복사해주지 않으면 교장 선생님에게 다 이른다고 했어요. 그래서 그렇게 해주었어요."

"그걸 보관할 장소도 추천해주고?" 콘웨이가 눈썹을 치켜올렸다. "정말 많은 도움을 주었구나."

줄리아도 눈썹을 들어 올렸다. "퇴학을 피하려면 어쩔 수 없었어요. 조앤이 우리 열쇠는 어디 보관하느냐고 물었는데 그건 알려주고 싶지 않았어요. 그 망할 년은……."

"말이 나왔으니 어디 두었니?"

"제 휴대폰 케이스 안쪽에요. 간단하고 늘 휴대할 수 있었어요. 하지만 말씀드렸듯이 저는 조앤 헤퍼넌에게 쓸데없이 많은 정보를 주고 싶지 않았어요. 그래서 휴게실에 보관하는 게 가장 안전할 거라고 했어요. 그러면 설령 발견되어도 누구 건지 아무도 모를 거라고요. 이렇게 말했어요. '아무도 안 보는 책을 하나 골라. 너 올해 성인 전기 독후감 누구 썼어?' 휴게실에는 성인 전기가 많은데 일 년에 한 번 성인 전기 독후감 쓸 때를 빼면 아무도 그 책들을 보지 않아요. 더군다나 그때는 독후감 과제가 이미 끝나 있었죠. 조앤은『리지외에서 성 테레즈의 삶』이라고 대답했어요. 얼굴에 엄숙한 표정까지 짓고요. 자기가 '리지외의 성 조앤'이라도 된 것처럼요." 콘웨이는 미소를 지었다. "그래서 저는 '딱 좋네. 내년까지는 아무도 그 책을 들여다보지 않을 테니 거기다 열쇠를 붙여두면 걱정 없어' 했어요."

"조앤이 그 말대로 했을 거라고 생각했어?"

"조앤은 상상력이 없어요. 자기를 부풀릴 때를 빼면요. 숨길 장소 같은 건 생각 못 해냈을 거예요. 어쨌든 저도 나중에 확인해봤어요. 혹시 필요해질 때가 있을까 하고요."

"결국 그렇게 됐지." 콘웨이가 말했다. "왜 우리한테 말을 하기로 한 거니?"

줄리아는 망설였다. 주변의 작은 소음들은 밤으로 더 깊이 들어가고 있었다. 휘몰아치는 나뭇잎은 어디선가 사냥이 이루어진다는 표시였다. 잔디밭의 웃음은 오래전에 사라졌다. 나는 우리에게 남은 시간이 궁금했지만 시계는 보지 않았다.

내가 말했다. "오늘 조사받은 뒤에 설리나가 괴로워했니?"

잠시 후에, "남들이 보면 잘 몰랐을 거예요. 그냥 멍했어요. 평소보다도 더. 하지만 그게 설리나가 괴롭다는 뜻이에요. 설리나는 그래요."

내가 말했다. "너는 설리나가 흔들려서 뭔가 흘릴까 봐, 어쩌면 자백을 할까 봐 걱정했어. 너는 우리가 다른 쪽을 보게 하려고 했어. 적어도 네가 설리나를 진정시킬 때까지는. 그래서 우리가 다른 데 정신이 팔리도록 조앤의 열쇠를 미끼로 던졌고 성공했어. 너는 그쪽에 재능이 있어. 알고 있니?"

"고맙습니다."

콘웨이가 말했다. "그리고 우리한테 문자를 보낸 게 너라면 네가 크리스의 비밀 휴대폰을 가지고 있다는 뜻이지."

줄리아는 조용해졌다. 얼굴에 다른 종류의 경계심이 떠올랐다.

"왜 그래? 통화 기록을 보면 문자는 그 휴대폰에서 왔어. 감추려고 해봐야 소용없어."

고개가 옆으로 기운다. 인정하는 의미. 줄리아는 뒤로 기대 청바지 주머니에서 휴대폰을 빼냈다. 주황색 케이스의 작은 휴대폰이다. "전화는 없고요, 그냥 심 카드만 썼어요."

줄리아는 휴대폰 뒷면에서 케이스를 벗기고 심 카드를 꺼내서 콘웨이에게 주었다.

콘웨이가 말했다. "사연을 들어보자."

"사연 없어요."

"이게 어떻게 너한테 들어왔니?"

"저한테는 변호사를 선임할 권리가 있어요. 죽은 아이의 심 카드를 어쩌다 갖게 되었는지는 그다음에 말할게요."

나는 알았다. "너는 그 휴대폰을 크리스가 죽은 다음에 설리나에게서 가져왔어. 설리나가 너한테 주었을 수도 있고 네가 설리나 물건들 속에서 발견했을 수도 있어. 그래서 설리나가 크리스를 죽였다고 생각하는 거야."

줄리아의 눈이 나를 피했다. 콘웨이가 말했다. "우리는 아직 그렇게 생각하지 않아. 그리고 네가 범인이 아닌 건 거의 확실해. 네가 범인이라면 설리나가 그랬을 거라고 걱정하지 않을 테니까." 줄리아는 입 한쪽만 움직여 희미하게 웃었다. "그러니까 걱정하지 말고 다 말해봐."

어둠은 빨간 스웨터를 모닥불색으로 만들고 긴장한 채 기다렸다. 줄리아가 말했다. "저는 사실 설리나랑 저랑 크리스에게 문자하는 데 썼던 휴대폰을 없애려고 했어요. 그런데 이게 나타났으니 제가 얼마나 놀랐겠어요."

콘웨이가 말했다. "그게 언제였니?"

"크리스가 죽은 다음 날요."

"몇 시?"

그 일을 떠올리자 얼굴이 무의식적으로 찌푸려진다. "저는 오전부터 일을 시도했어요. 학교에서 전교생 조회를 열어서 '비극'을 전하고 우리는 기도 같은 걸 했어요⋯⋯. 제 머릿속에는 설리나의 휴대폰을 치워야 한다는 생각뿐이었어요. 경찰이 학교를 수색하기 전에."

"그걸로 무얼 하려고 했니?"

줄리아는 고개를 저었다. "그런 것까지는 생각할 겨를이 없었어요. 그냥 없애고 싶었어요. 하지만 방에 혼자 있을 시간이 없더라고요. 어떤 미친놈이 기숙사를 돌아다닐지 모른다는 생각에 교장 선생님이 누구도 혼자 있게 하지 말라고 명령한 것 같았어요. 말씀드린 대로 제가 프랑스어 숙제를 깜박하고 방에 두고 왔는데 규율부원이랑 같이 가야 했어요. 저는 충격으로 정신이 나간 것처럼 행동했죠. 아, 처음부터 가방에 있었네! 그런 뒤 생리가 터졌다고 했지만 선생님은 저를 기숙사 대신 보건실로 보냈어요. 그리고 수업이 모두 끝났을 때 교장 선생님은 이렇게 말했어요. '모든 학생은 즉시 자신의 방과 후 클럽으로 가세요. 하지만 감정에 휘둘리지 말고 어쩌고저쩌고 침착한 태도로 우리 학교의 정신을…….'"

줄리아는 매케나 흉내를 잘 냈다. 동작 흉내는 맞지 않았지만.

"저는 연극반이라서 강당에 가서 연극 연습을 하는 척해야 했어요. 하지만 완전히 엉망이었죠. 아무도 자기가 있어야 할 자리를 몰랐고 교사들은 한꺼번에 네 그룹을 가르치려고 했고 아이들은 계속 울었어요. 아, 그때 다 보셨죠."

콘웨이에게 한 말이었고 그녀는 고개를 끄덕였다. "정신병원 같았어요." 콘웨이가 내게 말했다.

"진짜 그랬어요. 그래서 저는 조용히 빠져나가서 기숙사에 갈 수 있을 거라고 생각했어요. 열쇠가 있었으니까요. 하지만 복도에 수녀님이 너무 많아서 다시 강당으로 돌아가야 했어요. 자습 시간에 다시 시도했죠. 무슨 책이 필요하다고 하고 퍼트리샤 수녀님이랑 같이 갔어요. 그러다가 소등 시간이 다 됐고 경찰은 아직 학교에 있었고 저는 여전히 휴대폰을 치우지 못했어요."

줄리아의 목소리가 팽팽해졌다. "그래서 홀리하고 베카가 이를 닦으러 갈 때 셀리나도 같이 가기를 바라고 어정거렸어요. 하지만 그 애는 그냥 침대에 앉아서 멍하니 허공만 바라봤어요. 꼼짝도 안 할 것 같았고 홀리하고 베카는 금세 돌아올 거고 그래서 제가 말했어요. '셀리나, 나 그 휴대폰이 필요해.' 셀리나는 이게 무슨 황당한 소리인가 하는 표정으로 저를 보았어요. 제가 말했어요. '크리스가

너한테 준 휴대폰. 시간이 없어. 어서.'

설리나가 계속 나를 보고만 있자 저는 '아, 됐어' 하고 설리나를 밀치고 그 애가 휴대폰을 숨겨둔 곳에 손을 넣었어요. 앨리슨 것하고 같은 작은 분홍색 휴대폰이었죠. 아마 크리스는 그게 여자들한테 적당하다고 생각한 것 같아요. 저는 설리나가 휴대폰을 다른 데 옮기지 않았기를 바랐어요. 여기저기 찾아볼 시간이 없었으니까요. 그래서 손에 잡혔을 때 얼마나 기뻤는지 몰라요. 하지만 꺼내서 보니까 빨간색이었어요."

기억을 떠올리면서 줄리아는 코로 숨을 깊이 들이마시고 아랫입술을 깨물었다. 줄리아는 우리가 머리를 토닥이며 잘하고 있다고 칭찬할 필요가 없다. 콘웨이가 잠시 가만있다가 말했다. "크리스 거였구나."

"네, 크리스가 그걸 갖고 있는 걸 본 적이 있었어요. 주머니에서 이렇게 빠져나와서요……. 제가 '설리나, 이게 뭐야?' 하고 묻자 설리나는 '뭐?' 했어요. 정말이지 휴대폰으로 싸대기라도 날리고 싶었어요. 제가 말했죠. '이거 어디서 났어? 네 휴대폰은 어디 있어?' 설리나는 휴대폰을 보더니 잠시 후 이렇게만 말했어요. '아.'"

줄리아는 고개를 저었다. "딱 그랬어요. '아.' 그 생각을 하면 지금도 속이 뒤집혀요."

콘웨이가 말했다. "그래서 설리나가 크리스를 죽였다고 생각했구나."

"네, 그랬어요. 저는 그저…… 그렇게 생각할 수밖에 없지 않나요? 저는 설리나가 나가서 크리스를 만나고 제 이야기를 들었다고 생각했어요. 그런 뒤 다시 돌아올 때 어떻게 해서 크리스의 휴대폰을 가지고 왔다고 생각했어요. 걔들이 옷을 벗고 어쩌고 하다가 서로의 휴대폰이……."

내가 말했다. "아니면 경찰의 추적을 피하려고 일부러 가져왔거나."

"설리나가요? 그런 생각은 못 했을 거예요. 제가 걱정한 건 설리나의 휴대폰이 어디 있나? 그걸 크리스 시신 근처에 떨구었나 하는 거였어요. 하지만 걱정해봐야 소용없는 것 같았어요. 그래서 그냥 휴대폰을 들고 나갔어요."

홀리의 이야기와 약간 일치했다. 홀리가 더 빨랐다. 홀리는 아빠처럼 언제나 '만약의 사태'에 대비하고, 희박한 가능성에 기습당할 일을 만들지 않았다. 홀리는 아침 일찍, 매케나에게 보고가 들어가고 학교가 폐쇄되기 전에 설리나의 휴대폰을 훔쳤다. 그때와 자습 시간 사이에 누가 그 방에 들어갔던 것이다.

콘웨이가 말했다. "그걸 어디에 두었니?"

"저는 화장실에 가서 문자메시지 폴더를 지우고 심 카드를 꺼낸 뒤 휴대폰을 변기 물탱크에 넣어두었어요. 경찰이 찾아도 우리하고 연결할 수 없을 거라고 생각했어요. 심 카드가 없으면 크리스 휴대폰인지 아닌지도 모를 거라고요. 그리고 주말에 집에 가는 길에 버스에 두고 내렸어요. 누가 훔쳐 가지 않았다면 더블린 버스 분실물 센터에 있을 거예요."

대단한 배짱이었다. 줄리아에게는 열두 명분은 될 듯한 배짱과 의리가 있었다. 훌륭했다. 우리가 줄리아에게 얼마나 깊은 상심을 안겨줄지 알 수가 없었다.

"심 카드는 왜 안 버렸지?" 내가 물었다.

"나중에 필요할 때가 있을지 몰라서요. 저는 설리나가 체포될 거라고 생각했어요. 기적적으로 증거가 하나도 없다고 해도 그 애가 못 참고 자백할 거라고요. 그때 설리나가 얼마나 망가졌는지 기억하세요?"

"모두가 그랬어." 콘웨이가 말했다. 목소리의 날카로운 어조에 '알았어야 했다'는 뜻이 담겼다. "설리나는 울고불고하거나 기절하지는 않았어. 다른 아이들보다 오히려 좋아 보였어."

줄리아의 눈썹이 올라갔다. "그래요, 경찰이 그때 저한테 말했다면 좋았을 텐데. 저는 경찰이 금세 설리나를 잡아갈 거라고 생각했어요. 설리나가 크리스를 찾는데 크리스가 더러운 바람둥이였다는 걸 보여줄 방법이 하나라도 있다면, 설리나가 어쩌면……. 모르겠어요, 형량을 줄이거나 할 수 있지 않을까 생각했어요. 안 그러면 사람들이 모두 설리나가 크리스한테 차여서 미쳤다고, 저 흉악한 년을 감옥에 처넣고 평생 썩게 해야 한다고 욕할 거 같았어요. 몰라요. 그때는 제 머릿속이 뒤죽박죽이었어요. 그냥 그걸 갖고 있어도 당장 문제가 되지는 않고 언젠가 도움이 될지 모른다고 생각했어요."

줄리아가 설리나 말고 다른 친구들과 이야기를 했다면 이야기에 꼬인 대목이 있다는 것, 모든 정황이 설리나를 가리키지는 않는다는 것을 알았을 것이다. 다음에 어떻게 해야 할지는 몰라도 그들은 그 일을 함께 했을 것이다.

하지만 이제 그러기에는 너무 늦었다. 크리스는 그들 넷을 완전히 쪼개놓았다. 그가 떠난 뒤에도 그가 남긴 균열은 깊은 곳에서 계속 벌어져만 갔다. 표면은 모든 것이 새것처럼 반짝거려도. 우리는 그가 시작한 일을 마무리하고 있을 뿐이었다.

내가 말했다. "그날 자습 시간 전에 누가 기숙사에 다녀가지는 않았니? 우리가 출입 기록을 보긴 할 건데 일단 너하고 이야기중이니까, 뭐 생각나는 거 없어?"

내 말은 줄리아의 관심을 끌었다. 줄리아는 나를 유심히 보았다. "네? 다른 사람이 휴대폰을 설리나의 침대 옆에 두었다고 생각하시는 건가요?"

"설리나가 크리스에게서 가져오지 않았다면 다른 사람이 가져온 거지. 그리고 그걸 네가 찾은 자리에 넣어놓은 거고."

"설리나에게 누명을 씌우려고요?"

줄리아의 어깨 뒤에서 콘웨이의 눈이 경고를 보냈다. 나는 어깨를 으쓱했다. "그건 아직 몰라. 그냥 그럴 만한 기회가 있었는지 물어보는 거야."

줄리아는 생각하더니 기운 없이 고개를 저었다. "없는 것 같아요. 가능성이 있었다고 말하고 싶지만 그럴듯한 핑계 없이는 기숙사에 갈 수 없었을 거예요. 간다고 해도 혼자서는 못 갔을 거고요. 제가 프랑스어 숙제를 가지러 가겠다고 하니까 홀리한 선생님은 무슨 헤로인을 사러 가도 되냐고 물은 것처럼 반응했어요."

리베카 침대 밑의 바이올린. 옷장 속 설리나 구역의 플루트. 내가 물었다. "방과 후 활동 때는? 그때는 자리를 비운 사람 없었어?"

"있었다 해도 제가 알아차렸겠어요? 그때 학교가 얼마나 엉망이었는데……. 그리고 저는 휴대폰만 생각하고 있었어요. 조앤하고 올라도 난리 난리였고, 제가 걔네를 기억하는 건 조앤이 자꾸 눈물을 터뜨리고……." 줄리아는 토하는 시늉을 했다. "올라가 걔를 달래고 어쩌고 해서예요. 걔네들밖에 기억이 안 나요."

"네 친구들한테 물어봐야겠다." 나는 이 말을 가볍게 했다. 얼굴에 비치는 달빛이 나를 발가벗기는 것 같았다. 나는 고개를 돌리지 않으려고 노력했다. "네 친구들도 난리였니? 아니면 그 애들은 다른 애들에 대해 이야기해줄 수 있을까?"

"우리가 모든 활동을 같이 하지는 않아요. 홀리는 무용반이에요. 설리나하고 베카는 기악반이고요."

그래서 그들은 악기를 가지러 방으로 가야 했을 것이다. 끓어오르는 광기로부터 서로를 보호하기 위해 둘이 함께. 그들은 허락을 받았을 것이다.

"그래." 내가 말했다. "무용반이랑 기악반은 모두 몇 명씩인지 아니?"

줄리아가 어깨를 으쓱했다. "무용반은 인원이 많아요. 마흔 명 정도? 기악반은 열두 명 정도예요."

나머지는 통학생일 것이다. 출입 기록을 확인할 생각이지만 숫자가 그대로면 연결문을 지나간 사람은 리베카하고 설리나뿐이다.

갑자기 침묵이 내리면서 하루 동안 몰아친 온갖 말과 울음이 하얀 정적 속으로 사그라들었다. 리베카가 설리나의 안전을 확보하고 설리나와 크리스의 관계를 감추려고 가져온 휴대폰을 내민다. 귀중한 선물처럼. 구원처럼.

아니면 설리나가 옷장에서 플루트를 찾는다. 충격과 슬픔 속에 느릿느릿. 등 뒤에서 리베카가 유령처럼 가볍고 다급하게 설리나의 침대 위로 허리를 굽힌다. 비밀을 시작한 건 설리나였다. 크리스를 끌어들여서 모든 것에 균열을 일으킨 것은 설리나였다. 설리나 잘못이었다.

나는 대담한 붉은색 절개선 너머로 콘웨이를 보았다. 그녀도 나를 보고 있었다.

"맞아." 내가 말했다. "네 친구들은 누가 나갔는지 기억할지도 몰라. 어쨌든 물어봐서 해될 건 없어."

"설리나는 너무 속이 상해서 아무것도 눈치 못 챘을 거예요." 콘웨이가 말했다. "리베카에게 물어보죠." 그리고 일어섰다.

그러면 사람들은 대개 안도한 표정이 된다. 줄리아는 놀란 표정이 되었다. "네? 이게 끝이에요?"

"네가 더 할 말이 없다면."

잠시 침묵 후에 고개를 젓는다. 어쩔 수 없다는 듯이.

"그러면 끝이야. 고마웠어."

나도 일어나서 오솔길 쪽으로 돌아섰다. 줄리아가 말했다. "제가 어떤 정보를 드렸나요?"

줄리아의 시선은 허공에 있었다. 내가 말했다. "지금은 말하기 어려워. 조금 더 봐야 돼."

줄리아는 대답하지 않았다. 우리는 줄리아도 일어나기를 기다렸지만 줄리아는 움직이지 않았다. 잠시 후 우리는 줄리아를 그냥 두고 지난날 줄리아의 왕국이었던 곳으로 출발했다. 검은 머리, 하얀 얼굴, 그리고 깜부기불 같은 붉은색과 하얀 풀이 사방으로 퍼졌다.

28

홀리는 아침 식사 도중 학교가 뭔가 이상하다는 느낌을 받는다. 복도를 지나다니는 발소리가 너무 많고 빠르다. 창밖에서 들리는 수녀들 목소리가 너무 날카롭고 그러다가 너무 갑작스레 낮아진다.

다른 아이들은 알아차리지 못한다. 설리나는 시리얼을 본 척 만 척하며 늘어진 잠옷 단추를 비틀고 있고, 줄리아는 한 손으로 시리얼을 먹으면서 한 손으로는 영어 숙제를 하고 있다. 베카는 토스트를 성모마리아 보듯 바라보고 있다. 아니면 토스트에 손을 대지 않고 접시 위로 들어 올리려고 하는 것 같다. 어이없는 시도지만 그게 문제가 아닌 것 같다. 홀리는 토스트를 돌려 씹으면서 창문과 문을 동시에 바라본다.

홀리의 토스트가 엄지손가락만 해질 때, 정복 경찰 두 명이 뒤쪽 잔디밭가를 빠르게 걸어가는 모습이 보인다. 눈길을 피하려는 것 같지만 제대로 못 하고 있다.

다른 테이블에서 누가 불쑥 말한다. "헐! 저기 경찰이야?" 구내식당 곳곳에서 헉하는 소리가 들리더니 모두가 한꺼번에 떠들기 시작한다.

그때 사감 교사가 들어와서 식사가 끝났으니 방으로 가서 등교 준비를 하라고 지시한다. 어떤 사람들은 식사를 마쳤으면서도 반사적으로 투덜대지만, 온 정신이 창문에 쏠려 있고 불평을 들을 시간이 없어 보이는 사감의 표정을 홀리는 알아챈다. 불평을 해봐야 소용없다고 직감한다. 무슨 일인지 몰라도 작은 일이 아니다.

교복으로 갈아입으면서 홀리는 창밖을 본다. 그러다 창가로 가서 유리에 얼굴을 댄다. 매케나 교장이 출렁이는 검은 사제복 차림의 볼드모트 신부와 함께 돌격하듯 풀밭을 걸어간다.

무슨 일인지 몰라도 컬럼 학생과 관련이 있다.

청백색 화면이 홀리의 뼈를 두드린다. 화면을 내민 조앤의 표정. 협박의 달콤함에 혀끝이 구부러지고 송곳니가 젖은 모습. 홀리에게서 흘러나오는 충격을 한 방울도 남김없이 핥아 먹던 모습. 조앤은 나쁜 일을 할 것이다. 대부분의 사람은 상상도 못 하는 데서 뻗어 나오는 나쁜 일을.

'걱정 마, 개도 혼내줄 거야.'

홀리는 나쁜 일이 어디서 시작되는지 상상할 줄 안다. 그런 경험이 있다.

"뭐지? 숲에 사람들이 있어." 줄리아가 홀리의 어깨에 기대서 목을 늘이며 말한다.

풀밭 저편 겹겹이 층진 초록빛 속의 하얀 점. 과학수사대의 보호복 같은.

"뭘 찾는 것 같은데?" 설리나가 홀리의 다른 쪽 어깨에 기대며 말한다. 두어 주 전부터 계속 이어진 기운 없지만 노력하는 목소리고 홀리는 어느새 익숙해진 죄책감을 느낀다. "저 사람들도 경찰이지?"

다른 사람들도 알아차렸다. 흥분한 말소리가 벽을 뚫고 들려오고 복도를 멋대로 굴러다닌다. "누가 경찰을 피해 달아나다가 학교 담장 너머로 뭘 던진 거 아냐?" 줄리아가 말한다. "마약 아니면 사람을 찌른 칼, 아니면 총 같은 거. 어젯밤에 나갈 걸 그랬다. 인생이 짜릿해졌겠는걸."

홀리의 머리에 따끔거리는 것을 그들은 느끼지 못한다. 설리나는 셔츠 단추를 너무 빨리 잠그고 줄리아는 창문에 기댄 채 발가락으로 몸을 튕겨 올린다. 긴장된 분위기에 촉각을 세우면서도 그것이 불운을 의미한다는 걸 알지 못한다.

네 직감을 믿어야 해, 아빠는 언제나 말했다. 무언가 아니면 누군가 수상하다고 느껴지면 그 느낌을 믿어. 좋은 사람이 되고 싶어서 좋은 쪽으로 해석하지 말고 멍청해 보일까 봐 망설이지 마. 안전이 최우선이야. 다른 걸 우선시하다가는 큰일 날 수 있어.

온 학교에 수상한 느낌이 가득하다. 뜨거운 여름날 종일토록 맴맴 우는 매미 소리 같다. 너무 시끄럽고 많아서 하나하나 갈라내서 살펴볼 방법이 없다. 조앤은 설리나를 곤경에 빠뜨릴 것이다.

'나는 그런 애한테 화내지 않아. 그냥 치워버리지.'

종이 울린다. "뭐 해?" 베카가 말한다. 베카는 창밖을 내다보지 않고 차분히 머리를 땋았다. 찬 공기가 영롱한 버블을 이루어 바깥의 불안한 소음을 막아주고 있는 것처럼. "아직도 준비가 다 안 되다니. 이러다 늦겠다."

홀리의 심장박동이 빨라져서 매미 소리와 박자가 맞았다. 설리나 때문에 조앤은 너무도 편해졌다. 조앤이 무슨 일을 했는지 몰라도 어쨌든 다 알면서 했다. 그 애가 교사에게, 아니면 지금부터 모든 걸 파고들 형사들에게 말 한 마디, 실수인 척 말 한마디만 흘리면 끝장이다!

"젠장." 계단을 다 내려왔을 때 홀리가 말한다. 열린 연결문 저편에서 학교의 소음이 들려오는데 오늘은 다른 때보다 불안하고 높다. 누군가 소리친다. "경찰차야!!"

"시집을 깜박했어. 잠깐 기다려……." 그리고 홀리는 학생들 물결과 소란을 뚫고 계단을 다시 올라간다. 설리나의 매트리스 옆에서 휴대폰을 빼낼 생각에 이미 손을 내뻗고서.

250명이 모여서 수군거리는 강당. 그들은 순진한 여학생처럼 얼른 자리에 앉아 손을 가지런히 모은다. 강당 뒤쪽에 조용히 서 있는 사복 경찰 두 명에게 전혀 신경 쓰지 않는 것처럼. 그들의 매끈한 눈 안쪽에서 흥분이 끓어오르지 않는 것처럼. 그들은 호기심으로 터질 듯한 상태다.

"관리실 로넌 아저씨가 무슨 일을 했는지 알아? 코카인을 했대! 조폭이 학교로 아저씨를 찾아왔대! 교내에 무장 경찰이 왔어! 경찰이 아저씨를 쐈대! 총소리를 들었어! 나도 들었어! 나도 들었어!" '교내에'라고 말하는 어조가 그곳이 마약 사범이나 외계인이 우글거리는 정글이라도 된다는 것 같다. 설리나는 줄리아의 삐딱한 미소에 간신히 응답한다. 사실 설리나는 지금 이 난리 법석에 신경 쓰는 척할 기운도 없다. 그래서 자신도 줄리아처럼 원할 때 토할 수 있으면 좋겠다는 생각을 한다. 그러면 방에 가서 혼자 있을 수 있으니까.

하지만 연단에 선 매케나는 입과 눈썹에 아주 특별한 엄숙함을 담고 있다. 엄격함과 슬픔과 신성함을 신중하게 섞은 표정이었다. 1학년 크리스마스 방학 때 5학년 선배가 교통사고로 죽은 일이 있었다. 그들은 일월에 개학했을 때 그 표정을 보았다. 그 뒤로는 본 적이 없었다.

관리실 로넌이 아니다. 아이들은 누가 자리에 없는지 알아보려고 몸을 비튼다. "로런 멀비힐이 없어, 맙소사, 시험에 낙제할 거라고 그랬는데, 그 애한테 차였다는데 설마⋯⋯."

"학생 여러분." 매케나가 말한다. "여러분에게 전할 아주 슬픈 소식이 하나 있습니다. 충격과 슬픔이 크겠지만 세인트킬다 칼리지의 전통에 따라 분별력과 품위를 잃지 말아주기 바랍니다."

긴장된 침묵. "누가 쓰고 버린 콘돔이 나왔나 봐." 줄리아가 친구들만 들을 수 있는 작은 목소리로 말한다.

"쉬잇." 홀리가 고개도 돌리지 않고 말한다. 홀리는 허리를 꼿꼿이 펴고 매케나를 바라보며 손에 화장지를 둘둘 만다. 설리나는 괜찮냐고 묻고 싶지만 그러면 홀리가 자신을 발로 찰 것 같다.

"오늘 오전에 세인트컬름 칼리지 학생 한 명이 우리 학교 구내에서 숨진 채 발견되었습니다. 학생의 이름은 크리스토퍼 하퍼입니다⋯⋯."

설리나는 의자가 뒤로 꺾여서 허공 속으로 낙하한다고 느낀다. 매케나는 사라졌다. 강당은 잿빛 안개에 싸여 옆으로 기울고 종소리, 비명, 밸런타인 댄스파티에서 남은 뒤틀린 음악 조각들이 요란하게 울린다.

설리나는 자신이 첫날 이후 벌 받지 않은 이유를, 늦었지만 완벽하게 이해한다. 그때 자신은 뻔뻔했고 그런 행운을 소망해도 좋다고 생각했다.

먼 곳에서 어딘가 아프다. 설리나가 고개를 내려 보니 줄리아의 손이 자신의 위팔에 있다. 충격으로 잡는 것 같지만 줄리아는 손가락에 힘을 꽉 주고 나직하게 말한다. "기절 같은 거 하지 마."

통증은 좋다. 안개를 약간 밀어낸다. 설리나가 말한다. "알았어."

"버텨야 돼. 입 꽉 다물어. 할 수 있어?"

설리나가 고개를 끄덕인다. 줄리아의 말이 무슨 뜻인지 모르지만 기억은 할 수 있다. 양손에 하나씩 붙들 것이 있어서 도움이 된다. 뒷줄에서 누가 큰 소리로 거짓된 울음을 터뜨린다. 줄리아가 손을 놓자 설리나는 통증이 그립다.

설리나는 첫날 이후 이 일을 예견해야 했다. 그것이 붉고 허기진 입을 벌리고 모든 그림자 속에서 들끓으며 어떤 황금빛 목소리의 명령을 기다리는 것을 알아차려야 했다.

설리나는 자신이 벌을 받게 될까 생각했다. 자신은 크리스가 계속 오게 했다. 그렇게 만들었다.

음악의 파편들이 쉬지 않고 살갗을 긁는다.

이런 일을 바라보는 베카의 눈앞에는 세상에서 가장 맑고 차가운 물이 흐른다. 움직임도 많고 이상한 질문도 가득한 산수山水가. 이 부분이 어려울 거라고 예상했는지는 기억나지 않는다. 아마 생각을 하지 않은 것 같다. 베카가 아는 한 자신은 거기 모인 사람 중에 가장 마음이 편하다.

매케나는 경찰이 질서를 유지하고 있으니 겁먹을 것 없다고 말한다. 그리고 집에 전화할 때 신중해야 한다고 말한다. 어리석은 히스테리로 쓸데없는 걱정을 일으키지 말라고 하고, 전교생이 집단 상담을 받을 거라고 한다. 필요한 사람은 개인 상담도 가능하다고. 언제라도 담임선생님이나 이그네이셔스 수녀님과 상담을 할 수 있다고. 그리고 마지막으로 각자 교실로 돌아가면 담임선생님이 질문에 답을 해줄 거라고 말한다.

그들은 강당에서 현관 홀로 나온다. 이미 곳곳에 자리 잡은 교사들이 학생들을 이동시키고 소란을 막으려고 하지만 억눌렸던 수다와 울음이 터져 나온다. 높은 천장 아래 공간을 빙글빙글 돌며 계단을 올라간다. 베카는 발이 땅에 닿지 않는 느낌, 아무런 힘을 안 써도 저절로 움직이는 느낌, 아이들의 어깨에서 어깨로 둥둥 떠서 긴복도를 지나가는 느낌을 받는다.

교실에 들어선 순간 홀리는 설리나의 손목을 꽉 잡고는, 여기저기서 부둥키고 흐느끼는 무리를 지나 네 친구를 뒤쪽 구석 창가로 데리고 간다. 그리고 그들을 끌어안는 척하고 강하게 말한다. "형사들이 우리를 전부 조사할 거야. 아무 말도 하지 마. 절대로. 특히 우리가 무단 외출한 거 말하지 마. 알겠어?"

"한 움큼의 지당하신 말씀이네요." 줄리아가 한 손을 오므려 위로들어 올리며 말한다. "우리한테 하는 말이야?"

홀리가 줄리아의 얼굴에 대고 낮고 거칠게 말한다. "농담 아냐. 이건 실제 상황이고 누군가는 감옥에 가. 종신형감이야."

"설마. 내가 어디 모자라 보이냐?"

베카는 전기 합선이 일어난 듯 긴급한 냄새를 맡는다. "홀리." 베카가 말한다. 홀리는 온몸이 삐죽삐죽하고 머리에는 정전기가 가득하다. 베카는 홀리를 매만져서 다시 부드럽고 매끈하게 만들고 싶다. "우리도 알아. 아무 말도 안 할 거야. 정말로."

"지금은 그렇게 생각하지. 너네는 이런 일이 어떻게 돌아가는지 몰라. 이건 홀리한이 '어디서 담배 냄새가 나는데? 너희 담배 피웠니?' 할 때 시치미 뚝 떼고 있으면 넘어가는 것하고는 달라. 이 사람들은 형사야. 너희가 무언가 알고 있다는 실마리 하나라도 잡으면 핏불 테리어가 된다고. 조사실에서 여덟 시간 동안 신문받고 부모님이 미쳐 날뛰는 일이 재미있을 것 같아? 우리가 질문을 받고 일 초라도 망설이면 그런 일이 일어나."

홀리가 강철 같은 팔뚝으로 리베카의 양어깨를 누른다. "그리고 또 하나. 그 사람들은 거짓말을 잘해. 형사들은 늘 거짓말로 낚아. 그러니까 경찰이 '너네가 밤에 나간 거 다 알아. 목격자가 있어' 해도 넘어가지 마. 사실은 아무것도 모르고 하는 소리니까. 우리가 겁을 먹고 털어놓기를 바라는 거야. 그러니까 그냥 멍청한 표정으로 '그럴 리가요. 착각일 거예요. 저희는 아니었어요' 해야 돼."

뒤에서 누군가 훌쩍인다. "그 애는 정말 생기발랄했는데." 그리고 교실의 퀴퀴한 공기 위로 또 한 차례 흐느낌이 올라온다. "누가 쟤입 좀 다물게 했으면." 줄리아가 말하고 홀리의 팔을 치운다. "아, 홀리. 아파."

홀리는 팔을 원래 자리로 돌려서 줄리아를 꽉 누른다. "잘 들어. 경찰은 심리전을 해. 이런 식이야. '네가 크리스랑 사귄 거 알아. 증거가 있어.'"

베카의 눈이 동그래진다. 홀리가 설리나를 똑바로 바라보는데 베카는 설리나가 홀리 맞은편에 있어서 그런 건지 다른 이유가 있는 건지 알지 못한다. 설리나는 예민해져 있는 것 같지 않다. 오히려 너무 무르고 흐물흐물해 보인다.

줄리아의 얼굴이 날카로워졌다. "경찰이 그런다고?"

"헐, 지당하신 말씀. 좀더 들어. 경찰은 마음만 먹으면 별소리를 다 해. 네가 크리스를 죽였다는 증거가 있다고 말할 수도 있어. 우리가 어떻게 반응하는지 보려고."

줄리아가 말한다. "누구랑 이야기 좀 하고 올게." 그리고 어깨를 으쓱해서 홀리의 팔을 떼어 내고 교실 저편으로 간다. 베카가 그 모습을 바라본다. 한 무리의 아이들이 조앤 헤퍼넌을 떠들썩하게 둘러싸고 있다. 조앤은 의자에 예술적으로 늘어져서 고개를 뒤로 젖히고 눈을 반쯤 감고 있다. 제마 하딩이 무리에 있지만 줄리아가 무언가 나직이 말하자 아이들이 한 걸음 물러선다. 베카가 아이들의 고개 각도를 보니 그들은 목소리를 낮추고 있다.

홀리가 말한다. "다 알아들었다고 말해줘."

홀리는 아직도 설리나를 보고 있다. 설리나는 양쪽의 가짜 포옹이 풀리자 약간 흔들려서 누군가의 책상에 앉는다. 베카가 볼 때 설리나는 홀리의 말을 전혀 듣지 못했다. 베카는 설리나에게 다 잘될 거라고 말하고 싶고 설리나의 어깨에 크고 포근한 위로의 담요를 둘러주고 싶다. 이 사태는 천천히 어두운 길을 흘러 땅속으로 내려가고 천천히 치유될 것이다. 가만히 기다리면 어느 날 아침 완전해져서 눈을 뜰 것이다.

"알아들었어." 베카가 대신 홀리를 달래며 말한다.

"설리나."

설리나가 순순히 말하지만 정신은 창밖에 있는 것 같다. "응, 그래."

"그러지 말고 잘 들어. 경찰이 너한테 '네가 크리스랑 사귀었다는 완벽한 증거가 있어' 하면 너는 그냥 '아니에요' 하고 입을 다물어야 돼. 동영상 같은 걸 보여줘도 '제가 아니에요' 해야 돼. 알겠어?"

설리나는 홀리를 바라보다가 마침내 묻는다. "뭐?"

"아, 이런." 홀리가 두 손을 머리카락 속에 넣고 천장을 바라보며 말한다. "그것도 통하겠다. 그게 더 좋아."

잠시 후 교실에 들어오던 스미드 선생은 여기저기서 부둥키고 우는 아이들 모습에 잠시 얼떨떨하게 서 있다가 손뼉을 치며 목소리를 높인다. 아이들이 차츰 제자리로 돌아가고 울음이 잦아들자 스미드는 숨을 깊이 들이마시고 매케나가 시킨 이야기를 시작한다.

어쩌면 홀리 말이 맞을 것이다. 아빠가 경찰이니 아는 게 있을 것이다. 베카는 자신이 정말로 겁을 먹어야 한다는 생각이 든다. 공포가 눈앞에 있다. 그것은 자기 책상에 떨어진 크고 창백하고 흐물거리는 덩어리 같다. 자신은 그걸 붙들고 외우고, 어쩌면 그걸 주제로 작문도 해야 할 것 같다. 약간 흥미롭긴 하지만 굳이 하고 싶지는 않다. 베카는 그것을 쿡 찔러서 머리에서 몰아내고, 그것이 바닥에 철퍼덕 떨어지는 소리를 기쁘게 듣는다.

2~3시 무렵부터 학부모들이 학교에 도착한다. 앨리슨의 엄마가 일착이다. 그녀가 검은색의 대형 SUV를 박차고 나와서 현관 앞 계단을 달려 올라가는데 스틸레토 힐 때문에 발걸음이 발작적으로 꺾

인다. 앨리슨의 엄마는 성형수술을 많이 했고 인조 속눈썹이 헤어 브러시만 하다. 사람 같기도 하고 사람이 아닌 것도 같다. 외계인이 지구인에 대해 설명을 듣고 최선을 다해 만든 지구인의 모형 같다.

홀리는 도서관 창문으로 그녀를 본다. 그녀의 뒤로 보이는 나무들은 잠잠하다. 플래시도 없고 경찰통제선도 없다. 크리스는 그 너머 어딘가에 있다. 유능한 사람들이 장갑을 끼고 그에게서 나온 모든 것을 남김없이 수거하고 있다.

그들이 도서관에 온 것은 모두가 무얼 어떻게 해야 할지 몰라서다. 엄격한 교사 두어 명은 1, 2학년을 진정시켜서 수업 비슷한 것을 진행하기도 했지만, 3학년은 말을 잘 듣지 않았다. 그들은 실제로 크리스를 알았다. 교사가 수학이나 아일랜드어 동사로 아이들을 진정시키려고 하면 끓어오르고 폭발했다. 한 명은 울음을 터뜨리고 한 명은 기절하고 네 명은 이 펜이 누구 건지를 두고 소리 지르며 싸웠다. 캐리앤 라이스가 실험 기구 캐비닛에서 악마의 눈을 보았을 때는 더이상 할 수 있는 게 없었다. 3학년생들은 도서관으로 가라는 지시를 받았고 거기서 두 명의 감독 교사와 무언의 합의를 했다. 학생들은 소란을 피우지 않고 교사는 공부를 강제하지 않는다는 것이다. 수군거림이 두꺼운 안개처럼 퍼져 책상과 서가를 내리누른다.

"하아, 쟤 괜찮아?" 조앤이 홀리의 귀에다 대고 나직하게 말한다. 눈을 동그랗게 뜨고 입술을 비죽 내밀고 고개는 한쪽으로 기울이고 있다.

설리나를 말하는 것이다. 설리나는 누가 던져놓은 것처럼 삐딱한 각도로 의자에 앉아 있다. 두 손은 손바닥을 위로 해서 무릎에 올려놓은 채 테이블의 빈 공간을 멍하니 보고 있다.

"괜찮아." 홀리가 말한다.

"정말? 설리나를 생각하면 내 가슴이 너무 아프거든."

조앤이 가슴에 한 손을 댄다. 홀리가 말한다. "헤어진 지 오래됐어. 어쨌든 고마워."

조앤은 연민 어린 표정을 구겨서 던져버린다. 그 밑에는 비웃음이 있다. "너 칠푼이니 팔푼이니? 나는 너네 감정 따위는 눈곱만큼도 신경 안 써. 그냥 설리나에게 진정한 사랑을 잃은 척하지 말라고 전하라는 거야. 역겨워서 토할 것 같은데 폭식증은 끝난 지 오래거든."

"있잖아." 홀리가 말한다. "네 휴대폰 번호 알려줘. 설리나의 행동에 대해 너한테 발언권이 생기면 내가 문자로 알려줄게."

조앤은 모든 것을 빨아들이고 아무것도 내놓지 않는 무표정한 눈으로 홀리를 살펴보고 말한다. "넌 정말 칠푼이구나."

홀리는 큰 소리로 한숨을 쉬고 반응을 기다린다. 조앤과 이렇게 가까이 있으니 피부에 차가운 기름이 똑똑 흐르는 느낌이다. 홀리가 '네가 직접 했니? 아니면 누굴 시켰니?' 하고 물으면 조앤의 얼굴이 어떻게 될까 궁금해진다.

"설리나가 크리스하고 뭘 했는지 경찰이 밝혀내면 걔가 용의자가 될 거야. 그리고 걔가 비극의 여왕처럼 굴면 경찰이 알아낼 거야. 이렇게든 저렇게든."

홀리는 칠푼이가 아니라서 조앤이 무슨 말을 하는지 정확히 안다. 조앤은 비극의 주인공 역할을 맡고 싶지만 할 수가 없다. 경찰의 특별한 관심을 받으면 곤란하기 때문이다. 하지만 그 역할을 다른 사람이 맡는 것도 안 된다. 설리나가 너무 슬퍼하면 조앤은 동영상을 인터넷에 올려서 경찰에 수사의 단서를 줄 것이다.

홀리는 설리나가 크리스를 죽이지 않았다는 걸 안다. 사람을 죽인 사람들에게는 보일락 말락 하는 변화가 일어난다. 그들은 죽음과 팔짱을 끼고 고개도 그쪽으로 기운다. 남은 평생 죽음과 그림자가 섞인다. 홀리는 설리나를 잘 안다. 하루 종일 설리나를 관찰했다. 어제 이후 설리나에게 그런 기울기가 일어났다면 알아차렸을 것이다. 하지만 경찰이 설리나의 그런 점을 파악하지는 못할 테고 자신이 말해줘도 믿지 않을 것이다.

홀리는 조앤에게 네가 범인이냐고 묻지 않을 것이다. 조앤 아니라 누구에게도 그런 생각이 자기 마음을 스쳐 지나갔다는 사실을 흘릴 수 없을 것이다.

대신 이렇게 말한다. "경찰이 일하는 방식을 잘 아나 봐? 경찰은 설리나를 의심하지 않을 거야. 지금쯤 벌써 누군가 체포했을걸."

목소리를 듣고 그들 둘 다 알았다. 조앤이 이겼다는 것을. "아, 맞아." 그리고 마지막 비웃음을 날리고 돌아서면서 조앤이 말한다. "깜박했네. 너네 아빠가 경찰이지." 경찰이 하수구 청소부와 비슷한 직업인 것처럼. 조앤의 아빠는 은행 간부다.

호랑이도 제 말하면 온다더니. 홀리는 조앤을 상대하느라 창밖에서 벌어지는 일을 몰랐다. 홀리가 아빠가 온 걸 처음 안 것은 노크 소리가 나고 문 옆으로 아빠 머리가 비죽 튀어나와서다. 홀리는 일단 너무 반가워서 다른 감정은 모두, 심지어 부끄러움마저 뒷전이 된다. 아빠가 다 해결해줄 거야. 하지만 곧 아빠가 그러지 않을 수많은 이유가 떠오른다.

앨리슨의 엄마는 공황감을 달래기 위해 매케나에게 잡혀 있어야 했겠지만 아빠는 스스로 원하지 않는 한 그럴 일이 없다. 아빠가 말한다. "홀리한 선생님, 홀리를 잠깐 볼 수 있을까요? 안전하게 돌려드리겠습니다." 그리고 홀리한을 영화배우처럼 바라보며 미소를 보낸다. 홀리한은 거절하지 못한다. 수군거림의 안개가 움직임을 멈추고 홀리가 그 밑으로 지나가는 것을 바라본다.

"안녕, 참새." 아빠가 복도에서 말하고, 주말 인사처럼 가볍게 한 팔 포옹을 하지만 손은 경련하듯 홀리의 머리를 감싸 자신의 어깨로 강하게 당긴다. "괜찮아?"

"괜찮아. 올 필요 없는데." 홀리가 말한다.

"다른 일이 없어서 와도 될 것 같았어." 아빠는 늘 다른 일이 없다. "그 친구랑 아는 사이였니?"

홀리는 어깨를 으쓱한다. "오다가다 본 사이였어. 두어 번 얘기도 했고. 친구는 아니고 그냥 옆 학교 남학생."

아빠가 홀리를 붙든 팔을 쭉 펴고 레이저 같은 파란 눈으로 딸의 머릿속을 훑는다. 홀리는 한숨을 쉬고 눈길을 받는다. "난 별 타격 없어. 정말이야. 이제 마음이 놓여?"

아빠가 웃는다. "똑똑한 아가씨, 나가서 좀 걷자." 아빠는 홀리가 자신의 팔짱을 끼게 하고 소풍이라도 가는 것처럼 함께 복도를 걷는다. "친구들은 어때? 친구들은 그 학생을 알았니?"

"나랑 똑같아." 홀리가 말한다. "그냥 오다가다 알던 사이였어. 조회 시간에 형사들을 봤는데 아는 사람들이야?"

"코스텔로는 알아. 천재는 아니지만 성실하고 일을 할 줄 알아. 여자 형사 콘웨이는 이야기만 들었어. 나쁘지 않아 보여. 어쨌든 바보는 아냐."

"그 사람들 만났어?"

"오는 길에 코스텔로를 만나서 간섭하지 않겠다고 약속했어. 나는 지금 경찰이 아니라 아빠로서 온 거니까."

"그 사람들이 뭐래?"

아빠가 계단을 가볍게 내려가며 말한다. "우리 일이 어떤지 알잖아. 들은 말을 너한테 전할 수는 없어."

아빠지만 그러면서도 늘 경찰이다. "왜? 나는 목격자도 아닌데."

'이번에는'이라는 말이 허공에 울린다.

"그건 아직 몰라. 너도 몰라."

"아니야, 난 알아."

아빠는 거짓말을 허락하고 현관문을 잡아준다. 부드러운 공기가 두 팔을 벌리고 달콤한 초록빛과 황금빛으로 두 사람의 뺨을 쓰다듬는다. 하늘은 휴일 같은 파란색이다.

현관 앞 계단을 내려가서 하얀 조약돌 길을 걸을 때 아빠가 말한다. "뭔가 아는 게 있다면, 아무리 사소한 거라도 아빠한테 말해줄 거라고 믿어도 되겠지?"

홀리는 눈을 굴린다. "난 바보가 아니야."

"당연하지. 하지만 몇백 년 전 내 기억에 따르면, 네 나이 때는 어른들 앞에서 반사적으로 입을 다물거든. 스스로 해결책을 찾는 건 나쁜 일이 아니지만, 때로 너무 지나친 게 문제야. 살인은 너나 친구들이 해결할 일이 아니야. 그건 경찰이 할 일이야."

홀리는 이미 그것을 안다. 홀리의 뼈는 안다. 뼈가 풀줄기처럼 가늘고 탱탱해져서 심이라곤 없어진 것 같다. 설리나가 떠오른다. 의자에 헝겊 인형처럼 늘어진 모습. 할 일이 있다. 무언지 알 수는 없지만. 홀리는 설리나를 일으켜 세워서 아빠에게 안기게 하고 '얘 좀 잘 돌봐줘'하고 말하고 싶다.

등 뒤쪽 도서관 창문에서 조앤의 눈길이 느껴진다. 눈길이 밝은 공기를 뚫고 날아와 손톱처럼 홀리의 목덜미를 꼬집고 뒤튼다.

홀리가 말한다. "그건 꽤 오래전에 벌써 알았어."

고개를 드는 모습을 보니 홀리가 아빠를 기습했다. 그들은 홀리의 어린 시절 일을 말하지 않는다.

"그래." 아빠는 약간 망설인 뒤 말한다. 아빠가 홀리를 믿든 안 믿든 더이상 추궁하지는 않을 것이다. "그 말을 들으니 안심이 되는구나. 그러면 나는 코스텔로를 만나서 너를 빨리 조사하고 끝내라고 말하마. 조사가 끝나면 짐을 싸서 나랑 같이 집에 가자."

홀리는 이 일을 예상했다. 아빠의 걸음은 변하지 않는다. "부탁이 아니라 지시야. 계속 집에 있으라는 게 아니고 며칠 만이야. 사건이 해결될 때까지만."

"해결이 안 되면? 그러면?"

"월요일까지 범인을 못 잡으면 상황을 재검토할 거야. 하지만 그 렇게 되지 않을 거야. 듣기로 그 작자를 체포하기 일보 직전이라고 하니까."

'그 작자.' 조앤은 아니다. 경찰이 어떤 증거를 갖고 있건 곧 허물 어지고 그들은 다시 사냥을 시작해야 할 것이다.

"알았어." 홀리가 순순히 말한다. "설리나하고 베카도 같이 가도 돼?"

그 말이 아빠의 관심을 끈다. "뭐?"

"걔들은 부모님이 멀리 사셔. 걔들도 우리 집에 같이 가도 돼?"

"음, 그럴 준비는 안 되어 있는 것 같은데." 아빠가 뒤통수를 문지르며 말한다.

"며칠이면 된다면서. 왜?"

"며칠이면 될 거 같지만 확실한 건 아니야. 그리고 그 애들 부모님이 허락한 것도 아니고. 납치범이 되기는 싫어."

홀리는 웃지 않는다. "내가 여기 있는 게 위험하면 걔들도 마찬가지야."

"위험하다는 게 아냐. 그냥 걱정을 떨칠 수 없어서 그래. 내 직업적 편견인지도 몰라. 너를 집에 데려다놓고 걱정이 들 때마다 네가 옆에 있는 걸 보고 안심하고 싶어. 네가 아니라 나를 위해서야."

자신을 바라보는 미소와 어깨에 놓인 손의 무게에 홀리는 온몸의 근육이 흐물흐물해졌으면 좋겠다는 생각이 든다. 아빠의 어깨에 얼굴을 묻고 싶고, 아빠의 가죽과 담배와 비누 냄새를 마시고 싶고, 그 안에서 머리카락을 입에 문 채 몽상에 빠지고 싶고, 아빠가 하는 모든 말에 그러겠다고 대답하고 싶다. 그러고 싶지만 설리나의 머릿속에 감춰진 비밀들은 홀리가 옆에서 지켜주지 않으면 터져 나와서 사방에 흐를 것 같다.

홀리가 말한다. "아빠가 나를 집에 데려가면 사람들은 아빠가 무언가 알아서 그런다고 생각할 거야. 그리고 나는 살인범이 아직 세상을 활보하고 있는데 갈 데가 없는 설리나와 베카를 남겨두고 나만 가지 않아. 걔들이 여기를 떠날 수 없다면 여기가 안전하다고 느껴야 돼. 그러는 방법은 아빠가 날 여기 두고 여기도 안전하다고 말하는 것뿐이야."

아빠가 고개를 젖히고 웃음을 던진다. "훌륭한 논리야, 참새. 네가 원한다면 네 친구들 앞에서 여기도 집만큼 안전하다고 기꺼이 장담할 거야. 하지만 내가 설리나와 베카를 좋아해도 그 애들은 그 애들 부모 책임이지 내 책임이 아니야."

진심이다. 아빠는 누구도 위험하다고 생각하지 않는다. 그리고 홀리를 집에 데려가고 싶다. 홀리가 살해될까 걱정돼서가 아니라 다시 한번 주변에서 일어난 살인 사건이 홀리의 연약한 정신에 트라우마를 일으킬까 걱정돼서다.

홀리는 더이상 아빠의 품을 원하지 않는다. 이제 피를 원한다.

홀리가 아빠에게 쏟아낸다. "걔들은 내가 책임져야 해. 내 가족이야."

그것은 통했다. 아빠는 더이상 웃지 않는다. "그래, 그렇겠지. 나도 네 가족이었으면 좋겠구나."

"아빠는 어른이잖아. 아빠가 공연한 걱정에 사로잡히면 그건 아빠 문제지 내 문제가 아니야."

뺨이 팽팽하게 당겨지는 것을 보니 홀리가 이기고 있는 것 같다. 그러자 홀리는 덜컥 겁이 나서 자기가 한 말을 취소하고 싶다. 침을 꿀꺽 삼키고 학교로 달려 들어가 짐을 싸고 싶다. 홀리는 아무 말 하지 않고 보폭을 넓혀 아빠와 보조를 맞춘다. 자갈 소리가 같은 리듬으로 울린다.

"때로 네 엄마 말이 맞는 것 같아. 너는 내 응보라는." 아빠가 입술 한쪽만 올라간 미소를 짓고 말한다.

"그럼 안 가도 돼?"

"내 마음은 기쁘지 않구나."

"아이참, 지금 여기 기쁜 사람이 어디 있다고."

그러자 입술의 다른 쪽도 미소를 짓는다. "좋아. 그러면 제안을 하나 할게. 수사관들에게 사건과 관련 있다고 생각되는 걸 남김없이 말하겠다고 약속하면 안 가도 돼. 관련 없다고 생각되는 것도. 네가 아는 것, 네 눈에 들어온 것 전부, 희미한 가능성이라도 있는 것 전부. 그렇게 해주겠니?"

홀리는 이것이 아빠가 처음부터 원하던 것이었거나 적어도 백업 플랜이었을 거라는 생각이 든다. 아빠는 현실적이다. 아빠로서 소망을 이루지 못하면 적어도 경찰로서의 소망은 이루고자 한다.

"응, 약속할게." 홀리는 최선을 다해 아빠가 원하는 진지한 표정을 짓고 말한다.

설리나는 방에 있고 베카가 설리나에게 빨간 휴대폰을 주려고 한다. 거기에 따라오는 긴 설명을 설리나는 이해할 수 없지만, 그것이 던지는 엄숙하고 신성한 빛 때문에 베카가 거의 천사처럼 보여서 아마 좋은 일인 것 같다. "고마워." 설리나가 말하고 휴대폰을 침대 옆, 비밀 휴대폰을 두는 장소에 넣는다. 하지만 비밀 휴대폰은 이제 거기 없다. 설리나는 크리스가 와서 휴대폰을 가져가고 지금은 바쁘니 나중에 기회가 되면 자신에게 문자를 하려고 빨간 휴대폰을 베카에게 준 건가 생각하다가 말도 안 된다고 느끼지만 이유를 추적할 수가 없다. 베카가 자신을 바라보고 있기 때문이다. 베카의 시선이 설리나 안쪽으로 들어가서, 아픔을 느끼려고 애쓰는 곳에 닿는 것 같다. 그래서 그냥 다시 "고마워" 하고 자신이 왜 방에 왔는지 잊는다. 베카가 옷장에서 플루트를 가져다가 설리나의 손에 내려놓고 묻는다. "필요한 곡이 뭐야?" 그러자 설리나는 잠시 웃고 싶다. 베카가 너무도 침착하고 어른 같기 때문이다. 악보 케이스를 뒤적이는 모습이 수녀처럼 단정하다. 설리나는 말하고 싶다. '너는 졸업하면 수녀가 돼야겠다.' 하지만 베카가 그 말을 듣고 지을 표정을 생각하니 목구멍에서 웃음이 크고 단단하게 부푼다. "텔레만, 고마워." 설리나가 말한다.

베카가 악보를 찾아서 "여기" 하고 건네고 설리나의 악보 케이스를 닫는다. 그리고 허리를 굽혀 설리나의 뺨에 자기 뺨을 댄다. 베카의 속눈썹이 설리나의 피부에서 나방처럼 날갯짓하고 입술은 돌처럼 차갑다. 베카에게서 풀냄새와 히아신스 향기가 난다. 설리나는 베카를 꼭 끌어안고 그 모든 것을 들이켜고 싶다. 그러면 자신의 피가 다시 깨끗해질 수 있을 것 같다. 아무 일도 없던 것처럼.

그런 뒤 설리나는 가만히 앉아서 자신의 심장박동이 바뀌는 소리를 듣는다. 이제는 느려져서 수중 같은 어둠 속에 출렁인다. 그 터널을 따라 멀리 가면 크리스가 있을 것 같다. 사람들이 다 죽었다고 하니 크리스는 죽었겠지만 떠났을 리는 없다. 크리스 피부의 맛, 그가 풍기는 뜨거운 산 정상의 냄새, 미소의 곡선은 그럴 리 없다. 설리나는 정신을 강하게 집중하면 적어도 그가 어느 방향에 있는지는 알 수 있을 것 같지만 사람들이 자꾸 방해한다.

사람들은 교장실에서 설리나에게 질문한다. 설리나는 입을 꾹 다물고 버틴다.

홀리 말대로 그들은 한 명씩 교장실에 불려간다. 매케나가 있고, 검은 머리 여자가 있고, 뚱뚱한 중년 남자가 있다. 모두 매케나의 길고 낡은 책상 안쪽에 한 줄로 앉아 있다. 베카는 이 방에 두어 번 들어와봤지만 너무 긴장해서 뭘 알아차릴 수가 없었는데, 전에 미처 알아채지 못한 사실은 매케나의 의자가 유난히 크고 높다는 것이다. 상대를 위축시킬 의도다. 사실 세 사람이 있는데 의자 하나만 높은 모양은 우스웠다. 여자 형사의 발이 허공에서 덜렁거리고 매케나와 남자 형사는 난쟁이가 된 것 같다.

그들은 일반적인 질문으로 시작한다. 베카는 몇 달 전의 자신을 떠올리고 그것을 구현한다. 몸을 웅크리고 다리를 비틀고 무릎을 보면서 대답한다. 극도로 소심하게 굴면 사람들은 잘 추궁하지 않는다. 남자 형사는 메모를 하면서 하품을 삼킨다.

그런 뒤 여자 형사가 재킷 소매의 풀린 올을 살펴보면서 묻는다. "네 친구 설리나가 크리스하고 사귄 것에 대해서는 어떻게 생각했니?"

베카는 어리둥절하고 못마땅한 표정을 짓는다. "설리나는 크리스하고 사귄 적 없어요. 코트에서 몇 번 이야기는 했겠지만 그것도 오래전이에요."

형사의 눈썹이 올라간다. "아니, 그 애들은 커플이었어. 너는 몰랐다는 거니?"

"우리는 남자 친구 없어요." 베카가 기분 나쁜 듯 말한다. "엄마는 제가 너무 어리다고 하세요." 베카는 그 느낌이 좋다. 어린애 같은 것이 처음으로 도움이 될지 모른다.

여자 형사와 남자 형사와 매케나는 책상에 드리워진 햇살 무늬 너머로 베카를 바라본다. 그들은 거대하고 육중하고 험상궂은 모습으로 강하게 누르면 베카가 입을 탁 열고 모든 걸 쏟아낼 거라고 여긴다.

베카는 그들을 마주 보면서 자신의 살이 흔들리고 그것이 새로운 물질로, 향취 강한 산에서 내려오는 어떤 이름 없는 물질로 조용히 변하는 것을 느낀다. 자신의 경계가 너무나 단단하고 밝아서 저 덩어리진 존재들은 베카를 보기만 해도 눈이 먼다. 베카는 불투명하고 침투 불가능하며 밀도는 백만이고 크기는 그들 누구보다 확실하다. 그들은 베카 앞에서 바스라져 안개처럼 물러난다.

그날 밤 홀리는 최대한 잠을 자지 않고 친구들을 관찰한다. 그런 관찰만이 그들을 지킬 수 있다는 것처럼. 불안 때문에 누울 수가 없어서 두 팔로 무릎을 끌어안고 앉아 있지만 아무도 말을 걸지 않을 것을 안다. 오늘은 너무 많은 일이 있었다.

줄리아는 먼 곳에 널브러져 있다. 베카는 몽상한다. 아기처럼 진지하고 검은 눈으로 홀리에게는 보이지 않는 무언가를 좇고 있다. 설리나는 자는 척한다. 채광창으로 들어오는 빛의 나쁜 효과로 설리나 얼굴은 부드러운 부분들이 불그죽죽하게 부어 보인다. 두드려 맞은 것 같다.

홀리는 어렸을 때가 떠오른다. 안팎의 모든 것이 망가져버린 것 같았던 시절. 하지만 자신도 모르게 대부분이 씻겨 나갔다. 시간은 힘이 있다. 설리나도 그럴 거라고 스스로에게 말한다.

홀리는 숲에 가고 싶다. 그곳이 느껴진다. 그곳에서는 달빛이 그들 위로 쏟아지고 뼈를 단단하게 만들어서 이 무게를 감당할 수 있게 해줄 것이다. 물론 오늘 밤은 그 일을 꿈꾸는 것조차 미친 짓이지만 어쨌든 홀리는 그것을 열망하면서 잠이 든다.

홀리의 숨소리가 평탄해지자 베카가 일어나 앉아 협탁에서 핀과 잉크를 꺼낸다. 복도의 희미한 불빛 아래 베카의 하얀 배가 드러나고, 갈비뼈에서 배꼽을 지나 반대편 갈비뼈까지 푸른 점선이 이상한 궤도를 그리고 있다. 이제 점을 꼭 하나 더 찍을 공간만 남았다.

설리나는 베카마저 잠들 때까지 기다린다. 그런 뒤 혹시 빨간 휴대폰에 자신에게 온 문자가 있는지 보려고 하지만 휴대폰이 없다. 설리나는 엉킨 이불 속에 앉아서 광분하고 소리치고 할퀴고 싶다. 그게 정말 크리스의 휴대폰이라면 어떻게 하지. 하지만 광분하고 소리치는 일을 어떻게 하는지 잊었다. 두 팔과 목소리가 몸에서 분리된 것 같다. 게다가 그 일은 너무 번거로울 것이다.

설리나는 자신이 처음부터 이런 일을 예상했는지, 그런데도 크리스를 너무 원해서 눈을 질끈 감았는지 힘들여 생각해본다. 하지만 애쓸수록 기억은 자신을 빠져나가서 비웃는다. 결국 설리나는 자신이 알 수 없다는 것을 인정한다.

설리나는 다시 고요해진다. 그리고 샤워나 숙제 같은 일상을 영위하기 위해 정신의 일정 부분을 확보한다. 그래야 사람들이 귀찮게 하지 않을 것이다. 나머지는 한곳에 몰아넣는다.

얼마 후 설리나는 어떤 존재가 자신을 구원하기 위해 크리스를 죽였다는 걸 이해한다.

시간이 좀더 지난 뒤에는 그 존재가 설리나를 소유하기 원하고 자신은 이제 영원히 그 존재에 귀속되었다는 것을 이해한다.

설리나는 머리를 잘라 바쳐서 그것을 이해한다는 메시지를 보낸다. 화장실에서 부드러운 금발을 자르고 세면대에서 태운다. 빈터가 더 좋겠지만 그 사건 이후 그들은 거기 가지 않았다. 그게 친구들이 자신은 모르는 무언가를 알아서 그런 건지 어떤 건지 설리나는 알 수 없다. 머리카락은 라이터 불을 예상치 못한 기세로 집어삼키고 산불 속 나무들처럼 훨훨 타오른다. 설리나는 놀라서 손을 치우지만 약간 늦는 바람에 손목에 울퉁불퉁한 작은 상처가 남는다.

탄내는 금방 가시지 않는다. 설리나는 그 뒤로 몇 주 동안 야만적이고 신성한 냄새를 풍긴다.

때로는 정신의 덩어리들이 떨어져 나간다. 설리나는 처음엔 놀라지만 일단 그것들이 사라지면 그립지 않다는 걸 깨닫고 다음부터는 신경 쓰지 않는다. 화상 흉터는 빨개졌다가 하얘진다.

크리스가 죽고 나흘이 지났을 때 줄리아는 핀이 방화문 경보 장치를 망가뜨린 일로 퇴학당했다는 소식을 듣고 경찰의 방문을 기다린다.

경찰은 설리나와 크리스가 사귄 일을 두고 그들 넷을 상당히 괴롭혔지만, 그것은 홀리가 말한 속임수 압박으로 겉으로는 대단해 보이지만 가까이서 보면 확실한 것은 하나도 없다. 모두 멍한 얼굴로 고개를 젓자 경찰은 며칠 뒤에 포기했다. 제마는 조앤이 난리 법석 떠는 일은 막지 못했지만(사실 수술이 아닌 어떤 방법도 통하지 않았을 것이다) 그래도 조앤의 두꺼운 두개골 안에 중대한 사실을 전달하는 데 성공했다. 드라마가 아무리 대단해도 그들 자신을 위해 자세한 내막은 함구해야 한다는 것.

하지만 줄리아는 핀에게 그것을 전달하지 못했다. (안녕, 나 줄리아야! 너 전에 내가 널 이용해서 네 친구랑 자려고 한다고 생각했지, 기억나니? 있잖아 그거 경찰에 말하지 않으면 좋겠어. 고마워 안녕!!) 줄리아는 홀리가 알려준 것을 핀도 어떻게든 알아내기를 희망하는 수

밖에 없었지만 지금은 희망하는 것만으로는 부족한 상황이다. 멍청한 컬름 아이들 대 두 형사. 그리고 결국 누군가는 실수했다.

줄리아는 경찰이 오면 뭐라고 말해야 할지 갈피를 잡지 못한다. 자신에게는 두 가지 선택지가 있는 것 같다. 크리스가 자기 말고도 여러 명을 만났다고 털어놓거나 모든 걸 부인하고 부모님이 좋은 변호사를 구하길 바라는 것. 한 달 전이라면 설리나를 위험에 빠뜨리느니 감옥에 가겠다고 했겠지만 상황은 바뀌었고 모든 게 자신이 손댈 수 없을 만큼 사납게 뒤틀렸다. 줄리아는 늦은 밤까지 잠을 이루지 못하고 머릿속에서 각각의 시나리오를 돌리며 결과를 예측해보려고 한다. 양쪽 다 불가능해 보인다. 그렇다고 그런 일이 일어날 수 없다는 뜻은 아니다. 온 세상이 산산이 부서지고 광기에 휩싸였다.

주말이 되자 줄리아는 경찰이 자신과 심리 게임을 한다고, 자신이 긴장으로 무너지기를 기다린다고 생각한다. 그것은 효과를 발휘한다. 도서관에서 줄리아는 베카와 함께 수업 시간에 쓸 아일랜드어 시험 족보를 모으다가 바인더를 떨어뜨리자 깜짝 놀라서 거의 천장까지 뛰어오른다. "줄리아, 괜찮아." 베카가 말한다.

"나도 제법 머리가 있어서 괜찮은지 안 괜찮은지 판단할 수 있어." 줄리아가 나직이 말하면서 정전기 이는 카펫에서 먼지 낀 종잇장들을 줍는다. "그런데 지금은 절대 안 괜찮아."

"줄리아." 베카가 부드럽게 말한다. "괜찮아. 정말이야. 아무 일 없을 거야." 그리고 손가락 뒷부분으로 줄리아의 어깨와 팔을 문지른다. 겁먹은 동물을 달래는 것처럼.

줄리아가 베카에게 쏘아붙이려고 허리를 펴니 베카가 차분한 갈색 눈으로 자신을 바라보고 있다. 움찔거림도 없고 가벼운 미소조차 없다. 줄리아는 몇 주만에 처음으로 베카를 제대로 본다. 그리고 베카가 이제 자신보다 크다는 것, 그리고 셜리나, 홀리와 달리, 아마 줄리아와도 달리, 얼굴이 망가지지 않았다는 걸 깨닫는다. 오히려 반대다. 베카는 매끄럽고 반짝거린다. 피부를 벗겨내고 더 밀도 높은 것으로 교체한 것 같다. 너무 하얘서 거의 금속성을 띠고 거기 닿으면 우리 손마디도 깨질 것 같다. 베카는 아름답다.

줄리아는 베카에게서 훨씬 거리감을 느낀다. 그리고 누군가에게 쏘아붙일 에너지도 없다. 그저 책장에 기댄 채 더러운 카펫에 주저앉아서 오랫동안 그렇게 있고 싶다. 하지만 바인더를 가득 안고 일어서면서 "가자" 하고 말한다.

일주일이 지나자 줄리아는 경찰이 오지 않을 것을 안다. 핀은 줄리아의 이름을 대지 않았다. 그걸 주는 대가로 퇴학을 정학으로 낮출 수도 있었을 것이다. 그걸 던져주고 경찰을 떨쳐낼 수도 있었을 텐데 그러지 않았다.

줄리아는 핀에게 문자하고 싶지만 어떻게 써도 '하하, 너는 지금 시궁창이고 나는 아니지'라는 뜻이 될 것이다. 그래서 핀의 친구들에게 핀의 사정을 물어보고 싶지만 핀이 친구들에게 이야기를 다 해서 친구들이 줄리아를 미워할 수도 있고, 아니면 핀이 아무 말도 안 해서 공연히 그런 걸 물어보면 소문이 생길 수도 있고, 아니면 친구들이 핀에게 말해서 핀이 줄리아를 더 싫어하고 모든 게 더 엉망진창이 될 것도 같다. 그래서 줄리아가 할 수 있는 일은 친구들이 다잠들 때까지 기다렸다가 떼쟁이 아이처럼 밤새 우는 일뿐이다.

이 주 반이 지나자 크리스가 세상의 중심에서 물러나기 시작한다. 장례식은 끝났고 사람들은 교회에 모인 사진기자들에 대해, 누가 울었는지에 대해, 조앤이 성찬식 때 기절해서 실려 나간 일에 대해 이미 지치도록 이야기를 했다. 크리스의 이름은 신문 1면에서 사라진 뒤 이제 이따금 공간이 남는 구석 자리에 실렸다. 형사들도 거의 보이지 않는다. 중등 자격 시험이 며칠 앞으로 다가왔고 교사들은 누가 울음을 터뜨리거나 크리스의 유령을 보고 수업을 망칠까 봐 자상한 지도보다 엄격한 통제를 선택한다. 크리스는 구석으로 밀려났지만 여전히 사람들 눈가에 남아 있다.

한여름의 풍성한 초록빛 나무들 아래를 지나 코트로 가는 길에 홀리가 말한다. "오늘 밤 어때?"

"뭐?" 줄리아가 눈썹을 치켜올리며 말한다. "누가 천하제일 바보인가 주시하고 있는 너네 아빠 친구들에게 곧장 걸려들라고? 진심이야?"

베카는 길 위에 난 금을 피해 깡충깡충 뛰다가 줄리아의 채찍 같은 목소리에 고개를 돌린다. 설리나는 고개를 뒤로 젖히고 싱그러운 나뭇잎을 바라보며 계속 걷는다. 홀리는 팔꿈치가 아무 데도 부딪치지 않도록 조심한다.

"형사들은 없어. 우리 아빠가 맨날 불평하는 게 대형 마약업자한테도 감시 인가를 받을 수 없다는 거야. 여학교에 감시 인가가 나올 일은 없어. 그러니까 천하제일 바보는 너야."

"우리 중에 경찰학 박사가 있어서 얼마나 좋은지. 너네 아빠가 너한테 모든 걸 다 말하지 않을 수 있다는 생각은 안 해본 것 같네?"

줄리아는 홀리에게 사나운 눈길로 그만두라고 신호하지만 홀리는 그만두지 않는다. 벌써 몇 주일 동안 기다렸다. 홀리가 볼 때 상황을 바꿀 수 있는 것은 이것뿐이다. "꼭 들어야 아나? 나도 뇌가 있고……."

"나는 가고 싶어. 우리한테 도움이 될 거야." 베카가 말한다.

"체포되는 데 도움이 되지. 나는 솔직히 싫어."

"도움이 된다니까." 베카가 고집스럽게 말한다. "네 말투 정말 재수 없어. 밤에 거기 가면……."

"헛소리 그만둬. 내가 재수 없게 말하는 건 멍청한 소리라서야. 설령 우리가……."

설리나가 깨어난다. "응? 뭐?"

"아냐, 신경 꺼." 줄리아가 말한다. "체리크림치즈 디저트나 생각해."

"밤 나들이 말이야." 베카가 말한다. "나는 오늘 밤 나가고 싶고 홀리도 그런데 줄리아가 싫대."

설리나가 줄리아를 돌아보며 묻는다. "왜 싫어?"

"경찰이 학교에 감시를 걸어두지 않았어도 멍청한 생각이야. 이번 주에 중등 자격 시험 시작하는 거 몰라? 사람들이 늘 말하잖아. '잠을 잘 자야 돼. 잠을 설치면 집중을 못 하고 공부도 못 해…….'"

홀리가 두 손을 번쩍 든다. "헐, 우리가 언제 이그네이셔스 수녀님 말씀을 들었다고?"

"이그네이셔스 수녀님은 상관없어. 내가 신경 쓰는 건 낙제해서 내년에 다시 바느질 수업을 듣는 거야."

"그래, 맞아. 밤에 한 시간 못 자면 완전히……."

"나는 나가고 싶어." 설리나가 말한다. 걸음이 멈추었다.

다른 아이들도 멈춘다. 홀리는 줄리아와 눈이 마주치자 눈을 크게 떠서 경고한다. 설리나가 무언가를 원한 건 몇 주일 만에 처음이다.

줄리아는 자신에게는 반론이 있다는 듯, 가장 강력한 것이라는 듯 숨을 들이마신다. 하지만 친구들을 보고 포기한다.

"알았어." 줄리아가 말한다. 목소리가 둔탁해졌다. "그러든지. 그냥 만약……."

"만약 뭐?" 잠시 후 베카가 묻는다.

줄리아가 말한다. "아무것도 아냐. 그냥 나가자."

"우후!" 베카가 말하고 펄쩍 뛰어서 나뭇가지의 꽃을 딴다. 설리나는 다시 걸으면서 나뭇잎을 바라본다. 홀리는 다시 팔꿈치를 간수한다.

코트가 가까워지자 도넛의 따뜻하고 달콤한 냄새에 입에 군침이 돈다. 무언가 조그만 가슴 사이의 연약한 공간에서 홀리를 잡아 아래로 당긴다. 처음에는 배가 고픈가 보다 생각하지만 잠시 후 홀리는 그것이 상실임을 깨닫는다.

창밖에 가녀린 달이 구름의 줄무늬를 달고 거칠게 달린다. 옷을 입는 그들의 동작에는 거의 모든 시간이 있다. 말도 안 되는 아이디어를 농담처럼 처음 꺼낸 순간도 있고, 손 위에 병뚜껑을 띄워 올리고 불꽃을 일으켜서 얼굴을 황금빛으로 만든 마법의 순간도 있다. 후드를 쓰고 신발을 손에 들 때, 댄서처럼 느리게 계단을 내려갈 때, 그들은 다시 부력이 생기는 것 같고 세상이 그들을 기다리면서 꽃을 피우며 떨고 있는 것 같다. 설리나의 입꼬리에 미소가 감돈다. 베카는 계단 꼭대기에서 하얀 불이 켜진 창문을 향해 기도하듯 손을 든다. 이건 어리석은 일이라고 생각한 줄리아마저 가슴이 뛴다. 흉곽

안에 희망이 부글부글 부풀어 올라 아플 지경이다. '만약 우리가 정말로 할 수 있다면……'

열쇠가 돌아가지 않는다.

그들은 멍한 얼굴로 서로를 본다.

"내가 해볼게." 홀리가 속삭이고 줄리아는 물러선다. 귓속의 맥박이 빨라진다.

돌아가지 않는다.

"자물쇠가 바뀌었어." 베카가 속삭인다.

"어떻게 해?"

"여기서 나가야지."

"가자."

홀리는 열쇠를 빼지 못한다.

"제발, 제발, 제발……."

공포가 들불처럼 일어난다. 설리나는 소리가 새지 못하게 팔뚝으로 입을 틀어막는다. 열쇠가 달그락 삐그덕거린다. 줄리아는 홀리를 물러나게 하고 ("부러진 거야?") 두 손으로 열쇠를 잡는다. 열쇠가 정말로 나오지 않을 것처럼 보이자 네 명은 혼이 나갈 지경이 된다.

그런 뒤 열쇠가 쑥 뽑혀서 줄리아는 베카에게 부딪친다. 쿵 소리, "오오오" 하는 숨소리, 중심을 잡으려고 휘젓는 소리가 온 학교에 울릴 만큼 크다. 그들은 달린다. 미끄러운 양말 바람으로 정신없이 팔다리를 휘저으며 공포로 이를 드러내고. 방에 돌아와 문을 너무 세게 닫고 허겁지겁 옷을 벗은 뒤 잠옷을 입고 짐승처럼 침대로 뛰어든다. 규율부원이 일어나서 복도를 살펴보고 방문들을 하나하나 열어볼 때 그들은 침착하고 숨소리도 거의 정상이다. 규율부원은 무슨 문제가 생기지 않는 한 잠자는 모습이 진짜든 가짜든 상관하지 않는다. 규율부원은 잠든 그들의 매끈한 얼굴을 한번 훑어본 뒤 하품을 하고 다시 문을 닫는다.

그들은 아무 말도 하지 않고 계속 눈을 감고 있다. 조용히 누워서 자신들 주변과 안쪽에서 세상이 달라지는 것을 느낀다. 그리고 그 경계가 단단해지는 것을 느낀다. 바깥에 남은 거친 세상이 주변을 배회하다가 상상 속 존재, 잊힌 존재로 변하는 것을.

29

어둠이 짙어지면서 여기저기서 독특한 향기들이 흩어졌다 모였다 했다. 우리가 그 자취를 추적할 수는 없었다. 쏟아지는 달빛은 우리를 적실 지경이었다.

내가 말했다. "줄리아가 뭘 알려줬는지 파악했죠?"

콘웨이는 오솔길을 빠르게 걸어갔다. 마음은 이미 언덕길을 달려 리베카에게 가 있었다. "네, 셀리나하고 리베카는 악기를 가지러 방에 가요. 리베카가 셀리나한테 화가 나서 죄를 덮어씌우려고 크리스의 휴대폰을 거기 넣었을 수도 있고, 아니면 그냥 셀리나에게 주었을 수도 있어요. 당신이 원했던 바로 그 죽은 친구의 휴대폰을요. 셀리나는 그걸 나중에 처리하려고 숨겨두었고요."

우리는 목소리를 낮추었다. 학생들이 어느 나무 뒤에 사냥꾼처럼 숨어 있을지 몰랐다. 내가 말했다. "그러면 홀리는 아웃이에요. 리베카가 단독으로 한 거예요.”

“아뇨. 홀리가 설리나의 휴대폰을 빼내면서 거기 크리스의 휴대폰을 넣었을 수도 있어요.”

“이유가 뭐죠? 홀리가 어떻게든 크리스의 휴대폰을 확보했다고 해봐요. 그걸 설리나의 휴대폰과 함께 분실물함에 버리지 않을 이유가 뭔가요? 설리나가 의심받지 않게 하려는 거라면요? 반대로 설리나에게 죄를 덮어씌울 생각이라면 두 개 다 거기 두면 되는 거 아닌가요? 홀리가 두 휴대폰을 다르게 처리할 이유가 없어요. 홀리는 아웃이에요.” 이미 두 시간 늦었다. 지금 매키는 아군이 아니라 적이었다.

콘웨이는 두 걸음을 걷는 동안 생각하더니 수긍했다. “리베카가 단독으로.”

나는 고요히 바라보는 머리 셋 달린 생명체를 생각했다. ‘단독으로’라는 말은 틀린 말 같았다.

콘웨이가 말했다. “아직 증거가 부족해요. 다 정황증거고 검찰은 그런 걸 좋아하지 않아요. 청소년 사건은 더 그렇고 부잣집 청소년이면 더욱더 그렇죠.”

“정황증거라지만 아주 많아요. 리베카는 크리스를 싫어할 이유가 많았어요. 또 밤에 나갈 수 있었어요. 사건 전날 무기 앞에 있던 모습이 목격되었어요. 크리스의 휴대폰을 거기 넣어둘 수 있는 두 명 중의 한 명이에요…….”

“거짓말을 일삼은 다른 여학생 대여섯 명의 열두 가지 이야기를 믿는다면 그렇죠. 어지간한 변호사라면 오 분도 안 돼서 여기저기서 합리적인 의문점을 찾을 거예요. 밤에 나가는 건 다른 일곱 명도

다 가능했고 그 밖에 또 어떤 아이들이 있었는지 몰라요. 조앤이 열쇠를 둔 곳을 아무도 몰랐다는 걸 어떻게 증명하나요? 크리스의 휴대폰도 그래요. 살인범이 버린 걸 리베카나 설리나가 발견하고 어떻게 해야 할지 몰라 일단 침대 옆에 숨겨두었을 수도 있어요."

"리베카가 무기 앞에 있었던 건요?"

"제마가 지어냈을 수 있죠. 아니면 리베카가 약을 사러 갔거나, 정말로 원예에 취미가 있을 수도 있고요. 가능한 이야기는 많아요." 콘웨이의 발걸음이 길어졌다. 이제 나는 그것이 답답한 심정을 뜻한다는 걸 알았다. "아니면 줄리아나 설리나, 홀리를 찾아다닌 걸 수도 있어요. 우리는 그 애들이 밖에 나갔다는 건 알지만 그에 대한 확실한 증거는 없고, 리베카에 대해서도 확실한 증거가 없어요."

내가 말했다. "자백을 받아야 해요."

"그러면 좋겠죠. 아무나 골라봐요. 그리고 다음 주 로또 번호도 맞혀보고요."

나는 못 들은 척했다. "내가 리베카에게서 포착한 건 이거예요. 그 애는 겁먹지 않았어요. 겁을 먹는 게 정상이잖아요. 지금 범인은 바보가 아니라면 덜덜 떨어야 하는 상황이고 리베카는 바보가 아니에요. 그래도 우리를 겁내지 않아요."

"그래서요?"

"자기가 안전하다고 생각한다는 거죠."

콘웨이는 얼굴 앞에서 가지를 밀었다. "안전한 거 맞아요. 우리가 멋진 걸 내놓지 못하는 한."

내가 말했다. "리베카도 겁을 먹었던 순간이 있었어요. 휴게실에서 모두 유령을 봤다며 난리를 피웠을 때요. 우리는 앨리슨 때문에 리베카를 제대로 보지 못했지만 그 애는 겁을 먹었어요. 우리 때문은 아니에요. 우리가 내미는 증거, 증인, 이런 데는 흔들리지 않아요. 하지만 크리스의 유령에는 흔들려요."

"그래서요? 흰 천을 뒤집어쓰고 나무 뒤에서 리베카에게 팔이라도 흔들까요? 사실 그만큼 절박하기는 해요."

"리베카하고 유령 이야기를 하고 싶어요. 그냥 이야기하면서 반응을 보고 싶어요."

조앤의 무리와 풀밭에 있을 때 떠오른 생각이었다. 휴게실 학생들은 모두 크리스가 자기를 보러 왔다고 생각했다. 리베카는 그것을 알았다.

그러자 콘웨이가 나를 흘끔 보고 말했다. "위험해요."

유령 이야기로 리베카에게서 무언가 얻을 수 있다 해도 과정이 지저분할 것이다. 변호인은 강압과 공갈 및 성인 입회 미준수를 들먹이며 리베카의 발언을 채택할 수 없다고 할 것이다. 우리는 상황의 긴박함을 주장할 것이다. 그날 밤 리베카를 거기서 빼내 와야 했다고. 될 수도 있고 안 될 수도 있었다.

거기서 새로운 게 나오지 않으면 우리는 영원히 아무것도 얻지 못한다.

내가 말했다. "신중하게 할게요……."

"좋아요, 해봐요. 나도 달리 방법이 없으니까." 콘웨이가 말했다.

나는 이제 목소리에 섞인 아픈 기색을 알았다. 굳이 달래줄 필요가 없다는 것도 알았다. "고마워요." 내가 말했다.

"네."

오솔길 굽이의 나무들 아래로, 얼룩덜룩한 암흑 속으로 들어가는 것은 허공으로 떨어지는 듯한 느낌을 주었다. 그리고 연기 냄새가 났다. 여학생들의 대담한 모험일 수도 있지만 나는 알았다.

매키가 어깨를 기울이고 발목을 엇갈린 채 나무에 기대서 있었다. "좋은 밤이야." 그가 말했다.

우리는 키스하던 아이들처럼 깜짝 놀랐다. 나는 얼굴이 빨개졌다. 그가 어둠 속에서 그걸 보고 흥미로워하는 것 같았다.

"정신 나간 젊은이 둘이 자기들 문제를 해결한 모습이 보기 좋군. 그럴 수 있을까 싶었거든. 그래서 재미있어?"

매키의 어깨 뒤로 보이는 히아신스 꽃밭. 꽃들은 안에 불이라도 켠 것처럼 청색과 백색으로 빛났다. 꽃밭 뒤쪽 언덕 사면에서는 설리나와 리베카가 고개를 바짝 대고 있었다. 매키는 그들을 지키고 있었다.

콘웨이가 말했다. "선배님은 안에 들어가서 따님과 함께 계세요. 저희도 최대한 일찍 돌아갈게요."

매키의 손에 든 담배가 검은 주먹 안쪽에서 조용히 타는 깜부기불 같았다. 그가 말했다. "힘든 하루였어. 이 아이들은 이러니저러니 해도 어린애들이야. 다들 지쳐 있어. 자네들에게 일을 가르칠 생각은 없고 그냥 이렇게 말하지. 나라면 이 지점에서 아이들에게 뭐가 나올 걸 기대하지 않을 거라고. 배심원도 그럴 거야."

내가 말했다. "저희는 홀리가 범인이라고 생각하지 않습니다."

"그래? 그거 다행이군."

달빛이 만든 줄무늬를 뚫고 꼬불꼬불 올라가는 연기. 그는 내 말을 믿지 않았다.

"새 정보를 얻었고 그에 따르면 홀리는 배제됩니다." 콘웨이가 말했다.

"잘했어. 이제 아침에 그 정보를 가지고 어디로든 갈 수 있어. 오늘은 이만하고 가지. 가는 길에 술집에 들러서 아름다운 우정이 시작된 기념으로 축하주도 한 잔씩 하고."

매키의 등 뒤쪽 나무에서 그림자가 미끄러져 나와서 셀리나 옆으로 갔다. 줄리아.

콘웨이가 말했다. "아직 여기 일이 끝나지 않았어요."

"그래, 그렇겠지."

목소리는 부드럽지만 눈은 번득인다. 매키는 진심이었다. "나도 나름대로 정보를 얻는 중이야. 내가 자네들을 찾아다니는 걸 보더니 귀여운 여학생 세 명이 나를 부르지 뭐야." 검은 손이 불붙은 담배를 들고 나를 가리킨다. "모런 형사, 자네는 나쁜 남자였더군."

콘웨이가 말했다. "수사 과정에서 모런 형사에게 불만이 있다면 책임자에게 말해야 합니다. 선배님이 아니라."

"아, 하지만 아이들이 나한테 왔고 내가 아이들을 설득할 수 있을 것 같아. 모런 형사님은 너희처럼 매력적인 아이들을 유혹하지 않았고, 그중에 금발에 마르고 눈썹이 없는 아이는 정조에 아무런 위험이 없었다고 말이지. 하지만 자네들이 비켜줘야 그 일을 평화롭게 할 수 있을 것 같아."

내가 말했다. "제 일은 제가 알아서 합니다. 어쨌든 감사합니다."

"나도 자네하고 같은 생각이면 좋을 텐데, 친구. 정말이야."

"제가 틀렸어도 선배님 잘못은 아니에요. 그리고 저희가 누구하고 이야기할지는 선배님이 정할 일이 아닙니다."

그 말은 나에게서 낯설고 강하게, 나무처럼 강력하게 솟아 나왔다. 콘웨이의 어깨가 내 어깨에 같은 높이로 확고하게 닿아 있었다.

줄무늬를 이룬 빛 속에서 매키의 눈썹이 올라간다. "아, 알겠어. 그런 태도는 자네가 키운 거야? 새 친구에게서 빌린 거야?"

"매키 형사님." 콘웨이가 말했다. "이제 어떻게 할 건지 말씀드릴게요. 모런 형사는 저 세 아이하고 이야기를 할 거고 저는 입을 다물고 지켜만 볼 거예요. 선배님도 똑같이 하실 수 있다면 그렇게 해주세요. 그렇게 못 하시겠으면 비켜주시고요."

그는 눈썹을 내리지 않고 나에게 말한다. "나는 분명히 경고했다는 걸 잊지 말게."

콘웨이에 대해서, 조앤이 할 수 있는 일에 대해서, 자신이 할 행동에 대해서 그가 한 말은 모두 맞았다. 그리고 나에게 옛정을 생각해서 사이좋게 지낼 마지막 기회를 주고 있었다. 대단한 사람.

"네, 안 잊을 겁니다. 절대로요." 내가 말했다.

콘웨이가 큿 가벼운 웃음을 터뜨렸다. 그런 뒤 우리 둘은 매키를 떠나 독한 히아신스 향기를 뚫고 언덕 위의 빈터로 갔다.

콘웨이는 사이프러스나무 아래 멈춰 섰다. 매키의 여유로운 걸음이 금세 그녀를 따라잡았고 그녀가 팔을 뻗어 저지했다.

매키가 멈춘 것은 어쨌든 그도 멈출 생각이었기 때문이다. 무언가 홀리 쪽으로 살짝이라도 기운다면 콘웨이는 매키를 저지할 수 없을 것이다.

나는 빈터로 들어가서 그들 세 명 앞에 섰다.

달빛이 내 얼굴을 드러내고 그들은 겁게 만들었다. 달빛이 둘린 그들의 윤곽선은 공중에 새겨진 크고 하얀 룬문자 같았다. 조앤의 무리는 위험한 아이들이었지만 이들에 비하면 아무것도 아니었다.

나는 목을 가다듬었다. 그들은 움직이지 않았다.

"소등 시간 전에 들어가야 하지 않니?"

내 목소리는 약하고 힘이 없었다. 누군가 말했다. "금방 들어갈 거예요."

"그래, 좋아. 내가 온 건 도와줘서 고맙다고 말하고 싶어서야." 발들이 긴 풀 속에서 바스락거린다. "많은 도움이 됐고 성과가 있었어."

누군가 물었다. "홀리는 어디 있어요?"

"안에 있어."

"왜요?"

나는 몸을 비틀었다. "홀리는 약간 충격을 받았어. 큰 문제는 아닌데 아까 휴게실에서…… 있잖아. 크리스 유령 때문에."

줄리아의 목소리가 말했다. "유령은 없어요. 그냥 관심종자들뿐이에요."

룬문자의 곡선 아래 움직임이 인다. 설리나의 목소리가 부드럽게 말했다. "나는 봤어."

다른 움직임이 있다. 더 빠르고 덜커덕거리는. 줄리아가 설리나를 팔꿈치로 찌르고 발로 찬 것이다.

내가 물었다. "리베카? 너는 어때?"

잠시 후 어둠 속에서. "저는 그 애를 봤어요."

"그래? 그 애가 뭘 하고 있었니?"

다시 한번 룬문자가 흔들려서 내가 읽을 수 없는 미묘한 방식으로 의미가 바뀌었다.

"말을 했어요. 아주 빨리, 막 떠드는 것처럼요. 숨도 안 쉬는 것 같았어요. 숨 쉴 필요도 없겠지만."

"무슨 말을 했니?"

"몰라요. 입술을 읽으려고 했지만 말이 너무나 빨랐어요. 한번
은……." 리베카의 목소리가 떨림 속에 갈라졌다. "웃었어요."

"그 애가 누구한테 이야기를 한 건지 아니?"

침묵. 그런 뒤, 너무도 작아서 놓칠 뻔했지만 나는 귀를 곤두세우
고 있었다. "저한테요."

짙은 어둠 속에서 누군가 숨이 막히는 듯한 소리를 냈다.

내가 물었다. "왜 너한테?"

"말씀드렸잖아요. 안 들려서 몰라요."

"오늘 아침에 너는 크리스하고 친하지 않았다고 말했어."

"맞아요."

"그러면 그 애가 굳이 널 찾아와서 이야기할 것 같지는 않은걸."

무반응.

"리베카."

"그 말이 맞을 거예요. 저도 몰라요."

"그 애가 혹시 널 몰래 좋아했을 가능성도 있니?"

"아뇨!"

"거기서 네가 어떤 표정이었는지 알지? 엄청나게 겁먹은 모습이
었어."

"유령을 보면 겁먹는 게 당연하지 않나요?"

거친 반항. 리베카는 이제 수수께끼 같지도 않고 위험 요소 같지
도 않다. 그냥 어린 친구, 십 대 소녀 같다. 리베카에게서 힘이 빠져
나가고 대신 공포가 스며들고 있었다.

줄리아가 말했다. "그만해."

내가 말했다. "유령이 널 해코지할 거라고 생각했니?"

"제가 어떻게 알아요?"

"베카, 입 다물어."

줄리아가 조심하는 건지 눈치를 챈 건지 알 수 없었다. 내가 빠르게 말했다. "하지만 리베카, 나는 네가 크리스를 좋아하는 줄 알았어. 괜찮은 애라고 했잖아. 거짓말이었니? 크리스가 실제로는 개자식이었니?"

"아뇨, 그렇지 않았어요. 그 애는 친절했어요."

다시 한번 반항이 화르륵, 더 뜨겁게 인다. 그 사실이 리베카에게는 중요했다.

나는 어깨를 으쓱했다. "우리가 취합한 정보에 따르면 크리스는 개자식이었던 것 같은데? 여학생들을 이용만 하다가 쓸모가 없어지면 바로 버리고. 보통이 아니었던 것 같아."

"아뇨, 컬름에는 그런 애들 천지예요. 자기가 뭔 짓을 하는지도 모르고, 원하는 걸 얻기 위해서라면 별짓을 다 해요. 하지만 크리스는 달랐어요. 그 애는 그러지 않았어요."

하얀 윤곽선이 움직였다. 그 밑에서 무언가가 거품을 일으키면서 올라온다.

리베카가 그것을 느끼고 말했다. "저는 크리스가 무슨 일을 했는지 알아요. 그 애가 완벽했다는 건 아니에요. 하지만 다른 애들하고는 달랐어요."

켁 하는 소리. 어쩌면 웃음 같은 그 소리는 줄리아에게서 나온다.

"설리나. 내 말 맞지, 그렇지?"

설리나가 움직이고 말했다. "그 애는 복잡했어."

"설리나."

그들은 나를 잊었다. 설리나가 말했다. "크리스는 다른 애들하고 달라지고 싶어 했어. 정말로 노력했어. 그게 얼마나 성공했는지는 모르겠어."

"성공했어, 성공했어." 리베카의 목소리가 공황감을 향해서 다가갔다.

줄리아에게서 다시 뒤틀린 소리.

"성공했어, 정말이야."

내 등 뒤에서 무언가 바스라졌다. 나뭇가지가 바람에 휘날렸다. 무슨 일이 있었다. 무언지 알 수 없고 돌아볼 수도 없었다. 뒤는 콘웨이에게 맡기고 이 일을 밀고 나가야 했다.

내가 말했다. "그런데 왜 크리스 유령을 무서워해? 크리스가 생전에 너한테 친절했는데 왜 유령이 널 해치고 싶어 해?"

줄리아가 말했다. "그건 현실이 아니니까요. 야, 베카? 정신 차려! 넌 지금 무슨 〈오멘〉 영화 같은 걸 상상하고 있어. 대신 보라색 거북이를 상상해봐. 그러면 이제 그게 보일 거야."

"내 정신은 멀쩡해. 나는 크리스를 봤어……."

"리베카, 왜 유령이 널 해치고 싶어 할까?"

"유령들은 원래 분노한 상태라고 두 분이 오늘 말씀하셨잖아요." 하지만 공황감이 리베카의 목소리를 점점 더 잠식해가고 있었다. "어쨌든 저를 해치지는 않았어요."

내가 말했다. "이번에는 그랬지만 다음에도 그럴까?"

"다음번이 있대요? 누가요?"

"내가. 크리스는 너한테 할 말이 있었어. 너한테 뭔가 원하는 게 있는데 전달을 못 했어. 그러니까 계속 돌아올 거야. 원하는 걸 얻을 때까지."

"아뇨, 그 애가 왔던 건 학교에 경찰이 와서예요. 경찰이 그 애를 온통……."

"설리나." 내가 말했다. "넌 크리스가 왔던 걸 알아. 그 애가 다시 올 것 같니, 어떠니?"

침묵이 천천히 내려앉는 동안 어떤 소리가 들렸다. 중얼거리는 목소리, 언덕 아래쪽에서. 남자 한 명과 여학생 한 명.

가까운 사이프러스나무 아래에서 숨죽인 포효의 시작 같은 소리. 콘웨이가 목소리들을 덮기 위해 나뭇가지 사이를 움직인다. 내가 말했다. "설리나, 크리스가 다시 돌아올 것 같니?"

설리나가 말했다. "크리스는 떠난 적 없어요. 눈에 안 보여도 저는 크리스가 느껴져요. 소리도 들려요. 귓가에 나직이 울리는 소리처럼요. 음소거 된 텔레비전처럼요. 한시도 빼놓지 않고."

나는 그 말을 믿었다. 한 마디도 남김없이 믿었다. 내가 말했다. 목소리가 갈라졌다. "크리스가 원하는 게 뭐니?"

"처음에는 그 애가 절 찾아온 줄 알았어요. 그런데 아무리 애를 써도 그 애는 저를 보지 않았고 제 말도 못 들었어요. 저는 사정했죠. '크리스, 나 여기 있어, 여기.' 하지만 크리스는 저를 못 보고 하던 일을 계속했어요. 잡으려고 해봤지만 그냥 녹아버렸어요……."

리베카에게서 곡하듯 높은 소리.

"저는 그러면 안 돼서 그 애가 그러는 줄 알았어요. 그러니까 벌을 받는 것처럼, 우리는 서로를 찾지만 그러면 안 돼서라고 생각했어요. 하지만 알고 보니 그 애가 원한 게 제가 아니라서 그랬던 거였어요. 크리스는 처음부터…….”

줄리아가 말한다. “입 다물어.”

“처음부터 한 번도…….”

“입 좀 못 다무니?”

셜리나에게서 흐느낌 같은 소리. 그러더니 조용해졌다. 사이프러스나무들 틈에서 나온 낮은 포효가 공중에서 흔들리더니 사라졌다. 물웅덩이에 던진 돌처럼. 언덕 아래의 목소리도 함께 가라앉았다.

리베카가 빈터에서 말했다. “셜리나. 크리스가 뭘 원해?”

줄리아가 말했다. “제발 나중에 이야기하면 안 돼?”

“왜? 나는 저분 안 무서워.” 날 가리킨다.

“정신 차려. 저분은 우리가 무서워해야 할 유일한 존재야. 다른 건 없어. 유령 어쩌고 하는 헛소리는…….”

“셜리나. 크리스가 뭘 원하는 것 같니?”

“아, 진짜, 유령은 없다니까. 도대체 내가 어떻게 해야…….”

어린애들 싸움 같았다. 이 아이들은 그랬다. 조앤 무리 같은 값싼 기계적 조롱, 한 마디 한 마디가 다 낡아빠진 그런 말이 아니었다. 하지만 내가 그날 아침에 학교에 오면서 희망했던, 황금빛 아르페지오의 폭포 속을 날아오르는 마법 속 소녀들도 아니었다. 내가 아까 본 것, 셋이 겹친 힘, 무언가의 마지막 빛이었던 것은 오래전에 사라졌다. 죽은 별의 빛.

“셜리나, 셜리나? 크리스가 나를 쫓니?”

셜리나가 말했다. “나는 그게 나이기를 간절히 바랐어.”

룬문자들이 아물거리다 부서졌다. 단단한 암흑 물질에서 한 조각이 떨어져 나와서 독자적인 모양을 이루었다. 리베카가 가녀린 몸집으로 풀밭에 무릎을 꿇고 있다.

리베카가 나에게 말했다. "저는 크리스일 줄 몰랐어요."

내가 말했다. "유령이?"

리베카가 고개를 젓고 말했다. "아뇨, 여기서 만나자고 문자했을 때 저는 누가 문자를 받는지도 몰랐어요. 크리스는 절대 아닐 줄 알았어요."

"아, 베카." 줄리아가 말했다. 배를 가격당해 허리를 접는 듯한 소리였다. "아, 베카."

등 뒤의 사이프러스나무 그늘에서 콘웨이가 말한다. "말하기 싫으면 더 말하지 않아도 돼. 하지만 말을 하면 다 기록돼서 증거로 쓰일 수 있어. 알겠니?"

리베카는 고개를 끄덕였다. 뼛속까지 얼어붙은 것 같았다. 너무 추워서 떨지도 못했다.

내가 말했다. "그러니까 너는 그날 밤 여기 와서 개자식 중 한 명이 오기를 기다렸구나."

"네, 앤드루 무어일 거라고 생각했어요."

"크리스를 보고 아무 생각도 들지 않았니?"

리베카가 말했다. "이해 못 하실 거예요. 그런 게 아니었어요. 저는 '이게 옳은 일인가, 잘못된 일인가, 내가 어떻게 해야 하나' 하고 고민하지 않았어요. 그 일을 해야 한다는 것만 알았어요."

그것이었다. 리베카가 콘웨이나 코스텔로에게 겁먹지 않은 이유, 우리에게 겁먹지 않은 이유. 그날 밤부터 오늘 저녁까지 줄곧 리베카는 자신이 안전하다는 걸 알았다. 그건 자신이 옳았기 때문이었다. 하지만 오늘 저녁에 무언가 바뀌었다.

내가 말했다. "크리스라는 걸 알고도 흔들리지 않았어?"

"알고 나니까 더 그랬어요. 그때 비로소 저는 이해했어요. 그때까지는 잘못 알았어요. 멍청한 찌질이들, 제임스 길렌, 마커스 와일리, 그런 애들일 리 없었어요. 그 애들은 허접해요. 쓰레기예요. 허접한 건 희생물이 될 수 없어요. 좋은 거여야 해요."

그 불빛 속에서도 나는 줄리아의 눈꺼풀이 낮게 내려와서 떨리는 것을 보았다. 설리나의 더없이 슬픈 미소도.

"크리스처럼." 내가 말했다.

"네, 그 애는 쓰레기가 아니었어요. ……남들이 뭐라건 상관 안 해." 뒷말은 어둠 속의 줄리아와 설리나에게 하는 말이었다. "그 애는 특별했어요. 그래서 그 애를 보자 비로소 내가 제대로 하고 있다는 걸 알았어요."

아까 그 목소리들이 다시, 언덕 아래에서.

내가 빠르게 그리고 살짝 높게 말했다. "그래도 마음에 걸리지 않았어? 찌질이가 그런 일을 당하는 건 그럴 만하다 쳐도 그 애는 네가 좋아했던 좋은 아이인데 안타깝지 않아?"

리베카가 말했다. "맞아요. 선택하라면 다른 아이를 골랐겠지만 그러면 제대로 하는 게 아니었을 거예요."

리베카가 좀더 나이가 들었거나 영악했다면 정신이상을 내세우려는 작전이라고 생각했을 것이다. 그리고 그곳이 실내였다면 그런 작전은 없다고, 리베카는 정말로 정신이 이상하다고 생각했을 것이다. 하지만 여기, 리베카의 세계가 환하게 회전하고 미끄러지는 곳, 공중에 냄새와 별빛이 가득한 이곳에 있으니 나는 잠시 리베카의 말을 이해할 것도 같았다. 하지만 손끝에 간신히 잡혀 있던 이해의 끝자락은 금세 나를 떨치고 하늘로 날아가버렸다.

리베카가 말했다. "그래서 그 애에게 꽃을 주었어요."

"꽃을." 내가 말했다. 부드럽고 중립적으로. 공기가 주변에서 웅웅거리지 않는 것처럼.

"저거요." 리베카가 팔을 들어 검은 붓 자국처럼 가녀린 히아신스를 가리켰다. "저기서 몇 개를 꺾었어요. 우리 네 명에 맞춰서 네 송이. 그걸 크리스 가슴에 놓았어요. 미안하거나 그래서 그런 건 아니었어요. 그냥 작별 인사를 한 거예요. 그 애가 쓰레기가 아니라는 걸 우리가 안다고 말한 거였어요."

하지만 꽃의 의미는 살인자만이 알았다. 콘웨이에게서 긴 한숨이 새어 나와 빈터에 퍼지는 소리를, 나는 들었다기보다 피부로 느꼈다.

"리베카. 우리가 너를 체포해야 하는 거 알지?" 내가 부드럽게 말했다.

리베카가 눈이 휘둥그레져서 말했다. "저는 어떻게 해야 하나요?"

"걱정 마. 우리가 알아서 할게. 부모님이 오실 때까지 너를 돌봐줄 사람을 부를 거야."

"이런 일이 일어날 줄 몰랐어요."

"그래, 알아. 너는 지금 우리랑 같이 안에 들어갈 거야."

"그럴 수 없어요."

셀리나가 말했다. "잠깐만 시간을 주세요. 잠깐만요."

콘웨이가 '안 돼' 하고 말하려고 숨을 삼키는 소리가 들렸다. 내가 말했다. "좋아. 하지만 잠깐만이야."

"베카, 이리 와." 셀리나가 조용히 말했다.

리베카는 설리나의 목소리가 들리는 쪽으로 몸을 돌려 두 손을 뻗었고 리베카의 고개는 다시 그 어두운 형체에 합쳐졌다. 그들의 팔은 날개처럼 서로의 어깨를 감싸고 이제 분리할 수 없는 덩어리로 합체되려는 듯 꼭 끌어안았다. 흐느낀 사람이 누구인지 나는 몰랐다.

등 뒤에서 달음박질 소리가 들렸고 이번엔 돌아볼 수 있었다. 포니테일이 흐트러진 홀리가 필사적으로 언덕을 뛰어 올라온다.

그 뒤로 매키가 천천히 따라왔다. 그는 홀리가 오는 것을 보고 친구들과 합류하는 걸 최대한 늦추기 위해 오솔길로 나가 있었다. 콘웨이와 내가 일을 마칠 수 있도록. 알 수 없는 어떤 이유로 그는 결국 나를 믿어볼 만하다고 판단했다.

홀리는 콘웨이를 본 척도 하지 않고 빈터 가장자리로 가서 세 친구를 보았다. 그리고 담벼락에 부딪친 것처럼 멈춰 서서 갈라진 목소리로 물었다. "무슨 일이에요?"

콘웨이는 입을 다물고 있었다. 내가 할 일이었다.

내가 조용히 말했다. "리베카가 크리스를 죽였다고 자백했어."

홀리의 고개가 움찔거렸다. "자백은 아무나 할 수 있어요. 베카는 경찰이 나를 체포할까 봐 그런 거예요."

내가 말했다. "너는 이미 리베카라는 걸 알았어."

홀리는 부정하지 않았다. 이제 리베카는 어떻게 되는 거냐고 묻지도 않았다. 그럴 필요가 없었다. 홀리는 친구들에게 몸을 던지지 않았고 아빠의 품으로 달려들지도 않았다. 매키도 참고 있었다. 홀리는 그냥 몸을 지탱하려는 듯 손으로 나무를 짚고 서서 꼼짝 않는 풀밭 위의 친구들을 바라보았다.

"하지만 오늘 아침에는 몰랐어." 내가 말했다. "알았다면 나에게 카드를 가지고 오지 않았겠지. 누군 줄 알았던 거니?"

홀리가 열여섯 살답지 않게 지치고 공허한 목소리로 말했다. "저는 처음부터 조앤이라고 생각했어요. 그 애가 직접 안 했어도, 다른 사람, 올라 같은 애를 시켰을 거라고요. 그 애는 더러운 일은 다 올라를 시키거든요. 하지만 계획은 조앤이 했다고 생각했어요. 크리스가 자기를 차서요."

"그리고 그걸 알게 된 앨리슨이나 제마가 정신적 압박 때문에 카드를 붙였다고 생각했구나."

"네. 제마라고는 생각 안 했지만 어쨌든 그래요. 앨리슨은 '설마 그 정도로 멍청할까' 싶은 일도 하거든요."

콘웨이가 물었다. "모런 형사님한테 왜 솔직하게 다 말하지 않은 거니? 왜 우리가 하루 종일 이렇게 쇼를 하게 만든 거야?"

홀리는 콘웨이를 보았다. 그 모든 바보짓을 생각하니 일 년 동안 잠만 자고 싶은 것 같았다. 홀리는 나무에 털썩 기대서 눈을 감았다.

내가 말했다. "고자질하고 싶지 않았던 거지."

홀리 뒤에서 매키가 움직이자 바스락 소리가 일었다가 사라진다.

"두 번 다시……." 홀리가 계속 눈을 감은 채 말했다. "두 번 다시 고자질을 하고 싶지는 않았어요."

"네가 아는 걸 다 말했으면 재판에 증인으로 출석해야 할 가능성이 높고 또 네가 말한 걸 전교생이 다 알게 됐겠지. 그래도 넌 살인범이 잡히길 바랐는데 마침 그 카드가 완벽한 기회가 됐어. 나한테 아무 말 하지 않아도 방향만 알려주고 행운을 빌면 됐으니까."

홀리가 말했다. "모런 형사님은 지난번에 어리석지 않았고, 스무 살이 안 된 사람은 당연히 어리석다는 식으로 행동하지도 않았어요. 제가 모런 형사님을 여기 불러올 수 있다면……."

콘웨이가 말했다. "그리고 네 생각이 맞았어."

"네, 똑똑하지 뭐에요." 홀리가 말했다. 하늘을 바라보는 얼굴의 선은 보는 사람을 가슴 아프게 했다. 나는 매키를 볼 수가 없었다.

내가 물었다. "그런데 조앤이 아니라는 건 어떻게 알았니? 우리가 너를 미술실로 데려가려고 할 때 너는 이미 알고 있었어. 어떻게 그 랬지?"

홀리가 가슴을 부풀렸다 가라앉히고 말했다. "전구가 터졌을 때 알았어요."

"뭐? 어떻게?"

홀리는 대답하지 않았다. 더는 대답할 생각이 없었다.

"참새, 힘든 하루였어. 이제 집에 가자." 매키가 말했다. 목소리에 내가 전혀 예상하지 못한 부드러움이 담겨 있었다.

홀리가 눈을 떴다. 그리고 다른 사람들이 없는 것처럼 매키에게 말했다. "아빠는 나라고 생각했지? 내가 크리스를 죽였다고."

매키가 얼굴이 굳어서 말했다. "차에서 이야기하자."

"내가 지금까지 살면서 뭘 어떻게 했길래 사람을 죽일 수 있다고 생각했어?"

"차로 가자, 참새. 얼른."

"아빠는 내가 누구한테 괴롭힘받고 가만있을 애가 아니라는 걸 알았어. 난 아빠 딸이고 유전자가 그러니까. 하지만 난 아빠 딸일 뿐 아니라 실제 사람이기도 해. 독자적인 존재라고."

"그래, 알아."

"그리고 아빠는 저기서 날 붙잡고 있었지. 이분들이 베카의 자백을 받을 수 있도록. 내가 여기 오면 베카더러 입을 다물라고 했을 테니까. 아빠는 내가 여기 오지 못하게 해서 베카를……." 홀리는 목이 멨다.

"날 위해 부탁하는 거야. 집에 가자. 제발."

홀리가 말했다. "아빠하고는 아무 데도 안 가." 그리고 천천히 몸을 펴고 사이프러스나무 밑에서 나왔다. 매키는 홀리를 부르려고 재빨리 숨을 들이마셨지만 아무 말도 하지 않았다. 콘웨이와 나는 그를 보지 않는 편이 낫다는 것을 알았다.

홀리는 빈터의 풀밭에 무릎을 대고 앉았다. 한순간 나는 아이들이 홀리의 합류를 외면하고 서로 더 강하게 달라붙는 줄 알았다. 하지만 그들은 팔을 벌리고 퍼즐처럼 열리더니 홀리를 끌어안았다.

밤새가 빈터 위를 날아가며 높은 소리로 울고 그들의 머리 위에 어두운 거미줄을 끌었다. 어디선가 소등을 알리는 종소리가 울렸다. 아이들은 움직이지 않았다. 우리는 최대한 아이들을 그대로 두었다.

우리는 교장실에서 리베카를 데려갈 사회복지사를 기다렸다. 다른 범죄라면 리베카를 매케나에게 넘기고 세인트킬다에서 마지막 밤을 보내게 할 수 있었겠지만 이 경우는 그렇지 않았다. 리베카는 그날 밤을 적어도 소년 교정 시설에서 보낼 것이다. 신입을 둘러싼 쑥덕거림, 어디에 속하는 아이인지 자신들이 어떻게 다룰 수 있을지 탐색하는 눈길들, 거친 시트와 소독약 냄새. 그 세계는 리베카가 익숙했던 것과 너무도 다를 것이다.

매케나와 리베카는 책상을 사이에 두고 마주 앉았고 콘웨이와 나는 빈 공간에 서 있었다. 아무도 입을 열지 않았다. 콘웨이와 나는 신문하는 것처럼 보일까 봐 말할 수 없었다. 매케나와 리베카도 말하지 않았다. 조심하는 것일 수도 있고 우리에게 할 말이 없어서일 수도 있었다. 리베카는 수녀처럼 두 손을 포개고 창밖을 내다보았는데 생각에 깊이 잠긴 나머지 이따금 숨 쉬는 것도 멈추었다. 한번은 온몸을 부르르 떨었다.

매케나는 어떤 표정을 지어야 할지 몰라서 책상 위에 올린 깍지 낀 손만 내려다보았다. 화장을 덧칠했지만 여전히 아침보다 십 년은 늙어 보였다. 교장실 역시 더 낡아 보였다. 혹은 또 다른 방식으로 낡아 보였다. 오전에는 햇빛이 느리고 관능적인 빛을 뿌리자 모든 긁힌 자국이 유혹적인 비밀을 담고 모든 먼지가 소곤거리는 기억으로 변했다. 이제 빛이라고는 빈약한 천장 조명뿐인 방은 그냥 낡아 보였다.

사회복지사는 아침과 다른 사람이었는데 팬케이크를 쌓아 만든 것처럼 살이 출렁거렸다. 그녀는 아무 질문도 하지 않았다. 빠르고 비밀스러운 눈길은 그동안 이런 곳보다 사방에 오줌을 갈긴 동네로 가야 하는 업무가 더 많았음을 알려주었지만 그녀는 이렇게만 말했다. "우리는 이제 자러 가야겠네요. 이만 안녕히 계세요." 그리고 리베카를 위해 문을 잡아주었다.

"'우리'라고 하지 마세요." 리베카가 말하고 일어나서 문으로 갔다. 사회복지사에게는 눈길도 주지 않았다. 사회복지사는 혀를 차며 턱을 당겼다.

리베카가 문 앞에서 돌아서더니 콘웨이에게 말했다. "이제 뉴스에 도배되겠네요. 그렇죠?"

"미란다원칙 고지하셨나요?" 사회복지사가 콘웨이에게 손가락을 흔들며 말했다. "지금 이 학생의 말을 이용하실 수는 없어요." 그리고 리베카에게. "우리 이제 웬만하면 입을 꾹 닫는 게 좋아."

"네 이름은 안 나올 거야. 너는 미성년자니까." 콘웨이가 말했다.

리베카는 어린아이를 보는 듯한 미소로 우리를 보며 말했다. "인터넷은 제 나이에 신경 안 쓸걸요. 조앤도 인터넷에 들어가면 신경 안 쓸 거고요."

매케나가 약간 지나치게 큰 목소리로 우리 모두에게 말했다. "학교의 모든 학생과 교직원에게 오늘 사건을 외부에 알리지 말라고 엄격하게 지시할 겁니다. 온라인에서건 오프라인에서건."

우리는 잠시 가만히 서서 말의 여운을 느꼈다. 그런 뒤 리베카가 말했다. "누가 백 년쯤 뒤에 내 이름을 찾으면 옆에 크리스 이름이 뜨겠네요."

다시 부르르 몸을 떤다. 경련처럼 강하게.

콘웨이가 말했다. "며칠 동안은 주요 뉴스일 거야. 나중에도 한 며칠." 그녀는 '재판이 벌어지면'이라는 말을 덧붙이지는 않았다. "하지만 그런 뒤에는 잊힐 거야. 인터넷은 더 빨리 잊겠지. 연예인 불륜 사건이 터지면 이 소식은 옛날이야기가 될 거야."

그 말에 리베카의 입꼬리가 올라갔다. "상관없어요. 저는 사람들 생각에 신경 쓰지 않으니까."

콘웨이가 말했다. "그러면 뭘 신경 쓰니?"

"리베카." 매케나가 말했다. "형사님들하고는 내일 이야기해. 부모님이 법적 조력을 구하신 다음에."

리베카는 문 앞의 비스듬한 공간에 앙상하게 서 있었다. 옆으로 돌기만 하면 복도의 캄캄한 어둠 속으로 사라질 것이다. "저는 제가 그 애를 우리에게서 떨쳐 낸다고 생각했어요. 셀리나에게서 떨쳐 내서 영원히 만나지 못하게 한다고. 그런데 그렇게 된 건 저네요. 휴게실에서 크리스를 봤을 때……."

"모두 들으셨듯 저는 이미 주의사항을 알렸습니다." 사회복지사가 입을 오므리고 말했다.

리베카가 말했다. "그건 제가 나쁜 짓을 했다는 뜻이었어요. 왜 이렇게 된 건지 모르겠어요. 저는 믿었거든요……."

"제가 억지로 학생이 입을 다물게 할 수는 없습니다." 사회복지사가 누구에게랄 것 없이 말했다. "끌고 나갈 수도 없어요. 그건 제 업무가 아닙니다."

"제가 잘못했든 잘했든 차이가 없었어요. 어쨌든 저는 벌을 받아야 해요." 리베카의 얼굴에 창백함이 수채 물감처럼 번져서, 곤두서 있던 날카로움이 흐려졌다. "그럴 수도 있었나요? 어떻게 생각하세요?"

콘웨이가 두 손을 들었다. "나는 그걸 판단할 위치가 아니야."

'위험이 무리 지어 밀려와도, 우정은 초연할 수 있는 것.' 그날 오후 나도 베카가 걸어둔 글귀를 읽었다. 그런데 어딘가에서 우리는 다르게 해석했다.

내가 말했다. "그래, 그럴 수 있었어."

리베카의 얼굴이 나를 돌아보았다. 내가 자기 안의 어떤 것, 아마도 느리게 연소하는 깊은 안도에 불을 붙여준 듯이. "정말요?"

"그래, 벽에 붙인 그 시는 네게 진정한 친구가 있으면 나쁜 일이 일어날 수 없다는 뜻이 아니야. 친구가 있는 한 아무리 나쁜 일이 일어나도 견딜 수 있다는 뜻이야. 친구가 더 중요하니까."

리베카는 내 말을 생각해보더니 고개를 끄덕이고 말했다. "작년에는 그런 생각 안 했어요. 그때는 정말 어린애였던 것 같아요." 사회복지사의 재촉도 느끼지 못했다.

"안다면 다시 그 일을 하겠니?"

리베카가 날 보고 웃었다. 너무 투명해서 듣는 사람이 몸을 떨게하는 진정한 웃음. 지친 벽을 녹이고 우리 정신을 넓고 달콤한 어둠 속으로 보내는 웃음. 리베카는 이제 흐릿하지 않았다. 그 방에서 가장 확고한 존재였다. "그럼요. 바보 같지만 당연히 다시 해요."

"됐어, 이제 그만하고 작별 인사 해." 사회복지사가 말한 뒤 리베카의 위팔을 잡았다. 통통한 손으로 세게 꼬집어도 아무 반응이 없었지만 그대로 문밖으로 밀고 나갔다. 그들의 발소리가 희미해졌다. 사회복지사의 불만스러운 투덜거림과 리베카의 운동화 소리가 가늘어지다가 사라졌다.

콘웨이가 말했다. "우리도 갈게요. 내일 다시 오겠습니다."

매케나는 목이 아픈 것처럼 고개를 돌려 우리를 보고 말했다. "네, 알겠습니다."

"리베카의 부모님이 연락하면 저희 번호를 알려주세요. 홀리와 줄리아와 설리나가 기숙사에서 필요한 게 더 있다면 교장 선생님께서 직접 찾아서 전달해주시기 바랍니다. 우리에게 할 말이 있으면 밤에 언제든 연락할 수 있다고 알려주시고요."

"잘 알겠습니다. 이제 안심하고 떠나셔도 좋습니다."

콘웨이는 이미 움직였다. 나는 그렇게 빠르지 않았다. 매케나는 아주 평범해졌다. 내 어머니 또래의 여자, 술꾼 남편과 속 썩이는 자식 때문에 잠을 설치는 여자 같았다.

내가 말했다. "오늘 그렇게 말씀하셨죠. 이 학교는 많은 일을 겪고 이겨냈다고."

"네, 그랬습니다." 매케나가 말했다. 그녀에게는 마지막 한 방이 있었다. 물고기 눈이 나와서 나를 강타했다. 그것은 매케나가 어떻게 건방진 십 대들을 덜덜 떨게 만드는지 보여주었다. "뒤늦은 우려에 감사드립니다만, 형사님들 같은 큰 위협도 이겨낼 수 있다고 확신합니다."

"정신 차려요. 아부하더니 꼴좋네요." 콘웨이가 복도 멀찍이서 말했다. 어둠 때문에 얼굴과 목소리가 흐릿해서 얼마만큼이 농담인지 알 수 없었다.

계단을 내려가는데 손바닥에 닿은 계단 난간이 따뜻하다. 현관 홀은 채광창으로 들어온 빛이 격자무늬 타일 위에 하얀 사선으로 쏟아진다. 우리 발소리, 콘웨이가 손에 든 자동차 키 짤랑거리는 소리, 어디선가 자정을 알리는 대형 시계의 느리고 희미한 소리가 잠잠한 공기를 뚫고 보이지 않는 천장으로 빙글빙글 올라간다. 마지막 순간, 우리가 아침에 왔던 그곳이 어둠을 뚫고 내 앞에 모습을 보였다. 아름다운 모습, 진줏빛과 안개에 휩싸인 모습, 가닿을 수 없는 모습으로.

자동차로 걸어가는 길은 끝없이 멀게 느껴졌다. 밤은 팽팽하게 부풀어 올라 활짝 열렸고, 허기진 열대 꽃과 짐승의 똥과 수돗물의 냄새를 풍겼다. 교정은 광포해졌다. 나뭇잎에 반사된 달빛은 모두 으르렁거리는 이빨 같았고, 자동차 위로 가지를 뻗은 나무에는 곧 떨어질 어두운 것이 가득 매달려 있는 것 같았다. 나는 소리가 날 때마다 흠칫하며 돌아보았지만 이렇다 할 것은 없었다. 그곳은 그저 나를 놀리거나 누가 대장인지를 알려줄 뿐이었다.

자동차 문을 닫았을 때 나는 땀을 흘리고 있었다. 못 알아차렸을 줄 알았는데 콘웨이가 말했다. "여기를 떠나게 돼서 더럽게 기쁘네요."

"나도요." 내가 말했다.

우리는 하이파이브를 하고 하늘을 나는 연처럼 우쭐거려야 했다. 하지만 그럴 마음이 들지 않았다. 마음속에 떠오르는 건 홀리와 줄리아의 얼굴, 열망했지만 상실한 것의 마지막 그림자를 바라보는 표정뿐이었다. 그리고 설리나의 눈동자가 먼 푸른빛에 싸여 나는 볼 수 없는 어떤 것을 보는 모습. 그리고 인간이기에는 너무 투명하던 리베카의 웃음. 자동차는 추웠다.

콘웨이는 시동을 걸고 빠르게 후진했다. 주차장 진입로에 올라서자 자갈이 튀었다. 그녀가 말했다. "조사는 9시에 시작해요. 살인수사과에서. 우리 팀 멍청이들보다는 당신하고 같이 하겠어요."

어쨌든 콘웨이가 큰 사건을 해결했으니 로슈와 나머지들의 잽 공격에는 못이 추가적으로 박힌다. 등을 두드려주고 공짜 술을 마시고 '잘했어, 나도 그래' 하는 일. 그렇게 되지 않을 것이다. 내가 어느 날 살인수사과의 동료애에 동참하고 싶다면 전속력으로 미제사건수사과로 달아나는 것이 최선이었다.

내가 말했다. "네, 갈게요."

"당신이 그럴 자격을 얻었어요."

"고마워요."

"이런 하루를 보내면서도 큰 실수가 없었어요. 뭘 원해요, 훈장?"

"고맙다고 말했는데요. 당신은 뭘 원해요, 꽃?"

정문은 닫혀 있었다. 우리가 한참 동안 주차장 진입로를 내려왔는데도 야경꾼은 헤드라이트를 보지 못했고 콘웨이가 경적을 울리자 그제야 컴퓨터에서 고개를 들었다. "뭐 하는 사람인지." 콘웨이와 내가 한목소리로 말했다.

정문이 길고 느리게 끼익거리며 열렸다. 콘웨이는 양쪽으로 여유 공간이 몇 센티미터 생기자마자 액셀러레이터를 밟았고 MG의 사이드미러가 문에 부딪혀 날아갈 뻔했다. 그렇게 세인트킬다 칼리지는 사라졌다.

콘웨이는 재킷 주머니에서 무언가 꺼내서 내 무릎에 던졌다. 크리스의 사진이 붙은 카드다. 크리스는 황금빛 나뭇잎들 틈에서 웃고 있고 "난 누가 그 애를 죽였는지 알아" 하고 적혀 있다.

콘웨이가 물었다. "이건 누구 작품 같아요?"

흐릿한 빛 속에서도 크리스의 얼굴에는 사진 바깥으로 튀어나올 듯한 생명력이 가득했다. 나는 사진을 대시보드 불빛에 기울여서 크리스의 얼굴을 읽어보려고 했다. 미소가 눈앞에 있는 여학생을 반사한 것인지, 아주 새롭고 강렬한 어떤 '사랑'을 담고 있는 것인지 궁금했다. 미소는 침묵을 지켰다.

내가 말했다. "셀리나요."

"나도 그래요."

"셀리나는 리베카가 크리스의 휴대폰을 가져왔을 때부터 그 애가 범인이라는 걸 알았어요. 일 년 동안 속에만 간직했지만 더이상 견딜 수 없어서 밖으로 표출한 거죠."

콘웨이가 고개를 끄덕였다. "그렇다고 친구를 고자질할 생각은 아니었어요. 시크릿 플레이스가 완벽한 수단이었어요. 핵심을 밝히지 않고도 비밀을 털어놓고 마음의 짐을 덜 수 있으니까요. 하지만 그게 경찰을 불러올 거라고는 생각 못 했어요. 하루 정도 입방아에 오르내리다 사라질 줄 알았겠죠."

가로등이 휙휙 지나가면서 크리스가 보이다 말다 했다. 내가 말했다. "이제 설리나는 크리스의 유령을 보지 않게 될지도 몰라요."

나는 콘웨이가 말하기를 바랐다. '크리스는 떠났어요. 우리가 설리나에게서 내보냈어요. 이제 두 사람 다 해방됐어요.'

"아뇨." 콘웨이는 말한 뒤 두 손으로 운전대를 강하고 부드럽게 겹쳐 잡고 모퉁이를 돌았다. "설리나 상태를 봐요. 그 애는 영원히 크리스에게 잡혔어요."

우리가 아침에 지나쳤던 정원들은 두꺼운 정적에 잠긴 채 아무런 기척이 없었다. 아직 큰길은 나오지 않았지만 신중하고 우아한 푸르름 속에서 움직이는 것은 우리뿐이었다. MG의 부드러운 엔진이 무례한 소리로 울렸다.

"코스텔로." 콘웨이가 더 말할지 말지 생각하는 듯 말을 멈추었다. 1.5미터짜리 콘크리트 머그 손잡이에 조명이 비추고 있었다. 모두가 그걸 스물네 시간 감상할 수 있도록, 아니면 1.8미터 콘크리트 머그컵이 있는 사람이 그걸 훔쳐 가지 못하도록.

콘웨이가 말했다. "아직 코스텔로 자리가 안 채워졌어요."

"네, 알아요."

"오켈리는 칠월을 이야기해요. 중반기 예산 어쩌고 하면서요. 이 일이 잘되면 나는 좋은 평가를 받을 거예요. 당신이 지원하면 내가 추천할 수 있어요."

그것은 파트너를 의미했다. '자네가 원한다면 그 사람과 함께하게, 콘웨이…….' 나와 콘웨이가.

나는 모든 게 선명하게 보였다. 남자들의 헐뜯음, 내 책상 위에 나타나는 성인용품과 그에 대한 조롱. 늦게야 도착하는 서류와 증인들. 다음 날 아침에야 듣는 술자리 이야기. 잘 지내려고 애쓰면서 바보가 되는 나. 그런 일을 전혀 시도하지 않는 콘웨이.

'그건 친구가 있는 한 아무리 나쁜 일이 일어나도 견딜 수 있다는 뜻이야.' 내가 리베카에게 한 말.

내가 말했다. "그러면 좋겠네요. 고마워요."

희미한 자동차 불빛 속에서 콘웨이의 입꼬리가 살짝 올라갔다. 그녀가 살인수사과 방에서 소피에게 전화할 때와 같은 표정, '무엇이든 하겠다'는 표정이었다. 콘웨이가 말했다. "어쨌든 재미는 있을 거예요."

"재미에 대한 시각이 독특하네요."

"그게 좋지 않나요? 안 그러면 당신은 미제사건수사과에 박혀서 또 어떤 고딩이 기회를 안 가져오나 기도하고 있을 텐데요."

"그것도 나쁘지 않아요." 내가 말했다. 내 입꼬리도 비슷하게 올라갔다.

"그럼요." 콘웨이가 말하고 MG를 큰길에 올린 뒤 가속페달을 밟았다. 누가 경적을 빵 울리자 그녀도 경적으로 답한 뒤 손가락을 들어 보였고 사방에서 도시가 불꽃놀이처럼 살아났다. 네온사인, 붉은빛과 황금빛 조명, 오토바이와 앰프 소리, 열린 창문으로 들어오는 따뜻한 바람. 눈앞에 펼쳐진 도로는 우리 뼛속 깊이 자신의 맥박을 전달하면서 우리 둘 모두에게 충분할 만큼 길고 강하게 흘렀다.

30

그들이 4학년이 되어 학교에 돌아오는 날은 비가 내렸다. 피부에 끈적한 느낌을 남기며 추적추적 내리는 비. 여름방학은 기이하고 뒤틀렸다. 누군가는 항상 가족 여행을 떠나 있었고, 누군가는 가족 파티 중이거나 치과에 가거나 해서 그들 네 명은 유월 이후 제대로 만나지 못했다. 설리나의 엄마는 설리나를 미용실에 데려가서 머리를 제대로 자르게 했다. 그래서 설리나는 잘 보지 않으면 나이보다 노숙해 보인다. 줄리아는 목에 키스 마크가 생겼는데 그것에 대해 아무 말도 하지 않고 친구들도 묻지 않는다. 베카는 키가 칠팔 센티미터 크고 교정기를 뺐다. 홀리는 변하지 않은 건 자기뿐이라고 느낀다. 키가 조금 더 크고 다리가 조금 더 매끈해졌지만 큰 변화는 없다. 어깨에 가방을 메고 윈덱스 냄새가 나는 새 방, 그들이 일 년 동안 같이 쓸 방의 문 앞에 섰을 때 홀리는 잠시 어지럼증이 일고 친구들이 어색하다는 느낌까지 든다.

누구도 맹세에 대해 말하지 않는다. 밤에 나가는 일에 대해서도 말하지 않는다. 그것의 추억에 대해서도 말하지 않고 다른 방법을 찾자는 말도 하지 않는다. 홀리는 마음 한구석으로 친구들에게는 그 일이 장난이었나, 그러니까 학교생활이나 자신들을 좀더 흥미롭게 만들어줄 방법에 불과했나 하는 생각도 든다. 홀리 자신이 수단이었다 해도 그것을 믿는 것은 중요했다.

크리스 하퍼가 죽고 석 달 반이 지났다. 그들도 그렇고 다른 누구도 크리스 이야기를 하지 않는다. 누구도 먼저 이야기를 꺼내고 싶어 하지 않고 며칠이 지나자 이제 늦어버린다.

두 주가 지나자 비가 누그러들고 어느 불안한 오후에 그들 넷은 코트에서 더이상 서로의 얼굴을 마주하지 못한다. 그들은 얼굴에 순진한 표정을 띠고 뒤편을 돌아서 필드로 간다.

잡초는 작년보다 더 크고 강해졌다. 아이들이 자주 올라앉던 돌더미들은 무너져서 무릎 높이의 쓸모없는 쓰레기 더미가 되었다. 바람은 철망을 콘크리트에 문지른다.

아무도 없다. 펑크족조차 없다. 줄리아는 덤불을 발로 차며 들어가서 남은 돌 더미에 등을 기대고 앉는다.

줄리아는 휴대폰을 꺼내서 누군가에게 문자를 한다. 베카는 맨땅에 돌멩이로 소용돌이 모양을 만든다. 설리나는 하늘에 최면이라도 걸린 듯 하늘을 바라본다. 광대뼈에 마지막 빗방울이 떨어지지만 눈을 깜박이지 않는다.

이곳은 앞쪽보다 쌀쌀하다. 그리 멀지 않은 곳에 산이 있다는 걸 상기시켜주는 시골의 쌀쌀함이다. 홀리는 재킷 주머니에 손을 찔러 넣는다. 가려운 느낌이 드는데 어디인지 알 수가 없다.

"그 노래 뭐였어?" 홀리가 불쑥 묻는다. "작년에 라디오에서 계속 나왔는데. 여자 가수 노래."

"불러봐." 베카가 말한다.

홀리는 노래를 불러보려고 하지만 마지막으로 들은 지 몇 달이 지나서 가사를 잊었다. 기억나는 부분은 '기억해줘, 오, 기억해줘. 지난날……'이다. 홀리는 대신 멜로디를 허밍으로 불러보려고 한다. 그런데 그 빠른 리듬과 기타 소리가 없으니 노래 같지도 않다. 줄리아는 어깨를 으쓱한다.

"라나 델 레이?" 베카가 말한다.

"아니." 라나 델 레이하고 거리가 너무 멀어서 그 말만으로도 홀리는 우울해진다. "설리나, 너는 무슨 노래 말하는지 알지?"

설리나가 희미한 미소를 띠고 바라본다. "응?"

"그 노래. 전에 네가 우리 방에서 허밍으로 불렀어. 내가 샤워하고 들어왔다가 뭐냐고 물었는데 모른다고 했잖아?"

설리나는 잠시 생각하지만 곧 잊고 다른 것을 생각한다.

"그런데 모두 어디 간 거야?" 줄리아가 흙 위에서 엉덩이를 옮기며 말한다. "여기 재미있는 곳 아니었어?"

"날씨 때문에 그래." 홀리가 말한다. 가려운 느낌이 강해진다. 주머니에 초코바 껍질이 있어서 그걸 똘똘 뭉친다.

"난 지금이 좋아." 베카가 말한다. "전에는 여자를 꼬시려고 눈에 불을 켠 멍청이들뿐이었어."

"어쨌든 지루하지는 않았잖아. 그냥 안에 있는 게 나았겠다."

홀리는 가려운 느낌의 정체를 깨닫는다. 외로움이다. 깨닫고 나니 더 악화된다. "이제 들어가자." 홀리가 말한다. 갑자기 코트가 그립다. 몸 안에 전자음악과 분홍색 설탕을 터지도록 욱여넣고 싶다.

"싫어. 뭐 하러 들어가? 이 분만 있으면 학교로 돌아가야 하는데."

홀리는 그래도 들어갈까 생각하지만 아무도 안 따라올지도 모르고, 칙칙한 비를 뚫고 혼자 가는 것은 더 외로울 것 같다. 그래서 대신 초코바 껍질을 공중에 던지고 두어 번 돌린 뒤 손에 들고 있는다.

모두 아무 일도 하지 않는다. 홀리는 초코바 껍질을 줄리아에게 유혹하듯 띄워 보내지만 줄리아는 벌레처럼 쳐낸다. "그러지 마."

"설리나."

홀리는 초코바 껍질을 설리나 이마에 톡 맞춘다. 설리나는 잠시 어리둥절한 표정이지만 곧 공중에서 껍질을 부드럽게 잡아서 주머니에 넣고 말한다. "우리 이제 그런 거 안 해."

이유들이 공중에서 속삭인다. "그거 내 거야." 비에 젖은 잿빛 정적에 대고 홀리가 너무 크고 바보 같은 목소리로 말한다.

아무도 대답하지 않는다. 홀리는 그때 처음으로, 어느 날 자신이 모든 게 다 상상이었다고 여기고, 그걸 백 퍼센트 믿을 거라는 생각이 든다.

줄리아는 다시 문자를 한다. 설리나는 몽상에 빠져들어 있다. 홀리는 그들 셋에 대한 사랑이 너무도 크고 맹렬하고 아파서 울부짖을 수도 있을 것 같다.

베카가 홀리를 보고 고개로 땅바닥을 가리킨다. 홀리가 내려다보자 베카가 잡초들 틈으로 돌멩이를 던지고 돌멩이가 홀리의 어그부츠 코에 떨어진다. 홀리는 기분이 살짝 가벼워졌고 베카는 다정하게 미소를 짓는다. 아이에게 사탕을 주는 어른처럼.

올해는 '전환 학년'이라서 이상한 일이 많을 것이다. 그들 넷은 몇 주 동안 각기 다른 시간에 각기 다른 곳에서 현장 실습을 한다. 교사들은 인터넷 광고반, 장애 아동 지원반 등 여러 프로젝트 그룹을 만들 때 일부러 친구 집단을 쪼갠다. 전환 학년에는 새로운 경험이 중요하기 때문이다. 홀리는 줄리아가 교실 저편에서 다른 친구들과 웃을 때, 그들 넷이 소등 직전에 간신히 방에서 함께할 시간을 갖지만 몇 마디 말도 나누지 않을 때 속으로 이렇게 말한다. 전환 학년이라서 그래. 이런 일은 어쨌든 일어날 거였어. 내년이면 모든 게 정상으로 돌아갈 거야.

올해 베카가 밸런타인 댄스파티에 가지 않겠다고 하자 아무도 베카를 설득하지 않는다. 줄리아가 댄스장에서 프랜수아 레비하고 키스하다가 코닐리어스 수녀에게 걸려도 홀리와 설리나는 아무 말도 하지 않는다. 자기 몸을 감싸 안고 특이하게 몸을 흔드는 설리나는 그 일을 알아차린 것 같지도 않다.

나중에 기숙사로 돌아와보니 베카는 그들에게 등을 돌리고 귀에 이어폰을 꽂은 채 몸을 말고 누워 있다. 독서등에 반사되는 빛을 보면 한쪽 눈을 뜨고 있는데도 아무 말도 하지 않고 그들도 말하지 않는다.

다음 주에 그레이엄 선생이 마지막 미술 과제를 내면서 네 명씩 그룹을 만들라고 할 때 홀리는 세 명을 재빨리 잡으려 하다가 의자에서 떨어질 뻔한다. "아야. 왜 이래?" 줄리아가 팔을 빼내며 말한다.

"놀랄 거 없어. 립스틱 자국으로 칸에 그림을 만들고 싶어 하는 멍청한 그룹에 들어가기 싫어서 그래."

"너야말로 진정해." 줄리아가 말하지만 웃는다. "키스로 칸예를 만드는 대신 탐폰으로 레이디 가가를 만들 거야. 여성의 사회적 위치에 대한 메시지를 주는 거야." 줄리와 홀리와 베카가 모두 키득거리고 설리나마저 웃는다. 홀리는 정말로 오랜만에 어깨에서 긴장이 빠져나간다.

"나 왔어." 홀리가 등 뒤로 문을 닫으며 말한다.

"여기 있다." 아빠가 부엌에서 대답한다. 홀리는 바닥에 짐 가방을 던지고 머리에서 빗방울을 털면서 아빠에게 간다.

아빠는 싱크대에서 감자 껍질을 벗기고 있다. 회색 티셔츠의 긴 소매를 팔꿈치까지 걷었다. 아직 흰머리가 많지 않은 갈색 머리, 튼튼한 어깨, 근육질 팔. 뒤에서 보니 아빠는 젊어 보인다. 오븐이 돌아가서 부엌이 따뜻하게 웅웅거린다. 부엌 창밖에서 이월의 비는 보일락 말락 하는 희미한 안개가 되어 있다.

크리스 하퍼가 죽고 아홉 달 일주일 닷새가 지났다.

아빠가 손을 대지 않은 채 홀리를 끌어안고 홀리가 뺨에 키스할 수 있도록 고개를 숙인다. 수염 자국, 담배 냄새. "보여줘." 아빠가 말한다.

"아빠."

"보여줘."

"완전 집착이야."

아빠는 한 손을 꼬물거려 신호한다. 홀리는 눈을 굴리고 열쇠고리를 든다. 홀리의 호신용 경보기는 아주 작다. 검은 바탕에 하얀 꽃이 그려져 있다. 아빠는 오랜 탐색 끝에 평범한 열쇠고리처럼 보이는 것을 찾았다. 꺼낼 때 민망하지 않도록. 그래도 매주 확인한다.

"그래, 보기 좋구나. 나는 집착하는 내가 좋아." 아빠가 말하고 감자로 돌아간다.

"이런 거 갖고 다니는 애들 아무도 없어."

"그러니까 너 혼자 외계인 납치범을 피할 수 있겠네. 얼마나 좋니. 간식 먹을래?"

"괜찮아." 금요일이면 그들은 남은 용돈으로 초콜릿을 사서 버스 정류장 벽에 앉아 먹는다.

"좋아. 그러면 여기 나 좀 도와줄래?"

저녁 준비는 언제나 엄마 몫이다. "엄마는?" 홀리가 묻고 코트를 제대로 걸려고 하는 척하면서 아빠를 곁눈질한다. 부모님은 홀리가 어릴 때 별거했다. 그러다 홀리가 열한 살 때 아빠가 돌아왔지만 홀리는 아직도 상황을 유심히 관찰한다. 평소와 다른 일은 더욱.

"학교 때 친구 만나러 갔어. 이거 받아." 아빠가 홀리에게 마늘 한 통을 던진다. "세 알을 잘게 다져. 그렇게 적혀 있어."

"어떤 친구?"

"디어드리라는 어떤 여자래." 홀리는 자신이 그 '어떤 여자'를 찾고 있었다는 걸 아빠가 아는지 모르는지 알 수 없다. 아빠는 무엇을 알든 모르든 겉으로 드러내지 않는다. "잘게 다져."

홀리는 칼을 가져와서 아일랜드 식탁에 앉는다. "오늘 와?"

"당연히 오지. 몇 시인지는 몰라도. 우리가 먼저 저녁 먹고 있겠다고 했어. 엄마가 식사 때 맞춰 오면 좋지만 엄마가 친구랑 더 놀고 싶다고 해서 우리가 배를 곯을 수는 없잖니."

"피자 먹자." 홀리가 짓궂은 미소를 짓고 말한다. 홀리가 주말에 아빠의 우울한 아파트에 가던 시절, 그들은 의자 놓을 자리도 없는 작은 발코니에서 난간 밖으로 다리를 늘어뜨리고 리피 강을 내려다보며 피자를 시켜 먹곤 했다. 아빠의 눈빛이 따뜻해지는 것을 보니 역시 그때를 떠올리고 있다.

"내가 이렇게 미친 요리 실력을 발휘하는데 피자를 먹겠다고? 고마워할 줄을 모르는군. 어쨌든 엄마가 닭고기를 빨리 먹어야 한다고 했어."

"뭘 만드는 거야?"

"치킨 캐서롤. 엄마가 대충 요리법을 적어줬어." 아빠는 고갯짓으로 도마 밑에 있는 쪽지를 가리켰다. "이번 주는 어땠니?"

"별일 없었어. 이그네이셔스 수녀님이 우리가 대학에서 뭘 배울지 잘 결정해야 하고, 우리 인생 전체가 그 결정을 잘하는 데 달려 있다고 아주 긴 설교를 했어. 마지막에는 아주 흥분하셔서 우리를 전부 예배당에 데리고 가서 각자의 수호성인에게 기도도 하게 했고."

그러자 아빠가 홀리의 의도대로 웃음을 터뜨린다. "네 수호성인께서는 뭐라고 하시든?"

"시험에 꼭 붙으라고. 안 그러면 이그네이셔스 수녀님을 일 년 더 봐야 하니까. 아아아아."

"똑똑한 분이구나." 아빠는 감자 껍질을 퇴비 통에 버리고 감자를 썰기 시작한다. "네 인생에 수녀님이 너무 많지 않니? 원하면 언제라도 기숙사를 떠날 수 있다는 거 알지? 말만 해."

"그러기 싫어……." 홀리가 재빨리 대답한다. 홀리는 크리스 사건이 있었는데도 왜 아빠가 기숙사 생활을 허락하는지 아직 모른다.

그리고 언제 마음을 바꿀지 모른다고 생각한다. "이그네이셔스 수녀님은 문제도 아니야. 모두 그냥 웃어넘기니까. 줄리아가 말투를 흉내 내. 생활 지도 수업 때도 그랬는데 수녀님은 못 알아차리더라고. 우리가 왜 웃는지도 몰랐어."

"깜찍한 것." 아빠가 웃으며 말한다. 아빠는 줄리아를 좋아한다. "하지만 수녀님 말씀은 일리가 있어. 학교를 졸업한 뒤의 일을 생각해본 적 있니?"

지난 두어 달 동안은 모든 어른이 그 이야기만 하는 것 같다. 홀리가 말한다. "사회학 쪽? 작년 진로지도 주간에 사회학자가 왔는데 괜찮아 보였어. 아니면 법학 쪽이나."

홀리는 마늘에 집중하지만 아빠의 도마질 리듬이 일정하게 유지된다는 걸 알 수 있다. 엄마는 변호사고 아빠는 형사다. 홀리는 형제가 없으니 아빠의 길을 이을 자식은 없다.

홀리가 고개를 들어 보자 아빠는 한껏 감동에 젖은 흥미로운 표정을 하고 있다. "법조계로 가려고?"

"어쩌면. 모르겠어. 그냥 생각이야."

"어쨌든 너는 토론 능력은 있어. 검찰 쪽? 아니면 변호사?"

"변호사가 나을 것 같아."

"왜?"

여전히 다정하고 흥미로운 표정이지만 홀리는 작은 냉기를 느낀다. 아빠는 마음에 들어 하지 않는다. 홀리는 어깨를 으쓱한다. "그냥 재미있을 것 같아서. 이 정도 다지면 돼?"

홀리는 아빠가 반대한 일을 자신이 기어코 한 경우와 그 반대의 경우를 생각해본다. 기숙학교가 유일하게 떠오르는 예다. 아빠는 때로는 아주 단호하게 반대한다. 하지만 대부분은 결국 그런 일이 일어나지 않는다. 때로는 홀리가 어찌어찌해서 결국 아빠가 옳다고 결론 내리기도 한다. 홀리는 아빠에게 법학 공부에 대한 생각을 말할 계획이 없었지만 집중하지 않고 있다 보면 아빠하고는 이런저런 이야기를 하게 된다.

"된 것 같아. 여기." 아빠가 말하고 홀리는 다진 마늘을 가져다 캐서롤 접시에 넣는다. "그리고 파 좀 썰어줘. 왜 변호사야?"

홀리는 파를 가지고 다시 아일랜드 식탁으로 간다. "왜냐하면 검찰 쪽에는 사람이 많으니까."

아빠는 질문을 담은 표정으로 눈썹을 올리고 홀리는 어깨를 으쓱한다. "그냥…… 모르겠어. 검찰 측에는 형사, 정복 경찰, 과학수사대, 검사가 있지만, 피고 측에는 자기 인생이 걸린 사람하고 변호사 둘뿐이잖아."

"흠." 아빠가 감자 덩어리들을 살피며 말한다. 어떻게 대답할지 여러 각도로 살펴보며 신중하게 생각하는 모습이다. "하지만 그건 보기만큼 불공평하지는 않아. 제도는 피고 측을 보호해. 검찰 측은 합리적 의심을 넘어서는 근거를 제시해야 되거든. 반면에 피고 측은 한 가지 의심만 확실해도 되지. 가슴에 손을 얹고 장담하는데 억울하게 감옥에 간 사람보다 죄를 짓고도 벌 받지 않은 사람이 훨씬 많아."

홀리의 말은 그런 뜻이 아니다. 홀리는 아빠가 이해하지 못하는 게 답답한지 다행인지도 알 수 없다. "응, 그렇겠지."

아빠는 감자를 캐서롤 접시에 던지고 말한다. "어쨌든 좋은 생각이야. 서두르지만 마. 마음을 백 퍼센트 굳힐 때까지는 한 가지 생각에 너무 몰두하지 않는 게 좋아. 알겠니?"

홀리가 말한다. "내가 변호사 되는 게 싫어?"

"아냐, 기뻐. 돈은 거기 있으니까. 네가 날 익숙하지 않은 스타일로 만들어줄 수도 있지."

아빠는 빠져나가고 아빠의 눈으로 미끄러운 광채가 들어간다.

"아빠, 내가 이유를 물어봤잖아."

"변호사들은 날 싫어해. 지금쯤이면 네가 나에 대한 미움을 버리고, 스무 살 정도가 되면 우리 사이가 다시 좋아질 거라고 생각했어. 네가 새로 시작할 줄은 몰랐어." 아빠는 냉장고로 가서 안을 뒤진다. "엄마가 당근도 넣으라고 했는데 몇 개나 넣을까?"

"아빠."

아빠는 냉장고에 기대서 홀리를 보고 말한다. "하나 물어보자. 의뢰인이 찾아와서 변호를 맡겨. 그 사람은 체포되었고 쓰레기 무단투기 정도의 일이 아니야. 아주 나쁜 일이지. 이야기를 할수록 너는 그 사람이 유죄라는 생각이 들어. 하지만 그 사람은 돈이 있고 너는 아이들 치아 교정도 해야 하고 학비도 내야 돼. 그럴 때 어떻게 하겠니?"

홀리는 어깨를 으쓱한다. "그때 생각해보지, 뭐."

홀리는 아빠에게 어떻게 말해야 할지 모른다. 바로 그게 핵심이라고 말해야 하지만 굳이 말하고 싶지도 않다. 검찰 측이 가진 것, 모든 지원과 제도, 자신들이 좋은 사람이라는 확신. 그것은 나태하고 불쾌할 만큼 비겁하게 느껴진다. 홀리는 홀로 서는 사람, 옳고 그른 것을 스스로 알아내는 사람이 되고 싶다. 빠른 지그재그 길을 알아내서 모든 이야기에 올바른 결말을 안겨주는 사람이 되고 싶다. 그쪽이 깨끗하고 용기 있다고 느껴진다.

"그것도 방법이지. 한 개? 두 개?" 아빠가 당근 봉지를 꺼내서 묻는다.

"두 개요." 아빠에게는 요리법 메모가 있다. 물어볼 필요가 없다.

"친구들은 어떠니? 법조계를 생각하는 친구가 있니?"

홀리의 다리가 짜증으로 뻣뻣해진다. "아니. 놀랍게도 나는 스스로 생각할 수 있거든."

아빠는 웃음 띤 얼굴로 싱크대로 돌아가고 가는 길에 홀리의 머리에 손을 얹는다. 체온도 따뜻하고 강도도 적당하다. 아빠는 마음이 누그러들었거나 그런 척하기로 한다. "너는 좋은 변호사가 될 거야. 변호사가 되기로 한다면. 법정의 어느 쪽에 서든지." 아빠가 홀리의 머리를 쓰다듬고 당근을 다듬으러 간다. "걱정할 거 없어, 참새. 너는 잘 결정할 거야."

대화는 끝났다. 아빠의 조심스러운 탐색과 진지한 시도에도 홀리는 아빠가 자신의 실제 생각에 접근하는 것을 막을 수 있었다. 빠르게 밀려드는 승리감과 수치심 속에 홀리는 맹렬히 파를 썬다.

아빠가 말한다. "네 친구들은 어떠니?"

"줄리아는 기자가 되려고 하고 베카는 모르겠어. 설리나는 미대에 가고 싶어 해."

"그건 문제가 안 되겠네. 소질이 있으니까. 너한테 묻고 싶었던 건 그 애가 요즘 괜찮느냐는 거야."

홀리는 고개를 들었지만 아빠는 당근 껍질을 벗기면서 엄마가 오는지 보려고 창밖에 시선을 두고 있다. "무슨 말이야?"

"그냥 궁금해서. 최근에 우리 집에 몇 번 왔을 때 보니 그 애는 약간…… 정신이 다른 데 있는 것 같았어. 이런 표현이 맞니?"

"걔는 원래 그래. 잘 모르면 그렇게 보여."

"이제 나도 그 애랑 안 지 꽤 됐어. 전에는 그렇지 않았어. 무슨 걱정이 있는 거니?"

홀리는 어깨를 으쓱한다. "그냥 평범한 거. 학교 일 같은 거."

아빠가 대답을 기다리지만 홀리는 거기서 끝나지 않을 것을 안다. 홀리는 썬 대파를 캐서롤 접시에 넣는다. "이제 뭐 해?"

"이거." 아빠가 양파를 던진다. "너하고 친구들이 설리나를 잘 안다는 건 알지만 때로는 가장 가까운 사람들이 문제를 가장 늦게 알아차리기도 해. 네 나이 때는 많은 문제를 겪어. 우울증이나, 요새 조울증이라고 부르는 조현병이나. 설리나가 그렇다는 건 아니야." 홀리가 입을 벌리자 아빠가 손을 들어 말을 막는다. "그 애한테 무슨 일이 있으면 사소한 거라도 해결해야 한다는 거야."

홀리는 두 발로 부엌 바닥 타일을 파고든다. "설리나는 조현병이 아니야. 그냥 몽상하는 거지. 그 애가 아이돌에 미쳐 날뛰는 흔한 십대가 아니라고 비정상인 건 아니야."

아빠의 눈은 아주 푸르고 침착하다. 홀리의 심장이 목구멍에 치받힌다. 아빠는 심각하다.

아빠가 말한다. "그런 뜻이 아니라는 걸 알 텐데. 그 애가 상큼발랄 소녀가 되어야 한다는 게 아니야. 작년 이맘때보다 훨씬 더 기운이 없다는 뜻이야. 그 애한테 어떤 문제가 있고 빨리 해결하지 않으면 인생 전체에 심각한 피해가 생길지 몰라. 너희는 어어 하는 사이에 넓은 세상으로 나가게 되어 있어. 해결되지 않은 정신적 문제를 안고 세상에 나가면 자칫 인생이 망가져."

홀리는 새로운 현실이 사방에서 압박하는 것을 느낀다. 그것이 가슴을 짓눌러서 숨 쉬기가 어렵다.

"설리나는 괜찮아. 공연히 건드리지 말고 그냥 내버려두면 돼. 제발."

잠시 후 아빠가 말한다. "그래, 좋아. 아까 말했듯이 너는 나보다 그 애를 잘 알고 나도 너희가 서로를 아끼는 걸 잘 알아. 그 애를 잘 보살펴주라고만 말하마."

현관문 쪽에서 신경질적인 열쇠 소리가 나더니 비를 머금은 서늘한 공기가 밀려든다. "프랭크? 홀리?"

"안녕." 홀리와 아빠가 인사한다.

문이 탕 닫히고 엄마가 부엌으로 들어오더니 "이런" 하고 벽에 털썩 기댄다. 올려 묶은 금발이 풀어져서 상기되고 흐트러진 모습이다. 평소의 침착한 엄마와는 전혀 다르다. "이상했어."

"술 취했어?" 아빠가 웃으며 묻는다. "나는 집에서 아이를 돌보고 뜨거운 불 앞에서 일하는데⋯⋯."

"조금은 취했는지 모르지만 취해서 그런 게 아냐. 세상에 프랭크, 내가 디어드리를 만난 게 거의 삼십 년 만인 거 알아? 어떻게 이럴 수가 있지?"

아빠가 말한다. "그러니까 잘됐다는 얘기지?"

엄마가 숨 가쁘고 어지러운 웃음을 터뜨린다. 코트 앞자락이 열려서 흰색이 배색된 타이트한 감청색 원피스와 아빠가 크리스마스 선물로 준 금목걸이가 보인다. 엄마는 아직도 벽에 기대서 있다. 가방은 발치에 떨어져 있다. 홀리는 다시 경계심이 이는 것을 느낀다. 엄마는 엄마가 귀가하거나 홀리가 귀가하면 항상 홀리에게 키스를 한다.

"완전히 좋았어. 진짜 겁먹었는데…… 솔직히 술집 앞에서 그냥 집에 갈까 하는 생각도 했어. 모임이 별로였다면, 우리가 적당한 지인처럼 가벼운 대화만 했다면…… 정말 괴로웠을 거야. 디어드리하고 나, 그리고 또 한 명 미리엄은 학교 때 홀리 너하고 네 친구들 같았어. 절대로 떨어질 수 없는 사이였지."

한쪽 발목이 감청색 가죽 하이힐 위에서 밖으로 굽어서 엄마는 자세가 십 대처럼 삐딱해진다. 홀리가 말한다. '삼십 년이라니 우리한테 그런 일은 없어요.'

"그런데 어떻게 그렇게 안 만났어?"

"학교를 졸업하고 디어드리는 부모님과 함께 미국으로 이민을 갔어. 그리고 거기서 대학에 갔지. 그때는 지금하고 달라서 이메일 같은 것도 없었어. 국제전화는 비싸고 편지는 가는 데 몇 주일이 걸렸어. 그래도 연락을 했는데…… 디어드리는 아직도 내 편지를 보관하고 있더라. 세상에, 그걸 가져왔어. 다 잊어버린 일들인데 남자 얘기, 놀러 다닌 얘기, 부모님하고 싸운 얘기, 또……. 나도 어딘가 그애 편지가 있을 거야. 아마 친정집 다락에. 찾아봐야겠어. 버렸을 리는 없으니까. 하지만 대학에 다니느라 바빠졌고 어쩌다 보니 완전히 연락이 끊겼어……."

엄마의 기름하고 사랑스러운 얼굴이 투명하다. 얼굴 위에 수많은 사연이 낙엽처럼 파닥파닥 지나간다. 그 모습은 홀리의 엄마뿐 아니라 누구의 엄마 같지도 않다. 홀리는 처음으로 엄마를 보면서 엄마의 이름을 떠올린다. 올리비아.

"그런데 와, 우리는 꼭 한 달 만에 만나는 것 같았어. 너무 웃었어. 그렇게 즐겁게 웃은 게 얼마 만인지도 모르겠어. 온갖 일이 다 생각났어. 우리가 교가의 가사를 바꿨거든. 웃기는 말이랑 야한 말을 섞어서. 그걸 술집에서 같이 불렀어. 가사가 다 생각나는 거야. 삼십년 동안 한 번도 생각한 적 없고 다 잊어버린 줄 알았는데 디어드리를 보니까 모든 게 확 살아났어."

"그 나이에 술집에서 난동을 피우면 쫓겨나." 아빠가 말한다. 웃고 있다. 환한 미소에 아빠도 젊어 보인다. 아빠는 엄마의 이런 모습을 좋아한다.

"맙소사, 사람들이 다 들었을 거야. 나는 그런 생각조차 못 했어. 그거 알아, 프랭크? 중간에 디어드리가 '너 집에 가고 싶겠다' 하는 거야. 내가 '왜?' 했는데 그 애가 '집'이라고 말할 때 내 머리에는 친정집이 떠올랐어. 열일곱 살 때 내 방이. 그래서 '내가 왜 집에 빨리 가야 되지?' 하고 생각한 거야. 1982년에 빠져서 지금 내 상황을 완전히 잊고 있었어."

엄마는 손을 입에 대고 부끄럽고 즐거운 웃음을 웃었다. "아동 방치야." 아빠가 홀리에게 말한다. "기록해둬. 나중에 엄마를 꼰지르고 싶어질 때를 대비해서."

홀리의 머릿속에 무언가 스쳐 지나간다. 오래전 빈터에서의 줄리아. 흥미로운 듯 올라간 부드러운 입꼬리. '이게 영원한 건 아냐.' 홀리는 잠깐 숨이 막힌다. 그 말은 틀렸다. 그들은 영원하다. 짧고 유한하지만 영원하다. 영원함은 그들의 뼛속에 박혀서 끝난 뒤에도 거기 손상 없이 불멸로 남아 있을 것이다.

"그 애가 이거 줬어." 엄마가 말하고 가방에서 사진을 꺼내서 아일랜드 식탁에 내려놓는다. 하얀 테두리가 노랗게 변해 있다. "우리 사진이야. 나하고 디어드리하고 미리엄. 이게 우리였어."

엄마 목소리가 이상하게 뒤틀린다. 홀리는 잠시 엄마가 우나 하고 놀라지만 고개를 들어보니 엄마는 입술을 깨물고 웃고 있다.

홀리보다 나이가 한두 살 정도 많은 세 명. 교복, 옷깃의 킬다 교표. 자세히 보니 킬트 치마가 더 길고 블레이저도 헐렁해서 촌스럽지만, 그것하고 부풀린 머리만 아니면 바로 위 학년 선배 같은 모습이다. 그들은 단철문 위에서 입술을 비죽 내밀고 엉덩이를 삐딱하게 기울인 채 장난을 치고 있다. 홀리는 깜박임 같은 짧은 경련 후에 그 문이 뒤쪽 잔디밭 끝의 문이라는 걸 깨닫는다. 디어드리는 가운데에서 북슬북슬한 검은 파마 머리를 흔들고 있다. 얼굴은 둥글고 속눈썹이 짙으며 눈빛이 장난스럽다. 미리엄은 작은 체구에 금발 바람 머리로, 교정기를 드러내고 손가락을 튕기며 웃는다. 그리고 오른쪽에 다리가 긴 올리비아가 있다. 고개를 젖히고 두 손으로 머리카락을 움켜쥐어서 모델 흉내와 패러디의 중간쯤 되는 자세를 취하고 있다. 입에는 립글로스를 발랐다. 솜사탕 같은 연분홍색. 홀리가 주말에 바르고 집에 오면 엄마가 살짝 못마땅한 표정을 지을 것 같다. 엄마는 아름다워 보인다.

"바나나라마* 흉내를 낸 거야." 엄마가 말한다. "아니면 그 비슷한 거. 확실하지는 않아. 우리가 그 학기에 밴드를 했거든."

"밴드를 했다고? 그러면 나는 그루피**네." 아빠가 말한다.

"밴드 이름이 '새콤달콤'이었어." 엄마가 몸을 살짝 떨며 웃는다. "나는 키보드를 쳤는데 사실 엉터리였지. 피아노를 배웠으니 키보

---

* 1980년대 영국의 여성 삼인조 가수.

** 연예인을 과할 정도로 쫓아다니는 열성적인 팬을 가리키는 마리.

드도 잘 칠 거라고들 했지만 실제로는 엉망이었어. 디어드리는 포크 기타밖에 못 쳤고 모두 음악성이 꽝이라서 다 엉망진창이었지만 재미있었어."

홀리는 엄마에게서 눈길을 뗄 수 없다. 사진 속 소녀는 인생에 돌이킬 수 없는 발길을 디딘 확고한 사람이 아니다. 백만 가지 가능성에 반사된 빛이 이룬 환상의 불꽃이다. 소녀는 프랭크 매키와 결혼해서 딸 하나를 둔 변호사에 그치지 않는다. 도키*의 주택, 점잖은 빛깔의 캐시미어 옷, 샤넬 No.5 향수, 모든 것이 소녀 안에 내재되고 미지의 상태로 소녀의 뼛속에 웅크리고 있지만, 선택되지 않아 빛의 속도로 사라진 다른 수백 가지 인생도 거기 있다. 홀리의 등골에 전율이 엉겨서 흔들어도 풀리지 않는다.

홀리가 묻는다. "미리엄 아줌마는 어디 살아?"

"몰라. 디어드리가 떠나자 예전과 같지 않았고 우리는 대학 시절에 멀어졌어. 그 시절 나는 아주 심각하고 꿈이 커서 공부만 했는데 미리엄은 술 마시고 연애하는 걸 좋아했어. 그래서 어쩌다 보니까……." 엄마는 아직도 사진을 들여다보고 있다. "대학 졸업 후 곧 결혼하고 벨파스트에 가서 산다는 말을 들었어. 그게 내가 들은 마지막 소식이야."

"내가 인터넷으로 찾아볼까?" 홀리가 말한다. "페이스북 하실지도 모르니까."

"아, 홀리. 말만으로도 고맙구나. 하지만 모르겠어……." 엄마가 말하다가 갑자기 숨이 막힌다. "내가 감당할 수 있을지 모르겠어.

---

* 더블린의 부촌.

이해하겠니?"

"응, 아마도."

아빠가 엄마의 등 쪽 어깨뼈 사이에 손을 대고 말한다. "술 한 잔 더 줄까?"

"안 돼. 아니, 그럴까? 모르겠어."

아빠는 엄마의 목덜미를 잠시 쥐었다가 냉장고로 간다.

"정말 오래됐네." 엄마가 사진을 만지며 말한다. 흥분이 빠져나가서 목소리가 조용하고 고요해진다. "어떻게 이렇게 오래 걸렸는지 모르겠어."

홀리는 자기 자리로 돌아가서 칼끝으로 양파 조각을 이리저리 움직인다.

엄마가 말한다. "디어드리는 행복하지 않아, 프랭크. 전에는 씩씩하고 당당한 애였어. 홀리, 네 친구 줄리아랑 비슷하게. 어떤 일도 물어볼 수 있는 아이였어. 정치를 하거나 정치인에게 송곳 질문을 날리는 방송기자가 되고 싶어 했는데, 일찍 결혼했고 남편은 디어드리에게 아이들이 학교를 마칠 때까지 집에서 살림만 하게 했어. 그래서 지금 그 애가 구할 수 있는 일은 비서직뿐이야. 말은 안 했지만 남편은 끔찍한 사람 같고 디어드리는 이혼도 생각하고 있는데 이제 와서 남편 없이 어떻게 살지 엄두가 안 나나 봐……."

아빠가 엄마에게 와인을 건넨다. 엄마는 고개도 돌리지 않고 자연스레 와인잔을 잡는다. "그 애 인생은 꿈꾸던 거랑 너무 달라졌어. 우리는 세상을 사로잡을 작정이었는데……. 이렇게 될 줄은 몰랐을 거야."

평소에 엄마는 홀리 앞에서 이렇게 말하지 않는다. 엄마는 한쪽 뺨을 감싸 쥐고 허공을 바라본다. 홀리가 옆에 있다는 걸 잊었다.

아빠가 묻는다. "다시 만날 거야?" 홀리는 아빠가 엄마를 어루만 져주고 싶어 하는 걸 느낀다. 홀리도 그러고 싶다. 엄마 옆에 바짝 달라붙고 싶지만 아빠가 물러나 있기에 자신도 물러나 있다.

"글쎄, 모르겠어. 그 애는 다음 주에 미국으로 돌아가. 남편과 임 시직 일자리가 기다리는 곳으로. 여기서 계속 지낼 수가 없고 떠나 기 전에 친척들도 만나야 해. 이번에는 이메일로 연락하기로 했는 데……." 엄마는 손으로 얼굴을 쓰다듬는다. 입가의 주름살을 처음 으로 만져보는 듯.

"내년 여름에 그쪽으로 휴가를 갈 수도 있지. 당신이 원한다면."

"아, 프랭크. 그러면 정말 좋지. 하지만 디어드리는 뉴욕이나 샌 프란시스코 같은 데 살지 않아……." 엄마는 어리둥절한 눈으로 손 에 든 와인잔을 바라보다가 아일랜드 식탁에 내려놓는다. "그 애는 미네소타 주의 아주 작은 도시에 살아. 남편 고향이 거기야. 가능할 지 모르겠어……."

"우리가 뉴욕에 가면 친구가 거기 올 수 있잖아. 한번 생각해봐."

"그럴게. 고마워." 엄마가 숨을 깊이 들이쉰다. 그리고 바닥에서 가방을 집어 들어서 사진을 다시 넣는다. "홀리." 엄마가 팔을 뻗고 웃으며 말한다. "이리 와서 키스해주렴. 이번 주는 어땠니?"

그날 밤 홀리는 잠이 오지 않는다. 집 안이 열기로 답답하지만 이 불을 걷어차자 등이 써늘하다. 엄마와 아빠가 침대에서 두런두런 이야기하는 소리가 들린다. 엄마 목소리는 빠르고 행복하게 올라가 다가 이따금 홀리를 생각하면 나직해진다. 아빠의 나직한 리듬 속에는 엄마를 웃게 만드는 무언가가 있다. 부모님 목소리가 그친 뒤 홀리는 어둠 속에 혼자 누워 가만히 있으려고 한다. 친구 중 한 명에게 문자해서 아직 안 자는지 물어보고 싶지만, 누구한테 해야 할지 무슨 말을 해야 할지 알 수가 없다.

"설리나." 홀리가 말한다.

몇 시간째 침대에 엎드려 책을 읽고 있던 설리나가 고개를 든다.

"응?"

"내년에 우리 룸메이트를 어떻게 정해야 할까?"

"응?"

"내년부터 2인실이잖아. 너는 누구랑 같은 방 쓸지 생각해봤어?"

창문에는 빗물이 두꺼운 막을 씌우고 있다. 그들은 외출할 수 없다. 휴게실에 간 아이들은 보드게임 〈트리비얼 퍼스트〉를 하거나 화장 연습을 하거나 문자를 한다. 저녁때 나온 비프스튜 냄새가 어째서인지 식당에서 방까지 올라왔다. 홀리는 속이 니글거린다.

"뭔 개소리야?" 줄리아가 책장을 넘기며 말한다. "지금은 이월이야. 걱정거리가 필요하면 하품 나오는 시민 의식 과목 과제를 걱정하는 게 어때?"

"설리나?"

다음 학년 기숙사 문제는 4학년 전체에 걱정을 드리우고 있다. 우정은 불꽃과 눈물 속에 사라진다. 누군가는 룸메이트를 잘못 고르기 때문이다. 기숙생들은 거의 일 년 내내 그 선택을 회피하고 아무런 피해 없이 문제를 해결할 수 있기를 바란다.

설리나는 홀리가 우주왕복선 탑승이라도 부탁한 것처럼 입을 벌리고 바라보며 말한다. "너네 중에 한 명."

홀리는 공포에 사로잡힌다. "우리 중 누구?"

설리나는 대답이 없다. 빈 공간과 메아리. 베카는 어떤 분위기를 느끼고 이어폰을 꺼낸다.

"나는 누구랑 룸메이트 하고 싶은지 안 궁금해?" 줄리아가 묻는다. "먼 미래의 일로 미리부터 벌벌 떨고 싶다면 말해두는데, 너는 분명히 아니야."

"너한테 안 물었어." 홀리가 말한다. "우리는 어떻게 해, 설리나?" 홀리의 추궁에 설리나는 일어나 앉아서 아무도 서운하지 않게 할 방법을 생각해보려고 한다. 설리나는 그런 일을 잘한다. 모자에 이름을 넣고 뽑는 일 같은 거. '제발, 설리나, 제발……'

"설리나?"

"네가 알아서 해. 나는 상관없어. 지금 책 읽고 있잖아."

홀리가 말한다. 자기 목소리가 너무 크고 날카롭다는 걸 안다. "우리는 모두 함께 결정해야 돼. 원래 그런 거야. 남들의 결정에 맡길 수는 없어."

설리나는 고개를 책에 바짝 댄다. 베카가 그 모습을 보며 이어폰 코드를 입 안으로 빨아들인다.

"홀리." 줄리아가 말하고 홀리에게 경고하는 의미로 코를 찌푸리며 웃어 보인다. "나 휴게실에 가지러 갈 거 있는데 같이 가자."

홀리는 줄리아의 뜻에 따르고 싶지 않다. "뭘?"

"가자." 줄리아가 침대에서 내려온다.

"혼자 못 가져와?"

"하하하하, 웃기는 아가씨. 가자니까."

줄리아의 강제에 홀리는 기분이 좋아진다. 어쩌면 줄리아에게 솔직히 말해야 했는지도 모른다. 어쩌면 그들 둘이 함께 괜찮은 답을 마련할 수 있을지도 모른다. 홀리는 침대에서 다리를 내린다. 베카가 그들이 나가는 것을 본다. 설리나는 보지 않는다.

바깥의 이른 어둠에 복도의 조명이 칙칙하다. 줄리아는 팔짱을 끼고 벽에 기대서 말한다. "너 뭐 하자는 거야?"

줄리아는 굳이 목소리를 낮추지도 않는다. 계단 꼭대기의 창문을 두드리는 빗소리가 그들의 목소리를 덮는다. 홀리가 말한다. "그냥 설리나에게 묻고 싶었어. 그게 뭐……."

"설리나를 괴롭히고 있잖아. 괴롭히지 마."

"뭐? 그게 왜 괴롭히는 거야? 우리는 정해야 돼."

"자꾸 물어보면 설리나가 불편해지니까 괴롭히는 거지. 우리가 결정하고 설리나한테 말하면 설리나는 기쁘게 받아들일 거야."

홀리는 줄리아를 따라서 팔짱을 끼고 시선을 맞받는다. "설리나도 자기 의견을 말해야 한다는 게 뭐가 문제야?"

줄리아가 눈을 굴린다. "아, 제발."

"뭐? 왜 안 돼?"

"갑자기 뇌가 없어졌어? 왜 안 되는지 알면서 왜 그래?"

"설리나가 힘드니까 그렇다는 거지?"

줄리아의 얼굴이 어두워진다. "설리나는 괜찮아. 처리할 문제가 있을 뿐이야. 우리도 똑같아."

"아니, 달라. 설리나는 처리 못 해. 그건 평범한 일들하고 달라. 우리가 옆에 없으면 설리나한테 무슨 일이 일어날지……."

"예를 들면 우리가 대학에 갔을 때? 앞으로 몇 년이나 남은 일이야. 나는 그 일에 호들갑 떨고 싶은 생각 없어. 그때 가면 설리나는 좋아질 거야."

"그 애는 좋아지고 있지 않아. 너도 알아."

그들 사이에서 예리한 칼날이 빙글빙글 돈다. 설리나는 그때 이후 좋아지지 않았다. 그 사건 이후. 그들 중 누구도 거기 손을 뻗지 않는다.

홀리가 말한다. "나는 설리나에게 상담이 필요하다고 생각해."

줄리아가 큰 소리로 웃는다. "뭐, 이그네이서스 수녀님하고? 아, 그래, 그러면 모든 게 잘될 거야. 이그네이서스 수녀님은 부러진 손톱은 해결하지 못해도……."

"이그네이서스 수녀님 말고 전문가. 의사 같은."

"맙소사……." 줄리아가 벽에서 벌떡 몸을 일으키고 양손 검지로 홀리를 겨눈다. 목의 각도가 공격을 날리기 일보 직전이다. "시발, 그런 생각은 하지도 마. 진심이야."

홀리는 줄리아의 손을 찰싹 때려서 치우고 싶다. 밀려오는 분노가 상쾌하다. "네가 언제부터 나한테 이래라저래라 했어? 나한테 명령하지 마."

그들은 아주 어렸을 때 이후로 크게 싸운 적이 없지만 이제 서로를 마주 보고 발끝으로 서서 싸움을 향해 끓어오른다. 두 손이 무언가 할퀴고 비틀고 싶어 꿈틀거린다. 하지만 줄리아가 물러나서 다시 벽에 기댄다.

"네가 설리나를 생각한다면……." 줄리아가 계단 꼭대기의 창문과 그 위를 흐르는 빗줄기를 바라보며 말한다. "조금이라도 생각한다면 심리 치료 같은 거 받으라고 하면 안 돼. 내 말 믿어. 그건 네가 설리나에게 할 수 있는 최악의 일이야."

그것의 거대함이 모든 단어 속에 단단히 똬리를 틀고 있다. 홀리는 두 사람 모두의 비밀이 일으키는 지독한 소음 속에서 자신을 다스릴 방법이 없다. 줄리아가 무엇을 알고 무엇을 짐작하는지도 알 수 없다. 줄리아는 물러서지 않을 것이다.

"너한테 부탁하는 거야, 진심으로."

홀리는 그런 곳이 있는지도 몰랐던 마음속 깊은 한구석에서 그렇게 단순했으면 좋겠다는 생각이 이는 것을 느끼며 말한다. "그래, 알았어."

줄리아의 얼굴이 홀리를 바라본다. 의구심 때문에 홀리는 무언가 하고 싶어지는데 그게 무언지 알 수가 없다. 소리를 지르는 것인지, 중지를 들어 보이고 나가서 돌아오지 않는 것인지. "그럴 거지? 설리나한테 상담 받으라고 안 할 거지?" 줄리아가 말한다.

"네 뜻이 그렇게 확고하면."

"내 뜻은 확고해."

"알았어. 안 그럴게." 홀리가 말한다.

"좋아." 줄리아가 말한다. "베카가 나오기 전에 휴게실에 가서 아무거라도 가져오자."

그들은 발을 맞추어 복도를 걷는다. 좌절감과 외로움 속에.

홀리는 줄리아 때문에 그걸 포기하는 게 아니다. 생각이 있어서 포기한다.

홀리가 그 생각을 하게 된 건 심리 치료사 때문이다. 홀리는 얼마 전에 상담을 받았다. 치료사는 멍청했고 코에 땀이 송송 맺혔고 계속 쓸데없는 질문을 해서 홀리는 퍼즐로 장난을 치고 그를 무시했지만, 이야기를 계속하더니 실제로 사실로 밝혀진 한 가지를 짚어냈다. 재판이 끝나고 사건을 정확히 이해하면 문제가 단순해질 거라는 사실이었다. 전모를 알게 되면 홀리가 그 일을 마음에서 털고 다른 일에 집중할 수 있게 될 거라고 했고 실제로 그랬다.

줄리아는 그 뒤로 며칠이 지난 뒤에야 경계의 눈빛을 거두고 홀리와 설리나 둘만 두어도 마음을 놓는다. 하지만 어느 날 코트에 갔을 때 줄리아가 아빠의 생일 카드를 사러 가겠다고 하자 베카가 자기도 할머니에게 감사 카드를 보내야 한다고 말한다. 설리나가 화방에서 산 물건을 들고 분수 쪽으로 걸어가고 홀리가 그 뒤를 따라갈 때는 이미 타이밍이 늦어서 줄리아가 어떻게 할 방법이 없다.

설리나는 검은 대리석 위에 물감 튜브를 부채꼴로 정렬하고 손끝으로 색 띠를 쓰다듬는다. 분수 건너편에서 컬름 남학생 무리가 설리나와 홀리를 보지만 다가오진 않는다. 소리치면 되니까.

"설리나." 홀리가 말하고 한참을 가만있자 설리나도 고개를 들까 말까 생각한다. "너를 도와줄 방법이 한 가지 있어."

설리나는 홀리가 우아하지만 의미 없이 하늘을 흘러가는 구름이라도 되는 듯이 바라보면서 말한다. "응?"

"작년 그 사건의 진상이 밝혀지면……." 홀리가 말한다. 이렇게 가까이 있으니 홀리의 심장이 가볍고 빠르게 미끄러진다. 아무런 마찰이 없다. "그리고 범인이 잡히면 도움이 될 거야. 그렇지 않겠니?"

"쉿." 설리나가 말하고 홀리의 손을 잡는다. 손은 차갑고 부드럽다. 홀리가 아무리 세게 잡아도 단단한 느낌이 없다. 설리나는 홀리를 그렇게 두고 물감으로 눈을 돌린다.

홀리는 오래전부터 아빠를 통해서 잡히느냐, 안 잡히느냐의 차이
는 시간을 얼마나 들이느냐가 결정한다는 걸 알았다. 홀리는 먼저
분주한 토요일에 시내의 큰 중고 서점에 가서 책을 산다. 두 달쯤 지
나면 엄마는 홀리가 '학교에서 필요한 책이 있어. 십 유로만 줘. 금
방 사 올게'라고 한 말을 잊을 것이다. 카운터의 누구도 기억하지 못
할 것이다. 어떤 금발 여학생이 중고 신화 책과 반짝이는 미술 용품
을 들고 엄마에게 손을 흔든 일을 기억하지 못할 것이다. 홀리는 휴
대폰에서 크리스가 배경에 있는 사진을 찾아 몇 주 뒤 번잡한 점심
시간에 컴퓨터실에서 인쇄한다. 다른 사람들은 홀리가 화장실에 갔
다가 조금 오래 걸린 일을 금방 잊을 것이다. 그리고 그 주말에 홀리
는 자기 방에서 책의 글자를 오려서 붙인다. 실험실에서 훔친 장갑
을 끼고 엄마와 아빠가 문을 두드리면 확 뒤집어씌울 이불도 준비해
놓는다. 시간이 어느 정도 지나면 그들은 집에 감돌던 풀 냄새를 잊
을 것이다. 홀리는 책을 집 근처 공원의 쓰레기통에 버린다. 한두 주
만 지나면 사라질 것이다. 그런 뒤 카드를 겨울 코트의 안감 안쪽에
넣고 시간이 상당히 지날 때까지 기다린다.

홀리는 적절한 날을 알려줄 신호를 바라지만 이번에는 신호가 없
을 것을 안다. 어쩌면 앞으로는 늘 그럴지도 모른다.

홀리는 직접 기회를 만든다. 미술 시간이 끝나갈 때 달렉들이 "으
으, 이 지루한 과제가 언제 끝날까, 화요일 저녁까지 해야겠어, 지루
해죽겠네" 하고 투덜거릴 때 홀리가 친구들에게 "화요일 자습 시간
에 또 올까?" 하고 묻고, 친구들은 분필 가루를 쓰레기통에 넣고 구

리철사를 치우면서 고개를 끄덕인다.

홀리는 꼼꼼하다. 친구들이 시크릿 플레이스 앞을 지나갈 때 함께 수다를 떤다. 미술실에 들어가고 나갈 때 모두 거기 붙은 카드들을 보지 못하게. 그리고 자기 휴대폰을 아무도 못 보게끔 테이블 안쪽에 밀어 넣은 의자에 두고 소등 후에 말한다. "아, 휴대폰을 두고 왔네!" 다음 날 아침 텅 빈 복도에 가서 모든 과정을 꼼꼼히 진행한다. 카드를 붙이고, 살펴보고 (누가 보고 있기라도 하듯 손을 입에 대고 헉하면서), 봉투와 조각칼을 가져다가 거기 지문이라도 묻은 것처럼 조심스럽게 압정을 떼어낸다. 홀리가 복도를 다시 달려갈 때 발소리 하나하나가 높은 모퉁이로 날아올라서 검은 손도장처럼 벽을 때린다.

홀리가 편두통이 있다고 할 때 친구들은 그 말을 믿는다. 홀리는 지난 두 달 동안 엄마의 두통 증세를 참고해 두통을 세 번 앓았다. 줄리아는 홀리의 심심함을 달래주려고 아이팟을 빌려준다. 홀리는 침대에 누워서 친구들이 학교로 출발하는 모습을 마지막 모습처럼 지켜보고, 베카는 책을 바쁘게 넘기며 매체 학습 과목의 숙제를 하고, 줄리아는 양말을 신고, 설리나는 미소 띤 얼굴로 고개를 돌려 손을 흔든다. 친구들이 나가고 문이 닫힐 때 홀리는 잠깐 자신은 일어날 수 없다는 생각이 든다.

보건교사는 홀리에게 두통약을 주고 침대에 누워 있게 한다. 홀리는 재빨리 움직인다. 시내로 가는 버스 시간을 안다.

그것은 버스 정류장의 차갑게 날선 아침 공기 속에서 홀리를 때린다. 홀리는 처음에는 자신이 정말로 아프다고 느낀다. 이런 일은 저주를 부르는 일이고 이제 자신의 모든 거짓말이 현실이 될 거라고.

그것은 너무 오랜만이라서 이제 다른 맛이 난다. 전에는 거대하고 검붉은 빛이었다. 이제는 금속성에 알칼리성이고, 층층이 잠식해 들어오는 연마용 가루 같다. 이것은 공포다. 홀리는 두렵다.

버스는 달리는 짐승처럼 울부짖는다. 버스 기사는 홀리의 교복에 눈길을 주고 2층으로 올라가는 계단은 불안하게 흔들린다. 후드 티차림으로 뒷좌석을 차지한 남자들이 라디오로 힙합 음악을 크게 틀어놓고 음란한 눈길로 홀리를 훑어보지만 홀리는 다시 계단을 내려가진 않을 생각이다. 그래서 앞좌석에 살짝 걸터앉은 채 바퀴 아래 고꾸라지는 도로를 내다보고 등 뒤에서 들려오는 거친 웃음 소리를 들으며 혹시 모를 공격에 대비해 긴장한다. 남자들이 오면 긴급 버튼을 누를 수 있다. 그러면 운전기사는 버스를 세우고 홀리를 내려줄 것이고 홀리는 다음 버스로 학교로 돌아가서 다시 침대에 누울 것이다. 심장이 목구멍까지 치받혀서 쿵쿵 울리고 속이 울렁거려서 토하고 싶다. 아빠가 생각난다. 엄마도 생각난다.

노래는 작게, 힙합 음악 속에서 희미하게 시작하고, 시간이 조금 지나서야 홀리에게 이른다. 그런 뒤 흉부의 충격처럼, 다른 재료로 이루어진 공기를 마신 것처럼 홀리를 강타한다.

"기억해줘, 오, 기억해줘. 지난날 우리가 어렸을 때, 아주 어렸을 때……."

모든 단어가 또렷하다. 버스 엔진 소리도 뚫고 후드 티들의 야유도 뚫고 솟아오른다. 그것은 그들을 이끌고 운하를 지나 시내까지 간다. 그 노래로 버스는 초록색 틈에 반짝이는 빛들을 뚫고 솟구치고 과속방지턱을 뛰어넘어 두 바퀴로 무단 횡단자들을 돌아간다. "내가 널 잃을 줄 몰랐어, 내가 널 여기서 찾을 줄 몰랐어, 우리가 잃어버린 모든 게 이렇게 가깝게 느껴질 줄 몰랐어…….”

홀리는 가사를 끝까지 듣는다. 코러스, 또 코러스, 또 코러스가 이어지고 홀리는 노래가 사그라들 때까지 기다린다. 하지만 노래는 계속되고 점점 높아진다. “아직도 갈 길이 많이 남았어…….”

버스가 목적지에 다가간다. 홀리는 후드 티들에게 손을 흔들어 인사한다. 그들은 당황해서 욕을 하려 하지만 이미 늦었다. 홀리는 흔들리는 계단을 뛰어 내려간다.

거리에서도 노래는 계속된다. 더 희미하고 교묘하게 자동차 소리와 학생들 고함 사이에서 깜박거린다. 하지만 홀리는 이제 무슨 소리를 들어야 하는지 알고 그 소리를 놓치지 않는다. 노래는 홀리 앞으로 섬세한 금실처럼 뻗어서 홀리의 경쾌하고 댄서 같은 발걸음을 이끈다. 바쁜 양복들, 가로등, 긴 치마를 입은 여자 노숙인들 틈에서 스티븐을 향해 뻗은 길로.

감사의 말

갈수록 감사해야 할 분이 많아집니다. 바이킹 출판사의 클레어 퍼라로와 케이틀린 오쇼네시, 아셰트 북스 아일랜드의 키어라 콘시딘과 호더 앤드 스토턴의 수 플레처와 닉 세이어스. 이분들은 시간과 재능을 바쳐 이 책을 훨씬 더 좋게 만들어주었습니다. 브레다 퍼두, 루스 선, 키어라 도얼리를 비롯한 아셰트 북스 아일랜드의 모든 분, 스워티 갬블, 케리 후드를 비롯한 호더 앤드 스토턴의 모든 분, 캐럴린 콜번, 벤 페트론, 앤지 메시나를 비롯한 바이킹의 모든 분, 수전 핼블레이브를 비롯한 피셔 페를라게의 모든 분, 다시 한번 매의 눈으로 교정을 봐준 레이철 버드, 놀라운 달리 앤더슨을 비롯한 출판 에이전시의 일류 팀, 특히 클레어, 메리, 로재나, 앤드리아, 질에게 감사드립니다. APA의 스티브 피셔, 데이비드 월시는 경찰 조사 과정에 대해 내가 한 많은 질문뿐 아니라 내가 미처 묻지 못한 질문에

도 답을 해주었습니다. 피어가스 오코클레인 박사는 언제나처럼 살
인 상황의 개연성을 높이는 데 도움을 주었습니다. 우나 몬터규는
(다른 것도 많지만) 필요할 때마다 제게 웃음을 주었습니다. 앤마리
하디먼, 캐서린 패럴, 켄드라 하프스터, 제시카 라이언, 캐런 길리
스, 제이카 브랭행, 크리스티나 조앤슨, 앨릭스 프렌치와 수전 콜린
스는 때로는 진지하고 때로는 유머러스하게 모든 종류의 도움을 주
었습니다. 데이비드 라이언의 끝없는 도움 없이는 아무것도 못 했
을 것입니다. 어머니 엘리나 롬바르디와 아버지 데이비드 프렌치에
게도 매일 감사드리고, 남편 앤서니 브리트나크에게 말로 다 할 수
없는 감사를 전합니다.

타나 프렌치

옮긴이 고정아

대학에서 영문학을 공부하고 전문 번역가로 활동하며『순수의 시대』,『하워즈 엔드』,『전망 좋은 방』,『오만과 편견』,『히든 피겨스』등 많은 작품을 우리말로 옮겼고, 그중『천국의 작은 새』로 2012년 6회 유영번역상을 받았다. 또한『엘 데포』,『클래식 음악의 괴짜들』,『손힐』등 어린이, 청소년 도서도 활발히 번역하고 있다.

시크릿 플레이스

The Secret Place

초판 발행 2023년 6월 30일

지은이 타나 프렌치 │ **옮긴이** 고정아

책임편집 김유진 │ **편집** 임지호 이송 │ **외주교정** 김정현
표지디자인 최윤미 │ **본문디자인** 이주영 │ **저작권** 박지영 형소진 최은진 서연주 오서영
마케팅 정민호 김도윤 한민아 이민경 안남영 김수현 왕지경 황승현 김혜원 김하연
브랜딩 함유지 함근아 박민재 김희숙 고보미 정승민 배진성
제작 강신은 김동욱 이순호 │ **제작처** 영신사

펴낸곳 (주)문학동네 │ **펴낸이** 김소영
출판등록 1993년 10월 22일 제2003-000045호

주소 10881 경기도 파주시 회동길 210
문의 031-955-2637(편집) 031-955-2696(마케팅) 031-955-8855(팩스)
전자우편 editor@elmys.co.kr │ **홈페이지** www.elmys.co.kr │ **인스타그램** @elixir_mystery

ISBN 978-89-546-9210-6 03840

엘릭시르는 출판그룹 문학동네의 장르문학 브랜드입니다.